UNDER THE DOME

언더 더 돔

1

STEPHEN KING

KING

UNDER THE DOME

언더 더 돔

스티븐 킹 장편소설 | 장성주 옮김

1

황금가지

UNDER THE DOME

by Stephen King

| 목차 |

서렌드라 다햐바이 파텔을 기리며

벗이여, 그대가 그립구려.

누굴 찾고 있니

그 사람 이름이 뭔데

분명히 찾을 수 있을 거야

풋볼 경기장에 가면 말이야

조그만 마을이잖니

무슨 말인지 알지

조그만 마을이잖아, 인석아

다들 같은 팀을 응원하고 말이야

— 제임스 맥머트리, 「주유소에서 나눈 이야기」

비행기와 마멋

1

600미터 상공에서는, 클로뎃 샌더스가 비행 교습을 받던 그 높이에서 내려다본 체스터스밀 마을은, 아침 햇살 속에서 방금 막 지어올린 것인 양 빛나고 있었다. 마을의 큰길을 따라 꾸물꾸물 움직이는 차들이 햇빛을 받고 윙크하듯이 반짝였다. 제일 회중교회의 뾰족지붕은 티 하나 없이 새파란 하늘에 구멍을 낼 것처럼 날카로워 보였다. 세네카 5호 경비행기가 프레스틸 개울을 따라 나는 동안 태양은 수면 위를 달렸고, 비행기와 개울은 대각선 방향으로 나란히 마을을 가로질렀다.

"척, 평화의 다리 옆에 남자애 둘이 보여! 낚시하나 봐!"

클로뎃은 혼자 신이 나서 깔깔 웃었다. 비행 교습은 마을 의회

의장인 남편 앤디 샌더스 덕분에 누리는 호강이었다. 만약 하나님께서 인간이 날기를 바라셨다면 애초에 날개를 달아 주셨으리라는 것이 지론이기는 했지만, 그래 봐야 앤디는 귀가 얇다 못해 팔랑거리는 남자였다. 결국 클로뎃은 남편에게서 원하는 바를 얻어냈다. 클로뎃은 비행이라는 경험을 처음부터 즐겼다. 단지 즐거운 정도가 아니었다. 비행은 짜릿한 흥분이었다. 이날 클로뎃은 처음으로 생생하게 깨달았다. 비행이 어째서 그토록 대단한 것인지를. 어째서 그토록 멋진 것인지를.

비행 교관인 척 톰슨이 조종간을 살짝 건드리고 나서 계기판을 가리켰다.

"그런 것 같네요. 하지만 평행은 똑바로 유지해야 해요, 클로뎃. 알았죠?"

"미안, 미안해."

"별 말씀을."

수년째 비행을 가르쳐 온 척은 클로뎃처럼 새로운 것을 배우려고 기를 쓰는 수강생들을 좋아했다. 클로뎃은 머잖아 앤디 샌더스의 금고를 적잖이 축낼지도 몰랐다. 이 세네카 5호를 끔찍이도 사랑했고, 똑같은 비행기를 한 대 갖고 싶다는 욕심을 내비친 적도 있기 때문이었다. 다만 새 비행기로. 가격은 아마도 100만 달러 안팎. 딱히 허영덩어리라고 할 정도는 아니었지만 클로뎃 샌더스의 취향은 그야말로 최고급이었고 남편인 앤디는 그런 아내를 너끈히 만족시킬 만한 행운아로 보였다.

오늘 같은 날을 좋아하기는 척 또한 마찬가지였다. 시계(視界)는 양호했고 바람도 잔잔했으니 교습하기에 더할 나위 없는 조건이었다. 다만 클로뎃이 조종간을 쥔 손에 힘을 주는 바람에 기체가 살짝 흔들렸다.

"슬슬 초조해지나 본데, 그러지 마요. 속도 200킬로미터. 119번 국도 위로 나갑시다. 고도는 300미터로 하강."

클로뎃이 지시를 따르자 세네카 5호의 기동이 다시금 완벽해졌다. 척 교관도 긴장을 누그러뜨렸다.

두 사람은 '짐 레니의 중고차 천국' 위를 지나 날아갔고, 체스터스밀 마을은 저 뒤로 사라졌다. 119번 국도 양편으로 펼쳐진 들판에 나무들이 울긋불긋한 잎을 달고 서 있었다. 시커먼 아스팔트 위를 달리던 십자가 모양 그림자의 한쪽 날개가 배낭 멘 사내를 살짝 건드리고 지나갔다. 개미만 한 그 사내가 위를 올려다보며 손을 흔들었다. 땅에서는 안 보이는 줄 알면서도, 척은 그 사내에게 손짓으로 화답했다.

"날씨 진짜 끝내준다!"

클로뎃이 소리쳤다. 척은 너털웃음을 터뜨렸다.

둘의 목숨이 40초 남은 시점이었다.

2

마멋 한 마리가 119번 국도 갓길을 따라 뒤뚱뒤뚱 걸으며 체스터스밀 쪽으로 향했다. 그러나 마을까지는 아직 2킬로미터가 넘게 남아 있었고, 짐 레니의 중고차 천국도 아직은 왼쪽으로 꺾어진 굽잇길에서 가지런히 반짝이는 햇살로밖에 보이지 않았다. 마멋은 그 먼 곳까지 이르기 전에 일찌감치 숲으로 돌아갈 작정이었다(마멋도 작정이란 것을 할 수 있다면 말이지만.). 하지만 당장은 이 갓길도 꽤 괜찮았다. 뜻하지 않게 굴에서 멀리 벗어나기는 했지만 등에 내리쬐는 햇볕은 따사로웠고 코에 스며드는 냄새는 상쾌했으며, 덕분에 머릿속에 (생생한 그림은 아니었지만) 원시적인 영상이 이것저것 그려졌다.

마멋은 잠시 멈춰 서서 뒷발을 짚고 발딱 일어섰다. 시력이 예전 같지는 않았지만 그래도 건너편 갓길을 따라 이쪽으로 걸어오는 인간을 알아보기에는 충분했기 때문이었다.

마멋은 인간이 오든 말든 조금 더 가 보기로 마음먹었다. 인간이 지나간 자리에는 가끔 짭짤한 먹을거리가 남아 있는 법이므로.

이 마멋은 나이도 많고 육덕도 푸짐한 놈이었다. 수많은 쓰레기통을 뒤지며 한평생을 보낸 이 마멋은 체스터스밀의 쓰레기 매립장으로 가는 길을 자기 보금자리의 통로 세 줄과 마찬가지로 훤히 꿰고 있었다. 매립장에는 늘 맛난 먹을거리가 있었다. 마멋은 도로 건너편에서 걸어오는 인간을 가만히 살펴보면서도 노회한 짐승답게 거리낌 없이 뒤뚱뒤뚱 기어갔다.

걸어오던 남자가 멈춰 섰다. 마멋은 그에게 들켰구나 싶었다. 오른쪽 바로 앞 땅에 쓰러진 자작나무가 보였다. 그 나무 아래 숨어서 남자가 지나갈 때까지 기다린 다음에 뭐 맛난 것이 떨어져 있나 살펴볼까……

거기까지 생각하면서 뒤뚱뒤뚱 세 걸음을 더 옮기기는 했지만, 마멋은 이미 몸뚱이가 두 동강 난 후였다. 뒤이어 동강난 몸뚱이 두 덩어리가 길가에 툭 쓰러졌다. 피가 벌컥 뿜어 나왔다. 내장이

흙바닥에 주르륵 쏟아졌다. 뒷발은 두 번 움찔거리고 나서 움직임을 멈췄다.

마멋에게나 사람에게나 똑같이 찾아오는 최후의 암흑이 깃들기 전, 녀석의 머릿속에 떠오른 마지막 생각은 이러했다.

'뭔 일이래?'

3

계기판의 바늘들이 일제히 '0'으로 곤두박질쳤다.

"어머, 왜 이런대?"

클로뎃 샌더스가 교관 척을 돌아보았다. 두 눈이 휘둥그레졌지만 겁먹은 빛은 없었다. 다만 어리둥절할 뿐이었다. 겁먹을 겨를조차 없었다.

척은 계기판을 보지도 못했다. 그가 본 것이라고는 자기 쪽으로 찌그러지는 세네카 5호의 앞코뿐이었다. 뒤이어 찌그러지는 프로펠러 두 개가 보였다.

무엇을 볼 시간은 거기까지였다. 아무것도 할 틈이 없었다. 세네카 5호는 119번 국도 상공에서 폭발하여 들판에 불덩이를 흩뿌렸다. 사람 몸뚱이도 흩뿌렸다. 깔끔하게 두 동강 난 마멋 옆에, 연기를 풀풀 날리는 클로뎃의 팔 한 짝이 쿵 소리를 내며 떨어졌다.

이날은 10월 21일이었다.

그 남자, 바비

1

바비는 푸드시티 슈퍼마켓을 지나 마을 중심가에서 벗어나자
마자 기분이 좋아지기 시작했다. '체스터스밀을 떠나시는 당신께
— 또 찾아주세요, 빨리요!' 이렇게 씌어진 간판을 보니 한결 더
흐뭇해졌다. 바비는 여행길에 오르게 되어 기뻤다. 체스터스밀에
서 험한 꼴을 겪었기 때문만은 아니었다. 오로지 떠난다는 생각
만으로 마음이 홀가분했다. 그는 디퍼스 술집 주차장에서 봉변을
당하기 전에 이미 2주 가까이 혼자 울적해 하던 참이었다.

"나야 원래부터 떠돌이니까."

바비는 혼자 중얼거리다가 껄껄 웃었다.

"대평원으로 향하는 떠돌이라. 좋지."

제기랄, 못 떠날 건 또 뭔가? 목적지는 몬태나 주! 아니면 와이오밍 주. 그도 아니면 빌어먹을 사우스다코타 주 래피드시티라도. 여기만 아니면 어디라도.

바비는 자기 쪽으로 다가오는 자동차 소리를 듣고 돌아서서 뒤로 걸으며 엄지를 쑥 치켜들었다. 눈앞에 실로 아리따운 조합이 보였다. 꾀죄죄한 고물 포드 픽업트럭 운전석에 생기발랄한 금발 아가씨가 앉아 있었던 것이다. 금발 중에서도 바비가 최고로 좋아하는 은빛이 도는 금발이었다. 바비는 혼신의 힘을 다하여 애교 있는 미소를 지었다. 트럭을 몰던 아가씨도 진심 어린 미소로 화답했고, 그 모습을 보며 바비는 생각했다. '하나님 맙소사, 쟤가 미성년이 아니라고 우기느니 차라리 들장미 식당에서 받은 마지막 월급봉투를 우걱우걱 씹어 삼키겠나이다.' 서른을 훌쩍 넘긴 신사에게는 두말할 것도 없이 너무 어린 아가씨였지만, 바비가 자란 아이오와 주 두메산골에서는 길에서 만난 사이라면 거리낄 것 없는 나이이기도 했다.

트럭이 속도를 늦추자 바비는 그쪽으로 걸어갔는데…… 트럭이 금세 다시 속도를 높였다. 아가씨는 옆을 스쳐가면서 힐끗 바비를 돌아보았다. 여전히 미소가 가시지 않은 얼굴이었지만, 이제는 아쉬워하는 빛이 감돌았다. 미소 짓는 얼굴이 이렇게 말하는 듯했다. '제 정신이 잠깐 자릴 비웠었나 봐요. 근데 다시 돌아왔지 뭐예요.'

바비는 그 아가씨를 얼핏 알아본 듯싶었지만 누구라고 딱 잘라 말하기는 힘들었다. 일요일 아침의 들장미 식당은 늘 손님으로 북적거렸기 때문이었다. 그래도 그 아가씨의 경우에는 아버지일 법한 나이 든 남자와 함께 온 모습을 본 적이 있는 것 같았다. 나란히 《뉴욕타임스》 일요판에 고개를 처박다시피 한 부녀의 모습이 기억났다. 만약 트럭이 옆을 지나갈 때 말을 건넬 틈이 있었더라면 바비는 아마도 이렇게 말했으리라. '내가 만든 소시지하고 달걀은 안심하고 먹어 놓고선. 조수석에 잠깐 태워주는 것쯤 안심 못할 게 뭐람.'

그러나 실제로는 기회가 없었기에, 바비는 그저 신경 쓰지 말라는 뜻으로 경례하는 시늉만 냈다. 아가씨가 마음을 고쳐먹었는지 트럭의 미등이 깜박였다. 그러나 미등은 이내 꺼졌고, 트럭은 속도를 높였다.

이날로부터 며칠에 걸쳐 체스터스밀의 상황이 악화일로를 치닫는 동안, 바비는 후텁지근한 10월 햇볕 속에서 지나간 이 짧은 순간을 거듭 또 거듭 회상하곤 했다. 그때마다 떠오른 것은 바로 주저하듯이 깜박거리던 트럭 미등이었다. 결국에는 그 아가씨가 바비를 알아보기라도 한 것처럼. '저 사람 들장미 식당 요리사 같은데. 맞아, 그 사람이야. 잠깐 태워 주는 것 정도는……'

그러나 그 생각은 어쩌면 바비뿐 아니라 남자라면 누구나 빠질 만한 함정인지도 몰랐다. 그 아가씨가 정말로 마음을 고쳐먹었다면, 그 후 바비의 삶은 통째로 달라졌으리라. 왜냐하면 그 아가씨는 틀림없이 빠져나갔을 것이기 때문이었다. 바비는 그날 이후로 볼이 발그레한 그 금발 아가씨도, 꾀죄죄한 고물 포드 F150 트럭도 다시는 보지 못했다. 아가씨는 틀림없이 그 장벽이 쿵 내려앉기 몇 분 전에(아니면 몇 초 전에라도) 이미 체스터스밀의 경계를 빠져나갔으리라. 그 아가씨와 함께 갔더라면 바비도 무사히 바

끝에 머물렀으리라.

'물론 조건이 있긴 하지.' 나중에 잠 못 이루는 밤이 찾아오면
바비는 이렇게 생각하곤 했다. '날 태우려고 차를 세웠다가 시간
을 너무 많이 잡아먹지 않았다는 조건. 하긴, 꾸물거렸다고 해도
어차피 지금 여기서 이러고 있진 않을 테지만. 그 애도 마찬가지
고. 왜냐면 119번 국도는 제한 속도가 시속 80킬로미터니까. 만약
시속 80으로 달렸다면……'

여기까지 생각하면 늘 그 경비행기가 떠올랐다.

2

머리 위로 비행기가 날아갔을 때, 바비는 빅 짐 레니의 중고차
천국 앞을 막 지나 온 참이었다. 정나미가 딱 떨어지는 곳이었다.
거기서 산 차가 고물이라서 그런 것은 아니었다(바비는 플로리다
주 펀타고다에서 차를 판 후로 1년 넘게 두 발로 버틴 사람이었다.).
단지 그날 밤 디퍼스 술집 주차장에 있던 녀석들 가운데 한 놈이
짐 레니 주니어였기 때문이었다. 그 애송이 대학생 놈은 사람들
앞에서 뭔가를 보여 주고 싶어 안달이었는데, 혼자서는 힘에 부
쳤던지 떼로 달려들어 보여 주려고 했다. 바비가 경험한 바에 따
르면 세상 어디를 가든 레니 주니어 같은 떨거지들은 그 모양 그
꼴이었다.

그래 봐야 이제는 다 지난 일이었다. 짐 레니도, 그의 아들 주
니어도, 들장미 식당도('대합 튀김 전문! 부스러기는 취급 안 합니다 통

짜만 나옵니다'), 앤지 매케인도, 앤디 샌더스도. 디퍼스 사건을 포함하여 모든 것이 이로써 끝이었다(디퍼스에도 자랑거리가 있다면 이것이었다. '주차장 내 구타 전문!'). 그것들은 모두 바비의 등 뒤에 있었다. 그럼 눈앞에는? 물론, 온 미국이 펼쳐져 있었다. 잘 있거라 메인 주 깡촌이여, 내가 간다 대평원아.

그런데 어쩌면, 젠장, 다시 남쪽으로 향해야 할 판국이었다. 이날 하루가 아무리 화창하다 한들 달력을 한두 장만 넘기면 겨울이 웅크리고 있었다. 어쩌면 남쪽이 괜찮을지도 몰랐다. 비록 전에 가 본 적은 없지만 바비는 저 남쪽 앨라배마 주에 위치한 '머슬숄스(Muscle Shoals)'라는 곳의 이름이 꽤 마음에 들었다. 머슬숄스, 동네 이름이 '근육 덩어리'라니 작명 센스가 아주 예술적이었다. 그 생각에 어찌나 기운이 솟았던지 이쪽으로 다가오는 경비행기 소리를 듣고 하늘을 향해 기운차게 손을 흔들어 주었다. 그 답례로 날개를 흔들어 주리라고 기대했건만, 아무것도 돌아오지 않았다. 낮은 고도에서 느릿느릿 날아가는 비행기였는데도 그랬다. 바비 생각에 관광객이 탄 비행기이거나(알록달록 물든 나무에다 날씨까지 화창한 날이었으니), 아니면 임시 면허를 달고 나는 애송이가 바비라는 애칭으로 불리는 이 미천한 데일 바버라에게 관심을 주다가 사고가 날까 봐 잔뜩 겁을 먹은 듯싶었다. 그러거나 말거나 바비는 승객들이 무사하기를 빌었다. 관광객들이든 아니면 단독 비행까지 아직 6주나 남은 애송이 조종사이든 간에 아무 일 없이 귀환하기를 빌었다. 이날은 기분 좋은 날이었고, 체스터스밀에서 한 걸음 한 걸음 멀어질 때마다 점점 더 기분이 좋아졌기 때문이었다. 체스터스밀에 재수 없는 놈들이 너무나 많기 때문이었다. 게다가 여행은 영혼을 살찌우는 양식이었다.

'아예 10월에는 여행을 떠나도록 법으로 정해야 하는 거 아닐까.' 바비는 속으로 생각했다. '국가 좌우명을 새로 정하는 거야. *우리는 하나님을 믿는다*가 아니라 *10월에는 모두 떠난다*로. 8월에는 짐 싸기 허가증을 받고, 9월 중순이 되면 법에 따라 떠나겠다고 직장에 통보를······.'

바비는 거기서 생각을 멈췄다. 앞쪽으로 얼마 안 떨어진 곳에, 아스팔트 도로 건너편에, 마멋 한 마리가 보였다. 징그럽게 투실투실한 놈이었다. 그런데도 날렵하고 팔팔해 보였다. 마멋은 웃자란 풀 속으로 숨는 대신 곧장 전진했다. 바비는 갓길에 반쯤 걸쳐진 자작나무를 보고 마멋이 틀림없이 그 아래로 쪼르르 기어 들어가 이 두 발 달린 망나니가 지나가기를 기다리겠거니 했다. 그러지 않으면 둘은 어엿한 방랑자들답게 서로를 스쳐 지나가야 할판이었다. 네 발 달린 놈은 북쪽을 향하여, 두 발 달린 놈은 남쪽을 향하여. 바비는 그렇게 되었으면 하고 바랐다. 멋진 광경일 것같았다.

몇 초 동안 이런 생각들이 바비의 머릿속을 스쳐갔다. 도로를 따라 질주하는 검은 십자가, 즉 경비행기의 그림자는 아직 바비와 마멋 사이에 머물러 있었다. 그러다가 두 가지 일이 거의 동시에 일어났다.

첫째는 마멋이었다. 한 덩어리였던 마멋이 어느 순간 두 덩어리가 되었다. 두 덩어리 모두 바들바들 떨면서 피를 흘렸다. 바비는 우뚝 멈춰 섰다. 턱이 아래로 턱 떨어졌고, 입도 따라서 헤 벌어졌다. 꼭 마멋 위의 하늘에서 투명한 단두대의 칼날이 떨어진 것만 같았다. 그리고 바로 그 순간, 두 동강 난 마멋의 바로 위 하늘에서, 경비행기가 폭발했다.

3

바비는 하늘을 올려다보았다. 몇 초 전에 머리 위로 날아갔던 귀여운 경비행기가 괴기 만화에나 나올 법한 모양으로 일그러져 추락하고 있었다. 그 위의 허공에는 꽃잎처럼 비쭉배쭉한 주황색 불길이 번지는 중이었다. 한창 피는 꽃봉오리 같은 그 불길이 장미라면, 꽃말은 '재앙'이었다. 수직으로 추락하는 비행기에서 연기가 소용돌이처럼 뿜어 나왔다.

큼지막한 덩어리가 도로에 떨어져서 아스팔트 파편을 튀기다가 길 왼편에 웃자란 풀 속으로 비틀비틀 굴러 들어갔다. 비행기 프로펠러였다.

'저게 내 앞으로 튀어 왔으면 난……'

불운한 마멋과 똑같이 두 동강 난 자신의 모습을 얼핏 떠올리고, 바비는 돌아서서 냅다 달렸다. 그러다가 눈앞에 쿵 떨어진 것을 보고 비명을 질렀다. 프로펠러는 아니었다. 청바지를 입은 남자의 다리였다. 핏자국은 보이지 않았지만 쫙 터진 바지 솔기 틈새로 하얀 살과 꼬불꼬불한 다리털이 보였다.

발은 안 달려 있었다.

바비는 슬로 모션 같은 기분을 느끼며 달렸다. 낡아서 해진 작업화를 신은 자기 발 한 짝이 보였다. 그 발이 앞으로 뻗어 나가

땅을 저벅 밟았다. 뒤이어 그 발이 뒤로 사라지고 반대편 발이 나왔다. 두 짝 다 느릿느릿, 느릿느릿 움직였다. 2루를 훔치려고 질주하는 1루 주자의 발을 슬로모션으로 보는 것만 같았다.

등 뒤에서 '텅' 소리가 요란하게 울려 퍼졌다. 뒤이어 2차 폭발의 충격이, 그리고 끝으로 열풍이, 바비를 뒤꿈치에서 목덜미까지 후려쳤다. 열풍은 따스한 손길처럼 바비를 앞으로 떠밀었다. 그러자 바비의 머릿속은 온통 하얘졌고, 남은 것은 오로지 살아야겠다는 동물적인 욕구뿐이었다.

데일 바버라는 목숨을 걸고 달렸다.

4

연기 냄새가(녹아내리는 플라스틱 냄새와 지글지글 구워진 인육 냄새도) 지독하기는 했지만, 도로 저편으로 100미터쯤 달아나고 보니 방금까지 등을 떠밀던 거인의 따스한 손길은 미풍에 실려 오는 투명한 손길로 바뀌어 있었다. 바비는 50미터쯤 더 달아난 후에 멈춰 서서 뒤를 돌아보았다. 숨이 턱까지 차올랐다. 달려서 그런 것이 아니었다. 바비는 담배도 안 피웠고 몸도 건강했다(건강한…… 편이었다. 디퍼스 주차장에서 얻어맞은 오른쪽 갈비뼈가 아직도 욱신거리기는 했지만.). 공포와 당혹감 때문에 숨이 찬 것 같았다. 하마터면 폭주하는 프로펠러뿐만 아니라 추락하는 비행기 잔해에 맞아서, 아니면 불에 타서 죽을 뻔했다. 안 죽고 살아남은 것은 그저 지독한 행운 덕분이었다.

이윽고 사물이 눈에 들어왔고, 그러자 씨근덕거리던 숨이 턱 막혔다. 바비는 똑바로 서서 사고 현장으로 눈을 돌렸다. 도로에 잿더미가 널려 있었다. 그런데도 잔해에 맞기는커녕 상처 하나 없다니, 실로 경이로웠다. 오른편에 널브러진 것은 찌그러진 비행기 날개 한 짝이었다. 반대편 날개는 연녹색 큰조아재비 풀이 무성한 도로 왼편에 불쑥 튀어나와 있었다. 폭주 프로펠러가 멈춘 자리에서 얼마 안 떨어진 곳이었다. 청바지에 싸인 다리 한 짝 말고도 잘린 손과 팔 한 짝이 보였다. 손 모양이 꼭 머리가 놓인 곳을 가리키는 듯했다, 마치 이렇게 말하는 것처럼. '저거 제 거예요.' 머리카락을 보니 여자 머리였다. 국도를 따라 쭉 이어진 송전선은 잔해에 잘려 끊어졌다. 전선들이 갓길에 흩어져 지지직거렸다.

잘린 머리와 팔 너머에 널브러진 것은 휘어진 비행기 동체였다. 식별 번호 NJ3은 알아볼 수 있었다. 뒤에 더 적혀 있었다면 추락할 때 찢겨 나갔을 터였다.

그러나 정작 바비의 눈을 사로잡고 숨이 턱 막히게 한 것은 따로 있었다. 허공에 피었던 재앙의 장미는 사라졌지만, 그 자리만은 아직도 불타고 있었다. 분명 남은 연료가 타는 중이었다. 그런데…….

그런데 불길이 얇은 막이 되어 허공에 흘러내렸다. 그 막 너머로 메인 주의 들판 풍경이 고스란히 보였다. 아직은 사고에 대처하는 기색 없이 평화로운 풍경이었지만, 움직이고 있었다. 풍경이 꼭 소각로나 바비큐 통 위의 공기처럼 일렁거렸다. 흡사 유리판에 가솔린을 끼얹고 불을 붙인 듯한 광경이었다.

최면에 걸린 상태나 다름없는 기분으로, 어찌된 영문이든 간에 딱 그런 기분으로, 바비는 폭발 현장으로 걸음을 옮겼다.

5

우선 시신부터 수습해야겠다는 충동이 치솟았지만, 그러기에
는 흩어진 조각이 너무나 많았다. 이제 헐렁한 녹색 바지에 든 다
리 한 짝이 더 보였고, 노간주나무 덤불에 걸쳐진 여자 몸통도 보
였다. 셔츠를 벗어서 그 여인의 얼굴에 덮어 줄 수도 있었지만, 그
러고 나서는? 뭐, 배낭에 여벌 셔츠가 두 장 더 있기는 한데…….

남쪽으로 이웃한 모튼 마을 방향에서 차 한 대가 다가오고 있
었다. 차종은 소형 SUV, 속도는 쏜살같았다. 누가 폭발음을 들었
거나 화염을 목격한 듯했다. 도움의 손길이었다. 하나님께 감사할
일이었다. 아직도 유리판 위의 물처럼 기묘하게 흘러내리는 불길
로부터 멀찍이 떨어져서, 도로의 흰색 중앙선 위에 우뚝 선 채로,
바비는 두 팔을 머리 위로 힘껏 흔들어 커다란 가위표를 그렸다.

SUV 운전자는 알았다는 표시로 경적을 한 번 울리고 차를 급
정거시켰다. 차 뒤에 시커먼 타이어 자국이 10미터 넘게 남았다.
조그마한 녹색 도요타 SUV가 완전히 멈추기도 전에 운전석 문이
열리고 남자가 튀어나왔다. 우람한 체격에 포틀랜드 시독스 야구
모자 아래로 기다란 회색 머리카락을 늘어뜨린 남자였다. 남자는
허공에 흘러내리는 불길을 피하려고 갓길 쪽으로 달려왔다.

"어떻게 된 거요?" 남자가 외쳤다. "아니 어쩌다 이런……."

그러고는 부딪혔다. 그것도 세게. 앞에는 아무것도 없었건만, 바

비는 남자의 코가 옆으로 꺾여 부러지는 광경을 똑똑히 보았다. 남자의 몸뚱이가 허공에 부딪혀 튕겨 나갔다. 입, 코, 이마에서 피가 흘렀다. 벌렁 나자빠진 남자가 일어나 앉으려고 버둥거렸다. 코와 입에서 흐른 피가 작업복 앞자락에 후드득 쏟아지는 동안 남자는 영문을 몰라 휘둥그레진 눈으로 바비를 바라보았고, 바비도 그를 마주보았다.

주니어와 앤지

1

평화의 다리 옆에서 낚시를 하던 두 소년은 머리 위로 경비행
기가 날아가는데도 하늘을 올려다보지 않았지만, 짐 레니 주니어
는 달랐다. 프레스틸 가 쪽으로 한 블록 더 가까이 있던 주니어는
소리를 듣고 어떤 비행기인지 알아차렸다. 척 톰슨이 모는 세네카
5호였다. 얼굴을 들고 비행기를 보던 주니어가 고개를 홱 숙였다.
숲 사이로 쏟아진 눈부신 햇살이 벼락같은 통증으로 바뀌어 두
눈을 파고들었기 때문이었다. 또다시 두통이 엄습했다. 요즘 들어
부쩍 머리가 아팠다. 가끔은 약발로 이겨내기도 했다. 그러나 가
끔은, 특히 최근 두세 달 동안은, 약발도 듣지 않았다.

'편두통이구면.' 해스켈 선생은 그렇게 말했다. 주니어가 아는

거라고는 그저 세상이 끝장날 듯이 아프다는 것, 그리고 밝은 빛을 쬐면 통증이 더 심해진다는 것뿐이었다. 두통이 시작될 때 특히 그랬다. 어린 시절 프랭크 드레셉스와 함께 태워 죽이곤 하던 개미 떼가 이따금씩 떠올랐다. 굴 입구에 드나드는 개미 떼에 돋보기를 대고 햇볕을 집중시킨다. 그러면 개미 튀김이 완성된다. 다만 최근 들어 두통이 시작될 때면 뇌가 그때 그 개미굴로, 두 눈은 돋보기 렌즈로 바뀐 듯한 기분이 들었다.

주니어는 스물한 살이었다. 해스켈 선생 말로는 마흔대여섯쯤 되면 편두통이 가라앉기도 한다던데, 그렇다면 그 나이가 되기만 바라야 하는 걸까?

어쩌면 그럴지도. 하지만 이날 아침에는 두통조차도 주니어를 멈추지 못했다. 만약 차고 앞 진입로에 헨리 매케인의 도요타 포러너 SUV나 라도나 매케인의 프리우스가 보였더라면 멈췄을지도 모른다. 그랬더라면 주니어는 돌아서서 자기 집으로 돌아가 진통제 이미트렉스를 한 알 더 먹고 창 가리개를 내린 다음, 침대에 누워 이마에 찬 수건을 올렸을지도 모른다. 그랬더라면 머리를 옥죄는 느낌은 서서히 풀렸을 테고 통증도 서서히 수그러들었을 테지만, 물론 안 그랬을지도 모른다. 시커먼 거미 떼 같은 그 두통이란 놈은 일단 자리를 잡기만 하면…….

주니어는 다시 하늘을 올려다보았다. 이번에는 징그러운 햇빛을 무릅쓰고 눈을 찡그리며 올려다보았지만, 세네카 5호는 이미 사라진 후였고 윙윙대는 엔진 소리마저도 희미해지는 중이었다(울화통이 터지는 소리였다. 육시랄 두통이 엄습할 때면 어떤 소리를 들어도 울화가 치밀었다.). 척 톰슨이 비행의 꿈에 부푼 애송이를 태우고 나는 중일 터였다. 척에게는 아무 유감도 없었지만, 실은 잘 알지도 못하는 사이였지만, 주니어는 뜬금없이 유치하고 잔인한 생각을 떠올렸다. 척의 눈이 홱 삐어서 비행기가 추락해 버렸으면 좋겠다고.

아버지의 중고차 매장 한복판에 추락하면 금상첨화일 거라고.

머릿속에서 또다시 지독한 통증이 울컥 치솟았지만, 주니어는 꿋꿋이 매케인네 집 현관 계단을 올라갔다. 마무리를 지어야 했다. 진작 처리했어야 할 일이었다. 앤지에게는 따끔한 교훈이 필요했다.

그치만 살살해야 돼. 정신줄 놔 버리면 못써.

누가 부르기라도 했다는 듯이 어머니의 목소리가 들려왔다. 듣기만 해도 미쳐 버릴 것처럼 밍밍한 그 목소리가.

그래, 넌 항상 심술궂은 아이였지. 하지만 이젠 성질 다스리는 법쯤은 알잖니. 안 그러니, 주니어?

흠. 이를 어쩐다. 사실, 성질 다스리는 법을 알기는 했다. 풋볼이 큰 도움이 되었다. 그러나 이제는 풋볼도 끝장이었다. 대학도 끝장이었다. 대신 두통이 찾아왔다. 그리고 두통이 일 때면 주니어는 비열한 개자식이 된 기분을 느꼈다.

정신줄 놔 버리면 못쓴다.

'알아요.' 그래도 앤지한테 할 말은 해야 했다. 머리가 아프든 안 아프든 간에.

게다가 주니어는 옛 속담에 나오는 표현처럼 입이 아니라 손으로 말할 작정이었다. 누가 알겠는가? 어쩌면 앤지가 괴로워하는 만큼 주니어는 홀가분해질지도 모를 일이었다.

그래서 주니어는 초인종을 눌렀다.

2

앤지 매케인은 막 샤워를 마친 참이었다. 목욕 가운을 걸치고 허리끈을 묶은 다음, 젖은 머리에 수건을 두른 참이었다.

"잠깐만요!"

앤지는 1층으로 이어진 계단을 별로 서두르는 기색 없이 내려가며 소리쳤다. 입가에 옅은 웃음이 번졌다. 프랭크일 거라고, 앤지는 분명 프랭크일 거라고 확신했다. 이제야 일이 제대로 풀리는구나 싶었다. 그 망할 놈의 간이식당 요리사는(잘생기긴 했지만 그래 봐야 망할 놈이었다.) 이미 마을을 떠났거나 떠나는 중이었고, 부모님은 집을 비웠던 것이다. 그 둘을 더하면 일이 술술 풀린다는 하나님의 계시나 마찬가지였다. 지난 일은 다 묻어 두고 프랭크와 다시 합칠 수도 있을 것만 같았다.

앤지는 상황을 어떻게 풀어야 할지 정확히 알고 있었다. 우선 문을 열고, 그다음에는 목욕 가운 앞섶을 활짝 연다. 토요일 아침 햇살 속에서. 지나가던 사람이 볼지도 모르는 현관에서. 물론, 우선 프랭크가 맞는지부터 확인할 작정이었다. 만약 초인종을 누른 사람이 소포나 등기우편을 배달하러 온 뚱뚱한 늙다리 우체부 위커라면 알몸을 보여 줄 생각은 추호도 없었다. 하지만 우체부가 들르려면 아직 30분 넘게 남아 있었다.

우체부가 아니었다, 프랭크였다. 틀림없었다.

앤지의 옅은 미소는 현관문을 여는 사이에 환영의 웃음으로 활짝 피어났지만, 입을 벌려 봤자 사탕 껍처럼 큼직큼직한 이가 다닥다닥 붙어서 났으니 그리 아름다워 보이지는 않을 터였다. 한 손은 목욕 가운의 허리끈을 쥔 채였다. 그러나 앤지는 끈을 풀지 않았다. 프랭키가 아니었으므로. 현관에 서 있는 사람은 주니어였고, 몹시 화가 난 것처럼 보였는데…….

앤지는 전에도 화난 주니어를 본 적이 있었지만(실은 꽤 여러 번 봤지만), 이토록 화가 머리끝까지 치솟은 주니어는 중학교 2학년 때 이후로 처음이었다. 그때 주니어는 듀프리라는 아이의 팔을 부러뜨렸다. 그 꼬맹이가 포동포동한 엉덩이를 씰룩거리며 마을 농구장에 기어 들어와서는 겁도 없이 끼워 달라고 칭얼거린 탓이었다. 앤지 생각에 주니어는 디퍼스 주차장에서 싸움을 벌인 그 날 밤에도 꼭 이런 우거지상을 쓰고 있었을 것 같았다. 물론 앤지는 그 자리에 없었다. 그저 얘기를 전해 들었을 뿐이었다. 체스터스밀의 온 주민이 그 얘기를 전해 들었다. 앤지는 퍼킨스 서장한테서 출두 명령을 받고 경찰서에 가서 바비가 그 자리에 있었노라고 얘기했다. 그것으로 상황은 마침내 종료되었다.

"어머, 주니어 아냐? 무슨 일로……."

그때 주니어의 주먹이 작렬했고, 앤지의 생각은 거기서 끊겼다.

3

첫 번째 주먹은 전력으로 날린 것이 아니었다. 아직 현관 앞이었던 데다 팔을 휘두를 공간도 부족했기 때문이었다. 주니어는 고작 팔을 반만 쳐들었을 뿐이었다. 어쩌면 아예 때리지 않을 수도 있었다. 적어도 다짜고짜 팰 필요는 없었다. 앤지가 씩 쪼개지만 않았어도(맙소사, 그 징그러운 이빨이라니. 주니어는 초등학교 때부터 앤지의 이를 보면 소름이 끼쳤다.), 또 주니어라고 부르지만 않았어도.

물론 온 마을 사람들이 그를 주니어로 불렀고 그 자신도 스스로를 주니어로 알고 있었지만, 주니어는 자신을 궁지에 몰아넣은 이 망할 계집애의 묘비석 같은 치열 사이로 주니어라는 이름이 튀어나왔을 때에야 비로소 깨달았다. 자신이 주니어로 불리기를 얼마나 싫어하는지를, 차라리 구더기 파이에 처박혀 뒈질지언정 그 이름으로 불리기는 싫다는 것을. 그 이름을 발음하는 앤지의 목소리는 앞서 경비행기를 보려고 고개를 들었을 때 눈을 파고들었던 햇살처럼 주니어의 머릿속을 찔렀다.

하지만 반만 휘둘러서 친 것치고는 괜찮은 일격이었다. 계단 난간 쪽으로 주춤주춤 물러서는 앤지의 머리에서 수건이 스르륵 흘러내렸다. 젖은 갈색 머리가 치렁치렁 내려오니 얼굴이 꼭 메두사 같았다. 웃음은 놀라서 얼어붙은 표정으로 바뀌었고, 입가에는 피 한 줄기가 주르륵 흘러내렸다. 좋았어. 훌륭해. 이 계집애가 한 짓을 생각하면 피 흘리는 것쯤 당연해. 궁지에 몰아넣다니, 나뿐 아니라 프랭크와 멜빈과 카터까지.

주니어의 머릿속에서 어머니의 목소리가 들렸다. *얘, 정신줄 놓으면 안 돼.* 어머니는 죽은 후에도 잔소리를 멈추지 않았다. *따끔한 맛을 보여주렴, 그치만 살살 해.*

사실 주니어는 온 힘을 다해 어머니의 충고를 따를 수도 있었다. 그런데 그때 마침 앤지의 목욕 가운이 스르륵 벌어지면서 그 아래 가려졌던 알몸이 드러났다. 시커멓고 텁수룩한 거시기 털이 보였다. 주니어가 궁지에 빠진 것도 다 앤지의 그 빌어먹을 거시기가 근질거린 탓이었다. 사실 작정하고 따지자면 이 세상의 모든 문제는 바로 거시기에서 비롯되었다. 그리고 주니어의 머리는 욱신거렸고, 지끈거렸고, 빙빙 돌았으며, 쿵쿵 울리는 동시에 빠개질 듯이 아팠다. 당장이라도 머릿속에서 핵폭발이 일어날 것만 같았다. 목 위쪽이 폭발로 모조리 날아가기 직전에 두 귓구멍에서 완벽한 버섯 모양 구름이 뿅 튀어나올지도 몰랐다. 그래서 짐 레니 주니어는 미쳐 버렸다(주니어는 자기가 뇌종양에 걸린 줄도 몰랐다. 늙어 꼬부라진 해스켈 선생이 뇌종양을 의심조차 안 한 탓이었다. 주니어는 이제 갓 스물을 넘긴, 두통에 시달리는 것만 빼면 건강한 청년이었다.). 이날은 클로뎃 샌더스에게도 척 톰슨에게도 운수 좋은 아침이 아니었다. 실은 체스터스밀의 어느 누구에게도 운수 좋은 아침이 아니었다. 그러나 이날 아침 프랭크 드레셉스의 전 여자친구만큼 운수가 나빴던 사람은 거의 없었다.

4

　사실 앤지는 계단 기둥에 기대어 설 때까지만 해도 반쯤 연관된 두 가지 생각을 하고 있었다. 눈앞에 보이는 것은 주니어의 희번덕거리는 두 눈과 꽉 깨문 혀였다. 위아래 이가 파묻힐 정도로 꽉 깨문 혀.

'얘 미쳤나 봐. 큰일 나기 전에 경찰에 신고해야겠어.'

앤지는 현관 앞 복도를 통해 부엌으로 달아나려고 돌아서서 곧장 비명을 질렀다. 부엌 벽에는 전화가 걸려 있으니 수화기를 낚아채어 신고 전화를 걸 작정이었다. 그러다가 두 걸음을 옮기기가 무섭게, 앞서 머리에 둘렀던 수건에 걸려 넘어지고 말았다. 앤지는 재빨리 균형을 회복했지만(고등학생 시절에 치어리더를 하며 익힌 기술이 아직 남아 있었기에), 그래 봐야 이미 엎질러진 물이었다. 머리는 뒤로 확 젖혀지고 두 발은 저 앞에서 버둥거렸다. 주니어가 머리채를 휘어잡았던 것이다.

주니어는 앤지를 자기 몸 쪽으로 홱 잡아당겼다. 열이 치솟았는지 몸이 후끈했다. 심장 박동이 느껴졌다. 두근두근, 주니어의 심장은 혼자서 미친 듯이 뛰고 있었다.

"이 거짓말쟁이 쌍년아!"

주니어가 앤지의 귀에 대고 소리쳤다. 고함 소리가 대못처럼 머리를 파고들었다. 앤지도 비명을 질러 보았지만 주니어의 고함에 비하면 희미하고 하찮게 들렸다. 뒤이어 앤지는 주니어의 팔에 허리를 붙잡힌 채 정신없이 복도 저편으로 끌려갔다. 바닥의 카펫에 닿은 것은 발가락뿐이었다. 질주하는 자동차 보닛 위의 엠블럼이 이런 기분일까 하고 생각하는 사이에 앤지는 주방까지 끌려갔다. 그곳에는 환한 아침 햇살이 가득했다.

주니어가 또다시 비명을 질렀다. 이번에는 분노 때문이 아니라 고통 때문이었다.

5

햇빛 때문에 죽을 것만 같았다. 울부짖는 머릿속을 햇빛이 지져대고 있었다. 그러나 주니어는 햇빛 따위에 굴복하지 않았다. 그러기에는 이미 늦었기 때문이었다.

주니어는 지체 없이 앤지를 포마이카 식탁으로 내던졌다. 앤지의 배에 부딪힌 식탁이 벽으로 밀려나 쾅 소리를 냈다. 설탕통과 소금통과 후추통이 공중으로 날아갔다. 앤지의 허파에서는 헉 소리와 함께 숨이 빠져 나갔다. 그런 앤지의 허리를 한 손으로 붙잡고 다른 손으로는 젖은 머리채를 틀어쥔 채로, 주니어는 앤지를 한 바퀴 휙 돌려 냉장고 쪽으로 집어던졌다. 앤지가 쾅 소리를 내며 냉장고에 부딪히자 문에 붙어 있던 자석들이 투두둑 떨어졌다. 앤지의 얼굴은 넋이 빠져나간 듯 창백했다. 이제 아랫입술뿐 아니라 코에서도 피가 흘렀다. 하얀 살갗에 흐른 피가 선연하게 빛났다. 앤지의 눈이 개수대 옆의 칼꽂이와 거기 꽂혀 있는 식칼을 향해 휙 돌아갔을 때, 주니어는 그 눈길을 놓치지 않았다. 그래서 앤지가 몸을 일으키려고 버둥거렸을 때 주니어는 앤지의 얼굴 한복판을 무릎으로 내질렀다, 있는 힘껏. 뼈 부서지는 소리는 둔탁했다. 누가 옆방에서 큼지막한 접시를, 어쩌면 메인 요리를 담는 널따란 접시를 떨어뜨린 것처럼.

'데일 바버라 그 새끼를 이렇게 조졌어야 하는 건데.'

주니어는 이렇게 생각하며 뒤로 물러나 지끈거리는 이마에 손바닥을 짚었다. 눈곱을 비집고 솟아나온 눈물이 뺨에 흘러내렸다. 혀를 모질게 깨무는 바람에 피가 턱을 타고 내려와 부엌 바닥에 뚝뚝 떨어질 지경이었지만, 주니어는 그런 줄도 몰랐다. 두통이 너무나 끔찍했기 때문이었다.

고개를 처박고 엎드린 앤지 주위에 냉장고 자석이 흩어져 있었다. 그중 제일 큰 놈에 이렇게 씌어져 있었다. **오늘 맛있게 먹은 한 입은 내일의 엉덩잇살 한 덩어리.** 기절한 줄로만 알았던 앤지의 몸뚱이가 갑자기 부들부들 떨기 시작했다. 열 손가락은 흡사 고난도의 연주를 선보이기 전에 손가락을 푸는 피아니스트처럼 현란하게 떨렸다('하지만 이년이 평생 만져 본 악기라곤 좆피리뿐이겠지.' 주니어는 속으로 생각했다.). 뒤이어 두 다리가 위아래로 펄떡거리기 시작하더니 두 팔이 장단을 맞추었다. 이제는 아예 주니어한테서 헤엄쳐 도망치는 듯한 모양새였다. 끔찍하기 짝이 없는 경련이었다.

"그만해!"

주니어가 외쳤다. 앤지의 몸에서 변이 흘러나오기 시작했다.

"그만하라고! 싸지르지 마, 이 나쁜 년아!"

주니어는 털썩 무릎을 꿇었다. 이제 앤지의 머리가 주니어의 가랑이 사이에서 위아래로 벌떡거렸다. 앤지는 타일 바닥에 이마를 쿵쿵 찧었다. 알라께 절을 바치는 아랍 놈들처럼.

"그만해! 그만 좀 하라고!"

이제 앤지는 으르렁거리는 소리까지 내기 시작했다. 오싹할 정도로 요란한 소리였다. 맙소사, 누가 저 소리를 듣기라도 하면 어쩌지? 이대로 들키기라도 하면? 그렇게 되면 학교를 그만둔 이유를 아버지한테 설명하는 것하고는 아예 차원이 달랐다(사실 주니어는 학교 얘기를 어떻게 꺼내야 할지도 아직 엄두가 나지 않았다.).

이번에는 그 망할 요리사 놈하고 싸웠다는 이유로 한 달 용돈이 4분의 1로 깎였을 때보다 더 지독한 처분을 받을 판이었다. 실은 그 싸움도 이 밥벌레 같은 계집애 때문에 벌어진 거였는데. 이번에는 주니어의 아버지인 빅 짐 레니조차도 퍼킨스 서장과 그의 촌뜨기들을 구슬리지 못할지도 몰랐다. 어쩌면 이번에는…….

쇼생크 감옥의 음침한 초록색 벽이 주니어의 머릿속에 불쑥 떠올랐다. 거기 처박힐 수는 없는 노릇이었다. 주니어 앞에는 창창한 인생이 펼쳐져 있었다. 그러나 그리 될 터였다. 지금 앤지를 입 다물게 하더라도, 결국에는 그렇게 될 터였다. 왜냐하면 앤지가 나중에 떠벌릴 테니까. 주차장에서 두들겨 맞았던 바비의 얼굴보다 훨씬 더 처참한 자기 얼굴을 보면 그렇게 할 테니까.

그 입을 영영 다물게 해 버린다면 또 모르지만.

주니어는 앤지의 머리채를 틀어쥐고 '타일 바닥에 이마 찧기'를 도와주었다. 그렇게 하면 앤지가 빨리 정신을 잃을 듯싶었고, 그러면 주니어 자신도 도움을 받는 셈이었다. 지금 이…… 음, 뭔지는 잘 모르겠지만…… 지금 이 짓을 그만둬도 괜찮을 듯싶었다. 그러나 앤지는 점점 더 격렬하게 부들거릴 뿐이었다. 앤지의 두 발이 냉장고 문을 두드리기 시작하자 남아 있던 자석들이 후드득 떨어졌다.

주니어는 앤지의 머리채를 놓고 대신 목을 틀어잡았다. 그러고는 말했다.

"미안해, 앤지. 처음부터 이럴 작정은 아니었어."

그러나 미안한 마음은 들지 않았다. 그저 무서웠고, 아팠고, 이 끔찍하게 밝은 부엌에서 벌어지는 앤지의 사투가 끝나지 않으리라는 확신만 들었다. 벌써부터 열 손가락에서 힘이 빠져나갔다. 사람을 목 졸라 죽이기가 이렇게 힘들 줄이야.

남쪽 저 먼 곳에서, 쿵 소리가 들려왔다. 누가 거대한 총을 발사한 듯했다. 그러나 주니어는 아랑곳하지 않았다. 대신 목을 틀어쥔 손에 더욱 힘을 주었다. 그러자 마침내 앤지의 몸부림이 약해지기 시작했다. 앞서보다 좀 더 가까운 곳에서(바로 이 집에서, 같은 1층에서) 나지막한 종소리가 들리기 시작했다. 주니어는 현관 초인종이 울리는 줄 알고 휘둥그레진 눈으로 고개를 번쩍 처들었다. 누가 이 야단법석을 듣고 경찰을 부른 것 같았다. 머리가 터질 것만 같은데, 열 손가락이 모조리 삔 것처럼 아픈데, 그런데 헛수고였다니. 끔찍한 상상이 머릿속을 스쳤다. 경찰의 호위를 받는 가운데 누군지 모를 형사의 점퍼를 머리에 뒤집어쓰고 캐슬록 법원으로 들어서는 주니어 자신의 모습이었다.

그러나 주니어는 이내 그 소리의 정체를 알아차렸다. 정전이 되었을 때 배터리 전력으로 전환한다고 알려주는 컴퓨터 신호음과 똑같은 종소리였다.

딩…… 딩…… 딩…….

'입 다물어라, 일 좀 하자.' 주니어는 속으로 생각하며 계속 앤지의 목을 졸랐다. 이제 몸부림이 잠잠해졌는데도, 주니어는 한참 동안 손에서 힘을 빼지 않았다. 고개는 변 냄새를 피하려고 한쪽으로 돌린 채였다. 이 더러운 걸 작별 선물이라고 남기다니! 하나같이 똑같은 것들! 계집애들! 계집애들과 거시기들! 기껏해야 꼬부랑 털로 뒤덮인 개미굴일 뿐인데! 그런데도 항상 남자가 문제라고 떠드는 것들!

6

피와 변으로 얼룩진, 그리고 틀림없이 숨이 끊어졌을 앤지의 몸뚱이를 굽어다보며, 주니어는 이제 어떻게 할지를 궁리했다. 그때 남쪽 저 멀리서 또다시 쿵 소리가 들려왔다. 총소리가 아니었다. 훨씬 더 큰 소리였다. 폭발음이었다. 어쩌면 척 톰슨의 앙증맞은 경비행기가 정말로 추락했는지도 모를 일이었다. 아예 불가능한 일도 아니었다. 누구한테 큰소리를 좀 지를 요량으로(단순히 경고할 생각으로, 딱 그런 마음가짐으로) 나섰다가 결국에는 사람을 죽여 버린 오늘 같은 날이라면, 무슨 일이 일어난대도 이상할 것이 없었다.

순찰차의 사이렌 소리가 왱왱거리기 시작했다. 주니어는 자기를 잡으러 오는 소리라고 확신했다. 앤지의 목을 조르는 광경을 누가 창밖에서 들여다봤구나 싶었다. 그 생각을 하니 몸이 퍼뜩 움직여졌다. 주니어는 복도를 지나 현관문으로 향했다. 그러다 맨처음의 일격으로 앤지의 머리에서 풀어진 수건까지 가서 걸음을 멈췄다. 경찰은 현관으로 들어올 터였다. 원래 경찰은 앞문으로 들어오는 법이니까. 현관으로 나갔다가 번쩍이는 신형 LED 경광등이 화살 같은 불빛을 쏴 대면, 주니어의 머릿속에서 울부짖는 가엾은 고깃덩이는 아마도…….

주니어는 돌아서서 부엌으로 달아났다. 앤지의 몸을 타고 넘을 때에는 저도 모르게 아래를 내려다보고 말았다. 초등학교 1학년 때, 주니어와 프랭크가 이따금씩 머리 꽁지를 잡아당기면 앤지는 눈을 사팔뜨기처럼 뜨고 혀를 쏙 내밀곤 했다. 그러던 앤지의 눈이 이제 오래된 구슬처럼 눈구멍에서 불룩 튀어나와 있었다. 입에는 피가 흥건했다.

'내가 그런 건가? 진짜 내가 한 짓인가?'

아무렴. 주니어가 한 짓이었다. 그리고 슬쩍 한 번 내려다본 것만으로도 이유는 충분히 알 수 있었다. 앤지의 빌어먹을 이 때문이었다. 저 징그럽게 큼지막한 이.

사이렌 소리는 거듭 또 거듭 이어졌다. 그러나 멀어지는 중이었다. 고맙게도 멀어지는 중이었다. 순찰차는 마을 큰길에서 남쪽으로, 즉 폭발음이 들려오는 쪽으로 향하는 중이었다.

그런데도 주니어는 걸음을 늦추지 않았다. 주니어는 매케인네 집 뒷마당을 살금살금 지나갔다. 혹시라도 보는 눈이 있었다면 그 사람에게 방금 자신이 저지른 '어떤 짓'을 큰 소리로 떠들었을지도 몰랐지만, 주니어는 아랑곳하지 않았다(그러나 아무도 없었다.). 라도나 매케인이 기르는 토마토 밭을 지나면 높다란 널빤지 벽과 뒷문이었다. 자물쇠가 보이기는 했으나 풀린 채로 문고리에 걸려 있었다. 어린 시절 가끔 이 집에 놀러오기도 했던 주니어는 그 자물쇠가 잠긴 것을 한 번도 보지 못했다.

주니어는 뒷문을 열었다. 그 문으로 나가면 덤불숲과 오솔길이 나왔고, 그 길을 따라가면 졸졸 흐르는 프레스틸 개울로 이어졌다. 주니어는 열세 살 때 그 길에 서서 입을 맞추는 프랭크와 앤지를 몰래 훔쳐본 적이 있었다. 그때 프랭크의 목을 끌어안은 앤지의 팔과 앤지의 가슴을 감싸 쥔 프랭크의 손을 보며, 주니어는 이제 어린 시절도 다 지나갔음을 깨달았다.

주니어는 길에 쭈그리고 앉아 흐르는 개울물에 구역질을 했다.

물에 비친 햇살이 심술궂게 반짝였다. 끔찍했다. 그러다가 오른편에 있는 평화의 다리가 보일 만큼 눈앞이 선명해졌다. 낚시하던 아이들은 사라지고 없었지만 주니어가 보고 있는 사이에 순찰차 두 대가 마을 회관 앞으로 쏜살같이 달려갔다.

마을 경보가 울리기 시작했다. 정전을 대비하여 설치한 마을 회관 발전기가 작동을 개시했는지, 재난 경보용 사이렌 소리가 귀를 찢을 듯이 울려 퍼졌다. 주니어는 신음을 흘리며 두 손으로 귀를 막았다.

평화의 다리는 사실 지붕을 얹은 보행자용 다리에 불과했는데 그나마도 지금은 낡아서 쓰러져 가는 중이었다. 다리의 본래 이름은 '앨빈 체스터 통행교'였지만 1969년에 다리 옆에다 아이들 몇 명이(당시 누가 그랬는지를 놓고 소문이 돌기는 했는데) 파란색 페인트로 큼지막한 전쟁 반대 로고를 그린 다음부터는 평화의 다리로 불렸다. 이제 빛이 바래기는 했지만 파란색 평화 로고는 아직도 그 자리에 남아 있었다. 지난 10년간 평화의 다리는 통행금지 상태였다. 경찰이 다리 양쪽 입구에 **출입금지**라고 적힌 띠를 가위표로 붙여 두었지만, 사람들은 당연히 지금도 그 다리를 지나다녔다. 퍼킨스 서장 아래서 일하는 얼뜨기 경관들은 일주일에 이삼일씩 야간 순찰을 나와 전등으로 다리 입구를 비춰보곤 했는데, 늘 한쪽만 훑어볼 뿐 양쪽 다 살펴보지는 않았다. 술을 마시거나 서로 부둥켜안고 있는 아이들을 체포하지는 않고 그저 겁만 줘서 쫓아 보낼 생각이었던 것이다. 마을 의회에서는 해마다 평화의 다리를 철거하자는 안이 나왔지만 그때마다 철거하지 말고 보수하자는 안이 그 뒤를 이었고, 두 안 모두 표결에 부쳐졌다.

체스터스밀 마을에 보이지 않는 의지가 존재하는 듯했다. 그리고 그 의지는 평화의 다리가 지금 상태 그대로 방치되기를 원했다.

이날 짐 레니 주니어는 그 의지 덕분에 마음이 흐뭇했다.

주니어는 프레스틸 개울의 북쪽 가장자리를 따라 비틀비틀 걸어서 다리 밑까지 도착한 다음, 스트라우트 가 쪽으로 올라갔다. 이제 순찰차 사이렌 소리는 희미해졌지만 마을 경보 소리는 여전히 귀를 찢을 듯이 시끄러웠다. 주니어는 길 양편을 쓱 훑어보고 **막다른 길 / 다리 폐쇄**라고 적힌 표지판 앞을 재빨리 지나쳤다. 그런 다음 고개를 숙이고 가위표로 교차된 경찰 테이프를 통과하여 그늘 속으로 들어갔다. 지붕에 구멍이 송송 뚫린 탓에 발밑의 나무 바닥에 군데군데 동전만 한 햇빛이 보였지만, 일단 지옥 구덩이처럼 환한 그 부엌에서 나오고 보니 그만한 그늘도 다행스럽기만 했다. 비둘기들이 지붕에 앉아 지저귀는 소리가 달콤하게 들렸다. 나무 난간을 따라 맥주 깡통과 커피향 브랜디 병이 널려 있었다.

'안 걸리고 넘어가긴 다 틀렸어. 앤지 손에 내 흔적이 남았든 안 남았든 간에. 앤지가 날 잡았는지 안 잡았는지도 기억 안 나지만, 그래도 부엌엔 내 피가 남아 있으니까. 또 내 지문도. 사실 나한테 남은 길은 둘뿐이야. 달아나거나, 아니면 자수하거나.'

아니, 셋째 길이 남아 있었다. 자살하는 길이었다.

주니어는 집에 돌아가야 했다. 창문의 커튼을 모조리 쳐서 방을 굴처럼 만들어야 했다. 이미트렉스를 한 알 더 먹고 침대에 누우면 한숨 잘 수 있을지도 몰랐다. 그러고 나면 제대로 생각할 수도 있을 것 같았다. 만약 잠든 사이에 경찰이 잡으러 오면? 웬걸,

그러면 첫째 길과 둘째 길, 또는 셋째 길 가운데 어느 것을 택할지 고민할 필요가 없어지는 셈이었다.

주니어는 마을 회관 앞을 지나갔다. 웬 노인이 팔을 붙들고 말을 걸었지만 주니어는 그가 누군지 어렴풋이 알아볼 뿐이었다.

"주니어, 어떻게 된 거냐? 이게 무슨 꼴이야?"

주니어는 고개를 저으며 노인의 손을 뿌리치고 계속 걸었다.

등 뒤에서는 마을 경보가 요란하게 울려 퍼졌다. 세상이 끝장 나기라도 할 것처럼.

큰길과 샛길

1

체스터스밀에는 일주일에 한 번 발행하는 마을 신문《데모크라트》가 있었다. 민주당 지지자를 뜻하는 신문 이름 자체가 오보였는데, 왜냐하면 소유권과 편집권을 독점한 여장부 줄리아 셤웨이가 골수 공화당 지지자이기 때문이었다. 신문 1면의 제호란에는 이렇게 적혀 있었다.

체스터스밀 데모크라트

1890년 창간

"장화처럼 생긴 작은 마을을 위해 봉사하는 신문!"

그런데 제호 아래에 밝힌 사시(社是) 또한 오보이기는 마찬가지였다. 체스터스밀은 장화처럼 생긴 마을이 아니었다. 그보다는 하도 오래 신어서 벗어 놓으면 저 혼자 서 있을 것 같은 두꺼운 면양말을 닮은 마을이었다. 훨씬 크고 번화한 캐슬록 마을이 서남쪽에 살짝 닿아 있기는 했지만, 사실 체스터스밀은 면적은 더 넓어도 인구는 더 적은 마을 네 곳으로 둘러싸인 곳이었다. 남쪽과 동남쪽은 모튼, 동쪽과 동북쪽은 할로, 북쪽은 TR90 행정 미편입 지대, 서쪽은 타커스밀스였다. 일찍이 메인 주 중서부의 방직 공장들이 전성기를 누리던 시절에 타커스밀스와 체스터스밀은 트윈 밀스로 불렸는데, 덕분에 두 마을 사이에 흐르는 프레스틸 개울은 물고기도 안 사는 더러운 물웅덩이로 전락하여 바라보는 위치와 시간에 따라 색깔이 달리 보일 지경이었다. 그 시절에는 타커스밀스에서 초록빛 개울물에 조각배를 띄우고 출발하면 체스터스밀을 지나 모튼에 이를 무렵 샛노랗게 물든 개울물을 볼 수 있었다. 게다가 나무로 만든 조각배라면 물에 잠긴 부분은 페인트가 다 녹아 없어지기도 했다.

　　그러나 짭짤한 수익원이었던 오염물 배출 공장들은 1979년을 끝으로 모조리 문을 닫았다. 괴상한 물 색깔이 사라진 프레스틸 개울에는 물고기 떼가 돌아왔다. 비록 그 물고기를 사람이 먹어도 되느냐 안 되느냐는 아직도 논란거리로 남아 있지만(이에 관하여《데모크라트》의 논조는 이러했다. "아무렴 되고말고!").

　　체스터스밀의 인구는 계절에 따라 달랐다. 5월 하순의 전몰장병 기념일에서 9월 초순의 노동절 사이에는 1만 5000명에 가까웠다. 나머지 기간에는 고작 2000명 전후였는데 이 수치는 루이스턴 북쪽에서 최고로 꼽히는 캐서린 러셀 기념 병원의 신생아 및 사망자 숫자에 따라 좌우되었다.

여름에 들고나는 사람들에게 체스터스밀로 통하는 길이 몇 갈래냐고 물으면 대개는 두 갈래라고 대답할 것이다. 하나는 노르웨이사우스패리스로 이어지는 117번 국도, 다른 하나는 캐슬록 중심가를 지나 루이스턴으로 뻗은 119번 국도였다.

체스터스밀에서 10년쯤 산 주민이라면 길 이름을 적어도 여덟 개는 더 댈 수 있으리라. 동쪽의 할로 방면으로 난 검은능선길과 깊은골길부터 북쪽의 TR90 행정 미편입 지대 쪽으로 꺾어진 얕은골길까지, 이 여덟 가닥 길은 모두 2차로 아스팔트 도로였다.

30년 넘게 산 주민일 경우에는, (아직도 장작 난로를 때는 브라우니 상점 뒷방 같은 곳에 앉혀 놓고) 주워섬길 시간만 넉넉히 주면 길 이름을 여남은 개는 더 댈 텐데, 개중에는 거룩한 것(하느님개울길)도 있었고 속된 것(지방 행정 지도에는 번호로만 표시된 화냥년길)도 있었다.

후에 '돔 데이'로 알려진 그날 체스터스밀의 최고령 주민은 클레이튼 브래시였다. 클레이튼은 체스터스밀뿐 아니라 인근 마을 전체를 통틀어 가장 나이가 많았기 때문에 《보스턴 포스트》 신문사에서 각 지역의 최고령 주민에게 증정하는 기념 지팡이를 소유하고 있었다. 그러나 불행히도, 클레이튼은 이제 《보스턴 포스트》 기념 지팡이는커녕 자신이 누구인지조차도 제대로 기억하지 못했다. 가끔은 자기 손녀의 손녀인 넬을 40년 전에 죽은 아내로 착각하기도 했다. 그래서 《데모크라트》도 해마다 싣던 최고령 주민 인터뷰를 3년 전에 이미 그만두었다(마지막 인터뷰에서 장수

비결이 뭐냐고 묻는 질문에 클레이튼은 이렇게 대답했다. "니미럴, 저녁밥 안 줄 거냐?"). 백 살 생일을 넘긴 직후에 노망기가 슬금슬금 나타나기 시작한 클레이튼은 올해 10월 21일에 백다섯 살이 될 참이었다. 한때는 솜씨 좋은 목공예 전문가로 화장대와 난간, 벽널 마감재 세공이 특기였다. 말년에 들어선 요즈음에는 '젤리 푸딩을 콧구멍에 쑤셔 넣지 않고 무사히 먹기'와 '피로 얼룩진 젤리 조각을 요강에 흩뿌리기 전에 무사히 화장실에 도착하기'도 클레이튼의 특기에 포함되었다.

그러나 한창 때였더라면, 이를 테면 여든다섯 살 무렵이었더라면 클레이튼은 아마도 체스터스밀로 통하는 길 이름을 모조리 댈 수 있었을 테고, 그 길을 다 합하면 서른네 개였을 것이다. 대개는 비포장 도로였고 지금은 인적이 끊긴 길도 많았다. 인적이 끊긴 길은 거의 예외 없이 한 번 베어낸 후에 무성하게 자란 이차림 속으로 꼬불꼬불 이어졌다. 숲은 다이아몬드 성냥 회사와 컨티넨털 제지 회사, 아메리칸 임업 회사가 소유한 사유림이었다.

그리고 돔 데이 당일 정오가 되기 직전에, 그 길들은 모조리 닫히고 말았다.

2

이러한 샛길에서는 세네카 5호 추락 사건이나 그 뒤를 이은 펄프 트럭 폭발 사고 같은 참사가 거의 일어나지 않았지만, 그래도 문제는 있었다. 당연한 일이었다. 투명한 돌담이 느닷없이 한 마을 전체를 둘러싼 거나 다름없는 상황이 벌어지면 문제는 필연적으로 생기게 마련이다.

마멋이 두 동강 난 바로 그때, 얕은골길에서 그리 멀지 않은 에디 찰머스네 호박밭의 허수아비도 같은 운명에 처했다. 그 허수아비는 체스터스밀과 TR90을 가르는 마을 경계 바로 위에 서 있었다. 에디는 여기도 아니고 저기도 아닌 두 지역 사이에 어정쩡하게 걸쳐진 허수아비를 볼 때마다 흐뭇해하다가 결국에는 새를 쫓을 용도로 만든 그 물건에 나라 없는 허수아비, 줄여서 '나없수 선생'이라는 이름까지 붙여 주었다. 나없수 선생의 몸통 반쪽은 체스터스밀로 쓰러졌다. 나머지 반쪽은 마을 사람들의 표현을 빌리면 '허허벌판'으로 넘어갔다.

그로부터 몇 초 후, 에디의 호박을 노리고 날아온(나없수 선생을 전혀 겁내지 않은) 까마귀 떼 한 무리가 이때껏 아무것도 존재한 적 없는 허공에 대가리를 부딪쳤다. 까마귀들은 대부분 목이 부러진 채로 얕은골길의 노면과 길 양편 들판에 떨어져 시커먼 무더기를 이루었다. 돔 안쪽과 바깥쪽 모두, 부딪혀서 떨어져 죽은 새들이 온 사방에 널려 있었다. 이렇게 만들어진 새 무덤들은 급기야 난데없이 솟아난 장벽의 윤곽을 나타내는 표지 가운데 하나가 되었다.

하나님개울길 근처에서는 밥 루가 감자를 캐고 있었다. 밥은 최신형 아이팟으로 음악을 들으며 고물 디어 트랙터를 타고 점심(그 일대에서는 새참으로 부르는 사람이 더 많았다.)을 먹으러 집으로 향했다. 아내가 사준 그 아이팟은 결국 밥이 받은 마지막 생일 선물이었던 것으로 밝혀졌다. 감자를 캐던 밭에서 집까지는 고작

1킬로미터도 안 되는 거리였지만, 불행히도 감자밭은 모튼에 있었고 집은 체스터스밀에 있었다. 밥은 제임스 블런트가 부르는 「그대는 아름다워」를 듣던 도중에 시속 24킬로미터로 장벽에 부딪쳤다. 집까지 가는 길이 훤히 보였던 데다 장애물 하나 없었기에, 밥은 트랙터 운전대를 쥔 손에 조금도 힘을 주지 않은 상태였다. 그래서 트랙터가 갑자기 멈춰 섰을 때 뒤에 붙어 있던 감자 수확용 쟁기가 위로 솟구쳤다가 쿵 떨어졌고, 그 반작용으로 밥은 트랙터 엔진 위를 날아가 돔에 똑바로 처박히고 말았다. 멜빵바지의 배주머니에 넣어두었던 아이팟이 폭발했지만 밥은 까맣게 몰랐다. 아무것도 없는 허공에 부딪쳐 목이 부러지고 두개골에 금이 간 채로 땅바닥에 널브러져 이내 숨이 끊어졌기 때문이었다. 한쪽에서는 큼지막한 트랙터 바퀴가 아직도 공회전을 하고 있었다. 사람들 말마따나, 트랙터는 뭐니 뭐니 해도 디어 트랙터가 최고였다.

3

사실 모튼 길은 모튼으로 통하는 길이 아니라 그저 체스터스밀 경계 안에서만 순환하는 길에 지나지 않았다. 그 길이 지나는 곳 가운데 1975년 무렵부터 이스트체스터로 불린 주택가가 있었다. 거주자들은 대개 루이스턴오번으로 출퇴근하는 삼사십대 화이트칼라였고 소득도 꽤 많았다. 그들의 집은 모두 체스터스밀 경계 안쪽에 있었지만 뒷마당이 대부분 모튼 쪽에 걸쳐져 있었다.

모튼 길 379번지에 있는 잭과 마이라 에번스 부부의 집도 이러한 경우였다. 마이라 에번스는 집 뒷마당에 채소밭을 일구어 놓았는데 먹을 만한 놈은 이미 거의 다 따먹은 후였다. 그런데, 아직 남아 있는(게다가 죄다 문드러진) 호박들 너머로 통통한 애호박 몇 개가 보였다. 돔이 내려오던 바로 그때 마이라는 애호박 한 개를 향하여 손을 뻗은 참이었다. 마이라가 무릎을 꿇은 곳은 체스터스밀 경계 안이었지만, 애호박이 있는 자리는 하필이면 모튼 쪽으로 반걸음 정도 넘어간 곳이었다.

마이라는 비명을 지르지 않았다. 전혀 아프지 않았기 때문이었다, 적어도 처음에는. 비명을 지르기에는 너무나 빠르고 예리하고 깔끔했다.

부엌에 있던 잭 에번스는 점심으로 오믈렛을 해 먹으려고 달걀을 휘젓는 중이었다. 엘시디 사운드시스템이 부르는 「쓰레기 같은 미국놈」을 틀어놓고 따라 부르고 있을 때, 등 뒤에서 그의 이름을 부르는 가녀린 목소리가 들려왔다. 처음에 잭은 14년이나 함께 산 자기 아내의 목소리를 알아차리지 못했다. 어린애 목소리 같았기 때문이었다. 그러나 뒤로 돌아서고 보니 역시 아내 목소리였다. 마이라가 부엌 문간에 서 있었다. 오른팔을 몸통 앞에 들고서. 부엌 바닥에 흙발로 들어오다니, 마이라답지 않았다. 평소에는 바깥 의자에 앉아 정원용 신발을 벗던 마이라였다. 그런 마이라가, 지저분한 정원용 장갑을 낀 왼손에, 자기 오른손을 들고 있었다. 흙투성이 손가락을 따라 뻘건 것이 줄줄 흘러내렸다. 처음에는 크랜베리 주스인가 싶었지만, 잠시뿐이었다. 피였다. 잭은 손에 들고 있던 대접을 떨어뜨렸다. 대접이 바닥에 부딪혀 박살이 났다.

아이처럼 가녀린, 떨리는 목소리로, 마이라가 다시 한 번 남편의 이름을 불렀다.

"뭐야? 마이라, 어떻게 된 거야?"

"사고를 당했나 봐."

마이라는 이렇게 말하며 남편에게 오른팔을 내밀었다. 다만 그 팔에는 왼손에 낀 것과 짝을 맞출 흙투성이 정원용 장갑이 보이지 않았다. 그리고 오른손도. 그저 피를 벌컥벌컥 내뿜는 손목뿐이었다. 마이라는 남편에게 엷은 미소를 지어 보이며 말했다.

"나 어떡하지?"

두 눈의 눈동자가 돌아갔고, 남은 것은 흰자위뿐이었다. 작업용 청바지의 가랑이가 젖어 짙은 색으로 물들어갔다. 뒤이어 두 무릎마저 꺾였고, 마이라는 바닥에 쓰러졌다. 해부학 교과서에 실릴 만큼 깔끔하게 잘린 손목에서 피가 뿜어 나와 바닥에 쏟아진 달걀물과 뒤섞였다.

잭이 아내 곁에 털썩 무릎을 꿇었을 때, 깨진 대접의 파편이 그의 무릎에 깊숙이 박혔다. 남은 평생 동안 다리를 절룩거려야 할 만큼 깊은 상처였지만 당시에는 거의 알아차리지도 못했다. 잭은 그저 아내의 팔을 붙들고 꽉 틀어쥐기만 했다. 손목에서 무섭게 뿜어 나오던 핏줄기는 약해지기만 할 뿐 멈추지는 않았다. 잭은 허리띠를 풀어 마이라의 아래팔뚝에 감았다. 피가 멈추었지만, 허리띠를 고정시킬 방법이 없었다. 허리띠 구멍이 고리에서 한참 떨어져 있었기 때문이었다.

"맙소사." 잭은 들을 사람도 없는 부엌에 대고 중얼거렸다. "하나님 맙소사."

그러고 보니 부엌이 아까보다 어두웠다. 정전이었다. 서재에 있는 컴퓨터가 정전 경보를 울려 댔다. 엘시디 사운드시스템의 노래는 끊어지지 않았다. 조리대에 놓아 둔 대형 카세트 라디오가 건전지로 돌아가는 덕분이었다. 그러거나 말거나 이제 테크노 음악에 흥미를 잃은 잭한테는 상관없는 일이었다.

피바다였다. 피바다.

아내가 어쩌다 손을 잘렸는지는 이제 궁금하지 않았다. 잭에게는 더 시급한 걱정거리가 있었다. 전화를 걸려고 보니 허리띠로 만든 지혈대를 놓을 수가 없었던 것이다. 출혈이 다시 시작될지도 몰랐고, 어쩌면 이미 과다출혈로 위험한 상태인지도 몰랐다. 전화가 있는 곳까지 데려가야 했다. 잭은 할 수 없이 마이라의 셔츠를 잡아끌었다. 처음에는 셔츠 자락이 허리춤에서 쑥 빠져나왔지만, 이내 목깃이 마이라의 목을 조르기 시작했다. 쌕쌕거리는 숨소리가 귀에 들릴 지경이었다. 그래서 잭은 만화에 나오는 원시인처럼 마이라의 기다란 갈색 머리채를 틀어쥔 채로 전화가 있는 곳까지 끌고 갔다.

휴대전화라서 다행히 신호가 갔다. 잭은 911을 눌렀다. 통화중이었다.

"말도 안 돼!"

잭은 들을 사람도 없는 불 꺼진(그러나 라디오에서는 밴드의 노랫소리가 계속 흘러나오는) 부엌에 대고 외쳤다.

"911이 통화중이라니 말이 돼!"

잭은 재발신 버튼을 눌렀다.

통화중이었다.

바닥에 주저앉아 조리대 문에 등을 기댄 채로, 지혈대를 있는 힘껏 틀어쥔 채로, 바닥에 흥건한 피와 달걀물을 멍하니 내려다보며, 잭은 일정한 간격을 두고 재발신 버튼을 꾹 눌렀지만, 들리는 것은 오로지 멍청한 '뚜 뚜 뚜' 소리뿐이었다. 그리 멀지 않은 곳에서 폭발음이 들려왔으나 시끄러운 노랫소리에 가려 거의 알아들을 수 없었다(게다가 잭은 세네카 경비행기가 폭발하는 소리를 전에 들어 본 적이 없었다.). 노래를 멈추고 싶었지만 라디오까지 손을 뻗으려면 마이라를 일으켜 세워야 했다. 마이라를 일으켜 세우거나, 아니면 허리띠를 이삼 초쯤 놓아야 했다. 잭은 둘 다 하고 싶지 않았다. 그래서 「쓰레기 같은 미국놈」, 「대단한 그 사람」, 「내 모든 친구들」에 이어 노래 몇 곡이 더 나오고 마침내 「은(銀)의 소리」라는 앨범 제목이 붙은 시디가 다 돌아갈 때까지 그냥 거기 주저앉아 있었다. 노래가 끝났을 때, 그리하여 멀리서 들리는 순찰차 사이렌 소리와 더 가까이서 들리는 컴퓨터 경고음만 빼고 사방이 조용해졌을 때, 잭은 깨달았다. 아내가 이제 숨을 쉬지 않았다.

'점심을 차릴 작정이었는데.' 잭은 혼자서 생각했다. '멋진 점심을, 살림의 여왕이라는 마사 스튜어트 아줌마를 초대해도 부끄럽지 않을 식탁을.'

조리대에 등을 기댄 채로, 허리띠는 여전히 틀어쥔 채로(나중에 손을 놓았을 때 손가락이 끊어질 듯이 아팠을 만큼 세게), 오른쪽 바지 종아리는 사금파리에 찔린 무릎에서 배어난 피로 검붉게 물든 채로, 잭 에번스는 아내의 머리를 가슴에 안고 훌쩍이기 시작했다.

4

잭의 집에서 그리 멀지 않은 프레스틸 늪가. 최고령 주민인 클레이튼 브래시도 기억 못할 만큼 외진 숲길에서 암사슴 한 마리가 어린 나무 순을 찾아 헤매고 있었다. 하필이면 모든 경계 너머로 목을 쭉 뻗고 있었던 사슴의 머리는, 돔이 내려오자 땅에 툭 떨어져 데굴데굴 굴러갔다. 어찌나 깔끔하게 잘렸던지 단두대 칼날이 떨어진 것만 같았다.

5

양말처럼 생긴 체스터스밀 마을을 한 바퀴 돌았으니 이제 다시 119번 국도로 돌아가 보자. 그러고 보니 도요타 SUV에서 내린 육십대 노인이 투명하고도 몹시 단단한 어떤 것에 얼굴을 똑바로 부딪쳐 코가 부러졌던 장면에서 시간이 멈추었는데, 이는 해설이라는 마술 덕분이니 이해해 주시기 바란다. 땅에서 일어나 앉은 노인은 놀라서 말문이 막힌 채 데일 바버라를 멍하니 건너다보았다. 하늘에서 갈매기 한 마리가 돌멩이처럼 툭 떨어지더니, 노인의 머리에서 벗겨진 시독스 야구모자로부터 1미터도 안 떨어진 곳에 나뒹굴었다. 그 갈매기는 필시 모든 쓰레기 하치장의 맛난 먹이를 뒤로 하고 살짝 질이 떨어지는 체스터스밀 쓰레기 매립장으로 출근하는 길이었으리라. 노인은 모자를 주워 들고 툭툭 턴 다음 다시 눌러썼다.

새가 떨어진 하늘을 올려다본 두 남자의 눈에, 수수께끼로 가득한 이 날 하루의 새로운 수수께끼 하나가 모습을 드러냈다.

6

처음에 바비는 자기 눈에 보이는 것이 아까 폭발한 비행기의 잔상이겠거니 했다. 얼굴 가까이에서 카메라 플래시가 터지면 한참 후에도 큼지막한 파란색 점이 하늘에 둥둥 떠 있는 듯 보이는 것과 같은 이치였다. 다만 그것은 점이 아니었고, 파란색도 아니었으며, 바비가 눈을 다른 쪽으로(이 경우에는 길에서 새로 만난 사람 쪽으로) 돌려도 둥둥 떠다니지 않았다. 그저 허공의 같은 자리에 그대로 못 박혀 있었다.

시독스 모자를 쓴 노인은 고개를 쳐든 채로 눈을 쓱쓱 비비는 중이었다. 부러진 코도 퉁퉁 부은 입술도, 피가 철철 흐르는 이마도 까맣게 잊은 눈치였다. 노인은 앉은 자리에서 일어서다가 목을 뒤로 너무 젖힌 탓에 그만 균형을 잃고 자빠질 뻔했다.

"저게 뭐지? 이봐요, 저게 도대체 뭐요?"

노인이 물었다. 푸른 하늘에 커다랗고 시커먼 얼룩이 새겨져 있었다. 상상력을 한껏 발동해서 보면 촛불 모양 같기도 했다.

"구름…… 인가?

시독스 모자를 쓴 그 노인이 물었다. 미심쩍어 하는 목소리로 보아 구름이 아닌 줄은 이미 아는 눈치였다.

"제 생각에는……"

바비가 입을 열었다. 그의 입에서 자기 목소리로는 결코 듣고 싶지 않았던 말이 나왔다.

"제 생각에는, 비행기가 부딪힌 자국 같은데요."

"뭐라고?"

시독스 노인이 물었다. 바비가 미처 대답하기도 전에, 머리 위 15미터쯤에서 큼지막한 찌르레기 한 마리가 급강하했다. 그 새는 아무것도 없는(적어도 두 사람의 눈에는 안 보이는) 허공에 부딪히더니, 앞서 떨어진 갈매기 근처에 나동그라졌다.

"봤소, 방금?"

바비는 고개를 끄덕인 다음 자기 왼편에서 불타고 있는 짚더미를 가리켰다. 그 짚더미뿐 아니라 도로 오른편에 쌓인 짚더미 두 곳에서도 시커먼 연기가 뭉게뭉게 솟아올라 조각 난 세네카 5호의 잔해에서 피어오른 연기와 합쳐졌지만, 불길은 멀리 번지지 않았다. 그 전날 폭우가 쏟아진 덕분에 짚더미가 젖어 있었던 것이다. 안 그랬더라면 들불이 양쪽으로 쏜살같이 번져나갈 터였으니 다행스러운 일이었다.

"보셨어요, 저거?"

"어처구니가 없구먼."

시독스 노인은 불난 곳을 한참 동안 바라보다가 중얼거렸다. 400제곱미터쯤 되는 땅뙈기를 다 태운 불길이 슬금슬금 번지다가 바비와 노인이 마주보고 선 자리 앞까지 다가왔다. 그러더니 그 자리에서 갈라져 서쪽으로는 도로 가장자리를 따라, 동쪽으로는 소규모 낙농가의 2헥타르도 안 되는 목초지를 따라 번졌다. 불길은 자를 대고 그은 듯이 똑바로 나아갔다. 앞서거니 뒤서거니

하며 들쑥날쑥하게 번지는 여느 들불과 달랐다.

또다시 갈매기 한 마리가 두 사람이 있는 곳으로 날아왔다. 이번에는 체스터스밀이 아니라 모든 방면으로 향하는 갈매기였다.

"옳지, 저놈은 어떤지 봅시다."

"저 새는 괜찮을지도 몰라요."

바비는 손으로 햇빛을 가리며 하늘을 올려다보았다.

"뭔지는 몰라도 남쪽에서 오는 것만 가로막지 싶은데요."

"저 작살 난 비행기를 보아하니 꼭 그런 것 같진 않은데."

시독스 노인의 목소리는 어리벙벙해진 사람답게 나지막했다.

체스터스밀에서 나가려던 그 갈매기는 장벽에 부딪친 다음, 불타는 비행기 토막 가운데 가장 큰 토막에 똑바로 추락했다.

"양쪽 다 막혔어."

시독스 노인이 말했다. 목소리가 전에는 불확실했지만 지금은 강력한 증거가 받쳐주는 신념을 지닌 사람 같았다.

"무슨 실드 같구먼. 그 왜, 「스타 트릭」에 나오는 거 있잖아."

"'트렉'이겠죠."

"응?"

"이런 젠장."

노인의 어깨 너머를 보던 바비가 중얼거렸다.

"응?" 노인도 자기 등 뒤를 돌아보았다. "이런 옘병!"

펄프 트럭이 다가오고 있었다. 거대한 트럭에 실린 아름드리 통나무의 양이 법정 한계 중량을 가뿐히 초과할 듯싶었다. 가뿐히 초과하기로 따지면 법정 한계 속도 역시 마찬가지였다. 바비는 저런 괴물이 정지할 때의 충격이 얼마나 될지 가늠하려고 애썼지만 아예 상상조차 할 수 없었다.

시독스 노인이 중앙선 위에 비스듬히 세워진 도요타 SUV 쪽으로 달려갔다. 트럭 운전사가 노인을 발견하고 경적을 눌렀다. 브레이크는 밟지 않았다. 뽕 가는 알약을 먹었는지 필로폰을 태워 연기로 들이마셨는지, 아니면 그저 젊은 혈기에 서두르느라 자신을 불사신으로 착각했는지도 모를 일이었다.

"미치고 환장하겠네!"

시독스 노인이 운전석으로 뛰어들면서 소리쳤다. 그러고는 문도 안 닫은 채로 시동을 걸고 차를 도로 바깥으로 움직였다. 그러나 소형 SUV는 네모난 앞코를 하늘로 쳐든 채 길가 배수로에 쿵 주저앉고 말았다. 시독스 노인이 차에서 튀어나왔다. 노인은 비틀거리다가 쓰러져 한쪽 무릎을 꿇더니 이내 일어나서 들판으로 부리나케 달아났다.

한편 경비행기와 새들, 또 그 경비행기가 충돌한 지점일지도 모를 기묘한 검은 얼룩 생각에 잠겨 있던 바비도 목초지 쪽으로 달아나기 시작했다. 처음에는 나지막하게 잦아든 불길을 뚫고 검은 재를 풀풀 흩날리며 달렸다. 달리다 보니 여자 것치고는 너무 큰, 그래서 남자 것으로 보이는 운동화가 눈에 띄었다. 운동화는 주인의 발을 고이 품고 있었다.

'조종사겠지.' 바비는 속으로 생각했다. 생각이 꼬리를 물고 이어졌다. '가만, 이렇게 뛰어다닌다고 될 일이 아닌데.'

"차 세우라고, 이 멍청아!"

시독스 노인이 겁에 질려 가느다란 목소리로 펄프 트럭을 향해 소리쳤지만, 충고하기에는 이미 늦은 상황이었다. 바비는 어깨 너머를 돌아보며(도저히 안 볼 수가 없었다.) 트럭 운전사가 마지막 순간에 브레이크를 밟으려고 애썼을지도 모른다고 생각했다. 어쩌면 그 운전사도 비행기 사고를 목격했을 듯싶었다. 어느 쪽이든 간에, 역부족이었다. 트럭은 시속 90킬로미터가 살짝 넘는 속도로 돔의 모튼 쪽 표면에 충돌했다. 짐칸에는 통나무가 20톤 가까이 실려 있었다. 운전사가 타고 있던 트럭 앞부분은 앞으로 조금도 나가지 못하고 그대로 찌그러졌다. 한계 중량을 초과한 화물칸은 물리원칙의 포로가 되어 계속 앞으로 나아갔다. 연료 탱크가 통나무에 짓눌려 찢어지더니 이내 불꽃을 튀겼다. 연료 탱크가 폭발했을 때 이미 날아가고 있던 통나무들이 이제 초록색 철제 아코디언 꼴이 된 운전석 위로 날아가는 중이었다. 앞으로 위로 날아오른 통나무들이 투명한 장벽에 부딪혀 사방으로 튀었다. 불길과 검은 연기가 굵직한 기둥이 되어 하늘로 솟구쳤다. 바윗돌이 떨어지듯 쿵쿵거리는 굉음이 환한 하늘 아래 울려 퍼졌다. 뒤이어 통나무들이 다시 모튼 쪽으로 비처럼 쏟아지더니, 도로와 주변 들판에 나무 막대기처럼 추락했다. 통나무 한 개가 SUV 지붕을 납작하게 찌그러뜨렸고, 그 바람에 앞유리가 깨져 보닛 위에 다이아몬드 조각처럼 흩뿌려졌다. 시독스 노인의 코앞에도 통나무가 떨어졌다.

바비는 달리기를 멈추고 우두커니 바라볼 뿐이었다.

시독스 노인은 땅에서 일어나려다 주저앉았다. 그러고는 자신을 짓뭉개 죽일 뻔한 통나무를 짚고 다시 일어섰다. 그렇게 일어서서 휘둥그레진 눈으로 휘청거렸다. 바비는 노인 쪽으로 달려가다가 열두 걸음 만에 투명한 벽돌 담 같은 것에 부딪쳤다. 뒤로 주춤주춤 물러서다 보니 코에서 나온 뜨끈한 것이 입술을 타고 흘러내리는 기분이 들었다. 바비는 손으로 얼굴을 훔치고 나서 손바닥 가득 묻은 피를 못 믿겠다는 눈으로 내려다보다가, 이내 피 묻은 손을 셔츠에 쓱 닦았다.

이제 도로 양편에서, 모튼과 체스터스밀 모두에서 차들이 다가오고 있었다. 길 건너편 들판 끝에 있는 농가에서 사람 셋이 목초지를 가로질러 달려왔지만 아직은 가물가물하게만 보였다. 어떤 차들은 경적을 울려 대는 중이었다. 꼭 그렇게 하면 문제가 풀리기라도 한다는 듯이. 모튼 쪽에서 맨 먼저 도착한 차가 트럭에서 멀찌감치 떨어진 갓길에 정지했다. 차에서 내린 여인 둘이 불길과 연기 기둥을 멍하니 올려다보았다. 눈에 쏟아지는 햇빛을 손으로 가리면서.

7

"망할."

시독스 노인이 중얼거렸다. 나지막하고 숨 가쁜 목소리였다. 노인은 길 바깥 들판을 따라 바비 쪽으로 걸어갔다. 활활 타오르는 통나무를 피하려고 조심스럽게 동북쪽 방향으로 돌아가기까지 했다. 어쩌면 트럭 운전사가 과적에 과속까지 했는지도 모를 일이었다. 바비는 그렇게 생각했다. 그러나 운전사는 적어도 장례식만큼은 바이킹 식으로 누리고 간 셈이었다.

"방금 그 통나무 떨어지는 거 봤소? 하마터면 죽을 뻔했지 뭐야, 벌레처럼 찌부러질 뻔했어."

"혹시 휴대전화 갖고 계세요?"

바비는 거센 불길 소리를 이기려고 큰소리로 물었다.

"차 안에 있는데. 정 필요하다면 내 한번 들어가 보지."

"아니, 잠깐만요."

바비가 만류했다. 문득 이 모든 현실이 꿈일지도 모른다는 안도감이 들었다. 물속에서 자전거를 타거나 생전 배운 적도 없는 외국어로 자기 성생활 이야기를 주절거려도 지극히 정상으로 보이는, 말도 안 되는 꿈.

장벽을 경계로 바비가 서 있는 쪽에 가장 먼저 도착한 사람은 고물 GMC 픽업트럭을 모는 육덕 푸짐한 남자였다. 바비는 들장미 식당의 손님인 줄을 금세 알아차렸다. 남자의 이름은 어니 캘버트, 푸드시티 슈퍼마켓에서 점장으로 일하다가 지금은 은퇴한 사람이었다. 어니는 화등잔 같은 눈으로 도로의 불바다를 바라보고 있었지만, 그래도 손에 든 휴대전화에 대고 열심히 뭐라고 떠드는 중이었다. 트럭이 불타는 소리 때문에 뭐라고 하는지는 거의 들리지 않았으나 바비는 '상황이 영 안 좋은 것 같아'라는 말을 알아들었고, 이로 미루어보아 어니가 통화하는 상대는 경찰 같았다. 어쩌면 소방서거나. 바비는 만약 소방서라면 캐슬록 소방서이기를 바랐다. 체스터스밀의 작은 소방서에도 소방차가 두 대 있기는 했지만 그 두 대가 도착해 봐야 할 일이라고는 그냥 둬도 제풀에 곧 꺼질 들불을 잡는 것뿐이었다. 불타는 펄프 트럭까지는 지척이었는데도, 바비가 보기에는 소방차가 그리로 넘어갈 방법이 없었다.

'이건 꿈이야.' 바비는 자신에게 타일렀다. '계속 그렇게 생각해, 그럼 어떻게든 대처할 수 있을 거야.'

모튼 쪽에 있던 두 여인 곁에 남자 대여섯 명이 합류했다. 그들 역시 손으로 햇빛을 가린 모습이었다. 이제 양쪽 갓길에 차들이 늘어서 있었다. 차에서 내린 사람들이 구경꾼 무리에 섞여 들었다. 바비가 있는 체스터스밀 쪽도 마찬가지였다. 흡사 경쟁 상대인 벼룩시장 두 곳이 나란히 들어서서 값싸고 질 좋은 물건을 한가득 풀어 놓은 듯했다. 한 곳은 마을 경계선 저쪽 모튼 땅에, 한쪽은 경계선 이쪽 체스터스밀 땅에.

농가에서 도착한 세 사람은 농부와 그의 십대 아들 둘이었다. 소년들은 가뿐하게 뛰어왔지만 농부는 벌게진 얼굴로 숨을 헐떡였다.

"우와, 씨발!"

둘 중 형으로 보이는 아이가 외치자 아이들 아버지가 뒤통수를 철썩 갈겼다. 아이는 아버지의 손찌검에도 아랑곳 않는 듯했다. 두 눈이 화등잔처럼 커다랬다. 동생으로 보이는 아이가 형에게 손을 내밀었고, 형이 그 손을 잡아 주자 더럭 울음을 터뜨렸다.

"어떻게 된 거요?"

농부가 바비에게 물었다. 그러는 동안 숨을 한껏 들이쉬느라 '어떻게'와 '된 거요' 사이에서 말을 멈추었다.

바비는 농부를 거들떠보지도 않았다. 대신 멈추라는 표시로 오른손을 내민 채 시독스 노인 쪽으로 천천히 다가갔다. 시독스 노인도 바비를 따라했다. 입은 꾹 다문 채였다. 장벽이 있으리라 짐작되는 곳에 바비가 가까이 다가서자 노인이 걸음을 늦추었다.

장벽의 존재는 땅이 직선으로 불탄 자국을 내려다보면 대번에 알 수 있었다. 이미 얼굴을 부닥친 경험이 있는 노인은 같은 짓을 되풀이하고 싶지 않았다.

바비는 퍼뜩 소름이 돋았다. 발목부터 돋은 소름이 목까지 올라와 목덜미의 잔털이 곤두서려고 부들부들 떨었다. 고환 두 쪽은 소리굽쇠처럼 찡 울렸고, 입안에서는 한순간 아릿한 쇠 맛이 났다.

1.5미터 앞(그리고 점점 가까워지는 곳)에서, 그러잖아도 휘둥그레진 시독스 노인의 눈이 점점 더 커지는 중이었다.

"방금 그거, 느꼈소?"

"예. 근데 지금은 사라졌어요. 어르신은요?"

"이쪽도 사라졌소." 시독스 노인이 맞장구를 쳤다.

두 사람이 내뻗은 손은 서로 맞닿지 않았다. 바비는 다시금 유리창을 떠올렸다. 창 바깥에 있는 친구한테 손을 내밀었을 때와 똑같았다. 손이 겹쳐지기는 하지만 맞닿지는 않았다.

바비는 내민 손을 뒤로 물렀다. 앞서 코피를 닦았던 오른손이었는데…… 허공에 난데없이 나타난 손바닥 모양 핏자국이 보였다. 그 자국을 보고 있으려니 허공에 묻은 피가 방울지기 시작했다. 흡사 유리창에 묻은 피 같았다.

"옘병할, 이게 도대체 뭐야?" 시독스 노인이 중얼거렸다.

바비는 영문을 알 수가 없었다. 미처 뭐라고 말하기도 전에 어니 캘버트가 등을 두드렸다.

"내가 경찰에 신고했소. 금방 올 텐데, 소방서는 전화를 안 받는구먼. 캐슬록 소방서로 전화하라는 녹음 메시지만 들려."

"그래요, 그쪽으로 신고하세요."

바비가 대답하자마자 5미터쯤 떨어진 곳에서 새 한 마리가 또 허공에 부딪히더니, 농부의 목초지로 추락하여 모습을 감추었다. 그 광경을 보던 바비의 머릿속에 퍼뜩 새로운 생각이 떠올랐다. 십중팔구 지구 반대편에서 총을 지고 다니던 경험 덕분에 떠오른 생각일 터였다.

"하지만 그 전에 주 방위군 공군 사령부에 전화하는 게 나을 겁니다. 메인주 뱅고어에 있는 거 말이에요."

"주 방위군?" 어니의 입이 떡 벌어졌다.

"체스터스밀 상공에 비행금지 구역을 선포할 수 있는 곳은 거기뿐이니까요. 게다가, 지금 당장 선포하는 게 좋을 것 같아요."

죽은 새가 사방에 한가득

1

체스터스밀 마을의 경찰서장은 모린 가에 있는 자기 집 잔디밭의 낙엽을 치우느라 바깥에 나와 있었으면서도 폭발음을 듣지 못했다. 아내가 모는 혼다 차의 보닛에 휴대용 라디오를 올려놓고 WCIK 방송국의 찬송가를 들은 탓이었다('그리스도는 왕이시다(Christ Is King)'에서 이름을 따온 그 방송국을 마을 젊은이들은 '예수쟁이 라디오'로 불렀다.). 게다가 서장은 청력도 예전 같지 않았다. 하긴, 나이 예순일곱에 안 그런 사람이 있을까?

하지만 맨 처음 울려 퍼진 사이렌 소리는 놓치지 않고 들었다. 서장의 귀는 엄마들이 자기 아이의 울음소리에 반응하는 방식으로 순찰차 사이렌 소리에 맞추어져 있었다. 하워드 퍼킨스 서장

65

은 몇 번 순찰차의 사이렌인지, 또 순찰차를 누가 모는지도 속속들이 꿰고 있었다. 구식 사이렌은 3호 차와 4호 차에만 붙어 있었는데 3호 차는 조니 트렌트가 소방서 사람들을 따라 캐슬록으로 몰고 가고 없었다. 그 망할 놈의 소방 훈련 때문이었다. 명목상으로는 '모의 화재'라고들 하지만, 실제로는 다 큰 사내들이 저지르는 한바탕 불장난에 지나지 않았다. 그러므로 방금 출동한 차는 남아 있는 닷지 순찰차 두 대 중 한 대인 4호 차였고 운전자는 헨리 모리슨이었다.

퍼킨스 서장은 갈퀴로 낙엽을 모으다 말고 똑바로 서서 고개를 쳐들었다. 그러다가 사이렌 소리가 멀어지자 다시 갈퀴질을 시작했다. 아내 브렌다가 현관에 나왔다. 체스터스밀의 거의 모든 주민이 퍼킨스 서장을 '듀크'라는 별명으로 불렀는데 이는 스타 극장에 걸린 존 웨인 영화를 빼놓지 않고 보던 고교 시절부터 그를 따라다닌 애칭이었다. 그러나 브렌다는 결혼하자마자 남편을 자기 마음에 드는 애칭으로 부르기 시작했다. 서장이 싫어하는 애칭이었다.

"하위, 전기가 나갔어요. 뭐가 터지는 소리도 들리던데."

하위. 브렌다는 늘 하위라고 불렀다. 만화에 나오는 얼간이 하위, 재주 부리는 강아지 하위, '저 팀은 만년 하위로군, 낄낄' 할 때 그 하위였다. 퍼킨스 서장은 그 애칭을 사용하는 아내에게 자비심을 가지려고 애썼다. 웬걸, 실제로도 자비로웠다. 그런데도 가끔은 자기 심장에 자그마한 기계 장치를 붙이게 된 데 아내 책임도 조금은 있지 않을까 하는 궁금증이 들곤 했다.

"뭐라고?"

브렌다는 못 말린다는 듯이 눈을 뒤룩거리다가 자기 차에 놓인 라디오 쪽으로 쿵쿵 걸어가서 전원 버튼을 눌렀다. 노먼 러보프 합창단이 부르던 「죄 짐 맡은 우리 구주」가 한참 흘러나오다가 뚝 끊겼다.

"내 차에 라디오 올려놓지 말라고 몇 번이나 얘기했죠? 흠집 나면 중고로 팔 때 값 떨어진단 말이에요."

"미안, 브렌. 근데 아까 뭐라고 했어?"

"전기가 나갔다니까요! 뭐가 터지는 소리도 들렸고. 조니 트렌트도 분명히 그것 때문에 출동했을걸요."

"헨리야. 조니는 소방서 사람들이랑 캐슬록에 갔어."

"아무튼, 누가 출동했든 간에……."

사이렌 소리가 또 들려왔다. 이번 것은 퍼킨스 서장이 '찍찍이'로 부르는 신형 사이렌이었다. 따라서 순찰차는 2호, 운전자는 재키 웨팅턴이었다. 재키여야만 했다, 왜냐하면 1호차를 맡은 랜돌프는 경찰서 자기 자리에 죽치고 앉아 책상에 발을 올린 채 《데모크라트》를 읽고 있을 테니까. 아니면 변기에 앉아서 읽든가. 피터 랜돌프는 정직한 경관이자 적어도 업무에 필요한 만큼은 우직한 인물이었지만, 서장은 그런 랜돌프가 마음에 안 들었다. 부분적으로는 랜돌프가 짐 레니의 추종자인 탓이었고, 이따금씩 필요 이상으로 우직한 탓도 있었다. 그러나 게으름 탓이 더 컸다. 듀크 퍼킨스 서장은 게으른 경관을 용납 못하는 사람이었다.

브렌다가 놀란 눈으로 남편을 바라보았다. 43년간 경찰관의 아내로 살아온 브렌다였기에 폭발음 두 번과 사이렌 소리 두 번, 거기에 정전까지 더하면 결코 좋은 결과가 나올 리 없음을 눈치챘던 것이다. 잔디밭의 낙엽이 이번 주말에 다 치워지면, 또는 하위가 짬을 내어 자신이 아껴 마지않는 트윈밀스 와일드캐츠 대 캐슬록 풋볼 팀 경기 중계를 듣게 된다면, 그 편이 오히려 놀라운 일일 듯싶었다.

"당신, 서에 가 보는 게 좋겠어요. 무슨 사고가 난 게 틀림없어요. 아무도 다치지 말아야 할 텐데."

서장은 허리에 차고 있던 휴대전화를 꺼냈다. 거머리처럼 온종일 붙어 있는 지긋지긋한 물건이었지만 편리한 점만은 인정할 수밖에 없었다. 서장은 번호를 누르는 대신 가만히 내려다보며 벨소리가 울리기를 기다렸다.

뒤이어 또 다른 쩍쩍이 사이렌이 울리기 시작했다. 1호 차였다. 결국 랜돌프까지 출동했다는 뜻이었다. 상황이 심상치 않았다. 서장은 전화가 걸려 오리라는 기대를 버리고 휴대전화를 다시 허리에 꽂았지만, 그때 마침 벨소리가 울렸다. 전화 건 사람은 스테이시 모긴이었다.

"스테이시?"

망할 놈의 휴대전화로 통화할 때 고래고래 소리 지를 필요가 없는 줄은 퍼킨스 서장 본인도 익히 아는 바였고, 아내 브렌다가 골백번 타이른 바이기도 했다. 그래도 그 습관만은 도저히 못 고칠 것 같았다.

"토요일 아침인데 서에서 뭐 하나?"

"아뇨, 집에서 거는 거예요. 랜돌프 부서장이 아까 전화했는데 911이 먹통이래요. 상황이 안 좋다는데요. 부서장이 그러는데…… 비행기하고 펄프 트럭이 충돌했대요."

목소리에 미심쩍어 하는 빛이 묻어났다.

"어떻게 그럴 수가 있는지 저도 잘 모르겠지만, 어쨌든……."

비행기라니. 맙소사. 고작 5분 전, 어쩌면 좀 더 됐을지도. 서장이 갈퀴로 낙엽을 긁어모으면서 「주 하나님 지으신 모든 세계」를 듣는 사이에…….

"스테이시, 그거 혹시 척 톰슨 비행긴가? 그 친구 새 비행기가 나는 걸 봤는데. 꽤 낮게 날더군."

"저도 몰라요, 서장님. 부서장한테 들은 건 그게 다예요."

영리한 브렌다는 남편이 진녹색 서장용 차를 차고에서 꺼낼 수 있도록 이미 자기 차를 움직이는 중이었다. 소복한 낙엽 더미 옆에 서장의 라디오가 놓여 있었다.

"알았어, 스테이시. 그쪽도 지금 정전인가?"

"예, 유선전화도 불통이에요. 지금 휴대전화로 통화 중이에요. 상황이 영 안 좋은 것 같죠?"

"아니길 바랄 뿐이네. 자네가 서에 가서 좀 지키고 있으면 안 되겠나? 분명 문도 안 잠긴 채로 텅 비어 있을 텐데."

"5분 안에 갈게요. 상황실 무전기로 연락 주세요."

"알았네, 오버."

브렌다가 차고 진입로로 돌아오는 사이에 마을 경보가 울려 퍼졌다. 퍼킨스 서장은 그 오르락내리락하는 사이렌 소리를 들을 때마다 가슴이 철렁 내려앉는 기분이 들었다. 그래도 짬을 내어 아내를 한 팔로 안아 주었다. 브렌다는 그런 남편의 마음씀씀이를 죽는 날까지 잊지 않았다.

"걱정할 것 없어, 브렌다. 마을 전체가 정전이 되면 자동으로 울리게 설정되어 있어. 3분만 지나면 멈출 거야. 아니, 4분이었나? 기억이 안 나는군."

"알아요, 그래도 영 께름칙하네요. 세계무역센터가 무너진 날에도 얼간이 앤디 샌더스가 사이렌을 울렸잖아요, 기억나요? 다음 자살공격 목표가 우리 마을이기라도 한 것처럼요."

서장은 고개를 끄덕였다. 앤디 샌더스는 실제로 얼간이였다. 불행하게도 그 얼간이가 이 마을 의회의 의장이었는데, 이는 곧 빅짐 레니의 무릎에서 기운차게 춤추는 꼭두각시 인형이라는 뜻이었다.

"여보, 나 그만 가 봐야겠어."

"그래요."

이렇게 말하면서도 브렌다는 남편을 따라 차 앞까지 걸어갔다.

"대체 무슨 일이에요? 당신도 몰라요?"

"스테이시 말로는 119번 국도에서 트럭하고 비행기가 충돌했다더군."

"농담이겠죠?" 브렌다가 어렴풋이 미소를 지었다.

"또 모르지, 엔진에 이상이 생겨서 도로에 불시착하는 중이었는지도."

남편의 말을 들은 브렌다의 입가에서 미소가 사라지고, 대신 꽉 움켜쥔 오른손이 가슴으로 올라왔다. 퍼킨스 서장에게는 익숙한 몸짓이었다. 서장이 운전석에 올라탔다. 비교적 새 차였는데도 좌석에 엉덩이 골을 따라 푹 파인 자국이 남아 있었다. 듀크 퍼킨스는 날씬함과 거리가 먼 사람이었다.

"세상에, 모처럼 비번인 날에! 어떻게 이런 일이! 연금도 다 부어서 이제 퇴직이 코앞인데!"

"토요일에 반바지 차림이라고 해도 부르면 나가야지."

퍼킨스 서장은 아내를 보며 씩 웃었다. 일이니 어쩔 수 없다는 뜻의 웃음이었다. 긴 하루가 되리라는 예감이 들었다.

"내 신세가 그렇지, 뭐. 냉장고에 샌드위치 두 개만 남겨 줘."

"딱 한 개예요. 요즘 갈수록 몸이 불잖아요. 그 물러터진 해스켈 선생이 야단칠 정도니 말 다했죠."

"알았어, 그럼 한 개만."

퍼킨스 서장은 이렇게 대답하고 변속 레버를 후진으로 바꾸었다가…… 다시 주차로 옮겼다. 차창 밖으로 고개를 내민 서장을 보고 브렌다는 깨달았다. 입맞춤해 달라는 신호였다. 그래서 브렌다는 사이렌 소리가 울려 퍼지는 청명한 10월 하늘 아래 남편과 진하게 입을 맞추었고, 그러는 동안 서장은 아내의 목을 살짝 쓰다듬어 주었다. 그렇게 하면 늘 아내의 잔털이 바짝 곤두서는 줄 알면서도 서장은 그 이상 진도를 나가는 법이 없었다.

브렌다는 햇살 아래서의 그 손길 또한 결코 잊지 않았다.

진입로에서 빠져 나가는 남편의 차를 보며 브렌다가 뭐라고 소리쳤다. 퍼킨스 서장은 조금밖에 알아듣지 못했다. 정말이지 청력 검사를 한번 해 봐야 할 것 같았다. 필요하면 보청기라도 끼어야 할 판이었다. 그의 나이를 들먹이며 몰아낼 궁리를 하는 랜돌프와 빅 짐 레니에게 마지막 빌미를 주는 한이 있다 하더라도.

듀크 퍼킨스 서장은 다시 차창 밖으로 고개를 내밀고 외쳤다.

"뭐를 조심하라고?"

"당신 페이스메이커요!"

브렌다가 비명을 지르다시피 외쳤다. 그러고는 웃었다. 흥분한 탓이었다. 목을 쓰다듬던 남편의 손길이 아직도 생생했다. 어제까지만 해도 보드랍고 탄력 있는 목이었다(브렌다 생각에는 그랬다.). 어쩌면 어제가 아니라 그제였는지도. 그때는 부부가 예수쟁이 라디오 대신 디스코 음악을 듣던 시절이었다.

"아, 걱정 마!"

퍼킨스 서장이 큰소리로 화답하며 차를 몰고 떠났다. 다음번에 아내를 다시 만났을 때, 그는 저세상 사람이 되어 있었다.

2

빌리 드벡과 완다 드벡 부부는 연이은 폭발음을 아예 못 들었는데 왜냐하면 117번 국도를 달리고 있었기 때문이었다. 거기다 마침 다투는 중이기도 했다. 다툼은 몹시도 사소하게 시작되었다. 완다가 날씨 참 좋다고 얘기하자 빌리가 자기는 머리가 지끈거린다고, 또 옥스퍼드힐스에서 열리는 토요 벼룩시장에 왜 가야 하는지 당최 이유를 모르겠다고 대꾸했던 것이다. 어쩌면 그저 되는대로 지껄인 한마디인지도 몰랐다.

완다는 전날 밤 캔맥주를 열 개나 퍼마시지 않았더라면 머리 아플 일도 없었을 거라고 맞받아쳤다.

빌리는 그런 아내에게 재활용쓰레기 수거함에 있는 맥주 깡통을 일일이 세어 봤냐고 물었다(빌리는 아무리 취했다 한들 집에서 마신 날은 반드시 맥주 깡통을 재활용쓰레기 수거함에 버렸다. 이런 것들이 빌리에게는 전기 기사라는 그의 직업과 함께 자부심의 원천이었다.).

완다는 세어 봤노라고, 당연히 세어 봤다고 응수했다. 그리고 뒤이어……

캐슬록에 있는 파텔 시장까지 왔을 무렵에는 '술 좀 그만 퍼마셔, 빌리'와 '바가지 좀 그만 긁으셔, 완다'를 거쳐 '우리 엄마가 당신이랑 결혼하지 말랬는데'에 이어 '꼭 그렇게 심술을 부려야 직성이 풀려?'까지 발전했다. 그러다가 결국에는 지난 4년간의 결혼 생활에서 후반 2년 동안 지겹게 벌어진 옥신각신으로 바뀌었지만, 빌리는 이날 아침 문득 한계에 이르렀다는 느낌을 받았다. 그래서 깜빡이도 안 켜고 속도도 안 줄인 채 시장의 널따란 아스팔트 주차장을 그대로 통과하여 다시 117번 국도로 나왔다. 그러는 동안 어깨 너머는 물론이고 뒷거울 한 번 쳐다보지 않았다. 도로 뒤쪽에서 노라 로비쇼가 빵빵거렸다. 로비쇼의 단짝인 엘자 앤드 루스는 혀를 찼다. 간호사로 일하다 지금은 은퇴한 그 두 여인은 흘낏 눈길만 주고받을 뿐, 입은 뻥긋도 안 했다. 그들은 이런 상황에서 굳이 말을 꺼낼 필요도 없을 만큼 오래된 친구 사이였다.

반면, 완다는 빌리에게 어디로 갈 작정이냐고 물었다.

빌리는 집에 돌아가서 낮잠을 잘 거라고 대답했다. 망할 놈의 벼룩시장은 알아서 가라는 말이었다.

완다가 빌리에게 방금 두 노파가 탄 차를 들이받을 뻔했다고 말했다(이제 그 차는 저 뒤쪽으로 급속히 멀어져 가는 중이었다. 발등에 불이 떨어지지 않은 한 시속 60킬로미터 이상으로 밟는 짓은 사탄의 장난이라는 것이 노라 로비쇼의 지론이었다.).

빌리는 완다에게 얼굴도 말본새도 장모와 판박이라고 말했다.

완다가 빌리에게 그 말이 정확히 무슨 뜻이냐고 따졌다.

빌리는 엄마고 딸이고 하나같이 뚱뚱한 데다 지독한 수다쟁이라는 뜻이라고 대답했다.

완다는 빌리가 술이 덜 깼다고 했다.

빌리는 완다가 못생겼다고 했다.

이렇게 두 사람이 한 치의 양보도 없이 진솔한 감정을 주고받으며 캐슬록을 지나 모튼으로 넘어갈 때, 즉 날씨 이야기로 열띤 토론을 시작할 무렵에 불쑥 생겨난 저 투명 장벽을 향하여 달려갈 때, 빌리는 시속 90킬로미터를 훌쩍 넘겨 밟는 중이었다. 완다의 고물 시보레 소형차로서는 거의 한계에 가까운 속도였다.

"뭐야, 저 연기는?"

완다가 불쑥 물었다. 손으로는 동북 방면의 119번 국도를 가리키고 있었다.

"알 게 뭐야. 우리 장모님께서 방귀라도 뀌셨나 보지."

빌리는 스스로 말해 놓고도 우스웠는지 껄껄 웃기 시작했다.

완다 드벡은 드디어 참을 만큼 참았다는 생각이 들었다. 그러자 세상과 자신의 미래가 흡사 마술처럼 또렷해졌다. 완다가 남편 쪽으로 몸을 틀고 '우리 이혼해'를 막 내뱉으려던 바로 그때, 모튼과 체스터스밀 경계에 도착한 두 사람의 차가 장벽을 들이받았다. 고물 시보레에도 에어백이 있기는 했지만 빌리 몫은 작동하지 않았고 완다 몫은 완전히 펴지지 않았다. 빌리의 가슴이 운전대에 부딪혀 찌부러졌다. 조향축이 심장을 짓뭉개는 바람에 빌리는 거의 즉사했다.

완다는 먼저 조수석 앞틀에 머리를 찧었고, 다음으로 순식간에 차 안으로 파고든 엔진에 깔려 (왼쪽) 다리와 (오른쪽) 팔이 부러졌다. 고통은 조금도 느껴지지 않았다. 완다가 알아차린 것이라고는 다만 요란한 경적소리와, 앞코가 거의 납작하게 찌그러진 채 뜬금없이 도로 한복판에 비스듬히 서 있는 자기 차, 그리고 온통 새빨갛게 물든 시야뿐이었다.

노라 로비쇼와 엘자 앤드루스가 사고 현장 직전의 모퉁이를 돌아 나타났을 때(둘은 저 동북쪽에서 몇 분째 피어오르는 연기에 대해 수다를 떨며 이날 아침 안 막히는 국도로 오기를 잘했다며 기뻐했다.), 완다 드벡은 팔꿈치로 땅을 짚고 흰색 중앙선을 넘어 기어가는 중이었다. 철철 흘러내린 피 때문에 얼굴도 알아보기 힘들 지경이었다. 무너진 앞유리창에 두피가 반쯤 찢어져 왼쪽 볼 아래에 너덜거리는 모습이 꼭 엉뚱한 자리에 붙은 닭의 육수 같았다.

노라와 엘자는 입을 떡 벌리고 서로 마주보았다.

"에구머니나."

노라가 내뱉은 한마디로 둘 사이의 대화는 끝났다. 차가 멈추기가 무섭게 엘자가 뛰어나가 비틀거리는 여인을 향해 달렸다. (막 일흔을 넘긴) 노인치고는 눈부시게 빨랐다.

노라는 차 시동을 켜 둔 채로 친구에게 달려갔다. 둘은 함께 완다를 부축하여 낡았어도 정비 상태는 완벽한 노라의 벤츠로 데려갔다. 갈색이었던 완다의 웃옷이 온통 불그죽죽한 색으로 바뀌어 있었다. 두 손은 빨간색 페인트통에 푹 담갔다 꺼낸 듯했다.

"빌리는, 요?"

완다가 물었다. 노라가 보니 이 불쌍한 여인은 이가 모조리 빠지고 없었다. 빠진 이 가운데 세 개는 피 칠갑이 된 웃옷 앞자락에 박혀 있었다.

"빌리 어디어요, 갠차나요? 어뜨케 댄 거에요?"

"빌리도 당신도 다 무사해요."

노라는 이렇게 얘기하고 미심쩍은 눈으로 엘자를 돌아보았다. 엘자가 고개를 끄덕이고 고물 시보레 쪽으로 서둘러 다가갔다. 라디에이터에서 뿜어 나온 수증기에 가려 차의 일부가 안 보일 지경이었다. 40년 가까이 전문 간호사로 일한 엘자는 뒷문이 쩍 벌어진 채로 대롱거리는 차 안을 흘끔 들여다본 것만으로 충분히 알 수 있었다(엘자의 마지막 상사는 내과의사 론 해스켈이었다. 직함만 내과의사일 뿐 실체는 노망난 늙은이였지만.). 빌리는 전혀 무사하지 않았다. 머리카락 절반이 얼굴 옆에 거꾸로 매달려 있는 저 젊은 여인은 이제 과부 신세였다.

엘자는 벤츠로 돌아가서 뒷자리의 젊은 여인 옆에 앉았다. 여인은 이미 반쯤 의식을 잃은 상태였다. 엘자가 노라에게 말했다.

"남잔 죽었고 이 여자도 곧 죽을지 몰라, 캐서린 러셀 병원으로 달려, 얼른."

"그래, 꽉 잡아."

노라는 대답하기가 무섭게 가속페달을 바닥까지 밟았다. 고출력 엔진을 자랑하는 벤츠가 앞으로 튀어나갔다. 노라는 드벡 부부의 시보레를 날렵하게 피하여 가속페달을 밟은 채로 투명 장벽에 충돌했다. 운전 경력 20년 만에 처음으로 안전띠를 안 맸던 노라는 앞유리를 뚫고 날아갔고, 앞서 밥 루가 그러했듯이 투명 장벽에 부딪혀 목이 부러졌다. 의식을 잃었던 젊은 여인은 앞좌석 사이로 날아가 부서진 앞유리를 통과하여 보닛 위에 고꾸라졌다. 여인의 두 다리가 부들부들 떨렸다. 두 발은 신발이 벗겨진 채였다. 처음 충돌 때 구두가 벗겨져 날아간 탓이었다(완다가 지난번에 열린 옥스퍼드힐스 벼룩시장에서 산 구두였다.).

뒷자리에 앉았던 엘자 앤드루스는 운전석에 부딪히는 바람에 머리가 어질어질했을 뿐, 큰 상처 없이 멀쩡했다. 처음에는 꼼짝 않던 뒷문도 어깨로 들이받자 벌컥 열렸다. 엘자는 차에서 내려 주위의 난장판을 둘러보았다. 사방에 피가 흥건했다. 고물 시보레에서는 아직도 증기가 뿜어 나왔다.

"뭐가 어떻게 된 거야?"

엘자는 혼자서 중얼거렸다. 기억하지는 못했지만 앞서 완다가 던진 질문 또한 그것이었다. 산산조각 난 크롬 장식과 피투성이 유리 조각으로 난장판이 된 도로에 서서, 엘자는 왼손으로 이마를 짚어 보았다. 흡사 열이 있는지 확인하는 사람 같았다.

"무슨 일이지? 방금 무슨 일이 일어난 거야? 노라. 노라? 어딨어, 노라?"

그러다 친구를 발견한 엘자의 입에서 슬픔과 공포가 뒤섞인 비명이 터져 나왔다. 장벽 저편 체스터스밀 쪽의 소나무 꼭대기에 앉아 있던 까마귀가 '까악' 하고 울었다. 울음소리가 꼭 비웃음이 섞인 콧방귀 소리 같았다.

두 다리가 고무로 변한 듯 후들거렸다. 엘자는 비틀비틀 뒷걸음질 하다가, 찌그러진 벤츠 앞범퍼에 엉덩이가 부딪혔다.

"노라. 세상에, 노라."

누가 목덜미를 간질이는 느낌이 들었다. 확실치는 않았지만 어쩌면 다친 여인의 머리카락일 거라는 생각이 들었다. 물론, 지금은 다친 여인이 아니라 죽은 여인이라고 해야겠지만.

그리고 노라도. 엘자와 노라는 이따금씩 캐서린 러셀 병원 세탁실에서 몰래 진이나 보드카를 홀짝이던 친구 사이였다. 그럴 때 둘은 여름 캠프에 놀러간 소녀들처럼 킥킥대곤 했다. 노라의 두 눈은 활짝 뜬인 채로 한낮의 쨍쨍한 햇살을 올려다보고 있었다. 노라의 머리는, 기괴한 각도로 꺾여 있었다. 엘자가 무사한지 확인하려고 고개를 등 뒤로 완전히 돌린 사람처럼.

멀쩡했던(두 사람이 응급실 간호사로 일하던 시절에 운 좋게 살아남은 사고 생존자를 가리키던 표현을 빌리면 '그냥 놀란 정도'였던) 엘자는, 엉엉 울기 시작했다. 뒤이어 차 옆면을 따라 스르륵 미끄러지다가(그러다 튀어나온 금속면에 코트가 걸려 찢어졌고) 끝내는 117번 국도의 아스팔트 노면에 털썩 주저앉았다. 바비와 그의 새 친구 시독스 노인에게 발견될 때까지, 엘자는 그렇게 주저앉아 울고 있었다.

3

시독스 노인은 알고 보니 폴 젠드런이라는 이름의 전직 자동차 판매원이었다. 2년 전에 은퇴하여 지금은 모튼에 있는 돌아가신 부모님의 농장에 산다고 했다. 119번 국도의 사고 현장을 출발하여 또 다른 사고 현장에 도착할 때까지 바비는 젠드런에게서 그것 말고도 여러 가지 이야기를 들었다. 두 번째 현장은 117번 국도가 체스터스밀로 진입하는 지점이었고, 그리 큰 사고는 아니었지만 그래도 꽤 처참했다. 바비는 젠드런에게 악수보다 더한 것도 해줄 용의가 있었지만 왠지 그러한 감정 표현은 투명 장벽이 끝나는 곳을 발견한 후로 미루어야 할 것만 같았다.

어니 캘버트는 마침내 주방위군 공군 사령부에 전화를 거는데 성공했으나 용건을 미처 말하기도 전에 기다리라는 안내를 받았다. 한편 점점 가까워지는 사이렌 소리는 마을 경찰이 곧 나타난다는 뜻이었다.

"소방차는 아예 기대도 하지 마쇼."

들판 저편에서 두 아들과 함께 달려왔던 농부가 말했다. 그때까지도 숨을 헐떡이던 그 농부의 이름은 앨든 딘스모어였다.

"소방서 사람들은 캐슬록에 갔소. 모의 가옥에다 불을 질러놓고 진화 연습을 한다더군. 여기로 왔으면 연습은 아주 신물 나게 했을……."

거기까지 얘기했을 때, 딘스모어는 바비의 피 묻은 손자국이 찍힌 곳에 다가가는 작은아들을 발견했다. 그 손자국은 아무것도 없이 햇빛만 쨍쨍한 허공에 걸린 채로 말라가는 중이었다.

"로리, 거기 가까이 가지 마!"

로리는 호기심에 푹 빠진 나머지 아버지의 충고를 무시했다. 쭉 뻗은 아이의 손이 바비의 손자국 바로 오른쪽 허공에 부딪혔다. 그 손이 부딪히기 전에, 바비는 똑똑히 보았다. '와일드캐츠'라고 적힌 민소매 티셔츠 아래 드러난 아이의 팔에 스르륵 소름이 돋았다. 거기에는 무언지 모를 것이 있었다. 사람이 가까이 가면 그것이 작동했다. 바비가 비슷한 느낌을 받은 적은 딱 한 번, 플로리다 주 에이번에 있는 대형 발전소 근처로 애인을 데려가서 쓰다듬을 때였다.

아이의 주먹이 낸 소리는 큼지막한 접시를 두드릴 때 나는 소리와 비슷했다. 불붙은 펄프 트럭의 잔해를 바라보며 나지막이 웅성거리던 구경꾼들이 그 소리에 잠잠해졌다(몇몇은 휴대전화를 꺼내어 현장 사진을 찍기도 했다.).

"이런 어처구니없는 일이." 누가 중얼거렸다.

앨든 딘스모어는 작은아들의 너덜더덜한 티셔츠 목을 잡고 질질 끌어낸 다음 앞서 큰아들에게 그랬듯이 뒤통수를 철썩 갈겼다.

"너 한 번만 더 나대 봐라!" 딘스모어가 아들을 잡고 흔들면서 소리쳤다. "다신 그러지 마, 잘 알지도 못하면서 뭐 하는 짓이야!"

"아빠, 저거 꼭 유리벽 같아요! 저거 꼭……."

딘스모어는 작은아들을 더욱 세게 흔들었다. 아직도 숨을 헐떡이는 딘스모어를 보며 바비는 그가 심장발작이라도 일으키지 않을까 두려웠다.

"다신 그러지 마! 올리, 이 멍청한 꼬맹이 잘 지켜봐라." 딘스모어는 한 번 더 다그치고 나서 작은아들을 제 형한테 떠밀었다.

"옙." 올리는 냉큼 대답하고 동생을 보며 능글맞게 웃었다.

바비는 체스터스밀 쪽을 바라보았다. 이제 이쪽으로 다가오는 순찰차의 경광등이 보였다. 그러나 순찰차보다 한참 앞에서 꼭 바퀴 달린 관처럼 생긴 시커먼 대형차가 먼저 달려왔다. 꼭 경찰보다 더 높은 권력자가 선심을 베풀어 순찰차를 호위하는 듯했다. 빅 짐 레니가 모는 허머 SUV였다. 그 차를 보고 있자니 바비는 디퍼스 술집 주차장에서 얻어맞아 생긴, 그러나 지금은 사라 져가는 혹과 멍들이 일제히 욱신거리는 기분이 들었다.

물론 빅 짐 레니는 그때 그 주차장에 없었다. 그러나 그의 아들 주니어가 폭행 사건의 주범이었고, 빅 짐은 그런 아들을 싸고 돌았다. 그렇게 해서 간이식당의 떠돌이 요리사가 체스터스밀에서 살기가 힘들어진다면, 하도 살기 힘들어서 다 집어치우고 마을을 떠나기로 작정할 정도가 된다면, 빅 짐 레니에게는 금상첨화였다.

바비는 빅 짐이 도착할 때까지 그 자리에 있고 싶지 않았다. 경찰과 함께라면 더더욱 싫었다. 퍼킨스 서장은 섭섭지 않게 대해주었지만 다른 경관들(특히 랜돌프 부서장)은 '데일 바버라'라는 사람을 무슨 정장 구두에 묻은 개똥처럼 보았기 때문이었다.

바비는 시독스 노인을 돌아보았다.

"잠깐 걷지 않으시겠습니까? 어르신은 그쪽에서, 저는 이쪽에서요. 이게 어디까지 이어지나 한번 알아보죠."

"저 떠버리가 도착하기 전에 여길 뜨자, 이 말이지?"

젠드런도 이쪽으로 달려오는 허머를 이미 알아본 눈치였다.

"좋아, 친구. 동쪽으로 갈까? 아니면 서쪽?"

4

두 사람은 117번 국도가 있는 서쪽으로 향했다. 장벽이 끝나는 곳은 안 보였지만 대신 장벽이 내려올 때 만들어진 신기한 흔적은 목격할 수 있었다. 나뭇가지들이 뚝뚝 끊어져 전에는 아무것도 없던 허공에 길이 나 있었다. 한가운데가 쪼개진 나무 그루터기도 보였다. 또 깃털 달린 주검이 사방에 널려 있었다.

"새가 많이도 죽었네."

젠드런이 말했다. 모자를 고쳐 쓰는 그의 손이 살짝 떨렸다. 얼굴빛은 창백했다.

"죽은 새를 이렇게 많이 보기는 처음이야."

"괜찮으세요?"

"몸 말인가? 그래, 몸은 괜찮은 것 같아. 하지만 머릿속은, 혼이 빠져나간 것 같구먼. 자넨 어떤가?"

"동감입니다."

119번 국도에서 서쪽으로 3킬로미터쯤 떨어진 하나님개울길에서, 두 사람은 밥 루의 시체를 발견했다. 곁에서는 트랙터가 아직도 공회전을 하고 있었다. 바비는 저도 모르게 쓰러진 사람 쪽으로 걸어가다가 다시금 장벽에 부딪혔으나…… 이번에는 부딪히기 직전에 그 존재를 기억해 낸 덕분에 속도를 줄였고, 그리하여 또 한 번 코피를 흘릴 위기에서 벗어날 수 있었다.

젠드런은 무릎을 굽히고 앉아 기괴한 각도로 꺾인 농부의 목에 손을 갖다 댔다.

"죽었군."

"사방에 흩어진 건 뭘까요? 저 하얀 조각들 말입니다."

젠드런이 제일 큰 조각을 집어 들고 살펴보았다.

"그 뭐냐, 컴퓨터에 꽂아서 음악을 듣는 장치 같은데. 이 사람이 부딪혔을 때 깨졌겠지. 저……." 젠드런은 앞쪽을 가리키며 말을 이었다. "저거 말일세, 자네도 알 테지만."

마을 쪽에서 윙윙거리는 소리가 들려왔다. 마을 경보 사이렌보다 훨씬 더 크고 거슬리는 소리였다. 젠드런은 그쪽을 흘깃 쳐다보았다.

"소방차 사이렌이야. 퍽이나 도움이 되겠군."

"캐슬록 쪽에서 오는군요. 들어 보니까 그쪽이에요."

"그래? 그럼 자네 귀가 나보다 더 밝은가 보지. 이름 좀 다시 가르쳐 주겠나, 친구?"

"데일 바버라입니다. 친구들은 바비로 부르죠."

"그래, 바비. 이제 어쩌지?"

"계속 가는 게 어떨까요? 이 사람한텐 우리가 별 도움이 안 될 것 같은데요."

"하긴, 어차피 누굴 부를 수도 없고." 젠드런의 목소리는 울적했다. "내 휴대전화는 차에 두고 왔으니까. 자넨 아예 안 쓰나 보지?"

바비도 휴대전화를 쓰기는 했다. 그러나 지금은 양말 몇 켤레와 셔츠, 청바지, 속옷과 함께 텅 빈 셋집에 버려져 있었다. 바비는 등에 진 옷 몇 벌만 챙긴 채 급히 떠났다. 체스터스밀에서 무엇 하나 가져가고 싶지 않았기 때문이었다. 몇 안 되는 좋은 기억만이 예외였는데 기억을 챙기는 데에는 여행 가방이나 배낭이 따로 필요치 않았다.

낯선 이에게 설명하기에는 저간의 사정이 너무나 복잡했기에, 바비는 그저 고개만 끄덕였다.

디어 트랙터의 운전석에 낡은 담요가 한 장 드리워져 있었다. 젠드런이 트랙터의 엔진을 끄고 담요를 펴서 남자의 주검에 덮어 주었다.

"마음에 드는 노래를 듣다가 눈을 감았으면 좋았을 텐데."

"그러게요."

"가세. 이게 뭐든 간에 끝나는 데까지 한번 가 보자고. 난 자네랑 악수를 하고 싶어졌어. 어쩌면 엉엉 울면서 껴안을지도 몰라."

5

밥 루의 시체를 발견하고 나서 얼마 지나지 않아 두 사람은 작은 개울에 이르렀다. 둘 다 아직 모르고 있었지만 실은 117번 국도의 사고 현장에서 무척 가까운 곳이었다. 두 남자는 그 자리에 우두커니 서서, 즉 장벽을 사이에 두고 이쪽과 저쪽에 따로 서서, 어안이 벙벙해진 채로 개울을 바라보았다.

그러다가 한참 만에 젠드런이 입을 열었다.

"하나님도 놀라서 펄쩍 뛰시겠군."

"그쪽에서는 어떻게 보이나요?"

바비가 물었다. 바비 쪽에서 보이는 거라고는 위로 솟구쳐 개울가의 덤불로 튀는 물줄기뿐이었다. 꼭 개울이 투명한 댐을 만난 듯한 광경이었다.

"뭐라고 해야 좋을까. 이런 건 생전 본 적이 없으니."

젠드런은 말문이 막힌 채 양 볼을 긁적거렸다. 얼굴을 아래로 숙이자 그러잖아도 긴 얼굴이 뭉크의 「절규」에 나오는 비명 지르는 남자와 살짝 비슷하게 보였다.

"아니, 본 적이 있어. 딱 한 번. 이거랑 비슷한 거였지. 우리 딸 여섯 살 생일 때 선물로 금붕어 두 마리를 사다줬을 때였어. 아니, 일곱 살 때였나. 애완동물 가게에서 비닐봉지에 담아 줬는데, 그게 꼭 이렇게 보였어. 비닐봉지 안의 물 말이야. 하지만 봉지 속에 든 물은 아래로 흐르지 않고 평평했어. 자네 쪽에서 흐르는 개울물은 저…… 음, 저거에 부딪혀서 양쪽으로 튀는데 말이지."

"그쪽으로는 전혀 안 빠지나요?"

젠드런은 몸을 숙여 손으로 무릎을 짚고 개울을 뚫어져라 내려다보았다.

"아니, 조금은 빠져나오는 것 같아. 많이는 아니고 그냥 몇 방울만. 하지만 물에 떠내려 오는 것들은 하나도 안 보여. 그 왜, 막대기나 이파리 같은 것들 말이야."

둘은 계속 걸었다. 젠드런은 저쪽에서, 바비는 이쪽에서. 아직은 둘 중 누구도 '안쪽'과 '바깥쪽'이라는 개념을 떠올리지 않았다. 이 장벽에 끝이 없을지도 모른다는 생각은 아무도 하지 못했다.

6

그들이 도착한 117번 국도 역시 끔찍한 사고 현장이었다. 차가 두 대, 그리고 바비가 보기에 죽은 것이 확실한 사람이 적어도 둘이었다. 사망자가 또 한 명 있는 듯했다. 거의 완파된 고물 시보레 운전석에 엎어진 사람이었다. 다만 이번 현장에는 생존자도 한 명 있었다. 박살 난 메르세데스 벤츠 옆에 앉아 고개를 숙인 여인이었다. 바비는 가만히 서서 지켜볼 뿐이었지만 폴 젠드런은 여인 쪽으로 서둘러 달려갔다. 여인이 젠드런을 발견하고 일어서려고 기를 썼다.

"아서요, 아서. 가만히 있어요." 젠드런이 말했다.

"난 괜찮아요. 그냥…… 그냥 좀, 놀란 것뿐이에요."

무슨 까닭에선지, 여인은 이렇게 얘기해 놓고 웃음을 터뜨렸다. 우느라 퉁퉁 부은 얼굴을 하고 있었으면서도.

그때 큼지막한 SUV 한 대가 나타났다. 나이 지긋한 남자가 느릿느릿 운전하는 그 차 뒤로 한 눈에 봐도 속도를 못 올려 안달이 난 차 서너 대가 줄줄이 따라왔다. 앞차에 탄 남자가 사고 현장을 보고 차를 세웠다. 뒤따라오던 차들도 함께 멈췄다.

엘자 앤드루스는 이제 두 발로 일어서 있었고, 이날 가장 많이 회자될 질문을 던질 만큼 기운을 차린 상태였다. 그 질문은 이러했다.

"우리가 뭐에 부딪힌 거죠? 앞차는 아니었어요, 노라가 앞차를 빙 돌아서 갔는데."

젠드런은 솔직히 대답했다.

"저도 모릅니다, 부인."

"휴대전화를 갖고 있는지 물어보세요." 바비는 주위로 모여드는 구경꾼들을 향해 소리쳤다. "이봐요! 누구 전화기 있는 사람 없어요?"

"저 있어요, 아저씨."

한 여성이 대답했다. 그리고 뭐라고 더 말하려는 순간, 모든 사람들의 귀에 이쪽으로 다가오는 '탓탓탓' 소리가 들렸다. 헬리콥터 소리였다.

서로 마주본 바비와 젠드런의 눈길이 딱 얼어붙었다.

파란색과 흰색으로 칠한 헬리콥터가 낮게 떠서 날아오고 있었다. 헬리콥터가 향하는 곳은 119번 국도의 사고 현장이었다. 부서진 펄프 트럭에서 연기 기둥이 솟아올랐으나 하늘은 눈부시게 맑았고, 뉴잉글랜드 북쪽 지역의 맑은 날이 그러하듯이 이날은 멀리 있는 사물도 가까이 보였다. 그래서 바비는 헬리콥터 옆면에 파란색으로 큼지막하게 씌어진 **13**을 금세 알아보았다. CBS 방송국의 사람 눈 모양 로고도 함께 보였다. 메인 주 포틀랜드 시에서 날아온 방송국 헬리콥터였다. 바비 생각에 벌써 거기까지 소식이 전해진 게 틀림없었다. 게다가 6시 뉴스에 내보낼 긴박한 사고 영상을 찍기에는 더없이 완벽한 날이었다.

"아, 안 돼." 젠드런은 손으로 햇빛을 가리며 신음했고, 뒤이어 소리쳤다. **"돌아가, 이 바보들아! 돌아가라고!"**

바비도 함께 외쳤다. **"안 돼! 멈춰! 그리 가면 안 돼!"**

물론, 헛수고였다. 게다가 바비는 소리치는 헛수고만으로는 부족했던지 물러나라는 신호로 두 팔을 크게 휘젓기까지 했다.

엘자는 어리둥절한 표정으로 젠드런과 바비를 쳐다보았다.

헬리콥터가 나무 높이로 내려와 제자리에서 맴돌았다.

"옳지, 됐다." 젠드런이 숨을 헐떡이며 말했다. "저 뒤에 있는 사람들도 피하라고 손을 저었나 봐. 조종사가 틀림없이 봤을……."

그 순간 헬리콥터가 북쪽으로 방향을 틀고 날아갔다. 앨든 딘스모어의 목초지 위를 가로질러 다른 각도에서 현장을 찍으려던 그 헬리콥터는, 그만 장벽에 충돌하고 말았다. 로터의 회전날 한 개가 부러져 떨어지는 장면이 바비의 눈에 똑똑히 보였다. 헬리콥터가 머리를 숙이고, 추락하고, 뒤집히는 과정이 모두 동시에 일어났다. 그러고 나서 폭발이 이어졌고, 장벽 저쪽의 도로와 들판에 활활 타는 불덩이가 샤워처럼 쏟아져 내렸다.

그쪽은 젠드런이 있는 쪽이었다.

바깥쪽이었다.

7

자신이 자란 집에 몰래 숨어드는 짐 레니 주니어의 모습은 꼭 도둑 같았다. 아니면 유령이었거나. 당연한 얘기지만, 집에는 아무도 없었다. 아버지는 119번 국도변에 있는 대형 중고차 매장에 나가 있을 터였고(주니어의 친구인 프랭크는 이따금 그 중고차 매장을 '에누리 없는 주님의 성스러운 장막'으로 불렀다.), 주니어의 어머니 프랜신 레니는 4년 전 플리전트리지 공동묘지에 마실 나간 후로 영영 돌아오지 않았다. 마을 경보는 이미 그쳤고 경찰 사이렌 소리도 남쪽 어느 곳을 향하여 멀어진 후였다. 집 안은 다행히도 고요했다.

주니어는 이미트렉스를 두 알 삼키고 옷을 벗어던진 다음 샤워를 했다. 욕실에서 나와 보니 셔츠와 바지에 묻은 피가 눈에 띄었다. 당장은 어쩔 도리가 없었다. 주니어는 옷을 침대 밑에 처넣고 창 가리개를 내렸다. 침대에 기어들어간 다음에는 벽장 귀신을 두려워하던 어린 시절에 그러했듯이 이불을 머리끝까지 뒤집어쌨다. 그렇게 누워서 벌벌 떠는 동안 머릿속에서는 온 지옥의 종이 일제히 울리는 듯한 '땡땡' 소리가 진동했다.

까무룩 잠들려던 참에 첫 번째 사이렌 소리가 울려 퍼졌고, 주니어는 그 소리에 벌떡 일어났다. 몸이 다시금 벌벌 떨렸지만 두통은 아까보다 잠잠했다. 주니어는 잠깐 눈을 붙이고 나서 앞으로 어떻게 할지 생각할 작정이었다. 아직까지는 자살이 최선의 선택 같았다. 왜냐하면, 경찰에 잡힐 테니까. 그 집에 돌아가서 치우려니 엄두가 나질 않았다. 다 치우기도 전에 헨리 매케인이나 라도나 매케인이 주말 장보기를 마치고 돌아올 것만 같았다. 도망칠 수 있을지도 몰랐지만(어쩌면), 그것도 두통이 가라앉은 다음에나 가능했다. 게다가 옷도 걸쳐야 했다. 거시기를 털렁털렁 내놓고 도주 생활을 시작할 수는 없는 노릇이었다.

이것저것 따져본 결과, 십중팔구는 자살이 최고였다. 다만 이대로 자살했다가는 그 망할 놈의 간이식당 요리사가 이기는 셈이었다. 그리고 가만히 생각해 보면 이게 다 그 빌어먹을 요리사 탓이었다.

어느 순간 화재 경보 사이렌이 그쳤다. 주니어는 이불을 머리까지 뒤집어쓴 채 잠들었다. 일어나 보니 밤 9시였다. 두통은 깨끗이 사라지고 없었다.

그리고 집에는 여전히 주니어 혼자였다.

이판사판 난장판

1

옵션을 있는 대로 장착한 흑진주색 H3 알파 허머가 급정거했을 때, 빅 짐 레니는 마을 경찰보다 딱 3분 앞서 도착한 참이었다. 빅 짐이 원한 바 그대로였다. '경쟁에서는 늘 앞설 것.' 그것이 빅 짐의 좌우명이었다.

여태 휴대전화를 붙잡고 있던 어니 캘버트가 손을 쳐들어 엉터리 경례를 붙였다. 머리는 엉망으로 헝클어져 있었고, 표정은 흥분하다 못해 거의 정신이 나간 듯했다.

"어이, 빅 짐, 내가 다 연락해 놨어!"

"연락이라니 누구한테요?"

빅 짐이 심드렁하게 물었다. 그는 아직도 불타고 있는 펄프 트력과 한때는 틀림없이 비행기였을 잿더미 쪽을 바라보고 있었다. 말 그대로 엉망진창, 마을의 오점이 될지도 모르는 사고였다. 특히 신형 소방차 두 대가 캐슬록에 가 있는 지금은 더더욱 그러했다. 빅 짐 본인이 승인한 화재 대비 훈련 때문에 자리를 비우기는 했으나…… 승인 서류에 서명한 사람은 앤디 샌더스였다. 왜냐하면 마을 의장은 샌더스이기 때문이었다. 잘된 일이었다. 빅 짐은 스스로 '책임 회피 지수'라고 부르는 것을 철석같이 믿었다. 그리고 그가 차지한 마을 부의장 자리는 책임 회피 지수의 실제 사례를 보여주는 최고의 표본이었다. 권력은 모조리 독차지하면서도(물론 의장이 앤디 샌더스 같은 얼간이일 경우에만) 뭐가 잘못되었을 때 욕을 얻어먹는 일은 거의 없기 때문이었다.

그리고 지금 눈앞에 펼쳐진 것은 열여섯 나이에 주님께 마음을 바친 후로 육두문자를 입에 담지 않는 빅 짐이 '이판사판 난장판'으로 부르는 상황이었다. 조치를 취해야 했다. 여기에는 지휘자가 필요했다. 그렇다고 저 꼬부랑 늙은이 하워드 퍼킨스한테 맡길 수는 없는 노릇이었다. 20년 전이었더라면 퍼킨스 서장도 더할 나위 없는 적임자였을 테지만, 지금은 21세기였다.

현장을 둘러보는 동안 빅 짐의 표정은 점점 더 일그러졌다. 보는 눈이 너무 많았다. 물론 이런 자리에는 늘 구경꾼이 너무 많게 마련이었다. 대중은 피와 파괴를 사랑하는 법이니까. 게다가 그중 몇몇은 엽기적인 놀이를 즐기는 사람들 같았다. 자신이 불에 얼마나 가까이 몸을 숙일 수 있는지 확인이라도 하듯이.

엽기적인 것들.

"당장 물러서요! 거긴 사고 현장이오!"

빅 짐이 버럭 소리쳤다. 그의 우렁차고 자신만만한 목소리는 명령을 내리기에 안성맞춤이었다.

어니 캘버트가 빅 짐의 팔을 잡아당겼다. 어니 역시 체스터스밀에 넘쳐나는 바보들 중 한 놈이었다. 빅 짐이 생각하기에는 어느 마을이나 마찬가지였다. 어니는 몹시도 흥분한 표정이었다.

"빅 짐, 내가 사령부에 연락을 했는데 말이지, 그 뭐냐……"

"누구요? 어디라고요? 지금 무슨 소릴 하는 거요?"

"주방위 공군 사령부 말이야!"

갈수록 태산이었다. 구경꾼들이 놀자판을 벌이질 않나, 이 바보는 주방위 공군에 연락을…… 뭐라고?

"어니, 도대체 뭐 하러 거기다 전화를 걸었어요?"

"왜냐면 그 친구가 전화하라고…… 뭐랬더라, 그……"

어니는 바비가 한 말이 정확히 기억나지 않아서 그냥 다음으로 넘어갔다. "어쨌든, 공군 사령부에 있는 무슨 대령한테 이쪽 얘기를 들려줬더니, 글쎄 국토 안보부 메인 주 지부에다 연결해 줬지 뭔가. 그것도 직통으로!"

빅 짐은 자기 양 뺨을 철썩 갈겼다. 짜증이 솟구칠 때 이따금씩 나오는 버릇이었다. 그럴 때면 코미디언 잭 베니와 비슷하게 보였지만 표정은 여전히 차가웠다. 잭 베니가 그러했듯이 빅 짐도 가끔은 농담을 던지곤 했다(야한 농담은 절대 안 했지만.). 왜냐하면 그의 본업이 중고차 판매업이기 때문이었고, 또한 정치인은 모름지기 농담을 잘해야 함을 잘 알기 때문이었다. 특히 선거철이 돌아오면 더욱 그러했다. 그래서 자기 딴에는 '우스갯소리'로 여기는 농담 몇 자락을 돌려가며 우려먹었다(예를 들면 이런 식이었다.

'자네들 우스갯소리 하나 들어볼 텐가?'). 빅 짐은 해외여행자가 현지에서 외국어를 주워듣고 익히는 방식으로 농담을 외웠는데 그 수준은 대략 이 정도였다. '화장실이 어디죠?' 또는 '이 마을에 인터넷 되는 호텔이 있나요?'

하지만 지금은 농담할 때가 아니었다.

"국토 안보부라니! 아니 왜 얼빠진 짓을 하고 그래요!"

'얼빠진'은 빅 짐이 가장 즐겨 하는 욕이었다.

"아까 그 젊은이 말이, 도로가 뭐에 막혀 있다는 거야. 그런데 짐, 진짜 막혔어! 뭔지 보이지도 않는데 말이지! 거기 기대고 설 수도 있다고! 보이지? 사람들이 기대고 있잖아. 아니면…… 옳지, 거기다 돌을 던지잖아? 그럼 튕겨 나와! 자, 봐!"

어니가 돌멩이를 주워들더니 냅다 집어던졌다. 빅 짐은 돌멩이가 어디로 날아가는지 굳이 보고 싶지도 않았다. 기껏해야 저 무지렁이들 중에 한 놈을 맞힐 테고, 그러면 그 무지렁이가 빽 소리를 지를 거라고 짐작할 뿐이었다.

"트럭이 꽝 들이받았다니까, 그…… 뭔지는 몰라도 그거에 말이야. 비행기도 마찬가지고! 그래서 그 친구가 나한테 뭐랬냐면……"

"차근차근 얘기해요. 그 친구라니 정확히 누구 말이오?"

"젊은 아저씨였어요."

앨든 딘스모어의 작은아들 로리가 끼어들었다.

"들장미 식당에서 요리하는 아저씨요. 그 아저씨한테 햄버거 고기를 미디엄으로 구워 달라고 하면요, 딱 미디엄으로 나와요. 우리 아빠가 '미디엄 햄버거 같은 건 웬만하면 구경도 못한다, 왜냐, 미디엄으로 구울 줄 아는 사람이 씨가 말랐으니까.' 그러셨는데, 그 아저씨는 할 줄 알아요." 로리의 얼굴 한가득 유쾌한 웃음이 번졌다. "나 그 아저씨 이름도 아는데."

"야, 입 다물어."

로리의 형 올리가 경고했다. 레니 씨의 표정이 어두워졌기 때문이었다. 로리의 형 올리 딘스모어가 경험한 바에 따르면, 학교 선생님들이 그런 표정을 지으면 곧이어 '한 주 내내 수업 끝나고 남기'가 벌로 날아오곤 했다.

그러나 로리는 아랑곳하지 않았다.

"성이 꼭 여자애 이름 같아요! 바버라예요!"

'그 얼빠진 자식의 이름이 또 튀어나오는군. 다신 들을 일이 없을 줄 알았는데.' 빅 짐은 속으로 생각했다. '그 천하에 밥벌레 같은 자식.'

빅 짐은 어니 캘버트 쪽으로 돌아섰다. 경찰이 금방이라도 도착할 참이었지만, 데일 바버라가 새롭게 저지른 미친 짓에 종지부를 찍을 시간은 아직 넉넉한 것 같았다. 일단 주위에 놈의 모습이 보이지 않았다. 실은 보일 거라고 기대하지도 않았다. 바버라 같은 놈들은 사고를 치면 곧장 튀게 마련이었다.

"잘못 들은 거요, 어니."

빅 짐의 말에 앨든 딘스모어가 앞으로 나섰다.

"그런 말이 어딨어요, 레니 씨. 어니 아저씨가 무슨 말을 들으셨는지도 모르면서."

빅 짐이 앨든을 보고 씩 웃었다. 웃었는지는 확실치 않았지만 어쨌든 이가 드러나기는 했다.

"앨든, 난 데일 바버라가 어떤 인간인지 알아. 적어도 그 정도는 알고 있어." 빅 짐이 어니 캘버트를 돌아보며 말했다. "자, 그러니까 당장 그 전화를……"

"쉿." 어니가 손을 번쩍 들었다. "누가 전활 받았어."

빅 짐 레니는 남한테 '쉿' 소리를 듣고 싶은 마음이 없었다. 상대가 은퇴한 전직 슈퍼마켓 점장이라면 더욱 그랬다. 빅 짐은 어니가 무슨 전화 담당 비서라도 되는 양 그의 손에서 전화기를 홱 뺏었다.

휴대전화기 저편에서 대답이 돌아왔다. "누구신지 여쭤 봐도 되겠습니까?"

다섯 어절도 안 되는 짧은 말이었지만 상대방이 건방진 공무원 나부랭이임을 눈치채기에는 충분했다. 빅 짐이 마을 의회에서 일해 온 30년간 공무원을 상대하는 데 이골이 난 줄은 하나님도 아시는 바였다. 그리고 그중 최악의 상대는 바로 연방 기관 놈들이었다.

"체스터스밀 마을 의회 부의장 제임스 레니입니다. 그쪽은 어디신가요?"

"국토 안보부의 도널드 워즈니악입니다. 119번 국도에 무슨 문제가 생겼다고 들었습니다만. 모종의 차단 행동이 목격됐다고 말입니다."

차단? *차단?* 이게 웬 연방 개 풀 뜯어먹는 소리지?

"아마 정보 전달에 착오가 있었나 보군요. 경비행기가 도로에 착륙하려다 트럭을 들이받은 것뿐입니다. 마을 사람이 모는 민간용 비행기죠. 상황은 완전히 통제됐습니다. 국토 안보부에서 나서실 것까진 없습니다."

"레니 씨, 그런 게 아니에요." 농부 딘스모어가 끼어들었다.

레니는 그에게 꺼지라는 신호로 손을 내젓고 맨 처음 도착한 순찰차 쪽으로 걸어갔다. 헨리 모리슨이 차에서 내리는 중이었다. 헨리는 190센티미터가 넘는 덩치였지만 본바탕이 밥벌레였다. 그 뒤에 가슴이 푸짐한 여경이 보였다. 성이 웨팅턴인 그 여경은 밥벌레만도 못했다. 입은 나불나불 잘도 돌아가지만 머리가 돌이었던 것이다. 그러나 여경 뒤쪽에, 피터 랜돌프가 탄 차가 다가오는 중이었다. 랜돌프는 부서장이자 빅 짐의 뜻을 받드는 추종자였다. 유능한 일꾼이기도 했다. 빅 짐 생각에 만약 주니어가 그 마귀 소굴 같은 술집 주차장에서 사고를 친 날 밤에 랜돌프가 당직을 섰더라면, 데일 바버라가 여태 마을에 머무르면서 문제를 일으키지는 못했을 듯싶었다. 사실, 바버라가 지금쯤 유치장에 갇혀 있을지도 모를 일이었다. 그랬더라면 빅 짐의 마음은 실로 흐뭇했으리라.

한편 국토 안보부의 아무개라는 남자는 아직도 전화기 저편에서 쫑알거리는 중이었다. 이런 인간들도 제 딴에는 뻔뻔스럽게 요원입네 하고 돌아다니는 걸까?

빅 짐은 남자의 말을 잘랐다. "신경 써 주셔서 감사합니다, 워즈너 씨. 하지만 저희가 알아서 할 겁니다."

빅 짐은 작별 인사도 없이 통화 종료 버튼을 눌렀다. 그러고는 어니 캘버트에게 전화기를 내던졌다.

"짐, 별로 잘한 짓 같지 않은데."

빅 짐은 어니의 말을 무시하고 웨팅턴의 순찰차 뒤에 멈춰 서는 랜돌프를 가만히 지켜보았다. 풍선껌처럼 생긴 경광등이 눈부시게 깜박거렸다. 차까지 걸어가서 랜돌프를 맞이할까 하는 생각이 얼핏 떠올랐지만, 빅 짐은 그 생각이 굳어지기 전에 떨쳐 버렸다. 랜돌프가 이쪽으로 오게 놔두기로 했다. 그렇게 하는 편이 사리에 맞았다. 그리고 그렇게 될 터였다. 아무렴.

2

"빅 짐. 어떻게 된 겁니까?" 랜돌프가 물었다.

"그야 뻔하지. 척 톰슨의 경비행기하고 펄프 트럭이 시비가 붙었나 봐. 그러다 끝내 총까지 뽑은 거고."

이제 캐슬록 쪽에서 들려오는 사이렌 소리가 점점 가까워졌다. 분명 소방차 사이렌이었다(빅 짐은 체스터스밀 소방서의 우라지게 비싼 새 소방차 두 대도 함께 왔으면 하고 바랐다. 지금 같은 이판사판 난장판이 벌어졌을 때 새 소방차가 마을에 없었음을 아무도 눈치 못 채는 편이 더 나을 듯싶었다.). 구급차와 경찰차도 곧 따라올 터였다.

"그렇게 된 게 아니라니까요." 앨든 딘스모어가 고집스레 물고 늘어졌다. "내가 옆마당에 나와 있다가 봤어요, 비행기가 그냥 저절로……."

"어이, 저 사람들 뒤로 밀어내야 하는 거 아닌가? 응?"

빅 짐이 구경꾼들을 가리키며 랜돌프에게 물었다. 펄프 트럭 쪽에는 아직 불타는 잔해를 피해 멀찍이 떨어져 구경하는 사람들이 꽤 있었고, 체스터스밀 쪽에는 더 많았다. 이제 슬슬 집회 비슷한 분위기까지 나는 중이었다.

랜돌프가 모리슨과 웨팅턴을 불렀다.

"헨리."

랜돌프는 모리슨의 이름을 부르고 체스터스밀 쪽 군중을 가리켰다. 모인 사람들 중 몇몇은 산산이 흩어진 톰슨의 비행기 잔해를 뒤지기 시작했다. 사람 몸뚱이가 하나둘 발견되면서 겁에 질린 비명 소리가 들려왔다.

"옙."

모리슨이 냉큼 대답하고 그쪽으로 출발했다. 뒤이어 랜돌프가 웨팅턴을 보며 펄프 트럭 쪽에 모인 구경꾼들을 가리켰다.

"재키, 자넨 저쪽을……."

랜돌프는 거기서 말꼬리를 흐렸다. 현장 남쪽을 보니 사고라면 환장을 하는 구경꾼들이 길 한편의 목초지와 반대편의 무릎 높이 덤불 속에 서 있었다. 입을 헤 벌리고 멍청한 짓에 열중한 그들의 표정이 레니에게는 몹시도 익숙했다. 날마다 마주치는 주민들 한 명 한 명의 얼굴에서, 또 매년 3월에 열리는 마을 회의에서는 떼거지로 보는 표정이었다. 다만 이 사람들이 멍하니 보고 있는 것은 불타는 트럭이 아니었다. 밥벌레가 아닌 것이 분명한(딱히 영리하지는 않아도 어느 쪽에 붙어야 이익인지쯤은 아는) 피터 랜돌프도 구경꾼들과 같은 곳을 바라보았고, 그들과 똑같이 입을 헤 벌렸다. 재키 웨팅턴도 마찬가지였다.

그쪽 구경꾼들은 연기를 올려다보는 중이었다. 불타는 펄프 트럭에서 솟아오른 연기를.

시커먼 기름 연기였다. 바람이 향하는 쪽에 서 있는 이들은 질식하겠구나 싶을 정도로 짙은 연기였다. 남쪽에서 미풍이 불어오는 중이었으니 더욱 그럴 법했건만, 아무도 질식하지 않았다. 빅 짐은 그 이유를 깨달았다. 믿을 수 없는 일이 눈앞에서 벌어지는 중이었다. 연기는 실제로 북쪽으로 불어왔다. 적어도 처음에는 그랬지만, 이내 하수구 파이프처럼 거의 직각으로 꺾어져 기둥처럼, 흡사 굴뚝처럼 똑바로 솟아올랐다. 그리고 연기가 꺾어진 자리에는 거무튀튀한 자국이 남았다. 기다란 얼룩이 허공에 둥둥 떠 있는 듯 보였다.

빅 짐은 그 장면을 뇌리에서 지워 버리려고 머리를 세차게 흔들었지만 다시 보았을 때 얼룩은 여전히 그 자리에 있었다.

"저게 뭐지?"

어리둥절해진 랜돌프의 입에서 나지막한 목소리가 나왔다.

농부 딘스모어가 랜돌프 앞으로 나섰다.

"저 분이……." 딘스모어가 어니 캘버트를 가리켰다. "국토 안보부에 전화를 걸었어, 그런데 이 양반이……." 이번에는 법정에 선 변호사라도 된 양 레니를 가리켰다. 레니는 그 손가락이 영 마음에 안 들었다. "전화기를 뺏어서 그냥 끊어 버린 거야! 그러면 안 되는 거였다고, 피터. 왜냐면 충돌한 게 아니었으니까. 비행기는 땅 근처에도 안 내려왔어, 내가 봤다고. 서리가 안 끼게 밭에 비닐을 치다가 똑똑히 봤어."

"저도 봤어요, 저도…… 아야!"

로리가 뭐라고 하려다가 이번에는 형 올리에게 뒤통수를 얻어맞았다. 그러고는 훌쩍거리기 시작했다.

앨든 딘스모어가 말을 이었다. "비행기가 뭔가에 부딪혔어. 트력도 그거에 부딪혔고. 저기 있어, 만질 수도 있다고. 그 젊은 친구…… 요리사랬지, 그 친구 말이 여길 비행금지 구역으로 지정해야 한댔는데, 그 친구 말이 옳아. 그런데 레니 씨는…….”

딘스모어가 또다시 빅 짐을 가리켰다. 소젖을 짜서 먹고사는 무지렁이 주제에 망할 놈의 변호사라도 된 줄 아는 모양새였다.

“……아예 얘기할 생각도 안 했어. 그냥 끊어 버렸다고.”

빅 짐은 구차하게 반박하는 대신 랜돌프 쪽으로 돌아섰다.

“자네 지금 시간 낭비하는 거야.” 뒤이어 슬쩍 다가서서 속삭임보다 살짝 큰 소리로 넌지시 귀띔했다. “서장이 이리 오는 중이야. 도착하기 전에 빠릿빠릿하게 현장 통제하는 게 좋을걸.”

그러고는 딘스모어를 차가운 눈초리로 흘깃 쳐다보았다.

“증인 조사는 나중에 해도 돼.”

그러나 앨든 딘스모어의 입에서 울화통이 터지는 마지막 한마디가 튀어나왔다.

“바버라가 옳았어. 바버라가 옳고 레니 씨가 틀렸다고.”

빅 짐은 나중에 앨든 딘스모어에게 따끔한 맛을 보여 주기로 마음먹었다. 농사꾼이란 것들은 어차피 마을 의장을 찾아와 고개를 조아리게 마련이었다. 농지 경계 문제든 뭐든 간에, 다음번에 찾아왔을 때 빅 짐이 한마디 거들어야 할 상황이라면 저 무지렁이한테는 국물도 없었다. 그리고 보통은 빅 짐이 한두 마디씩 거들게 마련이었다.

“현장 통제 안 할 건가!” 빅 짐이 랜돌프를 다그쳤다.

“재키, 저 사람들 뒤로 쫓아내. 아예 출입금지 선을 쳐 버려.” 랜돌프 부서장은 펄프 트럭 쪽 현장에 있는 구경꾼들을 가리키며 말했다.

"부서장님, 저긴 모튼 쪽 관할 구역인데……."

"상관없어, 그냥 가서 쫓아내."

랜돌프는 어깨 너머를 힐긋 돌아보았다. 듀크 퍼킨스 서장이 초록색 서장용 차에서 내리는 중이었다. 랜돌프는 그 차가 자기 집 차고 앞에 서 있는 날이 오기를 애타게 바랐다. 그날은 올 것 같았다. 빅 짐 레니가 도와주기만 하면. 길어 봤자 앞으로 3년이었다.

"내 장담하는데 캐슬록 소방서 사람들이 도착하면 자네한테 고맙다고 할 거야."

"그럼 저쪽은요?"

재키는 점점 번져가는 연기 얼룩을 가리키며 물었다. 알록달록한 10월 나무들이 얼룩에 가려 하나같이 시커멓게 보였다. 하늘에는 노랑과 파랑이 섞인 흉측한 그늘이 드리워져 있었다.

"그쪽으로는 가지 마."

랜돌프는 그 말만 남기고 체스터스밀 쪽에 출입금지선을 치는 헨리 모리슨을 도우러 갔다. 그러나 그전에 우선 퍼킨스 서장한테 보고부터 해야 했다.

재키는 모튼 쪽 관할 구역인 펄프 트럭 앞의 구경꾼들 쪽으로 다가갔다. 앞서 도착한 사람들이 휴대전화를 만지작거리는 동안 구경꾼 숫자는 계속 늘어만 갔다. 아까는 기특하게도 덤불에 붙은 불을 밟아 끄는 사람도 보였지만, 지금은 다들 가만히 서서 멍하니 구경만 했다. 재키는 경비행기 잔해 쪽의 헨리 모리슨과 마찬가지로 팔을 내저으며 똑같은 경고를 되풀이했다.

"물러나세요, 여러분, 다 끝났어요, 이제 더 볼 것도 없습니다, 소방차랑 경찰차가 접근할 수 있게 도로에서 비켜 주세요, 물러나세요, 비키세요, 집에 가세요, 물러나세……."

그러다가 쿵 부딪혔다. 빅 짐은 그게 뭔지 감도 잡히지 않았지만 거기에 부딪히면 어떻게 되는지는 볼 수 있었다. 우선 재키가 쓴 경찰모의 챙이 그것과 부딪혔다. 챙은 휘어졌고, 모자는 재키의 머리에서 떨어졌다. 다음 순간 재키의 당돌한(빅 짐이 보기에는 쓸데없이 대포알처럼 크기만 한) 가슴이 납작하게 눌렸다. 뒤이어 재키의 코가 납작해지면서 뿜어 나온 피가 그 '무엇'에 튀더니…… 긴 꼬리를 남기며 흘러내리기 시작했다. 벽에 끼얹은 페인트처럼. 풍만한 엉덩이를 땅에 찧으며 나자빠진 재키의 얼굴은 충격으로 가득했다.

망할 놈의 농부가 또 끼어들었다. "봤죠? 내가 뭐랬어요?"

랜돌프와 모리슨은 그 광경을 보지 못했다. 퍼킨스 서장도 못 보기는 마찬가지였다. 셋은 서장용 차 앞에 모여서서 상황 보고를 하는 중이었다. 빅 짐은 웨팅턴 경관에게 가 볼까 하고 얼핏 생각했으나 다른 사람들이 이미 그쪽으로 향하는 중이었다. 게다가…… 뭔지는 모르지만, 웨팅턴은 코를 부딪친 '그것'에 너무 가까이 있었다. 그래서 그쪽 대신 세 남자들 쪽으로 서둘러 걸어갔다. 딱딱한 표정에 산만 한 배를 쑥 내민 거만한 자세로. 그러는 동안 짬을 내어 농사꾼 딘스모어를 흘겨보기까지 했다.

"서장님." 빅 짐이 모리슨과 랜돌프 사이에 끼어들었다.

"빅 짐 아닌가. 빨리도 왔군그래." 퍼킨스 서장이 고개를 끄덕이며 말했다.

어쩌면 조롱하는 말 같기도 했지만, 노회한 물고기 빅 짐은 미끼에 냉큼 달려들지 않았다.

"서장님, 지금은 눈에 보이는 게 다가 아닌 것 같습니다. 국토안보부에 연락을 하는 게 좋겠어요." 잠시 입을 다문 빅 짐의 표정은 말하는 내용에 걸맞게 심각해 보였다.

"테러가 연관된 사건이란 말은 하고 싶지 않지만…… 아예 아니라고는 말 못하겠군요."

3

듀크 퍼킨스 서장은 빅 짐의 어깨 너머를 건너다보았다. '체스터스밀 주유소 & 편의점'에서 일하는 조니 카버가 어니 캘버트와 함께 재키를 일으켜 세우는 중이었다. 재키는 멍한 표정으로 코피를 흘리고 있었지만 그것만 빼면 괜찮아 보였다. 그런데도 지금 이 상황 전체가 어쩐지 수상쩍었다. 물론 어디든 사람이 죽은 사고 현장에서는 어느 정도 그런 느낌이 들게 마련이지만, 이곳은 그 정도가 더욱 심각했다.

일단 문제의 경비행기가 착륙 시도를 하지 않았다. 아니라고 믿기에는 잔해가 너무나 많았고, 흩어진 범위도 지나치게 넓었다. 그리고 구경꾼들. 그 사람들도 정상이 아니기는 마찬가지였다. 랜돌프는 눈치채지 못했지만 듀크 퍼킨스 서장은 이를 놓치지 않았다. 사람들이 한 덩어리로 뭉쳐 커다란 무리를 이루어야 정상이었다. 구경꾼들은 늘 그랬다, 죽음의 현장에서 위안을 찾기라도 하듯이. 그런데 이 사람들은 두 덩어리로 모여 있었고, 게다가 마을 경계 저편의 모튼 쪽 구경꾼들은 불타는 트럭에 끔찍이도 가까이 서 있었다. 서장이 판단하기에 위험한 상황은 결코 아니었는데…… 그런데 왜 이쪽으로 넘어오려 하지 않았을까?

첫 번째 소방차가 도로 남쪽 커브를 돌아 쏜살같이 달려왔다. 소방차는 모두 세 대였다. 퍼킨스 서장은 줄지어 달려오는 소방차 가운데 두 번째 차 옆면에 금색으로 씌어진 **체스터스밀 소방서 펌프차 2호**가 무척이나 반가웠다. 사람들이 도로변 덤불 쪽으로 멀찍이 물러서서 소방차에 자리를 내주었다. 서장이 다시 빅 짐에게 주의를 돌렸다.

"어떻게 된 건가? 자넨 좀 아나?"

빅 짐이 대답하려고 입을 열었지만 미처 말을 꺼내기도 전에 어니 캘버트가 먼저 얘기했다.

"도로에 장벽이 쳐졌어요. 눈에는 안 보이지만 저기 분명히 있어요, 서장님. 트럭이 거기 부딪힌 겁니다. 비행기도요."

"그렇고말고요!" 딘스모어가 외쳤다.

"웨팅턴 경관도 그거에 부딪혔죠." 조니 카버였다. "그나마 천천히 걸어가던 중이라 다행이었어요."

조니는 망연자실한 채 서 있는 재키의 어깨를 한 팔로 감쌌다. 서장은 **내 차가 배고플 땐 체스터스밀 주유소**로라고 씌어진 조니의 웃옷을 보다가 소매에 묻은 재키의 코피를 발견했다.

한편 모튼 쪽에는 소방차가 또 한 대 도착해 있었다. 앞서 도착한 두 대가 도로를 쐐기 모양으로 봉쇄했다. 소방대원들은 이미 차에서 쏟아져 나와 호스를 푸는 중이었다. 캐슬록 방면에서 달려오는 구급차의 사이렌 소리가 퍼킨스 서장 귀에까지 들려왔다. 서장은 문득 궁금해졌다. '우리 쪽에서는 왜 안 오지?' 그 멍청한 진화 훈련에 구급차까지 따라간 걸까? 그런 생각은 하고 싶지도 않았다. 제정신을 가진 사람이라면 빈 집 태우는 훈련에 구급차 파견 명령을 내릴까?

"서장님, 그러니까 도로에 투명한 장벽 같은 게……." 빅 짐이 말을 꺼냈다.

"그래, 나도 알아. 잘은 모르겠지만 나도 눈치는 챘네."

서장은 빅 짐을 뒤로 하고 코피를 흘리는 자기 부하 쪽으로 걸어갔다. 이 냉담한 반응에 한껏 붉어진 마을 부의장의 두 뺨은 미처 보지 못했다.

"재키, 괜찮나?" 서장은 부하의 어깨를 살짝 감싸며 물었다.

"예." 재키는 피가 슬슬 멎어 가는 자기 코를 살짝 건드렸다.

"부러진 것처럼 보이나요? 느낌은 안 그런 것 같은데요."

"부러지진 않았지만 퉁퉁 부을 걸세. 그래도 추수감사절 만찬 때쯤에는 원래대로 돌아올 거야."

재키는 엷게나마 웃음을 지어 보였다.

"서장님." 이번에도 빅 짐이었다. "이건 정말이지 상부에 도움을 청해야 할 겁니다. 가만히 생각해 보니 국토 안보부는 좀 호들갑을 떠는 것 같고, 그렇다면 주 경찰에라도……."

서장이 빅 짐을 옆으로 밀어냈다. 동작은 부드러웠지만 의미는 명백했다. 꺼지라는 뜻이나 마찬가지였다. 빅 짐이 두 주먹을 불끈 쥐었다가 스르륵 풀었다. 이때껏 쫓겨나는 쪽이 아니라 쫓아내는 쪽의 삶을 일구어 온 빅 짐이었지만, 그래도 주먹을 불끈 쥐는 것은 바보들이나 저지르는 짓이었다. 그의 아들 주니어가 그 증거였다. 그러나 모욕은 반드시 지적하고 항의해야 하는 것이었다. 보통은 나중에 해결하곤 했는데…… 하긴, 가끔은 나중에 하는 편이 더 나았다.

더 달콤했다.

"피터!" 서장이 랜돌프에게 소리쳤다. "보건소에 연락해서 구급차는 어떻게 된 거냐고 따져 봐! 당장 이리 보내라고 해!"

"그거야 모리슨이 해도 되는데요." 랜돌프가 대답했다. 그는 순찰차에서 카메라를 꺼내어 현장 사진을 찍으려던 참이었다.

"자네가 못할 것도 없지, 그러니 당장 해."

"하지만 서장님, 재키는 크게 다친 것 같지도 않고, 다른 사람들도 뭐……."

"자네 의견이 듣고 싶었으면 그렇게 얘기했을 걸세, 피터."

랜돌프는 대뜸 도끼눈을 뜨려다가 서장의 얼굴에 떠오른 표정을 눈치챘다. 그는 카메라를 순찰차 조수석에 던져 넣고 대신 휴대전화를 꺼냈다.

"재키, 그게 뭐였나?" 서장이 물었다.

"모르겠어요. 처음에는 찌르르한 느낌이 들었어요. 콘센트에 플러그를 꽂다가 실수로 끄트머리를 만졌을 때처럼요. 그 느낌은 금방 없어졌는데, 그다음에 꽝 하고…… 세상에, 뭐에 부딪혔는진 저도 몰라요."

구경꾼들 쪽에서 '우와' 소리가 들려왔다. 소방대원들이 불타는 펄프 트럭 쪽으로 호스를 겨누고 있었다. 그러나 흩뿌려진 물줄기는 트럭 상공에서 튕겨 나오고 있었다. 허공에 부딪혀 튕겨 나온 물방울들이 하늘에 무지개를 만들었다. 퍼킨스 서장은 이런 광경을 한 번도 본 적이 없었는데…… 아니, 어쩌면 세차장에서 봤는지도. 차 앞유리에 퍼붓는 세차 기계의 고압 물줄기를 차 안에서 볼 때와 비슷했다.

곧이어 체스터스밀 쪽에서도 무지개가 보였다. 조그마한 무지개였다. 구경꾼 가운데 서 있던 마을 도서관 사서 리사 제이미슨이 그쪽으로 걸어갔다.

"리사, 거기 가까이 가면 안 돼요!" 서장이 소리쳤다.

리사는 그 말을 무시했다. 꼭 최면에 걸린 사람 같았다. 리사는 고압 물줄기가 허공을 때리는 곳에 바짝 다가서서 두 손을 활짝 폈다. 퍼킨스 서장에게는 리사의 머리카락에 반짝이는 물방울이 보였다. 잘디잔 물방울들이 리사의 얼굴을 지나 머리 뒤로 모여들었다. 조그맣던 무지개가 허물어지더니, 다시 리사 뒤에서 모습을 드러냈다.

"안개비예요!" 리사의 외침은 흥분으로 가득했다. "저쪽에선 물을 억수로 퍼붓는데 여긴 안개비밖에 안 내려요. 꼭 가습기 같아요!"

피터 랜돌프가 전화기를 쳐들고 고개를 저었다.

"신호는 가는데 안 받아요." 랜돌프가 한 팔로 커다란 원을 그렸다. "여기 사람이 너무 많아서 전파가 엉킨 것 같은데요."

서장은 그런 일이 가능한지 어떤지 몰랐지만, 눈에 보이는 사람들이 하나같이 휴대전화에 대고 재잘거리거나 휴대전화로 사진을 찍는 것은 사실이었다. 다만 아직도 나무의 정령 흉내를 내는 리사 제이미슨만은 예외였다.

"가서 저 여자 좀 말려." 서장이 랜돌프에게 지시했다. "아예 작정하고 점집을 차리기 전에 얼른 끌어내."

랜돌프의 표정은 그런 하찮은 일을 하기에는 자기 직급이 너무 높다고 항변하는 듯했지만, 걸음은 리사 쪽으로 향했다. 퍼킨스 서장이 너털웃음을 터뜨렸다. 짧지만 진심이 밴 웃음이었다.

"아니, 지금 이게 웃을 일입니까?"

레니가 물었다. 모튼 쪽에는 캐슬록 경찰서의 경관 수가 더 늘어 있었다. 퍼킨스 서장이 정신을 바짝 차리지 않으면 통제권이 저쪽으로 넘어갈 판이었다. 물론 사건을 해결한 공도 함께 넘어갈 터였다.

웃음소리는 그쳤지만 퍼킨스 서장의 얼굴에는 미소가 가시지 않았다. 거칠 것이 없는 미소였다.

"이판사판 난장판이잖아, 자네 식으로 말하면. 안 그런가? 그리고 내 경험에 비춰보건대 이런 난장판에선 때로는 웃는 게 유일한 대응책일 때도 있어."

"도대체 뭔 소리를 하는 건지!"

빅 짐이 고함치듯이 뇌까렸다. 딘스모어의 아들들이 뒤로 폴짝 물러나 아버지 곁에 섰다.

"그래, 모를 테지." 듀크의 목소리는 점잖았다. "그래도 괜찮아. 지금 자네가 알아야 할 건 이것뿐일세. 캐슬록의 경찰 책임자가 도착하기 전까지 이 현장에서 제일 높은 법 집행관은 나라는 것, 또 자넨 마을 의회 부의장이라는 것. 자네가 끼어들 공식적인 근거는 아무것도 없어. 그러니 물러나 있게."

서장은 헨리 모리슨 경관이 노란색 테이프로 출입금지선을 치는 곳을 향하여 큰소리로 외쳤다. 모리슨은 커다란 비행기 잔해 두 덩어리 옆으로 빙 돌아가는 중이었다. "여러분, 경찰이 임무를 수행할 수 있게 모두 뒤로 물러나세요! 레니 부의장을 따라가세요. 부의장이 출입금지선 뒤로 안내할 겁니다."

"유감입니다, 서장님." 빅 짐이 말했다.

"안 됐지만 내 알 바 아니야. 빅 짐, 내 현장에서 나가게. 그리고 노랑 테이프 안 건드리게 조심해. 헨리가 두 번 칠 필요 없게."

"오늘 나한테 했던 말 잘 기억해 두는 게 좋을 거요, 퍼킨스 서장. 나도 잊지 않을 테니까."

레니는 출입금지선 쪽으로 성큼성큼 걸어갔다. 다른 구경꾼들도 그 뒤를 따랐지만, 다들 소방 호스의 물줄기를 보려고 고개를 돌리고 있었다. 물줄기는 기름 연기로 얼룩진 장벽을 때리고 튕겨 나와 도로에 기다랗게 젖은 자국을 남겼다. 그 젖은 자국이 모튼과 체스터스밀 사이의 경계선을 꼭 빼닮았음을, 눈썰미가 있는 몇몇은(예를 들면 어니 캘버트 같은 사람은) 이미 눈치챘다.

빅 짐은 헨리 모리슨이 정성 들여 쳐 놓은 노랑 테이프를 가슴으로 확 끊어 버리고 싶은 유치한 충동을 느꼈지만, 가까스로 자제했다. 그러나 우엉꽃 털에 바지를 망쳐 가면서까지 빙 돌아가고 싶은 마음은 없었다. 70달러나 주고 산 바지였다. 빅 짐은 한 손으로 테이프를 쑥 올리고 몸을 숙여 지나갔다. 불룩한 배 때문에 깊이 숙이기는 불가능했다.

뒤에서는, 퍼킨스 서장이 재키가 부딪힌 자리 쪽으로 천천히 걸어가는 중이었다. 서장은 흡사 낯선 방에서 길을 찾는 맹인처럼 한 손을 앞으로 쭉 내밀고 있었다.

여기가 바로 재키가 쓰러진 자리였고…… 그리고 또…….

재키가 얘기했던 대로, 서장 역시 찌르르한 느낌을 받았다. 그러나 그 느낌은 사라지는 대신 점점 강해졌고, 왼쪽 겨드랑이를 지지는 듯한 통증으로 이어졌다. 아내의 마지막 말("페이스메이커 조심해요.")를 떠올리기가 무섭게 서장의 가슴 속에서 그 장치가 폭발했다. 폭발은 그날 오후에 있을 풋볼 경기를 위해 아침에 챙겨 입은 와일드캐츠 티셔츠를 갈가리 찢을 정도로 강력했다. 피와 천 쪼가리와 살점이 장벽에 들러붙었다.

사람들 쪽에서 '아아' 소리가 들려왔다.

퍼킨스 서장은 아내의 이름을 부르려다 끝내 실패했지만, 머릿속으로는 아내의 얼굴을 또렷이 그릴 수 있었다. 아내는 웃고 있었다.

그다음은, 암흑이었다.

4

아이의 이름은 베니 드레이크. 나이는 열네 살, 면도날 클럽 회원이었다. 면도날 클럽은 작지만 열심히 활동하는 스케이트보드 동아리였는데 마을 경찰은 그저 눈살만 찌푸릴 뿐 그들의 활동을 금지하지 않았다. 레니 부의장과 샌더스 의장이 아무리 촉구해도 그랬다(이 열혈 듀엣은 지난 3월에 열린 연례 마을 회의에서 야외 음악당 뒤에 안전한 스케이트보드장을 짓기 위한 기금 조성안을 보류에 부쳤다.).

함께 있던 남자의 이름은 에릭 '러스티' 에버렛. 나이는 서른일곱, 전문의인 론 해스켈 선생 밑에서 일하는 보조의였다. 러스티는 이따금 해스켈 선생을 '오즈의 마법사'로 여기곤 했다. 왜냐고 물으면(이런 배은망덕한 소리를 털어놓을 상대가 아내 말고 또 있다면 말이지만) 러스티는 이렇게 대답했으리라. '그 양반은 내가 환자 보는 동안 내내 커튼 뒤에 숨어 있거든.'

에버렛은 드레이크 씨 댁 도련님한테 마지막으로 놓아 줄 파상풍 백신의 상태를 확인했다. 지금은 2009년 가을, 유효 기간은 넉넉했다. 시멘트 바닥에서 보드를 타다 구르는 바람에 장딴지가 찢어진 도련님한테 꼭 필요한 약이었다. 만신창이는 아니었지만 그래도 여느 때보다는 심각한 부상이었다.

"어라, 전기가 들어왔네." 도련님이 말했다.

"발전기야. 보건소랑 병원을 다 지원해. 최신식이지?"

"첨단을 달리시네요." 도련님이 맞장구쳤다.

남자와 사춘기 소년은 15센티미터나 찢어진 장딴지를 한동안 묵묵히 내려다보았다. 흙과 피를 닦아내고 보니 너덜너덜하기는 해도 아까처럼 역겹지는 않았다. 마을 경보는 꺼졌지만 멀리서는 아직도 사이렌 소리가 들려왔다. 그러다 난데없이 화재 경보가 울렸고, 두 사람은 그 소리에 화들짝 놀랐다.

'구급차가 출동할 차례군.' 러스티는 속으로 생각했다. '당연하지. 트위첼과 이 에버렛이 다시 나설 차례야. 우선 이것부터 빨리 끝내는 게 좋겠어.'

그런데 아이의 얼굴이 몹시도 창백했다. 눈에는 물기가 어린 것도 같았다.

"무섭냐?"

"조금요. 엄마한테 외출금지령 먹을 거라서."

"무서워하는 게 그거였어?"

러스티 생각에 외출금지는 이미 몇 번 당한 적이 있을 것 같았다. 그것도 자주.

"그냥, 뭐…… 많이 아픈가요?"

러스티는 이제껏 주사기를 감춰 두었다. 그러다가 방금 막 자일로케인과 에피네프린 혼합액 3시시를 베니의 장딴지에 주사한 참이었다. 러스티가 '노보케인'으로 부르는 강력한 국소마취제였다. 그는 아이가 필요 이상으로 고통을 느끼지 않도록 약효가 돌 때까지 시간을 때우기로 했다.

"꽤 아플걸."

"와우. 긴급 상황, 긴급 상황. 간호사, 심폐소생술 준비."

러스티가 웃음을 터뜨렸다. "공중 돌기는 성공하고 구른 거냐?"

은퇴한 지 한참 된 보드광 러스티는 진심으로 궁금했다.

"반 바퀴만요. 그치만 진짜 죽여 줬어요!" 베니의 목소리가 밝아졌다. "근데 몇 바늘이나 꿰매는 거예요? 노리 캘버트는 열두 바늘 꿰맸는데. 작년 여름에 옥스퍼드에서 난간 타다가 떨어졌을 때요."

"그 정도는 아니야."

노리는 러스티도 아는 여자아이였다. '미니 고스족'으로 불리는 또래여자아이들이 그러듯이 검은 옷으로 온몸을 휘감은 로리는 임신 한 번 해보기도 전에 스케이트보드를 타다 죽고 싶어서 안

달이 난 아이 같았다. 러스티가 주사기 바늘로 상처 부근을 콕 찔렀다.

"느낌이 와?"

"그걸 말이라고 하세요. 근데 방금 들으셨어요? 바깥에서 '쾅' 소리가 나던데."

속옷 바람으로 진찰대에 앉아 있던 베니가 막연히 남쪽을 가리켰다. 진찰대의 종이 덮개에 피가 흘렀다.

"아니, 못 들었는데."

러스티는 사실 쾅 하는 소리를 두 번 들었다. 충돌음이 아니라 폭발음이어서 걱정스러웠다. 봉합 수술을 빨리 해치워야 했다. 그건 그렇고, 오즈의 마법사는 어딜 간 걸까? 간호사 지니 말로는 회진을 도는 중이라고 했다. 그러니 십중팔구 의사 전용 휴게실에서 꾸벅꾸벅 졸고 있을 터였다. 요즘 들어 마법사는 휴게실에서 집중적으로 회진을 돌았다.

"이것도 느껴져? 보지 마, 보면 반칙이야."

러스티는 다시 한 번 바늘로 상처 옆을 찔렀다.

"아뇨, 아무 느낌도 없어요. 지금 저 놀리는 거죠?"

"아니. 마취약이 퍼져서 그래."

'그런데 넌 어째 머릿속까지 마취된 것 같다.' 러스티는 속으로 생각했다.

"자, 시작합시다. 뒤로 누우시고, 힘 빼시고, 캐서린 러셀 항공의 편안한 비행을 즐기시기 바랍니다."

러스티는 상처를 식염수로 깨끗이 닦은 다음, 믿음직한 10번 수술칼로 봉합면을 가지런히 다듬었다.

"내 최고급 4호 나일론 실로 딱 여섯 바늘만 꿰매 주마."

"좋죠." 뒤이어 베니가 말했다. "저 토할 것 같은데요."

러스티는 아이에게 토사물받이를 건네주었다. 환자에 따라 오바이트 대접으로 부르기도 하는 그릇이었다.

"여기다 토하면 돼. 아예 기절해 버리는 게 속 편할걸."

베니는 기절하지 않았다. 토하지도 않았다. 러스티가 소독 솜을 상처에 대고 있을 때 문 쪽에서 힘없는 노크소리가 들리더니, 간호사 지니 톰린슨이 머리를 빼꼼히 들이밀었다.

"선생님, 잠깐 얘기 좀 하죠?"

"전 걱정 마세요. 저야 원래 불사신이잖아요." 베니가 말했다. 당돌한 꼬맹이 같으니.

"러스티, 복도에서 얘기하면 안 될까요?"

꼬맹이에게는 눈길도 주지 않은 채로 지니가 물었다.

"베니, 금방 올게. 가만히 앉아서 기다려."

"옙. 푹 퍼져 있을게요."

러스티는 지니를 따라 복도로 나갔다.

"구급차 출동인가요?"

러스티가 지니에게 물었다. 지니 뒤편으로 햇살 가득한 대기실에 앉아 있는 베니 어머니가 보였다. 표지에 미남과 미녀가 그려진 문고본 책을 심각한 표정으로 읽는 중이었다. 지니가 고개를 끄덕였다.

"119번 국도예요, 서쪽의 타커스밀스 경계 부근요. 모튼 쪽 경계에도 사고가 났다는데 그쪽은 전부 현사래요."

현사는 '현장에서 즉사'의 줄임말이었다.

"트럭하고 경비행기가 충돌했다지 뭐예요. 비행기가 도로에 착륙하다가 그랬대요."

"지금 농담하는 거죠?"

베니의 어머니인 앨버 드레이크가 이쪽을 보고 눈살을 찌푸리더니 다시 책에 얼굴을 묻었다. 어쩌면 책으로 눈을 돌리기는 했지만, 속으로는 베니가 열여덟 살이 될 때까지 외출금지령을 내리자고 하면 남편이 협조해 줄지 어떨지 고민하는지도 몰랐다.

"농담할 상황이 아니에요. 다른 데서도 사고 신고가 계속 들어오는 중이라고요."

"이상하네."

"그래도 타커스밀스 쪽에는 남자 생존자가 한 명 있대요. 배달트럭 운전사라던 것 같은데. 그래서 비상이에요, 지금. 트위첼이 기다리고 있어요."

"저 애 좀 맡기고 가도 되겠죠?"

"그럼요. 얼른 가요, 빨리."

"레이번 선생은요?"

"스티븐스 기념 병원에서 환자 보고 있어요." 그 병원은 노르웨이사우스 패리스에 있었다. "그 양반도 지금 오는 길이래요, 빨리 가요."

러스티는 출동하러 가던 길에 앨버 드레이크에게 들러 베니가 괜찮을 거라고 얘기해 주었다. 기뻐하는 기색은 별로 안 보였지만, 앨버는 그에게 고맙다고 했다. 바깥으로 나와 보니 간호사 겸 구급차 운전사인 두기 트위첼이 구급차 범퍼에 앉아 담배를 피우며 볕을 쬐는 중이었다. 구급차는 빅 짐 레니와 그의 친구 샌더스

의장이 끈질기게 안 바꿔 준 탓에 고물이 다 된 상태였다. 트위첼이 손에 든 휴대용 무전기에서 시끄러운 소리가 들려왔다. 목소리들이 팝콘처럼 타닥거리며 어지럽게 뒤섞였다.

"트위첼, 암 막대기 그만 빨고 출동해. 어디로 가는진 알지?"

트위첼이 꽁초를 휙 튕겼다. '발작쟁이'라는 별명과 달리 트위첼은 러스티가 만나 본 간호사들 중에 가장 침착한 사람이었고, 그 침착함이 뜻하는 바는 여러 가지였다.

"선생, 지니 아줌마가 뭐랬는지 내가 맞혀 볼게. 타커스밀스 경계 쪽으로 가랬지?"

"그래. 배달 트럭이 뒤집혔대."

"흠, 근데 사정이 좀 변했어. 그 반대쪽으로 가야 돼."

트위첼이 남쪽 지평선을 가리켰다. 굵은 연기 기둥 쪽이었다.

"선생, 혹시 추락한 비행기 구경하고 싶었던 적 없어?"

"벌써 봤어, 군대에서. 두 명이 죽은 현장이었지. 사체가 아예 잼이 되어 있더군. 그런 구경은 한 번이면 족해, 이 풋내기야. 지니 말로는 그쪽은 다 죽었다던데……."

"그럴 수도 있고, 안 그럴 수도 있고. 근데 그쪽에서 방금 퍼킨스 씨가 쓰러졌어. 그 양반은 안 죽었을지도 몰라."

"퍼킨스 서장이?"

"옙. 랜돌프 부서장 말로는 페이스메이커가 가슴을 뚫고 폭발했다던데, 가망이 없을 것 같아. 그래도 명색이 경찰서장이니까 또 모르지. '불굴의 영도자'잖아."

"트위첼, 페이스메이커는 그런 식으로 터질 수가 없어. 도대체가 말이 안 되잖아."

"그럼 아직 살아 있을지도. 우리가 가면 도움이 되겠네."

트위첼은 구급차 앞을 반쯤 돌아가서 또 담배를 꺼냈다.

"어이, 구급차 안에선 금연이야."

러스티의 말에 트위첼이 애처로운 표정을 지었다.

"나도 한 대 주면 또 모르지만."

트위첼은 한숨을 내쉬며 담뱃갑을 내밀었다.

"어, 말보로잖아. 내가 제일 좋아하는 담밴데."

"미치고 환장하겠네."

5

117번 국도와 119번 국도가 교차하는 마을 한복판의 신호등 아래로 구급차가 사이렌을 울리며 쏜살같이 지나갔다. 두 사람은 너구리를 잡듯이 담배를 뻑뻑 피워 대며(그들만의 규정에 따라 창문은 열어둔 채로) 무전기에서 흘러나오는 소리에 귀를 기울였다. 알아듣기 힘든 소리였지만 러스티 생각에 한 가지는 확실했다. 이 날은 교대 시간인 네 시를 훨씬 넘겨 일할 것이 분명했다.

"뭐가 어떻게 됐는지는 모르지만 말이지, 적어도 이거 하나는 건졌어. 진짜 비행기 추락 현장을 보게 된 거. 사실 추락하는 장면이야 놓쳤지만, 뭐 우리가 찬밥 더운 밥 가릴 처지는 아니니까."

"하여튼 취향 한번 엽기적이라니까."

길에는 차가 가득했다. 거의 다 남쪽으로 향하는 차들이었다. 몇몇은 확실한 용건이 있어서 길에 나왔는지도 몰랐지만, 러스티가 보기에 대부분 피 냄새에 이끌린 인간 파리 떼였다. 트위첼은 차 네 대를 가뿐하게 추월했다. 북쪽으로 향하는 맞은편 차로가 기이하다 싶을 만큼 한산했다.

"저기 봐!" 트위첼이 하늘을 가리켰다. "방송국 헬리콥터까지! 우리 이러다 여섯 시 뉴스에 나오겠는데! '용감한 구급대원들, 위험에 맞서……'"

그러나 두기 트위첼의 환상은 거기서 끝나고 말았다. 저 앞쪽, 러스티 생각에 사고 현장인 듯싶은 곳의 상공에서, 헬리콥터가 옆으로 방향을 틀었다. 잠시 동안 기체 옆면에 적힌 숫자 '13'과 CBS 방송국의 눈 모양 로고가 보였다. 뒤이어 헬리콥터가 폭발했고, 화창한 한낮의 하늘에 불덩이가 비처럼 쏟아져 내렸다.

트위첼이 소리쳤다. "으악, 미안해요! 진심이 아니었어요!"

뒤이어 트위첼이 외친 아이 같은 한 마디에 러스티는 가슴이 미어지는 듯했다. 그토록 놀란 와중에도.

"아까 한 말 취소할게요!"

6

"난 그만 돌아가야겠네."

젠드런은 쓰고 있던 시독스 모자를 벗어서 피와 검댕으로 얼룩진 창백한 얼굴을 닦았다. 코가 어찌나 퉁퉁 부었던지 거인의 엄지손가락처럼 보일 지경이었다. 두 눈 밑에는 시커먼 그림자가 드리워 있었다.

"미안하네. 하지만 코가 너무 아파서…… 체력도 예전 같지가 않고. 또……."

그는 어쩔 수 없다는 듯이 두 팔을 축 늘어뜨렸다. 건너편에서 마주보고 있던 바비는 그런 젠드런을 끌어안고 등을 토닥여 주고 싶었다. 할 수만 있다면.

"정신이 하나도 없죠, 안 그래요?"

바비의 말에 젠드런이 껄껄 웃음을 터뜨렸다.

"그 헬리콥터가 결정적이었어."

두 사람은 새로이 피어오르는 연기 기둥을 나란히 바라보았다.

바비와 젠드런은 구경꾼들이 유일한 생존자인 엘자 앤드루스를 도와주는지 확인한 다음, 117번 국도 사고 현장을 떠났다. 친구를 잃은 슬픔에 넋이 나가기는 했으나 엘자는 적어도 중상을 입은 것 같지는 않았다.

"가세요, 그럼. 서두르지 말고 천천히요. 피곤하다 싶으면 멈춰서 쉬세요."

"자넨 계속 갈 건가?"

"예."

"지금도 끝이 보일 것 같아?"

바비는 한동안 말이 없었다. 처음에는 그러리라고 확신했지만, 지금은…….

"그랬으면 좋겠어요."

"그래, 행운을 비네."

젠드런은 모자를 다시 쓰기 전에 챙을 살짝 들어 경례하는 시늉을 냈다.

"오늘 날이 저물기 전에 자네랑 악수를 했으면 좋겠구먼."

"저도요."

바비는 잠시 입을 다물었다. 아까부터 머릿속에 맴돌던 생각 때문이었다.

"휴대전화를 찾으시면, 제 부탁 하나만 들어 주시겠어요?"

"물론이지."

"포트베닝 육군기지에 전화를 걸어 주세요. 연락장교가 받으면 제임스 O. 콕스 대령을 연결해 달라고 하세요. 데일 바버라 대위 한테 급한 용건으로 부탁받았다고 하시면 돼요. 기억하실 수 있 겠어요?"

"데일 바버라. 그건 자네 이름이지. 제임스 콕스, 그건 저쪽 이 름이고. 확실히 기억했네."

"연결이 되면…… 저도 장담은 못하지만, 혹시라도 그렇게 되 면…… 콕스 대령한테 이쪽 상황을 얘기하세요. 만약 국토 안보 부 쪽에 연락이 안 닿으면 해결할 사람은 대령뿐이라고 말하세 요. 아셨죠?"

젠드런이 고개를 끄덕였다.

"그래, 할 수만 있다면. 행운을 비네, 대위."

그 말을 들었다고 해서 딱히 반응할 필요는 없었지만, 바비는 이마에 손을 붙여 경례를 했다. 그런 다음 이제는 찾을 가망이 안 보이는 그 무엇을 찾아 다시 걷기 시작했다.

7

장벽과 거의 평행으로 나 있는 숲길이 눈에 띄었다. 인적이 끊겨 풀이 무성했지만 덤불을 헤치고 나가는 것보다는 훨씬 편했다. 이따금씩 길 서쪽으로 벗어날 때마다 체스터스밀과 바깥세상을 가르는 벽이 느껴졌다. 벽은 쭉 그 자리에 있었다.

119번 국도가 체스터스밀의 이웃 마을인 타커스밀스와 만나는 곳에 이르렀을 때, 바비는 걸음을 멈추었다. 장벽 건너편을 보니 마음씨 착한 구경꾼들이 사고로 뒤집힌 배달 트럭에서 운전사를 부축하여 꺼낸 참이었다. 그러나 트럭은 거대한 들짐승의 주검처럼 길 한복판을 막은 채 드러누워 있었다. 부딪힐 때의 충격 때문에 짐칸 뒷문이 활짝 열린 채였다. 아스팔트 도로에 과자와 풍선껌, 초코바, 땅콩버터 크래커 따위가 너저분하게 널려 있었다. 컨트리 음악 가수 조지 스트레이트가 그려진 티셔츠를 입은 청년이 나무 그루터기에 앉아 과자를 우물거리는 중이었다. 한 손에 휴대전화가 보였다. 청년이 바비를 올려다보았다.

"아저씨. 혹시 저쪽에서……."

청년이 바비 뒤쪽을 막연하게 가리켰다. 그는 지치고, 겁먹고, 넌더리 난 표정을 하고 있었다.

"맞아. 마을 반대편에서 왔어."

"오는 내내 투명 장벽이 쳐져 있던가요? 다 막힌 거예요?"

"그래."

청년은 고개를 끄덕이고 휴대전화 버튼을 눌렀다.

"더스티? 너 아직도 거기냐?" 잠시 듣고 있던 청년이 다시 말했다. "알았어." 그러고는 전화를 끊었다.

"전 제 친구 더스티랑 같이 동쪽에서 출발했어요. 그러다가 갈라져서 더스티는 남쪽으로 갔죠. 계속 전화로 연락을 했는데, 통화할 때마다 막혔댔어요. 지금은 헬리콥터가 추락한 곳에 가 있는데 거긴 사람이 엄청 몰렸다네요."

바비 생각에도 그럴 것 같았다.

"그쪽에도 뚫린 곳이 하나도 없나 보지?"

청년이 고개를 저었다. 말은 더 하지 않았고, 굳이 할 필요도 없었다. 어쩌면 뚫린 곳을 놓쳤는지도 몰랐다. 창문이나 아니면 문짝 크기만 한 구멍이 있을지도 몰랐다. 가능성은 있었지만, 바비는 회의적이었다.

바비 생각에 마을은 완전히 고립된 것만 같았다.

다들 같은 팀을 응원한다네

1

바비는 119번 국도를 따라 5킬로미터쯤 내려와 마을 중심부로
향했다. 도착해 보니 이미 저녁 여섯 시였다. 큰길은 텅 비다시피
했으나 발전기 돌아가는 소리가 우렁차게 들려왔다. 소리로 보아
수십 개는 됨 직했다. 119번과 117번 국도 교차점의 신호등은 꺼
져 있었지만 들장미 식당은 불을 켠 채 영업 중이었다. 전면의 커
다란 유리창을 통해 들여다본 식당 안은 만석이었다. 그러나 문
을 열고 들어섰을 때, 여느 때와는 달리 떠들썩한 대화 소리가 들
리지 않았다. 정치 이야기도 보스턴 레드삭스 야구 경기 이야기
도, 지역 경제, 뉴잉글랜드 패트리어츠 풋볼 경기, 새로 산 차, 극
성 엄마들 험담, 셀틱스 농구 경기, 기름 값, 브루인스 아이스하키

123

경기, 새로 산 전동 공구, 트윈밀스 와일드캐츠의 풋볼 경기 이야기도 들리지 않았다. 늘 끊이지 않던 웃음소리도 마찬가지였다.

손님들의 눈은 일제히 카운터 위의 텔레비전에 집중되어 있었다. 바비도 그들과 마찬가지로 텔레비전을 바라보았다. 그의 눈에는 문득 정신을 차려 보니 자신이 있는 곳이 참사 현장일 때 느낄 법한 불신과 혼란이 가득했다. 화면에 비친 119번 국도변에 CNN 방송국의 앤더슨 쿠퍼 기자가 서 있었다. 배경에는 아직도 연기가 피어오르는 거대한 펄프 트럭의 잔해가 보였다.

식당 주인 로즈가 이따금씩 카운터에 들러 주문을 전달하며 직접 손님들 시중을 들고 있었다. 머리그물에서 성긴 머리칼이 삐져나와 얼굴을 감싸듯 하늘거렸다. 표정은 지치고 짜증난 듯했다. 오후 네 시부터 문 닫을 때까지 카운터에 있어야 할 앤지 매케인이 이날은 어디에도 보이지 않았다. 어쩌면 장벽이 내려 닫힐 때 마을 바깥에 있었는지도 모를 일이었다. 그렇다면 한동안 카운터 뒤에 서 있는 모습을 못 볼 공산이 컸다.

주방에 서 있는 사람은 앤슨 휠러, 어림잡아도 스물다섯은 넘어 보이지만 아직도 로즈한테 '꼬맹이'로 불리는 친구였다. 바비는 그가 들장미 식당의 토요일 저녁 특선 메뉴인 콩과 소시지보다 복잡한 요리를 과연 만들 수 있을지 불안했다. 아침 식사 메뉴를 저녁에 시켰다가 앤슨이 만든 핵폭탄 맞은 달걀을 마주하게 될 손님을 생각하면 측은하기까지 했다. 어쨌거나 바비가 돌아왔다니 들장미 식당으로서는 무척이나 다행스러운 일이었는데, 왜냐하면 비단 앤지뿐만 아니라 도디 샌더스 역시 코빼기도 안 보였기 때문이었다. 하긴, 그 덜 떨어진 아가씨가 결근하는 데 굳이 장벽까지 필요하지는 않았다. 도디는 딱히 게으르지는 않아도 금방 싫증을 내는 성격이었다. 게다가 머리 나쁘기로 따지면…… 글쎄, 뭐라고 해야 좋을까? 도디의 아버지이자 마을 의장인 앤디 샌더스는 멘사 같은 곳하고는 평생 담을 쌓은 사람이었지만, 그래도 딸과 비교하면 거의 아인슈타인 급이었다.

텔레비전 화면을 보니 뒤쪽에 착륙하는 헬기들 때문에 앤더슨 쿠퍼의 맵시 있는 은발이 바람에 흩날리는 중이었고, 목소리는 거의 들리지도 않았다. 헬기 기종은 MH53 페이브로 같았다. 바비가 이라크에서 근무하는 동안 신물 나게 타던 물건이었다. 화면에 육군 장교 한 명이 걸어 들어오더니 장갑 낀 손으로 마이크를 가리고 쿠퍼의 귀에 뭐라고 소곤거렸다.

들장미 식당에 모인 손님들도 자기들끼리 소곤거렸다. 바비는 그들의 동요를 이해할 수 있었다. 바비 자신도 같은 심정이었다. 전투복 차림의 군인이 유명한 텔레비전 기자의 마이크를 미안하다는 말 한마디 없이 치워 버렸다면, 그야말로 세상이 끝장났다는 신호나 다름없기 때문이었다.

육군 장교가 귓속말을 끝내고 물러섰다. 바비의 상관이었던 콕스 대령은 아니지만 어쨌든 계급은 같은 대령이었다. 혹시라도 콕스 대령이 텔레비전에 나왔더라면 바비의 현실 감각은 더욱 혼란스러워졌을 터였다. 장교가 마이크에서 손을 떼자 장갑이 스치는 '투두둑' 소리가 났다. 장교는 철저히 무표정한 얼굴로 화면에서 걸어 나갔다. 바비에게는 익숙한 표정이었다. 뼛속까지 군인인 사람의 표정이었다.

앤더슨 쿠퍼가 말했다. "취재진은 현재 1킬로미터 뒤에 있는 레이먼드 휴게소라는 곳으로 물러나라고 압력을 받고 있습니다."

이 말에 식당 안의 손님들이 다시금 웅성거렸다. 그들 가운데 모튼에 있는 레이먼드 휴게소를 모르는 사람은 없었다. 창문에 시원한 맥주/ 따뜻한 샌드위치/ 신선한 미끼라고 적힌 곳이었다.

"지금 제가 있는 곳은 정확한 이름 대신 '장벽'으로 알려진 물체에서 100미터도 안 되는 지점인데요, 이 일대는 이미 국가 재난 사태 현장으로 선포되었습니다. 상황이 나아지면 곧바로 보도를 재개할 예정입니다. 우선 워싱턴의 스튜디오를 연결하겠습니다, 울프 아나운서."

현장 화면 아래에 빨간색 자막이 흘러갔다. 〈속보〉 메인 주 마을 외부와 격리—깊어가는 의혹. 화면 우측 맨 위의 구석에는 빨간색으로 적힌 참사 발생이 선술집 네온등처럼 깜박거렸다. '누가 맥주통에 빠지기라도 했나.' 바비는 이렇게 생각하다가 하마터면 킥킥웃을 뻔했다.

앤더슨 쿠퍼 대신 울프 블리처 아나운서가 화면에 나타났다. 식당 주인 로즈는 울프 블리처에게 푹 빠진 나머지 주중 오후면 텔레비전 채널을 무조건 「CNN 상황실」에 고정하고 아무도 못 바꾸게 했다. 심지어 그를 '우리 울피'로 부를 정도였다. 이날 저녁 울피는 넥타이를 매기는 했지만 매듭이 형편없이 묶여 있었고, 나머지 복장은 바비가 보기에 토요일 파티를 즐기다 온 것이 아닌가 의심스러웠다.

"이어서 전해 드립니다." 로즈의 울피가 말했다. "오늘 오후 1시 경에……"

"1시 전이야, 그보다 한참 일러." 식당 손님이 말했다.

"마이라 에번스 얘기 진짜야? 그 여자 진짜 죽은 거야?" 다른 손님이 물었다.

"그래. 그러니까 뉴스 좀 듣게 입 다물어."

퍼널드 보위가 대답했다. 퍼널드의 형 스튜어트 보위는 체스터 스밀에 한 명뿐인 장의사였다. 퍼널드는 이따금씩 술을 안 마신 맨 정신일 때 형의 일을 돕곤 했는데 이날 저녁에도 맨 정신으로 보였다. 하도 놀라서 정신이 번쩍 든 모양이었다.

뉴스를 듣고 싶기는 바비도 마찬가지였는데 이는 그가 가장 중요하게 여기는 문제를 울피 아나운서가 소개하려는 참이기 때문이었다. 게다가 내용도 바비가 바랐던 그대로였다. 아나운서는 체스터스밀 상공이 비행금지 구역으로 선포되었다고 했다. 실은 메인 주 서부와 뉴햄프셔 주 동부, 즉 루이스턴오번에서 노스콘웨이에 이르는 전 지역이 비행금지 구역이었다. 대통령도 상황 보고를 받는 중이었다. 또한 8년 만에 처음으로 국가 위협 경보색이 주황색을 넘어 빨강색으로 상향 조정되었다.

《데모크라트》 신문사의 소유주 겸 편집장인 줄리아 섬웨이가 테이블 옆으로 지나가는 바비를 흘끔 쳐다보았다. 뒤이어 줄리아의 얼굴에 엷은 미소가 언뜻 떠올랐다가 사라졌다. 그녀의 특기이자 거의 상징이 되다시피 한 음흉한 미소였다.

"체스터스밀 마을이 놔 주질 않나 보군요, 바버라 씨."

"그러게요."

바비도 동의했다. 자신이 마을에서 사라졌음을(그리고 그 이유를) 줄리아가 이미 알았다고 해도 놀랍지 않았다. 바비가 체스터스밀에 머문 기간은 줄리아 섬웨이가 마을의 뉴스거리라면 뭐든

다 꿰고 있는 사람임을 눈치채기에 충분했다.

식당 주인 로즈는 네 명 자리에 비좁게 끼어 앉은 여섯 명 일행에게 콩과 소시지(그리고 한때는 돼지갈비였을 것으로 보이는 숯덩이)를 갖다 주다가 바비를 발견했다. 로즈는 음식 접시를 양 손에 한 개씩, 또 양 팔에 한 개씩 든 채로 딱 얼어붙었다. 그러다가 이내 싱긋 웃었다. 기쁨과 안도감이 숨김없이 드러난 그 웃음을 보며 바비는 마음이 한결 가벼워졌다.

'이런 게 바로 집에 돌아온 기분이겠지.' 바비는 속으로 생각했다. '아니면 말고. 제기랄.'

"세상에, 데일 바버라! 다시 볼 거라곤 생각도 못 했어!"

"내 앞치마 아직 안 치웠죠?"

바비가 물었다. 조금은 쑥스러운 목소리였다. 어쨌거나 로즈는 딱히 믿을 구석도 없는 떠돌이 바비를 거두어 주고 일자리까지 준 은인이었다. 또한 바비가 마을을 떠나려 할 때에는 다 이해한다고, 레니 주니어의 아버지는 결코 적으로 돌리고 싶지 않은 상대라고 얘기해 주었다. 그런데도 바비는 자신 때문에 로즈가 곤경에 빠졌다는 생각을 여태 지우지 못했다.

로즈는 손에 들고 있던 접시를 빈자리에 되는 대로 내려놓고 서둘러 바비에게 다가갔다. 아담하고 통통한 몸매 덕분에 바비를 끌어안으려면 까치발을 디뎌야 했지만 로즈는 가까스로 성공했다.

"돌아와서 정말 기뻐!" 로즈가 바비의 귀에 속삭였다. 바비도 그녀를 마주 안고 이마에 입을 맞추었다.

"빅 짐이랑 주니어는 안 그럴 것 같은데요."

그러나 당장은 레니 부자가 보이지 않았고, 그것만으로도 감사할 일이었다. 바비는 문득 깨달았다. 적어도 당장은, 텔레비전 화면에 나온 체스터스밀보다 이곳에 모인 마을 주민들에게 더 관심이 갔다.

"빅 짐인지 뭔지 똥이나 먹으라지!"

이 말에 바비가 웃음을 터뜨렸다. 로즈의 화통한 성격을 다시 보니 기쁘기도 했고, 한편으로는 신중한 마음씀씀이가 고맙기도 했다. 로즈는 욕을 퍼부을 때에도 귓속말로 소곤거렸다.

"난 자기가 벌써 떠나 버린 줄 알았지 뭐야!"

"거의 떠날 뻔했죠. 근데 살짝 늦었어요."

"그럼 그거…… 봤겠네?"

"예. 나중에 얘기해 드릴게요."

바비는 포옹을 풀고 한 걸음 뒤로 물러나 생각했다. '로즈, 당신이 열 살만 젊었다면…… 한 다섯 살만이라도…….'

"그럼, 저 앞치마 다시 둘러도 되죠?"

로즈는 눈가의 물기를 닦고 고개를 끄덕였다. "나야말로 부탁할게. 앤슨이 손님들 다 죽이기 전에 주방 좀 맡아 줘."

바비는 로즈에게 경례를 붙이고 카운터를 돌아 주방으로 들어간 다음, 앤슨을 바깥으로 쫓아냈다. 그러면서 로즈와 함께 접객을 하기 전에 먼저 주문을 접수하고 카운터를 치우라고 지시했다. 앤슨은 불판에서 물러나며 안도의 한숨을 내쉬었다. 카운터로 나가기 전에 그는 바비의 오른손을 두 손으로 쥐고 격하게 흔들었다.

"정말 고마워요, 바비. 손님이 이렇게 몰려든 적은 처음이에요. 정신이 하나도 없었다니까요."

"걱정 마. 내가 오병이어의 기적을 보여 줄게."

성서에 관해서라면 쥐뿔도 모르는 앤슨은 멍한 표정을 지을 뿐이었다.

"예?"

"아무것도 아냐."

주방 앞 창구에 있는 종이 '땡' 하고 울렸다.

"주문 받아!" 로즈가 소리쳤다.

바비는 주문서를 받기 전에 우선 뒤집개부터 잡았다. 앤슨이 자기 딴에 요리라고 주장하는 끔찍한 가열 처리 작업을 할 때면 늘 그렇듯이, 불판은 그야말로 난장판이었다. 바비는 앞치마를 머리부터 뒤집어쓰고 등 뒤로 끈을 묶은 다음, 개수대 위의 찬장을 뒤졌다. 안에는 들장미 식당의 불판 담당이 요리사 모자 대용으로 쓰는 야구 모자가 그득했다. 바비는 폴 젠드런에게 경의를 표하는 뜻에서(또한 그가 지금쯤 가족의 품에 있기를 바라는 마음에서) 시녹스 모자를 골라 뒤로 휙 돌려 쓰고 손가락을 꺾어 우두둑 소리를 냈다.

그런 다음 첫 번째 주문서를 받아들고 요리를 시작했다.

2

로즈는 평소 토요일 폐점 시각에서 한 시간을 훌쩍 넘긴 9시 15분이 되어서야 마지막 손님을 몰아냈다. 바비는 식당 문을 잠그고 알림판을 '영업중'에서 '준비중'으로 돌려놓았다. 가만히 지켜

보니 마지막 손님 네댓 명이 큰길을 건너 마을 회관 쪽으로 향했다. 그곳에는 이미 쉰 명 가까이 되는 인파가 모여 웅성거리는 중이었다. 그들의 눈이 향한 곳은 남쪽, 거대한 백색광이 풍선처럼 떠 있는 119번 국도 상공이었다. 바비가 보기에 텔레비전 조명은 아니었다. 그 빛은 육군이 방어선을 구축하고 경계에 돌입했다는 뜻이었다. 야간에 방어선을 구축하려면 어떻게 해야 할까? 물론, 초병을 세우고 사각 지대에 탐조등을 비추면 그만이었다.

'사각 지대라.' 바비는 그 말의 어감이 영 마음에 안 들었다.

한편 마을 큰길은 이상하다 싶을 만큼 캄캄했다. 발전기가 돌아가는 몇몇 건물에서는 전등 불빛이 새어 나왔고 버피네 만물상과 주유소, 서점, 큰길 언덕 맨 끝에 있는 푸드시티 슈퍼마켓을 비롯한 상점 네댓 군데에도 비상등 불빛이 환했다. 그러나 가로등은 모두 꺼진 채였으며, 큰길을 따라 늘어선 주택 2층의 셋집 창문에는 촛불이 밝혀져 있었다.

로즈는 식당 한복판 자리에 앉아 담배를 피우는 중이었다(공공건물 내 흡연은 불법이지만 바비는 결코 이를 지적하지 않았다.). 로즈는 머리그물을 벗다가 테이블 맞은편에 앉는 바비를 보고 힘없이 웃었다. 그들 뒤에서는 앤슨이 카운터를 닦는 중이었다. 레드삭스 모자에서 해방된 앤슨의 머리카락이 어깨까지 내려왔다.

"7월 독립기념일 때도 죽는 줄 알았는데 오늘은 더 바빴지 뭐야. 바비, 자기가 안 돌아왔으면 난 아마 구석에 쭈그리고 앉아서 엄마만 찾았을 거야."

"F150 트럭에 탄 금발 아가씨를 봤어요." 바비는 아침의 기억을 떠올리고 슬며시 웃었다. "그 아가씨가 태워줄 뻔했는데. 그랬으면 아마 지금쯤 바깥에 있겠죠. 하지만 반대로 생각하면 척 톰슨이랑 비행기에 탔던 그 여자 꼴이 됐을지도 몰라요."

톰슨의 이름은 이미 CNN 뉴스에도 등장했다. 함께 있던 여인의 신원은 아직 밝혀지지 않았다.

그러나 로즈는 이미 알고 있었다.

"아마 클로뎃 샌더스일 거야. 틀림없어. 도디가 어제 나한테 그랬어, 자기 엄마가 오늘 비행 교습 받을 거라고."

두 사람 사이의 식탁 위에 감자튀김 한 접시가 놓여 있었다. 바비는 로즈의 이야기를 들으며 접시로 손을 뻗었다. 그 손이 우뚝 멈췄다. 감자튀김을 먹고 싶은 마음이 싹 가셨다. 아무것도 먹고 싶지 않았다. 접시 한 구석에 웅덩이처럼 자리 잡은 뻘건 것은 케첩이 아니라 꼭 피 같았다.

"그래서 도디가 출근을 안 했군요."

로즈는 난들 아느냐는 듯이 어깨를 으쓱했다 "어쩜 그럴지도. 나도 확실히는 몰라. 도디한테선 아무 말도 없었거든. 실은 기대도 안 했어, 전화가 불통이라."

바비는 유선 전화이겠거니 하고 짐작했지만, 휴대전화가 잘 안 터진다고 불평하는 소리는 앞서 주방에서도 이미 들은 바 있었다. 사람들이 동시에 전화를 거는 바람에 회선이 교란되었다는 의견이 대부분이었다. 몇몇은 방송 관계자들이 몰려들어서 생긴 문제라고 추측했다. 지금은 수백 명으로 늘어난 방송국 사람들이 노키아, 모토로라, 아이폰, 블랙베리를 만지작거릴 터였다. 그러나 바비는 한층 더 암울한 의혹을 품고 있었다. 어쨌거나 현 상황은 국가적 안보 위기였고, 그것도 온 나라가 테러 노이로제에 걸린 시절에 일어난 일이었다. 지금은 전화 몇 통쯤이야 가능할지 모르지만 밤이 깊어 가면 점점 더 힘들어질 것이 뻔했다.

"도디야 뭐, 일을 땡땡이치고 오번몰에 쇼핑하러 갔을지도 모르지. 엄마가 집을 비웠으니 그 깡통 같은 머리에 바람이 오죽 들었겠어."

"클로뎃이 그 비행기에 탄 걸 샌더스 씨도 알까요?"

"글쎄. 하지만 아직도 모른다면 그게 더 놀랄 일 아니겠어?" 로즈는 이렇게 말하고 나서 작지만 구성진 목소리로 노래를 불렀다. "조그만 마을이잖니. 무슨 말인지 알지?"

바비는 피식 웃고 나서 다음 가사를 이어 불렀다.

"조그만 마을이잖아, 인석아, 다들 같은 팀을 응원하고 말이야."

그것은 제임스 맥머트리가 오래전에 불렀다가 지난해 여름 두 달 동안 뜬금없이 메인 주 서부의 컨트리 음악 전문 채널에서 다시 인기를 끈 노래였다. 당연히 WCIK 라디오는 예외였다. 제임스 맥머트리는 예수쟁이 라디오에서 밀어 주는 가수가 아니었다.

로즈가 감자튀김을 가리켰다. "이거 먹을 거야?"

"아뇨. 입맛이 달아났어요."

바비는 늘 실실거리는 앤디 샌더스와 그의 돌머리 딸 도디를 그리 좋아하지 않았다. 특히 도디는 친한 친구 앤지와 함께 소문을 퍼뜨렸음이 거의 틀림없었다. 바비가 디퍼스 주차장에서 얻어맞은 이유가 된 소문을. 그런데도 그 몸뚱이 조각들이(초록색 바지를 입은 다리가 자꾸만 눈앞에 선했다.) 도디의 어머니 것이었다니…… 마을 의장의 아내였다니…….

"나도 입맛이 싹 가셨어."

로즈는 담배를 케첩에 눌러 껐다. 담뱃불이 꺼지는 '피싯' 소리를 들으며 바비는 한순간 토할 것 같은 끔찍한 기분을 느꼈다. 그래서 고개를 돌려 창밖의 큰길을 내다보았지만, 식당 안에서는 아무것도 보이지 않았다. 이 안에서는 모든 것이 시커멓게만 보였다.

"대통령이 자정에 연설을 한대요."

카운터에 있던 앤슨이 말했다. 그 뒤에서 쉬지 않고 나지막이 윙윙거리는 식기세척기 소리가 들려왔다. 바비는 그 낡고 덩치 큰 식기세척기가 바야흐로 마지막 임무를 다하는 중이라고 생각했다. 적어도 당분간은. 그렇게 되도록 로즈를 설득해야 했다. 처음에는 꺼릴 테지만, 결국은 감을 잡을 터였다. 로즈는 영리하고 현실적인 여성이었다.

'도디의 엄마였다니. 맙소사. 그럴 확률이 얼마나 될까?'

문득 그리 낮은 확률은 아니라는 생각이 고개를 쳐들었다. 샌더스 부인이 아니었더라도 바비가 아는 사람이었을 공산이 컸다. '조그만 마을이잖아, 인석아, 다들 같은 팀을 응원하고 말이야.'

"대통령이고 뭐고 오늘밤엔 내 알 바 아냐. 하나님한테 미국을 지켜 달라고 빌려거든 혼자 하라고 해. 눈 좀 붙였다 싶으면 금방 새벽 다섯 시니까."

로즈의 말은 옳았다. 들장미 식당의 일요일 개점 시각은 아침 일곱 시였지만 그 전에 준비를 해야 했다. 준비는 항상 해야 하는 법이었다. 게다가 일요일에는 계피맛 롤빵까지 구워야 했다.

"안 자고 보려거든 그렇게 해. 갈 때 식당 문만 확실히 잠가. 앞문 뒷문 전부 다."

로즈는 자리에서 일어설 채비를 했다.

"로즈, 내일 어떻게 할지 상의를 해야죠."

"상의는 무슨, 내일은 내일의 해가 뜨겠지. 지금은 이걸로 됐어, 바비. 걱정할 것 하나도 없어."

말은 이렇게 했지만, 다시 의자에 앉은 것으로 보아 로즈도 바비의 표정에서 분명히 뭔가 눈치챈 듯했다.

"알았어, 왜 인상을 쓰고 그래?"

"프로판가스 마지막으로 충전한 게 언제죠?"

"저번 주. 거의 꽉 차 있어. 가스가 걱정돼서 그래?"

물론 그렇지 않았지만, 모든 걱정은 거기에서 비롯되었다. 바비는 속으로 계산해 보았다. 들장미 식당에는 서로 연결된 가스통 두 개가 있었다. 가스통의 용량은 각각 1200리터 아니면 1300리터였는데 정확히는 기억나지 않았다. 날이 밝으면 확인해 볼 생각이었지만 로즈 말이 옳다면 당장 2400리터가 넘게 확보한 셈이었다. 다행이었다. 온 마을이 처참한 불운에 빠진 날에 간신히 거머쥔 한 줌짜리 행운이었다. 그러나 앞날에 또 어떤 불운이 도사리고 있을지는 알 길이 없었다. 게다가 프로판가스 2400리터가 화수분인 것도 아니었다.

"발전기 연비는요? 혹시 알아요?"

"그건 또 왜?"

"지금 이 가게는 발전기 덕분에 돌아가는 중이에요. 전등, 불판, 냉장고, 물 펌프까지. 보일러도요, 혹시 오늘밤에 기온이 내려가서 보일러를 켜야 한다면 말이지만. 그게 다 발전기가 먹는 가스 덕분에 돌아가요."

두 사람은 한동안 우두커니 앉아 식당 뒤편에 새로 마련한 혼다 발전기가 쉬지 않고 윙윙거리는 소리에 귀를 기울였다.

앤슨 휠러가 두 사람 곁에 다가와 자리에 앉으며 말했다.

"발전기는 60퍼센트 효율로 돌아갈 때 시간당 가스 7리터를 먹어요."

"자네가 어떻게 알아?"

"설명서를 읽었거든요. 우리가 오늘 정오부터 그랬던 것처럼 전기가 나간 상태에서 완전 가동하면, 시간당 10리터는 잡아먹을 거예요. 어쩌면 조금 더."

로즈는 그 말에 즉각 반응했다.

"앤슨, 주방만 남겨놓고 불 다 꺼. 당장. 실내온도 조절기는 10도로 맞춰 놓고." 로즈는 말을 멈추고 잠시 생각했다. "아냐, 난방은 아예 꺼 버려."

바비는 씩 웃으며 엄지손가락을 치켜들었다. 로즈는 역시 말귀를 알아들었다. 체스터스밀 주민들 중에는 그렇지 않은 사람도 있었다. 어쩌면 그럴 생각이 없는 사람도 있을 터였다.

"그럴게요." 말은 이렇게 했지만, 앤슨의 표정은 왠지 주저하는 듯했다. "설마 내일 아침에도 지금처럼…… 그래도 최소한 내일 오후에는……."

"미합중국 대통령이 텔레비전에 나와서 연설을 한다잖아. 그것도 한밤중에. 자기 생각엔 어떨 것 같아?"

"당장 불부터 꺼야겠네요."

"온도 조절기도 잊지 마."

허둥지둥 자리를 뜨는 앤슨을 보고 로즈는 바비 쪽으로 고개를 돌렸다. "위에 올라가면 나도 똑같이 할게."

남편과 사별한 지 10년이 넘은 로즈는 식당 2층에 살았다.

바비는 고개를 주억거렸다. 그는 이미 테이블 위의 종이 깔개 ("메인 주의 관광 명소 20선, 아직도 안 가 보셨나요?")를 뒤집어 놓고 하얀 뒷면에 계산을 하는 중이었다. 장벽이 출현하고 나서 지금까지 사용한 프로판가스의 양은 100 내지 110리터였다. 그렇다면 남은 양은 약 2300리터. 로즈가 하루 가스 사용량을 100리터 이하로 유지하면 이론상으로는 3주를 버틸 수 있었다. 아침과 점심, 또 점심과 저녁 시간 사이에 문을 닫는 식으로 하루 사용량을 70리터 정도로 끌어내리면 한 달도 가능했다.

'그 정도면 너끈해.' 바비는 속으로 생각했다. '만약 한 달이 지나도록 길이 안 뚫리면 어차피 요리할 재료도 없을 테니까.'

"바비, 뭘 그렇게 고민해? 그 숫자는 다 뭐야? 난 뭐가 뭔지 하나도 모르겠어."

"거꾸로 보니까 그렇죠."

바비는 문득 온 마을 사람들도 마찬가지일 거라는 생각이 들었다. 거기 적힌 숫자들을 똑바로 보려 할 사람은 아무도 없었다.

로즈는 바비가 휘갈겨 쓴 계산 결과를 자기 쪽으로 돌려놓았다. 숫자들을 가만히 셈하던 로즈가 고개를 들고 바비를 건너다보았다. 경악한 표정이었다. 때마침 앤슨이 식당의 불을 거의 다 끈 참이었기에, 두 사람은 끔찍이도 설득력 있는(적어도 바비에게는) 어둠 속에서 서로를 마주보았다. 그들 앞에 닥친 문제는 어쩌면 진짜인지도 몰랐다.

"28일? 4주나 버틸 각오를 하라고?"

"저도 잘은 몰라요. 그런데 말이죠, 전 이라크에 있을 때 누구한테서 『마오쩌둥 어록』을 받은 적이 있어요. 주머니에 넣고 다니면서 처음부터 끝까지 다 읽었죠. 그 책에 적힌 말들은 대부분 요즘 정치인들이 맨 정신으로 하는 소리보다 훨씬 설득력이 있더군요. 아직도 기억에 남은 한마디는 바로 이거예요. '밝은 면만 보고 어두운 면을 보지 않으면 당의 책무와 투쟁을 성공리에 실현할 수 없다.' 제가 보기엔 그거야말로 지금 우리가…… 제 말은, 사장님이……."

"'우리'라고 해."

로즈가 이렇게 말하며 바비의 손을 살며시 쥐었다. 바비는 자기 손을 뒤집어 로즈의 손을 꾹 맞잡았다.

"그래요, 우리라고 해 두죠. 제 생각엔 우리한테 필요한 게 바로 그거예요. 그 말은 곧 식사 시간 사이에는 문을 닫고, 오븐 사용 시간을 줄여야 한다는 뜻이에요. 계피맛 롤빵이야 저도 다른 사람들만큼이나 좋아하지만, 그래도 어쩔 수 없어요. 또 식기세척기는 아예 꺼야 해요. 워낙 낡아서 절전 등급이 낮으니까요. 설거지를 손으로 하라고 하면 도디하고 앤슨은 싫어하겠지만."

"도디가 조만간 돌아올 거라곤 기대 안 하는 게 좋아, 어쩌면 아예 안 돌아올지도 모르고. 제 엄마가 그렇게 됐으니……." 로즈는 한숨을 푹 내쉬었다. "차라리 도디가 오번몰에 놀러가고 없으면 좋겠어. 어차피 내일 신문을 보면 알 테지만, 그래도."

"어쩌면 그랬을지도 모르죠."

바비는 상황이 곧 해결되지 않으면 체스터스밀 안팎으로 전해지는 정보가 과연 얼마나 될지, 또 그 정보가 얼마나 설득력이 있을지 도무지 짐작도 할 수 없었다. 분명히 얼마 되지 않을 듯싶었다. 정부 요원들이 이미 손을 썼는지도 모르지만, 아니라면 조만간 침묵의 장막이 쳐질 거라는 예감이 들었다.

앤슨이 바비와 로즈가 앉아 있는 자리로 돌아왔다. 이미 웃옷을 걸치고 있었다.

"저 그만 가 봐도 될까요?"

"그럼. 내일 아침 여섯 시, 알지?"

"좀 늦은 거 아니에요?" 앤슨이 씩 웃으며 덧붙였다. "딱히 볼 만이 있는 건 아니지만."

"내일은 늦게 열 거야." 로즈는 말을 멈추고 잠시 망설였다. "식사 시간 사이에는 아예 문을 닫을 거고."

"진짜요? 잘됐네." 앤슨의 눈길이 바비에게로 향했다. "오늘 잘 데 있어요? 저랑 같이 가셔도 돼요, 새더가 데리에 있는 친정에 갔거든요." 새더는 앤슨의 아내였다.

사실 바비는 큰길 건너 지척에 잘 곳이 있었다.

"고맙지만 내 셋집에서 잘 거야. 계약 기간이 이달 말까진데, 못 갈 것도 없잖아? 열쇠는 오늘 아침 떠나기 전에 약국의 페트라 셜스한테 맡겼는데, 복사해 놓은 게 하나 있어."

"그래요. 아침에 봐요, 로즈. 바비도 올 거죠?"

"당연하지."

앤슨의 웃음이 더욱 커졌다.

"좋아요."

앤슨이 나가고 나서, 로즈는 잠을 쫓으려는 듯이 눈을 비비고 진지한 표정으로 바비를 바라보았다.

"얼마나 오래 걸릴 것 같아? 넉넉히 잡아서 말해 봐."

"넉넉히고 뭐고 모르겠어요. 애초에 무슨 일이 일어났는지조차 모르니까요. 그러니 언제 그칠지도 모르죠."

아주 천천히, 로즈가 말했다. "바비, 사람 겁주지 마."

"겁먹기는 저도 마찬가지예요. 일단 가서 잠이나 자죠. 날이 밝으면 희망이 좀 보일지도 몰라요."

"이런 소릴 들었으니 수면제라도 먹어야 잠이 오겠군. 피곤해 죽겠네. 그래도 자기가 돌아와서 정말 다행이야."

바비는 앞서 걱정했던 식재료 문제를 떠올렸다.

"한 가지 더요. 내일 푸드시티가 문을 열면……."

"일요일엔 항상 열어. 10시부터 6시까지."

"혹시 내일도 열면, 꼭 장을 보러 가세요."

"그치만 재료는 시스코에서 배달해 주는데." 로즈는 실없이 웃음을 터뜨리고 우울한 눈으로 바비를 건너다보았다. "배달 오는 날은 화요일인데 이렇게 됐으니, 믿고 있을 수가 없지. 암."

"당연하죠. 저게 하루아침에 사라진다고 해도 군대가 출입을 통제할 거예요. 적어도 당분간은요."

"뭘 사야 돼?"

"전부 다요. 그중에서도 고기를 먼저 챙기세요. 고기, 고기, 또 고기예요. 그것도 문을 열었을 때 말이지만요. 저도 확실히는 모르겠어요. 짐 레니가 점장을 설득할 수 있을지 어떨지."

"푸드시티 점장은 잭 케일이야. 작년에 어니 캘버트가 퇴직하고 나서 잭이 후임을 맡았어."

"그럼 빅 짐이 잭을 설득해서 공지가 있을 때까지 문을 닫게 할지도 몰라요. 아니면 퍼킨스 서장을 시켜서 폐쇄 명령을 내리든 가요."

"몰랐어?" 로즈는 바비의 어리둥절한 표정을 보고 말을 이었 다. "몰랐구나. 퍼킨스 서장은 죽었어, 바비. 저기서 그렇게 됐대." 로즈가 남쪽 사고 현장을 손으로 가리켰다.

바비는 놀라서 얼어붙은 표정으로 로즈를 바라보았다. 그들 뒤 쪽으로 앤슨이 켜 놓고 간 텔레비전이 보였다. 화면에서는 로즈가 사랑하는 울프 블리처 아나운서가 다시 등장하여 전 세계에 소 식을 전하는 중이었다. 정체 모를 힘이 메인 주 서부의 작은 마을 을 외부로부터 차단했노라고, 군대가 인근 지역을 통제한다고, 합 동참모본부가 워싱턴에서 회의를 하는 중이라고, 대통령이 자정 에 전국 연설을 할 예정이라고 했다. 그러면서 한편으로는 미국 국민들에게 부탁했다. 체스터스밀 주민들을 위하여 그와 함께 한 마음으로 기도해 달라고.

3

"아빠. 아빠?"

짐 레니 주니어는 계단 마루에 서서 고개를 쳐든 채로 귀를 기 울였다. 대답은 돌아오지 않았고, 텔레비전 소리도 안 들렸다. 여 느 때 같으면 아버지가 직장에서 돌아와 텔레비전 앞에 앉아 있 을 시간인데도 그랬다. 빅 짐 레니는 토요일 저녁이면 늘 디스커 버리채널의 동물 다큐멘터리나 히스토리채널의 역사 다큐멘터리를 보느라 CNN과 폭스 뉴스를 건너뛰었다. 그런데 이날 저녁은, 아니었다. 주니어는 손목시계를 귀에 갖다 대고 혹시 멈추지나 않았는지 확인했다. 시곗바늘은 돌아갔고, 바깥이 어두운 것으로 보아 시간도 정확했다.

머릿속에 끔찍한 생각이 떠올랐다. 빅 짐이 퍼킨스 서장과 같이 있을지도 모른다는 생각이었다. 둘이서 가능한 한 조용히 주니어를 체포할 방법을 논의하는 중인지도 몰랐다. 그렇다면 이토록 오래 시간을 끄는 이유는? 그래야 어둠을 틈타 마을에서 끌고 나갈 수 있기 때문이었다. 캐슬록에 있는 구치소로 끌고 가려고. 그다음은 재판이었다. 그리고 그다음은?

그다음은 쇼생크 교도소였다. 거기서 몇 년 썩다 보면 십중팔구 주니어도 그곳을 '호모 소굴'로 부르게 될 터였다. 함께 복역하는 살인자, 강도, 호모들과 마찬가지로.

"바보 같은 소리."

주니어는 이렇게 중얼거렸지만, 정말로 그럴까? 그는 앤지를 죽인 일이 그저 꿈일 뿐이라고, 틀림없다고, 왜냐하면 자신은 살인을 저지를 사람이 아니기 때문이라고 생각하며 잠에서 깨어났다. 어쩌다 두들겨 팰 수는 있다지만, 살인이라니? 터무니없는 소리였다. 나는…… 이 주니어는…… 그러니까…… *평범한 사람*이니까!

그러다가 침대 밑에 있던 옷이 눈에 띄었고, 그 옷에 묻은 피가 눈에 들어왔으며, 그제야 모든 기억이 돌아왔다. 앤지의 머리에서 떨어지던 수건. 왠지 화가 치밀어 오르게 하던 앤지의 꼬부랑 거시기털. 무릎을 내질렀을 때 앤지의 얼굴 뒤편에서 들리던

미묘한 파열음. 빗줄기처럼 쏟아지던 냉장고 자석과 털퍼덕 널브
러진 앤지의 몸뚱이.

'하지만 내가 그런 게 아니야. 그건……'

"두통 때문이었어."

그랬다. 정말이었다. 하지만 누가 그 말을 믿어 줄까? 차라리
앤지네 집 집사가 그랬다고 하는 편이 더 설득력이 있었다.

"아빠?"

대답이 없었다. 아버지는 집에 없었다. 경찰서에서 주니어를 붙
잡으려고 작당을 하고 있을 리도 없었다. 아버지답지 않은 짓이었
다. 아버지는 그럴 사람이 아니었다. 주니어의 아버지는 세상 무엇
보다도 가족이 첫째라고 입버릇처럼 떠들었다.

그런데 '정말로' 가족이 첫째였을까? 물론 개신교 신자이자
WCIK 방송국의 공동 소유주로서 말은 그렇게 했지만, 주니어가
생각하기에 어쩌면 아버지에게는 가족보다 '짐 레니의 중고차 천
국'이 우선인지도 몰랐다. 또한 그 '에누리 없는 주님의 성스러운
장막'보다는 마을의 의장 자리가 우선인지도 몰랐다.

아들인 주니어는 셋째일 수도 있었다. 그럴듯한 가설이었다.

주니어는 문득 지금 하는 생각이 죄다 짐작뿐임을 깨달았다
(주니어가 난생 처음 경험한 섬광 같은 직관이었다.). 어쩌면 자신이
아버지라는 사람을 전혀 모르는 것은 아닌가 하는 생각까지 들
었다.

주니어는 방으로 돌아가서 천장등을 켰다. 전등이 환히 빛나다
가 침침해지는 식으로 기묘하게 깜박거렸다. 주니어는 잠시 눈에
이상이 생겼나 하고 생각했다. 그러다가 집 뒤에서 돌아가는 발전

기 소리를 눈치챘다. 게다가 주니어네 집뿐만이 아니었다. 온 마을의 전기가 나간 것이었다. 안도감이 파도처럼 밀려왔다. 대규모 정전이라면 앞뒤가 딱 맞아떨어졌다. 그 말은 곧 아버지가 마을 회관의 회의실에서 멍청이 둘, 즉 샌더스 의장과 그리넬 제2부의장을 데리고 수습책을 논의하는 중일 공산이 크다는 뜻이었다. 어쩌면 작전을 짜는 조지 패튼 장군처럼 커다란 마을 지도에 핀을 꽂고 있을지도 몰랐다. 서부 메인 전력회사에 전화를 걸어 밥벌레니 뭐니 소리를 버럭버럭 지르면서.

주니어는 피 묻은 옷을 샅샅이 뒤져 지갑과 잔돈, 열쇠, 빗, 여분의 두통약까지 챙기고 새 바지 주머니에 나누어 넣었다. 그런 다음 아래층으로 서둘러 내려가서 범죄의 증거물을 세탁기에 처넣고 온수 스위치를 눌렀다가, 이내 마음을 고쳐먹었다. 채 열 살도 안 되었을 때 어머니한테 들었던 말이 떠올랐다. '핏자국이 진 옷은 찬물로 빨 것.' 스위치를 **찬물 세탁/헹굼**으로 돌리면서 주니어는 멍하니 상상했다. 아버지는 그 시설에 이미 비서와 불륜을 저지르기 시작했을까, 아니면 그 무렵에는 별것도 아닌 자기 물건을 가정용으로만 사용했을까.

주니어는 세탁기를 작동시키고 이제 무엇을 할지 생각해 보았다. 두통이 가시고 나니 비로소 생각이라는 것을 할 수 있었다.

결국에는 앤지네 집으로 돌아가야 한다는 결론이 나왔다. 가고 싶지 않았지만, 맙소사, 그것만은 하고 싶지 않았지만, 그래도 현장을 살펴봐야 할 것만 같았다. 슬쩍 지나가면서 경찰차가 몇 대나 왔는지 볼 생각이었다. 캐슬카운티 경찰서 감식반의 밴이와 있는지도 확인해야 했다. 관건은 바로 현장 감식이었다. 주니어

가 「CSI 과학수사대」를 보고 배운 바였다. 감식반이 쓰는 파랑색
과 하얀색 줄무늬 밴은 아버지를 따라 캐슬카운티 법정에 갔을
때 본 적이 있었다. 만일 앤지네 집 앞에 그 차가 서 있다면······.

'튀어야지.'

물론. 가능한 한 빨리, 또 멀리. 하지만 그 전에 집으로 돌아와
서 아버지의 서재에 있는 금고를 뒤져야 했다. 아버지는 주니어가
금고 비밀번호를 모르겠거니 했지만, 주니어는 알고 있었다. 또한
주니어는 아버지의 컴퓨터 비밀번호도, 그 결과 흑인 여자 둘에
백인 남자 하나를 선호하는 아버지의 음란물 취향까지도 훤히
알았다(주니어와 그의 친구 프랭크 드레셉스는 그런 동영상을 '오레
오 쿠키 섹스'로 불렀다.). 금고 안에는 돈이 두둑했다. 수천 달러쯤.

'감식반 밴을 보고 집에 돌아왔는데 아버지가 있으면?'

그렇다면 돈이 우선이었다. 당장은 돈이었다.

서재에 들어서자 등받이가 높다란 의자에 앉은 아버지가 얼
핏 보이는 것 같았다. 뉴스와 자연 다큐멘터리를 볼 때 앉는 자리
였다. 그렇다면 아버지는 잠들었거나····· 아니, 혹시 심장마비라
도? 빅 짐은 근 3년 동안 이따금씩 심장 때문에 고생하곤 했는데
대개는 부정맥이었다. 그럴 때면 보통 캐서린 러셀 기념 병원에
가서 해스켈 선생이나 레이번 선생한테 모종의 처방을 받고 정상
으로 돌아오곤 했다. 해스켈이야 죽을 때까지라도 그런 미봉책에
만족했을 테지만, 레이번(빅 짐의 표현에 따르면 '쓸데없이 가방끈
만 긴 자식')은 마침내 루이스턴의 주립 종합병원에 가서 심장 전
문의한테 진단을 받으라고 성화를 부렸다. 심장 전문의는 부정맥
을 단번에 깨끗이 없애는 시술을 받아야 한다고 했다. (병원 공포

증이 있는) 빅 짐은 차라리 하나님과 좀 더 열심히 대화하겠노라고, 말하자면 '기도 시술'을 받겠노라고 대꾸했다. 그러면서도 한편으로는 심장약을 복용했기에 지난 몇 달 동안은 멀쩡해 보였는데…… 그런데 지금은, 어쩌면…….

"아빠."

대답이 없었다. 주니어는 전등 스위치를 올렸다. 천장등이 아까와 마찬가지로 깜박거렸지만, 앞서 주니어가 아버지의 뒤통수로 착각했던 그림자는 불빛에 지워졌다. 주니어는 아버지가 심장마비로 죽었다고 해도 딱히 가슴이 미어질 것 같지 않았지만, 그래도 찬찬히 따져 보니 이날 밤을 피한 것만은 다행이었다. 세상에는 엎친 데 덮친 격이라는 말도 있으니까.

그럼에도, 주니어는 금고가 붙은 벽 쪽으로 만화 주인공처럼 소리 없이 너울너울 걸어갔고, 그러는 동안 아버지가 도착했다는 신호인 전조등 불빛이 번쩍이는지 보려고 창밖을 주시했다. 그는 금고를 가린 (「예수님의 산상 수훈」이라는 제목의) 그림 액자를 옆으로 치우고 번호에 맞춰 금고 다이얼을 돌렸다. 손이 떨리는 바람에 두 번이나 맞춰야 했다.

금고 안에는 현금과 함께 **무기명 채권**이라고 인쇄된 증명서 비슷한 종이 뭉치가 가득 들어 있었다. 주니어의 입에서 나직한 휘파람소리가 새어 나왔다. 작년 이맘때 프라이버그 농업 박람회에 놀러가려고 50달러를 훔칠 때에도 현금이 많기는 했지만, 이 정도는 결코 아니었다. 그때는 **무기명 채권**도 없었다. 중고차 천국에 있는 아버지 책상 위의 작은 액자가 떠올랐다. 거기에는 이렇게 적혀 있었다. '예수님께서 이 거래를 허락하실까?' 불안과 두려움에 찌든 와중에도 주니어는 문득 궁금해졌다. 아버지가 요 근래에 무슨 짓을 해서 딴 주머니를 불리는지 아신다면, 예수님께서 과연 허락하실까?

"그거야 아빠 사정이고. 난 내 앞가림만 하면 돼."

주니어는 나직이 중얼거렸다. 그는 50달러짜리와 20달러짜리로 500달러를 챙기고 금고를 잠그려다가, 생각을 고쳐먹고 100달러짜리도 몇 장 챙겼다. 미어터질 듯한 금고 속을 보면 그 정도는 아버지가 아쉬워할 것 같지도 않았다. 만일 아쉬워한다면 아들이 그 돈을 가져간 이유도 이해할 듯싶었다. 그리고 어쩌면 허락할지도 몰랐다. '주님은 스스로 돕는 자를 도우신단다'가 빅 짐의 입버릇이었으니까.

주니어는 아버지의 가르침에 따라 400달러를 더 챙김으로써 스스로를 도왔다. 뒤이어 금고를 닫고 다이얼을 돌리고 예수님 그림을 제자리에 돌려놓았다. 주니어가 현관 옷장에서 웃옷을 챙겨 집을 나서는 동안 발전기는 윙윙거리며 돌아갔고, 세탁기는 그의 옷에서 앤지의 피를 지웠다.

4

매케인네 집에는 아무도 없었다.

쥐새끼 한 마리도 없었다.

그 집 건너편 길가에서 적당히 흩날리는 단풍잎을 맞으며 어슬렁거리던 주니어는 지금 눈앞에 보이는 것을 과연 믿어도 되는지가 궁금했다. 집 안은 어두웠고, 헨리 매케인의 4륜구동 차도 라도나 매케인의 프리우스도 여전히 안 보였다. 말도 안 되는, 터무니없는 행운이었다.

어쩌면 둘 다 마을 회관에 있을지도 몰랐다. 이날 밤에는 그리로 간 사람이 많았다. 정전 대책을 논의하는 중일 수도 있었지만, 예전에는 전기가 끊겨도 논의 따위를 한 기억은 없었다. 대개는 그냥 집으로 돌아가서 잠자리에 들었는데 아침에 일어나 밥을 먹을 때가 되면 다시 전기가 들어오리라는 확신이 있었기 때문이었다. 거대한 태풍이 몰려오지 않는 한은.

어쩌면 이 정전 사태가 어떤 거대한 사고 때문에 일어난 것일 수도 있었다. 정규 방송 도중에 속보로 내보내는 그런 사고. 주니어는 앤지가 자기 몫의 사고를 당한 지 얼마 되지 않았을 때 웬 이상한 늙은이한테서 대체 무슨 일이냐는 질문을 받았던 기억이 어렴풋이 떠올랐다. 어쨌거나, 방금 여기로 돌아오는 길에는 아무하고도 말을 섞지 않도록 주의를 기울였다. 고개를 푹 숙이고 옷깃을 세운 채 큰길을 따라 걸어왔다(실은 들장미 식당을 나서는 앤슨 휠러와 부딪힐 뻔한 적은 있었다.). 가로등이 꺼진 덕분에 정체를 숨기기가 한결 더 쉬웠다. 하늘이 베푼 또 하나의 은혜였다.

그리고 지금. 세 번째 은혜가 눈앞에 보였다. 크나큰 은혜였다. 앤지의 시체가 아직도 발견이 안 됐다니, 정말로 가능하기나 한 걸까? 혹시 함정이 아닐까?

캐슬록 카운티의 보안관이, 아니면 주 경찰청 형사가 말하는 모습이 눈앞에 선했다. '어이, 우린 그냥 숨어서 기다리기만 하면 돼. 살인자는 반드시 현장을 다시 찾는 법이니까. 잘 알려진 사실

이지.'

텔레비전에서 들은 헛소리였다. 그러나 (무슨 외부의 힘에 이끌리기라도 하듯이) 길을 건너는 동안, 주니어는 느닷없이 쏟아진 조명등 불빛 속에서 마치 판지에 꽂힌 나비 같은 꼴이 되리라는 불안을 떨칠 수가 없었다. 누가 소리를 지를 것만 같았다. 아마도 확성기를 든 사람이. '그 자리에 서서 손을 머리 위로 올려!'

아무 일도 일어나지 않았다.

매케인네 집 차고 앞 진입로에 발을 디뎠을 때, 주니어의 가슴에서는 심장이 날아갈 듯이 쿵쾅거렸고 이마에서는 핏줄이 터질 듯이 두근거렸지만(그나마 두통이 없어서 다행이었다, 좋은 징조였다.), 그 집은 여전히 캄캄하고 조용했다. 이웃인 그리넬네 집의 발전기 소리만 들릴 뿐 이 집에서는 발전기도 돌아가지 않았다.

등 뒤를 돌아보니 나무 위에 휘영청 걸려 있는 하얀 빛무리가 눈에 띄었다. 마을 남쪽, 아니면 경계 너머 모튼에 무언가 있었다. 그것 때문에 정전이 일어났을까? 아마도.

주니어는 집 뒷문으로 향했다. 앤지가 사고를 당한 후에 집에 돌아온 사람이 없다면 현관문이 아직 열려 있을 터였지만, 그리로 들어가고 싶지 않았다. 열린 문이 그것뿐이라면 몰라도 그럴 것 같지는 않았다. 어쨌거나 주니어는 한창 운이 따르는 중이었으니까.

뒷문 손잡이가 스르륵 돌아갔다.

부엌 안으로 머리를 들이밀었더니 피 냄새가 대번에 코를 찔렀다. 다림질용 풀 냄새, 그것도 상한 풀 냄새와 비슷했다.

"저기요. 저기요? 아무도 안 계세요?"

집안에 아무도 없는 것이 거의 확실했다. 그러나 만에 하나 헨리 매케인이나 라도나 매케인이 마을 회관에 차를 세워놓고 걸어서 돌아와 있었다면(어찌된 영문인지 부엌 바닥에 누워 있는 딸 시체를 아직 발견 못한 채로), 주니어는 아마도 비명을 질렀으리라. 아무렴! 비명을 지르며 '시체를 발견한 척'했으리라. 그래봤자 저 무시무시한 감식반 앞에서는 아무 소용도 없을 테지만, 그래도 조금이나마 시간을 벌 수 있기 때문이었다.

"실례합니다. 매케인 아저씨? 아주머니?" 뒤이어, 기발한 생각이 퍼뜩 떠올랐다. "앤지? 너 안에 있어?"

남들이 보기에는 어떨까, 앤지를 죽인 사람이 주니어라면 그런 식으로 이름을 부를 수 있을까? 터무니없는 소리! 그러나 이내 끔찍한 생각이 뇌리를 꿰뚫었다. 만일 앤지가 대답을 하면? 부엌 바닥에 널브러진 모습 그대로 대답을 한다면? 목에 피가 차서 크르륵거리는 소리로 대답하기라도 하면?

"정신 똑바로 차려."

주니어는 혼자서 중얼거렸다. 옳은 말이었지만, 정신을 차려야 했지만, 그러기가 힘들었다. 어두워서 더더욱 힘들었다. 게다가 성서에는 그런 일에 관한 기록이 비일비재했다. 성서를 보면 사람들이 이따금씩 「살아 있는 시체들의 밤」에 나오는 좀비처럼 되살아나곤 했다.

"아무도 없어요?"

찍 소리도 안 들렸다. 기척조차도.

두 눈이 어둠에 익숙해졌지만 아직 충분치 않았다. 주니어에게는 불빛이 필요했다. 집을 나설 때 손전등을 챙겨야 했건만, 전등 스위치만 까딱거리는 데 익숙해진 사람이라면 으레 깜박 잊게 마련이었다. 주니어는 앤지의 시체를 넘어 부엌 건너편으로 간 다음, 맞은편 벽의 문 두 개 중 첫 번째 것을 열었다. 식료품 창고였다. 선반마다 그득한 병과 통조림이 어둠 속에 간신히 보였다. 다른 문을 열었더니 이번에는 운이 좋았다. 세탁실이었다. 그리고 바로 오른쪽 선반에 놓인 물체의 윤곽을 잘못 보지 않았다면, 운은 아직도 다하지 않은 셈이었다.

주니어는 잘못 보지 않았다. 그 물체는 손전등이었다. 게다가 큼지막하고 잘 켜지는 물건이었다. 부엌에서는 창가리개를 내리고 조심조심 들고 다녀야 했지만 세탁실에서라면 마음껏 켜도 상관없었다. 이곳에서라면 괜찮았다.

가루비누. 표백제. 섬유 유연제. 양동이와 수세미. 좋았어. 발전기가 안 돌아가니 찬물밖에 안 나오겠지만 그래도 수돗물로 양동이 하나는 채울 수 있을 것 같았다. 물론, 화장실 변기의 물탱크를 이용할 수도 있었다. 그리고 찬물이야말로 주니어가 원하는 것이었다. 피 빼는 데는 역시 찬물이니까.

주니어는 오래전 어머니가 그러했듯이 청소의 달인이 될 작정이었다. '집이 깨끗하고 몸이 깨끗해야 마음이 깨끗한 법이야.' 아버지가 이렇게 성화를 부릴까 봐 두려워하던 어머니처럼. 먼저 피를 닦을 생각이었다. 그다음에는 손을 댄 기억이 있는 곳을 모조리 닦고 나서 기억은 못하더라도 손을 댔을 만한 곳을 닦을 작정이었다. 그러나 일단…….

시체. 시체부터 어떻게 해야 했다.

주니어는 당분간 식료품 창고에 넣어 두기로 결정했다. 두 팔을 잡고 질질 끌고 간 다음 창고 안에 처넣었다. '털썩.' 그러고 나서 청소를 시작했다. 우선 냉장고 자석을 제자리에 붙여 놓고 창가 리개를 내리다 보니 나지막이 노래까지 흥얼거리게 되었다. 수도 꼭지가 쿨룩거리기 전에 양동이에 거의 한가득 물도 받았다. 또 한 번의 행운이었다.

한창 바닥을 닦고 있을 때, 순조롭게 시작하기는 했지만 끝내 려면 아직 한참 남은 그때, 현관 쪽에서 문 두드리는 소리가 들려 왔다.

주니어는 화등잔 같은 눈으로 고개를 번쩍 쳐들었다. 씩 웃을 때처럼 이가 드러났지만 즐거워서가 아니라 두려워서였다.

"앤지?"

여자 목소리였다. 흐느끼는 여자였다.

"앤지, 안에 있어?"

두드리는 소리가 또 들리다가, 문이 열렸다. 주니어의 운은, 여 기까지인 것 같았다.

"앤지, 있다고 해줘, 제발. 차고에 네 차 있는 거 봤어……."

젠장. 차고! 망할 놈의 차고를 확인 안 하다니!

"앤지?"

또 흐느끼는 소리. 주니어가 아는 사람이었다. 하나님 맙소사, 저거 혹시 머저리 도디 샌더스 아닐까? 아니나 다를까.

"앤지, 그 아줌마가 그러는데 우리 엄마가 죽었대! 섐웨이 아줌 마 말이, 우리 엄마가 죽었다는 거야!"

주니어는 도디가 우선 위층으로 올라갔으면, 앤지의 방부터 확 인했으면 하고 바랐다. 그러나 도디는 올라가는 대신 부엌 쪽을 향해 걸어왔다. 어둠 속을 천천히, 망설이면서.

"앤지? 부엌에 있는 거야? 불빛을 본 것 같았는데."

주니어는 또다시 머리가 아프기 시작했다. 이 귀찮은 대마초 중독자 계집애 때문이었다. 앞으로 무슨 일이 일어나든…… 그 또한 이 계집애 탓이었다.

5

도디 샌더스는 여전히 약간 멍했고 또 약간은 취해 있었다. 숙취였다. 엄마가 죽었다는 소식을 들은 탓도 있었다. 도디는 단짝 친구네 집의 어두운 복도를 비틀비틀 걸어가는 중이었다. 그러다가 발밑에서 뭐가 미끄러지는 바람에 하마터면 벌렁 넘어질 뻔했다. 계단 난간을 붙잡았지만 손가락 두 개가 뒤로 꺾이는 바람에 그만 아파서 소리를 지르고 말았다. 도디는 이 모든 일이 자신에게 일어나는 중임을 어렴풋이 이해하기는 했지만, 그러면서도 한편으로는 도저히 믿을 수가 없었다. 꼭 에스에프 영화에 나오는 평행 차원으로 흘러들어온 것만 같았다.

도디는 방금 넘어질 뻔한 이유가 뭔지 확인하려고 몸을 숙였다. 수건 같았다. 웬 멍청이가 현관 앞 복도에 수건을 흘렸던 것이다. 뒤이어 저 앞의 어둠 속에서 누가 움직이는 기척이 났다. 부엌 안쪽이었다.

"앤지? 너야?"

대답이 없었다. 사람이 있는 듯싶었지만, 아닐지도 몰랐다.

"앤지?"

도디는 욱신거리는 오른손을 옆구리에 붙이고 다시 슬금슬금 나아가기 시작했다. 손가락이 부어오를 것 같았다. 아니, 느낌상으로는 이미 붓는 중이었다. 도디는 왼손을 앞으로 뻗어서 어두운 허공을 더듬었다.

"앤지, 집에 있어줘, 제발! 우리 엄마가 죽었대, 농담 아니야. 섬웨이 아줌마가 그랬는데 그 아줌마는 농담 안 하잖아. 나랑 같이 있어줘!"

시작은 아주 상쾌한 날이었다. 도디는 일찍 일어났고(뭐…… 10시에 일어나긴 했는데, 도디한테는 이른 시각이었다.) 식당 일을 땡땡이칠 생각도 없었다. 그런데 사만다 부시가 전화를 걸어 이베이에서 브래츠 인형을 몇 개 낙찰받았다고, 너도 우리 집에 와서 같이 인형 고문을 하지 않겠느냐고 물었다. 바비 인형과 비슷한 브래츠 인형을 고문하는 짓은 도디와 친구들이 고교 시절에 들인 습관이었다. 벼룩시장에서 인형을 사다가 교수형에 처하거나, 쪼그맣고 미련한 대가리에 못을 박거나, 라이터 기름에 적신 다음 불을 붙이는 식이었다. 이제 (거의) 성인이 되었으니 그런 짓을 졸업해야 한다는 것쯤은 도디도 잘 아는 바였다. 그것은 애들이나 하는 장난이었다. 게다가 찬찬히 생각해 보면 살짝 으스스하기도 했다. 그런데 문제는, 사만다가 모튼 길 건너편에 자기 집을 갖고 있고 사만다네 아기인 리틀 월터는 거의 하루 종일 잔다는 것이었다. 비록 번듯한 집이 아니라 트레일러이기는 했지만 지난봄에 남편이 집을 나간 후로는 온전히 사만다 차지였다. 게다가 사만다한테는 보통 대마초가 있게 마련이었다. 함께 어울리는 남자들한

154

테서 산 물건 같았다. 사만다네 트레일러는 주말에 사람들로 북적거렸다. 그런데 또 한 가지 문제는, 도디가 대마초를 끊기로 맹세했다는 것이었다. 도디는 그 요리사와 대판 문제를 일으킨 후로 두 번 다시 안 피우기로 맹세했다. 맹세는 사만다가 전화를 한 이 날까지 열흘 넘게 깨지지 않고 이어졌다.

"제이드 인형이랑 야스민 인형 사 놨는데."

사만다가 꼬드기기 시작했다.

"'그것'도 끝내주는 걸로 준비해 놨어. 알잖아, '그거.'"

사만다는 항상 그런 식으로 말했다. 그렇게 말하면 옆에서 누가 들어도 모를 거라는 듯이.

"또 '그것'도 할 수 있을 텐데."

도디는 두 번째 '그것'이 무엇인지 잘 알았고, 저 아래 어디('거기')에 짜릿한 느낌을 받기까지 했다. 그것이 애들이나 하는 짓이며 벌써 오래전에 졸업했어야 하는 줄 잘 알면서도 그랬다.

"안 돼, 사만다. 나 두 시에 출근해야 돼서……."

"야스민이 기다리는데. 너 그 기집애 되게 싫어하잖아."

음, 그건 사실이었다. 야스민은 브래츠 인형들 중에서도 제일 얄미운 계집애라는 것이 도디의 지론이었다. 게다가 두 시까지는 아직 네 시간이나 남아 있었다. 게다가, 좀 늦으면 또 어떻단 말인가? 로즈 사장이 감히 해고할 수나 있을까? 도디 말고 누가 그런 거지 같은 일자리에 지원하려고 할까?

"알았어. 그치만 잠깐만이야. 그리고 난 야스민이 싫어서 이러는 것뿐이야."

사만다가 킥킥거렸다.

"사만다, 난 이제 '그거'는 안 해. 두 가지 다."

"괜찮아. 빨리 와."

그래서 도디는 차를 몰고 나갔고, 약기운을 살짝 빌리지 않으면 브래츠 인형 고문도 별 재미가 없음을 깨달았으며, 그래서 사만다와 함께 살짝 풀을 태웠다. 둘이 힘을 합쳐 하수구 뚫는 약으로 야스민 인형에게 성형수술을 시켜 줄 때에는 무척이나 즐거웠다. 그러고 나서 사만다가 오번몰에서 산 예쁜 새 캐미솔을 보여주었는데, 똥배가 살짝 나왔는데도 도디 눈에 예쁘게 보인 까닭은 어쩌면 둘 다 약기운에 살짝(사실은 흠뻑) 취해 있었기 때문인지도 몰랐으며, 마침 사만다의 아기인 리틀 월터가 잠들어 있었던 덕분에 둘은 결국 사만다의 침대에 들어가 익숙한 '그것'을 했다(리틀 월터의 아빠는 흘러간 블루스 가수의 이름을 아기에게 붙이겠다고 고집을 부렸다. 도디가 보기에 리틀 월터는 지능이 좀 떨어지는 듯했는데 사만다가 임신 기간에 대마초를 얼마나 많이 피웠는지 생각해 보면 이상할 것도 없었다.). 그러고는 잠들었다가 온 동네가 떠나가라고 우는 리틀 월터의 울음소리에 깨어나 시계를 보니 다섯 시가 지나 있었다. 어차피 출근하기에는 너무 늦은 데다 사만다가 조니워커 블랙 위스키를 꺼내는 바람에 두 사람은 한 잔이 두 잔이 되고 석 잔이 넉 잔이 되도록 술을 주고받았고, 그러던 중에 사만다가 브래츠 인형을 전자레인지에 넣고 돌리면 어떻게 되는지 보자고 했는데 마침 정전이었다.

도디는 시속 30킬로미터도 안 되는 속도로 기다시피 운전하여 마을로 돌아왔다. 약기운이 덜 깬 상태에서 뒷거울을 힐끔거리며 경찰차가 보이는지 확인하느라 신경이 극도로 곤두섰다. 만일 걸린다면 틀림없이 그 재수 없는 빨강머리 계집애 재키 웨팅턴 경관일 터였다. 아니면 잠깐 쉬러 약국에서 돌아온 아버지한테 술 냄새를 들킬지도 몰랐다. 아니면 바보 같은 비행 교습에 지친 어머니가 아줌마들 빙고 모임에도 안 가고 집에 죽치고 있을지도 몰랐다.

'하나님, 제발.' 도디는 속으로 기도를 올렸다. '제발 이번만 무사히 넘기게 해주세요, 그럼 다신 그거 안 할게요. 두 가지 다요. 평생 안 할게요.'

하나님께서 기도를 들어주셨다. 집에는 아무도 없었다. 전기가 나가기는 마찬가지였지만 약기운에 취한 탓에 알아차리지도 못했다. 도디는 위층 자기 방으로 기다시피 올라가서 바지와 셔츠를 벗고 침대에 누웠다. 몇 분만 누워서 쉴 생각이었다. 그러고 나서 대마초 냄새가 밴 옷을 세탁기에 처넣고 샤워를 할 생각이었다. 버피네 만물상에서 한 양동이씩 사들이는 사만다의 향수 냄새가 온몸에 진동했다.

다만 전기가 나간 탓에 자명종을 맞출 수가 없었고, 현관문 두드리는 소리에 일어나 보니 이미 어두워진 후였다. 목욕 가운을 걸치고 아래층으로 내려가면서, 도디는 문득 그 빨강머리 왕가슴 경관이라는 확신이 들었다. 음주운전으로 체포하려고 들이닥친 것이었다. 어쩌면 대마초 건도 함께. 그래도 두 번째 '그것'까지 법에 저촉될 성싶지는 않았지만, 도디는 확신이 서지 않았다.

문을 두드린 사람은 재키 웨팅턴이 아니었다. 《데모크라트》의 편집장이자 발행인인 줄리아 셤웨이였다. 한 손에 손전등을 들고 있었다. 줄리아는 그 손전등으로 도디의 (졸음이 덕지덕지 붙은 데다 눈은 아직도 새빨갛고 머리는 까치집이 되어 있을) 얼굴을 비추고 다시 아래로 내렸다. 불빛은 줄리아의 얼굴도 비출 만큼 환했다. 도디는 안쓰러워하는 줄리아의 표정을 보고 어리둥절하면서도 한편으로는 겁이 더럭 났다.

"불쌍해라. 아직 모르는구나, 그렇지?"

"모르다니 뭘요?"

도디가 물었다. 평행 우주로 빠져든 느낌은 바로 이때부터 시작되었다. "내가 뭘 모른다는 거예요?"

줄리아 셤웨이가 얘기를 시작했다.

6

"앤지? 앤지, 제발!"

도디는 더듬거리며 복도를 걸어갔다. 다친 손이 욱신거렸다. 머리가 지끈거렸다. 셤웨이 아주머니가 우선 보위 장의사까지 태워다 주겠다고 했으니 아버지를 찾아갈 수도 있었지만, 장의사 생각에 가슴이 철렁 내려앉는 것만 같았다. 게다가 지금 도디에게 필요한 사람은 앤지였다. 앤지는 '그것' 따위에는 관심 없이 꼭 끌어안아 줄 것 같았다. 앤지는 도디의 단짝 친구였다.

부엌에서 나타난 그림자가 이쪽으로 스르륵 다가왔다.

"다행이다, 너 거기 있었구나!"

도디는 더욱 거세게 흐느끼며 두 팔을 내민 채 검은 형상을 향해 달려갔다.

"앤지, 나 어떡해! 나쁜 짓을 너무 많이 해서 벌 받았나 봐, 그런 건가 봐!"

검은 형상도 두 팔을 내밀었지만, 그 팔은 도디를 끌어안지 않았다. 대신 팔 끝에 달린 손이 도디의 목을 졸랐다.

마을을 위하여, 주민들을 위하여

1

앤디 샌더스는 실제로 보위 장의사에 와 있었다. 터덜터덜 걸어서 거기까지 가는 동안 그의 마음에는 짐이 한가득 얹혀 있었다. 당황스러움, 비통함, 상실감 같은 짐들이었다.

1번 추모실에 앉아 있는 동안 앤디와 함께한 사람은 방 저편의 관 속에 누운 시신뿐이었다. 거트루드 에번스, 향년 87세(어쩌면 88세), 이틀 전 울혈성 심부전으로 사망한 여인이었다. 앤디는 거트루드의 주소로 조의문을 써서 보냈지만 받을 사람이 있을지 어떨지는 아무도 몰랐다. 거트루드의 남편이 10년 전에 이미 세상을 떠났기 때문이었다. 그래도 상관없었다. 앤디는 자신의 유권자가 숨을 거두면 늘 마을 의장 배상이라고 인쇄된 크림색 종이에 손글씨로 조의문을 써서 보냈다. 앤디는 그것을 자신의 임무 가운데 하나로 여겼다.

빅 짐은 그런 수고를 하려 들지 않았다. 스스로 '우리 사업'이라고 부르는 것을 굴리느라 너무 바빴기 때문이었는데, 그 사업이란 곧 체스터스밀 운영을 가리켰다. 사실 빅 짐이 마을을 운영하는 방식은 사설 철도를 굴리는 방식과 별 다를 바가 없었지만 앤디는 이에 분개한 적이 한 번도 없었다. 빅 짐이 영리한 사람인 줄을 잘 알기 때문이었다. 앤디가 잘 아는 것은 또 있었다. 이 앤디 샌더스, 즉 앤드루 들로이스 샌더스가 없으면 빅 짐은 개 잡는 인부로도 못 뽑힐 위인이라는 점이었다. 빅 짐은 비싼 값에 되사겠다고 약속하거나 할부 이자를 깎아주거나 한국제 저가 진공청소기를 끼워주는 식으로 중고차를 파는 데에는 능했지만, 도요타 자동차 대리점 계약을 따려고 했을 때에는 윌 프리먼에게 지고 말았다. 판매 실적과 119번 국도변에 있는 매장 위치만 믿었던 빅 짐으로서는 도요타가 어떻게 그런 멍청한 짓을 했는지 이해할 수가 없었다.

앤디는 이해가 갔다. 비록 마을에서 가장 영리한 사람은 아닐지언정 앤디는 빅 짐에게 온기가 하나도 없음을 잘 알았다. 빅 짐은 무뚝뚝한 사람이었고(어떤 사람은, 예를 들면 빅 짐의 저리 할부에 속은 사람이라면 아마도 냉혹한 사람이라고 했으리라.), 말솜씨가 좋기는 했지만 동시에 차가운 사람이기도 했다. 반면에 앤디는 따뜻함이 넘쳐났다. 선거철에 마을을 돌 때면 앤디는 사람들에게 자신과 빅 짐은 껌과 껌종이, 아이스크림과 콘, 땅콩버터와 젤리 같은 사이라고 말했고, 또 그 둘이 함께 일하지 않는 한 체스터스밀은 결코 예전 같지 않을 거라고도 했다(그렇게 말할 때면 늘 제 2부의장 후보도 함께 끼워 넣었는데 지금은 들장미 식당 주인 로즈 트위첼의 언니인 안드레아 그리넬이 그 자리에 있었다.). 앤디는 빅 짐과 동업관계에 있어서 늘 즐거웠다. 특히 지난 이삼 년간은 재정적으로도 그러했지만, 마음 또한 즐겁기는 마찬가지였다. 빅 짐은 수완이 좋았고 목적도 뚜렷했다. '멀리 내다보고 하는 일이야.' 빅 짐은 이렇게 말했다. '마을을 위해서 하는 일이지. 마을 주민들을 위해서. 그 사람들의 이익을 위해서.' 그것 또한 즐거웠다. 좋은 일을 할 수 있어서 즐거웠다.

하지만 지금은…… 오늘 밤에는…….

"난 애초부터 그놈의 비행 교습이란 게 마음에 안 들었어."

앤디는 이렇게 말하고 또다시 울음을 터뜨렸다. 이윽고 요란하게 흐느끼기 시작했지만 어차피 상관없었다. 브렌다 퍼킨스는 남편의 유해를 확인한 후에 소리 없이 눈물을 흘리며 자리를 떴고, 보위 형제도 아래층에 있었기 때문이었다. 장의사인 보위 형제는 무척이나 바빴다(앤디는 굉장히 끔찍한 일이 일어났음을 어렴풋이 눈치챘다.). 들장미 식당에 밥을 먹으러 갔던 퍼널드 보위가 돌아왔을 때 앤디는 틀림없이 쫓겨날 거라고 생각했지만, 퍼널드는 앤디가 느슨해진 넥타이에 흐트러진 머리를 하고 다리 사이에 팔을 축 늘어뜨린 채 앉아 있는 1번 추모실을 들여다보지도 않고 복도를 지나갔다.

퍼널드는 그와 그의 형 스튜어트가 '작업실'이라고 부르는 방으로 내려갔다(작업실이라니, 끔찍하게도!). 그곳에는 퍼킨스 서장이 누워 있었다. 빌어먹을 척 톰슨 자식도 함께 있었다. 그 자식이 앤디의 아내한테 비행 교습을 받으라고 꼬드겼는지 어쨌는지는 모를 일이었지만, 어쨌거나 교습을 받지 말라고 말리지 않은 것은 사실이었다. 다른 사람들도 그곳에 있을 터였다.

물론 클로뎃도.

앤디는 울음 섞인 신음을 토하며 두 손을 더 세게 맞잡았다. 클로뎃 없이는 살 수 없었다. 아내 없이 어떻게 살아야 할지 알 수가 없었다. 앤디가 아내를 자기 목숨보다 사랑하기 때문만은 아니었다. 약국을 꾸려 가는 사람이 클로뎃이기 때문이었다(또한 빅 짐한테서 정기적으로, 비밀스럽게, 점점 더 많이 흘러 들어오는 뒷돈을 관리하는 사람도 클로뎃이었다.). 앤디가 직접 경영했더라면 아마도 10년 전에 이미 약국을 말아먹었을 터였다. 앤디의 특기는 회계 및 장부 관리가 아니라 사람 만나기였다. 그의 아내는 숫자 놀음에 관한 한 전문가였다. 적어도 죽기 전까지는.

머릿속에 옛일이 선히 떠오르자 또다시 신음이 터져 나왔다.

주정부에서 감사를 나왔을 때에는 클로뎃과 빅 짐이 힘을 합쳐 마을 의회 장부를 위조하기도 했다. 원래는 감사반이 불시에 들이닥칠 예정이었지만, 빅 짐이 미리 정보를 입수했다. 그리 대단한 정보는 아니었다. 클로뎃이 '청소부 아저씨'라고 부르는 컴퓨터 프로그램을 챙길 시간을 버는 정도였다. 그 프로그램을 쓰면 항상 장부가 깨끗해지기 때문에 붙은 이름이었다. 덕분에 세 사람은 감방에 처박히는 대신 감사를 무사히 통과했다(감방행은 공정한 처사가 아니었다. 그들이 한 일은 대부분, 사실은 거의 전부 다, 마을의 이익을 위한 사업이기 때문이었다.).

클로뎃 샌더스의 진실은 바로 이것이었다. 그녀는 더 예쁜 빅 짐이자 더 친절한 빅 짐이었으며, 함께 잠자리에 누워 비밀을 털어놓을 수도 있는 상대였다. 그리고 클로뎃 없는 삶은 상상도 할 수 없었다.

앤디가 다시 울음을 터뜨린 순간, 진짜 빅 짐이 그의 어깨를 꽉 잡았다. 앤디는 빅 짐이 들어오는 기척조차 눈치 못 챘지만 화들짝 놀라지는 않았다. 실은 그 손길을 기대했기 때문이었다. 그 손길의 주인은 앤디가 가장 필요로 할 때 늘 곁에 나타났기 때문이었다.

"여기 있을 줄 알았네. 앤디, 이 사람아. 정말로 유감이네."

앤디는 벌떡 일어나 빅 짐을 부둥켜안고 그의 재킷에 얼굴을 묻은 채 흐느끼기 시작했다.

"비행 교습이 위험하다고 내가 얘기했는데! 척 톰슨은 지 애빌 닮아서 멍청이라고 그렇게 얘길 했는데!"

빅 짐은 앤디의 등을 다정하게 다독거렸다.

"그래, 알아. 하지만 앤디, 클로뎃은 이제 더 좋은 곳으로 떠났어. 오늘 저녁엔 예수님과 나란히 만찬장에 앉았을 거야. 로스트 비프에 신선한 콩, 그래비 소스를 곁들인 으깬 감자까지! 그렇게 생각하면 멋지지 않나? 그 생각을 잘 간직하도록 해. 우리 함께 기도할까?"

"그래!" 앤디가 흐느꼈다. "그래, 빅 짐! 나랑 같이 기도해 줘!"

둘은 함께 무릎을 꿇었고, 빅 짐은 클로뎃 샌더스의 영혼을 위하여 한참 동안 열렬히 기도했다(아래층 작업실에 있던 스튜어트 보위는 기도 소리를 듣고 이렇게 중얼거렸다. '저 인간은 입으로도 똥을 싸는구먼.').

거의 5분 가까이 '우리가 지금은 거울로 보는 것 같이 희미하나'와 '내가 어렸을 때에는 말하는 것이 어린 아이와 같고'를 거듭 중얼거린 끝에(앤디는 이 구절이 왜 튀어나왔는지 잘 이해가 안 갔지만 그래도 괜찮았다. 빅 짐과 나란히 무릎 꿇은 것만으로도 마음이 편안했다.), 빅 짐은 마침내 '예수님의 이름으로 기도 드리옵나이다, 아멘.'으로 기도를 끝맺고 앤디가 일어서도록 부축해 주었다.

얼굴과 가슴을 마주하고 똑바로 선 채로, 빅 짐은 앤디의 팔을 붙잡고 눈을 똑바로 마주보았다.

"자, 동업자." 그는 상황이 심각해지면 늘 앤디를 동업자로 불렀다. "이제 일하러 갈 준비 됐나?"

앤디는 멍한 눈으로 빅 짐을 마주보았다.

빅 짐은 앤디가 합리적인(적어도 이 상황에서는) 반론을 제시하기라도 한 듯이 고개를 끄덕였다.

"힘든 줄은 나도 알아. 실은 비겁한 짓이지. 그런 부탁을 하기엔 적당한 때가 아니니까. 자네가 내 얼빠진 주둥이를 한 방 후려갈긴대도 난 아무 불만 없네, 아무렴. 하지만 우리는 가끔 다른 사람들의 안녕을 먼저 생각해야 해. 안 그런가?"

"마을을 위하여."

앤디가 말했다. 클로뎃 소식을 들은 이후 처음으로, 앤디의 눈앞에 한 줄기 빛이 보였다.

빅 짐이 고개를 주억거렸다. 표정은 엄숙했지만 두 눈은 빛나고 있었다. 앤디는 묘한 기분이 들었다. '빅 짐이 10년은 젊어 보이는데.'

"자네 말대로야, 동업자. 우리는 관리자 아닌가. 공공의 선을 관리하는 사람들이지. 힘들 때도 있지만 꼭 해야 하는 일이야. 내가 웨팅턴 경관한테 안드레아를 붙잡아 오라고 시켰네. 회의실에 데려다 놓으라고 했어. 필요하면 수갑을 채워서라도 말이야."

빅 짐이 말하다 말고 껄껄 웃었다.

"안드레아는 거기서 기다릴 걸세. 또 피터 랜돌프는 당장 동원할 수 있는 경찰 전원의 명단을 만드는 중이야. 경찰력이 턱없이 부족하더군. 동업자, 우린 일단 그 문제부터 처리해야 하네. 지금이 상황이 계속되면 통제력이 관건이 될 걸세. 어떤가? 나랑 같이 갈 수 있겠나?"

앤디는 고개를 끄덕였다. 그렇게 하면 이 비극에서 마음을 돌릴 수 있을 것 같았다. 그렇게 못하더라도 어쨌든 여길 떠나서 돌아다니고 싶었다. 열린 관 속에 누운 거트루드 에번스의 시신을 보고 있으려니 슬슬 겁이 났다. 퍼킨스 서장의 미망인이 소리 없이 흘린 눈물도 겁이 나기는 마찬가지였다. 게다가 어려울 것도 없었다. 앤디가 할 일이라고는 그저 회의 탁자 앞에 가만히 앉아 빅 짐이 손을 들 때 덩달아 손을 드는 것뿐이었다. 이는 항상 잠이 덜 깬 사람처럼 보이는 안드레아 그리넬 제2부의장도 마찬가지였다. 뭐든 긴급 조치를 취해야 할 상황이라면 빅 짐이 알아서 할 터였다. 빅 짐은 뭐든 다 알아서 처리했다.

"가세." 앤디가 대답했다.

빅 짐은 앤디의 등을 두드려 준 다음 그의 앙상한 어깨를 껴안고 추모실에서 데리고 나갔다. 빅 짐의 팔은 무거웠다. 살이 투실투실했다. 그러나 기분은 좋았다.

앤디 머릿속에 딸 생각은 아예 떠오르지도 않았다. 어찌나 비통했던지, 앤디 샌더스는 딸을 까맣게 잊고 말았다.

2

줄리아 섐웨이는 체스터스밀의 최고 부자들이 사는 커먼웰스 가를 천천히 걸어 내려와 마을 큰길로 향했다. 이혼한 지 10년이 된 줄리아는 나이 든 웰시코기종 개 호러스와 함께 《데모크라트》 사무실 위층에서 행복하게 살았다. 개 이름은 '서부로 가게, 젊은 이들이여, 서부로!'라는 구호로 유명한 호러스 그릴리의 이름에서 따온 것이었다. 그러나 줄리아가 생각하기에 그릴리가 명성을 얻은 진짜 이유는 신문 편집장으로서 쌓은 업적 때문이었다. 줄리아 생각에는 그릴리가 《뉴욕 트리뷴》에서 한 일의 절반만 해내도 성공한 사람으로 자부할 만했다.

물론 줄리아의 개 호러스는 주인을 성공한 사람으로 여겼고, 그래서 줄리아도 호러스를 세상에서 제일 착한 개로 여겼다. 줄리아는 퇴근하자마자 호러스를 산책시켜 주었으며 산책이 끝나면 사료 꼭대기에다 전날 저녁에 남은 스테이크 몇 조각을 얹어서 자신이 좋은 주인이라는 인상을 더욱 강하게 심어 주었다. 그렇게 하여 주인과 개 둘 다 기분이 좋아졌다. 줄리아는 기분 전환할 것이 필요했다. 무엇이든 간에. 왜냐하면, 곤경에 빠져 있었으니까.

줄리아로서는 처음 있는 일도 아니었다. 마흔세 살인 줄리아는 평생을 체스터스밀에서 보냈고, 지난 10년간 변해 가는 마을의 모습이 점점 더 싫어졌다. 예산을 그토록 많이 퍼부었는데도 말이 안 나올 만큼 썩은 내를 풍기는 마을의 하수도 시설과 폐기물 처리장이 걱정스러웠고, 금방이라도 문을 닫을 처지가 된 클라우드탑 스키 리조트가 걱정스러웠으며, 제임스 레니 의장이 세간에 떠도는 의혹보다 훨씬 더 많은 돈을 마을 예산에서 빼돌렸을까 봐 두려웠다(줄리아는 레니 의장이 수십 년간 엄청난 금액을 빼돌렸다고 의심했다.). 물론 무슨 일인지 파악하기도 벅찰 만큼 막막한 이 새로운 문제도 걱정스럽기는 마찬가지였다. 그 문제에 대해 고민해 보려고 시도할 때마다 줄리아는 더 작고 구체적인 것들에만 정신이 쏠렸다. 예를 들면, 휴대전화로 전화를 걸기가 갈수록 힘들어졌다. 또 수신 전화가 한 통도 안 걸려온 점이 몹시 신경 쓰였다. 마을 바깥에 사는 친구와 친척들이 불안한 마음에 안부전화를 걸리라는 것은 말할 필요도 없었다. 다른 신문에서 오는 전화로 휴대전화에 불이 나야 마땅했다. 《루이스턴 선》, 《포틀랜드 프레스 헤럴드》, 어쩌면 《뉴욕 타임스》도.

체스터스밀 사람들 모두 똑같은 문제를 겪는 중일까?

모든 쪽 경계에 나가서 직접 현장을 봤어야 했는데. 《데모크라트》가 자랑하는 사진기자 피트 프리먼을 부를 시간은 없었지만, 줄리아 자신이 갖고 다니는 '비상용 니콘' 카메라로 찍으면 그만이었다. 모튼과 타커스밀스 쪽 장벽에 통행금지 구역이 설치되었다는 소식은 이미 들었고 다른 길도 마찬가지일 테지만, 줄리아는 장벽 이쪽에서라면 접근할 방법이 있을 거라고 확신했다. 군인들이 가까이 오지 말라고 경고한다고 해도 그 장벽이 소문대로 절대 뚫을 수 없는 것이라면 경고는 말 그대로 경고일 뿐이었다.

"곤봉과 짱돌로 내 뼈를 부러뜨릴 수는 있지만, 말로는 나를 해칠 수 없지."

줄리아가 말했다. 의심할 바 없는 진실이었다. 만일 말로 해칠 수 있다면 빅 짐 레니는 3년 전 주정부의 엉터리 감사 결과를 기사로 고발했을 때 줄리아를 중환자실에 입원시켰을 것이다. 물론 빅 짐은 신문사에 거액의 배상금을 청구하겠노라고 으름장을 놓았지만, 으름장은 으름장으로 끝날 뿐이었다. 줄리아는 그 문제에 관해 사설을 한 편 쓸까 하는 생각도 했는데 이유는 그저 통쾌한 제목이 떠올랐기 때문이었다. '물거품으로 끝난 거액 배상의 꿈.'

줄리아에게는 이런 걱정거리가 있었다. 걱정은 일에서 비롯되었다. 줄리아가 걱정하지 않은 것은 자기 자신의 행동이었다. 그럼에도, 마을 큰길과 공원길 교차점에 서 있는 지금은, 자신이 한 짓 때문에 걱정스러웠다. 줄리아는 왼쪽으로 돌아서 큰길로 접어드는 대신 뒤로 돌아 방금 지나온 길을 바라보았다. 그러고는 호러스에게 말을 걸 때 주로 사용하는 나지막한 목소리로 중얼거렸다.

"그 앨 혼자 놔두고 오는 게 아니었는데."

차를 몰고 왔더라면 아마 그러지 않았을 것이다. 하지만 줄리아는 샌더스네 집까지 걸어서 갔고, 게다가…… 도디가 너무나 완강하게 거절했다. 왠지 수상쩍은 냄새도 풍겼다. 대마초 냄새? 어쩌면. 줄리아는 대마초에 그리 거부감을 느끼지 않았다. 본인도 꽤 오랫동안 피웠기 때문이었다. 어쩌면 도디를 진정시켜 줄지도 몰랐다. 그 아이를 금방이라도 베어 버릴 것처럼 예리하게 서 있는 슬픔의 날이 무뎌질지도 몰랐다.

"제 걱정은 마세요. 아빨 찾아볼게요. 그치만 먼저 옷부터 입어야겠어요." 도디는 이렇게 말하며 자기 목욕 가운을 가리켰다.

"기다리고 있을게."

줄리아는 그렇게 대답했지만…… 실은 기다리고 싶지 않았다. 이날 저녁은 개 산책을 필두로 할 일이 태산 같았다. 산책 시간인 다섯 시를 넘겼으니 호러스가 방방 뛰고 있을 게 뻔했다. 배도 고플 터였다. 개 시중들기가 끝나면 그때는 정말로 사람들이 장벽이라고 부르는 곳에 나가 봐야만 했다. 눈으로 직접 확인해야 했다. 사진 찍을 거리가 있으면 찍어야 했다.

그것으로 끝날 일이 아닌지도 몰랐다. 《데모크라트》의 호외판을 발행하는 것까지 고려해 봐야 했다. 줄리아에게뿐만 아니라 마을에도 중요한 일이었다. 물론 날이 밝으면 다 끝날 일인지도 몰랐지만 줄리아는 안 그럴 거라는 예감이 들었다. 머리뿐만 아니라 마음 한편에도 그런 예감이 자리를 잡았다.

그럼에도. 도디 샌더스를 혼자 놔두고 오지 말았어야 했다. 혼자서도 자신을 추스를 것처럼 보이기는 했지만, 겉으로 보이는 침착함 아래에 충격과 현실 부정이 도사리고 있는지도 모를 일이었다. 물론 약기운 때문일 수도 있었다. 그러나 도디의 반응에는 일관성이 있었다.

"기다리실 필요 없어요. 부담스러워서 그래요."

"이럴 때 혼자 있는 건 똑똑한 짓이 아니야."

"앤지네 집에 갈래요."

그 말을 꺼낸 순간 도디는 친구 생각에 기분이 조금 나아진 듯했다. 볼에 눈물이 주룩주룩 흐르는데도.

"앤지랑 같이 아빠 찾을 거예요." 도디가 고개를 끄덕거렸다. "저한테 필요한 사람은 앤지예요."

줄리아가 생각하기에 매케인 씨네 딸 앤지의 지능 또한 외모는 다행히 어머니를 닮았지만 머리는 불행히도 아버지를 닮은 이 아이보다 별로 나을 바가 없었다. 하지만 앤지는 도디의 친구였고, 이날 저녁 누구보다 친구가 아쉬운 사람이 있다면 바로 도디 샌더스였다.

"내가 같이 가 줄 수도 있는데……."

사실 줄리아는 가고 싶지 않았다. 막 육친을 잃은 슬픔에 빠진 도디조차도 눈치챌 만큼 싫어하는 티가 났다.

"아뇨. 몇 블록밖에 안 돼요."

"그래도……."

"셤웨이 아줌마…… 진짜예요? 우리 엄마 진짜……."

줄리아는 몹시도 께름칙하게 고개를 끄덕였다. 경비행기의 식별 번호는 어니 캘버트가 이미 확인해 주었다. 어니가 준 것은 또 있었다. 원래는 경찰에 가야 더 어울릴 물건이었다. 줄리아는 어니에게 경찰에 넘기라고 종용할 수도 있었지만, 퍼킨스 서장이 죽고 덜 떨어진 주제에 꾀만 부리는 랜돌프가 책임자가 되었다는 절망적인 소식 때문에 그러지 않았다.

어니가 줄리아에게 전한 것은 클로뎃의 피가 묻은 운전면허증이었다. 면허증은 줄리아가 샌더스 씨네 집 현관에 서 있을 때에도 그녀의 주머니 안에 들어 있었다. 적당한 때가 오면 앤디에게, 아니면 창백한 안색에 봉두난발을 한 이 아가씨에게 줄 작정이었지만…… 지금은 그때가 아니었다.

"고맙습니다." 도디의 목소리는 슬프도록 정중했다. "이제 그만 가 주세요. 무례한 소린 줄은 저도 알지만, 그래도……."

도디는 말을 끝맺는 대신 현관문을 닫았다.

그런데 줄리아 셤웨이는 어떻게 반응했을까? 슬픔에 빠져 몸도 제대로 못 가눌 만큼 멍해진 스무 살짜리 여자애의 명령을 고분고분 따랐다. 그러나 이날 밤 줄리아에게는 반드시 해야 할 일들이 있었다. 한 가지는 호러스 시중들기였다. 그리고 신문사 일도. 《데모크라트》가 「체스터스밀 중학교의 황홀한 야간 무도회」 같은 지역 행사나 구구절절이 보도한다며 비웃는 이들도 있었다. 그 신문을 유익하게 활용하는 방법은 오로지 고양이 변소에 깔개로 쓰는 것뿐이라고 농담하는 이들도 있었다. 그럼에도, 사람들에게는 그 신문이 필요했다. 끔찍한 일이 일어났을 때에는 더더욱 그러했다. 줄리아는 밤을 꼬박 새우는 한이 있더라도 이튿날 사람들이 신문에 고개를 처박은 광경을 볼 작정이었다. 정규 기자 두 명 모두 주말을 맞아 자리를 비웠으니 십중팔구는 밤을 새워야 했다.

사실은 이런 기회를 기다려 왔다는 생각이 들 무렵, 줄리아의 머릿속에서 도디 샌더스의 애처로운 표정은 이미 사라져 가는 중이었다.

3

집에 들어선 줄리아는 주인을 나무라듯이 쳐다보는 호러스의 눈길을 받았지만, 카펫에는 젖은 자국이 없었고 복도의 의자 아래에도 갈색 덩어리가 보이지 않았다. 그 의자 아래는 호러스가 사람 눈에 안 보이는 변소로 믿는 자리였다. 줄리아는 호러스에게 목줄을 채워 데리고 나간 다음 개가 제일 좋아하는 하수구에 소변을 보는 동안 참을성 있게 기다렸고, 개는 소변보는 동안 내내 다리를 후들거렸다. 열다섯 살인 호러스는 웰시코기치고는 노인이었다. 개가 볼일을 보는 동안 줄리아는 남쪽 지평선에 둥그렇게 떠오른 불빛을 바라다보았다. 스티븐 스필버그가 만든 에스에프 영화의 한 장면 같았다. 불빛은 아까보다 훨씬 더 커다랬고, '탓탓탓' 하는 헬기 소리도 나지막하지만 끊임없이 들려왔다. 심지어 높다란 포물선 모양 불빛 너머로 쏜살같이 날아가는 헬기 한 대가 보이기까지 했다. 도대체 조명등을 얼마나 많이 설치한 걸까? 마치 모든 북부가 이라크 어디의 군 착륙장으로 바뀐 것만 같았다.

어느새 호러스가 원을 그리며 천천히 돌기 시작했다. 이날 밤의 배설 의식을 마무리할 최적의 장소를 찾아 킁킁거리는 중이었다. 바로 줄리아가 가장 좋아하는 호러스의 장기 '응가 댄스'였다. 줄리아는 그 틈에 휴대전화로 다시 통화를 시도했다. 이날 저녁 내내 지겹게 들었던 통화 연결음이 몇 번 들리더니…… 이윽고 침묵만이 이어졌다.

'신문을 복사해야겠어. 그렇담 750부가 한계라는 말인데.'

《데모크라트》는 지난 20년간 직접 인쇄를 한 적이 없었다. 2002년까지만 해도 줄리아가 조판을 끝낸 편집본을 캐슬록에 있는 뷰프린팅 인쇄소로 매주 직접 들고 갔지만, 지금은 아예 그럴 필요조차 없었다. 화요일 밤에 파일을 전자우편으로 보내면 이튿날 아침 7시도 되기 전에 비닐로 깔끔하게 포장한 신문이 배달되었다. 원고에 연필로 쓴 교정 기호와 통과 승인을 받고 나서야 인쇄판에 끼워 넣는 기사 제목용 활자를 보며 자란 줄리아에게는 이 과정이 꼭 마술 같았다. 그리고 모든 마술이 그러하듯이, 조금은 믿기 힘들었다.

이날 밤에는 그러한 불신에 면죄부가 생긴 셈이었다. 인쇄용 파일을 전자우편으로 뷰프린팅에 보낼 수는 있었지만, 아침에 배달받을 길이 막막했다. 줄리아 생각에 이튿날 아침이 되면 체스터스밀 경계선에서 10킬로미터 안쪽으로는 아무도 접근을 못할 것 같았다. 동서남북 어느 쪽이나 마찬가지였다. 다행히도 줄리아에게는 일찍이 인쇄실로 쓰던 방에 설치한 대용량 발전기가 있었고, 복사기는 괴물급이었으며, 인쇄용지도 뒤 창고에 500연이나 쌓여 있었다. 피트 프리먼이 도와주기만 하면…… 아니면 스포츠 전문 기자인 토니 게이라도…….

한편 호러스는 마침내 자리를 잡고 배변 자세를 취하는 중이었다. 개가 볼일을 끝마치고 나서 '강아지 화장실'이라고 적힌 초록색 비닐봉지를 꺼내며, 줄리아는 문득 궁금해졌다. 개똥 치우기가 사회적으로 바람직한 행위를 넘어 법적 의무가 된 세상을 보면 호러스 그릴리 선생은 어떻게 생각하실까? 어쩌면 권총으로 자살해 버릴지도 몰랐다.

줄리아는 비닐봉지를 묶고 나서 다시 전화를 걸어 보았다.

아무 소리도 안 들렸다.

줄리아는 호러스를 데리고 들어가 저녁을 먹였다.

5

휴대전화 벨소리가 울리기 시작했을 때, 줄리아는 장벽에 나가보려고 코트를 걸치는 중이었다. 전화를 꺼내려고 주머니를 뒤지느라 어깨에 메고 있던 카메라가 하마터면 떨어질 뻔했다. 번호를보니 **발신자 표시 제한**이 떠 있었다.

"여보세요?"

이렇게 말한 줄리아의 목소리가 심상치 않았는지, 문 옆에 서있던 호러스가 귀를 쫑긋 세우고 돌아보았다. 호러스는 볼일도 보고 저녁도 먹었는데 밤나들이까지 나간다는 생각에 한껏 들떠있었다.

"셈웨이 부인?" 남자 목소리였다. 짤막하고 딱딱했다.

"부인이 아니라 미스예요. 전화 거신 분은 누구시죠?"

"제임스 콕스 대령입니다, 셈웨이 씨. 육군에 있습니다."

"전화 주셔서 영광이긴 한데, 무슨 일인가요?"

줄리아는 자기 입에서 나온 비꼬는 소리를 듣고 기분이 언짢아졌다. 프로답지 않은 말이었다. 그러나 줄리아는 그 전화 때문에 겁이 났고, 겁을 먹으면 늘 비꼬는 식으로 대응했다.

"데일 바버라는 남자와 연락을 취해야 합니다. 그 사람을 아십니까?"

물론 아는 사람이었다. 이날 저녁 일찍 들장미 식당에서 목격하고 깜짝 놀라기까지 했다. 아직까지 마을에 남아 있다니, 미친짓이었다. 게다가 로즈 말로는 이미 그만둔다고 통보하지 않았던가? 데일 바버라의 사연은 줄리아가 익히 알면서도 기사화하지 않은 수백 건 가운데 하나에 불과했다. 작은 마을 신문의 발행인이라면 벌레가 들끓는 항아리가 아무리 많아도 뚜껑을 들추지 말아야 하는 법이었다. 상대를 가려가며 싸움을 걸어야 했다. 줄리아는 주니어 레니와 그 친구들도 그런 식으로 상대를 가릴 거라고 확신했다. 또한 바버라와 도디의 단짝친구 앤지를 둘러싼 소문이 과연 진실인지도 몹시 미심쩍었다. 최소한 바버라한테도 여자 보는 눈은 있을 듯싶었다.

"셤웨이 씨? 전화 끊으신 건 아니지요?"

똑 부러지는 목소리. 역시 공무원다웠다. 방관자의 목소리였다. 줄리아는 목소리만 듣고도 전화 건너편의 상대방에게 화가 났다.

"안 끊었어요. 그래요, 데일 바버라를 알아요. 마을 큰길가에 있는 식당 요리사죠. 왜 그러시는데요?"

"그 사람은 휴대전화가 없는 것 같습니다. 식당 쪽으로 전화를 해도 안 받더군요."

"그야 문을 닫았으니까 그렇겠죠."

"유선전화는 아예 불통입니다."

"제가 보기에 지금 이 마을에 제대로 돌아가는 건 하나도 없어요, 콕스 대령님. 휴대전화도 포함해서요. 그치만 대령님은 아무렇지도 않게 전화를 거신 것 같은데, 그러고 보니 군대가 이 사태에 책임이 있는 건 아닌가 하는 의문이 드네요."

줄리아는 자기 목소리에 흠칫 놀랐다. 비꼬다 못해 이제 화까지 내고 있었다. 두렵다는 이유로.

"무슨 짓을 한 거죠? 군대가 뭘 어떻게 한 거예요?"

"아무것도 안 했습니다. 제가 아는 한 아무것도요."

줄리아는 더 쏘아붙일 말이 떠오르지 않아서 오히려 당황스러 웠다. 체스터스밀 토박이들이 아는 줄리아답지 않았다.

"휴대전화 얘기는, 사실입니다. 지금은 체스터스밀에서 들고나 는 전파가 거의 끊기다시피 했습니다. 국가 안보를 위해서 어쩔 수 없었습니다. 감히 말씀드리는데, 저희랑 같은 처지에 계셨다면 섬웨이 씨도 똑같이 하셨을 겁니다."

"그럴 것 같진 않네요."

"그렇습니까?"

대령의 목소리는 화내는 대신 흥미로워하는 듯했다.

"인류 역사상 전례가 없는 사태인데도요? 우리뿐만 아니라 지 구상 그 누구도 감히 이해조차 못하는 기술이 적용됐을지도 모 르는데요?"

줄리아는 이번에도 대꾸할 말이 떠오르지 않았다.

"바버라 대위한테 긴히 할 말이 있습니다."

콕스 대령이 본래의 용건으로 돌아왔다. 줄리아는 대령이 다만 몇 마디나마 용건과 무관한 말을 한 것 자체가 놀라웠다.

"바버라 '대위'요?"

"예비역 대위입니다. 그 사람을 좀 찾아 주시겠습니까? 전화는 갖고 가십시오. 제가 번호를 하나 드릴 텐데, 그 번호로는 통화가 가능할 겁니다."

"콕스 대령님, 왜 저한테 이러세요? 경찰서에 전화하시는 게 어 때요? 아니면 마을 의회 의장단에 부탁하시든가요. 세 명 다 여 기 있을 것 같은데요."

"그쪽으로는 아예 시도도 안 했습니다. 섬웨이 씨, 저도 실은 작은 마을 출신이라……."

"자랑스러우시겠네요."

"……저도 한때 살아 봐서 아는데, 마을 의장은 쥐뿔도 모르고 마을 경찰은 한두 가지밖에 모르지만, 마을 신문 편집장은 모르는 게 없더군요."

줄리아는 그 말에 저도 모르게 웃고 말았다.

"굳이 전화하실 것 없이 두 분이 직접 대면하시면 되잖아요? 물론 저도 참관인 자격으로 함께요. 제가 장벽 이쪽 현장으로 나갈게요, 실은 이 전화도 막 나가려던 참에 받은 거지만요. 일단 제가 바비 씨를 찾아볼게요."

"그 친구 지금도 바비로 불러달라고 합니까?" 콕스가 재미있다는 듯이 말했다.

"대령님, 제가 바비 씨를 찾아서 데리고 갈게요. 조촐하게 기자회견이나 하죠."

"전 메인 주가 아니라 워싱턴에 있습니다. 합참본부에요."

"지금 저 기죽이시는 건가요?" 실은 살짝 기가 죽었다.

"셤웨이 씨, 제가 지금 좀 바쁩니다. 물론 셤웨이 씨도 그러실 겁니다. 그러니 지금 이 상황을 타개할 수 있도록 부디……."

"타개할 수는 있는 건가요? 대령님 생각은 어때요?"

"그만하시죠. 셤웨이 씨께서 편집장이기에 앞서 한 명의 기자라는 건 저도 잘 압니다, 그러다 보니 본능적으로 질문이 터져 나오는 거겠지요. 하지만 지금은 시간이 관건입니다. 제 부탁을 들어 주시겠습니까?"

"그래요. 하지만 바비 씨를 만나고 싶으시면 저도 함께 만나서야 해요. 119번 국도 현장에 도착해서 전화 드릴게요."

"안 됩니다."

"그러시든가요." 줄리아는 쾌활하게 맞받아쳤다. "대화 나눠서 즐거웠어요, 콕스 대령님."

"제 말 아직 안 끝났습니다. 119번 국도 현장은 지금 '엿장수 총출동' 상황입니다. 그게 무슨 뜻이냐면……."

"저도 그 정돈 알아요, 대령님. 소싯적에 톰 클랜시 소설깨나 읽었으니까요. 군대 용어로 '속수무책으로 엿 같은 상황'이다, 이 거죠? 그래서 정확히 119번 국도가 지금 어떻다는 말인가요?"

"그러니까 말하자면, 상스러운 표현을 써서 죄송합니다만, 이를테면 무료 창녀촌의 개업 기념 파티장 같은 상황입니다. 온 마을의 승용차와 트럭 절반이 들이닥쳐서 양쪽 갓길과 목초지까지 차지하고 있습니다."

줄리아는 카메라를 바닥에 내려놓고 코트 주머니에서 수첩을 꺼내어 끼적거렸다. '콕스 대령', '무료 창녀촌의 개업 기념 파티.' 그러고 나서 덧붙였다. '딘스모어네 목장?' 그랬다. 십중팔구는 앨든 딘스모어의 목장이었다.

"알았어요. 그럼 어떻게 하란 말씀이죠?"

"글쎄요, 줄리아 씨가 못 오시게 막을 수는 없습니다. 그건 당연합니다."

콕스 대령이 한숨을 내쉬었다. 그 소리가 세상은 어차피 불공평한 곳이라고 한탄하는 듯했다.

"신문에 뭐라고 쓰시든 간에 그것도 막을 수 없습니다. 어차피 체스터스밀 바깥에서는 읽을 수도 없으니 별 중요한 일은 아닙니다만."

줄리아의 얼굴에서 웃음이 사라졌다.

"그게 무슨 말씀인지 설명해 주시겠어요?"

"실은 저도 그러고 싶습니다만, 아마 저절로 아시게 될 겁니다. 제 생각을 말씀드리자면 이렇습니다. 장벽을 보고 싶으시면……이미 아시겠지만 실제로 눈에 보이지는 않습니다. 어쨌든 보고 싶으시면 바버라 대위와 함께 마을 3번 도로 차단 지점으로 나오시기 바랍니다. 마을 3번 도로가 어딘지 아십니까?"

줄리아는 잠시 어딘지 알 수가 없었다. 그러다가 콕스 대령이 어디를 말하는지 깨닫고 깔깔 웃었다.

"뭐 재미난 일이라도 있습니까, 셤웨이 씨?"

"체스터스밀 사람들은 그 길을 화냥년길이라고 불러요. 여름에 우기가 되면 아주 화냥년 같이 질척거리거든요."

"상당히 원색적이군요."

"거긴 인적이 뜸할 것 같은데, 제가 제대로 짚었나요?"

"현재로서는 아예 한 명도 없습니다."

"알았어요."

줄리아는 수첩을 주머니에 넣고 카메라를 집어 들었다. 문 옆에 앉은 호러스는 참을성 있게 기다리는 중이었다.

"좋습니다. 통화는 언제쯤 가능하겠습니까? 셤웨이 씨 휴대전화로 바비가 직접 거는 편이 나을 것 같습니다만."

줄리아가 시계를 보니 열 시가 막 지난 참이었다. 어느새 시간이 이렇게 흘렀을까?

"10시 반까지는 거기 도착할 거예요, 바비 씨를 찾으면요. 제 생각엔 찾을 수 있을 것 같아요."

"잘됐군요. 바비한테 켄이 안부 전해 달란다고 해 주십시오. 그건 그냥……."

"알아요, 그냥 농담이겠죠. 거기서 누가 기다리나요?"

잠시 침묵이 흘렀다. 대령이 다시 입을 열었을 때, 줄리아는 그의 목소리에서 주저하는 기색을 느꼈다.

"탐조등과 보초가 있을 테고, 군인들이 직접 도로를 차단하고서 있을 겁니다. 하지만 그 군인들은 주민들한테 아무 말도 못하도록 명령받았습니다."

"말을 못하다니…… 어째서요? 세상에, 도대체 왜요?"

"셈웨이 씨, 만일 이 상황이 해결이 안 된다면, 저희가 그렇게 한 까닭은 자연히 밝혀질 겁니다. 대부분 셈웨이 씨 스스로 깨달으실 겁니다. 말씀하시는 걸로 봐서는 아주 현명한 숙녀이신 것 같으니까요."

"절로 터진 입이라고 말 참 잘하시네요!"

줄리아가 꽥 소리를 지르며 쏘아붙였다. 문간에 있던 호러스의 귀가 쫑긋 섰다. 전화 저편의 콕스는 껄껄 웃었다. 언짢은 기색 없이 호탕한 웃음이었다.

"고맙습니다, 목소리가 쩌렁쩌렁 잘 들리는군요. 10시 30분에 전화하실 거지요?"

거절하고 싶은 충동이 치솟았지만, 줄리아는 도저히 그럴 수가 없었다. 당연한 얘기였다.

"그래요, 바비 씨를 찾으면요. 전화는 제가 걸까요?"

"누가 걸어도 괜찮습니다만, 통화는 그 친구하고 할 겁니다. 전화 옆에서 대기하고 있겠습니다."

"그럼 빵빵 터진다는 그 번호나 가르쳐 주세요."

줄리아는 전화기를 귀에 대고 어깨로 받친 다음 수첩을 다시 꺼냈다. 수첩이란 물건은 꼭 치우고 나서 다시 찾게 되는 법이었다. 이는 기자라면 누구나 체감하는 진실이었고, 줄리아는 이제 기자였다. 다시 기자로 돌아갔다. 줄리아는 대령이 했던 어떤 말보다도 그가 가르쳐 준 전화번호가 왠지 훨씬 더 오싹하게 들렸다. 지역번호가 '000'이었다.

"한 가지 더 명심할 게 있습니다, 셤웨이 씨. 혹시 페이스메이커를 사용하십니까? 아니면 보청기나, 그 비슷한 물건을 쓰십니까?"

"아니요. 왜요?"

줄리아는 대령이 이번에도 입을 다물 거라 생각했지만, 그 생각은 빗나갔다.

"돔 가까이에 다가가면 일종의 전파 간섭 현상이 일어납니다. 한 1, 2초만 있으면 사라지는 미약한 전기 충격인데, 일반인한테는 위험하지 않습니다. 하지만 전자 장비에는 아주 쥐약입니다. 어떤 것은 터지고 어떤 것은 폭발합니다. 예를 들어 휴대전화 같은 경우에는 약 1.5미터까지 접근하면 작동을 멈춘다더군요. 혹시라도 녹음기를 갖고 오시면 아마 꺼져 버릴 겁니다. 아이팟이나 블랙베리 같이 정교한 물건은 폭발할 위험이 큽니다."

"퍼킨스 서장님의 페이스메이커도 폭발했나요? 그래서 돌아가신 거예요?"

"10시 30분입니다. 바비를 데리고 오십시오. 그리고 켄이 안부 전해 달라는 말 잊지 마십시오."

콕스 대령은 그 말만 남긴 채 전화를 끊었고, 줄리아는 적막한 집 안에 개와 나란히 서 있는 신세가 되었다. 그러다가 루이스턴에 사는 언니에게 전화를 걸어 보았다. 번호를 누르자 뚜뚜 소리가 들리다가…… 끊어졌다. 그다음은 아무 소리도 안 들렸다. 아까와 똑같았다.

'돔이라고 했어.' 줄리아는 문득 생각했다. '대령은 마지막에 장벽이라고 하지 않았어. 그걸 돔이라고 불렀어.'

5

문을 두드리는 소리가 났을 때 바비는 셔츠를 벗고 침대에 걸터앉아 운동화 끈을 푸는 중이었다. 방문객은 샌더스 약국 건물 옆면에 달린 외부 계단으로 올라오게 되어 있었다. 바비는 문 두드리는 소리가 달갑지 않았다. 낮에는 거의 종일 걷다시피 했고 저녁에는 내내 앞치마를 걸치고 요리를 만들었기 때문이었다. 몸이 물 먹은 솜 같았다.

게다가, 만약 주니어와 그 친구들이 잘 돌아왔다고 파티를 열어 주러 왔다면? 남이 들으면 설마 그러겠느냐고, 편집증 같은 생각이라고 말할지도 모르지만, 이날 하루는 설마 했던 일의 연속이었다. 또 주니어와 프랭크 드레셉스를 비롯한 똘마니 패거리들은 앞서 들장미 식당에 얼굴을 비치지 않았다. 바비는 놈들이 119번 아니면 117번 국도 현장을 기웃거리는 중이려니 했지만, 어쩌면 바비가 마을에 돌아왔다는 소식을 듣고 밤늦게 들이닥칠 작당을 했는지도 모를 일이었다. 말하자면 지금 같은 때.

문 두드리는 소리가 이어졌다. 바비는 침대에서 일어나 휴대용 텔레비전을 움켜잡았다. 쓸 만한 무기는 아니었지만 그래도 맨 먼저 밀치고 들어온 놈한테 집어던지면 효과가 있을 듯했다. 나무로 만든 옷걸이 봉이 있기는 했으나 방 세 칸이 다 비좁은 데다 쥐고 휘두르기에는 봉이 너무 길었다. 스위스아미 칼도 있었지만 칼부림만은 피하고 싶었다. 그러나 피치 못할 상황이라면…….

"바버라 씨?" 여자 목소리였다. "바비? 안에 있어요?"

바비는 텔레비전에서 손을 떼고 간이 주방을 지나 문으로 향했다.

"누구세요?"

이렇게 물었지만, 바비는 목소리 임자를 이미 알고 있었다.

"줄리아 섐웨이예요. 누가 그쪽이랑 얘기하고 싶다면서 저한테 메시지를 부탁했어요. 켄이 안부 전해 달라던데요."

바비는 문을 열고 줄리아를 안으로 들였다.

6

체스터스밀 마을 회관. 송판으로 벽을 두른 지하 회의실에서는 건물 뒤편에서 요란하게 돌아가는 발전기(오래된 켈비네이터 발전기) 소음도 단조롭게 윙윙대는 소리에 지나지 않았다. 회의실 한복판에 자리 잡은 고급 단풍나무 탁자는 눈부시게 윤이 났고, 길이는 3.6미터나 되었다. 탁자 둘레에 놓인 의자들이 이날 밤에는 대부분 비어 있었다. 빅 짐이 '비상 대책 회의'로 부르는 모임에 출석한 네 사람은 탁자 한쪽 끝에 모여 앉았다. 빅 짐 본인은 부의장인 주제에 상석을 차지하고 앉았다. 그 뒤쪽에 양말처럼 생긴 체스터스밀의 지도가 걸려 있었다.

출석한 사람은 의장단 세 명, 그리고 경찰서장 서리가 된 피터 랜돌프였다. 그중 제정신을 유지하는 사람은 빅 짐밖에 없는 듯했다. 랜돌프는 충격으로 겁에 질린 눈치였다. 앤디 샌더스 의장은, 당연한 얘기지만, 하도 슬퍼서 넋이 나간 사람 같았다. 그리고 살집과 희끗희끗한 머리만 빼면 동생인 들장미 식당 주인 로즈 트위첼과 꼭 닮은 안드레아 그리넬은 그저 멍했다. 딱히 새로울 것도 없는 모습이었다.

4년 아니면 5년 전 1월의 어느 추운 아침, 안드레아는 우편함을 확인하러 나갔다가 꽁꽁 언 차고 앞 진입로에서 미끄러져 넘어졌다. 척추 원반이 두 개나 튀어나올 정도로 심각한 부상이었다(정상 체중을 40킬로그램이나 초과한 몸무게도 한몫했으리라.). 병원의 해스켈 선생은 말 그대로 뼈를 깎는 고통을 잠재울 수 있도록 안드레아에게 새로운 특효약 옥시콘틴을 처방해 주었다. 그리고 그 처방은 지금까지 쭉 이어졌다. 빅 짐이 마을 약국 주인이자 절친한 친구인 앤디 샌더스 덕분에 알아낸 바에 따르면, 안드레아는 하루 복용량 40밀리그램에서 시작하여 지금은 400밀리그램을 먹어치웠다. 이는 요긴한 정보였다.

빅 짐이 입을 열었다.

"의장님께서 상을 당하신 관계로 이견이 없으면 오늘 회의는 제가 주관하도록 하겠습니다. 앤디, 저희 모두 삼가 조의를 표합니다."

"동감입니다. 의장님." 랜돌프가 말했다.

"감사합니다." 앤디가 대답했다. 안드레아가 살며시 손을 잡아 주자 또다시 눈가에 물기가 어렸다.

"자, 지금 마을에 무슨 일이 일어났는지는 다들 아실 겁니다. 비록 그게 뭔지 정확히 이해하는 사람은 체스터스밀에 한 명도……."

"그건 저 바깥에서도 마찬가질걸요."

안드레아가 말을 끊었지만 빅 짐은 무시했다.

"……게다가 현장에 나타난 군대는 마을 의장단과 의사소통할 의지가 별로 없는 것 같습니다."

"전화도 문젭니다, 부의장님."

평소에는 의장단을 그냥 이름으로 부르고 빅 짐은 아예 친구로 여기는 랜돌프였지만, 이 자리에서는 직함으로 부르는 편이 현명하다는 생각이 들었다. 퍼킨스라면 그렇게 했을 테고, 적어도 그 점에서만큼은 그 노인네의 방식이 옳은 것 같았다.

그 말을 들은 빅 짐은 성가신 파리를 쫓아 버리듯이 손을 휘저었다.

"누가 모튼이나 타커스밀스 쪽에 와서 나를, 아니, 우리를 찾았을 법도 한데, 코빼기도 안 비치더군요."

"부의장님, 상황은 아직도 굉장히…… 음, 유동적입니다."

"그래요, 그렇겠지요. 아마도 그래서 우리 의장단의 존재를 아무도 떠올리지 못했을 겁니다. 그럴 만도 하지요. 저도 그랬으면 하고 기도합니다. 여러분도 함께 기도해 주시길 바랍니다."

세 사람은 순순히 고개를 끄덕였다.

"하지만 지금 당장은……."

빅 짐이 숙연한 표정으로 사람들을 돌아보았다. 그는 숙연한 기분이 들었다. 그러면서도 한편으로는 흥분을 느꼈다. 그리고 준비된 느낌도. 올해가 가기 전에 《타임》 표지에 자신의 사진이 실리는 것도 아예 불가능한 일은 아닐 듯싶었다. 참사가 꼭 나쁜 것만은 아니었다. 특히 테러범들이 일으킨 참사일 경우에는 더더욱. 9·11 당시 뉴욕 시장이었던 루디 줄리아니의 경우만 봐도 그러했다.

"지금 당장은, 신사 숙녀 여러분, 우리 마을이 외부로부터 완전히 차단되었을지도 모른다는 극히 현실적인 가능성을 직시해야만 합니다."

안드레아는 저도 모르게 손으로 입을 가렸다. 두 눈은 두려움 때문인지 약기운 때문인지 형형하게 빛나고 있었다. 필시 둘 다 때문일 듯했다.

"그럴 리가 없어요, 짐!"

"최선을 바라되 최악에 대비하라. 클로뎃이 항상 하는 말이죠." 생각에 깊이 빠진 목소리로 앤디가 말했다. "아니, '했던' 말이라고 해야겠군요. 오늘 아침에도 나한테 맛있는 아침상을 차려 줬는데. 스크램블드에그하고 어제 먹다 남긴 타코 치즈를요. 그런데 세상에!"

다 말라가던 눈물이 또다시 흐르기 시작했다. 안드레아가 한 번 더 앤디의 손을 잡아 주었다. 이번에는 앤디도 그 손을 맞잡았다.

'앤디와 안드레아라.' 빅 짐은 속으로 생각했다. 살짝 웃는 턱을 따라 주름이 잡혔다. '이건 완전히 덤앤더머로군.'

"최선을 바라되 최악에 대비하라. 이 얼마나 훌륭한 금언입니까. 이 경우에 최악의 가능성은 며칠씩 바깥세상과 차단될지도 모른다는 것입니다. 어쩌면 1주일이 걸릴지도 모릅니다. 한 달이 될 수도 있습니다."

사실 빅 짐 생각은 달랐지만, 사람들한테 겁을 주면 시키는 대로 더 빠릿빠릿하게 움직일 것 같아서 한 말이었다.

안드레아가 아까와 같은 말을 되뇌었다.

"그럴 리가!"

"그건 아무도 모르는 일이에요. 어떻게 알겠습니까?"

빅 짐의 말 가운데 적어도 이 한마디는 꾸밈없는 진심이었다.

"레니 부의장님, 푸드시티 슈퍼마켓을 닫아야 할지도 모릅니다. 당분간만이라도요. 안 그러면 혹한기 직전 때처럼 사람들이 몰려들 겁니다."

랜돌프의 말에 빅 짐은 기분이 언짢아졌다. 그에게는 나름대로 준비한 의제가 있었고 랜돌프의 제안 역시 그중 일부였지만, 첫 번째는 아니었다.

"음, 다시 생각해 보니 별로 좋은 생각이 아닌 것 같군요."

랜돌프가 말했다. 부의장의 안색을 읽은 눈치였다.

"실제로 그리 좋은 생각은 아닌 것 같습니다, 피터. 시중에 돈이 말랐을 때 은행 문을 닫으면 안 되는 것과 같은 이치예요. 그랬다가는 사람들이 더 조바심을 낼 뿐입니다."

"은행 문도 닫자는 얘긴가요, 지금?" 앤디가 물었다. "그럼 현금자동인출기는 어떻게 하죠? 브라우니 상점에 하나 있고…… 주유소에도 한 대…… 우리 약국에도 물론……."

이때껏 멍하던 앤디의 안색이 갑자기 환해졌다.

"옳지, 보건소에서도 한 대 본 것 같아요, 확실하진 않지만."

빅 짐은 문득 안드레아가 앤디에게 자기 약을 빌려준 것은 아닌지 의심스러웠다.

"그냥 비유를 든 것뿐이에요, 앤디."

빅 짐은 평온하고 친근감 있는 목소리를 유지했다. 앤디의 반응은 의제에서 일탈한 사람이 저지르는 전형적인 실수일 뿐이었다.

"말하자면, 지금 같은 상황에서는 식료품이 곧 돈이나 마찬가지이니까요. 제 얘기는 평상시처럼 영업을 해야 한다는 말입니다. 그래야 사람들이 동요하지 않아요."

"아." 랜돌프는 이제야 이해한 눈치였다. "무슨 말씀인지 알겠습니다."

"하지만 슈퍼마켓 점장한테는 얘기를 해 줘야 합니다. 그 사람이름이…… 랜돌프, 그 사람 이름이 케이드였던가요?"

"케일입니다. 잭 케일."

"주유소의 조니 카버한테도 일러둬야 할 테고, 또…… 딜 브라운이 죽고 나서 브라우니 상점을 운영하는 사람이 누구죠?"

"벨마 윈터예요." 안드레아가 대답했다. "외지 출신이긴 하지만 좋은 사람이에요."

빅 짐은 랜돌프가 수첩에 사람들 이름을 적는 모습을 보고 흐뭇해졌다.

"그 세 사람한테 추후 통보가 있을 때까지 술을 팔지 말라고 하세요." 기쁨으로 일그러진 빅 짐의 표정은 오히려 기괴해 보였다. "그리고 디퍼스 술집 주인한테는 문을 닫으라고 하고."

"술을 못 팔게 하면 화낼 사람이 많을 텐데요. 샘 버드로 같은 사람들 말입니다." 랜돌프가 말했다. 버드로는 체스터스밀에서 가장 악명 높은 술고래이자, 빅 짐 생각에는 금주법을 폐지하지 말았어야 할 완벽한 근거이기도 했다.

"샘 같은 이들은 집에 쟁여 둔 술이 떨어지면 당분간 참아야 할 겁니다. 마을 절반이 섣달 그믐날 파티처럼 취한 꼴을 볼 수는 없으니까요."

"레니 부의장님, 왜 안 된다는 거죠? 마을에 있는 술을 다 마셔 버린다고 해도 문제될 건 없잖아요?"

"그러다 폭동이라도 일어나면요?"

안드레아는 레니의 말에 대꾸할 말이 없었다. 먹을 것만 있다면 사람들이 폭동을 일으킬 이유가 없었지만, 안드레아가 익히 깨달은 바에 따르면 빅 짐과 논쟁을 벌여 봤자 보람도 없고 피곤하기만 할 뿐이었다.

"제가 경관을 보내서 얘기해 놓겠습니다."

"랜돌프, 토미하고 윌로 앤더슨한테는 직접 가서 얘기해요. 문제를 일으킬지도 모르니까."

앤더슨 형제는 디퍼스의 주인이었다. 빅 짐이 나지막이 한마디 덧붙였다. "꼴통 같은 놈들."

랜돌프가 고개를 끄덕이며 맞장구쳤다.

"좌파 꼴통들이죠. 바 천장에 버락 오바마 사진을 걸어 두질 않나."

"내 말이 그 말입니다."

'어디 그뿐인가.' 빅 짐은 하고 싶은 말이 더 있었지만 굳이 꺼내지는 않았다. '퍼킨스 서장은 그 밥벌레 히피 놈들이 새벽 한 시까지 술 퍼마시고 춤추고 시끄러운 로큰롤을 틀게 허가해 줬지. 보호해 준 거야. 그 결과로 내 아들하고 그 친구들한테 무슨 일이 일어났는지 한번 봐.' 빅 짐이 앤디 샌더스 쪽으로 몸을 틀었다.

"의장님은 처방전이 필요한 약을 모두 안전한 곳에 보관하셔야 합니다. 아, 나조넥스나 리리카 같은 항알레르기제나 진통제는 그러실 필요 없습니다. 제 말이 무슨 뜻인지 아실 겁니다."

"환각 작용을 일으키는 약은 평소에도 안전하게 보관하고 있는데요."

앤디는 이런 식의 대화를 언짢아하는 기색이었다. 빅 짐도 그 이유를 눈치챘지만 지금은 앤디네 약국의 다각적인 영업 정책에 대해 알고 싶은 마음이 없었다. 그들에게는 더 시급한 문제가 있었다.

"어쨌든 좀 더 주의하시는 게 좋겠다는 말입니다."

안드레아는 약 이야기를 듣고 놀란 기색이었다. 앤디가 그녀의 손을 다독거렸다.

"걱정 마요. 꼭 필요한 약은 충분히 갖춰 놓고 있으니까."

안드레아가 앤디를 보고 살짝 웃었다.

"지금 관건은 이 위기가 끝날 때까지 온 마을이 멀쩡한 정신을 유지하는 겁니다. 모두 동의하십니까? 본 안건은 거수투표로 결정하겠습니다."

사람들의 손이 올라갔다.

"자, 그럼 아까 하던 얘기로 돌아갈까요?"

빅 짐이 쳐다보자 랜돌프가 두 손을 활짝 폈다. '어서 하시죠'

와 '죄송합니다'를 동시에 담은 손짓이었다.

"우리는 군중이 겁먹기 쉬운 존재라는 점을 명심해야 합니다. 그리고 겁먹은 군중은 난장판을 벌이게 마련이죠, 술에 취했든 안 취했든 간에."

안드레아가 빅 짐의 오른편에 있는 계기판으로 눈을 돌렸다. 그곳에는 텔레비전과 에이엠/ 에프엠 라디오, 내장된 녹음장치를 조종하는 스위치가 있었다. 빅 짐이 혐오하는 신식 장비였다.

"녹음기 켜야 되는 거 아닌가요?"

"그럴 필요는 없을 것 같습니다만."

그 망할 녹음장치는 에릭 에버렛이라는 풋내기 의사 조수의 제안으로 설치한 물건이었다(빅 짐이 보기에는 도청장치 때문에 패가망신한 닉슨 대통령의 망령 같았다.). 나이가 서른 몇 살이라는 그 참견쟁이 보조의 녀석을 마을 사람들은 '러스티'라는 애칭으로 불렀다. 그는 2년 전 마을 회의에서 뜬금없이 녹음장치가 필요하다고 제안하더니 그깟 물건이 무슨 대단한 진보라도 되는 양 소개했다. 그의 제안은 빅 짐에게 달갑지 않은 충격으로 다가왔다. 웬만해서는, 특히 정치 문외한에게서는 충격을 받지 않는 빅 짐인데도 그러했다.

빅 짐은 가격이 비싸다는 이유로 그 제안을 기각하려고 했다. 평소에는 구두쇠 백인들한테 잘 먹히던 전술이었지만 그때만큼은 예외였다. 에버렛은 퍼킨스 서장한테서 들었을 것이 뻔한 예산 내역을 제시하며 연방정부에서 장치 가격의 80퍼센트를 지원해줄 거라고 했다. 출처는 재해 지원 예산인가 뭔가 하는 돈이었다. 빌 클린턴이 돈을 물 쓰듯이 낭비하며 대통령 짓을 해먹던 시절에 남긴 유산이었다. 빅 짐은 허를 찔린 기분이 들었다.

흔히 일어나는 일도 아니었고 그리 유쾌한 일도 아니었지만, 빅 짐은 에릭 '러스티' 에버렛이 노인네들 전립선을 만지작거린 시간보다 훨씬 더 오래 정치에 몸담은 사람이었다. 또한 전투에서 지는 것과 전쟁에서 지는 것이 천지차이인 줄을 잘 아는 사람이기도 했다.

"그럼 하다못해 메모라도 해야 하지 않을까요?" 안드레아가 소심한 목소리로 물었다.

"당분간은 비공식 회의로 남겨두는 게 좋을 것 같습니다. 우리 네 사람만 아는 자리로 말이지요."

"뭐…… 그러시다면……."

"두 사람이 함께 비밀을 지키려면 한 명이 죽어야 하는데." 앤디가 몽롱한 목소리로 말했다.

"옳은 말씀입니다." 빅 짐은 그 말이 이 자리에 어울리기라도 한다는 듯이 맞장구친 다음, 랜돌프 쪽으로 몸을 틀었다. "제 생각에 우리의 당면 과제는, 그러니까 우리가 마을을 위해 맨 먼저 해야 할 일은, 이 위기가 지속되는 동안 질서를 유지하는 것입니다. 바로 경찰력 말입니다."

"지당하신 말씀입니다!" 랜돌프가 약삭빠르게 말을 받았다.

"저는 확신합니다. 지금 퍼킨스 서장님도 틀림없이 천국에서 우리를 내려다보고 계실……."

"내 아내 클로뎃도 함께 보고 있을 겁니다."

앤디가 코를 훌쩍이며 빅 짐의 말을 잘랐다. 그런데도 빅 짐은 앤디의 손을 다독여 주었다.

"그래요, 앤디. 두 분 모두 주님의 영광을 한 몸에 받으실 겁니다. 그러나 지상에 있는 우리는…… 피터, 동원할 수 있는 경찰력이 얼마나 됩니까?"

답은 이미 아는 바였다. 빅 짐은 자기가 하는 질문의 답을 거의 다 알고 있었다. 그렇게 하면 인생이 더 살기 편했다. 체스터스밀 경찰서의 급여 지급 장부에 올라 있는 경관은 총 18명이었는데 그중 12명은 정규직, 6명은 시간제 비정규직이었다(후자는 거의 모두 예순이 넘은 노인이라서 까무러칠 만큼 적은 급여를 받았다.). 빅 짐이 아는 한 18명 가운데 5명은 틀림없이 마을 바깥에 있었다. 아내와 가족을 데리고 고등학교 풋볼 경기를 보러 간 사람도 있었고, 캐슬록에 화재 진압 훈련을 나간 이도 있었다. 여섯 번째는 퍼킨스 서장이었는데 그는 아예 저세상에 가 있었다. 죽은 이의 험담은 절대로 안 하는 빅 짐이었지만, 생각해 보면 퍼킨스 서장은 모자란 깜냥으로 이 난장판을 수습하려고 나대느니 차라리 천국에 가 있는 편이 마을을 위해서 더 낫다는 확신이 들었다.

"솔직히 말씀드리면 그리 양호한 편은 아닙니다. 일단 헨리 모리슨과 재키 웨팅턴이 있습니다. 둘 다 맨 처음 경보가 울렸을 때 저랑 같이 출동한 친구들이죠. 그리고 루퍼트 리비, 프레드 덴턴, 조지 프레더릭이 있고요. 조지는 천식이 너무 심해서 얼마나 도움이 될지 모르겠군요. 어차피 연말에 조기 퇴직할 예정이었으니까요."

"불쌍한 조지. 그 친군 세레타이드 흡입기 없이는 숨도 못 쉬는 신센데." 약국 주인 앤디가 한마디 거들었다.

"아시다시피 마티 아스노와 토비 웨일런도 요즘은 영 기운이 없습니다. 시간제 경관 중에 믿을 만한 사람은 린다 에버렛뿐입니다. 하필이면 그 망할 놈의 화재 훈련하고 풋볼 경기 사이에 이런 일이 벌어지다니, 정말이지 최악의 타이밍이군요."

"린다 에버렛이오?" 안드레아가 얼핏 흥미로운 듯이 물었다. "러스티의 아내 말인가요?"

"흠!" 빅 짐은 언짢을 때면 이따금 '흠!'이라고 말하는 버릇이 있었다. "학교 앞 횡단보도에서 깃발이나 들다가 벼락출세한 여자 아니오!"

"맞습니다, 부의장님. 하지만 작년에 캐슬록 사격장에서 사격 시험을 통과했고, 권총 소지 면허도 있습니다. 총을 휴대하고 근무해도 전혀 문제가 안 됩니다. 아이가 있어서 전일 근무는 못한다고 해도 자기 몫은 충분히 해낼 겁니다. 어쨌거나 지금은 위기 상황이니까요."

"아무렴, 그렇겠지요."

그러나 빅 짐은 고개를 돌릴 때마다 에버렛 부부가 고장 난 장난감 인형처럼 불쑥불쑥 튀어나오는 꼴만은 죽어도 보고 싶지 않았다. 그 밥벌레 녀석의 마누라를 경찰 일선에서 빼는 것이 급선무였다. 무엇보다 아직 서른도 안 된 젊은 여자였고, 징그럽게 예쁘기까지 했다. 남자 경관들한테 나쁜 영향을 미칠 것이 뻔했다. 예쁜 여자들은 원래 그런 법이었다. 악영향은 재키 웨팅턴의 대포알 같은 가슴만으로도 충분했다.

"그렇게 해서 열여덟 명 중에 달랑 여덟 명뿐입니다."

"부서장님 본인은 빼 먹으셨잖아요."

랜돌프는 안드레아의 말을 듣고 손바닥 밑동으로 자기 이마를 쳤다. 머릿속의 빠진 나사를 제자리에 끼우기라도 하듯이. "아, 그렇군요. 맞습니다. 아홉 명입니다."

"그걸론 부족해요. 경찰 인력을 늘려야 합니다. 물론 임시로, 이 상황을 타개할 때까지만요."

"점찍어 둔 사람이라도 있습니까?"

"일단은 제 아들이 어떨까 합니다."

"주니어를요?" 안드레아의 눈썹이 쫑긋 올라갔다. "아직 투표할 나이도 안 됐을 텐데…… 아닌가요?"

빅 짐은 잠시 안드레아의 두뇌 구조도를 속으로 그려 보았다. 전체 면적 가운데 15퍼센트는 즐겨 찾는 온라인 쇼핑 사이트 목록, 80퍼센트는 약물 반응 구역, 2퍼센트는 기억장치, 남은 3퍼센트만이 사고회로였다. 그럼에도, 끌어안고 함께 일해야 할 두뇌였다. '어디 그뿐인가.' 빅 짐은 자신에게 일깨워 주었다. '멍청이를 동료로 두면 인생이 편해지는 법이야.'

"실은 스물한 살입니다. 11월에 스물두 살이 되지요. 게다가 행운인지 주님의 은총인지 모르겠지만 학교를 다니다가 마침 주말을 맞아 집에 와 있습니다."

그러나 피터 랜돌프는 진상을 알고 있었다. 주니어 레니는 학교에 영영 못 돌아갈 처지였다. 이번 주 초에 지금은 고인이 된 서장의 사무실에 들어갔다가 본 전화기 옆 메모장에 그렇게 적혀 있었다. 서장이 그 정보를 어떻게 알았는지, 또 어째서 일부러 메모까지 해둘 정도로 중요하게 여겼는지는 알 길이 없었다. 거기에는 또 이렇게 적혀 있었다. '품행 불량?'

하지만 지금은 빅 짐에게 그런 말을 일러주기에 적당한 때가 아닌 듯싶었다.

빅 짐은 이제 짭짤한 상품이 걸린 보너스 게임을 진행하는 게임쇼 진행자처럼 활기찬 목소리로 이야기를 이어갔다.

"게다가, 주니어한테는 경관 임무에 적합한 친구가 셋이나 있습니다. 프랭크 드레셉스, 멜빈 셜스, 카터 티보도 말입니다."

안드레아의 표정이 다시금 불편해졌다.

"음…… 그 애들…… 아니, 그 청년들은…… 디퍼스에서 벌어졌던 다툼에 연루된 걸로 아는데요……?"

빅 짐이 안드레아 쪽으로 고개를 돌렸다. 안드레아는 그의 얼굴에 떠오른 살벌한 미소를 보고 앉은 자리에서 흠칫 뒤로 물러났다.

"그 건은 너무 부풀려졌어요. 또 그런 유의 사건이 대개 그렇듯이 술 때문에 일어났지요. 게다가, 원인 제공자는 바로 그 바버라입니다. 그래서 무혐의로 끝난 거고요. 결과는 백지처럼 깨끗해요. 아니면 혹시 내가 잘못 알고 있습니까, 피터?"

"전혀 그렇지 않습니다." 대답과 달리 랜돌프도 불편한 표정이기는 매한가지였다.

"그 친구들 모두 스물한 살이 넘었어요. 카터 티보도는 아마 스물셋일 겁니다."

실제로 스물세 살인 카터는 얼마 전부터 체스터스밀 주유소에서 시간제 정비공으로 일했다. 랜돌프가 듣기로는 성질머리 때문에 두 번이나 해고당한 전력이 있었지만, 지금은 마음을 잡고 주유소에 정착한 듯했다. 조니 카버는 배기장치와 전기 계통에 관해 그렇게 해박한 사람은 처음 봤다고 했다.

"함께 사냥하던 친구들이라 사격 솜씨도 훌륭하지요."

"우리 총 얘기는 하지 말기로 해요, 제발요."

"누가 총 맞을 걱정은 안 해도 돼요, 안드레아. 그 친구들을 정규직 경관으로 채용하자는 것도 아니잖습니까. 제 얘기는 지금 바닥이 드러난 경찰력을 보충하자는 겁니다, 그것도 서둘러서요. 어떻습니까, 랜돌프 부서장님? 위기가 끝날 때까지만 근무하게 하고 급여는 비상 예산에서 지급하는 겁니다."

랜돌프는 '품행 불량'이 의심스러운 주니어한테 총을 채워 주고 체스터스밀 거리를 돌아다니게 하자는 안이 마음에 안 들었다. 그렇다고 빅 짐의 제안을 반대하고 싶은 마음은 없었다. 또 덩치 몇 명을 더 수하로 거느릴 수 있다니, 정말로 좋은 생각인지도 몰랐다. 마을에 문제가 일어날 것 같지는 않았지만 어쩌면 간선도로가 장벽으로 막힌 지점에서 군중을 통제해야 할 상황이 벌어질지도 몰랐다. 만일 장벽이 그대로 남아 있다면. 행여라도 상벽이 사라진다면? 그렇다면 문제는 그걸로 끝이었다.

랜돌프의 웃는 얼굴이 '우리는 같은 편'이라고 말하는 듯했다.

"음, 제가 보기엔 훌륭한 생각 같습니다, 부의장님. 그 친구들한테 내일 아침 열 시쯤 경찰서로 나오라고 하겠습니다."

"아홉 시가 좋겠군요, 피터."

"아홉 시가 좋죠." 앤디가 몽롱한 목소리로 중얼거렸다.

"여러분, 더 하실 말씀 있습니까?"

아무도 말이 없었다. 안드레아의 표정은 뭔가 말하려다 잊어버린 사람 같았다.

"그럼 표결에 부치겠습니다. 의장단 여러분, 랜돌프 경찰서장 서리가 주니어 레니와 프랭크 드레셉스, 멜빈 셜스, 카터 티보도를 임시직 경관으로 채용하고 기본급을 지급하는 데 동의하십니까? 네 사람의 봉직 기간은 이 황망한 사태가 정리될 때까지로 정하겠습니다. 동의하시는 분은 종전 방식대로 의사를 표시해 주십시오."

네 명 모두 손을 들었다.

"가결되었음을 선포함……"

총소리 비슷한 파열음 두 방이 빅 짐의 말꼬리를 잘랐다. 네 사람 모두 화들짝 놀랐다. 뒤이어 세 번째 파열음이 들렸을 때, 반평생을 자동차 업계에서 보낸 빅 짐은 그 소리의 정체를 눈치챘다.

"걱정 마십시오, 여러분. 그냥 역화 현상입니다. 발전기가 목청을 가다듬는 거나 마찬가지……"

고물 발전기는 네 번째 역화음을 토하고 아예 숨이 끊어졌다. 회의실의 불이 꺼졌고, 네 사람은 칠흑 같은 어둠 속에 덩그러니 버려졌다. 안드레아가 숨넘어가는 소리를 냈다.

빅 짐의 왼편에서 앤디가 주절주절 떠들기 시작했다.

"아이고 하나님, 짐, 프로판, 프로판가스……!"

빅 짐이 손을 뻗어 앤디의 팔을 움켜잡았다. 앤디가 대번에 입을 다물었다. 빅 짐이 손을 놓는 사이에 기다란 회의실 안이 다시 밝아지기 시작했다. 머리 위의 환한 전등이 아니라 벽 네 귀퉁이에 달린 비상등의 불빛이었다. 어슴푸레한 불빛 속에서, 회의 탁자 북쪽 끝에 모여 앉은 네 사람의 낯빛은 누리끼리했고, 몇 년은 더 늙어 보였다. 겁에 질린 표정들이었다. 빅 짐 레니조차도 겁먹은 표정이었다.

"뭐 별 거 아닙니다." 랜돌프의 밝은 목소리는 지어낸 것인 양 부자연스러웠다. "가스가 떨어졌을 뿐이에요. 가스는 마을 저장고에 얼마든지 있습니다."

앤디가 빅 짐을 힐끗 쳐다보았다. 움직인 것은 눈동자뿐이었지만, 빅 짐은 안드레아가 앤디의 시선을 눈치챘다는 생각이 들었다. 그러나 그 시선에서 무엇을 읽어낼지는 다른 문제였다.

'옥시콘틴 한 알만 먹으면 다 잊어버릴걸.' 빅 짐은 속으로 생각했다. '내일 아침이면 까맣게 잊어버릴 거야.'

반면에 마을의 프로판가스 비축량(또는 부족량)은 별로 걱정스럽지 않았다. 빅 짐은 손을 써야 할 때가 오면 손을 쓸 작정이었다.

"좋습니다. 여러분도 저만큼이나 여기서 나가고 싶으실 테니 이제 다음 안건으로 넘어가도록 하지요. 저는 여기 있는 피터를 임시 경찰서장으로 임명할 것을 제청합니다."

"안 될 것도 없죠." 앤디가 지친 목소리로 말했다.

"더 하실 말씀이 없으면 표결에 부치겠습니다."

의장단은 빅 짐이 원하는 쪽으로 표를 던졌다.

그들은 늘 그런 식이었다.

7

허머의 전조등이 진입로를 비추며 올라왔을 때, 주니어는 밀가에 있는 커다란 자기 집 현관 계단에 앉아 있었다. 마음이 편안했다. 두통은 다시 돌아오지 않았다. 앤지와 도디는 매케인 씨네 식료품 창고에 편안히 수납되어 있었다. 적어도 당분간은. 아버지의 금고에서 훔쳤던 돈도 제자리에 되돌려 놓았다. 주머니에는 자개 손잡이가 달린 38구경 권총이 들어 있었다. 열여덟 살 생일에 아버지한테서 선물로 받은 총이었다. 이제 아버지와 얘기할 차례였다. 주니어는 에누리 없는 거래의 제왕께서 하시는 말씀에 귀를 기울일 작정이었다. 만일 자신이 저지른 짓을 아버지가 눈치챘다 싶으면(어찌된 영문인지 아버지는 모르는 것이 없었다.), 주니어는 아버지를 죽일 작정이었다. 그러고 나서 총구를 자기 쪽으로 돌릴 작정이었다. 왜냐하면 이날 밤에는 달아날 구멍이 없었으므로. 십중팔구 날이 밝아도 없기는 마찬가지일 것 같았다. 주니어는 도주를 포기하고 집으로 돌아오는 길에 마을 회관에 들러 사람들의 대화를 엿들었다. 하나같이 미친 소리뿐이었지만, 남쪽에 휘영청 떠 있는 둥근 불빛과 117번 국도가 캐슬록으로 이어진 서남쪽에 떠 있는 그보다 조금 작은 불빛을 보니 이날 밤에는 미친 소리야말로 정답인 것만 같았다.

허머의 문이 열렸다가 '텅' 하고 닫혔다. 빅 짐이 주니어 쪽으로 걸어왔다. 서류가방이 한쪽 허벅지에 부딪혀 툭툭 튕겼다. 의심하는 표정도, 울적한 표정도, 화난 표정도 아니었다. 그는 말 한마디 없이 아들 곁에 앉았다. 뒤이어 아들의 목덜미에 손을 얹고 부드럽게 감싸 쥐었고, 그 손짓에 놀란 주니어는 머릿속이 하얘졌다.

"너도 들었냐?"

"조금. 근데 무슨 소린지 잘 모르겠어."

"다들 마찬가지야. 진상을 파악할 때까지 고생 좀 해야 할 거다. 그래서 말인데, 너한테 부탁할 게 있다."

"뭔데?" 주니어의 손이 총 손잡이를 그러쥐었다.

"네가 좀 거들어 주지 않으련? 네 친구들하고 같이. 프랭크, 카터, 셜스네 아들 멜빈도."

주니어는 잠자코 기다렸다. '이건 또 웬 개소리야?'

"피터 랜돌프가 임시 서장이 됐어. 경찰력을 보충하려면 사람이 좀 필요할 거야. 착실한 사람으로. 너 이 난장판이 끝날 때까지 경관 임무를 맡을 생각 있나?"

주니어는 미친 듯이 웃고 싶은 충동이 불쑥 치밀어 올랐다. 아니면 승리의 함성이라도 지르고 싶었다. 아니면 둘 다 하든가. 빅짐의 손은 여전히 아들의 목을 떠나지 않았다. 움켜쥐지는 않았다. 꼬집지도 않았다. 그 손짓은 거의…… 쓰다듬는 듯했다.

주니어는 주머니 속의 권총에서 손을 뗐다. 아직도 운이 따른다는 생각이 들었다. 운 중에서도 최고의 행운이.

이날 주니어는 소꿉친구였던 여자아이 둘을 죽였다.

그런데 날이 밝으면 마을 경찰이 될 판이었다.

"당연하지. 아빠가 원한다면 우리가 도울게."

주니어는 이렇게 말하고 나서 4년 만에 처음으로(어쩌면 더 오랜만이었을지도) 아버지의 볼에 입을 맞추었다.

간절한 기도

1

바비와 줄리아 셤웨이가 나눈 대화는 그리 길지 않았다. 피차할 말이 별로 없었다. 바비가 보기에 도로 위에 움직이는 것이라고는 그들이 탄 차뿐이었지만, 일단 마을을 벗어나고 보니 농가의창문에서는 대개 불빛이 흘러나왔다. 이곳 사람들은 처리해야 할잡일이 끊이지 않는 데다 서부 메인 전력회사를 완전히 믿지 않았기에 거의 모든 집이 발전기를 갖추고 있었다. WCIK 라디오 송신탑 앞을 지나갈 때 보니 탑 꼭대기의 붉은 등 두 개가 여느 때처럼 깜박이는 중이었다. 조그마한 스튜디오 건물 앞의 전기 십자가에도 불이 들어와 있었다. 암흑 속에서 하얗게 빛나는 등대 같았다. 그 위의 하늘에는 평소와 마찬가지로 별들이 몹시도 호화

롭게 펼쳐져 있었다. 그 반짝이는 강은 발전기가 없어도 끝없이 흘러갔다.

"가끔 이 길로 낚시하러 다녔는데. 참 조용한 길이더군요."

"뭐 좀 잡으셨어요?"

"꽤 낚긴 했는데, 이따금씩 바람에서 냄새가 났어요. 꼭 신들이 벗어놓은 더러운 속옷에서나 날 법한 냄새가요. 무슨 비료 같던데. 그런 데서 잡은 물고기라 도저히 먹을 엄두가 안 나더군요."

"비료가 아니에요, 젠장. 여기 사람들은 그걸 독불장군 냄새라고도 불러요."

"예? 뭐라고요?"

줄리아는 하늘의 별을 가린 시커먼 뾰족탑을 가리켰다.

"저거 말이에요, 구주 그리스도 교회. 방금 봤던 WCIK 라디오 방송국이 저 교회 거예요. '예수쟁이 라디오'로 부르는 사람들도 있죠, 아마?"

바비는 난들 아느냐는 듯이 어깨를 으쓱했다.

"뾰족탑은 본 적이 있는 것 같군요. 그 방송국도 알고요. 이 근처에 살면서 라디오가 있는 사람이라면 놓칠 리가 없겠죠. 개신교 근본주의자 소굴인가요?"

"저기 사람들에 비하면 보수파 침례교 신자들도 나긋나긋해 보일걸요. 전 회중 교회에 다녀요. 저 교회 레스터 코긴스 목사는 도저히 못 봐주겠더라고요. '당신은 지옥행 우리는 천국행, 으하하.' 치가 떨려서 진짜. 하긴, 사람마다 취향도 가지가지니까요. 그래도 저 교회가 무슨 수로 출력 5만 와트짜리 라디오 방송국을 굴리는지 가끔 궁금하긴 했지만."

"사랑의 헌금이라도 건 거 아닐까요?"

줄리아는 코웃음을 쳤다.

"짐 레니한테 물어보면 알지도 모르죠. 저 교회 집사니까."

줄리아가 모는 차는 날렵한 프리우스 하이브리드였다. 바비는 열렬한 공화당 계열 신문사의 소유주가 그런 차를 몰 거라고는 생각지도 못했다(제일 회중 교회의 신도한테는 어울리는 차였지만.). 그래도 차는 소리 없이 잘 나갔고 라디오도 나왔다. 단 한 가지 문제는, 마을 서쪽으로 넘어온 다음부터 WCIK 방송국의 주파수가 너무나 강력해진 나머지 다른 에프엠 방송을 모조리 차단해 버린 것이었다. 게다가 이날 밤에는 아코디언으로 연주하는 찬송가가 흘러나왔는데 듣고 있으려니 머리가 지끈거릴 지경이었다. 숫제 가래톳 페스트에 걸려 죽어가는 오케스트라의 연주로 폴카를 듣는 듯했다.

"정 듣기 힘들면 에이엠으로 바꾸지 그러세요?"

바비는 줄리아의 말을 따랐다. 심야 토크쇼만 줄줄이 잡히다가 에이엠 대역 끄트머리에 가서야 스포츠 전문 방송이 나왔다. 보스턴의 펜웨이파크 구장에서 보스턴 레드삭스와 시애틀 마리너스가 플레이오프 경기를 시작하기 전, 이날 있었던 사고에 대해 다 함께 추모의 시간을 가졌다는 소식이 흘러나왔다. 아나운서는 그 사고를 '메인 주 서부에서 일어난 대사건'으로 불렀다.

"흥, 대사건? 스포츠 방송에서는 그런 식으로 부르나 보네. 차라리 꺼 버리는 게 낫겠어요, 바비 씨."

교회를 지나 2킬로미터쯤 갔을 무렵, 숲 사이로 어슴푸레한 빛이 보이기 시작했다. 차가 커브를 돌자 영화 촬영용 조명등만 한 불빛들이 나타났다. 조명 두 개는 그들 쪽으로 맞추어져 있었고 두 개는 똑바로 하늘을 비추고 있었다. 도로에 팬 자국들이 일제히 시커멓게 도드라졌다. 박달나무 줄기들은 호리호리한 유령처럼 보였다. 바비는 1940년대 후반의 필름누아르 영화 속으로 차를 몰고 들어간 느낌이었다.

"멈추세요, 정지. 운전은 여기까지예요. 그냥 보면 저 앞에 아무것도 없는 것 같지만, 제 말 믿으세요. 실은 있어요. 가까이 가면 이 차의 전자장치가 날아가 버릴 겁니다. 사실 그것만 날아가면 다행이죠."

줄리아가 차를 세우고 나서 둘은 바깥으로 나왔다. 그들은 한동안 차 앞에 우두커니 서서 눈을 가늘게 뜨고 환한 빛 속을 바라다보았다. 줄리아는 한 손을 이마에 대고 눈부신 빛을 가렸다.

조명등 너머에, 갈색 천으로 짐칸을 덮은 군용 트럭 두 대가 앞 범퍼를 마주한 채 세워져 있었다. 도로에는 차단용 장애물이 가득했다. 장애물의 다리를 단단히 고정한 모래주머니가 눈에 띄었다. 어둠 속에서 쉬지 않고 돌아가는 모터 소리가 들렸다. 발전기는 한 개가 아니라 여러 개였다. 바비는 조명등의 다리에서 구불구불 뻗어 나와 숲 속으로 이어진 전선을 발견했다. 나뭇잎 사이로 또 다른 빛이 새어 나오는 곳이었다.

"불빛으로 경계를 밝히는 겁니다."

손가락을 공중으로 뻗어 빙빙 돌리는 바비의 모습은 마치 홈런을 선언하는 야구 심판 같았다.

"온 마을을 둘러싸고 환히 비추는 거죠. 안쪽과 위쪽, 둘 다."

"위는 왜 비추는 건데요?"

"비행기가 접근 못하게 하려고요. 이쪽으로 오는 비행기가 있을지는 모르겠지만, 아마 군대에서는 오늘밤을 고비로 생각할 겁니다. 내일쯤이면 체스터스밀 상공은 스크루지 영감의 지갑만큼이나 단단히 봉쇄될 테니까요."

무장한 군인 대여섯 명이 이쪽으로 등을 돌린 채 열중쉬어 자세로 서 있었다. 그들이 있는 곳은 조명등 불빛이 닿지 않아 캄캄했지만 반사된 빛 덕분에 형체는 알아볼 수 있었다. 하이브리드 차라서 조용하다고는 해도 프리우스가 다가오는 소리는 틀림없이 들렸을 텐데도, 군인들은 이쪽을 돌아보는 낌새조차 없었다.

줄리아가 소리쳤다. "안녕하세요, 군인 아저씨들!"

아무도 돌아서지 않았다. 바비는 아예 돌아설 거라고 기대도 하지 않았다. 여기까지 오는 길에 줄리아한테서 콕스 이야기를 전해 들었기 때문이었다. 그래도 시도는 해 봐야 했다. 게다가 바비는 군대 계급장을 식별할 줄 알았기에 '어떻게' 시도해야 할지도 알았다. 콕스 대령이 관련되었으니 육군에서 벌이는 쇼인 듯싶었지만, 저 앞에 서 있는 군인들은 육군 소속이 아니었다.

"어이, 해병!" 바비가 소리쳤다.

아무 반응도 없었다. 바비는 군인들 쪽으로 다가섰다. 도로 위 허공에 걸린 거무스름한 가로 선이 눈에 띄었지만, 당분간은 무시하기로 했다. 바비는 장벽을 지키고 서 있는 군인들에게 더 관심이 있었다. 또는 그 '돔'이라는 것에. 줄리아 말에 따르면 콕스 대령은 그것을 '돔'으로 불렀다.

"해병대 특수수색대 친구들을 국내에서 보게 되다니, 놀랄 일이군. 아프가니스탄 두더지 잡기는 다 끝났나?"

바비는 이렇게 운을 떼며 다가갔다. 대답이 없었다. 그래서 더 가까이 걸어갔다. 신발이 모래를 지르밟는 소리가 몹시도 크게 들렸다.

"특수수색대엔 겁쟁이들이 말도 못하게 버글거린다던데? 아니, 소문이 그렇다는 말이야. 실은 자네들을 보고 좀 안심했어. 진짜로 심각한 상황이라면 육군 레인저 부대가 출동했을 거 아닌가."

"까고 있네."

군인들 중 한 명이 중얼거렸다. 대수롭잖은 반응이었지만 바비는 용기를 얻었다.

"부대, 쉬어. 이쪽으로 돌아서서 얘기나 하자."

역시 반응이 없었다. 그리고 바비는 장벽(또는 '돔')에 그 이상 다가가고 싶지 않았다. 살갗에 소름이 으스스 돋거나 목덜미의 잔털이 비쭉 서는 느낌은 없었지만, 거기에는 분명히 무언가 있었다. 바비는 그것을 느꼈다.

또한 눈에 보이는 것도 있었다. 하늘에 걸린 가로 선이었다. 환한 낮에 보면 무슨 색으로 보일지 알 수 없었지만, 바비 생각에는 빨간색일 듯싶었다. 위험을 뜻하는 빨강. 바비는 스프레이 페인트로 칠한 그 선이 장벽 전체에 쳐져 있다는 데에 통장 잔고를(지금은 달랑 5000달러가 조금 넘는 전 재산을) 몽땅 걸 수도 있었다.

'셔츠 소맷부리의 실선처럼 빙 둘러싸고 있겠지.' 바비는 속으로 생각했다.

주먹을 불끈 쥐고 붉은 선 이쪽을 두들기자 유리를 치는 듯한 그 소리가 또다시 들려왔다. 해병 한 명이 놀라서 흠칫 움직였다.

"별로 좋은 생각이 아닌 것 같은데……"

줄리아가 끼어들었지만 바비는 무시했다. 슬슬 화가 치밀었다. 이날 내내 분통을 터뜨릴 때만 기다려 온 바비 앞에 드디어 기회가 놓여 있었다. 일개 말단 병사인 이들에게 성화를 부려 봐야 아무 소용도 없었지만, 솟구치는 화를 억누르기가 힘들었다.

"어이, 해병! 아군끼리 돕고 살자고!"

"그만해, 이 양반아."

군인들 중 한 명이 뒤로 돌아서지도 않고 밀했지만, 바비는 눈치챘다. 그 사람이 바로 이 단출한 부대의 지휘관이었다. 귀에 익은 말투, 바비 자신도 쓰던 말투였다. 그것도 꽤 여러 번.

"우린 그냥 명령을 따를 뿐이야. 그러니 댁이 우릴 좀 도와줘. 다른 때 다른 곳에서 만났으면 맥주를 사 주든가 한 방 갈겨 주든가 했겠지. 하지만 오늘 밤 여기선 안 돼. 알아들어?"

"그래. 하지만 우리가 같은 편이란 걸 생각하면 너희 태도가 딱히 맘에 들진 않아."

바비는 줄리아를 돌아보며 물었다. "휴대전화 갖고 있죠?"

줄리아가 전화를 꺼냈다. "하나 사세요. 유행이잖아요."

"나도 있어요. 양판점에서 떨이로 파는 걸 샀는데, 거의 쓸 일이 없어서. 마을을 떠날 때 서랍에 놔두고 왔어요. 오늘밤에도 딱히 챙겨 올 이유가 없어서 그만."

줄리아는 자기 전화를 바비에게 건넸다.

"죄송하지만 번호는 직접 누르세요. 전 할 일이 좀 있어서."

줄리아는 눈부신 조명 뒤편의 군인들한테까지 들리도록 목소리를 높였다. "어쨌거나 전 마을 신문 편집장이니까 사진을 좀 찍어야겠어요." 목소리가 한층 더 커졌다. "마을이 위험에 빠졌는데 군인들이 등을 돌리고 서 있다니, 이런 건 안 찍을 수가 없죠."

"편집장님, 그러지 않으셨으면 좋겠습니다."

지휘관의 목소리였다. 그는 등이 떡 벌어진 거구였다.

"그럼 한번 말려 보시든가요." 줄리아가 도발하듯 말했다.

"그럴 수 없다는 걸 아실 텐데요. 저흰 등을 돌리고 서 있으라고 명령받았습니다."

"해병 아저씨, 그딴 명령일랑 고이 말아서 꽁꽁 묶은 다음에 구린내 풀풀 풍기는 구멍에다 꽂아 두세요."

휘황찬란한 빛 속에서, 바비는 놀라운 광경을 목격했다. 입을 한일자로 굳게 다문 줄리아의 눈에서 눈물이 흘러내리고 있었다.

바비가 해괴한 지역번호로 시작하는 전화번호를 누르는 동안 줄리아는 사진을 찍기 시작했다. 카메라에 붙은 플래시의 빛은 발전기로 돌아가는 조명등보다 그리 밝지 않았지만, 바비는 플래시가 터질 때마다 흠칫거리는 군인들의 모습을 똑똑히 보았다. 바비는 속으로 생각했다. '망할 놈의 계급장이 안 보이길 바라는 거겠지.'

2

미 육군 대령 제임스 O. 콕스는 10시 30분 정각에 전화기를 붙든 채 대기하고 있겠노라고 했다. 바비와 줄리아 셤웨이는 조금 늦게 도착했고 바비가 전화를 건 시각은 11시 20분이 다 된 때였지만, 콕스는 분명히 그때까지도 전화를 붙들고 있었던 모양이었다. 왜냐하면 통화 대기음이 채 절반도 울리기 전에 바비 옛 상관의 목소리가 들렸기 때문이었다.

"예, 켄입니다."

바비는 분이 덜 풀린 상태였지만 저도 모르게 웃고 말았다.

"안녕하십니까, 대령님. 지금도 동네의 맛있는 똥이란 똥은 다 주워 먹고 다니는 똥개 바비입니다."

콕스도 그 말을 듣고 껄껄 웃었다. 시작부터 잘 풀릴 거라고 확신하는 웃음이었다.

"잘 있었나, 바버라 대위?"

"잘 있습니다, 대령님. 부탁입니다만 이젠 데일 바버라로 불러 주시면 감사하겠습니다. 요즘 제가 지휘하는 거라곤 시골 간이식당의 불판하고 튀김 냄비뿐인 데다, 지금은 한가하게 잡담이나 나눌 기분이 아닙니다. 대령님, 전 솔직히 어안이 벙벙합니다. 게다가 덜 떨어진 해병대 놈들이 우르르 몰려와서는 돌아서서 얼굴도 안 보여 주려고 합니다. 그놈들 등짝만 보고 있으려니 기분이 꽤 더럽습니다."

"알았네. 그러니 자네도 이쪽 사정을 좀 알아주게. 우리한테 뭐든 도울 방법이 있거나 거기 상황을 종결시킬 방법이 있기만 하다면, 자넨 그 친구들 궁둥짝 대신 얼굴을 마주보고 있을 걸세. 내 말 믿어 주겠나?"

"듣고 있습니다, 대령님." 그리 정확한 대답은 아니었다.

줄리아는 계속 사진을 찍는 중이었다. 바비는 길가로 물러섰다. 새로 옮겨 간 자리에서는 트럭 너머에 쳐 놓은 야영용 텐트가 보였다. 또한 야외 식당으로 보이는 조그마한 텐트도, 트럭이 꽉 들어선 주차 구역도 보였다. 해병대가 막사를 세우는 중이었다. 119번 국도와 117번 국도가 마을을 빠져나가는 곳에는 병력이 더 많이 머물 터였다. 바비는 가슴이 철렁 내려앉았다.

"기자 아가씨도 거기 있나?"

"있습니다. 지금 사진 찍는 중입니다. 대령님, 지금부터 비밀은 없습니다. 저한테 하시는 말씀은 전부 다 섬웨이 씨한테 전할 겁니다. 전 이제 이쪽 편이니까요."

줄리아는 하던 일을 멈추고 잠시 짬을 내어 바비에게 생긋 웃어 주었다.

"알았네, 대위."

"대령님, 절 그렇게 부르셔도 별 도움은 안 될 겁니다."

"그래, 바비라고 함세. 그러는 게 낫겠지?"

"예, 대령님."

"기자 아가씨 말인데, 어디까지 보도할지에 대해서는…… 적절히 골라서 쓸 만큼 눈치가 있길 바랄 뿐이네. 자네가 있는 그 조그만 마을의 안녕을 위해."

"제 생각에 눈치는 충분히 있는 것 같습니다."

"기자 아가씨가 만에 하나라도 사진을 바깥에 있는 누구한테, 예를 들면 시사 잡지나 《뉴욕타임스》 같은 곳에 보냈다가는, 마을의 인터넷도 유선전화와 같은 꼴이 될 거야."

"대령님, 그건 너무 지저분하지 않습니까?"

"상부에서 내린 결정이야. 난 그저 전할 뿐일세."

바비는 한숨을 쉬었다.

"아가씨한테 일러두겠습니다."

"뭐를요?" 줄리아가 물었다.

"방금 찍은 사진을 전송하려고 했다가는 마을의 인터넷 접속을 끊어 버리겠대요."

줄리아는 예쁘게 생긴 공화당 지지자한테 좀처럼 어울리지 않는 손짓을 해 보였다. 바비는 다시 전화로 주의를 돌렸다.

"어디까지 얘기해 주실 수 있습니까?"

"내가 아는 건 전부 다."

"고맙습니다, 대령님."

그러나 바비는 콕스 대령이 과연 전부 다 털어놓을지 어떨지 미심쩍었다. 육군 장교가 아는 대로 전부 털어놓는 일은 결코 없었다. 안다고 생각하는 것조차도 마찬가지였다.

"이쪽에선 그걸 '돔'이라고 부른다네. 하지만 진짜 돔은 아니야, 적어도 우리 생각에는 그래. 우린 그것이 정확히 마을 경계선을 따라 가장자리가 형성된 캡슐 같은 거라고 생각하네. 정말일세."

"높이가 얼마나 되는지 아십니까?"

"최고점은 약 1만 4000미터로 나왔는데, 계속 변하는 중이야. 꼭대기가 평평한지 둥그런지는 잘 몰라. 적어도 아직은."

바비는 아무 말도 하지 않았다. 어안이 벙벙했다.

"깊이가 얼마나 되는지는…… 그건 아무도 모를 일이지. 당장은 30미터가 넘는다는 말밖에 못하겠네. 그나마도 지금 체스터스밀과 북쪽의 행정 미편입 지대 사이에서 굴착 작업을 하다가 밝혀낸 거야."

"TR-90 말씀이시군요." 바비 자신이 듣기에도 흐릿하고 맥 빠진 목소리가 나왔다.

"이름이야 뭐든 간에. 굴착 작업은 이미 10미터쯤 패어 있던 자갈 구덩이에서 시작했네. 땅속을 찍은 분광 사진을 봤는데, 이건 아예 머릿속이 하얘질 지경이야. 기다란 변성암 지층이 둘로 쪼개졌더군. 갈라진 틈은 안 보이는데 북쪽 지층이 살짝 침강했어. 포틀랜드 기상대의 지진 예보를 확인해 봤더니 답이 나오더군. 오전 11시 44분에 진동이 있었네. 리히터 지진계로 2.1 규모야. 그러니 발생 시각도 그때겠지."

"대단하십니다."

바비는 스스로 비꼬는 말을 했다고 생각했지만 거기에 확신을 갖기에는 너무나 놀랍고도 어리둥절했다.

"확인된 건 아무것도 없네만, 그래도 납득할 만한 정보들이야. 물론 이제 막 조사를 시작하긴 했는데…… 현재로서는 '그것'이 위쪽뿐 아니라 아래쪽으로도 뻗어 나간다는군. 만일 10킬로미터만 더 솟아오르면……."

"어떻게 아십니까? 레이더에 잡혔나요?"

"아니. 그 물건은 레이더에 안 잡혀. 직접 부딪치든가 아니면 멈추지 못할 만큼 가까이 가지 않는 한 그것의 존재를 확인할 방법은 없네. 발생 당시의 인명 피해는 놀랄 만큼 적지만, 가장자리를 따라 죽은 새들이 한가득 널렸어. 안이고 바깥쪽이고 전부 다."

"압니다, 저도 봤습니다. 높이는 어떻게 아셨습니까? 레이저로 관측하신 겁니까?"

줄리아는 사진 촬영을 다 끝내고 이제 바비 옆에 서서 그의 말을 엿듣는 중이었다.

"아니, 레이저는 그냥 관통해 버려. 미사일에 공갈 탄두를 달아서 발사했네. 오늘 오후 4시부터 뱅고어 공군기지에서 F15A를 띄웠어. 자네가 그 소리를 못 알아챘다니, 놀랄 일이군."

"들었을지도 모릅니다. 하지만 다른 일에 정신이 팔려 있었습니다."

예를 들면 그 경비행기라든가. 또 그 펄프 트럭도. 117번 국도에 널브러진 시체들. 그들 모두 '놀랄 만큼 적은 인명 피해'의 일부였다.

"미사일이 계속 튕겨 나오더군…… 그러다가 1만 4000미터에서 슥, 지나가더니 그대로 날아가 버렸어. 이건 우리 사이니까 하는 얘기네만, 난 전투기 조종사가 한 명도 안 죽었다는 게 오히려 놀랍네."

"그 위로 직접 지나간 비행기가 있습니까?"

"지나간 지 채 두 시간도 안 됐네. 작전 성공이야."

"대령님, 도대체 누구 짓입니까?"

"우리도 몰라."

"아군 짓입니까? 무슨 실험 장치가 고장 난 겁니까? 아니면, 아니길 바라지만…… 일종의 무기 실험 같은 겁니까? 대령님은 사실대로 말할 의무가 있습니다. 이곳 주민들한테 진실을 얘기하셔야 합니다. 이 사람들 모두 겁에 질려 있습니다."

"나도 이해하네. 하지만 아군이 한 짓은 아니야."

"했는지 안 했는지 알 방법이 있기는 한 겁니까?"

콕스는 망설였다. 다시 말을 꺼냈을 때, 그의 목소리는 한층 더 나지막했다.

"우리 부서에 쓸 만한 소식통이 여럿 있네. 국가안보국에서 방귀만 뀌어도 다 알아. 중앙정보국의 9번 조직도 마찬가지고, 자네가 들은 적도 없는 몇몇 작전도 우린 다 꿰고 있어."

콕스 대령의 말이 사실일 수도 있었다. 또한 사실이 아닐 수도 있었다. 결국 콕스는 타고난 군인에 지나지 않았다. 만약 이 추운 가을밤에 현장에 나가 경계 근무를 서라고 하면, 콕스는 저 덜 떨어진 해병들과 나란히 서서 등을 돌리고 있을 사람이었다. 즐거운 기분은 아닐 테지만 그래도 그에게 명령은 어디까지나 명령이었다.

"일종의 자연 현상일 가능성은 없습니까?"

"인위적으로 그어 놓은 마을 경계선 전체와 정확히 일치하는데도 말인가? 구석구석 빈틈 하나 안 남겼는데도? 자네 생각은 어떤가?"

"제가 여쭤보고 싶습니다. 그걸 뚫을 수는 있습니까? 혹시 아시나요?"

"물은 통과한다더군. 어차피 병아리 눈물만큼이긴 하지만."

"어떻게 그럴 수가 있습니까?"

바비는 물이 장벽을 통과하는 기묘한 현상을 직접 봤으면서도 그렇게 물었다. 그와 젠드런 둘 다 목격한 현상이었다.

"그야 모르지, 우리가 무슨 수로 알겠나?" 목소리로 보아 콕스는 부아가 치민 듯했다. "조사에 착수한 지 열두 시간도 안 됐어. 이쪽 사람들은 높이가 얼마인지 밝혀낸 것만도 장하다고 자화자찬이야. 나중에 밝혀질지도 모르지만, 어쨌거나 당장은 우리도 알 길이 없네."

"그럼 공기는요?"

"공기 투과율은 꽤 높아. 마을 경계 바깥에 관측소를 설치했는데, 거기가 어디냐면…… 그……." 희미하게, 종이 넘기는 소리가 들려왔다. "할로. 할로에 설치한 관측소에서 그쪽 용어로 '입김 실험'이란 걸 했다더군. 아무래도 내뿜은 기압에서 반사된 기압을 측정하는 실험이 아닌가 싶은데, 어쨌거나 공기는 물보다 훨씬 자유롭게 드나든다고 해. 하지만 과학자들 말로는 완전히 순환하는 게 아니래. 그 말은 곧 그쪽 날씨가 아주 개판이 된다는 뜻이야, 이 친구야. 게다가 얼마나 심각할지, 얼마나 나빠질지 아무도 몰라. 젠장, 이러다 체스터스밀이 캘리포니아 주 팜스프링스로 변신하는 거 아니야?"

콕스 대령이 웃었다. 맥 빠진 웃음이었다.

"미립자는요?"

바비는 왠지 답을 알 것 같은 느낌이 들었다.

"전혀. 미립자는 통과 못하네. 적어도 우리가 보기에는 그래. 양방향 모두 똑같다는 걸 명심하는 게 좋을 걸세. 미립자가 마을로 못 들어간다면, 나오지도 못해. 그러니 자동차 배기가스에 신경을 쓰는 게 좋을 거야."

"어차피 멀리 돌아다닐 사람도 없습니다. 체스터스밀의 가로폭은 7킬로미터도 안 됩니다. 대각선으로 잰다고 해도 길어 봐야……." 바비는 줄리아를 돌아보았다.

"10킬로미터 조금 넘을 거예요, 길어 봐야."

줄리아의 대답을 들었는지 콕스가 말을 이었다. "석유 난방에서 나오는 오염 물질은 크게 걱정 안 해도 될 걸세. 물론 그 마을이야 집집마다 고급 기름보일러를 갖추고 있겠지. 요즘 사우디아

라비아에선 '사랑해요 뉴잉글랜드'라고 적힌 스티커를 차에 붙이고 다닐 정도니까. 하지만 신식 기름보일러를 계속 돌리려면 전기가 필요해. 아직 난방철이 시작 안 됐으니 그쪽 석유 비축량이야 넉넉할 테지만, 전기가 부족하니 큰 도움은 못 될 걸세. 길게 보면 잘된 일인지도 몰라. 공기 오염을 생각하면."

"그렇게 생각하십니까? 영하 30도까지 내려간 날 이 마을에 한번 와 보시죠. 바람이 아주 그냥……." 바비는 문득 입을 다물었다. "그런데 바람이 불기는 할까요?"

"우리도 몰라. 내일 다시 물어보면 적어도 이론적인 설명은 가능할 걸세."

"나무를 때면 돼요. 그렇게 얘기해 주세요."

"셤웨이 씨 말씀이, 나무를 때면 된답니다."

"그건 조심하는 게 좋을 걸세, 바버라 대위…… 아니, 바비. 그 동네야 당연히 나무가 썩어날 만큼 많겠지, 나무에 불을 지펴서 계속 때는 데 전기가 필요한 것도 아니고 말이야. 하지만 나무를 태우면 재가 나와. 이런 젠장, 발암물질이 나온다고."

"난방철은 보통 언제쯤……." 바비는 줄리아를 돌아보았다.

"11월 15일요. 대략 그쯤 시작해요."

"셤웨이 씨 말로는 11월 중순이랍니다. 그러니 그때까진 해결하겠다고 말씀해 주십시오."

"내가 해 줄 말이라고는 그저 죽어라 애쓰겠다는 말뿐이네. 지금 이 통화도 그 노력의 일부야. 이때껏 끌어 모은 천재 과학자들이 하나같이 동의하는 게 뭐냐면, 바로 돔이 일종의 역장(力場)이라는 거야."

218

"「스타 트릭」에 나오는 실드 같은 거란 말씀이죠. '전송해 줘, 스누피.' 뭐 이런 식으로."

"자네 방금 뭐라고 했지?"

"아무것도 아닙니다. 계속 얘기하십시오, 대령님."

"과학자들 모두 역장이 저절로 생기는 게 아니라는 데 동의했네. 역장 효과가 발생하는 곳 근처에, 아니면 돔 모양 역장의 구심점에 그 효과를 일으키는 장치가 있다는 뜻이야. 이 친구들 말로는 구심점이 가장 의심스럽다는군. 그중 한 명은 '우산으로 치면 손잡이가 있는 자리'라고 했어."

"마을 내부에서 일으킨 사건 같습니까?"

"그럴 가능성도 있다고 보네. 그런데 마침 그 마을에 훈장을 주렁주렁 단 군인이 한 명 있는데 말이지……."

'퇴역 군인이겠죠.' 바비는 속으로 생각했다. '그 훈장들은 1년 반 전에 멕시코 만 앞바다에 던져 버렸어요.' 그러다 문득, 자신의 복무기간이 방금 막 연장되었을지도 모른다는 생각이 들었다. 그가 원하든 원치 않든 간에. 흔히 하는 말을 빌리면, 대중의 요구에 따라 유임된 셈이었다.

"……이라크에서 복무할 때 그 친구 주특기가 뭐였냐면, 알카에다 폭탄 공장을 찾아내는 거였어. 찾아내서 폭파하는 거였지."

그랬다. 역장을 발생시키는 근원도 기본적으로는 발전기에 지나지 않았다. 바비는 줄리아 셤웨이와 함께 이곳까지 오는 동안 길에서 지나쳤던 수많은 발전기들을, 어둠 속에서 윙윙대며 열과 빛을 공급하던 발전기들을 떠올렸다. 그것들은 프로판가스를 먹어치우며 일했다. 문득 프로판가스와 비축 배터리가 체스터스밀의 새 기준 통화가 되었다는 생각이 들었다. 식량은 그다음이었다. 적어도 한 가지는 분명했다. 사람들은 나무를 땔 것이다. 기온이 내려가고 프로판가스가 바닥나면 무더기로 때려고 할 것이다. 활엽수, 침엽수, 잡목까지. 발암 물질 따위에 신경 쓸 때가 아니었다.

"지금 자네 쪽에서 돌아가는 발전기들하곤 차원이 다를 걸세. 이런 사태를 초래할 만한 물건이라면…… 도대체 어떤 건지 짐작도 못하겠네. 누가 그런 걸 만들 수 있는지조차도."

"하지만 미국 정부는 그걸 탐내지 않습니까." 바비는 전화기를 박살 낼 것처럼 꽉 움켜쥐었다. "실은 그게 무엇보다 최우선이겠죠. 안 그렇습니까, 대령님? 예? 그런 물건이 있으면 세상도 뒤바꿀 수 있으니까요. 이 마을 주민들은 어디까지나 부차적인 요소일 뿐이죠. 솔직히 말하면 군 작전상 불가피한 '부수적 피해'라고 해야겠군요."

"저런, 그렇게 감상적으로 나오면 쓰나. 이 문제에 관한 한 양쪽의 관심사는 정확히 일치하네. 그 마을에 역장을 발생시키는 장치가 있다면, 찾아내게. 자네가 폭탄 공장을 찾아내던 방식으로 찾아내서 폭파해 버려. 그럼 문제는 해결돼."

"그런 게 있다면 말이겠죠."

"맞았어, 그런 게 있다면. 한번 해 볼 텐가?"

"선택의 여지가 있기는 한 겁니까?"

"직업 군인인 내가 보기엔 없는 것 같은데. 우리 같은 사람은 자유의지가 뭔지도 모르잖나."

"켄, 지금 문 잠가 놓고 화재 대피 훈련 시키는 겁니까?"

220

콕스는 그 말에 냉큼 대답하지 못했다. 전파를 타고 흐르는 것은 침묵뿐이었지만(통화를 녹음하는 중인지 희미하게 윙윙대는 소음을 제외하면), 바비는 콕스가 골똘히 생각하는 기척이 거의 귀에 들리는 듯싶었다. 이윽고 콕스가 입을 열었다.

"그건 사실이야. 하지만 지금도 동네의 맛있는 똥은 다 네 차지라며, 이 똥개 같은 놈아."

바비는 껄껄 웃고 말았다. 웃음을 참을 수가 없었다.

3

마을로 돌아오는 길. 구주 그리스도 교회의 시커먼 형상 앞을 지날 무렵, 바비가 줄리아를 돌아보았다. 계기판 불빛에 비친 얼굴이 지친 한편으로 결연해 보였다.

"방금 들은 얘기 중에 어떤 걸 기사로 쓰신대도 말리지 않을 겁니다. 하지만 딱 하나만 비밀로 해 주세요."

"마을에 있을지 없을지 모르는 역장 발생 장치 말이죠?"

줄리아는 한 손으로 운전대를 쥐고 다른 손은 뒤로 뻗어 호러스의 머리를 쓰다듬었다. 거기서 위로와 안도감을 구하는 듯했다.

"예."

"왜냐하면 정말로 그 역장이란 걸…… 그쪽 대령님 말씀으론 '돔'이라는 걸 만드는 장치가 있다면, 그렇다면 누가 그걸 조작하고 있다는 뜻이겠죠. 이 마을의 어떤 사람이."

"콕 집어서 말하진 않았지만, 대령님은 틀림없이 그렇게 생각할 겁니다."

"그 부분은 보류해 둘게요. 사진 이메일도 안 보낼 거예요."

"잘 생각하셨습니다."

"그래도 《데모크라트》에 실을 땐 1면에다 대문짝만 하게 박아 버릴 거예요. 젠장."

줄리아는 쉬지 않고 개를 쓰다듬었다. 바비는 한 손으로 운전 하는 사람을 보면 보통은 불안해졌지만, 이날 밤은 그러지 않았 다. 두 사람이 탄 차가 화냥년길과 119번 국도를 독차지한 덕분이 었다.

"특종 기사보다 공익이 더 중요하단 것쯤은 저도 알아요. 《뉴 욕타임스》하곤 다르다고요."

"정곡을 찌르시는군요."

"게다가 그 발생 장치란 걸 찾으면, 푸드시티에서 장보느라 허 송세월 안 해도 되니까요. 난 거기가 끔찍해요." 줄리아는 문득 놀란 표정을 지으며 물었다. "그런데 내일도 문을 열긴 할까요?"

"그럴걸요. 사람들은 새 방식에 적응하는 데 시간이 걸리는 법 이거든요."

"주말에 장을 봐 둬야 할 것 같은데." 줄리이의 목소리는 생각 에 잠긴 듯했다.

"푸드시티에서 로즈 트위첼을 만나면 안부 좀 전해 주세요. 아 마도 성실한 직원 앤슨 휠러하고 같이 장보러 올 것 같은데."

바비는 앞서 로즈에게 했던 충고를 떠올리고 쿡쿡 웃었다.

"고기, 고기, 그리고 또 고기."

"예?"

"혹시 댁에 발전기가 있으면……."

"물론 있죠, 신문사 2층에 사니까요. 단독주택은 아니지만 꽤 근사한 셋집이에요. 발전기는 세금 공제용으로 설치해 뒀어요."

줄리아는 왠지 자랑스러워하듯이 말했다.

"그럼 고기를 사세요. 먼저 고기하고 통조림, 그다음은 통조림하고 고기예요."

줄리아는 그 말을 가만히 곱씹어 보았다. 이제 마을 중심가가 코앞에 보였다. 여느 때보다 어둡기는 했지만 아직 불빛이 꽤 눈에 띄었다. '얼마나 오래 가려나?' 바비는 궁금했다.

"대령님이 역장 발생 장치 찾는 법을 가르쳐 주던가요?"

"아뇨. 한때는 구린 물건을 찾는 게 제 직업이었으니까요. 그건 대령님도 아는 사실이죠." 바비는 잠시 입을 다물고 있다가 문득 생각났다는 듯이 물었다. "혹시 마을에 가이거 계수기가 있을까요?"

"있어요. 마을 회관 지하에요. 사실 정확히 얘기하면 지하 2층이죠. 거기 방공호가 있거든요."

"설마!"

줄리아는 그 말을 듣고 깔깔 웃었다.

"진짜예요, 명탐정 아저씨. 3년 전에 특집 기사로 쓴 적이 있어요. 사진은 피트 프리먼이 찍었고요. 마을 회관 지하에 으리으리한 회의실하고 작은 주방이 있어요. 그 주방에서 층계참을 하나만 내려가면 방공호가 나와요. 크기도 꽤 넉넉해요. 1950년대에 지은 거죠, 다 같이 지옥에 가려고 핵폭탄 만드는 데 돈을 퍼붓던 시절예요."

"영화가 생각나는군요.「그날이 오면」이었던가요."

"그렇죠, 거기다 팻 프랭크가 쓴 『아아, 바빌론』까지 추가하면 완벽하죠. 들어가 보면 꽤 으스스한 곳이에요. 피트가 찍은 사진을 보니까 점령당하기 직전의 히틀러 벙커가 생각났어요. 선반에는 통조림이 줄줄이 쌓여 있고, 야전침대도 대여섯 개 있어요. 정부에서 지원한 물품도 몇 개 있고요. 가이거 계수기도 포함해서."

"50년 묵은 통조림이라니 맛이 끝내 주겠는데요."

"실은 꽤 자주 새 걸로 바꿔요. 9·11 사건이 터지고 나선 새 발전기도 들여놨고요. 마을 의회 보고서를 보면 4년에 한 번씩 방공호 유지 예산이 나와요. 전에는 300달러였는데, 이제 600으로 늘겠네요. 바비 씨가 가이거 계수기를 챙겨 가면요."

줄리아는 곁눈질로 바비를 힐끗 쳐다보았다.

"당연한 얘기지만, 제임스 레니 부의장은 마을 회관을 자기 사유재산으로 여겨요. 지붕 밑 다락에서 지하 방공호까지 전부 다요. 그러니까 틀림없이 물어볼 거예요, 가이거 계수기가 왜 필요하냐고."

"빅 짐 레니한테 굳이 알릴 필요는 없을 것 같군요."

줄리아는 바비의 결심을 말없이 수긍했다.

"우리 사무실에 가실래요? 저 기사 쓰는 동안 텔레비전으로 대통령 연설이라도 보세요. 제가 장담하는데 글은 날림으로 뚝딱 써 버릴 거예요. 기사는 달랑 한 개, 사진은 마을 사람들만 보는 거니까 대여섯 장, 버피네 만물상 가을 세일 전단지는 생략하죠, 뭐."

바비는 줄리아의 제안을 곱씹어 보았다. 이튿날은 요리 때문이 아니라 이것저것 물어보러 다니느라 바쁠 것이 뻔했다. 예전에 하던 일을 다시 시작하는 셈이었다. 예전 이라크에서 하던 방식대로. 어차피 약국 2층의 셋집으로 돌아간다고 해도 잠이 오기는 할까?

"그렇게 하죠. 이건 괜한 소린지도 모르지만 실은 제가 사무실 심부름은 아주 끝내주게 잘해요. 커피도 잘 타고요."

"좋아요, 오늘부터 출근하세요."

줄리아가 운전대를 놓고 오른손을 들어 올리자 바비가 손바닥을 철썩 맞부딪쳤다.

"하나만 더 물어봐도 돼요? 기사로 안 쓸게요."

"안 될 거 없죠."

"그 에스에프 영화 같은 발생 장치요. 찾을 수 있을 것 같아요?"

《데모크라트》 신문사가 들어서 있는 건물 앞에 줄리아가 차를 대는 동안 바비는 그 질문을 곰곰이 생각해 보았다. 그러다가 한참 만에 입을 열었다.

"아뇨. 그렇게 쉽게 풀릴 것 같진 않아요."

줄리아는 한숨을 내쉬며 고개를 끄덕였다. 그러고 나서 바비의 손을 쥐었다.

"제가 기도하면 도움이 될까요? 찾을 수 있게 해 달라고요. 어때요?"

"뭐, 손해 볼 거야 없겠죠."

4

'돔 데이' 당일 체스터스밀에는 교회가 단 두 곳 있었는데 둘 다 개신교 계열이었다(그러나 지향하는 바는 무척 달랐다.). 영적 위안이 간절할 때면 가톨릭 신도들은 모튼에 있는 서린워터스 성당으로, 마을에 여남은 명뿐인 유대계 주민들은 캐슬록의 유대교 회당으로 향했다. 한때는 유니테리언 교회도 있었지만 1980년대에 이미 무관심 속에 문을 닫고 말았다. 주민들은 너 나 할 것 없이 그 교회가 히피 분위기를 풍긴다고 수군댔다. 이제 그 건물에는 서점이 들어서 있었다.

이날 밤 체스터스밀의 두 목사는 모두 빅 짐 레니가 좋아하는 '무릎 꿇고 기도 올리기'에 열중했다. 그러나 두 사람은 기도의 분위기도, 심리 상태도, 또한 바라는 바도 완전히 딴판이었다.

제일 회중 교회의 설교단에 서서 신도들을 이끄는 파이퍼 리비 목사는 더 이상 하나님의 존재를 믿지 않았지만, 신도들에게는 이를 밝히지 않고 비밀로 간직했다. 한편 구주 그리스도 교회의 레스터 코긴스 목사가 지닌 믿음은 순교자 아니면 광신도에 가까웠다(아마도 그에게는 이 두 단어가 같은 뜻이었으리라.).

후줄근한 주말 작업복 차림의 리비 목사는 거의 아무것도 안 보일 만큼 캄캄한 제단 앞에 무릎을 꿇고 있었다(회중 교회에는 발전기가 없었다.). 마흔다섯 살인 리비 목사는 작업복 차림으로도 예뻐 보일 만큼 아직 미인이었다. 그 뒤에는 목사가 기르는 저먼 셰퍼드 클로버가 반쯤 감긴 눈으로 앞발에 주둥이를 얹은 채 엎드려 있었다.

"이봐요, 거기 안 계신 분."

'거기 안 계신 분'은 최근 들어 리비 목사가 남몰래 하나님을 부를 때 쓰는 이름이었다. 초가을에는 '위대한 불확실성'이라고 불렀다. 여름 한철 동안에는 '전능하신 미확인 존재'였다. 리비 목사는 그 이름이 마음에 들었다. 거기에는 확실히 마음을 울리는 구석이 있었다.

"지금 제 상황이 어떤지 아시죠? 모른다면 말이 안 되죠, 그동안 당신 귀에 못이 박이게 얘기했잖아요. 하지만 오늘밤에 하고 싶은 얘긴 그게 아니에요. 아니라고 하니까 또 안심하셨을 것 같은데."

목사는 한숨을 내쉬었다.

"여긴 지금 엉망진창이에요, 이 양반아. 당신께서 좀 이해해 주셨으면 하는 바람이 있어요. 왜냐면 난 하나도 모르겠거든. 하지만 우리 둘 다 아는 게 있어요. 내일 이 교회에 사람이 꽉 들어찰 거라는 거요. 재난을 맞아 하늘의 도움을 구하려고 말이죠."

교회 안은 고요했고, 교회 바깥도 마찬가지였다. 고전 영화의 주인공이라면 '이거 너무 조용한걸.'이라고 중얼거릴 법했다. 토요일 밤의 체스터스밀이 이토록 조용한 적이 있었던가? 도로에는 차 한 대 없었고, 주말을 맞아 디퍼스에서 공연하는 이름 모를 밴드의 베이스 기타 소리도 들리지 않았다(그 술집에 걸린 광고는 늘 똑같았다. **보스턴에서 막 날아온 인기 밴드!**).

"당신의 뜻을 보여 달라는 부탁은 안 할게요. 왜냐면, 난 이제 당신한테 진짜 뜻이란 게 있는지조차도 못 믿으니까요. 그래도 혹시나 거기 계시면…… 계실 가능성이야 늘 열어 두고 있어요. 그것도 아주 기꺼이. 어쨌거나 진짜로 계신다면 말인데요, 내가 교인들한테 힘이 되는 얘기를 들려줄 수 있게 좀 도와주세요. 천국에 있는 희망 말고 이 지상에 있는 희망 말이에요. 왜냐면……."

말하는 도중에 왈칵 울음이 터져 나왔지만 리비 목사는 놀라지 않았다. 비록 혼자 있을 때만 그러기는 했지만, 요즘 들어 툭하면 눈물보가 터졌기 때문이었다. 뉴잉글랜드 지역 사람들은 대중 앞에서 눈물을 보이는 목사와 정치인을 몹시도 싫어했다.

주인이 고뇌하는 기색을 알아챘는지, 클로버가 뒤에서 끙끙거렸다. 리비 목사는 개를 조용히 시킨 다음 제단 쪽으로 몸을 돌렸다. 목사는 그 제단에 놓인 십자가를 볼 때면 이따금씩 시보레 자동차의 나비넥타이 모양 로고를 응용한 종교적 상징 같다는 생각이 들었다. 시보레 자동차 로고가 만들어진 계기는, 다름이 아니라 100년 전 파리의 어느 호텔에 묵던 남자가 방 벽지에 있는 무늬를 보고 마음에 들어 했기 때문이었다. 그런 상징을 신성한 것으로 여기는 사람이 있다면 필시 미친 사람일 터였다.

그럼에도, 리비 목사는 꾹 참고 견뎠다.

"왜냐면 말이죠, 당신도 아시겠지만요, 우리한텐 이 지상밖에 없어서 그래요. 우리한테 확실한 거라고는 그것뿐이니까요. 난 신도들을 돕고 싶어요. 그건 내 직업이고 내가 지금도 원하는 일이에요. 당신이 거기 계신다고 인정할게요, 당신이 우릴 챙긴다는 것도 인정하고요. 솔직히 말하면 상당히 의심스럽지만요. 그러니까 날 좀 도와주세요. 아멘."

리비 목사는 자리에서 일어섰다. 손전등은 가져오지 않았지만 정강이에 멍이 안 든 채로 교회를 빠져나가는 데에는 아무 문제도 없을 듯싶었다. 리비 목사에게 이 교회는 눈을 감고도 훤히 아는 곳이었다. 또한 사랑하는 곳이기도 했다. 부족한 신앙심도, 그 불경한 생각에 집착하는 마음도 리비 목사의 걸음을 흩트리지는 못했다.

"가자, 클로버. 30분만 있으면 대통령이 연설을 할 거야. 또 한 명의 '거기 안 계신 위대한 분' 말이야. 자동차 라디오로 들으면 돼."

자기 신앙을 의심하느라 괴로워할 일이 없는 클로버는 차분하게 주인의 뒤를 따랐다.

5

한편 화냥년길(구주 그리스도 교회 신도들은 늘 '3번 도로'로 지칭하는 그 길)에 자리 잡은 구주 그리스도 교회에서는 훨씬 박진감 넘치는 장면이, 그것도 환한 전등불 아래서 펼쳐지는 중이었다. 레스터 코긴스 목사가 이끄는 이 숭배의 전당에는 발전기가 비치되어 있었는데 밝은 주황색 몸통에 붙은 배송 꼬리표를 채 떼지도 않은 최신형이었다. 발전기는 교회 뒤편 창고 옆, 똑같이 주황색으로 칠한 전용 보관소에 들어앉아 있었다.

쉰 살인 코긴스 목사는 몸 관리를 어찌나 잘했던지 서른다섯 살도 안 되어 보였다. 이는 타고난 동안인 덕분이기도 했거니와, 자기 몸이라는 성전을 가꾸기 위해 치열하게 노력한 덕분이기도 했다(머리 염색약을 적절히 사용한 덕도 있었다.). 이날 밤 코긴스 목사는 오른쪽 바지통에 **오럴 로버츠 대학교 연합 스포츠팀**이라고 적힌 운동용 반바지만 달랑 걸치고 있었고, 온몸의 근육이 불끈 일어서 있었다.

코긴스 목사는 일주일에 다섯 번 있는 예배 때마다 무아지경에 빠진 텔레비전 전도자처럼 우렁차게 기도를 드렸다. 위대하신 그분의 이름을 부를 때, 목사의 목소리는 와와 페달을 밟을 때 나는 전기 기타 소리 같았다. 하나님이 아니라 *흐아으아나아니이임!*이었던 것이다. 그 구령 같은 함성은 혼자서 기도드릴 때에도 부지불식간에 터져 나오곤 했다. 그러나 심각한 문제에 부닥쳤을 때, 그리하여 낮에는 구름 기둥으로 밤에는 불기둥으로 길을 인도하신 모세와 아브라함의 하나님께 간절히 답을 구하고자 할 때, 목사는 꼭 침입자에게 달려들기 직전의 개처럼 나지막이 으르렁거리며 말꼬리를 끝맺었다. 목사 자신은 미처 깨닫지 못했는데 이는 그의 곁에 들을 사람이 아무도 없었기 때문이었다. 파이퍼 리비 목사는 3년 전 사고로 남편과 두 아들을 잃고 홀몸이 되었다. 반면에 레스터 코긴스 목사는 사춘기 시절 자위행위를 하고 잠들었다가 침실 문간에 막달라 마리아가 서 있는 악몽을 꾼 후로 평생 독신을 지켰다.

값비싼 단풍나무로 지은 이 교회는 뒤편의 발전기만큼이나 새 것이었다. 또한 황량하다 싶을 만큼 밋밋한 건물이기도 했다. 코긴스 목사의 벗은 등 뒤로 기다란 신도석이 세 줄로 놓여 있었고, 그 위에는 서까래를 얹은 천장이 보였다. 목사 바로 앞의 설교단에는 성서를 올려 둔 강대상과 자줏빛 공단 위에 걸린 붉은 삼나무 십자가뿐이었다. 오른편 상단은 성가대석이었는데 그 한 구석에 악기들이 보였다. 이따금씩 코긴스 목사가 직접 연주하는 스트라토캐스터 전기 기타도 함께 있었다.

"하나님, 제 기도를 들으소서."

코긴스 목사는 기도에 몰입했을 때의 으르렁거리는 목소리로 말했다. 한 손에는 굵직한 밧줄을 쥐고 있었는데 밧줄의 매듭 열두 개는 예수를 따른 열두 제자의 상징이었다. 가룟 유다를 상징하는 아홉 번째 매듭은 검은 색으로 칠해져 있었다.

"하나님 제 기도를 들으소서, 십자가에 못 박혔다 부활하신 예수님의 이름으로 기도 드리옵나이다."

코긴스 목사는 밧줄로 자기 등을 채찍질하기 시작했다. 처음에는 왼쪽 어깨 너머로, 그다음은 오른쪽 어깨 너머로, 목사의 팔이 부드럽게 솟아올라 우뚝 멈췄다. 팔과 가슴의 우락부락한 근육에 땀이 송골송골 맺혔다. 이미 흉터투성이인 등판에 매듭진 밧줄이 떨어질 때마다 카펫 먼지 터는 소리가 났다. 전에도 여러 번 했던 짓이지만 이날처럼 세게 채찍질한 적은 한 번도 없었다.

"하나님 제 기도를 들으소오서어! 하나님 제 기도르을 들으소서! 하나님 즈에 기도를 들으소서! 흐아으아나님임 제 기도를 들으소서!"

철썩, 또 철썩, 철썩, 철썩, 철썩. 통증은 불처럼, 쐐기풀처럼 파고들었다. 이 가련한 인간의 크고 작은 신경줄기를 따라 스며들었다. 통증은 끔찍하면서도 끔찍하게 만족스러웠다.

"주여, 이 마을에 죄지은 자들이 있나이다, 제가 그 죄인들 가운데 으뜸이옵나이다. 저는 짐 레니의 말에 귀를 기울이고 그의 거짓말을 믿었나이다. 예, 믿었나이다. 그리하여 죗값이, 오래전에 그러했듯이 지금 눈앞에 닥쳤나이다. 한 사람 몫이 아니라 여러 사람의 몫이옵나이다. 주님께서는 더디게 화내는 분이시나 그 화가 한 번 닥치면 밀밭을 휩쓰는 폭풍처럼 한두 줄기가 아니라 온 줄기를 쓰러뜨리나이다. 제가 바람의 씨앗을 뿌리고 이제 폭풍을 거두게 되었나이다. 저 혼자가 아니라 모두에게 닥쳤나이다."

체스터스밀에는 다른 죄도, 또 죄인도 많았다. 코긴스 목사도 순둥이가 아닌 이상 그쯤은 알고 있었다. 그들은 쌍욕을 지껄였고 춤을 추었고 섹스를 했고, 목사가 너무나 잘 아는 어떤 약을 퍼먹기도 했다. 그들은 의심할 것도 없이 심판받고 채찍질당해야 마땅했지만 이는 어느 마을이나 마찬가지였다. 그런데 오로지 체스터스밀 한 곳만이 하나님의 소름 끼치는 심판 앞에 끌려 나왔던 것이다.

그러나…… 그렇다고는 해도…… 이 괴이한 저주를 불러일으킨 근원이 과연 코긴스 목사의 죄가 아니란 말인가? 아닐지도. 어쩌면. 아닐 가망은 별로 없지만, 그래도.

"주여, 길을 보여 주소서. 저는 갈림길 앞에 놓였나이다. 만약 제가 내일 아침 이 설교단에 서서 그자가 저를 어떤 일에 끌어들였는지, 또 저희가 함께 지은 죄와 저 홀로 지은 죄가 무엇인지 고백하는 것이 당신의 뜻이라면, 따르겠나이다. 허나 그리하면 제 목회 활동이 끝을 고할진대, 이토록 중차대한 시기에 그리하는 것이 당신의 뜻이라고는 믿기가 어렵나이다. 만약 제게 기다리라 하시면…… 앞으로 어찌되는지 보면서 기다리라 하시면…… 어린 양들과 함께 이 수고로운 짐이 벗어지기를 기도하며 기다리라 하시면…… 그것이 당신의 뜻이라면, 그리하겠나이다. 주여, 당신의 뜻대로 이루어지이다. 지금과 같이 영원히 그러하나이다."

코긴스 목사는 채찍질을 멈추고 눈물로 얼룩진 얼굴을 들어 서까래가 얹힌 천장을 올려다보았다(벗은 등줄기를 타고 흘러내리는 핏방울은 따뜻하고 또한 흡족했다. 밧줄의 매듭 몇 개가 벌써 발갛게 물들기 시작했다.).

"주여, 저들에게는 제가 필요하나이다. 이는 당신도 잘 아시나이다, 어느 때보다도 잘 아시나이다. 그러니…… 이 잔을 제 입술에서 거두시는 것이 당신의 뜻이라면…… 부디 제게 계시를 보여 주소서."

코긴스 목사는 기다렸다. 그러다가…… 보라, 주 하나님께서 레스터 코긴스에게 말씀을 하셨다.

"내 너에게 계시를 보여 주마. 네가 어릴 적에 망측한 꿈을 꾸고 나서 그리했듯이, 이제 가서 네 성서를 펼칠지어다."

"지금 가겠나이다. 당장 가겠나이다."

목사가 매듭진 밧줄을 목에 걸자 어깨와 가슴에 말발굽 모양 핏자국이 찍혔다. 설교단으로 올라가는 사이에 오목한 등뼈를 따라 흘러내린 피는 반바지 허리의 고무 밴드를 벌겋게 물들였다.

목사는 마치 설교라도 할 사람처럼 강대상 앞에 서서(비록 아무리 끔찍한 악몽 속에서도 그토록 헐벗은 모습으로 설교한 적은 없었지만), 거기 펼쳐져 있던 성서를 덮고 눈을 감았다.

"주여, 당신의 뜻대로 이루어지이다. 모멸 속에 못 박히셨다가 영광 속에 부활하신 아드님의 이름으로 기도 드리옵나이다."

뒤이어 주님께서 말씀하셨다.

"내 책을 펼쳐라. 그리하여 네 눈에 보이는 대로 보라."

코긴스 목사는 지시받은 대로 했다(그러면서 큼지막한 성서의 중간 부분을 펼치지 않도록 주의했다. 지금 상황이 구약에 나오는 시련과 비슷했기 때문이었다. 이 비슷한 일이 있었다면 말이지만.). 목사는 어딘지 모를 지면을 손가락으로 쿡 짚은 다음, 두 눈을 뜨고 허리를 굽혀 들여다보았다. 손가락이 가리킨 곳은 구약의 신명기 28장 28절이었다. 목사는 그 구절을 읽어 보았다.

"*여호와께서 또 너를 미치는 것과 눈머는 것과 정신을 잃는 것으로 치시리니.*"

정신을 잃는 정도라면 괜찮을 듯도 싶었지만, 그래도 전반적으로 볼 때 고무적인 내용은 아니었다. 그렇다고 명확하지도 않았다. 그때 또다시 주님의 목소리가 들렸다.

"**레스터, 거기서 멈추지 말지어다.**"

코긴스 목사는 29절까지 내처 읽었다.

"*네가 백주에도 앞을 더듬을지니……*"

"그렇습니다, 주님, 그렇고말고요."

목사는 숨을 한 번 고른 다음 계속 읽었다.

"*……눈먼 자가 어두운 데서 더듬는 것과 같을 것이요, 네 길이 형통하지 못하여 항상 압제와 노략을 당할 뿐이리니 너를 구원할 자가 없을 것이다.*"

"저 장님 되는 건가요?" 낮게 으르렁거리던 코긴스 목사의 목소리가 살짝 올라갔다. "아아 하나님, 그것만은 제발…… 그래도 당신의 뜻이 그러하시다면……"

주님께서 또다시 코긴스 목사에게 말씀하셨다.

"**너 아침에 침대에서 일어나다가 굴러 떨어지기라도 했니?**"

234

목사의 두 눈이 휘둥그레졌다. 하나님의 목소리였다. 그러나 내용은 어머니가 입버릇처럼 하시던 말씀이었다. 이것이야말로 진정한 계시였다.

"아니요. 아닌데요, 주님."

"그럼 다시 봐라. 뭐가 보이느냐?"

"미치는 것이라고 적혀 있는데요. 눈머는 것도 나오고요."

"둘 중에 어느 쪽이 더 그럴싸한 것 같으냐?"

코긴스 목사는 방금 읽은 구절을 찬찬히 세어 보았다. 두 번 나온 단어는 '눈멀다'뿐이었다.

"그게······ 주님, 저한테 보여 주실 계시가 그건가요?"

주님께서 대답하셨다.

"바로 그거다. 허나 눈이 머는 것은 네가 아니다. 지금 네 눈은 오히려 더 밝아지지 않았느냐. 미쳐서 눈이 멀게 된 자를 찾아보아라. 그자를 찾거든 신도들에게 고할지어다. 레니가 이제껏 무슨 짓을 해 왔는지, 또 너는 그 짓을 어떻게 도왔는지. 반드시 둘 다 얘기할진저. 그 얘기는 나중에 또 할 것이다, 레스터. 지금은 가서 자라. 바닥에 피가 흘렀다."

코긴스 목사는 주님의 말씀을 따르기 전에 먼저 원목 바닥에 점점이 떨어진 핏방울을 닦았다. 무릎을 꿇고 앉아서 열심히 닦았다. 닦는 동안 기도를 올리는 대신 아까 읽은 성서 구절을 곰곰이 되새겼다. 기분이 훨씬 나아졌다.

체스터스밀과 바깥세상 사이에 쳐진 수수께끼의 장벽을 초래했을지도 모르는 죄가 무엇인지에 대하여, 코긴스 목사는 당분간 두루뭉술하게 얘기할 작정이었다. 그러나 계시를 찾기는 찾아야 했다. 미쳐서 눈이 멀게 된 남자 또는 여자, 바로 그거였다.

6

브렌다 퍼킨스는 남편이 좋아한다는(이제는 좋아'했'다는) 이유로 WCIK 라디오를 들었지만, 정작 구주 그리스도 교회에는 한 발짝도 들여놓지 않으려 했다. 독실한 회중 교회 신도였던 브렌다는 남편을 설득하여 함께 회중 교회에 다녔다.

그 설득도 이제는 옛일이었다. 브렌다의 남편 하위가 회중 교회에 갈 일은 이제 딱 한 번뿐이었다. 그는 파이퍼 리비 목사가 추도문을 읽는 동안 아무것도 모른 채 관에 누워 있을 예정이었다.

문득 떠오른 그 생각이, 너무나 적나라하고 절대적인 그 깨달음이 결정타가 되었다. 브렌다는 남편의 부음을 접하고 나서 처음으로 이성의 끈을 놓고 통곡했다. 어쩌면 이제야 그럴 수 있었기 때문인지도 몰랐다. 이제 브렌다는 혼자였다.

텔레비전에서는 끔찍이도 늙어 보이는 대통령이 결연한 표정으로 연설을 하는 중이었다.

"친애하는 미국 국민 여러분, 여러분께서는 답을 알고 싶어 하실 것입니다. 저는 이 자리에서 맹세합니다, 그 답을 밝혀내는 즉시 여러분께 알려드리겠습니다. 이 사안에 관한 한 그 어떤 것도 숨기지 않겠습니다. 제게 들어오는 모든 보고는 여러분께도 똑같이 전해질 것입니다. 이는 제가 여러분 앞에 엄숙하게 약속하는……."

"그게 사실이면 우리 집 장롱엔 금송아지 목장이 있겠네."

브렌다는 이렇게 중얼거리고 나서 더욱 거세게 흐느꼈다. 하위가 즐겨 쓰던 말이기 때문이었다. 브렌다는 텔레비전을 끄고 리모컨을 바닥에 던져 버렸다. 마음 같아서는 리모컨을 짓밟아 부숴버리고 싶었지만 그러지 않았다. 고개를 저으며 어리석은 짓 말라고 타이르는 남편의 모습이 눈에 선했기 때문이었다.

브렌다는 리모컨을 박살내는 대신 하위의 조그마한 서재로 향했다. 아직 흔적이 생생하게 남아 있는 동안에 남편을 느끼고 싶어서였다. 그래야만 했다. 뒷마당에서 발전기가 그르렁거렸다. '가스 먹는 하마가 아주 신이 났나 본데.' 남편이 있었더라면 그렇게 말할 것만 같았다. 9·11 사태가 있고 나서 남편이 발전기를 주문했을 때('유비무환이라잖아.' 남편은 그렇게 말했다.) 브렌다는 그런데다 돈을 낭비한다며 질색했지만, 이제 그때 퍼부었던 야멸친 말한마디 한마디가 후회스러웠다. 어둠 속에서 남편을 그리워하는 신세는 훨씬 더 사무치고 외로울 듯싶었다.

하위의 책상 위는 화면이 열린 채로 놓인 노트북 컴퓨터 한 대만 빼면 휑했다. 화면 보호기는 오래전 리틀리그 야구 경기에서 찍은 사진이었다. 사진 속의 남편 하위와 그 무렵 열한 살 아니면 열두 살이었을 아들 칩은 둘 다 '천하무적 샌더스 약국'이라고 적힌 초록색 운동복 차림이었다. 하위와 러스티 에버렛이 이끄는 샌더스네 팀이 주 결승전에 나갔던 해에 찍은 사진이었다. 칩은 아버지를 껴안고 있었고 브렌다는 남편과 아들을 두 팔 가득 안고 있었다. 화창한 날이었다. 그러나 덧없었다. 산산조각 난 크리스털잔처럼 덧없었다. 그 잔에 아직은 더 담을 수 있을 거라 생각하는 동안에는 앞일이 어찌될지 아무도 모르는 법이었다.

여태 침에게 아버지의 부음을 전하지 못한 브렌다는 아들에게 전화해야겠다는 생각이 떠오르자(할 수만 있다면 말이지만) 결국 걷잡을 수 없이 무너지고 말았다. 흐느끼며, 브렌다는 남편의 책상 옆에 무릎을 꿇었다. 그러고는 손을 깍지 끼는 대신 두 손바닥을 붙이고 기도를 올렸다. 어릴 적 잠옷 차림으로 침대 곁에 무릎을 꿇고 '하나님 엄마를 축복해 주세요, 아빠도 축복해 주세요, 아직 이름을 안 붙인 우리 금붕어도 잘 부탁드려요'라고 기도를 올릴 때와 똑같았다.

"하나님, 저 브렌다예요. 그이를 돌려주시는 것까진 바라지도 않아요…… 아니, 실은 바라지만, 그러실 수 없다는 거 잘 알아요. 그저 제가 견딜 수 있게 힘을 주세요, 아셨죠? 그리고 혹시라도…… 이게 신성모독인지 아닌지는 잘 모르겠어요. 어쩌면 그럴 수도 있겠지만, 그래도 그이 목소리를 한 번만 더 들을 수 없을까요? 한 번만 만져 보게 해 주셔도 돼요, 오늘 아침에 그랬던 것처럼요."

햇살 속에서 살갗을 어루만지던 남편의 손길이 떠오르자 브렌다의 울음소리는 더욱 처연해졌다.

"영혼 따위 취급 안 하시는 거 알아요. 물론 성령은 예외겠지만요. 하지만, 꿈에서라도 어떻게 안 될까요? 무리한 부탁인 줄은 알지만, 그래도……. 아, 하나님. 오늘밤 제 안에 구멍이 뚫렸어요. 사람한테 이런 구멍이 뚫릴 줄은 꿈에도 몰랐는데, 그 구멍에 빠져 버릴 것만 같아요. 제 부탁을 들어주시면 저도 당신 부탁을 들어 드릴게요. 말씀만 하세요. 제발요, 하나님, 한 번만 만져 보게 해 주세요. 아니면 목소리 한 번만이라도요. 꿈속에서라도 상관없어요."

브렌다는 울음소리와 함께 숨을 깊이 들이마셨다.

"고맙습니다. 당신 뜻대로 이루어질 거예요, 당연하죠. 제가 원하든 원치 않든 간에요."

힘없는 웃음소리가 새어 나왔다.

"아멘."

브렌다는 눈을 뜬 다음 책상을 짚으며 일어섰다. 손이 노트북 컴퓨터를 건드리자 화면이 대번에 환해졌다. 하위는 늘 컴퓨터 끄기를 잊어버렸지만 그래도 전원은 연결해 놓았고, 그 덕분에 배터리가 가득 차 있었다. 또한 바탕화면을 아내보다 훨씬 더 깔끔하게 관리했다. 브렌다의 컴퓨터 바탕화면은 다운로드한 파일과 메모로 가득했다. 하위의 바탕화면에는 언제나 내컴퓨터 아이콘과 그 아래 가지런히 정렬된 폴더 아이콘 세 개뿐이었다. **최근** 폴더는 현재 조사 중인 사건 보고서를 담아 두는 곳이었다. **법원** 폴더는 누가(하위 자신도 포함하여), 어느 법원에서, 왜 증언했는지를 목록으로 만들어 저장하는 곳이었다. **모린 가_서장 관사** 폴더는 집과 관련된 사항을 모조리 담아두는 곳이었다. 브렌다는 셋째 폴더를 열어 보면 발전기에 대해 뭐든 알 수 있으리라는 생각이 떠올랐다. 그래야 발전기가 가능한 한 오랫동안 돌아가게 관리할 수 있을 듯싶었다. 경찰서에 부탁하면 헨리 모리슨이 달려와 프로판가스통을 기꺼이 교체해 줄 테지만, 혹시라도 여분의 가스통이 없다면? 그렇다면 가스가 다 팔리기 전에 버피네 만물상이나 체스터스밀 주유소에 가서 사 두어야만 했다.

마우스로 향하던 브렌다의 손이 우뚝 멈췄다. 화면 왼쪽 아래, 눈에 잘 안 띄는 구석자리에, 넷째 폴더가 숨어 있었다. 전에는 한 번도 본 적이 없는 폴더였다. 브렌다는 남편의 노트북 컴퓨터 화면을 마지막으로 봤을 때 어떠했는지 떠올려 보았지만 기억이 나지 않았다.

폴더 이름은 베이더였다.

하위가 다스 또는 베이더로 부를 만한 인물은 마을에 오직 한 명뿐이었다. 바로 빅 짐 레니였다.

호기심에, 브렌다는 커서를 폴더 위로 옮기고 두 번 클릭했다. 혹시 암호가 걸려 있지는 않을까 궁금했다.

암호가 걸려 있었다. 브렌다는 **최근** 폴더를 열 때 사용하는 암호 **와일드캐츠**를 입력해 보았다(법원 폴더는 암호조차 걸려 있지 않았다.). 암호가 들어맞았다. 폴더 안에는 문서 파일 두 개가 들어 있었다. 한 파일의 제목은 **조사 진행 중**이었다. 나머지 하나는 피디에프 파일이었는데 제목이 **메주검장이 보낸 편지**였다. '메주검장'은 하위가 메인 주 검찰총장을 가리킬 때 쓰는 말이었다. 브렌다는 그 파일을 두 번 클릭했다.

검찰 총장이 보낸 편지를 훑어보는 동안 놀라움은 점점 커져만 갔고, 두 볼에 흐르던 눈물은 어느 새 말라붙어 사라졌다. 맨 먼저 눈에 띈 것은 인사말이었다. 총장의 편지는 '퍼킨스 서장 귀하'가 아니라 '듀크에게'로 시작했다.

편지에는 하위가 즐겨 쓰는 말보다 법률 용어가 훨씬 많았지만, 몇몇 구절은 굵은 활자로 씌어져 있기라도 하듯이 브렌다의 눈에 쏙쏙 들어왔다. 첫째는 **마을의 재화 및 용역을 횡령한 혐의**였다. 그다음은 샌더스 의장도 연루되었음이 거의 확실하며 였다. 그다음은 이러했다. 이들의 부정행위는 우리가 3개월 전에 짐작했던 것보다 훨씬 광범위하고 심각하네.

그리고 편지의 거의 끝에서, 굵은 활자일 뿐 아니라 대문자로 적힌 것 같은 구절이 눈에 들어왔다. **불법 약물 제조 및 판매.**

기도에 대한 응답이 돌아온 것만 같았다. 그것도 전혀 예상치 못했던 방식으로. 브렌다는 허위의 의자에 앉아 베이더 폴더에 들어 있는 **조사 진행 중** 파일을 두 번 클릭했다. 그런 다음 저세상에 있는 남편의 목소리에 귀를 기울였다.

7

긴 위로와 짤막한 정보를 담은 대통령 연설은 밤 12시 21분에 막을 내렸다. 러스티 에버렛은 병원 3층 휴게실에서 그 연설을 시청하고 환자들 차트를 마지막으로 살펴본 다음 집으로 향했다. 의료인으로 일하는 동안 훨씬 힘든 날도 겪어 본 러스티였지만, 오늘처럼 힘이 빠지고 앞날이 걱정스러웠던 적은 이제껏 한 번도 없었다.

집 안은 캄캄했다. 러스티와 아내 린다는 지난해에(또 그 전해에도) 발전기를 마련할까 하고 상의한 적이 있었다. 겨울이 되면 늘 사오일쯤 전기가 끊겼고 여름에도 보통 이삼일 정도는 끊겼기 때문이었다. 서부 메인 전력회사는 업계에서 가장 믿음직한 공급자가 아니었다. 발전기를 살 여유가 없는 것이 문제였다. 린다가 정규직 경찰로 일하면 가능할지도 몰랐지만, 두 딸이 아직 어린 탓에 부부 모두 그러기를 원치 않았다.

'그래도 난로는 멀쩡하고 장작도 산더미 같이 쌓여 있잖아. 쓸 일이 있다면 말이지만.'

조수석 사물함에 손전등이 있기는 했지만, 막상 켜 보니 5초쯤 약하게 빛나다가 툭 꺼지고 말았다. 러스티는 욕을 구시렁거리며 내일 건전지를 잔뜩 사다가 쟁여 놔야겠다고 다짐했다. 그러고 보니 내일이 아니라 이제 오늘이었다. 그것도 가게가 문을 열 때의 이야기였다.

'12년이나 산 집에서 길을 못 찾고 헤매면 사람이 아니라 원숭이겠지.'

음, 글쎄. 이날 밤 러스티는 원숭이가 된 기분이 살짝 들었다. 이제 막 잡혀서 우리에 갇힌 원숭이. 몸 냄새만 놓고 보면 영락없이 원숭이였다. 잠자리에 들기 전에 샤워를 해야…….

아니. 전기가 나갔으니 샤워고 뭐고 없었다.

맑게 갠 밤이었다. 달은 안 보였지만 지붕 위의 하늘에는 여느 때와 똑같이 한가득 별이 떠 있었다. 어쩌면 마을 상공에는 장벽이 안 쳐져 있는지도 몰랐다. 그 점에 대해서는 대통령도 아무 말이 없었으니 아마 조사 책임자들이 아직 모를 수도 있었다. 만약 체스터스밀이 괴상한 종 모양 뚜껑이 아니라 막 지어진 우물 바닥에 갇힌 상황이라면, 아직 희망이 있을지도 몰랐다. 정부에서 물자를 공수해 줄 수도 있었다. 부실기업을 살리는 데 수천억 달러씩 구제 금융을 퍼부을 여유가 있다면 과자 부스러기나 고물 발전기 몇 대를 낙하산에 매달아 던져주는 것쯤은 틀림없이 아무엇도 아닐 듯싶었다.

뒷문 앞 계단을 올라가며 열쇠를 꺼낸 다음 문 앞에 서고 보니, 자물쇠 위에 매달려 있는 것이 눈에 띄었다. 러스티는 허리를 숙이고 가만히 들여다보다가 씩 웃었다. 자그마한 손전등이었다. 버피네 만물상에서 여름 정리 파격 세일을 할 때 린다가 사 놓은 6달러에 다섯 개짜리 손전등이었다. 당시 러스티는 쓸데없는 데 헛돈을 썼다고 생각했고, 심지어 이런 생각을 했던 기억도 떠올랐다. '여자들이 세일에서 물건을 사는 이유는 남자들이 산에 올라가는 이유랑 똑같아. 그게 거기 있으니까.'

손전등 꽁무니에 작은 금속 고리가 튀어나와 있었다. 거기 묶인 것은 러스티의 낡은 테니스화 끈이었다. 그 끈에 쪽지 한 장이 테이프로 붙여져 있었다. 러스티는 쪽지를 떼어 들고 손전등을 비춰 보았다.

어서 와, 자기. 아무 일도 없었어야 할 텐데. 우리 공주님들이 드디어 잠들었어. 둘 다 걱정이 돼서 난리를 피우다가 결국 곯아 떨어졌지. 난 내일 하루 종일 일해야 돼. 진짜 <u>하루 종일</u>이야, 피터 랜돌프가(우리 새 서장님이셔. 우웩.) 아침 7시부터 저녁 7시까지 근무하래. 마르타 에드먼즈가 애들을 맡아 준다니 은인이지 뭐야. 그러니까 나 깨우지 않게 조심해(혹시 깨어 있을지도 모르지만.). 앞으로 힘든 날이 이어지겠지. 하지만 헤쳐 나갈 거야. 다행히 먹을 건 잔뜩 쟁여 놨으니까.

자기, 피곤한 줄 알지만 그래도 오드리 산책 좀 시켜 주면 안 될까? 지금도 이상한 소리를 내면서 낑낑거려. 혹시 이런 사태가 벌어질 줄 알았던 걸까? 개들은 지진도 감지할 수 있다잖아. 그러니까 혹시……?

주디랑 자넬이 아빠 사랑한대. 나도 그렇고.

내일 시간 나면 얘기하자, 알았지? 얘기도 하고 장도 보고.

나 살짝 겁이 나.

린다

겁이 나기는 러스티도 마찬가지였다. 게다가 그 자신은 이튿날 열여섯 시간 아니면 그 이상 일할지도 모르는 판이었으니, 아내가 열두 시간이나 일한다고 해도 화가 나지 않았다. 또한 두 딸을 마르타한테 하루 종일 맡겨 두어야 한다고 해도 화 낼 일이 아니었다. 주디와 자넬도 겁먹기는 마찬가지일 테니.

그러나 새벽 1시가 다 된 지금 집에서 키우는 골든레트리버 오드리를 산책시키라니, 그것만은 화를 안 낼 수가 없었다. 장벽이 출현할 것을 오드리가 미리 알았을 수도 있다는 생각이 들었다. 러스티가 아는 바로는 개들은 지진뿐만 아니라 여러 가지 현상을 미리 감지할 수 있었다. 그러나 만일 곧 나타날 장벽 때문이었다면, 오드리는 끼잉끼잉거리기를 이미 멈췄어야 마땅하지 않은가? 이날 밤 러스티가 집에 돌아오는 길에 본 마을 개들은 다들 죽은 듯이 조용했다. 짖지도, 울지도 않았다. 다른 집 개가 끼잉끼잉거린다는 소문 또한 들은 적이 없었다.

'어쩌면 오븐 옆의 보금자리에서 자고 있을지도 모르잖아.' 러스티는 부엌으로 통하는 뒷문을 열면서 생각했다.

오드리는 자고 있지 않았다. 대번에 주인한테 달려오더니 여느 때처럼 신이 나서('오셨군요! 오셨어요! 야호, 잘 오셨어요!' 하며) 폴짝거리는 대신 빙빙 돌았고, 살금살금 피하는 듯도 싶었다. 꼬리를 뒤꽁무니 아래로 말아 넣은 모습이 꼭 머리를 다독이는 손길 대신 (한 번도 당해 본 적 없는) 발길질 한 방을 기다리는 듯했다. 그리고 지금도, 또다시 낑낑거리고 있었다. 사실 오드리는 장벽이 생겨나기 한참 전에 이미 낑낑거리기 시작했다. 그러다가 한 2주 정도 잠잠해진 것을 보고 이제 끝났구나 했을 때 다시 시작했다. 어떤 때는 나지막이, 어떤 때는 시끄럽게 낑낑거렸다. 이날 밤에는 시끄러웠다. 어쩌면 오븐과 전자레인지의 디지털시계도, 린다가 남편을 위해 켜 놓는 개수대 위의 전등도 빛을 잃은 캄캄한 부엌에서 들었기 때문에 더 시끄러운지도 몰랐다.

"조용히 해, 이 아가씨야. 식구들 다 깨겠다."

그러나 오드리는 입을 다물지 않았다. 대신 주인의 무릎을 머리로 살짝 때리며, 주인의 오른손에서 뻗어 나오는 가느다란 빛속에서 위를 올려다보았다. 러스티가 보기에는 영락없이 애원하는 눈빛이었다.

"그래, 알았다, 알았어. 산책하러 가자."

식료품 수납장 옆의 고리에 개 목줄이 대롱거렸다. 러스티가 그 목줄을 풀려고 손전등에 묶인 신발 끈을 목에 걸고 다가가는 동안, 오드리는 개가 아니라 흡사 고양이처럼 주인 앞으로 스르륵 끼어들었다. 손전등 불빛이 없었더라면 발을 걸어 자빠뜨렸을지도 모를 일이었다. 그랬더라면 이 지긋지긋한 하루에 멋진 종지부를 찍었을 터였다.

"잠깐, 잠깐만. 좀 기다려 봐."

오드리는 주인을 보고 컹컹거리며 뒤로 물러났다.

"쉿! 오드리, 쉿!"

오드리는 조용히 하는 대신 또다시 짖어 댔고, 모두 잠든 집 안에서 개가 짖는 소리는 깜짝 놀랄 만큼 요란했다. 러스티는 흠칫 놀랐다. 냉큼 달려든 오드리가 주인의 바지자락을 물고 늘어지더니, 거실 쪽으로 끌고 가려고 기를 썼다.

호기심이 발동한 러스티는 개가 끌고 가도록 내버려 두었다. 주인이 따라오는 기색을 알아챈 오드리가 바지를 놓고 2층 계단 쪽으로 달려갔다. 개는 두 단을 올라간 다음, 주인을 돌아보고 또 한 번 짖었다.

2층의 부부 침실에 불이 켜졌다.

"러스티?" 피곤에 지친 린다의 목소리가 들렸다.

"어, 나야." 러스티는 할 수 있는 한 나지막이 말했다. "실은 내가 아니라 오드리가 깨운 거야."

러스티는 개를 따라 위층으로 올라갔다. 개는 여느 때처럼 전력으로 질주하는 대신 이따금씩 멈춰 서서 주인을 돌아보았다. 개를 키우는 사람은 종종 자기 개의 감정을 완벽하게 읽을 때가 있는데, 이때 러스티의 눈에 비친 오드리의 감정은 불안감이었다. 귀는 납작하게 접혀 있었고 꼬리는 내내 뒤꽁무니 아래 감추어져 있었다. 이것 또한 낑낑거리기의 일환이라면 이제 새로운 경지에 도달한 셈이었다. 러스티는 문득 집 안에 침입자가 있는지 궁금해졌다. 부엌 뒷문은 잠겨 있었고, 린다는 아이들하고만 있을 때 문단속을 철저히 하는 편이었다. 그렇다고는 해도…….

린다가 북슬북슬한 흰색 목욕 가운의 끈을 여미며 2층 계단 입구로 다가왔다. 오드리가 린다를 보고 또다시 짖기 시작했다. 앞을 가로막지 말라는 신호였다.

"오드리, 조용히 해!"

린다가 명령했지만 오드리는 아랑곳하지 않고 달려갔다. 그러면서 린다의 오른쪽 다리를 어찌나 세게 밀쳤던지 린다가 벽에 등을 부딪치기까지 했다. 개는 2층 복도를 달려 아직 조용한 아이들 방 앞까지 갔다.

린다는 목욕 가운 주머니를 뒤져 조그마한 손전등을 꺼냈다.

"너 도대체 왜 그러는 거니?"

"린다, 당신은 방에 가 있는 게 좋겠어."

"어림없는 소리!"

린다는 러스티보다 앞서서 복도를 달려갔다. 조그만 손전등의 환한 빛이 위아래로 일렁거렸다.

이제 일곱 살과 다섯 살이 된 두 딸은 린다의 말에 따르면 '여자로서 사생활을 챙길 나이'였다. 아이들 방 문 앞에 도착한 오드리가 뒷발을 짚고 일어서더니 앞발로 문을 긁어 대기 시작했다.

린다가 막 방문을 열었을 때 러스티도 그 자리에 도착했다. 열린 문틈으로 냉큼 뛰어든 오드리는 주디의 침대를 거들떠보지도 않았다. 다섯 살배기 주디는 어차피 잠들어 있었다.

자넬은 잠들어 있지 않았다. 그렇다고 깨어 있지도 않았다. 손전등 불빛 두 줄기가 나란히 자넬을 비춘 순간, 러스티는 모든 사정을 단박에 이해하고 눈앞에서 일어나는 일을 일찍 알아차리지 못한 자신을 질책했다. 8월, 어쩌면 7월에 이미 시작되었을 일이었다. 오드리가 끙끙거리기 시작한 것이야말로 명확한 증거였다. 그런데도 러스티는 일이 눈앞에 닥칠 때까지 눈치채지 못했다.

자넬은 눈을 뜨고 있었지만 흰자위밖에 보이지 않았다. 또한 천만다행히도 경련을 일으키지는 않았지만, 온몸을 부들부들 떨고 있었다. 떨림이 시작될 때 그랬는지 이불은 발치까지 젖혀진 채였고, 손전등 불빛에 드러난 잠옷 아랫도리에는 젖은 자국이 보였다. 아이의 열 손가락은 피아노라도 치는 양 오르락내리락했다.

오드리는 침대 곁에 쭈그리고 앉아 넋 나간 눈길로 주인집 꼬마 아가씨를 올려다보았다.

"얘 왜 이래?" 린다가 소리쳤다.

저쪽 침대에서 자던 주디가 움찔거리다가 말했다.

"엄마? 아침 먹을 시간이에요? 유치원 버스 벌써 갔어요?"

"린다, 애가 발작을 일으켰어."

"그럼 어떻게 좀 해봐! 빨리! 이러다 큰일 나는 거 아냐?"

"아니, 괜찮아."

러스티의 머릿속에서 아직 냉정을 잃지 않은 부분은 알고 있었다. 증세를 보면 틀림없이 가벼운 경기를 일으킨 것뿐이었다. 남의 집 일이라면 분명히 침착했을 테고, 어쩌면 일찌감치 알아차렸을지도 몰랐다. 그러나 자기 아이한테 일어난 일이라면 얘기는 달랐다.

잠에서 깬 주디가 침대에서 벌떡 일어나는 바람에 동물 인형이 사방으로 쏟아져 내렸다. 겁에 질린 나머지 눈이 휘둥그레진 주디는 린다가 침대에서 들어올려 꼭 껴안아 주었는데도 그리 안심하는 표정이 아니었다.

"좀 말려 봐! 애 좀 말려 봐, 러스티!"

만약 가벼운 경기라면 저절로 멈추는 법이었다.

'하나님, 부디 저절로 멈추게 해 주세요.' 러스티는 속으로 생각했다. 뒤이어 부들부들 떨며 요동치는 자넬의 머리 양쪽을 두 손바닥으로 감싸고 위쪽으로 젖히려고 기를 썼다. 먼저 기도를 확보해야 하기 때문이었다. 처음에는 망할 놈의 라텍스 베개 때문에 영 힘이 들었다. 러스티는 베개를 바닥에 내동댕이쳤다. 날아가던 베개에 부딪혔는데도 오드리는 꿈쩍도 않고 멍한 눈으로 올려다볼 뿐이었다.

러스티는 그제야 자넬의 머리를 뒤로 살짝 젖힐 수 있었고, 아이의 숨소리도 들을 수 있었다. 호흡은 급하지 않았다. 산소가 부족해서 쌕쌕거리는 기색도 없었다.

"엄마, 자넬 언니 왜 그래?" 주디가 울먹이는 목소리로 물었다. "언니 화났어? 아파서 그래?"

"화난 게 아니라 그냥 좀 아픈 거야." 러스티는 자신의 조용한 목소리를 듣고 제풀에 놀랐다. "주디, 엄마랑 같이 아래에 내려가 있을……."

"싫어!" 딸과 엄마가 동시에 소리쳤다. 완벽한 이중창이었다.

"그래, 하지만 조용히 있어야 돼. 언니가 깨어났을 때 겁을 주면 안 되니까. 겁은 벌써 먹었을 테니까. 아니, 그냥 살짝 겁먹은 것뿐이야." 러스티는 앞서 한 말을 정정했다. "잘했다, 오드리. 진짜 잘했어."

그런 칭찬을 들으면 보통은 기뻐서 방방 뛰는 오드리였지만, 이날 밤에는 달랐다. 꼬리 한 번 흔들지 않았다. 그러다가 불쑥, 나지막이 '멍' 하고 한 번 짖더니, 납작 엎드려 한쪽 발에 주둥이를 얹었다. 몇 초 후에 자넬이 경련을 멈추고 두 눈을 감았다.

"이런, 맙소사."

"왜 그래?" 주디를 안고 아이 침대 귀퉁이에 앉아 있던 린다가 물었다. "무슨 일인데 그래?"

"경련이 멈췄어."

그러나 끝난 것이 아니었다. 아직은. 다시 눈을 떴을 때 자넬의 눈에는 검은자위가 돌아와 있었지만, 그 눈은 러스티를 보고 있지 않았다.

"왕호박이 그랬어!" 자넬이 소리쳤다. "왕호박 잘못이야! 왕호박을 막아야 돼!"

러스티는 아이를 부드럽게 다독여 주었다.

"그냥 꿈이었어, 자넬. 나쁜 꿈. 이제 다 끝났어. 괜찮아."

눈동자를 움직이는 것으로 보아 아빠를 알아보고 말도 알아들은 듯했지만, 자넬은 한동안 온전한 정신이 아니었다.

"아빠, 핼러윈을 막아야 돼! 핼러윈이 못 오게 막아야 돼!"

"그래, 아빠가 해 볼게. 핼러윈은 끝이야. 완전히."

자넬은 멍하니 눈을 깜박거렸다. 그러다가 한 손을 슥 들더니 땀으로 뭉친 머리카락을 이마에서 걷어냈다.

"어? 왜? 나 핼러윈 때 레이아 공주로 변장하려고 했는데! 그럼 다 엉망이 되는 거잖아!" 자넬은 이렇게 말하고 울음을 터뜨렸다.

린다가 다가와서 자넬을 끌어안았다. 주디는 종종걸음으로 엄마를 따라와 가운 자락을 붙잡고 늘어졌다.

"우리 예쁜이, 레이아 공주 해도 돼. 엄마가 약속할게."

부모님을 올려다보던 자넬의 눈에 당혹감이, 의혹이, 뒤이어 두려움이 점점 짙어졌다.

"여기서 뭐 하세요? 쟤는 왜 안 자요?"

자넬이 손으로 주디를 가리켰다.

"언니 침대에 오줌 쌌구나."

주디가 얌체 같이 종알거리자 자넬은 축축한 기색을 눈치채고 더욱 크게 울었다. 러스티는 문득 주디를 철썩 때리고 싶어졌다. 평소에는 꽤 깨어 있는 애 아빠라고 자부하는 러스티였지만(이따금씩 팔이 부러지거나 눈이 멍든 아이를 데리고 남몰래 보건소를 찾는 인간들을 볼 때면 더더욱 그랬지만), 이날 밤에는 달랐다.

"괜찮아." 러스티는 자넬을 꼭 끌어안고 달랬다. "네 잘못이 아니야. 그냥 조금 아파서 그런 건데, 이제 괜찮아."

"여보, 병원에 가 봐야 하는 거 아냐?"

"보건소에만 들러도 돼. 오늘 밤에 갈 필요는 없고, 내일 아침에 가자. 그때 가서 적당한 약을 찾아볼게."

"나 주사 안 맞을래!"

자넬이 빽 소리를 지르고 더욱 거세게 울기 시작했다. 러스티는 그 소리가 마음에 들었다. 건강한 울음소리였다. 힘찬 울음소리였다.

"주사는 안 놓을 거야, 자넬. 알약만 먹으면 돼."

"진짜?"

린다가 러스티에게 물었다. 러스티는 오드리를 내려다보았다. 개는 방금 있었던 소동을 다 잊은 듯 앞발에 주둥이를 올리고 얌전히 엎드려 있었다.

"오드리도 그렇게 생각하는 것 같은데. 그래도 오늘 밤에는 애들하고 같이 자게 놔둬야겠어."

"만세!"

주디가 환호성을 지르며 털썩 주저앉아 오드리를 힘껏 끌어안
았다.

러스티는 아내의 등을 한 팔로 감쌌다. 린다는 머리를 지탱하
기조차 힘들다는 듯이 남편의 어깨에 머리를 기댔다.

"왜 지금 이러는 걸까? 여보, 왜 하필 지금일까?"

"나도 몰라. 그냥 가볍게 끝났으니 고마울 뿐이지."

적어도 그것만큼은 러스티의 기도 또한 응답을 받은 셈이었다.

미치고, 눈멀고, 정신을 잃고

1

허수아비 조는 일찍 일어난 것이 아니라 늦게까지 깨어 있었다. 실은 전날 밤을 꼬박 새웠다.

본명은 조셉 매클러치, 나이는 열세 살, 다른 별명은 괴짜 대왕 또는 갈비씨, 주소는 밀 가 19번지였다. 키 185센티미터에 몸무게가 68킬로그램이었으니 과연 갈비씨라고 할 만했다. 그리고 머리는 그야말로 천재적이었다. 조가 중학교 2학년 학급에 계속 남아 있는 이유는 단 한 가지, 부모님이 선행학습을 완강히 반대하기 때문이었다.

조는 아랑곳하지 않았다. 거기 친구들이 있었기 때문이었다(조는 열세 살짜리 말라깽이 천재치고 친구가 무척이나 많았다.). 게다가 중학교 공부는 식은 죽 먹기였고, 가지고 놀 컴퓨터도 잔뜩 있었다. 메인 주에서는 모든 중학교 학생이 컴퓨터를 한 대씩 지원받았다. 물론 재미난 웹사이트 가운데 몇 개는 막혀 있게 마련이었지만, 조가 그런 사소한 불편을 해결하는 데에는 긴 시간이 필요치 않았다. 조는 이런 식으로 찾은 정보를 단짝 패거리들과 기꺼이 공유했으며 그중 둘은 저 불굴의 스케이트보드 클럽 회원, 즉 노리 캘버트와 베니 드레이크였다(베니는 날마다 가는 도서관에서 그런 정보를 이용했는데 특히 좋아하는 사이트는 '흰 팬티 입은 금발 미녀 닷컴'이었다.). 조가 인기인이 된 데에는 이런 정보를 공유한 덕도 어느 정도 있기는 했지만, 비단 그래서만은 아니었다. 아이들은 그저 조를 멋진 녀석으로 여겼다. 그 이유를 가장 잘 설명할 수 있는 것은 아마도 조의 책가방에 붙은 자동차 범퍼 스티커인지도 몰랐다. 그 스티커에는 이렇게 적혀 있었다. **현존하는 권력에 저항하라.**

조는 전 과목 A를 받는 우등생이었고, 농구팀에서는 가끔 눈부신 실력을 보여주는 믿음직한 센터였으며(1학년 때 이미 주전으로 뽑힐 만큼!), 축구팀에서도 재간둥이로 활약했다. 피아노도 곧잘 쳤는데 2년 전에는 매년 열리는 크리스마스 기념 마을 장기자랑에 나가서 그레첸 윌슨의 노래 「무지렁이 백인 계집애」를 배경음악으로 우스꽝스럽게 흐느적거리는 춤을 선보여 2등을 차지하기도 했다. 그 자리에 있던 어른들은 환호성을 지르며 박장대소했다. 마을 도서관의 주임 사서인 리사 제이미슨은 조가 마음만 먹으면 그 장기로 먹고살 수도 있겠다고 했지만, 영화 「나폴레옹 다이너마이트」의 주인공처럼 덜 떨어진 삶을 사는 것은 조의 야망이 아니었다.

"그 순위는 조작된 거요."

샘 매클러치는 아들이 받은 2등 메달을 가리키며 울적한 목소리로 말했다. 그의 말은 십중팔구 사실일 텐데, 왜냐하면 그해에 1등을 차지한 두기 트위첼이 마을 제2부의장인 안드레아 그리넬의 동생이기 때문이었다. 두기는 「문 리버」를 부르며 곤봉 다섯 개를 한꺼번에 돌리는 묘기를 보여 주었다.

조는 순위가 조작되었든 안 되었든 상관없었다. 일정 수준까지 통달하면 흥미를 잃곤 하던 다른 분야와 마찬가지로 조는 춤에도 흥미를 잃었다. 초등학교 5학년 때는 영원할 것만 같았던 농구에 대한 사랑마저도 이제는 슬슬 시들었다.

다만 인터넷만은, 무한한 가능성을 지닌 그 전자 은하수에 대한 열정만은 꺼질 기미가 보이지 않았다.

부모님에게조차 밝히지 않은 조의 야망은 바로 미국 대통령이 되는 것이었다. 조는 이따금씩 이런 생각을 했다. '잘하면 나폴레옹 다이너마이트로 분장하고 취임식장에 나올 수도 있을 거야. 그럼 그 쓰레기 같은 동영상이 유튜브에 영원히 남겠지.'

돔이 나타난 첫날, 조는 인터넷을 뒤지며 하룻밤을 꼬박 새웠다. 매클러치네 집에는 발전기가 없었지만 조의 노트북 컴퓨터는 완전히 충전된 채였다. 게다가 예비 배터리가 다섯 개나 더 있었다. 조는 자신의 비공식 컴퓨터 동아리에 가입한 일고여덟 아이들에게도 예비 배터리를 챙기라고 알려주었고, 배터리가 더 필요하면 구할 수 있는 곳도 알고 있었다. 어쩌면 필요 없을지도 몰랐다. 학교에 끝내주는 발전기가 있으니 거기서 충전하면 아무 문제도 없을 듯싶었다. 만에 하나 체스터스밀 중학교에 휴교령이 떨어진다고 해도 학교 청소부 올넷 씨가 두말없이 들여보내 줄 터였다. 올넷 씨도 흰 팬티 입은 금발 미녀 닷컴의 팬이었던 것이다. 조 덕분에 공짜로 다운로드받는 컨트리음악은 말할 것도 없었다.

그날 밤 조는 뜨거운 바위에서 폴짝대는 두꺼비처럼 이 블로그에서 저 블로그로 정신없이 옮겨 다니느라 무선 접속 회선을 고장 낼 뻔했다. 다음 블로그로 넘어갈 때마다 점점 더 으스스해졌다. 밝혀진 사실은 빈약한 반면 음모론은 판을 쳤다. 조의 부모님은 인터넷에 상주하는(동시에 인터넷이 삶의 목적인) 음모론자들을 '은박지 모자 괴인들'로 불렀고 이는 조도 동의하는 바였지만, 한편으로 조는 다음과 같은 진리를 신봉하기도 했다. '말똥이 사방에 널려 있다면 틀림없이 근처에 망아지가 있다는 뜻이다.'

돔 데이 이튿날로 접어들면서 모든 블로그에 동일한 의혹이 제기되기 시작했다. 이번에 똥을 갈긴 망아지의 정체는 테러범도, 외계인 침략자도, 또는 해저에 잠들어 있는 거대한 신 크툴루도 아니었다. 바로 그 이름도 친숙한 '군산복합체'였다. 세부 사항은 블로그마다 달랐지만 빠짐없이 등장하는 추론이 세 가지 있었다. 첫째는 돔이 체스터스밀 주민들을 모르모트로 삼은 모종의 비정한 실험이라는 것이었다. 둘째는 돔이 실패로 끝난, 그래서 통제할 수 없게 된 실험이라는 것이었다(한 블로거는 이렇게 적었다. 「미스트」라는 영화에 나왔던 거랑 똑같아."). 셋째는 이 사태가 결코 실험이 아니라는 것, 다만 미국 정부가 벼르고 있던 적과의 전쟁을 정당화하려고 꾸며낸 비정한 구실이라는 것이었다.

"우린 승리할 거라고!" 아이디 ToldjaSo87은 이렇게 적었다. "이런 신무기가 있는데 어떤 적이 버틸 수 있겠어? 어이 친구들, 우린 조국을 위해 산화한 뉴잉글랜드의 애국자로 기억될 거야!!!"

조는 이러한 음모론들 가운데 어느 것이 진실인지 알 길이 없었다. 실은 별 관심도 없었다. 조가 관심을 가진 대상은 음모론마다 빠지지 않고 등장하는 공통분모, 바로 미국 정부였다.

이제 시위에 나설 때였다. 물론 조가 이끄는 시위였다. 그것도 마을이 아니라 정부의 '꼰대들'한테 정면으로 싯대질을 할 수 있는 119번 국도에서 벌여야 했다. 처음에는 조 패거리뿐이라고 해도 시위대는 점점 커질 터였다. 의심할 여지가 없었다. 지금쯤 십중팔구 꼰대들이 기자단을 멀찍이 쫓아냈을 테지만, 조는 겨우 열세 살 나이에 그런 것쯤은 딱히 문제도 아님을 알 만큼 현명했다. 군복 입은 군인들도 속을 보면 사람이었고 그중 적어도 몇몇은 무표정한 얼굴 뒤에 생각할 줄 아는 두뇌를 지니고 있게 마련이었다. 주둔군을 하나의 집단으로 보면 꼰대들의 수족이었지만, 집단에는 개인이 숨어 있는 법이었고 그중 몇몇 개인은 남몰래 블로그를 운영할지도 몰랐다. 일단 그들이 소문을 퍼뜨리기 시작하면 휴대전화로 찍은 사진과 함께 상황을 알리는 사람이 나올 수도 있었다. 조 매클러치와 친구들이 손 팻말을 들고 행진하는 사진. 팻말의 문구는 **비밀은 이제 그만, 실험을 중지하라, 체스터스밀에 자유를**, 기타 등등.

"마을 곳곳에 전단도 붙여야겠는데."

조가 중얼거렸다. 전단 붙이기는 일도 아니었다. 친구들은 저마다 프린터를 갖고 있었다. 또한 자전거도.

허수아비 조는 희미한 새벽빛 속에서 이메일을 보내기 시작했다. 이제 곧 베니 드레이크를 끌어들여 자전거를 타고 전단 돌리기에 나설 참이었다. 어쩌면 노리 캘버트도 함께. 주말이면 보통 늦잠을 자는 친구들이었지만, 조 생각에 이날 아침만은 온 마을 사람들이 일찍 일어날 듯싶었다. 꼰대들이 끊어 버린 전화선처럼 보나마나 인터넷도 조만간 끊길 판국이었지만, 그래도 당장은 인터넷이 조의 무기였다. 민중의 무기였다.

이제 권력에 맞서 싸울 때였다.

2

"제군, 모두 손을 올리도록."

신참 경관들 앞에 선 피터 랜돌프는 눈 밑이 축 처질 만큼 피곤했지만, 한편으로는 일종의 숙연한 기쁨 같은 것을 느꼈다. 초록색 서장 관용차가 기름을 가득 채우고 달릴 준비를 마친 채로 주차장에 세워져 있었다. 이제 그 차는 랜돌프 차지였다.

신참 경관들이 공손하게 손을 위로 올렸다. 랜돌프는 의장단에 보내는 공식 보고서에서 그들을 특임 경관으로 지칭할 생각이었다. 신참은 총 다섯 명이었고 그중 한 명은 여성이었는데 이름이 조지아 루였다. 조지아는 실직한 미용사이자 카터 티보도의 애인이었다. 주니어는 사람들의 기분을 거스르지 않으려면 여자를 한명 끼워 넣어야 할 거라고 아버지에게 제안했고, 빅 짐은 대번에 동의했다. 신임 서장 랜돌프는 처음에는 반대했지만 빅 짐이 보여 준 잡아먹을 듯한 미소를 보고 꼬리를 내렸다.

그런데 정규직 경관들이 지켜보는 가운데 선서를 낭독하는 지금, 랜돌프는 인정할 수밖에 없었다. 신참 경관들은 충분히 강인해 보였다. 주니어는 지난여름 동안 살이 빠진 탓에 풋볼팀 공격수로 활약하던 고등학생 시절의 모습을 찾아볼 수 없었지만 지금도 90킬로그램 가까이 되어 보였고, 조지아를 포함한 다른 신참들도 타고난 덩치들이었다.

그들은 꼿꼿이 선 자세로 랜돌프가 낭독하는 선서문을 한 구절 한 구절 복창했다. 주니어 자리는 맨 왼쪽이었고 그 옆은 주니어의 친구 프랭크 드레셉스였다. 다음은 카터 티보도와 조지아 루였다. 오른쪽 끝은 멜빈 셜스였다. 멜빈은 시골 장터에 놀러가는 촌뜨기처럼 넋을 놓고 싱글벙글거렸다. 이 애송이들을 훈련시킬 시간이 3주만 있었어도(제기랄, 하다못해 일주일만 있었어도) 그 멍청한 표정이 싹 사라지게 해 주었을 테지만, 랜돌프에게는 시간이 없었다.

랜돌프가 빅 짐에게 양보하지 않은 단 한 가지 조건은 바로 권총 지급이었다. 빅 짐은 신참들이 '분별력이 있고 믿음도 독실한 청년들'이라며 총을 주자고 고집했고, 필요하면 사재를 털어서라도 기꺼이 지원할 용의가 있다고 했다.

랜돌프는 고개를 저었다.

"지금 상황은 그야말로 일촉즉발입니다. 일단 신참들이 어떻게 하는지 좀 봐야겠습니다."

"보고만 있다가 누구 한 명 다치기라도 하면……."

"빅 짐, 다치는 사람은 안 나올 겁니다."

랜돌프는 부디 그러기만을 바랐다.

"여긴 체스터스밀입니다. 뉴욕시라면 얘기가 다르겠지만요."

3

랜돌프는 계속해서 낭독했다.

"저는 온 힘을 다하여 이 마을의 주민들을 지키고 또한 섬기겠습니다."

신참들은 어버이날 교회 학교에 모인 아이들처럼 또랑또랑하게 복창했다. 넋을 놓고 싱글벙글거리던 멜빈조차도 제대로 따라했다. 그리고 다들 의젓해 보였다. 아직 총은 지급받지 않았지만 적어도 무전기는 다들 갖고 있었다. 곤봉도 차고 있었다. 이제 상황실 연락 담당 대신 도보 순찰에 투입될 스테이시 모건이 신참들에게 제복 셔츠를 찾아 주었지만 카터 티보도만은 예외였다. 어깨가 너무 넓어서 맞는 셔츠가 없었기 때문이었는데, 그래도 집에서 입고 온 청색 작업복 셔츠가 그럭저럭 어울렸다. 임시방편이기는 해도 깔끔하기는 했다. 게다가 왼쪽 가슴 주머니에 단 은색 배지는 사람들에게 전해야 할 바를 충실히 전하고 있었다.

어쩌면 이 임시방편이 통할 것도 같았다.

"하나님, 저를 도와주소서." 랜돌프가 말했다.

"하나님, 저를 도와주소서." 신참들이 복창했다.

랜돌프는 문을 열고 들어서는 사람을 곁눈으로 흘깃 쳐다보았다. 빅 짐이었다. 그는 뒤에 서 있던 헨리 모리슨과 프레드 덴턴, 숨을 씨근덕거리는 조지 프레더릭, 미심쩍은 표정을 한 재키 웨팅턴 곁에 섰다. 아들의 선서식을 보러 왔음이 뻔했다. 신참들에게 권총을 지급하자는 제안을 거절했던 것이 여태 마음에 걸렸던 신임 경찰서장은 즉석에서 선서문에 한마디를 덧붙였다(어떤 식으로든 빅 짐의 말을 거절하는 것은 정치에 최적화된 랜돌프의 본성을 거스르는 짓이었다.). 마을 부의장의 비위를 맞춰 주려는 의도가 다분한 한마디였다.

"저는 누구에게도 등신 취급을 당하지 않겠습니다."

"저는 누구에게도 등신 취급을 당하지 않겠습니다!"

신참들이 복창했다. 그것도 힘차게. 하나같이 싱글벙글거리면서. 안달 난 표정들이었다. 그들은 거리로 몰려나갈 준비가 되어 있었다.

빅 짐은 상스러운 말을 듣고도 고개를 끄덕이며 엄지손가락을 치켜들었다. 랜돌프는 흐뭇한 기분이 들었다. 방금 그 말이 자신을 괴롭히려고 되돌아올 줄은 꿈에도 모른 채로. '저는 누구에게도 등신 취급을 당하지 않겠습니다.'

4

이날 아침 줄리아 셤웨이가 들장미 식당에 들어섰을 때, 아침을 먹으러 온 손님들은 대개 교회에 가거나 마을 회관에서 열린 즉흥 토론에 참가하느라 자리를 뜬 후였다. 9시였다. 직원은 바비밖에 없었다. 도디 샌더스도 앤지 매케인도 출근을 안 했지만 새삼스러운 일도 아니었다. 로즈는 앤슨과 함께 푸드시티에 가고 없었다. 바비는 두 사람이 식료품을 잔뜩 싣고 돌아왔으면 하고 바라면서도 물건을 직접 보기 전에는 믿지 않을 작정이었다.

"점심때까지는 영업 안 해요. 커피는 있지만요."

"계피 롤빵도 있겠죠?"

줄리아가 기대 섞인 목소리로 물었지만 바비는 고개를 저었다.

"로즈가 일부러 안 만들었어요. 가스를 최대한 아껴야 돼서."

"말 되네요. 그럼 커피나 주세요."

바비는 커피 주전자를 들고 와서 컵에 따랐다.

"피곤해 보이시는군요."

"바비, 오늘 아침엔 누구나 피곤해 보였어요. 게다가 겁까지 잔뜩 먹었던데."

"신문은 잘돼 가요?"

"10시까진 끝내려고 했는데, 마감하려면 오후 3시나 돼야 할 것 같아요. 《데모크라트》가 호외를 내는 건 프레스틸 개울이 범람한 2003년 이후로 처음이라서요."

"제작상의 문제로?"

"발전기가 제대로 돌아가는 한은 끄떡없어요. 그냥, 슈퍼마켓에 가서 혹시라도 소요 사태가 일어나는지 보려고요. 만약 일어나면 그 건도 기사로 써야 하니까. 피트 프리먼은 사진 찍으러 벌써 가 있어요."

바비는 소요 사태라는 말이 마음에 안 들었다.

"음, 사람들이 얌전히 돌아가면 좋을 텐데."

"그럴 거예요. 여긴 체스터스밀이니까요. 뉴욕이 아니라."

바비는 스트레스를 받는 상황에서 시골 쥐와 도시 쥐 사이에 큰 차이가 있을지 의심스러웠지만, 입을 굳게 다물었다. 마을 사람들은 바비보다 줄리아가 더 잘 알기 때문이었다.

줄리아는 바비의 속을 훤히 들여다본 듯이 말했다.

"제가 틀릴 수도 있죠, 물론. 그래서 피트한테 가 보라고 한 거예요."

그러고는 식당 안을 슥 둘러보았다. 카운터에는 아직 손님 몇 명이 앉아 남은 달걀과 커피를 해치우는 중이었고, 북부 토박이 말로 '농담 따먹기 테이블'이라고 부르는 안쪽의 커다란 테이블에는 노인들 몇이 앉아서 이제까지 일어난 일과 앞으로 일어날 일을 진지하게 이야기하는 중이었다. 한편 식당 한복판은 온전히 바비와 줄리아 차지였다.

"해 줄 얘기가 몇 가지 있어요." 줄리아가 나지막이 말했다. "팔푼이 웨이터처럼 돌아다니지 말고 여기 좀 앉아 봐요."

바비는 시키는 대로 앉아서 자기 몫의 커피를 따랐다. 주전자 바닥에 남은 커피는 꼭 디젤 연료 같은 맛이 났지만…… 그래도 바닥에 남은 커피야말로 진정한 카페인의 원천이었다.

줄리아는 주머니에 손을 넣어 자기 핸드폰을 꺼낸 다음, 바비 쪽으로 슥 밀었다.

"콕스 씨가 아침 7시에 또 전화를 했어요. 그 아저씨도 밤을 새운 것 같던데. 이걸 당신한테 주랬어요. 휴대전화가 있는지 없는지 모르니까."

바비는 휴대전화를 그냥 두고 온 참이었다.

"벌써 보고받을 생각을 한 거라면 내 능력을 심각하게 과대평가했다는 뜻인데."

"그런 말은 안 했어요. 그냥 필요할 때 연락이 닿으면 좋겠다고만 하던걸요."

그 말이 바비의 마음을 움직였다. 바비는 전화를 다시 줄리아 쪽으로 밀었다. 줄리아는 놀라는 기색도 없이 전화기를 받았다.

"또 있어요. 오늘 오후 5시까지 아무 연락도 못 받으면 자기 쪽으로 전화해 달래요. 새 소식이 있을 거라면서. 번호 가르쳐 줘요? 그 웃기는 지역번호로 시작하는 거요."

바비는 한숨을 내쉬었다.

"예."

줄리아는 냅킨에 전화번호를 적었다. 숫자가 자그맣고 반듯했다.

"제 생각엔 군대가 뭔가 해 보려고 하는 것 같아요."

"뭘요?"

"대령님한테 들은 건 아니에요. 그냥 몇 가지 대책을 검토하는 중이라는 예감이 들어요."

"그거야 당연하죠. 또 다른 건요?"

"뭐가 더 있다는 말은 안 한 것 같은데요?"

"그냥 그런 예감이 들었어요." 바비는 씩 웃었다.

"됐어요, 가이거 계수기 얘기나 해 봐요."

"앨 티몬스한테 부탁할까 하는데 말이죠."

앨은 마을 회관 관리인이자 들장미 식당 단골이었다. 바비하고는 친한 사이이기도 했다.

줄리아가 고개를 저었다.

"안 된다고요? 왜요?"

"앨의 막내아들이 앨라배마에 있는 헤리티지 크리스천 대학에

갈 수 있게 무이자 대출을 해 준 사람이 누굴 것 같아요?"

"혹시 짐 레니?"

"맞았어요. 그럼 이번엔 좀 어려운 문제를 내 볼게요, 맞추면 점수가 확 올라갈 거예요. 앨이 눈 치우는 아르바이트를 할 수 있게 허가해 주는 사람은?"

"그것도 짐 레니 같은데요."

"정답이에요. 레니 부의장이 보기에 당신은 구두에 들러붙어서 안 떨어지는 개똥이나 마찬가지예요. 그러니까 레니한테 신세진 사람들을 끌어들이는 건 좋은 생각이 아니죠."

줄리아는 바비 쪽으로 몸을 숙였다.

"그런데 마침 내가 아는 사람이 천국행 열쇠를 모조리 갖고 있어요. 마을 회관, 병원, 보건소, 학교, 전부 다요."

"누군데요?"

"지금은 돌아가신 퍼킨스 서장님이죠. 난 서장님 부인하고 잘 아는 사이예요. 그분도 레니를 싫어하긴 마찬가지고요. 게다가 입도 무거운 분이에요."

"아직 서장님 시신에 온기도 안 가셨을 텐데."

줄리아는 보위 장의사의 비좁은 추모실을 떠올리고 슬픔과 혐오감으로 얼굴을 찡그렸다.

"그래도 방 온도만큼은 식었을걸요. 당신 말이 무슨 뜻인지는 알아요, 마음씀씀이도 칭찬할 만하고요. 하지만 말이죠……."

줄리아가 바비의 손을 잡았다. 바비는 놀라기는 했지만 기분이 나쁘지는 않았다.

"지금은 보통 때하곤 다르잖아요. 아무리 가슴이 아프다고 해도 브렌다는 이해해 줄 거예요. 당신은 꼭 해야 할 일이 있잖아요. 내가 브렌다를 설득할게요. 당신이 내부 고발자라고 말이에요."

"내부 고발자라."

문득, 달갑지 않은 기억 두 가지가 바비의 머릿속에 떠올랐다. 이라크 팔루자의 어느 체육관과 그 안에서 흐느끼는 이라크인 남자였다. 남자는 흘러내리는 천쪼가리 한 장을 빼면 알몸이었다. 그날 그 체육관에서 있었던 일 이후로, 바비는 다시는 내부 고발자가 될 생각이 없었다. 그런데 여기서 또 그 말을 듣게 되다니.

"그럼 내가 어떻게 하면……."

10월치고는 따뜻했던 이날 아침, 들장미 식당의 앞문은 잠겨 있었지만(나갈 수는 있어도 들어올 수는 없도록) 창문은 모두 열려 있었다. 마을 큰길 쪽으로 난 창문을 통해 캉캉거리는 쇳소리와 고통스러워하는 비명소리가 들려왔다. 항의하는 듯한 고함소리가 그 뒤를 이었다.

커피 잔 너머로 마주보던 바비와 줄리아의 얼굴에 똑같이 충격과 이해의 표정이 떠올랐다.

'이제 시작이구나.' 바비는 얼핏 생각했다. 그럴 리가 없다는 것쯤은 이미 알고 있었다. 실은 그 전날, 돔이 내려왔을 때 이미 시작되었을 일이었다. 그런데도 한편으로는 지금일 것만 같다는 확신이 들었다.

카운터에 앉아 있던 손님들이 문으로 우르르 달려갔다. 바비가 그들과 합류하려고 일어서자 줄리아도 그 뒤를 따랐다.

큰길 저 멀리 마을 회관 북쪽 모퉁이에서는, 제일 회중 교회의 뾰족탑에 달린 종이 울리기 시작했다. 신도들을 예배로 불러 모으는 소리였다.

5

주니어 레니는 날아갈 것 같은 기분이 들었다. 이날 아침에는 두통이 그림자도 비치지 않았고, 아침을 챙겨먹은 덕분에 속도 든든했다. 기분 같아서는 점심도 먹을 수 있을 것 같았다. 다행이었다. 요즘 들어 주니어는 식사를 제대로 하지 못했다. 두 번에 한 번은 음식을 보기만 해도 구역질이 올라올 것만 같았다. 그러나 이날 아침에는 달랐다. 핫케이크에 베이컨, 으음.

'종말의 날이 이런 거였다니. 더 일찍 왔으면 좋았을 텐데.'

특임 경관 한 명에 정규직 경관 한 명이 붙어서 조를 이루었다. 주니어는 프레드 덴턴과 같은 조가 되었는데 이 역시 다행이었다. 머리가 벗어지기는 했어도 쉰 살치고는 날씬한 덴턴은 깐깐하기로 악명이 높았지만…… 예외가 있었다. 주니어가 풋볼 선수로 활약하던 고등학생 시절에 덴턴은 와일드캐츠 후원회 회장이었는데, 풋볼 팀 주전 선수한테는 절대로 딱지를 안 끊는다는 소문이 돌았다. 일일이 증명할 수는 없었지만 프랭크 드레셉스가 덴턴의 호의로 무사히 넘어간 적이 한 번 있었다는 것은 주니어도 익히 아는 바였다. 또한 주니어 본인도 '이번에는 봐주마, 앞으로는 천천히 몰아'라는 말을 두 번이나 들은 적이 있었다. 사실 주니어는 풋볼이라고는 쥐뿔도 모르는 재키 웨팅턴과 같은 조가 될 수도 있었다. 몸매 하나는 끝내 주는 여자였지만, 주니어는 조금도 아쉽지 않았다. 선서식이 끝나고 덴턴과 함께 순찰을 나설 때 웨팅턴이 보여준 차가운 표정 또한 아랑곳하지 않았다.

'식료품 창고에 네 자릴 마련해 줄 수도 있어, 재키. 내 성질을 자꾸 건드리면 말이야.' 주니어는 속으로 이렇게 생각하며 낄낄 웃었다. 맙소사, 얼굴에 비치는 따뜻한 햇살이 이렇게 달콤할 수가! 이렇게 기분 좋은 햇살이 도대체 얼마 만일까?

덴턴이 이쪽을 돌아보았다.

"뭐 재미난 일이라도 있어?"

"별 거 아녜요. 그냥, 제가 운이 좋은 거 같아서요."

둘의 임무는(적어도 이날 아침에는) 마을 큰길에서 도보 순찰을 하는 것이었다. 먼저 한쪽 보도를 따라 끝까지 올라갔다가 반대편 보도로 다시 내려올 예정이었다(랜돌프 신임 서장의 말에 따르면 '경찰이 건재하다고 주민들에게 알리는 것'이 목적이었다.). 따뜻한 10월 햇살 속에서라면 더없이 쾌적한 임무였다.

주유소 앞을 지날 때, 가게 안쪽에서 두 사람의 성난 목소리가 들려왔다. 한 사람은 점장이자 공동 소유주인 조니 카버였다. 나머지 한 사람은 발음이 너무 어눌해서 누군지 알아듣기 힘들었지만, 프레드 덴턴은 다 안다는 듯이 눈을 굴렸다.

"볼 것도 없어, 얼간이 샘 버드로야. 젠장! 아직 9시 반도 안 됐는데 뭐 하는 거야?"

"샘 버드로가 누구죠?"

프레드의 입술이 한일자로 굳게 다물어졌다. 주니어가 선수 시절에 익히 본 적이 있는 표정이었다. '망할, 우리가 뒤처졌잖아'라는 뜻이었다. 또한 '염병할, 그건 오심이야'라는 뜻이기도 했다.

"체스터스밀의 쓰레기들을 그새 다 잊어버렸나 보구나, 주니어. 좀 있으면 알게 될 거다."

조니의 목소리가 들려왔다.

"9시가 넘은 줄은 나도 알아, 샘. 돈 가져온 것도 알고. 하지만 술은 못 팔아. 아침이라서가 아니라 낮이고 밤이고 똑같아. 아마 내일도 마찬가질 거야, 이 난장판이 저절로 끝나면 또 모를까. 랜돌프가 직접 얘기했어. 지금은 그 친구가 새 경찰서장이야."

"웃기지 말라 그래!"

상대가 응수하는 소리가 들렸지만, 어찌나 웅얼거렸던지 주니어의 귀에는 '우이지 마아 개'처럼 들렸다.

"피터 랜돌프가 뭐 어째? 퍼킨스 똥구멍의 똥딱지 주제에!"

"듀크는 죽었어, 랜돌프는 술을 못 팔게 하고. 미안해, 샘."

"선더버드 딱 한 병만 줘." 샘이 징징거렸다. '한 병마안.'

"마시고 싶어 죽겠어. 돈 낼게, 제발. 내가 여기 하루 이틀 단골이야?"

"이런 젠장."

진절머리가 난 목소리로 말하기는 했지만, 주니어와 덴턴이 진열대 사이로 걸어오다가 보니 조니는 벽에 기다랗게 늘어선 술 냉장고 쪽으로 돌아서 있었다. 아마도 이 주정뱅이를 가게에서 몰아낼 수만 있다면 싸구려 와인 한 병쯤은 별 것 아니라고 생각한 듯했다. 손님들 몇 명이 눈에 불을 켜고 지켜보는 중이라 더더욱 그런 것 같았다.

냉장고 문에는 손글씨로 쓴 **추후 통보가 있을 때까지 술 판매**

금지 경고가 붙어 있었지만, 겁쟁이 조니는 아랑곳하지 않고 가운데 선반으로 손을 뻗었다. 싸구려 독주가 모여 있는 곳이었다. 그것은 경찰에 입문한 지 두 시간도 안 된 주니어가 보기에도 멍청한 짓이었다. 만약 조니가 더벅머리 주정뱅이한테 굽히고 들어간다면, 더 번듯하게 차려입은 다른 손님들이 똑같이 대우해 달라고 요구할 터였다.

프레드 덴턴도 틀림없이 똑같은 생각을 한 듯싶었다.

"조니, 안 돼."

덴턴은 조니를 제지한 다음, 불붙은 덤불에 갇힌 두더지처럼 새빨간 눈으로 쳐다보는 샘 버드로에게 말했다.

"네 대가리에 이 경고를 읽을 뇌세포가 남아 있는지는 모르겠다만, 이 사람 말은 충분히 들었을 거다. 오늘은 술 안 팔아. 그러니 당장 꺼져. 남의 가게에 냄새 풍기지 말고."

"이러면 안 되지, 경찰 나리."

샘은 등을 꼿꼿이 펴서 165센티미터인 키를 한껏 늘였다. 그는 지저분한 면바지에 레드 제플린 앨범 재킷이 그려진 티셔츠, 낡아서 뒤가 너덜너덜해진 슬리퍼 차림이었다. 머리는 조지 W. 부시의 지지율이 높던 시절에 마지막으로 자른 듯했다.

"난 내 권리를 행사하는 거야. 여긴 자유 국가잖아. 헌법에 그렇게 나와 있어."

"그 헌법은 체스터스밀에선 안 통해. 그러니 당장 꺼져."

주니어가 말했다. 장차 실현될 줄은 꿈에도 모르고 한 예언이었다. 맙소사, 이 상쾌한 기분이라니! 파멸과 우울이 단 하루 만에 희열과 환희로 바뀌다니!

"하, 하지만……."

샘은 턱을 덜덜 떨면서도 더 맞받아칠 말을 궁리하느라 한동안 가만히 서 있었다. 주니어는 이 늙은 얼간이의 눈에 맺힌 물기를 보며 구역질과 매혹을 동시에 느꼈다. 샘이 앞으로 내민 손은 턱보다 훨씬 심하게 떨렸다. 이제 더 할 말은 단 한마디뿐이었지만, 그 말을 사람들 앞에서 꺼내기는 쉽지 않았다. 그러나 다른 수가 없었기에 샘은 그 말을 입 밖에 꺼냈다.

"조니, 난 술 없으면 안 돼. 진짜야. 딱 한 병만, 이 떨리는 것 좀 막게 한 병만. 다신 부탁 안 할게. 절대 시끄럽게 안 할 거야, 우리 엄마 이름을 걸고 맹세할게. 그냥 집에 갈게."

얼간이 샘이 말한 집은 집이 아니라 오두막이었고, 그 오두막은 자동차 부품이 버려진 황량한 마당에 서 있었다.

조니 카버가 입을 열었다.

"이번 한 번뿐이야."

덴턴은 그 말을 무시했다.

"야 얼간이, 네가 한 병으로 끝낸 적이 있기나 해?"

"얼간이라고 부르지 마!"

샘 버드로가 빽 소리를 질렀다. 눈에 맺혔던 눈물이 두 볼을 타고 흘러내렸다.

"바지 지퍼나 잠그고 다녀, 영감태기야."

주니어가 말했다. 그러고는 샘이 지저분한 면바지 가랑이를 확인하려고 고개를 숙인 사이에 샘의 통통한 턱살을 따라 손가락을 홱 끌어올려서 코를 잡고 비틀었다. 초등학생 시절에 써먹던 속임수였지만 지금 다시 해도 재미있기는 마찬가지였다. 주니어는 내친 김에 그 시절에 즐겨 하던 농담까지 써먹어 보았다.

"알나리깔나리, 속은 놈 등신이래요!"

프레드 덴턴이 낄낄 웃었다. 손님들 두어 명도 함께 웃었다. 조니 카버도 씩 웃기는 했지만 진심은 아닌 듯했다.

그런데 어찌된 일인지, 샘의 성깔에 다시금 불을 붙였다. 40년 전 마리맥 북쪽의 캐나다 삼림에서 나무꾼으로 활약하던 시절에 동료들을 벌벌 떨게 하던 바로 그 성깔이었다. 어쩌면 얼간이라고 불렸기 때문일 수도, 코를 잡혔기 때문일 수도, 아니면 둘 다 때문일 수도 있었다. 잠깐일지언정 턱과 두 손의 떨림도 멈추었다. 샘은 형형한 눈으로 주니어를 쏘아보며 목청을 가다듬었다. 가래 끓는 소리가 나오기는 했어도 상대를 경멸하는 기색이 완연했다. 샘이 마침내 입을 열었을 때, 웅얼거리는 소리는 조금도 들리지 않았다.

"지랄하지 마라, 이 좆만 한 새끼야. 순경질커녕 공놀이도 제대로 못하는 등신 주제에. 듣자 하니 대학팀 2군에서도 쫓겨났다던데."

샘의 눈길이 덴턴 경관 쪽으로 향했다.

"그리고 너, 짭새. 일요일 영업도 9시 이후에는 합법이야. 40년 전부터 쭉 그랬어, 그러니까 토 달지 마."

이제 조니 카버 차례였다. 조니는 웃음기가 싹 가신 표정이었고, 지켜보던 손님들도 쥐 죽은 듯이 조용했다. 한 여성은 겁을 먹었는지 손으로 목을 가리고 있었다.

"나 돈 있어. 진짜 돈. 그러니까 내 술 가져갈 거야."

샘이 카운터를 돌아 냉장고 쪽으로 향했다. 주니어가 샘의 서츠 등판과 바지 뒤춤을 붙잡고 반대쪽으로 빙 돌려세우더니, 그대로 가게 앞문으로 달려갔다.

"야!" 샘은 기름 먹인 널빤지 바닥 위로 두 발을 휘휘 저으며 소리쳤다. "이거 놔! 놓으란 말이다, 망할 자식아!"

가게 문을 나가서 계단을 내려갈 때까지, 주니어는 내내 샘을 앞에 쳐들고 있었다. 그 노인은 깃털 부대처럼 가벼웠다. 그런데 젠장, 방귀를 뀌고 있었다! 푸득, 푸득, 푸드득, 망할 인간 기관총 같으니!

뚱보 노먼의 밴이 보도 앞에 서 있었다. 옆문에 **가구 매입 & 판매 골동품 가구 고가 매입**이라고 씌어진 밴이었다. 곁에서 입을 헤벌리고 서 있는 차 주인 노먼이 보였다. 주니어는 망설이지 않았다. 그는 주정뱅이 노인을 머리부터 트럭 옆면에 처박아 버렸다. 얄따란 철판에서 '텅' 소리가 울렸다.

주니어는 돌처럼 툭 떨어진 얼간이 샘이 보도와 하수구에 절반씩 걸쳐진 채 벌렁 나자빠진 꼴을 보고 나서야 하마터면 이 냄새나는 쓰레기를 죽일 뻔했다는 생각이 들었다. 그러나 샘 버드로는 고물 트럭에 처박히는 정도로 죽을 인간이 아니었다. 입을 다물 인간도 아니었다. 샘은 빽 악을 지르고 나서 울기 시작했다. 그러면서 몸을 일으켜 무릎을 꿇고 앉았다. 찢어진 머리가죽에서 진홍색 피가 솟아나와 얼굴로 흘러내렸다. 샘은 손으로 피를 조금 훔쳐내고 믿을 수 없다는 눈으로 내려다보다가, 피가 뚝뚝 떨어지는 손을 앞으로 내밀었다.

길에 오가던 사람들은 누가 얼음땡이라도 외친 것처럼 일제히 멈춰 섰다. 그들은 피가 흥건한 손을 내민 채 무릎을 꿇은 노인을 휘둥그레진 눈으로 바라보았다.

"경찰이 사람을 쳐, 내 이 빌어먹을 마을을 통째로 고소해 버리겠어! 난 반드시 승소할 거다!"

샘이 고래고래 소리쳤다. 덴턴이 가게 입구 계단을 내려와 주니어 곁에 나란히 섰다.

"준비됐어요, 얘기하세요."

"무슨 얘기?"

"과잉 대응이었다고 하실 거잖아요."

"과잉 같은 소리 하고 있네. 아까 서장이 한 말 못 들었어? 아무한테도 등신 취급 받지 말랬잖아. 우린 지금 선서를 지키는 거야, 파트너."

'파트너라니!' 주니어는 그 말이 무척이나 마음에 들었다.

"돈 있다는데 왜 사람을 집어던져! 네가 뭔데 날 때려, 난 미국 시민이야! 법정에서 보자, 이 새끼야!"

"아, 잘해 보셔." 악을 쓰는 샘에게 덴턴이 말했다. "법원은 캐슬록에 있는데 내가 듣기론 거기까지 가는 길이 꽉 막혔다지, 아마."

덴턴은 노인을 붙잡고 일으켜 세웠다. 늙은 샘은 코피까지 흘리고 있었다. 줄줄 흘러내린 피가 티셔츠를 턱받이 모양으로 붉게 물들였다. 덴턴이 플라스틱 구속띠를 찾아 자기 허리를 만지작거렸다('나도 저것 좀 달라고 해야겠다.' 주니어는 구속띠를 보며 속으로 감탄했다.). 순식간에 샘의 손목에 구속띠가 채워졌다.

덴턴은 주위의 목격자들을 빙 둘러보았다. 길에도, 편의점 입구에도 사람이 가득했다.

"이 사람은 공공장소에서 소란을 피운 혐의, 경찰 공무집행 방해 혐의, 폭행 미수 혐의로 체포당하는 겁니다!"

덴턴은 주니어가 풋볼 경기장을 누비던 시절에 듣던 우렁찬 목소리로 외쳤다. 주니어는 사이드라인에서 고래고래 호통을 치던 그의 목소리가 늘 짜증스러웠다. 그런데 지금은 달콤하게만 들렸다.

'내가 철이 들었나 보구나.' 주니어는 속으로 생각했다.

"랜돌프 서장이 선포한 새 금주령도 어겼습니다. 잘 보십시오!"

덴턴이 샘을 마구 흔들었다. 샘의 얼굴과 떡 진 머리에서 피가 흘렀다.

"지금 우리 마을은 위기 상황입니다, 여러분. 신임 서장은 이 위기를 해결하려고 노력하는 중입니다. 이제 새 방식에 익숙해져야 합니다. 거기에 맞추도록 노력하는 게 좋을 겁니다. 이건 제가 드리는 충고입니다. 그대로 따르면 이 상황에서 무사히 벗어날 겁니다. 따르지 않겠다면……"

덴턴이 샘의 손을 가리켰다. 그의 두 손은 등 뒤로 돌려져 구속띠에 묶여 있었다.

구경꾼 중 두어 명은 실제로 박수를 치기까지 했다. 주니어 레니의 귀에는 그 소리가 마치 푹푹 찌는 날의 냉수 한 잔 같았다. 뒤이어 덴턴이 피를 질질 흘리는 노인을 큰길 저편으로 끌고 가는 동안, 주니어는 누가 자신을 쏘아보는 기분이 들었다. 눈길이 어찌나 따갑던지 손가락으로 뒷덜미를 쿡 찌르는 듯했다. 뒤로 돌아서서 보니 데일 바버라가 서 있었다. 신문사 편집장과 나란히 서서 무표정한 눈으로 이쪽을 쏘아보고 있었다. 바버라, 그날 밤 주차장에서 주니어를 흠씬 두들겨 팬 바로 그 녀석이었다. 머릿수에 밀리기 전까지는 세 명을 상대로 꿋꿋이 버틴 녀석이기도 했다.

주니어는 들떴던 기분이 산산이 흩어지는 것만 같았다. 좋았던 그 기분이 정수리를 뚫고 새 떼처럼 푸드덕 날아가는 느낌이었다. 또는 종을 박차고 나가는 박쥐 떼처럼.

"여기서 뭐 하나?" 주니어가 바버라에게 물었다.

"잠깐, 내 질문에 먼저 대답해 봐."

줄리아 셤웨이가 끼어들었다. 입 꼬리가 웃는 사람처럼 바짝 올라간 표정이었다.

"너야말로 뭐 하는 거야? 몸무게는 네 4분의 1밖에 안 되고 나이는 세 배나 많은 사람을 두들겨 패?"

주니어는 할 말이 아무것도 생각나지 않았다. 피가 얼굴로 올라와 뺨을 새빨갛게 물들이는 기분이 들었다. 불현듯 매케인네 집 식료품 창고에 처박힌 이 신문팔이 계집애의 모습이 머릿속에 떠올랐다. 곁에는 앤지와 도디가 함께 있었다. 바버라 녀석도 함께. 어쩌면 떡이라도 치는 것처럼 신문사 계집애 위에 올라타 있을지도.

덴턴이 주니어를 구하러 왔다. 그의 목소리는 차분했다. 얼굴에는 세상이 다 아는 경찰관 특유의 심드렁한 표정이 자리 잡고 있었다.

"경찰 방침에 의문이 있으면 신임 서장한테 문의하시기 바랍니다. 그리고 기억해 두실 게 하나 있는데, 지금 이 마을은 고립되어 있어요. 고립된 사람들한테는 본보기가 필요합니다."

"고립된 사람들은 나중에 후회할 짓을 저지르기도 하죠. 보통은 조사가 시작될 때 후회하던데."

줄리아가 덴턴의 말을 맞받아쳤다. 덴턴의 입 꼬리가 축 처졌다. 뒤이어 덴턴이 샘을 앞세우고 자리를 떴다.

주니어는 잠시 바비를 쏘아보다가 말했다.

"내 눈에 안 띄게 입조심 하는 게 좋을 거다. 아예 쏘다닐 생각도 하지 마."

주니어는 가슴에 반짝이는 새 경찰 배지를 엄지손가락으로 천천히 쓰다듬었다.

"퍼킨스 서장은 죽었어. 지금은 내 말이 곧 법이야."

"주니어, 너 안색이 영 안 좋은데. 어디 아픈 거 아니야?"

주니어는 적잖이 놀란 눈으로 바비를 쳐다보았다. 그러다가 돌아서서 새 파트너의 뒤를 따라갔다. 두 주먹은 꽉 움켜쥔 채였다.

6

위기가 닥쳤을 때 사람들은 위안을 구하려고 익숙한 것에 의지하게 마련이다. 이는 신앙이 있는 사람과 없는 사람 모두에게 적용되는 진실이다. 이날 아침 체스터스밀의 개신교인들은 조금도 놀라지 않았다. 회중 교회에서는 파이퍼 리비 목사가 희망에 관하여 설교했고, 구주 그리스도 교회에서는 레스터 코긴스 목사가 지옥 불에 관하여 설교했다. 두 교회 모두 교인들로 가득했다.

파이퍼 목사는 요한복음 3장 34절을 인용했다. '새 계명을 너희에게 주노니 서로 사랑하라. 내가 너희를 사랑한 것 같이 너희도 서로 사랑하라.' 회중 교회의 신도석을 채운 교인들에게 목사는 위기가 닥쳤을 때 기도가 주는 위안과 힘은 물론 중요하지만, 서로 돕고 의지하고 또 사랑하는 것 또한 중요하다고 설교했다.

"하나님은 우리가 이해하지 못하는 것으로 우리를 시험하십니다. 그것이 질병일 때도 있습니다. 사랑하는 이가 갑작스럽게 우리 곁을 떠나는 것일 때도 있습니다."

파이퍼 목사는 위로하는 눈빛으로 브렌다 퍼킨스를 바라보았다. 브렌다는 고개를 숙인 채 검은 드레스 무릎에 두 손을 포개고 있었다.

"그 시험이 지금은 불가사의한 장벽으로 나타나 우리를 바깥 세상으로부터 단절시켰습니다. 우리는 그것을 이해하지 못합니다. 그러나 질병이나 고통, 선한 사람의 급작스런 죽음 또한 이해하지 못하기는 마찬가지입니다. 우리는 하나님께 까닭을 묻습니다. 그 대답은 구약에 나와 있습니다. 하나님께서 욥에게 주신 말씀입니다. '내가 땅의 기초를 놓을 때 네가 어디 있었느냐?' 좀 더 알기 쉬운 신약을 보면, 그리스도께서 사도들에게 이렇게 말씀하십니다. '내가 너희를 사랑한 것 같이 너희도 서로 사랑하라.' 우리가 오늘부터 이 위기가 끝나는 날까지 매일 해야 할 일이 바로 이것입니다. 서로 사랑하십시오. 서로 도우십시오. 그리고 시험이 끝나기를 기다리십시오. 하나님의 시험에는 늘 끝이 있습니다."

한편 레스터 코긴스 목사는 (구약 중에서도 낙관적인 내용이 드물기로 유명한) 민수기의 32장 23절을 인용했다. '너희가 만일 그같이 아니하면 여호와께 범죄함이니 너희 죄가 반드시 너희를 찾아낼 줄 알라.'

파이퍼 목사와 마찬가지로 코긴스 목사도 하나님의 시험에 관해 언급했지만, 그는 거대한 역사적 난장판이 벌어질 때마다 기독교도들이 받은 박해를 예로 들었다. 그러나 코긴스 목사가 중점을 둔 주제는 죄에 물드는 인간과 이에 대처하는 하나님의 방식이었다. 목사가 보기에 하나님은 그런 인간을 전능한 손으로 쥐어짜시는 분이었다. 흡사 골치 아픈 여드름을 쥐어짤 때 치약처럼 주르륵 흘러나오는 고름을 보고 나서야 만족하는 인간들처럼.

게다가 눈부시게 아름다운 10월의 아침 햇살 속에서조차 코긴스 목사는 이 마을에 닥친 심판이 반 이상은 자기 탓이라는 죄책감에 시달렸고, 그래서 더욱 유창하게 설교했다. 눈물을 글썽이는 사람도 많았으며 설교단 양 옆에서는 '예, 주님!' 소리가 연달아 울려 퍼졌다. 코긴스 목사는 설교를 하는 와중에도 이토록 고무적인 반응을 보면 기막히게 좋은 생각이 떠오르곤 했다. 이날 아침에도 그런 생각이 떠올랐던 코긴스 목사는 두 번 궁리할 것도 없이 명료하게 이야기했다. 생각하고 자시고 할 것도 없었다. 세상에는 거짓으로 의심하기에는 너무나 분명하고 찬란한 것들이 있게 마련이었다.

"오늘 오후가 되면 저는 하나님께서 신비로운 대문을 지으신 119번 국도로 나가 볼 작정입니다."

"주여!"

흐느끼던 여인이 소리쳤다. 다른 이들은 손뼉을 치거나 손을 위로 쳐들어 자신의 믿음을 표시했다.

"두 시가 좋을 것 같습니다. 그곳에 가서 목초지에 무릎을 꿇고, 예, 무릎을 꿇고 하나님께 이 시련을 끝내 달라고 기도드릴 것입니다."

'주여', '믿습니다', '하나님도 아십니다' 같은 소리들이 더욱 크게 울려 퍼졌다.

"하지만 그 전에……."

코긴스 목사는 한밤중에 자기 맨 등을 채찍질하던 바로 그 손을 높이 들었다.

"먼저 이 **고통**과 **슬픔**과 **시련**을 불러온 우리 **죄**를 위하여 기도할 것입니다! 저 혼자 기도드린다면 하나님께 안 닿을지도 모릅니다. 두세 명, 아니면 다섯 명이 함께 기도드려도 안 닿을지 모릅니다. 여러분, 다 같이 아멘."

신도들은 기꺼이 아멘을 외쳤다. 모두 한 목소리로 외쳤다. 이제 하나같이 열기에 사로잡혀 두 손을 높이 쳐들고 양 옆으로 너울거렸다.

"그러나 만약 여러분 모두 저와 함께 나간다면, 우리 모두 하나님의 푸른 하늘 아래, 그분의 풀밭에 둥그렇게 둘러앉아 기도드린다면…… 천국의 군병들이 주님의 의로운 손이 베푸신 역사를 지키다가 우리를 본다면…… 여러분 모두 그 자리에 나간다면, 여러분 모두 함께 기도드린다면, 그러면 우리는 이 죄의 바닥까지 내려가서 밝은 빛 아래 모조리 파내어 태워 버릴 것입니다. 전능하신 하나님의 기적을 볼 것입니다! **저와 함께 가시겠습니까, 여러분? 저와 함께 무릎 꿇으시겠습니까?**"

물론, 그들은 함께 갈 작정이었다. 기꺼이 무릎 꿇을 작정이었다. 사람들은 기쁠 때나 슬플 때나 순수한 기도 모임을 즐기는 법이었다. 이어서 성가대가 「주 하나님 하시는 일」을 연주하기 시작하자(코긴스 목사는 기타를 잡고 지(G) 코드를 연주했다.) 다 함께 지붕이 떠나가라고 찬송가를 불렀다.

　당연한 얘기지만, 빅 짐 레니도 그 자리에 있었다. 신도들끼리 승용차를 나눠 타도록 조정하는 일은 빅 짐의 소임이었다.

7

비밀은 이제 그만!

체스터스밀에 자유를!

시위를 시작합시다!!!

어디서? 119번 국도변 딘스모어 목장에서!

(부서진 트럭과 진압군이 있는 곳을 찾으세요!)

언제? 오늘 오후 2시!

(동부 표준시? 아니죠, 지금은 동부 탄압시!)

누가? 이 글을 읽은 여러분,

그리고 여러분이 데려올 수 있는 친구들 모두!

친구들에게 전해 주세요,

우리는 언론에 우리 이야기를 전해야 합니다!

누가 이런 짓을 하는지 밝혀야 합니다!

이유가 무엇인지도 밝혀야 합니다!

하지만 무엇보다, 우리는 여기서 나가고 싶습니다!

여기는 우리 마을입니다! 마을을 위해 싸워야 합니다!

우리는 마을을 되찾아야 합니다!

시위용 팻말이 준비되어 있으나 수량이 적습니다.

참가하실 분은 자기 팻말을 꼭 지참하세요.

(※ 욕설은 적어 봤자 도움이 안 됩니다.)

권력에 맞서 싸웁시다!

그들에게 본때를 보여줍시다!

체스터스밀 해방 위원회

8

체스터스밀 주민들 가운데 오래전에 니체가 했던 말 '무엇이든 나를 죽이지 못하는 것은 나를 강하게 할 뿐이다'를 좌우명으로 삼는 사람을 한 명만 꼽으라면, 바로 로미오 버피였다. 수완 좋은 중년 장사꾼 로미오는 늘 엘비스 프레슬리처럼 잘 차려입었으며, 즐겨 신는 신발은 앞코가 뾰족하고 양옆에 고무 밴드가 들어간 장화였다. 로미오라는 이름은 낭만주의자였던 프랑스계 미국인 어머니에게서, 버피라는 성은 뼛속까지 구두쇠였던 실용주의자 양키 아버지에게서 각각 물려받은 것이었다. 로미오는 무자비하게 조롱당하고 이따금씩 얻어터지기도 했던 어린 시절을 견디

고 살아남아 마을에서 제일가는 부자가 되었다(그게…… 실은 그
렇지가 않았다. 마을에서 제일가는 부자는 빅 짐이었는데 그는 피치
못할 사정 때문에 재산 대부분을 은닉하고 있었다.). 로미오는 메인
주를 통틀어 가장 크고 마진도 많이 남는 독립 잡화점의 소유주
였다. 1980년대에 로미오의 잠재적인 후원자들은 버피네 만물상
같은 징그러운 이름으로 장사할 생각을 하다니 미친 것 아니냐고
얘기했다. 로미오는 버피네 종묘상도 잘 굴러가는 것으로 보아 만
물상도 문제없으리라는 반응으로 일관했다. 그런데 오늘날 버피
네 만물상에서 가장 잘 팔리는 여름 상품은 '버피네서 슬러시 한
잔!'이라고 씌어진 티셔츠였다. 상상력이라고는 눈곱만큼도 없는
은행 직원들 같으니!

　로미오 버피의 성공 비결을 간단히 말하면, 일단 굵직한 기회
를 포착한 다음 인정사정없이 물고 늘어지는 것이었다. 이날 아침
10시 무렵, 그러니까 경찰서로 끌려가는 얼간이 샘을 본 지 얼마
안 되었을 때, 굵직한 기회가 또다시 로미오를 찾아왔다. 눈을 크
게 뜨고 있으면 기회는 늘 그런 식으로 찾아오게 마련이었다.

　로미오는 전단을 붙이는 아이들을 유심히 지켜보았다. 컴퓨터
로 출력한 전단이 꽤 솜씨 있어 보였다. 스케이트보드 두어 개를
빼면 대부분 자전거를 탄 아이들이 마을 큰길에 빼곡하게 전단
을 붙이는 중이었다. 119번 국도변에서 항의 시위를 한다는 내용
이었다. 로미오는 도대체 이게 다 누구 생각인지 궁금해졌다.

　그래서 아이들 중 한 명을 붙들고 물어보았다.

　"제가 생각한 건데요." 조 매클러치가 대답했다.

　"뺑 아니고?"

"뻥이라니 무슨 말씀을."

로미오는 조에게 사례금으로 5달러를 주었다. 조가 안 받으려고 반항했지만 아랑곳하지 않고 바지 뒷주머니에 푹 찔러 주었다. 정보를 들으면 사례를 해야 하는 법이었다. 로미오는 사람들이 그 꼬마의 시위에 갈 거라고 생각했다. 마을 사람들은 공포와 좌절과 정당한 분노를 분출하고 싶어서 안달이 나 있었다.

허수아비 조를 보내고 나서 곧바로 코긴스 목사가 주관하는 오후 기도회 소식이 로미오의 귀에 들려왔다. 하나님이 보우하사 시간도 장소도 조가 계획한 시위와 똑같았다.

틀림없는 계시였다. 그것도 **대박**의 계시였다.

로미오는 파리만 날리고 있는 자기 가게로 들어섰다. 이날 주말 장보기에 나선 사람들은 푸드시티 슈퍼마켓 아니면 주유소 편의점으로 향했다. 그러나 그런 사람들은 소수에 지나지 않았다. 주민들 대부분은 교회에 가거나 집에서 뉴스를 보는 중이었다. 버피네 만물상에서 계산대를 지키던 토비 매닝도 배터리로 돌아가는 조그만 텔레비전으로 CNN 뉴스를 보고 있었다.

"그 시끄러운 텔레비전 끄고 돈통 잠가."

"진담이세요, 사장님?"

"그래. 창고에 가서 큰 천막부터 꺼내. 릴리도 데려가."

"여름 정리 세일 때 쓰는 천막요?"

"바로 그거야. 척 톰슨의 비행기가 추락한 목장에다 그 천막을 치는 거지."

"앨든 딘스모어네 목장에요? 그 사람이 돈이라도 내라고 하면 어쩌시려고요?"

"달라면 주면 되지."

로미오는 머릿속으로 계산기를 두드려 보았다. 그의 가게는 할인 식료품을 비롯하여 안 파는 물건이 없었는데 당장 가게 뒤편의 대형 냉동고에 들어 있는 해피보이 소시지만 해도 자그마치 1000개였다. 독립기념일 휴가를 맞아 야외 바비큐 파티를 즐기는 관광객과 마을 사람들에게 팔려고 로드아일랜드 주에 있는 해피보이 본사에서 직접 사 온 소시지였다(그 회사는 사소한 세균 문제 때문에 문을 닫았다. 그래도 다행히 대장균은 아니었다.). 망할 놈의 불황 때문에 예상만큼 팔리지는 않았지만, 로미오는 그 소시지를 처분하지 않고 쟁여 놓았다. 땅콩을 고집스레 움켜쥐고 놓지 않는 원숭이처럼. 그런데 지금은, 잘만 하면……

'소시지를 타이완제 정원 장식용 막대기에다 꽂아서 파는 거야.' 로미오는 속으로 생각했다. '그 망할 놈의 막대기도 재고가 산처럼 쌓여 있으니까. 이름만 귀엽게 붙이면 돼, 어쩌고저쩌고 핫도그 뭐 이런 식으로.' 게다가 물에 타 먹는 레모네이드와 라임에이드도 수백 통이나 있었다. 하나같이 안 팔려서 손해를 볼 거라고 예상했던 할인 품목이었다.

"프로판가스통도 있는 대로 다 챙겨."

이제 로미오의 머릿속은 계산기처럼 찰칵찰칵 돌아갔다. 그는 거기 찍힌 숫자들이 무척 마음에 들었다.

토비도 슬슬 흥미로워 하는 표정을 짓기 시작했다.

"무슨 생각 하시는 거예요, 사장님?"

로미오는 장부에 적자로 표시해야 하리라고 생각했던 물건들을 하나하나 챙기기 시작했다. 싸구려 바람개비…… 독립기념일

에 팔고 남은 폭죽…… 핼러윈 때 처분하려고 남겨둔 오래된 사
탕 등등…….

"토비, 우린 체스터스밀 역사상 최고로 뻑적지근한 바비큐 파
티 겸 소풍을 열 거야. 서둘러, 할 일이 산더미야."

9

아내 린다가 고집스레 챙겨 준 주머니 속 무전기가 뻑뻑거렸을
때, 러스티는 해스켈 선생과 함께 병원에서 회진을 도는 중이었다.

린다의 목소리는 작기는 해도 또렷했다.

"여보, 나 결국 출근해야겠어. 랜돌프가 그러는데 119번 국도변
장벽에 마을 사람 절반이 모일 거래. 기도회도 있고, 시위도 열리
나 봐. 로미오 버피가 천막을 쳐 놓고 핫도그를 판다니까 오늘 저
녁에 배탈로 실려 오는 사람이 엄청 많을 거야, 기대하고 있어."

러스티의 입에서 '끙' 소리가 흘러나왔다.

"애들은 별 수 없이 마르타한테 맡겨야겠어. 마르타한테 자넬
이 아프다고 얘기해 둘게."

린다의 목소리는 수세에 몰려 걱정스러워 하는 사람처럼 들렸
다. 집안일을 일일이 챙기기에는 자기 능력이 부친다는 사실을 문
득 깨달은 주부 같았다.

"그래."

러스티가 생각하기에 아내에게 그냥 집에 있으라고 하면 말을
들을 것 같았지만…… 그래 봤자 슬슬 걱정이 가라앉는 사람한

테 새 걱정거리를 안겨 줄 뿐이었다. 게다가 사람들이 정말로 119번 국도변에 나타난다면, 그 자리에는 경찰관 린다가 있어야만 했다.

"고마워, 이해해 줘서."

"마르타한테 애들 보낼 때 개도 같이 보내는 거 잊지 마. 해스켈 선생이 한 애기 기억하지?"

오즈의 마법사로 불리는 론 해스켈 선생은 이날 아침 러스티네 식구들에게 없어서는 안 될 존재였다. 실은 이 위기가 시작되었을 당시부터 그러했다. 러스티는 이렇게 될 줄 짐작도 못했지만 지금은 해스켈 선생에게 감사하는 처지였다. 게다가 해스켈 선생의 부은 눈과 축 처진 입가를 보면 나이 탓에 힘에 부치는 듯했다. 마법사는 병원에 닥친 위기를 해결하기에는 나이가 너무 많았다. 이제 그에게는 병원 3층 휴게실에서 조는 일이 더 적성에 맞았다. 그러나 지니 톰린슨과 두기 트위첼을 빼면 지금 이 요새를 지킬 병력은 러스티와 해스켈뿐이었다. 마을을 빠져나갈 기력이 있는 사람은 다 빠져나간 화창한 주말 아침에 돔이 내려온 것은 체스터스밀의 불운이었다.

이제 일흔을 바라보는 해스켈 선생은 전날 밤 11시까지 병원에 머물다가 러스티가 말 그대로 문밖으로 떠밀 때에야 비로소 집에 돌아갔다. 그러고는 오늘 아침 7시에 러스티가 두 딸을 끌고 병원에 도착해 보니 이미 출근해 있었다. 함께 따라온 오드리는 캐서린 러셀 기념병원의 분위기에 금세 적응했는지 조용했다. 주디와 자넬은 이 커다란 골든레트리버의 양 옆에 서서 연방 쓰다듬으며 위안을 얻었다. 자넬은 끔찍이도 겁에 질린 표정이었다.

미치고, 눈멀고, 정신을 잃고 287

"이 개는 웬 건가?"

해스켈이 물었다. 러스티의 설명을 듣고 나서 그는 고개를 끄덕이고 자넬에게 말했다.

"그럼 우리 예쁜이부터 진찰해 볼까."

"진찰이란 거 아픈가요?" 자넬이 불안한 목소리로 물었다.

"설마. 진찰이 끝나면 내가 사탕을 줄 텐데 아프기는 그게 더 아플 게다."

진찰이 끝나고 나서 어른들은 두 소녀와 개를 진찰실에 남겨두고 복도로 나갔다. 해스켈의 어깨가 축 처져 보였다. 머리는 하룻밤 새에 하얗게 샌 듯했다.

"러스티 자네가 보기엔 어떤가?"

"가벼운 경기 같은데요. 긴장에 걱정까지 겹쳐서 일어난 것 같아요. 하지만 오드리가 애들 곁에서 끙끙댄 건 벌써 몇 달이나 된 일이라서요."

"그래. 일단 자론틴부터 투약해 보세. 괜찮겠나?"

"예."

러스티는 해스켈 선생에게서 질문을 받고 마음이 찡해졌다. 그동안 선생에 대해 비열한 말을 지껄이고 속으로 생각하기도 했던 자신이 슬슬 부끄러워지기 시작했다.

"그리고 개는 애 옆에 둬야 할 거야, 그렇지?"

"그럼요."

"선생님, 애는 괜찮을까요?"

린다가 물었다. 그때까지만 해도 출근할 생각은 안 하던 린다였다. 그때 린다는 하루 종일 아이들과 조용히 지낼 생각이었다.

288

"애는 지금도 괜찮아요. 가벼운 경기는 애들이 흔히 겪는 증세니까요. 대개는 한두 번으로 끝나지요. 한 1년 가까이 끄는 애들도 있긴 한데, 그러다가 멈춰요. 후유증도 거의 없어요."

린다는 안심한 표정이었다. 러스티는 해스켈 선생이 말하지 않은 사실을 아내가 영영 몰랐으면 하고 바랐다. 어떤 아이들은 얽히고설킨 신경의 미로 속에서 빠져나가는 대신 더 깊이 들어가기도 했고, 그러다가 심각한 발작으로 발전하기도 했다. 그리고 심각한 발작을 일으킬 경우에는 후유증이 남기도 했다. 죽음에 이르는 경우도 있었다.

그런데 오전 회진을 마치고(환자는 대여섯 명뿐이었고 그중 한 명은 별 탈 없는 산모였다.) 보건소로 달려가기 전에 커피나 한 잔 마실까 하던 참에, 린다가 전화를 걸었던 것이다.

"개를 데려가도 마르타가 뭐라고 하진 않을 거야."

"잘됐네. 린다, 당신 바깥에서 근무하는 동안은 경찰 무전기 차고 있을 거지?"

"물론이지."

"그럼 집에서 쓰는 무전기를 마르타한테 줘. 주파수는 우리끼리 쓰는 회선에다 맞춰 놓고. 자넬한테 무슨 일이 생기면 내가 바로 달려갈게."

"고마워, 여보. 혹시 오후에 잠깐 나올 수 있어?"

러스티가 잠시 생각하는 사이에 두기 트위첼이 복도 저편에서 걸어왔다. 귀 뒤에는 담배를 꽂았고 느릿느릿한 걸음걸이는 여느 때처럼 무사태평이었지만, 얼굴은 왠지 근심하는 표정이었다.

"한 시간쯤은 빠져나갈 수 있을 거야. 장담은 못해."

"알았어. 그래도 얼굴이라도 볼 수 있으면 좋을 텐데."

"누가 아니래. 당신, 현장에 나가서 조심해. 그리고 사람들한테 핫도그 먹지 말라고 꼭 얘기해. 버피네 냉동고에서 1만 년은 묵었을 거야."

"매머드 고기로 만든 건지도 모르지. 알았어, 오버. 이따 내가 데리러 갈게."

러스티는 하얀 가운의 주머니에 무전기를 꽂고 트위첼 쪽으로 돌아섰다.

"무슨 일이야? 일단 그 담배부터 집어넣고 얘기해. 여긴 병원이야."

트위첼은 귀 뒤에서 뽑은 담배를 내려다보았다.

"창고 옆에 가서 피우려고 했어."

"별로 좋은 생각이 아닌데. 거긴 프로판가스통 저장소잖아."

"실은 그 얘길 하러 왔는데. 가스통이 죄다 사라졌어."

"웃기고 있네. 그렇게 거대한 통이 사라졌다고? 정확히 기억은 안 나지만 한 통에 1만 리터 아니면 2만 리터짜린데."

"설마 내가 저장소 문도 안 열어보고 없다고 하겠어?"

러스티는 곤혹스러운 표정으로 이마를 쓸어내렸다.

"누가 출동할지는 모르지만 저 장벽을 사나흘 안에 못 없애면 가스가 무진장 필요할 텐데."

"누가 아니래. 문에 붙은 점검표를 보면 원래는 일곱 통이 있어야 되는데, 안에는 두 통뿐이야."

트위첼은 자기 가운 주머니에 담배를 집어넣었다.

"혹시 누가 가스통 자리를 옮겼나 싶어서 옆 창고도 들여다봤는데, 거기도……."

"누가 그런 짓을 해?"

"모르지, 뭐. 병원에 우리가 모르는 착실 과장이 있는지도. 어쨌거나 옆 창고에도 중요한 것들은 많잖아, 정원 손질용 연장이나 뭐 그런 거. 봤더니 연장은 다 그대로 있는데, 아 염병할 비료가 싹 없어졌네."

비료야 있든 없든 상관없었다. 러스티의 관심은 프로판가스에 쏠려 있었다.

"사정이 급해지면…… 마을 회관에서 빌려다 쓰는 수밖에."

"레니가 지랄할 텐데."

"심장이 또 고장 나면 올 데가 여기밖에 없는데도? 아마 안 그럴걸. 그건 그렇고, 나 오후에 잠깐 자리 좀 비워도 될까?"

"그거야 마법사 선생한테 달렸지. 지금은 그 양반이 최고 지휘관이니까."

"지금 어딨지?"

"휴게실에서 자고 있어. 아주 그냥 미친 사람처럼 코를 골던데. 깨우게?"

"아니, 그냥 자게 둬. 이제 마법사라고 안 부를 거야. 이 난장판에서 그렇게 열심히 일한 양반인데 예의를 갖춰야지."

"선생님, 드디어 새로운 깨달음의 경지에 이르셨군요."

"까고 있네, 대마초 중독자 주제에."

자, 이제 여기를 보시라. 눈을 크게 뜨고 봐야 한다.

또다시 찾아온 눈부시게 아름다운 체스터스밀의 가을날 오후 2시 40분. 언론사 취재진이 멀리 쫓겨나지만 않았더라면 사진 찍을 거리가 넘쳐날 만한 풍경이다. 한창 울긋불긋하게 물든 나무들 때문만은 아니다. 장벽 안에 갇힌 마을 주민들이 앨든 딘스모어 목장의 목초지에 구름처럼 모여 있다. 앨든이 로미오 버피에게 목초지를 이용하도록 허락하고 받은 돈은 600달러였다. 처음에 제안받은 200달러에서 왕창 끌어올린 앨든에게도, 흥정이 여의치 않으면 1000달러까지 부를 작정이었던 로미오에게도 흐뭇한 거래였다.

앨든은 시위나 기도회에 참가한 사람들에게서는 동전 한 닢도 안 받았다. 그렇다고 공짜로 들여보냈다는 뜻은 아니다. 목장주 앨든 딘스모어 씨가 밤에 태어난 것은 사실이지만, 그렇다고 어젯밤에 태어난 것은 아니었다. 이 짭짤한 기회가 찾아왔을 때 앨든은 그 전날 척 톰슨의 경비행기가 산산이 부서져 잠든 곳 바로 북쪽에 줄을 쳐서 거대한 주차 구역을 만들어 놓고 그곳에 자기 아내(셸리)와 큰아들(올리, 여러분이 기억하는 바로 그 아이), 또 목장 일꾼까지 배치해 두었다(이름이 마누엘 오르테가인 그 일꾼은 밀입국한 멕시코인이었지만 메인 주 사투리는 끝내주게 구사하는 친구였다.). 앨든은 차 한 대당 5달러를 받았다. 지난 2년간 키홀 은행에 목장을 압류당할까 봐 전전긍긍하던 소규모 낙농업자로서는 아주 쏠쏠한 벌이였다. 비싸다고 불평하는 이들이 있지만 많지는 않다. 프라이버그 농업 박람회의 주차요금은 이보다 더 비쌌고, 갓길에다 차를 대면 구경거리가 벌어지는 곳까지 1킬로미터나 걸어가야 하기 때문에 선택할 여지가 없다. 어차피 도로 양쪽 모두 일찍 온 사람들이 세워 둔 차 때문에 빼곡하다.

게다가 풀밭에 펼쳐진 광경은 어찌나 괴상망측한지! 그야말로 무대 세 곳에서 동시에 벌어지는 서커스, 그것도 평범한 체스터스 밀 주민들이 저마다 주연을 맡은 서커스이다. 로즈 트위첼과 앤슨 휠러와 함께 현장에 도착한 바비는 말문이 턱 막혀서 입만 헤 벌리고 바라보는 중이다(들장미 식당은 또 문을 닫았다가 저녁 시간에 열 예정이었다. 메뉴는 차가운 샌드위치뿐, 구이 요리는 주문 불가였다.). 줄리아 셤웨이와 피트 프리먼은 함께 사진을 찍는 중이다. 줄리아는 잠시 손을 멈추고 바비를 향해 매력적이지만 왠지 비밀스러운 미소를 지어 보인다.

"아주 볼만하죠, 안 그래요?"

바비가 씩 웃으며 대꾸한다. "여부가 있겠습니까."

서커스의 첫 번째 무대에는 허수아비 조 패거리가 붙인 전단을 보고 찾아온 마을 사람들이 보인다. 그치지 않고 모여든 사람들은 거의 200명 가까이 되었고, 아이들이 만들어 온 팻말 60개는 금세 동이 났다(가장 인기 있는 문구는 **내보내 달라고, 젠장!**이었다.). 자기 팻말을 챙겨온 사람들이 많아서 다행이다. 조는 체스터스밀 지도 위에 감옥의 쇠창살을 그린 팻말이 가장 마음에 들었다. 리사 제이미슨은 그 팻말을 가만히 들고 있는 대신 펌프질하듯이 위아래로 거세게 쑤셔대는 중이다. 한쪽에는 창백한 낯빛으로 인상을 잔뜩 구긴 잭 에번스가 보인다. 잭은 그 전날 과다 출혈로 숨진 아내의 사진을 팻말에 잔뜩 붙여 놓았다. 사진 아래에 큼지막한 글씨로 **내 아내를 죽인 자 누구인가?**라고 씌어져 있다. 허수아비 조는 그런 잭이 안쓰러웠지만…… 어쨌거나 끝내주는 팻말이 아닌가! 기자들이 봤다가는 흥분해서 오줌을 지릴 만한 팻말이다.

조는 시위 참가자들을 돔 바로 앞에 둥그렇게 모아 세웠다. 땅에 줄줄이 널브러진 죽은 새들이 바로 돔이 있는 자리의 표시였다(모튼 쪽에 떨어진 새는 군인들이 치우고 없었다.). 조가 이미 동료 시위자로 여기기 시작한 사람들은 둥글게 늘어서서 돔 저편의 경비 병력에게 팻말을 보여 주었지만, 군인들은 굳건하게(또한 답답하게) 이쪽으로 등을 돌린 채 서 있기만 했다. 조는 프린터로 출력한 구호를 사람들에게 나누어 주기까지 한다. 그 구호를 함께 쓴 노리 캘버트는 조의 친구인 베니 드레이크가 스케이트보드의 여신으로 떠받드는 여자아이이다. 노리는 스케이트보드만 기막히게 잘 타는 것이 아니라 간결하고 힘찬 구호를 쓰는 데에도 소질이 있다. 그중에는 '하하하! 히히히! 체스터스밀에 자유를!'도 있고 '당신 짓이지! 당신 짓이지! 당장 나와서 인정하시지!'도 있다. 아쉽지만 어쩔 수 없이 기각해야 했던 걸작 하나는 이러했다. '봉쇄는 그만! 봉쇄는 그만! 언론의 자유도 모르냐, 호모 새끼들아!'

"우리 정치적으로 올바른 구호만 쓰기로 하자."

조는 노리에게 이렇게 말했다. 사실 조의 머릿속은 노리 캘버트가 키스하기에 너무 어린 나이인가 아닌가 하는 생각으로 가득하다. 또 만약 키스를 했다가 노리가 혀를 사용하면 어떡하나 하는 생각도 있다. 조는 여자아이한테 키스해 본 적이 한 번도 없었지만, 어차피 냉장고용 투명 용기에 갇힌 벌레처럼 죽어야 할 신세라면 아직 시간이 있을 때 이 아이한테 하고 싶다.

서커스의 두 번째 무대에서는 코긴스 목사가 주최한 기도회가 열리는 중이다. 참가자들은 그야말로 성령이 충만한 상태이다. 게다가 교파를 초월한 화합의 산 증거로써 회중 교회 신도 여남은 명이 구주 그리스도 교회 성가대에 가세하기까지 했다. 성가대가 「내 주는 강한 성이요」를 부르기 시작하자 교회는 안 다녀도 그 노래는 아는 마을 사람 여러 명이 합세했다. 성가대의 노랫소리가 구름 한 점 없이 푸르른 하늘로 울려 퍼지는 동안 코긴스 목사의 카랑카랑한 격려와 기도회 사람들이 내지르는 '아멘' 그리고 '할렐루야' 소리는 노래 중간중간을 넘나들며 완벽한 대구를 이룬다(그렇다고 화음을 이룬 것은 아니다. 거기까지 바란다면 당신은 욕심이 너무 과한 사람이다.). 하나둘 모여든 마을 주민들이 무릎을 꿇으면서 기도회는 점점 더 커지고, 사람들은 애원의 표시로 두 손을 맞잡고 높이 쳐들기 위해 팻말을 잠시 옆에 내려놓는다. 군인들은 등을 돌렸을지언정 하나님께서는 그러지 않으시리라 믿기 때문이다.

그러나 이 서커스에서 가장 성대하고도 파렴치한 공연은 한가운데 무대에서 벌어지는 중이다. 돔에서 멀찍이 떨어진 기도회 동쪽 50미터 지점, 로미오 버피가 쳐 놓은 여름 정리 세일용 대형 천막이 보인다. 희미하게 부는 바람의 방향을 확인하고 천막 칠 자리를 면밀히 계산한 결과였다. 로미오는 수북이 쌓아올린 숯에서 피어오른 연기가 기도하는 사람들과 시위하는 사람들 모두에게 확실히 가 닿기를 원했다. 그가 이날 오후의 종교 행사를 위하여 양보한 것이라고는 점원 토비 매닝에게 대형 카세트 라디오를 끄라고 지시한 것뿐이었다. 라디오에서 제임스 맥머트리가 부르는 작은 마을이 어쩌고저쩌고 하는 노래가 시끄럽게 흘러나왔기 때문이다. 「주 하나님 지으신 모든 세계」나 「예수님께 나아가세」 같은 찬송가하고는 안 어울리는 노래이다. 핫도그 장사는 지금도 호황이고 앞으로도 전망이 창창하다. 로미오는 그렇게 확신한다. 석쇠에 올려놓았는데도 녹지 않는 소시지를 보니 나중에 배탈로 고생할 사람이 꽤 있을 듯하지만, 어쨌거나 따사로운 오후 햇살 속으로 퍼져 나가는 핫도그 냄새는 끝내준다. 투명한 담으로 둘러싸인 교도소의 식사 시간이라기보다는 마을 소풍 같은 분위기라고나 할까. 바람개비를 들고 사방으로 뛰어다니는 아이들도 있고, 딘스모어네 목초지에 불을 지를 작정인지 독립기념일에 팔고 남은 폭죽에 불을 붙이는 아이들도 있다. 사방에 나뒹구는 빈 종이컵에는 (유통기한이 지난) 새콤한 분말주스와 (유통기한이 한참 지난) 대충 만든 커피의 흔적이 보인다. 나중에, 로미오는 토비 매닝에게 아이들한테 10달러를 쥐어 주고 쓰레기 줍기를 시키라고 지시할 테고, 그 돈은 아마도 딘스모어네 아들들 차지가 될 것이다. 지역 사회에서 명망을 쌓는 것은 언제나 중요한 일이니까. 그러나 지금 당장은, 로미오의 관심은 오로지 두루마리 휴지 상자를 뜯어 만든 임시 돈통에 쏠려 있다. 기다란 녹색 지폐를 받고 자그마한 은색 동전을 거슬러주는 그를 보라, 이것이야말로 미국식 상거래의 귀감이 아닌가. 핫도그 한 개에 4달러를 받아도 사람들은 군말 없이 돈을 척척 지불한다. 해 질 무렵의 예상 매출액은 적어도 3000달러, 어쩌면 훨씬 더 벌지도.

아니, 저 사람은! 러스티 에버렛이 아닌가! 드디어 병원에서 빠져나왔단 말인가! 잘됐군! 러스티는 중간에 마르타네 집에 들러서 두 딸을 데려왔더라면 하는 마음이 굴뚝같다. 아이들은 틀림없이 이 서커스를 즐길 테고, 수많은 사람들이 즐거워하는 광경을 보면 두려움이 누그러질지도 모른다. 그러나 자넬한테는 너무심한 자극일 수도 있다.

러스티와 린다는 동시에 서로를 발견하고, 러스티가 미친 듯이손을 흔든다. 아예 방방 뛰다시피 한다. 린다는 근무할 때면 늘그러듯이 당찬 여경 스타일로 뒷머리를 볼록하게 땋은 덕분에 중학교 치어리더처럼 어려 보인다. 곁에는 두기 트위첼의 누나인 로즈와 들장미 식당 주방에서 불판을 맡은 젊은 남자, 즉 바버라가나란히 서 있다. 러스티는 살짝 놀란 표정이다. 바버라가 마을을떠난 줄 알았으니까. 빅 짐 레니의 성질을 건드렸으니까. 러스티가듣기로는 술집에서 벌어진 싸움 때문이라던데, 싸움질을 벌인 패거리가 치료받으러 병원에 들렀을 때 그는 비번이었다. 그에게는다행스러운 일이었다. 디퍼스에서 다친 취객들이야 볼 만큼 봤으니까.

러스티가 아내를 끌어안고 입을 맞춘 다음 로즈의 볼에도 입을 맞춘다. 요리사하고는 악수를 하고 다시 소개를 받는다.

"저 핫도그 좀 봐요. 맙소사."

"병원에 요강 좀 준비하셔야겠는데요, 선생님."

바비가 농담을 하자 다 함께 껄껄 웃는다. 이런 상황에서 웃음이 나오다니 놀랄 일이지만, 웃는 사람이 딱히 그들뿐인 것도 아니고…… 젠장, 웃으면 안 되나? 상황이 여의치 않을 때 웃을 수 없다면, 웃으면서 이렇게 조촐하게나마 축제라도 열 수 없다면, 당신은 이미 죽었거나 죽기만 바라는 처지일 뿐이다.

"재밌네."

이 재미가 얼마나 빨리 사라질지는 까맣게 모른 채로, 로즈가 말한다. 프리스비 한 개가 휙 날아온다. 로즈가 냉큼 잡아채더니 베니 드레이크에게 다시 던져주고, 베니는 폴짝 뛰어서 프리스비를 받은 다음 빙그르르 돌며 노리 캘버트에게 던지고, 노리는 등 뒤로 손을 돌려 턱 받는다. 멋진 솜씨로군! 기도회 사람들은 계속 기도를 드린다. 이제 제대로 발동이 걸린 합동 성가대가 부동의 히트 찬송가 「믿는 사람들은 군병 같으니」를 부르기 시작한다. 러스티네 둘째 딸 주디 또래로 보이는 여자아이가 쪼르르 지나간다. 통통한 무릎 주위로 치마가 나풀거리는 아이의 한 손에 탄산음료 깡통이, 다른 손에는 저 끔찍한 라임에이드 종이컵이 보인다. 소용돌이처럼 빙빙 돌며 점점 커지는 시위 행렬이 외친다. '하하하! 히히히! 체스터스밀에 자유를!' 하늘에서는, 바닥이 새카만 뭉게구름이 머튼 쪽에서 두둥실 흘러오다가…… 군인들이 있는 곳에 이르러 슥 갈라지더니, 돔을 감싸고 흘러간다. 바로 머리 위의 하늘은 구름 한 점 없이, 흠 잡을 데 없이 파랗기만 하다. 딘스모어네 목초지에 모인 이들 가운데 돔을 스쳐가는 구름을 주의 깊게 바라보며 앞으로 체스터스밀에 비가 내릴지 어떨지 걱정하는 사람들이 있기는 하지만, 그 걱정을 입 밖에 내는 사람은 아무도 없다.

"다음 주 일요일에도 이렇게 재미있을까요?"

바비가 한 말을 듣고 린다 에버렛이 그쪽으로 고개를 돌린다.

호의적인 표정이 아니다.

"그때까진 틀림없이 해결될……."

로즈가 린다의 말꼬리를 자른다. "저기 봐. 쟤 저렇게 빨리 달리면 안 되는데, 저러다 뒤집어지면 어떡해? 난 저 사륜 오토바이란 거 진짜 싫더라."

네 사람은 일제히 그쪽으로 눈을 돌린다. 풍선처럼 통통한 타이어가 달린 소형 사륜 오토바이가 가을볕에 하얗게 마른 건초더미 사이를 대각선으로 질러 달려온다. 네 사람이 있는 쪽이 아니다, 틀림없이 돔 쪽으로 향하는 중이다. 속도가 너무 빠르다. 돔 저편에서 등을 돌리고 있던 군인들이 점점 커지는 엔진 소리를 듣고 끝내 뒤를 돌아본다.

"안 돼, 부딪히면 안 돼." 린다의 신음소리가 들린다.

로리 딘스모어는 돔에 부딪히지 않는다. 차라리 부딪히기라도 했더라면 다행이었을 텐데.

11

아이디어라는 것은 잠복해 있는 세균과 같아서, 조만간 누구든 감염되게 마련이다. 합동참모부 사람들은 이미 감염되었다. 그 아이디어가 나왔던 몇 차례의 회의에는 바비의 옛 상관인 제임스 O. 콕스 대령도 참석했다. 오래지 않아 체스터스밀에 사는 어떤 사람도 같은 아이디어에 감염되었는데 그 어떤 사람은 바로 로리 딘스모어로 밝혀졌고, 이는 전혀 놀랄 일이 아니었다. 로리는 딘스모어네 식구들 중에 가장 똑똑한 인재였다('어쩌다 이런 애가 나왔을까.' 로리가 전 과목 에이(A)를 받은 성적표를 처음 들고 왔을 때 어머니인 셸리 딘스모어는 이렇게 중얼거렸고…… 그 목소리에는, 뿌듯함이 아니라 걱정이 배어 있었다.). 만약 로리가 마을에 살면서 컴퓨터를 갖고 있었더라면 틀림없이 허수아비 조 패거리에 들어갔을 것이다.

로리는 '축제 겸 기도회 겸 시위'에 못 가도록 금지당했다. 해괴망측한 핫도그를 먹고 주차 업무를 돕는 대신 집에 남아 소한테 여물이나 주라는 명령을 아버지가 내렸던 것이다. 여물 주기가 끝나면 우유가 잘 나오도록 소 젖에 연고를 발라 주라고도 했다. 로리가 끔찍이도 싫어하는 일이었다. 거기가 끝이 아니었다.

"연고 다 바르면 축사 청소하고 건초도 쌓아 놔라."

그 전날 아버지가 신신당부했는데도 불구하고 돔에 가까이 갔다는 이유로 받는 벌이었다. 게다가 젠장, 로리는 돔을 쾅쾅 두드리기까지 했다. 혹시나 하고 어머니한테 졸라 보았지만 이번에는 아무 소용도 없었다.

"하마터면 죽을 뻔했잖아. 아빠가 그러시던데, 너 고자질까지 했다며?"

"그냥 요리사 아저씨 이름만 말했어요!"

로리는 이렇게 대들었다가 또다시 아버지한테 뒤통수를 얻어맞았고, 그러는 동안 형 올리는 아무 말 없이 흐뭇한 표정으로 지켜보았다.

"머리만 믿고 나대다가 네 발등 찍는 수가 있어."

이렇게 충고하는 아버지 뒤에 꼭꼭 숨어서, 올리가 혀를 날름 내밀었다. 그러나 셸리는 큰아들의 얄미운 짓을 놓치지 않았고…… 이번에는 올리의 뒤통수에 어머니의 손이 작렬했다. 그럼에도 큰아들이 그날 오후의 재미난 즉석 행사에 못 가도록 막지는 않았다.

"저 시끄러운 카트는 건드리지도 마라."

앨든은 1번 축사와 2번 축사 사이의 그늘에 세워둔 사륜 오토바이를 가리키며 말했다.

"건초는 네 힘으로 날라. 그래야 튼튼해져."

이 말을 끝으로 딘스모어 집안의 어수룩한 식구 셋은 함께 집을 나섰고, 목초지를 가로질러 로미오의 천막이 있는 곳으로 걸어갔다. 딘스모어 집안의 똑똑한 식구 한 명은 쇠스랑 한 개와 화분처럼 큼지막한 소 젖 연고 한 통과 함께 집에 남았다.

로리는 풀이 죽은 와중에도 맡은 일을 꼼꼼하게 해치웠다. 이따금씩 너무 빨리 돌아가는 머리 탓에 곤경에 처할 때가 있기는 했지만, 그럼에도 로리는 착한 아들이었다. 벌 대신 맡은 잡일을 팽개치고 땡땡이를 칠 생각은 아예 떠오르지도 않았다. 사실 처음에는 아무 생각도 떠오르지 않았다. 로리의 머릿속은 텅 비다시피 한 축복받은 상태, 즉 몹시도 기름진 밭이었다. 인간의 가장 찬란한 꿈과 가장 굉장한 아이디어는(좋은 것이든 끔찍한 것이든 똑같이) 바로 그 땅에서 싹을 틔우고 가끔은 활짝 피기도 한다. 다만 거기에는 늘 일련의 암시가 필요한 법이다.

로리가 1번 축사의 중앙 통로를 쓸고 있을 때(구역질나는 소 젖 연고 바르기는 맨 나중으로 미룰 생각이었으므로), 틀림없이 폭죽 소리이지 싶은 '팡, 파팡, 팡' 소리가 연방 들려왔다. 총소리와 조금은 비슷하게 들렸다. 로리는 그 소리를 듣고 현관 옷장에 들어 있는 30구경 엽총이 떠올랐다. 사격 연습 때나 사냥철일 때를 빼면 절대 못 건드리는 총이었지만, 옷장은 잠겨 있지 않았고 위쪽 선반에는 총알도 있었다.

그때 그 아이디어가 떠올랐다. 로리는 속으로 생각했다. '저기다 구멍을 뚫는 거야. 잘하면 박살낼 수 있을지도 몰라.' 머릿속에 생생한 장면이 떠올랐다. 풍선 옆에 성냥불을 갖다 대는 장면이었다.

로리는 빗자루를 내팽개치고 집으로 달려갔다. 영리한 사람들이(특히 영리한 아이들이) 으레 그러하듯이 로리 또한 신중한 사고보다는 번뜩이는 착상에 더 능했다. 만일 그 아이의 형이 그런 생각을 떠올렸다면(그럴 것 같지는 않지만) 아마도 이렇게 생각했으리라. '비행기도 못 뚫고 펄프 트럭도 못 뚫었는데 총알이 뚫을 수 있을까?' 어쩌면 이런 생각까지 했을지도 모른다. '안 그래도 말을 안 들어서 벌 받고 있는데, 그랬다간 아예 죽자고 개기는 거나 마찬가지잖아.'

글쎄…… 아니, 올리라면 그런 생각을 아예 못했을 것이다. 올리의 수학적 재능은 간단한 곱셈에서 바닥을 드러냈다.

반면에 로리는 공대에서나 배울 대수학을 가볍게 해치우는 수준이었다. 만약 트럭이나 비행기도 못 해낸 일을 총알이 어떻게 할 수 있느냐고 물으면 로리는 윈체스터 엘리트 XP^3 탄환의 착탄 시 충격이 트럭이나 비행기보다도 훨씬 크다고 대답했을 것이다. 일리 있는 대답이다. 우선 총알은 속도가 훨씬 빠르다. 게다가 총알이 명중할 때의 충격은 11.5그램짜리 탄두 끝의 한 점에 집중된다. 로리는 이 방법이 통할 거라고 확신했다. 거기에는 대수 방정

식처럼 명징한 우아함이 깃들어 있었다.

로리의 눈앞에 《USA 투데이》 신문의 1면에서 웃고 있는(물론 겸손하게 웃고 있는) 자기 얼굴이 떠올랐다. NBC 방송국의 「나이틀리 뉴스」에 나가서 간판 아나운서인 브라이언 윌리엄스와 인터뷰하는 장면도 떠올랐다. 울긋불긋한 종이 눈이 흩날리는 축하 행진, 졸업 무도회의 여왕처럼 예쁜 누나들과 함께 꽃수레를 타고 가며(십중팔구 어깨가 훤히 드러나는 드레스를 입은 누나들, 운이 좋으면 수영복 차림일지도?) 사람들에게 손을 흔들어 인사하는 광경도 떠올랐다. **로리 딘스모어, 체스터스밀을 구한 소년!**

로리는 옷장에서 냉큼 총을 꺼낸 다음, 발판을 딛고 올라서서 선반 위의 XP³ 탄환 상자도 꺼냈다. 탄창에 두 발을(한 발은 여분으로) 끼우고, 전투에서 승리한 반군 게릴라처럼 총을 머리 위로 높이 쳐든 채 바깥으로 달려 나갔다(그래도 이것만은 얘기해 두고 싶다. 로리는 부지불식간에도 엽총의 안전장치를 채워 두었다.). 아버지가 타지 말라고 한 야마하 사륜 오토바이의 열쇠는 1번 축사 열쇠함에 걸려 있었다. 그 열쇠에 달린 줄을 이 사이에 질끈 문 채로, 로리는 오토바이 짐받이에 엽총을 올려놓고 고무 끈으로 친친 감았다. 돔이 터질 때 소리가 날지 어떨지가 궁금했다. 옷장 맨 위 선반에 있는 사격용 귀마개도 가져왔더라면 좋았을 테지만, 귀마개 때문에 돌아가는 것은 상상도 할 수 없었다. 이것은 지금 당장 실행에 옮겨야 할 일이었다.

굉장한 아이디어란 원래 그런 법이다.

로리는 사륜 오토바이를 몰고 2번 축사를 돈 다음, 잠시 멈춰서 들판에 모인 군중의 수를 헤아려 보았다. 잔뜩 흥분한 상태이기는 했지만 돔이 도로를 막은 곳으로 곧장 달려갈 만큼 정신이 없지는 않았다(그곳에는 전날 일어난 충돌 사고의 흔적이 아직도 더러운 유리창에 낀 때처럼 남아 있었다.). 돔을 터뜨리기도 전에 누가 나서서 붙잡을지도 몰랐다. 그랬다가는 **체스터스밀을 구한 소년** 대신 **1년 동안 소 젖에 연고를 발라 준 소년**으로 전락할 공산이 컸다. 게다가 처음 한 주 동안은 앉지도 못하고 엉거주춤 쭈그린 채로 연고를 발라 주어야 할지도 몰랐다. 왜냐하면 아버지한테 얻어맞은 엉덩이가 너무 아플 테니까. 어쩌면 다른 사람이 나서서 이 굉장한 아이디어를 가로채어 영웅이 될지도 몰랐다.

그래서 로리는 들판을 비스듬히 가로질러 로미오의 천막으로부터 400미터 남짓 떨어진 돔 앞까지 달려갔고, 그러는 동안 저 앞의 짚더미에 움푹 팬 자국들을 보고 오토바이 세울 곳을 가늠했다. 로리는 알고 있었다. 그 자국들은 돔에 부딪힌 새들이 추락하면서 남긴 것이었다. 그 근처에 서 있던 군인들이 점점 커지는 사륜 오토바이 소리를 듣고 뒤를 돌아보았다. 소풍과 기도회를 즐기던 사람들이 조심하라고 소리를 질렀다. 찬송가 소리가 불협화음으로 바뀌더니 뚝 끊어졌다.

그중에 최악은 꾀죄죄한 디어 트랙터 모자를 흔들며 이쪽을 향해 소리치는 아버지였다.

"로리 이 녀석아 안 돼 그만둬!"

로리는 너무 몰입한 나머지 그만둘 수가 없었고, 그만두고 싶지도 않았다. 착한 아들이 아니라고 해도 상관없었다. 사륜 오토바이가 야트막한 둔덕에 부딪히는 바람에 엉덩이가 안장 위로 붕 떠올랐지만 로리는 미치광이처럼 깔깔대며 핸들을 붙잡고 버텼

다. 머리에 쓰고 있던 디어 트랙터 모자가 뒤로 휙 돌아갔지만 정작 모자 주인은 그런 줄 알아차리지도 못했다. 사륜 오토바이가 비스듬히 내려와 지면에 똑바로 섰다. 이제 돔까지는 코앞이었고, 전투복 차림의 군인들 중 한 명이 마찬가지로 멈추라고 소리 지르는 중이었다.

로리는 군인들 말대로 멈췄지만, 하마터면 핸들 너머로 공중제비를 돌 뻔했다. 깜박 잊고 변속 레버를 중립으로 바꾸지 않았기 때문이었다. 사륜 오토바이는 그대로 굴러갔고, 돔에 충돌하여 툴툴거리다가 멈췄다. 끼긱거리는 쇳소리와 전조등 깨지는 소리가 들렸다.

군인들은 사륜 오토바이에 치일까 무서워 양 옆으로 냉큼 달아났다(이쪽으로 돌진하는 물체를 가린 것이 아무것도 없었기에 공포가 더욱 컸다.). 덕분에 로리는 폭발이 일어날지도 모르니 피하라고 소리칠 필요가 없었다. 로리는 영웅이 되고 싶었지만 그 욕심 때문에 누구를 다치게 하거나 죽이고 싶지는 않았다.

이제 서둘러야 했다. 로리가 멈춘 곳에서 가장 가까이 있는 사람들은 주차장과 여름 정리 세일 천막 근처에 모여 있었다. 그 사람들이 이제 미친 듯이 뛰어오는 중이었다. 그들 가운데 아버지와 형이 보였다. 두 사람 다 네가 무슨 짓을 하고 싶은지 모르겠지만 당장 그만두라고 소리치고 있었다.

로리는 고무 끈을 풀고 엽총을 어깨에 단단히 댄 다음, 죽은 참새 세 마리가 누워 있는 자리에서 위쪽으로 1.5미터쯤 되는 투명한 장벽을 겨누었다.

"안 돼, 꼬마야! 그건 좋은 생각이 아니야!"

군인들 중 한 명이 외쳤다. 로리는 콧방귀도 뀌지 않았다. 왜냐하면 그것이 좋은 생각이기 때문이었다. 이제 천막과 주차장에서 뛰어온 사람들이 지척에 있었다. 고함소리가 들렸다. 기타 실력보다 달리기 실력이 훨씬 좋은 레스터 코긴스 목사의 목소리였다.

"아이고 하나님 아버지, 안 돼!"

로리는 방아쇠를 당겼다. 아니, 당겼지만 헛수고였다. 안전장치가 걸려 있었다. 어깨 너머를 돌아보니 벌건 얼굴로 씩씩대는 아버지 앞에서 구주 어쩌고 하는 교회의 꺽다리 목사가 쏜살같이 달려오는 중이었다. 목사의 셔츠 자락이 바지에서 비어져 나와 펄럭거렸다. 두 눈은 화등잔 같았다. 목사 바로 뒤에 뛰어오는 사람은 들장미 식당 요리사였다. 그들은 이제 50미터 앞까지 다가와 있었고, 목사의 속도는 더욱 빨라졌다.

로리는 엽총의 안전장치를 풀었다.

"안 돼, 꼬마야, 안 돼!"

아까 그 군인이 다시 외치면서 돔 저편 땅바닥에 웅크리고 앉아 활짝 편 두 손을 쭉 내밀었다.

로리는 아랑곳하지 않았다. 굉장한 아이디어란 원래 그런 법이기 때문이었다. 로리는 방아쇠를 당겼다.

로리에게는 불행한 일이었지만, 그야말로 완벽한 한 발이었다. 돔에 명중한 고성능 탄환은 그대로 튕겨 나와 마치 끈 달린 고무공처럼 되돌아왔다. 고통은 즉시 찾아오지 않았다. 그러나 둘로 쪼개진 탄환의 한 조각이 왼쪽 눈알을 파헤치고 뇌 속에 박혔고, 뒤이어 거대한 은막 같은 흰 빛이 로리의 머릿속을 가득 채웠다. 로리는 얼굴을 감싼 채 허물어지듯 무릎을 꿇었다. 눈에서 솟구

306

친 피가 손가락을 타고 흘러내렸다.

12

"안 보여요! 앞이 안 보여요!"

아이가 지르는 비명을 듣는 순간, 레스터 코긴스 목사의 머릿속에 문득 어젯밤에 손으로 짚었던 성서 구절이 떠올랐다. '미치는 것과 눈머는 것과 정신을 잃는 것으로 치시리니.'

"안 보여요! 안 보여요!"

코긴스 목사는 아이의 손을 치우고 피가 벌컥 뿜어 나오는 눈구멍을 내려다보았다. 터지고 남은 눈알이 볼에 매달려 대롱거렸다. 아이가 고개를 쳐들자 너덜너덜한 핏덩이가 풀밭으로 떨어졌다.

목사는 아이 아버지가 달려들어 빼앗아가기 전까지 잠시 아이를 품에 안고 있었다. 아이를 빼앗겼지만 상관없었다. 어차피 그렇게 될 일이었다. 전날 밤, 코긴스 목사는 죄를 짓고 주님께 계시를 보여 주십사 간청했다. 이제 그 계시가 주어졌다. 대답이 돌아왔다. 이제 목사는 빅 짐 레니에게 홀려서 저질렀던 죄의 대가를 어떻게 치러야 할지 깨달았다.

눈먼 아이가 그에게 길을 보여 주었다.

최악이 오려면 아직 멀었다네

1

돌이켜보면 혼란스럽기만 했다. 러스티 에버렛의 머릿속에 또렷하게 떠오르는 기억은 오로지 웃통을 벗어부친 코긴스 목사뿐이었다. 피부는 생선 배처럼 허여멀겠고, 갈비뼈는 가지런했다.

그러나 바비는, 아마도 콕스 대령에게 명령을 받고 조사 임무에 복귀한 탓이었을 테지만, 모조리 다 목격했다. 그리고 바비가 가장 생생하게 기억하는 것은 웃통을 벗은 코긴스 목사가 아니라 멜빈 셜스였다. 셜스는 바비를 손가락으로 가리키며 고개를 살짝 끄덕였다. 남자라면 누구나 무슨 뜻인지 알아차릴 수 있는 몸짓이었다. '끝났다고 착각하지 마, 새끼야'였다.

그 밖의 모든 사람이 기억하는 것은, 아마도 마을이 처한 상황을 무엇보다 잘 보여주는 장면이었을 텐데, 피투성이가 된 가엾은 아들을 품에 안고 울부짖는 아이 아버지와, 정상 체중보다 30킬로그램이나 더 나가는 거구를 뒤뚱거리며 달려오는 아이 어머니와, 그녀가 외친 한마디였다. '앨든, 애 괜찮아요? 무사해요?'

아이 주위에 둥그렇게 모여든 사람들을 제치고 들어가는 러스티 에버렛이 바비의 눈에 띄었다. 아이 곁에 무릎을 꿇은 두 남자는 앨든 딘스모어와 코긴스 목사였다. 앨든은 아들을 품에 안고 있었고 코긴스 목사는 그 곁에서 마치 돌쩌귀가 떨어진 문짝처럼 입을 헤 벌리고 있었다. 러스티의 아내가 목사 바로 뒤에 서 있었다. 러스티는 두 남자 사이에 털썩 무릎을 꿇은 다음, 아이의 두 손을 얼굴에서 떼어내려고 기를 썼다. 앨든이 러스티에게 다짜고짜 주먹을 날렸다. 바비가 보기에는 그리 놀랄 일도 아니었다. 러스티의 코에서 피가 흐르기 시작했다.

"안 돼요, 앨든! 이 사람이 보게 놔둬요!"

보조의인 러스티의 아내가 소리쳤다.

'린다.' 바비는 속으로 생각했다. '저 여자 이름은 린다야. 그리고 경찰이지.'

"안 돼요, 앨든! 그러지 마요!"

린다가 어깨를 붙들자 앨든은 몸을 뒤로 홱 틀었다. 보나마나 린다에게도 한 방 먹이려는 모양새였다. 앨든의 표정에 이성이라고는 조금도 보이지 않았다. 그 순간만큼은 새끼를 지키려는 한 마리 짐승일 뿐이었다. 바비는 앨든이 린다에게 주먹을 날릴까 봐 막아서려고 했지만, 마침 더 좋은 생각이 떠올랐다.

"이 사람은 의사요!"

바비는 앨든의 얼굴에 대고 버럭 소리쳤다. 린다가 안 보이게 막으려는 속셈이었다.

"의사가 왔어요! 의사예요, 의사……."

누가 바비의 목덜미를 틀어쥐고 홱 잡아당겼고, 그 바람에 바비는 뒤로 빙그르르 돌아섰다. 언뜻 보니 주니어의 패거리 가운데 한 명인 멜빈 셜스가 파란색 경찰 제복 셔츠에 배지까지 달고서 있었다. '이거 완전히 최악이잖아.' 이렇게 생각한 순간, 그 생각을 바로잡아 주기라도 하듯이 셜스가 바비의 얼굴에 주먹을 날렸다. 디퍼스 주차장에서 싸웠던 날 밤과 똑같았다. 필시 바비의 코를 노리고 날린 주먹이었을 테지만, 빗나갔다. 대신 입술이 이에 부딪혀 찢어졌다.

셜스는 한 번 더 치려고 팔을 뒤로 당겼지만 재수 없게도 같은 조가 된 재키 웨팅턴이 그 팔을 붙잡았다.

"그만해, 셜스 경관! 그만 진정해!"

셜스는 잠시 망설였다. 그러다가 엉엉 울면서 헐떡거리는 어머니 뒤를 따라온 올리 딘스모어가 두 사람 사이를 쪼르르 지나갔고, 셜스는 아이에게 부딪혀 한 걸음 물러섰다.

셜스가 주먹을 스르륵 내렸다.

"좋아. 하지만 여긴 범죄 현장이야, 이 멍청아. 경찰 조사 현장. 뭐 그런 거지."

바비는 피가 흐르는 입을 손바닥으로 닦으며 생각했다. '최악이 오려면 아직 멀었어. 젠장…… 멀어도 한참 멀었어.'

2

앞서 오고 간 대화에서 러스티가 알아들은 말은 바비가 외쳤
던 '의사요' 한마디뿐이었다. 이제 러스티 본인이 그 말을 되풀이
했다.

"의사예요, 딘스모어 씨. 저 러스티 에버렛이에요. 저 아시잖아
요. 제가 애를 좀 볼게요."

"빨리요, 여보! 로리를 보여 드려요!"

앨든은 아내 셸리가 외치는 소리를 듣고 나서야 자기 무릎에
앉아 몸을 뒤트는 아들을 스르륵 풀어 주었다. 앨든의 청바지는
온통 피 칠갑이었다. 로리가 다시금 두 손으로 얼굴을 가렸다. 러
스티는 아이의 손을 부드럽게, 아주 부드럽게 잡고 아래로 끌어내
렸다. 예상했던 만큼 심하지 않기를 바랐건만, 아이의 눈구멍은
속이 훤히 드러난 채 피까지 흐르고 있었다. 틀림없이 눈구멍 저
안쪽에 있는 뇌까지 크게 다친 상태였다. 아이의 성한 눈을 보면
알 수 있었다. 그 멍한 눈은 아무것도 없는 하늘을 뚫어지게 올려
다보는 중이었다.

러스티가 셔츠를 벗기 전에 코긴스 목사가 먼저 자기 셔츠를
내밀었다. 앞판은 허여멀겋고 등에는 벌건 채찍자국이 나 있는 목
사의 웃통에 땀이 줄줄 흘렀다. 목사가 러스티에게 셔츠를 바짝
들이밀었다.

"아뇨, 찢어야 돼요. 셔츠를 찢어요."

코긴스 목사는 잠시 그 말을 못 알아들었다. 그러다가 이내 셔
츠를 잡고 아랫자락을 뜯었다. 남은 경찰 인력이 속속 현장에 도

착하는 가운데 정규직 경관들(헨리 모리슨, 조지 프레더릭, 재키 웨팅턴, 프레드 덴턴)이 새로 채용된 특임 경관들에게 구경꾼들을 밀어내고 공간을 확보하라고 소리쳤다. 특임 경관들은 시키는 대로 했다. 그것도 아주 열심히 했다. 구경꾼들 몇몇은 얻어맞고 쓰러지기까지 했는데 그중에는 브래츠 인형 고문기술자 사만다 부시도 있었다. 사만다는 리틀 월터를 포대기에 싸서 업고 있었다. 땅에 자빠진 아기와 엄마 모두 엉엉 울기 시작했다. 주니어 레니는 그런 사만다를 보는 둥 마는 둥 성큼 타고 넘어간 다음 로리의 어머니를 붙들었다. 그러고는 그 다친 아이의 어머니를 패대기치려는 찰나, 프레드 덴턴이 주니어를 막아섰다.

"안 돼, 주니어! 이 사람은 아이 엄마야! 그냥 둬!"

"경찰이 사람 치네!" 풀밭 위에 자빠진 사만다 부시가 소리쳤다. "경찰이 사람을 쳤어요!"

피터 랜돌프가 장악한 경찰서에서 가장 신참인 조지아 루가 카터 티보도와 함께 도착했다(둘은 아예 손까지 잡고 달려왔다.). 조지아는 새미의 한쪽 가슴에 장홧발을 올려놓고 말했다(걷어찬 것은 아니었다.).

"입 다물어, 이 레즈비언 기집애야."

주니어는 로리의 어머니를 놓아 주고 멜빈과 카터, 조지아 곁에 가서 섰다. 세 사람 모두 바비를 노려보고 있었다. 친구들과 나란히 같은 곳을 노려보면서, 주니어는 바비가 무슨 때만 되면 꼭 나타나는 불청객 같다고 생각했다. 그런 바비를 얼간이 샘의 바로 옆 감방에 가둬 놓으면 아주 멋진 그림이 될 것 같았다. 또한 경찰 노릇이야말로 이제껏 기다렸던 천직이라는 기분도 들었다. 두

통까지 싹 가실 정도였다.

러스티는 코긴스 목사가 건넨 셔츠 자락을 절반만 잡고 다시 한 번 찢었다. 뒤이어 천 쪼가리를 접어서 상처가 훤히 벌어진 아이의 얼굴에 대려다가 마음을 고쳐먹고 아이 아버지에게 천을 건넸다.

"이걸 상처에다……."

목소리가 거의 들리지 않았다. 러스티의 목은 얻어맞은 코에서 흐른 피로 꽉 막혀 있었다. 러스티는 일단 숨을 들이마셨다가 고개를 뒤로 젖힌 다음, 풀밭에 반쯤 떡 진 핏덩이를 내뱉었다. 그러고 나서 다시 얘기했다.

"로리 아버님, 이걸 상처에다 대고 살짝 누르세요. 다른 손으로는 애 목덜미를 꽉 쥐어 주세요."

앨든 딘스모어는 멍한 표정을 하고서도 러스티가 시킨 대로 열심히 따랐다. 임시로 만든 지혈대가 순식간에 시뻘겋게 물들었지만 앨든은 한결 차분해 보였다. 할 일이 생긴 덕분이었다. 원래 사람은 할 일이 생기면 그런 법이었다.

러스티는 남은 셔츠 자락을 코긴스 목사에게 집어던졌다.

"더요!"

러스티가 소리치자 목사는 다시 셔츠를 작은 조각으로 찢기 시작했다. 러스티는 앨든의 손을 제치고 앞서 대놓은 지혈대를 떼어냈다. 이제 피에 흠뻑 젖어 쓸모가 없었다. 셸리 딘스모어는 로리의 텅 빈 눈구멍을 보고 비명을 질렀다.

"안 돼, 내 아들! 내 아들!"

피터 랜돌프가 정신없이 숨을 헐떡거리며 종종걸음으로 도착했다. 그래도 빅 짐보다는 한참 앞서 도착한 것이었다. 빅 짐은 심장이 염려스러웠던 나머지 사람들이 밟아서 넓은 길이 난 언덕을 따라 터벅터벅 걸어 내려왔다. 속으로는 이게 도대체 웬 난장판인지 생각하는 중이었다. 앞으로 마을 사람들이 모임을 열려면 허가를 받도록 바꾸어야 할 듯싶었다. 그리고 만약 빅 짐 자신이 허가를 하는 데 관여한다면(늘 그랬듯이 앞으로도 그럴 테지만), 허가받기가 좀처럼 쉽지 않을 터였다.

"이 사람들 더 뒤쪽으로 보내야 할 것 아냐!"

랜돌프 서장이 모리슨 경관에게 호통을 쳤다. 모리슨이 지시를 따르는 동안 랜돌프는 거듭 소리쳤다.

"뒤로 물러나요! 자리가 좁습니다!"

모리슨도 고함을 질렀다.

"경관들은 전원 일렬횡대로! 사람들 뒤로 보내! 반항하면 수갑 채워!"

사람들이 왔던 방향으로 천천히 물러서기 시작했다. 바비는 물러서지 않고 그 자리에서 잠시 미적거렸다.

"에버렛 선생…… 아니, 러스티. 내가 뭐 도울 일 없어요? 괜찮아요?"

"괜찮아요."

러스티가 대답했다. 바비는 러스티의 얼굴을 보고 확실히 알 수 있었다. 보조의 러스티는 코피만 빼면 아무렇지도 않았다. 그러나 아이는 괜찮지 않았고, 살아난다고 하더라도 다시는 괜찮을 수 없는 상태였다. 러스티는 피가 흐르는 아이의 눈구멍에 새 지혈대를 대고 아이 아버지의 손을 그 위에 올려놓았다.

"목덜미를 꽉 쥐어요. 세게."

바비가 막 뒤로 물러서려고 할 때, 아이가 입을 열었다.

3

"핼러윈이에요. 우린 모두…… 전부 다……."

지혈대에 셔츠 쪼가리를 덧대려던 러스티의 손이 우뚝 멈췄다. 문득 딸들의 방으로 다시 돌아가 자넬이 지르는 비명소리를 듣는 듯했다. '왕호박 잘못이야! 왕호박을 막아야 돼!'

러스티가 린다를 올려다보았다. 린다도 아이의 말을 들었다. 놀란 눈은 화등잔 같았고 발갛게 달아올랐던 얼굴은 하얗게 질린 채였다.

"린다!" 러스티가 느닷없이 아내를 불렀다. "무전기! 병원에 연락해! 트위첼한테 구급차 몰고 오라고 해!"

"불이야!"

로리 딘스모어가 외쳤다. 날카로운 목소리가 위태롭게 떨렸다. 코긴스 목사는 불붙은 제단을 올려다보는 모세처럼 로리를 바라보았다.

"불이야! 버스에 불이 났어요! 사람들 모두 비명을 질러요! 핼러윈을 조심해요!"

이제 사람들은 숨죽인 채 아이의 고함소리에 귀를 기울였다. 맨 뒷줄에 도착한 빅 짐도 그 소리를 듣고 사람들을 밀치며 앞으로 나아가기 시작했다.

"린다! 무전기! 빨리 구급차 불러!"

러스티의 고함을 들은 린다는 누가 코앞에서 박수라도 친 양 펄쩍 놀랐다. 린다는 허리에 차고 있던 무전기를 뽑았다.

로리가 사람들이 짓밟은 풀 위로 쓰러지더니 부들부들 떨기 시작했다.

"어떻게 된 거요!" 아이 아버지가 외쳤다.

"아이고 하나님, 우리 아들 죽어요!" 아이 어머니였다.

러스티는 사시나무처럼 떠는 아이를 똑바로 눕히고(그러는 동안 자넬을 떠올리지 않으려고 기를 썼지만 물론 그러기는 불가능했다.) 기도를 확보하려고 턱을 뒤로 젖혔다.

"어서요, 아버님. 지금 포기하면 안 됩니다. 목덜미를 쥐세요. 상처를 누르시고. 일단 지혈부터 해 봅시다."

상처를 누르면 아이의 눈을 후빈 총알 파편이 더 깊이 들어갈 수도 있었지만, 그것은 러스티가 나중에 걱정할 일이었다. 그나마도 아이가 지금 이 자리에서 죽지 않았을 때의 일이었다.

가깝고도 한편으로는 너무나 먼 곳에 서 있던 군인이 마침내 입을 열었다. 십대 티를 막 벗은 듯 보이는 그 군인은 겁에 질린 동시에 미안해하는 표정이었다

"멈추려고 했습니다. 그런데 애가 말을 안 들었어요. 저흰 아무것도 할 수가 없었어요."

사진기자 피트 프리먼은 이 젊은 군인에게 쓰디쓴 미소를 지어 보였다. 줄에 매달린 니콘 카메라가 프리먼의 무릎 옆에서 대롱거렸다.

"우리도 알아. 지금까진 몰랐다고 해도 이젠 똑똑히 알 거야."

4

사람들 틈에 섞이려던 바비의 팔을 멜빈이 붙들었다.

"이거 놓으시지."

바비가 부드럽게 말했다. 멜빈은 이를 씩 드러내며 특유의 기분 나쁜 웃음을 지었다.

"꿈 깨, 새끼야." 멜빈이 목청껏 외쳤다. "서장님! 서장님!"

피터 랜돌프는 짜증이 났는지 잔뜩 찌푸린 얼굴로 돌아보았다.

"이 사람이 제가 현장 정리하는 걸 방해했는데요. 체포해도 될까요?"

랜돌프가 입을 달싹거렸다. 표정으로 보아 '시간 낭비 하지 마'라고 얘기하려는 듯했다. 그러다가 주위를 돌아보았다. 에버렛이 아이를 돌보는 현장에 모인 구경꾼들 중에 이제 빅 짐도 섞여 있었다. 빅 짐은 바위에 앉은 도마뱀처럼 눈을 가늘게 뜨고 바비를 노려보다가 랜돌프 쪽을 돌아보며 살짝 고개를 끄덕였다.

멜빈도 그 눈길을 놓치지 않았다. 웃음이 더욱 환해졌다.

"재키…… 아니, 웨팅턴 선배님. 수갑 좀 빌려 주실래요?"

주니어와 나머지 패거리도 덩달아 싱글벙글했다. 피 흘리는 아이를 구경하는 것보다, 예수쟁이들과 팻말 든 멍청이들을 감시하는 것보다 훨씬 더 재미난 구경거리였다. 주니어가 입을 열었다.

"빚을 다 갚으려면 등골이 빠질 거다, 바아아비이."

재키 웨팅턴은 어쩔 줄 몰라 망설이는 표정이었다.

"피터. 아니, 서장님. 제가 보기에 저 사람은 그냥 도울 생각으로 그랬던 것 같은데요……."

"수갑 채워. 도울 생각이었는지 아닌지는 나중에 확인해도 돼. 그리고 이 난장판 좀 빨리 정리해." 랜돌프가 목청을 더 높였다. "다 끝났습니다, 여러분! 그렇게 웃고 즐기다가 무슨 일이 벌어졌는지 한번 보세요! 자, 이제 집으로 돌아들 가요!"

재키가 허리띠에서 플라스틱 수갑을(멜빈 셜스에게 건네지 않고 직접 채울 생각으로) 꺼내려고 할 때, 줄리아 셤웨이의 목소리가 들려왔다. 줄리아는 랜돌프와 빅 짐 바로 뒤에 서 있었다(실은 빅 짐이 앞으로 나오면서 줄리아를 밀쳤다.).

"저라면 그렇게 안 할 거예요, 랜돌프 서장님. 혹시라도 저희 신문 1면을 읽고 기절하고 싶으시다면 또 모르지만요."

줄리아는 모나리자처럼 뜻 모를 미소를 짓고 있었다.

"서장이 되신 지도 얼마 안 됐는데 말이죠."

"그게 무슨 소리요?"

랜돌프가 물었다. 찌푸렸던 인상을 더욱 구기는 바람에 얼굴이 보기 흉하게 쭈글쭈글해졌다.

줄리아는 카메라를 들어 보였다. 피트 프리먼의 것보다 살짝 낡은 물건이었다.

"제가 마침 사진을 몇 장 찍어 뒀거든요. 에버렛 선생이 다친 아이를 보살피는 걸 바버라 씨가 돕는 장면하고, 셜스 경관이 명확한 이유도 없이 바버라 씨를 끌어내는 장면…… 또 셜스 경관이 바버라 씨 얼굴을 가격하는 장면도 한 장 찍었어요. 역시 명확한 이유도 없이 말이죠. 제 사진 실력은 별 거 아니지만 그 장면 하나만큼은 기막히게 잡았어요. 서장님도 한번 보실래요? 바로 확인할 수 있어요, 디지털이거든요."

바비는 줄리아에게 또 한 번 감탄했다. 그 말이 허풍 같았기 때문이었다. 사진을 찍고 있었다면 어째서 왼손에 렌즈 덮개를 들고 있을까? 방금 막 벗긴 것처럼?

　"그건 거짓말이에요, 서장님. 이 녀석이 먼저 절 치려고 했어요. 주니어한테 물어보세요."

　"제 사진을 보시면 아실걸요. 셜스 경관이 주먹질을 할 때 레니 경관은 사람들 쪽으로 돌아서서 현장 정리를 하고 있었어요."

　랜돌프는 줄리아에게 눈을 부라렸다.

　"그 카메라를 압수할 수도 있소. 증거물이니까."

　"물론 그러시겠죠." 맞장구치는 줄리아의 목소리는 밝기만 했다. "그리고 피트 프리먼 기자는 그 장면을 사진으로 찍을 테고요. 그럼 프리먼 기자의 카메라도 압수하실 텐데…… 그랬다가는 여기 있는 사람들 모두 목격자가 될걸요."

　"줄리아 씨, 지금 누구 편을 드시는 건가요?"

　빅 짐이 물었다. 얼굴에는 예의 그 살벌한 미소가 떠올라 있었다. 이제 막 통통한 수영객의 엉덩이를 한 입 베어 먹으려는 상어의 미소였다.

　줄리아도 뜻 모를 미소로 화답했다. 웃음 짓는 입 위의 눈에는 어린아이처럼 순진무구한 호기심이 어려 있었다.

　"편이랄 게 있기나 한가요, 제임스 씨? 저쪽 편하고……."

　줄리아는 돔 저편에서 이쪽을 지켜보는 군인들을 가리켰다.

　"……이쪽 편 말고요."

　줄리아의 말을 곱씹어 보는 사이에 위로 올라갔던 빅 짐의 입꼬리가 아래쪽으로 휘어졌다. 뒤집힌 미소였다. 이윽고 빅 짐은 랜돌프를 향해 진절머리가 난다는 듯이 한 손을 흔들었다.

"이번엔 그냥 넘어가겠소, 바버라 씨. 순간적으로 흥분한 것뿐이니까."

"고맙습니다, 서장님."

재키는 눈을 이글거리고 있는 젊은 파트너의 팔을 붙들었다.

"가자, 셜스 경관. 여기 일은 다 끝났어. 사람들 해산시켜야지."

멜빈은 순순히 재키를 따라갔지만 그러기에 앞서 바비를 돌아보고 익숙한 몸짓을 보여 주었다. 손가락으로 가리키며 머리를 살짝 뒤로 젖힌 그 몸짓은 이렇게 말하는 듯했다. '아직 안 끝났어, 새끼야.'

로미오 버피의 부하 직원인 토비 매닝과 시위에 참가했던 잭에번스가 천막 천과 지지대로 만든 임시 들것을 들고 나타났다. 로미오는 지금 도대체 뭐 하는 짓이냐고 물으려다가 그냥 입을 다물었다. 어차피 소풍날도 다 끝난 판이었으니 아무래도 상관없었다.

5

차를 몰고 온 사람들은 저마다 자기 차에 올랐다. 그러고는 일제히 출발하려고 했다.

'예상대로군.' 조 매클러치는 생각했다. '예상 그대로야.'

뒤이어 일어난 교통 체증을 뚫으려고 경찰관 대부분이 달라붙었지만, 되는 대로 뽑아놓은 신참 경관들은 아이들이(나란히 서 있던 조와 베니 드레이크와 노리 캘버트가) 보기에도 어리바리하기만 했다. 신참 경관들이 내뱉은 쌍욕 소리가 후텁지근한 공기를 타고 퍼져 나갔다("아 씨발 그 차 좀 뒤로 빼라고!"). 길이 온통 난장판이었는데도 경적 소리는 한 번도 들리지 않았다. 다들 경적을 누를 기운마저 빠져 버린 듯했다.

"바보들 같으니. 저 많은 차가 증발시킨 기름이 얼마나 될까? 저 인간들은 기름이 땅에서 솟아나는 줄 아나 봐." 베니가 말했다.

"내 말이."

노리가 맞장구를 쳤다. 노리는 야무진 아이였다. 앞머리는 머슴애처럼 짧게 치고 뒷머리만 길게 기른 전형적인 시골 말괄량이였다. 그런 노리가 지금은 하얗게 질린 슬픈 얼굴로 겁에 질려 있었다. 노리가 베니의 손을 잡았다. 그것을 본 허수아비 조는 가슴이 찢어졌지만, 노리가 자기 손도 잡아주자 찢어졌던 가슴이 대번에 말끔하게 붙었다.

"저기 봐, 체포당할 뻔한 아저씨야."

베니가 다른 손으로 한쪽을 가리켰다. 바비와 신문사 편집장이 일흔 명쯤 되는 무리에 섞여 간이 주차장 쪽을 향하여 터벅터벅 걸어가는 중이었다. 개중에는 풀이 죽은 나머지 시위용 팻말을 땅에 질질 끌고 가는 사람도 보였다.

"사실 신문사 아줌마는 사진 안 찍었어. 내가 바로 뒤에서 봤어. 꽤 앙큼한 아줌마라니까."

"그래. 하지만 조, 난 저 아저씨처럼 되긴 싫어. 이 쇼가 끝날 때까진 경찰이 무슨 짓을 하든 아무도 못 막을 거 아냐."

곰곰이 생각해 보니 베니 말이 옳았다. 게다가 신참 경관들은 그다지 선량한 인재들이 아니었다. 예를 들면 주니어 레니라든가. 주니어가 얼간이 샘을 체포한 이야기는 이미 온 마을에 퍼진 후였다.

"베니, 너 무슨 소리 하는 거야?" 노리가 물었다.

"당장은 별 거 아냐. 아직은 괜찮아."

베니는 곰곰이 생각하다가 다시 말했다.

"그럭저럭 괜찮단 말이야. 하지만 계속 이 모양이라면…… 너희들 『파리대왕』 기억나?"

아이들은 영어 우등반 숙제로 그 책을 읽은 적이 있었다. 베니가 그 책에 나오는 구절을 읊었다.

"'돼지를 죽여라. 목을 따라. 때려잡아라.' 흔히 경찰을 돼지로 부르기도 하지만, 내 생각엔 말이야, 상황이 극단으로 치달으면 경찰이 돼지를 만들어내는 것 같아. 왜냐면 경찰도 겁을 먹기는 마찬가지니까."

노리 캘버트가 울음을 터뜨렸다. 허수아비 조는 노리의 어깨를 한 팔로 안았다. 노리와 베니가 화를 낼까 두려워서 조심스럽게 안았지만, 노리도 조를 끌어안고 셔츠에 얼굴을 묻었다. 노리는 한쪽 팔로만 조를 끌어안았다. 한 손은 아직도 베니의 손을 잡고 있었으므로. 노리의 눈물이 셔츠를 적시는 동안 조는 이토록 기묘한 긴장감은 난생 처음이라는 생각이 들었다. 노리의 머리 너머로, 조는 원망하는 눈빛으로 베니를 바라보았다.

"미안해." 베니가 노리의 등을 다독여 주었다. "겁 주려고 그런 건 아냐."

"그 앤 눈이 멀었단 말이야!"

노리가 소리쳤다. 목소리는 조의 가슴에 묻혀 웅얼거리는 소리
로 들렸다. 노리가 조의 품에서 벗어났다.

"이젠 웃을 일이 아니야. 웃을 일이 아니란 말이야."

"그래. 아니야." 조의 목소리는 무슨 대단한 진실이라도 발견한
사람 같았다.

"저기 봐."

베니가 가리킨 것은 구급차였다. 트위첼이 모는 구급차가 빨간
경광등을 번쩍이며 딘스모어네 목초지를 뒤뚱뒤뚱 가로질러 오는
중이었다. 트위첼의 누나이자 들장미 식당 주인인 로즈가 차보다
앞서가며 깊은 웅덩이를 피하도록 인도했다. 10월 오후의 눈부신
햇살 아래 목초지를 누비는 구급차가 이날의 대단원을 장식했다.

문득, 허수아비 조는 시위를 하고 싶은 마음이 싹 사라졌다. 그
렇다고 딱히 집에 가고 싶지도 않았다.

그 순간 조는 세상 무엇보다 간절히 이 마을에서 벗어나고 싶
었다.

6

운전석에 올라타기는 했지만, 줄리아는 곧바로 시동을 걸지는
않았다. 당분간 이곳에 머물러야 했기에 기름을 낭비할 수가 없
었다. 줄리아는 바비 앞으로 팔을 뻗어 조수석 사물함을 열고 오
래된 아메리칸 스피리츠 한 갑을 꺼냈다.

"비상용 담배예요. 한 대 피울래요?"

줄리아가 변명하듯이 물었다. 바비는 고개를 저었다.

"연기가 싫으면 싫다고 해요. 이따가 피워도 되니까."

바비는 다시금 고개를 저었다. 줄리아는 담배에 불을 붙이고 열려 있는 운전석 차창으로 연기를 내뿜었다. 날은 아직도 후텁지근하기만 했다. 틀림없이 전형적인 늦가을 반짝 더위였지만, 이대로 계속될 것 같지는 않았다. 한 일주일쯤 지나면 노인들이 얘기하는 구린 날씨로 바뀌지 싶었다. '꼭 그러란 법은 없잖아. 그거야 모르는 일 아냐?' 줄리아는 속으로 생각했다. 돔이 제자리에 그대로 머물러 있으면 틀림없이 기상학자들이 우르르 달라붙어 돔 안쪽의 날씨 변화를 연구할 테지만, 그래 봐야 무슨 소용이란 말인가? 일기예보 채널의 자칭 전문가들은 눈보라의 진행 방향조차 제대로 예측하는 법이 없었다. 줄리아가 보기에는 들장미 식당의 농담 따먹기 테이블에 둘러앉아 허송세월하는 정치 평론가들만큼이나 못 미더운 인간들이었다.

"아까 편들어 주셔서 고마웠습니다. 덕분에 살았어요."

"아직 모르시나 본데, 이걸로 끝난 줄 안다면 착각이에요. 다음에 또 그러면 어쩔 거예요? 친구 콕스 씨한테 전화해서 인권 협회 사람이라도 불러 달라고 할 건가요? 협회 쪽에서야 인권 침해 사건이라고 관심을 보일 테지만, 포틀랜드 지부에서 보낸 사람이 체스터스밀에 들어오려면 시간 좀 걸릴걸요."

"그렇게 비관적으로 보지 마세요. 돔이 오늘 밤 갑자기 해안 쪽으로 움직일지도 모르니까요. 아니면 그냥 사라지거나. 그거야 모르는 일이죠."

"퍽이나 그렇겠네요. 이건 정부 차원의 문제예요. '어느 나라

정부'가 벌인 일이라고요. 그건 바비 씨 친구 콕스 대령님도 틀림
없이 아실걸요."

바비는 말이 없었다. 콕스가 미국 정부는 돔과 아무 관련이 없
다고 했을 때 바비는 그 말을 믿었다. 딱히 콕스가 신용할 만한
사람이라서가 아니라 미국에 그런 기술이 있을 것 같지 않아서였
다. 그런 기술에 관한 한 어느 나라 정부도 마찬가지였다. 그러나
바비가 뭘 안단 말인가? 그의 마지막 임무는 겁에 질린 이라크인
들을 다그치는 것이었다. 가끔은 머리에 총을 들이대고서.

주니어의 친구인 프랭크 드레셉스가 119번 국도에 나와 교통정
리를 돕고 있었다. 청바지에 파란색 경찰 제복 셔츠 차림이었는데
아마도 맞는 제복 바지가 없어서 그런 듯했다. 프랭크는 징그럽게
키가 컸다. 게다가 허리춤에는 권총이 꽂혀 있었다. 줄리아는 불
안한 눈으로 그 권총을 바라보았다. 체스터스밀의 정규직 경관들
이 휴대하는 글록 권총보다 작은 것으로 보아 아마도 개인적으로
소지한 권총일 터였지만, 어쨌거나 권총은 권총이었다.

"저 히틀러 유겐트 같은 녀석들이 쫓아오면 어떡할 건데요?"

줄리아가 프랭크를 턱짓으로 가리키며 물었다.

"쟤들이 바비 씨를 유치장에 처넣고 아예 끝장을 보려고 마음
먹으면, 그땐 경찰 폭력이 어쩌고 소리쳐 봤자 소용없을걸요. 마
을에 변호사라곤 달랑 두 명뿐인데 한 명은 노망이 났고 다른 한
명은 빅 짐한테서 싸게 산 포르셰 박스터를 타고 다녀요. 소문에
따르면 말이죠."

"내 앞가림은 내가 할 수 있어요."

"와우, 진짜 사나이시네."

"신문은요? 어젯밤에 나오다 보니까 준비는 다 된 것 같던데."

"정확히 얘기하면 오늘 아침이죠. 준비는, 그래요. 다 끝났어요. 피트랑 제가 친구들을 모아서 빠짐없이 돌릴 거예요. 지금은 마을 사람 4분의 3이 집을 비웠는데 돌려 봤자 아무 소용도 없을 것 같아서 기다리는 중이에요. 어때요, 자원봉사도 할 겸 신문 배달 좀 안 하실래요?"

"하고는 싶지만 지금부터 죽어라 샌드위치를 만들어야 돼서요. 오늘 저녁엔 식당에서 찬 음식만 낼 예정이라."

"나도 식당에 들를까 하는데."

줄리아는 반만 피운 담배를 차창 너머로 던졌다. 그러고는 잠시 생각하다가 차에서 내려 담뱃불을 밟아 껐다. 마을의 신형 소방차가 캐슬록에 발이 묶인 상황에서 들불을 내는 것은 멍청한 짓이었다.

"아까 퍼킨스 서장님 댁에 들렀어요." 줄리아가 운전석에 앉으면서 말했다. "물론 지금은 브렌다밖에 없는 집이지만."

"어떻던가요?"

"말도 못하죠. 하지만 바비 씨가 중요한 일로 만나고 싶다는 얘길 꺼냈을 땐 그러겠다고 했어요. 무슨 일인지는 말 안 했고요. 브렌다 말로는 해 떨어진 다음에 만나는 게 좋겠대요. 바비 씨 친구 분이야 마음이 급하시겠지만요."

"친구라고 부르지 마요. 콕스 대령은 내 친구가 아니니까."

두 사람은 다친 아이가 구급차 뒤로 실리는 광경을 말없이 지켜보았다. 돔 저편의 군인들도 내내 지켜보고 있었다. 줄리아는 군인들의 행위가 명령 위반일 거라고 생각했고, 그러자 기분이 한

결 나아졌다. 구급차가 뒤뚱거리며 풀밭을 가로질러 나아가는 동안 빨간 경광등이 번쩍거렸다.

"끔찍해." 줄리아가 가느다란 목소리로 중얼거렸다.

바비가 줄리아의 어깨를 한 팔로 감쌌다. 줄리아는 흠칫 놀랐지만 이내 긴장을 풀었다. 어느새 뻥 뚫린 119번 국도 한복판으로 접어든 구급차를 똑비로 바라보며, 줄리아가 말했다.

"저 인간들이 날 잡아넣으면 어떡하죠? 빅 짐하고 꼭두각시 경찰들이 내 신문사 문을 닫아 버리면요?"

"그런 일은 없을 겁니다."

이렇게 말하기는 했지만, 바비는 자신이 없었다. 상황이 이대로 쭉 이어진다면 체스터스밀의 하루하루는 무슨 일이 일어나도 이상할 것 없는 날이 될 판이었다.

"그 사람, 뭔가 딴 생각을 하는 것 같았어요."

"퍼킨스 부인 말인가요?"

"그래요. 얘길 하다 보니까 여러 모로 이상하더라고요."

"남편 때문에 슬퍼서 그러겠죠. 사람은 너무 슬프면 이상해지기도 하니까요. 아까 잭 에번스한테 인사를 했는데, 잭 아내가 어제 돔이 내려올 때 죽었어요. 그 친구는 날 아예 모르는 사람 보듯이 쳐다보더군요. 지난봄부터 수요일만 되면 내 장기인 미트로프를 먹었는데도 말이죠."

"브렌다는 결혼하기 전부터 나랑 알고 지냈어요. 거의 40년 동안이나. 무슨 고민이 있든 나한테는 털어놓을 줄 알았는데…… 그런데 아무 말도 안 했어요."

바비가 도로를 가리켰다.

"이제 출발해도 될 것 같은데요."

시동을 거는 사이에 휴대전화 벨이 울렸다. 줄리아는 전화를 꺼내려고 서두르다 그만 가방을 떨어뜨릴 뻔했다. 잠시 전화에 귀를 대고 있던 줄리아가 뜻 모를 웃음을 지으며 바비에게 전화를 건넸다.

"받아 보세요, 보스."

전화를 건 사람은 콕스였다. 콕스는 무슨 할 말이 있다고 했다. 실은 할 말이 산더미 같았다. 바비는 콕스의 말을 자르고 지금 캐서린 러셀 기념병원으로 실려가는 아이에게 무슨 일이 일어났는지 한참 동안 설명해 주었지만, 콕스는 로리 딘스모어의 사연이 자기와는 무관한 이야기라고 생각하는 듯했다. 아니면 그저 상관하고 싶지 않은지도 모를 일이었다. 콕스는 얌전히 듣기만 하다가 이내 자기 이야기를 계속했다. 얘기를 끝마치고 나서는 바비에게 한 가지 질문을 던졌다. 바비가 아직 군인 신분이었더라면 명령으로 들렸을 법한 질문이었다.

"뭘 물어보시는지는 알겠습니다, 대령님. 하지만 대령님께선 이쪽 상황을 잘 모르시는 것 같은데…… 대령님 식으로 얘기하면, 정치적 상황 같은 겁니다. 저도 조금 관련이 있고요. 이 돔이라는 게 생기기 전에 제가 어떤 문제에 휘말렸는데, 그게……."

"그건 우리도 다 알아. 마을 부의장의 아들 패거리하고 다툰 모양이더군. 이 서류철에 들어 있는 문건을 보니 자네 하마터면 체포될 뻔했군그래."

'서류철. 내 신상 서류까지 챙겨 놨다, 이거지. 하느님 맙소사.'

"정보 수집 능력이 대단하시군요. 하지만 알려드릴 게 좀 있습니다. 첫째, 제가 체포당하지 않도록 막아 준 경찰서장이 119번 국도에서 사망했습니다. 실은 지금 전화 받는 데서 그리 멀지 않은 곳인데……."

희미하게, 지금은 닿을 수 없는 저쪽 세계에서, 서류 넘기는 소리가 들려왔다. 바비는 문득 제임스 O. 콕스 대령을 맨손으로 때려죽이고 싶은 기분이 들었다. 이유는 단순했다. 제임스 O. 콕스 대령은 원하기만 하면 아무 때나 맥도널드에 갈 수 있지만 데일 바버라는 그럴 수 없기 때문이었다.

"그것도 알고 있네. 페이스메이커가 문제였다더군."

"그럼 둘째로 넘어가죠. 신임 서장은 이 마을 의회에서 가장 입김이 센 인간의 친구이자 얼간이인데, 그 얼간이가 순경 몇 명을 신규 채용했습니다. 그 순경들이 바로 이 동네 나이트클럽 주차장에서 제 머리를 날려 버리려고 했던 놈들입니다."

"그 정도는 견뎌야지. 안 그런가, 대령?"

"대령이라니요? 그건 대령님 계급이잖습니까."

"축하하네. 자넨 이미 군에 복귀됐을 뿐 아니라 초고속 진급까지 덤으로 얻었다네."

"됐습니다!"

바비가 소리쳤다. 줄리아가 근심스러운 표정으로 지켜보는 중이었지만 바비는 눈치채지도 못했다.

"싫습니다, 전 그런 거 필요 없습니다!"

"그럴 테지, 하지만 이미 끝난 일이야." 콕스의 목소리는 차분했다. "정식 명령장은 자네 편집장 친구한테 전자우편으로 보낼걸세. 그 불행한 마을의 인터넷이 끊기기 전에."

"인터넷을 끊겠다고요? 그건 말도 안 됩니다!"

"대통령이 서명한 명령장이야. 그분한테 안 된다고 할 작정인가? 내가 알기론 반대 의견에 부딪히면 한 성깔 하는 양반이라던데."

바비는 대답이 없었다. 머릿속이 온통 뒤죽박죽이었다.

"먼저 부의장과 경찰서장을 찾아가야 해. 가서 대통령이 체스터스밀에 계엄령을 선포했고 계엄 사령관은 바로 자네라고 말하게. 처음에는 저항에 부딪힐 테지만, 내가 방금 준 정보를 이용하면 자넨 마을과 외부를 연결하는 통로가 될 수 있어. 자네 설득력이야 내가 잘 알지. 이라크에서 직접 봤으니까."

"대령님, 그건 이곳 상황을 전혀 모르고 하시는 말씀입니다."

바비는 한 손으로 머리를 쓸어 넘겼다. 망할 놈의 휴대전화 때문에 귀가 얼얼할 지경이었다.

"돔이 뭔지는 아시는 것 같습니다만, 그 돔 때문에 여기서 무슨 일이 벌어졌는지는 모르시는 것 같습니다. 게다가 일이 터진 지 아직 서른 시간도 안 됐습니다."

"그럼 내가 알아듣게 설명해 봐."

"지금 이게 대통령 명령이라고 하셨죠? 만약 제가 대통령한테 전화를 걸어서 제 엉덩이나 핥으라고 얘기하면 어쩌실 겁니까?"

줄리아가 겁에 질린 눈으로 바비를 쳐다보았다. 바비는 그 눈길에서 오히려 용기를 얻었다.

"제가 사실은 위장한 알카에다 요원인데 대통령을 살해하려고 계획 중이었다고 하면요? 머리를 정통으로 탕, 쏴서요. 그러면 어떻게 될까요?"

"바버라 중위······ 아니, 바버라 대령. 말이 좀 심하군."

바비가 느끼기에는 조금도 심하지 않았다.

"대통령이 절 체포하려고 연방수사국 요원을 보낼까요? 아니면 비밀 경호국? 빌어먹을 러시아군? 어림도 없습니다, 대령님. 여긴 아무도 못 들어옵니다."

"우리한테 계획이 있다니까. 내가 방금 설명했잖아."

이제 콕스의 목소리는 느긋하지도, 사근사근하지도 않았다. 그저 동료에게 툴툴거리는 늙은 군인의 목소리일 뿐이었다.

"그 계획이란 게 통한다면 아무 기관이나 골라잡아서 절 잡아가라고 시키십시오. 하지만 저희가 계속 단절된 상태로 남는다면, 누가 제 말에 귀를 기울이겠습니까? 이걸 명심하십시오, 대령님. 이 마을은 고립되어 있습니다. 미국뿐 아니라 온 세상으로부터 고립되어 있습니다. 저희가 할 수 있는 일은 아무것도 없습니다. 그건 대령님 쪽도 마찬가집니다."

나지막이, 콕스가 대답했다.

"난 지금 자네들을 도우려고 이러는 거야."

"대령님이 그렇게 말씀하시니 저로서는 거의 믿을 수 있을 것 같습니다. 하지만 이 마을의 다른 주민들도 그럴까요? 이곳 사람들이 자기 세금이 어떻게 쓰이나 하고 둘러보면 눈에 보이는 거라곤 등을 돌린 채 경계를 서는 군인들뿐입니다. 그건 아주 강력한 메시지죠."

"거절하는 사람치고는 말이 너무 길군."

"거절하는 게 아닙니다. 단지 유치장 문 앞까지 끌려갔던 제가 임시 계엄 사령관이라고 주장해 봐야 아무 소용도 없을 거라는 말입니다."

"내가 마을 의장한테 전화를 걸면…… 그 사람 이름이 샌더스
였던가…… 내가 그 사람한테 얘기를 하면……."

"그래서 아무것도 모르신다고 했던 겁니다. 대령님, 전 다시 한
번 이라크에 떨어진 기분입니다. 다른 게 있다면 대령님께서 전투
화를 신고 전선에 서 계신 게 아니라 워싱턴에 계신 것뿐입니다.
게다가 후방의 행정 요원들이 그랬던 것처럼 상황 파악을 전혀
못하고 계십니다. 명심하십시오, 대령님. 한 줌밖에 안 되는 첩보
는 아예 없느니만 못합니다."

"'선무당이 사람 잡는다.' 그런 말도 있긴 하죠." 줄리아가 멍하
니 중얼거렸다.

"그럼 샌더스 말고 누구한테 얘기해야 하나?"

"제임스 레니입니다. 여기선 레니가 왕입니다."

한동안 침묵이 흘렀다. 이윽고 콕스가 입을 열었다.

"인터넷은 그냥 둬야 할지도 모르겠군. 어차피 우리 쪽에도 인
터넷을 끊는 건 섣부른 대응이라는 의견이 있기는 했네."

"애초에 어쩌다 그런 결정이 나온 겁니까? 인터넷을 그대로 놔
두면 저희 마을의 사라 아주머니가 조만간 크랜베리 빵 만드는
법을 올려놓을 텐데요."

줄리아는 벌떡 몸을 일으키고 입 모양으로 얘기했다. '인터넷
을 끊겠대요?' 바비는 손가락 한 개를 펴 들었다. '기다려요.'

"내 말 좀 들어봐, 바비. 우리가 이 레니라는 양반한테 전화를
걸어서 미안하지만 인터넷을 끊어야 한다고 얘기해 보겠네. 위기
상황이라느니 극단적 조치를 취해야 한다느니, 뭐 그런 거 있잖나.

그다음에 자네가 나서서 우리 결정을 뒤집는 척하면 그 양반한테 자네가 쓸모 있는 사람이란 걸 입증할 수 있을 거야."

바비는 그 제안을 곰곰이 생각해 보았다. 어쩌면 통할지도 몰랐다. 적어도 당분간은. 아니면 씨도 안 먹히거나.

"그뿐인가." 콕스의 목소리가 밝아졌다. "자네가 그쪽 사람들한테 줄 정보가 또 하나 있어. 사람 목숨을 구할 정도는 아니지만 적어도 사람들의 불안감은 확실히 덜 수 있을 거야."

"인터넷하고 전화 둘 다 그대로 두십시오."

"그건 곤란해. 인터넷은 어떻게 해 보겠지만……. 바비, 실은 이 건을 관장하는 대책 위원회에 독불장군이 다섯이나 앉아 있어. 그 양반들이 보기에 체스터스밀 주민은 죄다 테러범이야. 아니라는 증거가 나오기 전까지는."

"이 잠재적 테러범들이 미국에 무슨 해를 끼친단 말입니까? 마을 회중 교회에 자살 폭탄 공격이라도 감행할 것 같습니까?"

"바비. 같은 선수끼리 왜 이러시나." 물론 그 말은 사실이었다. "해 줄 텐가?"

"그 건은 나중에 다시 말씀드리죠. 제가 전화하기 전에는 아무것도 하지 마십시오. 우선 죽은 경찰서장의 부인을 만나서 얘기를 해 봐야겠습니다."

콕스는 끈덕지게 물고 늘어졌다.

"방금 나눈 얘기는 비밀로 해야 하는 거 알지?"

또다시, 바비는 충격에 휩싸였다. 군대 기준에서 보면 유연한 사고를 지닌 콕스조차도 돔이 무슨 변화를 일으켰는지 거의 깨닫지 못했기 때문이었다. 지금 이곳에서 콕스가 말한 비밀은 아무

가치도 없었다.

'이쪽 편 대 저쪽 편으로 나뉘었군.' 바비는 속으로 생각했다. '이제 아군 아니면 적군이야. 저쪽 편이 생각해낸 정신 나간 아이디어가 통한다면 또 모를까.'

"대령님, 그 문제는 정말로 나중으로 미뤄야 할 것 같습니다. 휴대전화 배터리가 다 됐거든요." 바비는 거리낌 없이 거짓말을 주워섬겼다. "제가 전화 걸 때까지 다른 사람하고 의논하지 말고 기다리십시오."

"명심하게, 작전 예정 시각은 내일 13시 정각이야. 생존율을 높이고 싶으면 앞장서는 게 좋을 걸세."

'생존율이라고.' 그 또한 돔 아래에서는 의미 없는 말이었다. 발전기용 프로판가스를 가리킬 때 쓰면 또 모르겠지만.

"나중에 얘기하시죠."

바비는 콕스에게 더 말할 틈도 안 주고 전화를 끊었다. 프랭크 드레셉스가 여태 그 자리에 서 있기는 했지만 이제 119번 국도는 거의 정리가 끝난 참이었다. 프랭크는 자기가 모는 오래된 시보레 노바에 기대어 서 있었다. 줄리아의 차가 그 육중한 스포츠카 옆을 지나는 동안 차에 붙은 스티커가 바비의 눈에 띄었다. 거기에는 이렇게 적혀 있었다. **차비는 몸으로/ 안 되면 기름으로/ 그것도 안 되면 뽕 가는 풀로 ── 무임승차 금지.** 차 계기판 위쪽에 놓인 동그란 경광등도 눈에 띄었다. 바비 생각에는 스티커와 경광등 사이의 부조화야말로 엉망진창이 된 체스터스밀의 현재 상황을 일목요연하게 보여 주는 듯했다.

차를 타고 가는 동안 바비는 줄리아에게 콕스가 했던 얘기를

334

모조리 털어놓았다.

"방금 그 애가 한 짓이랑 다를 게 하나도 없잖아요."

줄리아가 겁에 질린 목소리로 말했다.

"조금 다른 부분도 있긴 하죠. 아까 그 꼬마는 총으로 뚫으려고 했잖아요. 저쪽 사람들은 순항 미사일을 준비해 놨어요. 작전명이 '빅뱅 이론'이라나, 뭐라나."

줄리아는 싱긋 웃었다. 여느 때의 오묘한 미소가 아니었다. 어이가 나간 듯 지친 미소를 짓는 줄리아는 마흔세 살이 아니라 예순 살처럼 보였다.

"다음 신문은 예정보다 더 일찍 준비해야겠네요."

바비는 고개를 끄덕였다.

"호외요, 호외. 신문 사세요."

7

"안녕, 사만다."

누군가 부르는 소리가 들렸다.

"잘 지냈니?"

누구 목소리인지 알아듣지 못한 사만다 부시는 아기 포대기를 고쳐 안고 목소리가 들린 쪽으로 힘없이 돌아섰다. 포대기 안에서 잠든 리틀 월터는 바위처럼 무거웠다. 사만다는 앞서 자빠질 때 다친 엉덩이뿐 아니라 마음까지 아려 왔다. 조지아 루, 그 망할 계집애가 레즈비언이라고 불렀기 때문이었다. 조지아 루, 근육덩어리 얼간이 남자친구랑 함께 몇 번씩이나 트레일러에 찾아와서 약 한 봉지만 달라고 질질 짜던 그 망할 계집애가.

뒤를 돌아보니 도디 샌더스의 아버지 앤디였다. 수도 없이 얘기를 나눈 사이였지만 사만다는 앤디의 목소리를 알아차리지 못했다. 처음에는 얼굴도 알아보지 못했다. 앤디는 늙고 침울해 보였다. 조금은 망가진 듯도 싶었다. 사만다의 가슴도 힐끗거리지 않았다. 전에는 맨 먼저 훔쳐봤는데도.

"안녕하세요, 샌더스 아저씨. 세상에, 전 오신 줄도 몰랐지 뭐예요. 저기……."

사만다는 짓밟힌 풀밭과 대형 천막이 있는 쪽을 손짓으로 가리켰다. 지금은 반쯤 무너져 을씨년스럽기만 했다. 그러나 샌더스 아저씨만큼은 아니었다.

"난 그늘에 앉아 있었거든."

앞서와 마찬가지로 주저하는 목소리였다. 그와 함께 차마 보기도 힘들 만큼 애처롭고 송구스러워하는 미소가 따라왔다.

"그래도 목은 좀 축였단다. 10월치고는 덥지 않니? 어휴, 더워서 원. 그래도 참 좋았는데. 마을 사람들도 다 모이고 말이야. 그 애가 다치지만 않았어도……."

하느님 맙소사. 샌더스 아저씨는 울고 있었다.

"아주머니 일은 정말 안 됐어요, 아저씨."

"고맙다, 사만다. 참 착하기도 하지. 내가 차 있는 데까지 아기 데려다 줄까? 이제 출발해도 될 것 같은데, 길도 뚫렸고."

사만다는 샌더스 아저씨가 우는 모습을 보고도 그 제안을 거절하지 못했다. 그래서 빵 덩어리처럼 후끈한 리틀 월터를 포대기에서 꺼내어 아저씨에게 건넸다. 리틀 월터는 눈을 뜨고 멍하니 웃다가 트림을 한 번 하고 다시 잠들었다.

"어째 기저귀가 좀 묵직한 것 같은데."

"예, 무슨 때만 되면 똥 만드는 기계 같아요. 우리 귀여운 리틀 월터."

"월터라. 참 고풍스럽고 좋은 이름이구나."

"고맙습니다."

사만다가 보기에 아기 이름은 사실 월터가 아니라 리틀이라고 굳이 밝힐 것까지는 없을 듯싶었는데…… 그러고 보니 틀림없이 전에도 똑같은 대화를 나눈 적이 있었다. 샌더스 씨가 기억을 못 할 뿐이었다. 아기를 데려다 준 것은 고마웠지만 이런 사람과 나란히 걸어야 하다니, 실망스러운 날에 딱 어울리는 실망스러운 결말이었다. 그래도 샌더스 씨가 도로 사정 하나는 제대로 본 듯했다. 공연장 맨 앞줄처럼 꽉 막혔던 도로가 마침내 한산했다. 사만다는 온 마을 사람들이 다시 자전거를 탈 날이 언제쯤 올지가 궁금했다.

"난 집사람이 비행기를 타는 게 늘 마음에 걸렸단다."

샌더스 아저씨는 마치 머릿속에 생각해 둔 말을 한마디씩 고르는 사람처럼 보였다.

"가끔은 그 교관이란 놈이랑 바람이 났나 하고 의심도 했어."

'도디 엄마가 척 톰슨하고 바람을 피워?' 사만다는 놀라는 한편으로 속이 메슥거렸다.

"설마 그러진 않았겠지." 샌더스 아저씨가 한숨을 내쉬었다. "어쨌든 간에, 지금 그게 무슨 상관이겠니. 그런데 너 혹시 도디 못 봤니? 어젯밤에 집에 안 들어왔더구나."

사만다는 하마터면 말할 뻔했다. '그럼요, 어제 오후에 봤어요.' 그러나 도디가 전날 밤에 외박을 했다면 그런 얘기는 오히려 도디 아버지를 더 걱정시킬 뿐이었다. 게다가 양 볼에 눈물을 줄줄 흘리는 동시에 한쪽 콧구멍에서는 콧물까지 흘리는 이 아저씨와 한참 동안 얘기를 해야 했다. 유쾌한 일은 결코 아니었다.

두 사람은 사만다의 차가 서 있는 곳에 도착했다. 차는 문틀 아래턱에 녹이 잔뜩 슨 고물 도요타 승용차였다. 사만다는 리틀 월터를 받아 들고 냄새에 눈살을 찌푸렸다. 기저귀가 묵직한 정도가 아니라 아예 화생방 무기 수준이었다.

"아니요. 못 봤어요, 아저씨."

샌더스 아저씨는 고개를 끄덕이고 손등으로 코 밑을 닦았다. 콧물은 사라졌거나…… 아니면 어디 다른 데로 옮겨간 듯했다. 그것만으로도 다행이었다.

"아마 앤지 매케인이랑 쇼핑몰에 들렀다가 사바투스에 있는 페그 이모 댁에 갔을 거야. 그래서 마을에 못 돌아오는 걸 테지."

"그래요, 아마 그럴 거예요."

그랬던 도디가 체스터스밀에 '짠' 하고 나타난다면 샌더스 씨는 기쁨의 충격에 휩싸일 터였다. 하나님도 아시다시피 그에게는 그럴 자격이 있었다. 사만다는 차 문을 열고 리틀 월터를 조수석에 내려놓았다. 유아용 좌석은 이미 몇 달 전에 치워지고 없었다. 너무나 귀찮은 물건이기 때문이었다. 게다가 사만다는 운전을 무척이나 안전하게 했다.

"사만다, 만나서 반가웠다." 잠시 침묵이 흘렀다. "우리 집사람을 위해 기도해 주지 않으련?"

"어…… 그럼요. 할게요, 아저씨."

차로 향하던 사만다의 머릿속에 문득 두 가지 기억이 떠올랐다. 하나는 조지아 루 그 계집애가 얄미운 오토바이 부츠를 신은 발로 가슴을 멍이 들지 싶을 만큼 세게 떠밀었던 것, 또 하나는 앤디 샌더스가 슬픔에 잠겼든 안 잠겼든 간에 일단은 마을 의장이라는 것이었다.

"저기, 샌더스 아저씨?"

"왜 그러니, 사만다?"

"경찰들 중에 거칠게 구는 사람이 몇 명 있는데요. 아저씨가 어떻게 좀 해 주셨으면 해서요. 그러니까, 어…… 너무 늦기 전에요."

샌더스 씨의 침울한 미소는 변하지 않았다.

"그래, 사만다. 젊은 사람들이 경찰을 어떻게 보는지는 나도 잘 안단다. 나도 한때는 젊은이였잖니. 하지만 지금은 상황이 너무 안 좋아. 또 빨리 질서를 확립하면 다들 그만큼 편해질 테고. 그건 너도 이해하지?"

"그럼요."

정작 사만다가 이해한 것은 따로 있었다. 아무리 진실한 슬픔이라도 정치인의 청산유수 같은 거짓말을 막기에는 역부족이라는 사실이었다.

"그럼, 다음에 뵐게요."

"그 친구들은 훌륭한 팀이란다." 샌더스 씨가 멍한 표정으로 중얼거렸다. "피터 랜돌프가 그 친구들을 하나로 이끌 거야. 모두 한 마음이 돼서. 모두…… 어…… 한 몸처럼 움직이지. 마을을 지키고 섬기기 위해서."

"그렇겠죠."

한 몸이 되어 지키고 섬긴다는 말이었다. 이따금씩 여자 가슴도 걸어차면서. 사만다는 조수석에서 다시 잠든 리틀 월터와 함께 주차장을 빠져나갔다. 기저귀에서 피어오른 냄새가 아주 환상적이었다. 사만다는 차창을 열고 뒷거울을 올려다보았다. 이제 거의 비다시피 한 칸이 주차장에 우두커니 서 있는 샌더스 씨가 보였다. 샌더스 씨가 손을 들어 작별 인사를 했다.

사만다는 손을 마주 흔들면서 도디가 어젯밤 집에 안 들어갔다면 어디서 잤을지 생각해 보았다. 그러다가 딱히 걱정스럽지도 않은 도디 생각은 떨쳐 버리고 라디오를 켰다. 또렷이 잡히는 주파수가 예수쟁이 라디오밖에 없자 사만다는 라디오를 껐다.

고개를 들고 앞을 보니 차 바로 앞 도로에 프랭크 드레셉스가 서 있었다. 두 손을 쳐든 모양새가 진짜 경찰 같았다. 사만다는 프랭크를 치지 않으려고 급브레이크를 밟으며 아기가 떨어지지 않게 오른손을 냉큼 뻗었다. 잠에서 깬 리틀 월터가 빽 울음을 터뜨렸다.

"뭐 하는 거야! 애가 바닥에 떨어질 뻔했잖아!"

사만다가 프랭크에게 소리쳤다(둘은 고등학교 시절 앤지가 응원단 합숙을 떠난 이틀 동안 바람을 피운 사이였다.).

"유아용 시트는 어쩌고?"

프랭크가 운전석 쪽 차창으로 고개를 숙이자 불끈거리는 팔근육이 보였다. 우락부락한 근육에 아담한 고추, 그게 바로 프랭크 드레셉스였다. 사만다는 프랭크를 놓고 앤지와 라이벌이 될 생각이 털끝만큼도 없었다.

"네 일이나 잘해."

진짜 경찰이라면 아동 보호 장치 위반뿐 아니라 방금 내뱉은 말 때문에라도 딱지를 뗐을 테지만, 프랭크는 그저 능글맞게 웃기만 했다.

"야, 너 앤지 못 봤냐?"

"못 봤어. 아마 마을 바깥에 발이 묶였을 거야."

이번에는 거짓말이 아니었다. 비록 사만다가 보기에 발이 묶인 쪽은 마을 안에 있는 사람들이었지만.

"그럼 도디는?"

사만다는 이번에도 못 봤다고 했다. 프랭크가 샌더스 씨에게 물어볼지도 모르니 달리 어쩔 방법이 없었다.

"차는 집에 있던데? 내가 앤지네 차고에서 봤어."

"눈도 좋네. 그럼 도디가 모는 기아 차 타고 갔나 보지."

프랭크는 그 말을 곰곰이 생각하는 눈치였다. 이제 주위에 남은 사람은 몇 명뿐이었다. 도로는 훤히 뚫린 지 오래였다. 이윽고 프랭크가 입을 열었다.

"조지아가 네 가슴을 밟았다며?"

그러고는 사만다가 미처 대꾸하기도 전에 손을 뻗어 가슴을 움켜잡았다.

"빨리 낫게 내가 뽀뽀라도 해 줄까? 응?"

사만다는 프랭크의 손을 후려쳤다. 오른쪽 조수석에서는 리틀 월터가 쉬지도 않고 울어 댔다. 가끔 사만다는 하나님이 애초에 왜 남자 따위를 만들었는지가 궁금했다. 정말로 궁금했다. 남자라는 것들은 늘 질질 짜거나 주물럭거렸고, 아니면 주물럭거리거나 질질 짰다.

어느새 프랭크의 얼굴에서 웃음기가 사라졌다.

"너 조심하는 게 좋아. 이제 전하고는 달라."

"어쩔 건데? 날 체포하기라도 할래?"

"그보다 더 좋은 걸 생각해 뒀지. 가, 어서 꺼져. 그리고 앤지 만나면 내가 보자더라고 전해."

사만다는 차를 몰고 떠났다. 부아가 치밀었고, 차마 인정하고 싶지는 않았지만 조금은 무섭기까지 했다. 1킬로미터쯤 가서 갓길에 차를 대고 리틀 월터의 기저귀를 갈았다. 뒷좌석에 다 쓴 기저귀 가방이 있었지만 화가 머리끝까지 솟다 보니 손을 뻗기도 귀찮았다. 사만다가 똥 기저귀를 내던진 곳 근처에 이런 간판이 서 있었다.

짐 레니의 중고차 천국
외제차 국산차 다 있습니다
대출 상담 환영!
빅 짐을 만나면 차가 생깁니다!

자전거 탄 아이들 곁을 지나가면서 사만다는 다시금 온 마을 사람들이 자전거를 타고 다닐 때까지 얼마나 남았을지 궁금해졌다. 하지만 그런 날이 올 것 같지는 않았다. 그렇게 되기 전에 누가 해결책을 찾아낼 것만 같았다. 약에 취한 상태에서 봤던 재난

영화에서, 화산이 폭발한 로스앤젤레스와 좀비들이 날뛰는 뉴욕에서 그러했듯이. 그리하여 세상이 다시 정상으로 돌아가면 프랭크 드레셉스와 카터 티보도는 예전처럼 빈털터리 시골 무지렁이로 돌아갈 신세였다. 동시에 사만다 자신은 예전처럼 눈에 안 띄는 생활을 누리게 될 터였다.

그러거나 말거나, 사만다는 도디 얘기를 한마디도 꺼내지 않고 넘어갈 수 있어서 기뻤다.

8

러스티는 다급하게 삑삑거리는 혈압계 소리를 듣고 깨달았다. 아이는 오래 버틸 가망이 없었다. 실은 구급차에 옮겨 실은 순간부터…… 젠장, 총알이 명중한 바로 그 순간부터 아이에게 가망 따위는 없었다. 이제 혈압계의 경고음이 그 진실을 온 세상에 선포했다. 로리는 끔찍한 총상을 입은 현장에서 곧장 의료용 헬리콥터를 타고 주립 종합병원으로 실려 가야 마땅했다. 그런데 지금 이곳은 헬리콥터커녕 장비도 제대로 못 갖춘(전기를 아끼려고 에어컨까지 꺼 버린) 후텁지근한 수술실이었고, 집도의는 벌써 몇 년 전에 은퇴했어야 할 노인이었으며, 보조의는 신경 수술 보조 경험이라고는 한 번도 없었던 데다 한 명뿐인 간호사는 지칠 대로 지쳐 있었다. 이제 그 간호사가 입을 열었다.

"해스켈 선생님, 부정맥이에요."

혈압계가 맞장구를 쳤다. 경고음이 합창 소리처럼 우렁찼다.

"나도 알아, 지니. 나 코 안 먹었어." 잠시 침묵. "귀 안 먹었다고, 내 말은. 젠장."

해스켈과 러스티는 수술용 시트에 덮인 아이 너머로 잠깐 동안 서로를 마주보았다. 해스켈의 눈빛은 맑고 또렷했다. 지난 이삼 년 간 청진기를 목에 걸고 느려터진 유령처럼 캐서린 러셀 기념병원의 병실과 복도를 어슬렁거리던 그 게으름뱅이가 아니었다. 그러나 끔찍이도 늙고 허약해 보이기는 마찬가지였다.

"할 만큼 하셨습니다, 선생님."

사실 해스켈은 할 만큼 한 정도가 아니었다. 러스티는 그를 보며 어릴 적에 즐겨 읽던 스포츠 소설의 주인공을 떠올렸다. 월드 시리즈 7차전에서 옛 영광을 한 번 더 불사르고자 불펜을 박차고 나오는 나이 든 투수를 보는 듯했다. 그러나 응원해 줄 관중은 달랑 러스티와 간호사 지니 톰린슨뿐이었고, 이 역전의 노장에게는 행복한 결말이 기다릴 것 같지 않았다.

앞서 러스티는 로리의 두뇌가 붓지 않도록 식염수에 마니톨을 섞어 방울방울 떨어뜨렸다. 해스켈 선생은 수술실이 돌아가도록 방치한 채 복도 저편의 검사실에서 혈액 검사를 실시했다. 러스티는 보조의인 까닭에 자격이 없었고 검사 요원도 자리를 비웠으니 해스켈이 할 수밖에 없었다. 캐서린 러셀 병원은 극심한 인력 부족 사태에 맞닥뜨렸다. 러스티가 생각하기에 인력 부족 때문에 앞으로 온 마을이 치러야 할 대가에 비하면 딘스모어네 꼬마의 희생은 계약금에 지나지 않았다.

상황은 악화 일로였다. 로리는 아르에이치마이너스(Rh-) 에이(A) 형이었고, 얼마 안 되는 혈액 재고 중에 같은 혈액형은 하나도 없었다. 그러나 누구에게든 피를 줄 수 있는 아르에이치마이너스 오(O) 형은 재고가 있었고, 그래서 그들은 로리에게 네 팩을 수혈했다. 이제 남은 피는 달랑 아홉 팩뿐이었다. 그 귀한 피를 이 가망 없는 아이한테 주는 것은 손 소독실 배수구에 쏟아 버리는 짓이나 매한가지였지만, 아무도 그런 말을 입 밖에 내지는 않았다. 아이가 수혈을 받는 동안 해스켈 박사는 지니를 병원 도서실로 사용하는 옷장만 한 창고로 보냈다. 지니가 도서실에서 가져온 책은 너덜너덜해진 『신경외과 수술 개론』이었다. 해스켈은 그 책을 옆에 펴 놓고 서진 대신 묵직한 귀 검사용 확대경을 올려두었다. 러스티는 결코 잊을 수 없을 것만 같았다. 수술용 톱이 드르륵거리는 소리도, 이상할 정도로 후텁지근한 공기 속에 날리는 뼛가루 냄새도, 해스켈 선생이 아이의 두개골 위쪽을 들어냈을 때 주르륵 쏟아진 핏덩어리도.

단 몇 분뿐이었지만, 러스티는 실제로 희망을 품기도 했다. 두개골에 뚫은 구멍 덕분에 혈종의 압력이 낮아지자 로리의 혈압과 체온, 맥박, 호흡은 안정되기 시작했다. 또는, 안정을 찾으려고 노력했다. 그러다가 해스켈 선생이 탄환 파편을 제거할 수 있는지 확인하려고 할 때쯤, 상황은 다시 악화되기 시작했다. 그것도 숨가쁘게.

러스티의 머릿속에 오로지 희망 하나만을 품고 기다릴 아이의 부모가 떠올랐다. 이제 로리 딘스모어는 수술실을 나가서 왼쪽으로(캐서린 러셀 병원 중환자실이 있는 곳으로, 부모님이 살짝 들러서 살펴볼 수 있는 그곳으로) 향하는 대신 오른쪽으로 돌아야 할 듯싶었다. 영안실이 있는 오른쪽으로.

"여느 때 같으면 생명 유지 장치를 작동시키고 부모한테 장기 기증 이야기를 꺼냈을 걸세. 하지만 여느 때였다면 이 아인 아예 여기 오지도 않았을 테지. 만약 왔다고 해도 내가 이…… 이 빌어먹을 도요타 자동차 설명서를 보면서 수술을 하진 않았을 거야."

해스켈은 확대경을 집어 들고 수술실 저편으로 냅다 던졌다. 녹색 타일 바닥에 부딪힌 확대경이 타일 한 개를 박살내고 바닥에 나동그라졌다.

"승압제를 투여할까요, 선생님?"

지니가 물었다. 목소리는 나지막하고 차분했으나…… 얼굴은 금방이라도 주저앉을 듯이 피곤해 보였다.

"무슨 말인지 모르겠나? 난 이 애의 고통을 더 연장하고 싶지 않아."

해스켈은 인공호흡 장치 뒤에 붙은 스위치로 손을 뻗었다. 누군지 모를 장난꾸러기가(아마도 트위첼이) 스위치 옆에 붙여 놓은 스티커에 이렇게 적혀 있었다. '야호!'

"반대할 생각인가, 러스티?"

러스티는 그 질문을 곰곰이 되씹다가 이내 천천히 고개를 저었다. 바빈스키 검사에서 양성 반응이 나왔으니 어차피 아이의 뇌는 심각하게 손상된 상태였다. 그러나 진짜 문제는 아이에게 어떤 기회도 남아 있지 않은 것이었다. 기회는, 아예 처음부터 없었다.

해스켈이 스위치를 내렸다. 로리 딘스모어는 혼자 힘으로 숨 한 모금을 힘겹게 들이쉬었고, 한 번 더 들이쉴 듯하다가, 결국 포기하고 말았다.

"어디 보자……."

해스켈은 벽에 걸린 커다란 시계를 올려다보았다.

"오후 5시 15분이구먼. 사망 시각에 그렇게 적어 주게, 지니."

"예, 선생님."

해스켈이 마스크를 내렸을 때 드러난 창백한 입술을, 러스티는 걱정스러운 눈으로 훔쳐보았다.

"여기서 그만 나가세. 더워서 죽겠구먼."

그러나 해스켈을 죽인 것은 더위가 아니라 심장마비였다. 해스켈은 딘스모어 부부에게 비보를 전하러 가다가 복도 중간쯤에서 쓰러졌다. 러스티가 에피네프린을 주사했지만 소용이 없었다. 심폐소생술도 효과가 없었다. 심지어 제세동기조차도.

사망 시각, 오후 5시 49분. 론 해스켈은 그의 마지막 환자보다 정확히 34분을 더 살았다. 러스티는 벽에 등을 기대고 바닥에 주저앉았다. 로리의 부모에게 소식을 전한 사람은 지니였다. 아이 어머니의 비통한 절규는 러스티가 두 손에 얼굴을 파묻고 주저앉은 곳까지 들려왔다. 거의 텅 빈 병원 구석구석까지 메아리쳤다. 그 소리는 결코 멈출 것 같지 않았다.

9

바비가 보기에 퍼킨스 서장의 미망인은 한때 굉장히 아름다운 여인이었을 듯했다. 심지어 눈 밑에 검은 그늘이 드리우고 아무 옷이나 입은(낡은 청바지에 틀림없이 잠옷 윗도리로 보이는 상의를 걸친) 지금도, 브렌다 퍼킨스는 눈에 띄게 아름다웠다. 브렌다의 눈에 또렷이 비친 총명한 빛을 보며 바비는 명석한 사람이 빼어난 용모를 잃는 경우는 극히 드물지도 모른다고 생각했다. 물론 애초부터 빼어난 용모를 지닌 사람의 경우에 해당하는 이야기였다. 브렌다의 눈에 떠오른 빛은 그것뿐만이 아니었다. 그것은 슬픔에 잠긴 와중에도 감추지 못한 호기심이었다. 그리고 바로 지금, 브렌다가 호기심을 보이는 대상은 바비였다.

바비의 어깨 너머로 줄리아의 차가 보였다. 브렌다는 차고 진입로 저편으로 후진하는 차를 향해 손짓했다. '어디 가는 거야?'라고 말하는 듯했다.

줄리아가 차창 바깥으로 몸을 내밀고 소리쳤다.

"신문이 제대로 나오는지 확인해야 되거든요! 중간에 들장미 식당에 들러서 앤슨 휠러한테 슬픈 소식도 전해야 돼요, 오늘 저녁 샌드위치 담당은 그 사람이라고요! 걱정 마요, 브렌다, 바비는 안심해도 돼요!"

그러고는 브렌다가 대답을 하는지 항의를 하는지 듣지도 않은 채 임무를 위하여 모린 가를 질주했다. 바비는 그런 줄리아와 함께 가고 싶었다. 식당으로 돌아가서 햄 치즈 샌드위치 40개와 참치 샌드위치 40개를 만들고 싶은 마음뿐이었다.

줄리아가 떠나고 나서 브렌다는 다시금 바비를 찬찬히 뜯어보았다. 두 사람은 철망 문을 사이에 두고 서로 마주보았다. 바비는 힘든 면접을 눈앞에 둔 구직자가 된 기분을 느꼈다.

"그런가요?"

"잘 못 들었습니다, 부인."

"안심해도 되냐고요."

바비는 그 말을 곰곰이 생각해 보았다. 이틀 전만 해도 그렇다고 대답했을 테고, 물론 그 대답은 사실이었으리라. 그러나 이날 오후에 바비는 체스터스밀의 식당 요리사가 아니라 이라크 팔루자의 군인이 된 듯했다. 그러다가 결국에는 자신이 온순한 사람이라고 대답했고, 브렌다는 그 말에 생긋 웃었다.

"내 눈으로 보고 판단해야겠네요. 지금은 판단력이 영 시원찮긴 하지만요. 큰일을 치른 참이다 보니."

"저도 압니다, 부인. 진심으로 유감입니다."

"고마워요. 그이는 내일 묻힐 거예요. 지저분하고 좁아터진 보위 장의사를 떠나서요. 그 모양을 하고도 무슨 수를 쓰는지 아슬아슬하게 버티기는 해요. 마을 사람들 거의 다 캐슬록에 있는 크로스먼 장의사를 이용하는데. 이곳 사람들은 보위 장의사를 '보위네 시체 매립지'로 불러요. 형 스튜어트는 바보고 동생 퍼널드는 그보다 더한 천치지만, 그래도 지금 우리한텐 그 사람들뿐이네요. 나한테는요."

한숨을 내쉬는 브렌다는 마치 뻑적지근한 집안일을 앞둔 사람 같았다. '왜 아니겠어.' 바비는 속으로 생각했다. '사랑하는 사람이 죽었으니 여러 모로 힘들 테지만, 그래도 일은 일이니까.'

브렌다는 현관으로 성큼 걸어 나와 바비를 놀라게 했다.

"바버라 씨, 나랑 같이 뒷마당으로 가요. 다음번엔 집 안으로 모실지도 모르지만 확신이 서기 전엔 안 되겠어요. 보통 때 같으면 줄리아한테서 들은 인물평을 철석같이 믿었을 거예요. 하지만 지금은 보통 때가 아니니까요."

바비는 브렌다를 따라 낙엽 하나 없이 깔끔하게 정돈한 잔디밭을 지나 집 옆으로 걸어갔다. 오른편에는 서장 관사와 이웃집 사이를 가르는 널빤지 담이, 왼편에는 잘 가꾼 화단이 있었다.

"남편은 화단 가꾸기 선수였어요. 법 집행관한테는 안 어울리는 취미라고 생각하실지도 모르지만요."

"아뇨, 그렇지 않습니다."

"제 생각도 그래요. 우리가 소수파에 속하는 이유가 바로 그거죠. 작은 마을 사람들은 상상의 폭도 좁거든요. 그레이스 메탈리어스나 셔우드 앤더슨이 쓴 책을 보면 잘 알 수 있듯이요. 그리고……."

브렌다는 집 뒤쪽 모퉁이를 지나 널찍한 뒷마당에 들어서면서 다시 말을 꺼냈다.

"집으로 안 모신 이유는 또 있어요. 여긴 늦게까지 볕이 들거든요. 발전기가 있긴 한데, 오늘 아침에 꺼져 버렸지 뭐예요. 틀림없이 가스가 떨어져서 그럴 거예요. 예비 탱크는 있지만 갈아 끼우는 법을 몰라요. 발전기 때문에 남편을 들들 볶을 때도 있었어요. 그이가 사용법을 가르쳐 주겠다고 했지만 내가 싫다고 했죠. 난 그냥 심술을 부리느라고 그런 건데."

눈에서 넘쳐난 물방울 하나가 볼을 타고 흘러내렸다. 브렌다는 아무렇지도 않게 눈물을 훔쳤다.

"할 수만 있으면 그이한테 사과하고 싶어요. 그이한테 당신이 옳았다고 얘기해 주고 싶어요. 하지만 그렇게는 못 하겠죠, 안 그래요?"

완곡한 부탁을 알아차릴 정도의 눈치는 바비에게도 있었다.

"그냥 가스통이라면 제가 해 드릴 수 있습니다."

"고마워요."

브렌다는 아이스박스가 옆에 놓인 야외 테이블로 바비를 안내했다.

"원래는 헨리 모리슨한테 부탁할까 했어요. 가는 길에 버피네 가게에서 가스통도 사고요. 그랬는데 아까 낮에 큰길에 나가 보니 가게 문은 닫혀 있고, 헨리는 딘스모어네 목장에 갔다더군요. 다른 직원들도 다 함께요. 내일 가도 남아 있을까요?"

"아마 있을 겁니다."

대답은 이렇게 했지만 실은 살 수 있을지 의심스러웠다.

"그 아이 일은 나도 들었어요. 옆집에 사는 지나 버펄리노가 얘기해 주더군요. 정말 안 됐지 뭐예요. 살 수 있을까요?"

"저도 모르겠습니다." 뒤이어 정직함이야말로 이 여인의 신뢰를 얻는 가장 빠른 방법이라는 직감이 들었다. 그래서 바비는 한마디를 덧붙였다. "솔직히 그럴 것 같진 같습니다."

"그런가요." 브렌다는 한숨을 쉬고 다시 한 번 눈가를 닦았다.

"정말 안 됐네요." 그러고는 아이스박스를 열었다. "물하고 다이어트 코크가 있어요. 내가 하위한테 마셔도 된다고 허락한 음료수는 이게 다거든요. 어떤 걸로 드릴까요?"

"물 주십시오."

둘은 브렌다가 뚜껑을 딴 생수 두 병을 한 병씩 쥐고 마셨다. 슬픔과 호기심이 함께 밴 브렌다의 눈이 바비에게로 향했다.

"줄리아한테 들었는데 마을 회관 열쇠가 필요하다면서요. 왜 그러는지 알 것 같아요. 그리고 짐 레니한테 들키지 않으려고 하는 이유도요."

"어쩌면 알려야 할지도 모르겠습니다. 지금은 상황이 바뀌었거든요. 실은……."

브렌다가 손을 들고 고개를 저었다. 바비는 입을 다물었다.

"우선 주니어 패거리하고 무슨 문제가 있었는지부터 얘기해 주셨으면 해요."

"퍼킨스 부인, 그 얘기는 부군께서……."

"하위는 집에서 자기 일 얘기를 거의 안 했어요. 하지만 바버라 씨 사건은 예외였죠. 아마 그 건 때문에 고생을 좀 해서 그럴 거예요. 난 바버라 씨 얘기하고 남편 얘기가 일치하는지 봐야겠어요. 일치한다면 그다음에 다른 얘기도 할 수 있겠죠. 그렇지 않으면 이만 가 달라고 얘기할 거고요. 그 물병은 그냥 가져가셔도 돼요."

바비는 집 왼쪽 모퉁이의 자그맣고 빨간 창고를 가리켰다.

"발전기는 저 안에 있습니까?"

"예."

"가스통을 바꿔 달면서 말씀 드려도 될까요?"

"그럼요."

"처음부터 끝까지 듣고 싶으시겠죠?"

"두말하면 잔소리죠. 그리고 한 번만 더 부인이라고 부르면 꿀밤 맞을 줄 아세요."

발전기 보관소의 문에 달린 놋쇠 고리가 환하게 반짝거렸다. 선날까지 이 집에 살던 남자가 집 안 물건을 세심히 챙겼다는 증거였으나…… 그 안에 달랑 한 개뿐인 예비 가스통은 적잖이 유감스러웠다. 바비는 이제부터 시작할 대화가 어떻게 마무리되든 간에 이튿날 가스통을 몇 개 사서 미망인에게 갖다 주는 일만은 책임지고 완수하기로 결심했다.

'한 가지 더. 그날 밤 무슨 일이 있었는지 빠짐없이 얘기해 줘야 해.' 바비는 속으로 생각했다. 그렇다고는 해도 등을 돌린 채로 얘기하는 편이 더 쉬울 듯싶었다. 자신이 앤지 매케인의 눈에 살짝 나이 많은 노리갯감으로 보인 탓에 그런 일이 벌어졌다고 얘기하려니, 영 내키지 않았기 때문이었다.

'빠짐없이 얘기하는 거다.' 바비는 한 번 더 다짐하고 나서 이야기를 시작했다.

10

바비의 머릿속에 가장 또렷이 남은 지난여름의 기억은 어디를 가도 들리는 것 같던 제임스 맥머트리의 노래였다. 노래 제목은 「텍사코 주유소에서 나눈 이야기」였다. 그리고 바비가 그 노래에서 가장 또렷이 기억하는 가사는 바로 이 부분이었다. '작은 마을에 사는 사람들은 자기 분수를 알아야 하는 법이지.' 앤지 매케인이 이런저런 짓들을 시작했을 때, 즉 주방에서 요리를 하는데 너무 바짝 붙어 서거나, 물건을 대신 집어달라고 부탁하며 팔에 가슴을 기대거나 할 때, 바비는 그 가사를 떠올리곤 했다. 바비는 앤지의 남자 친구가 프랭크 드레셉스라는 것도, 또 프랭크가 단지 빅 짐 레니의 아들과 친구 사이라는 이유로 이 마을 권력층의 일원이라는 것도 알고 있었다. 반면 데일 바버라는 떠돌이나 다름 없었다. 체스터스밀의 권력 구도에 바비 자리는 아예 없었다.

어느 날 저녁, 앤지는 바비의 허리에 팔을 감고 사타구니를 지그시 감싸 쥐었다. 바비의 분신은 그 손길에 반응했고, 바비는 짓궂게 씩 웃는 앤지를 보고 들켰음을 깨달았다.

"가게 뒤에서 한 번 할 수도 있는데. 생각 있으면."

앤지가 말했다. 두 사람이 있는 곳은 주방이었다. 앤지가 짧은 치마의 밑단을 살짝 들어 올리자 분홍색 속옷 가장자리의 레이스가 살포시 드러났다.

"좋은 게 좋은 거잖아요."

"난 됐어." 바비는 이렇게 대꾸했고, 앤지는 약 올리듯이 혀를 날름 내밀었다.

식당 대여섯 군데를 옮겨 다니는 동안 바비는 비슷한 유혹을 받은 적이 있었고, 가끔은 그 유혹에 응하기도 했다. 어쩌면 젊은 처자가 그럭저럭 잘생긴 연상의 동료에게 잠시 품은 욕망 정도로 끝날 수도 있었다. 그러나 그 일이 있은 후에 앤지는 프랭크 드레셉스와 헤어졌고, 어느 날 밤 가게 문을 닫은 바비가 음식물 쓰레기를 버리고 있을 때 그에게 다가와 대담한 공세를 퍼부었다.

쓰레기통을 비우고 돌아선 바비 앞에 앤지가 서 있었다. 앤지는 두 팔로 바비의 어깨를 끌어안고 입을 맞추었다. 처음에는 바비도 그 입맞춤에 응했다. 앤지는 한 팔을 풀고 바비의 손을 냉큼 쥐더니 자기 왼쪽 가슴에 올려놓았다. 덕분에 바비는 정신이 번쩍 들었다. 멋진 가슴이었다. 섦고 탱탱했다. 농시에 문제의 근원이기도 했다. 앤지 자체가 문제였다. 바비는 물러서려고 버둥댔고,

앤지가 한쪽 팔로 매달린 채(이제 손톱이 바비의 목덜미를 파고들 정도였다.) 사타구니를 치대려고 하자 애초에 의도했던 것보다 살짝 세게 앤지를 떠밀고 말았다. 앤지는 쓰레기통에 부딪혀 주저앉았고, 바비를 흘겨보다가 청바지 뒤쪽을 만져보고 더욱 사납게 눈을 부라렸다.

"참 고맙네요! 바지가 엉망이 됐잖아요!"

"정도껏 해야지." 바비는 부드럽게 말했다.

"자기도 흥분한 주제에!"

"그랬을지도 모르지. 하지만 네가 좋아서 그런 건 아냐." 바비는 앤지의 상처 입고 분노한 표정을 보고 이렇게 덧붙였다. "내 말은, 널 좋아하기는 하지만 그런 식으로는 아니라는 뜻이야."

그러나 사람은 당황하면 본심이 나오게 마련이었다. 당연한 얘기지만.

나흘 후, 디퍼스 술집에서 누가 바비의 셔츠 등판에 맥주를 들이부었다. 뒤를 돌아보니 프랭크 드레셉스가 서 있었다.

"맘에 들어, 바아비이? 맘에 들면 한 잔 더 부어 줄게. 오늘밤엔 맥주 피처 한 개에 2달러거든. 물론 맘에 안 들면 밖에 나가서 얘기를 나눌 수도 있어."

"앤지가 뭐라고 했는지는 몰라도 그건 사실이 아냐."

주크박스에서 내내 노래가 흘러나왔다. 제임스 맥머트리의 노래가 아니었는데도 바비의 머릿속에 남은 노래는 바로 맥머트리의 그 노래였다. '자기 분수를 알아야 하는 법이야.'

"앤지 말로는 싫다고 하는데도 네가 막무가내로 덮쳤다던데. 너 앤지보다 얼마나 더 나가지? 40킬로그램? 내가 보기엔 딱 강간인데 말이야."

"안 그랬어." 가망이 없는 줄은 이미 아는 바였다.

"따라 나와, 씨발놈아. 쫄았냐?"

"그래, 쫄았다."

놀랍게도, 프랭크는 바비의 대답을 듣고 그대로 사라졌다. 그러고는 바비가 하룻밤 치 맥주와 음악을 충분히 즐겼다고 생각하고 자리에서 일어섰을 때 다시 나타났다. 이번에는 맥주잔이 아니라 아예 피처를 들고 서 있었다.

"이러지 마."

바비가 말했지만 당연히 프랭크는 아랑곳하지 않았다. '철썩.' 이번에는 얼굴에 맥주를 끼얹었다. 버드와이저 라이트로 샤워 한 판. 몇몇 사람이 껄껄 대며 술기운에 박수를 쳤다.

"성질나면 당장 나가서 해결하든가. 아니면 기다려 줄 수도 있어, 영업시간도 얼마 안 남았으니까. 바아비이."

바비는 바깥으로 나갔다. 어차피 지금이 아니라도 조만간에 해결해야 할 일이었고, 사람들 눈에 띄기 전에 프랭크를 잽싸게 때려눕히면 그것으로 끝날 것 같았다. 심지어는 프랭크에게 사과를 하고 앤지와 아무 일도 없었다고 재삼 설명할 용의도 있었다. 이미 아는 사람도 많을 테지만(적어도 앤슨과 로즈는 확실히 알았다.), 앤지가 먼저 꼬리 쳤다는 말은 덧붙이지 않을 작정이었다. 어쩌면, 프랭크도 일단 코피가 터지게 두들겨 맞고 보면 바비가 훤히 꿰뚫어본 것을 깨달을지도 몰랐다. 이게 다 그 멍청한 계집애가 복수하려고 꾸민 세략이라는 사실을.

처음에는 그렇게 풀릴 것처럼 보였다. 프랭크는 자갈밭에 우뚝 버티고 서 있었고, 프랭크의 그림자는 주차장 양쪽 끝에 달린 나트륨등 불빛 때문에 두 갈래로 뻗어 나갔으며, 치켜든 두 주먹은 꼭 헤비급 챔피언 같았다. 잔혹하고, 억세고, 멍청한 챔피언이었다. 여느 촌구석 깡패와 다를 바 없었다. 그런 녀석들은 일단 큰 주먹 한 방으로 상대를 자빠뜨린 다음 일으켜 세워서 질질 짤 때까지 잔 주먹을 날리는 싸움 방식에 익숙한 법이었다.

냅다 달려든 프랭크가 비장의 무기랄 것도 없는 어퍼컷을 날렸다. 바비는 머리를 한쪽으로 슬며시 젖힌 것만으로 그 주먹을 피하고 답례로 프랭크의 명치에 일직선으로 잽을 날렸다. 프랭크는 경악한 표정으로 무릎을 꿇었다.

"우리 굳이 이럴 것까진……."

바비가 여기까지 말했을 때, 등 뒤에서 주니어 레니가 허리 뒤쪽을 강타했다. 맞은 곳은 신장이 있는 자리였고, 주니어의 주먹은 힘을 더하려고 두 손을 맞잡고 날린 듯 강력했다. 바비는 비틀거리며 앞으로 걸어갔다. 주차된 차들 사이에서 카터 티보도가 걸어 나오더니 바비를 환영하듯 힘껏 주먹을 날렸다. 맞았더라면 턱이 부러졌을지도 모르는 그 주먹을 바비는 간신히 팔로 막아냈다. 마을을 떠나던 둠 데이 당일까지 바비에게 남아 있던 최악의 상처는 바로 그때 팔에 생긴 누르스름한 멍이었다.

한쪽으로 비틀비틀 물러서면서 바비는 깨달았다. 미리 계획한 잠복이었다. 누가 진짜로 다치기 전에 빠져나가야만 했다. 그 사람이 딱히 바비 자신일 필요는 없었다. 바비는 기꺼이 도망칠 작정이었다. 자존심 따위는 아무렇지도 않았다. 세 걸음 내디뎠을 때 멜빈 셜스가 발을 걸었다. 바비가 자갈밭에 털퍼덕 엎어지자 발길질이 시작되었다. 머리는 간신히 막아냈지만 장화를 신은 발이 다리, 엉덩이, 팔 할 것 없이 마구 파고들었다. 바비가 뚱보 노먼의 중고 가구 트럭 뒤로 숨어들기 직전, 갈비뼈 위쪽에 발길질이 작렬했다.

그 순간, 바비는 이성을 잃었다. 도망치려는 마음도 싹 가셨다. 바비는 일어서서 패거리를 마주보고 두 손을 내민 다음, 손바닥을 위로 하고 손가락을 까딱거렸다. 덤비라는 신호였다. 바비가 서 있는 차 두 대 사이는 비좁았다. 놈들은 한 명씩 덤비는 수밖에 없었다.

선봉은 주니어였다. 바비는 주니어의 열의에 보답하는 뜻에서 배를 걷어차 주었다. 구두가 아니라 나이키 운동화를 신은 발이었지만 위력은 강력했고, 주니어는 트럭 옆에 웅크린 채 숨을 쉬려고 컥컥거렸다. 그 위로 달려드는 프랭크의 얼굴에 바비의 주먹이 두 번 번쩍였다. 매서운 주먹이었지만 뼈를 부러뜨릴 정도는 아니었다. 달아났던 이성이 다시 제자리로 돌아온 덕분이었다.

자갈이 절그럭거리는 소리가 났다. 바비는 냉큼 돌아서서 뒤에서 덮치려던 티보도를 발견했다. 티보도의 주먹이 바비의 관자놀이를 강타했다. 눈앞에 별들이 반짝였다('별똥별도 하나 봤던 것 같군요.' 바비는 새 가스통의 밸브를 풀면서 브렌다에게 말했다.). 티보도가 앞으로 나섰다. 바비는 티보도의 발목을 힘껏 내려찍었고, 그러자 씩 웃던 티보도의 얼굴이 고통으로 일그러졌다. 한쪽 무릎을 굽히고 주저앉은 티보도는 흡사 장거리 킥을 준비하는 풋볼 선수 같았다. 다만 자기 발목을 움켜쥔 점이 다를 뿐이었다.

"야 이 비겁한 새끼야!"

이렇게 외친 사람은 카터 티보도였다. 어이없게도.

"지금 누가 누구한테 비겁하다고……."

여기까지 말했을 때 멜빈 셜스의 팔이 바비의 목을 휘감았다. 바비는 멜빈의 몸통을 노리고 팔꿈치를 뒤로 내질렀다. 숨이 막힌 듯 '헉' 하는 소리가 들려왔다. 냄새도 함께 따라왔다. 맥주와 담배, 육포 냄새였다. 바비는 뒤로 돌아섰다. 차 사이에서 빠져나가기 전에 티보도가 다시 한 번 달려들 것 같았지만, 바비는 아랑곳하지 않았다. 이마가 욱신거렸다. 갈비뼈도 욱신거렸다. 그리고 바비는 문득 패거리 넷을 모두 병원에 처넣기로 마음을 정했다. 꽤 이성적인 결정 같았다. 그렇게 하면 넷이서 서로서로 기브스에 쾌유 메시지를 적어 주며 비겁한 싸움의 요건이 무엇인지 토론도 할 수 있었다.

바로 그때, 퍼킨스 서장의 경찰차가 경광등과 전조등을 동시에 번쩍이며 주차장에 들어섰다. 디퍼스의 주인인 토미 앤더슨, 아니면 윌로 앤더슨이 신고한 듯했다. 불빛에 비친 싸움꾼들은 마치 무대 위의 배우들 같았다.

퍼킨스 서장이 사이렌을 울렸다. 사이렌 소리는 잠깐 왱왱거리다가 이내 꺼졌다. 뒤이어 차에서 내린 서장이 불룩 나온 배 위로 허리띠를 추켜올렸다.

"주초부터 싸움질이라니 좀 이른 거 아닌가, 친구들?"

그러자 주니어 레니가 대답하길

브렌다는 바비에게서 그 대답을 들을 필요가 없었다. 남편에게 이미 들은 이야기였고, 그때도 그리 놀라지 않았다. 빅 짐 레니의 아들은 어려서부터 능청맞은 거짓말쟁이였다. 자기 이익이 걸린 일에서는 특히 그랬다.

"그 애는 이렇게 대답했을 거예요. '저 요리사가 먼저 시작했어요'라고요. 맞죠?"

"맞습니다."

시동 단추를 누르자 발전기가 우렁찬 소리를 내며 돌아가기 시작했다. 바비는 브렌다를 보며 싱긋 웃었지만 볼이 달아오르는 느낌이 드는 것은 어쩔 수 없었다. 방금 한 이야기가 마음에 안 들었기 때문이었다. 그래도 언젠가 팔루자의 체육관에서 겪었던 일보다 더 쉽게 얘기할 날이 오리라는 생각이 들기는 했다.

"말씀하신 대롭니다. 조명, 카메라, 액션. 그렇게 됐습니다."

"고마워요. 가스가 얼마나 갈까요?"

"이삼 일뿐이겠지만, 그 전에 이 사태가 다 끝날지도 모르죠."

"안 그럴 수도 있고요. 그날 밤 유치장에 안 간힌 게 누구 덕인지 바버라 씨는 아실 것 같은데, 아닌가요?"

"물론 압니다. 부군께서 현장을 목격하신 덕분이죠. 4대 1이었으니 누가 봐도 뻔한 상황이었습니다."

"다른 경관이었다면 못 봤을지도 몰라요. 바로 눈앞에서 벌어진 상황이라고 해두요. 그날 밤 하위가 거기 있었던 건 그저 행운이었어요. 원래는 조지 프레더릭이 순찰을 돌 차례였는데 위염 때문에 못 나왔거든요." 브렌다는 잠시 입을 다물었다가 말을 이었다. "어쩌면 행운이 아니라 천우신조라고 해도 되겠네요."

"그럼 그렇다고 해 두겠습니다." 바비가 맞장구를 쳤다.

"집 안으로 들어오시겠어요, 바버라 씨?"

"괜찮으시다면 여기 앉는 건 어떨까요? 꽤 아늑한데요."

"난 괜찮지만, 날이 금세 추워질 것 같아서요. 안 그럴까요?"

바비는 모르겠다고 대답했다.

"하위가 당신들을 경찰서로 데려간 다음에 프랭크 드레셉스가 얘기하길, 당신이 앤지 매케인을 강간했다고 하던데요. 그래서 싸움이 벌어진 것 아닌가요?"

"처음에는 그렇게 얘기했습니다. 그러다 나중에는 어쩌면 강간이 아니었을지도 모른다고, 앤지가 겁에 질려서 그만하라고 했을 때 제가 멈추지 않았을 거라고 얘기를 바꿨습니다. 그 정도면 2급 강간 정도 되지 않을까 싶은데요."

브렌다의 입가에 살짝 웃음이 떠올랐다.

"페미니스트 앞에서는 강간에도 급수가 있다는 말 같은 건 안 하는 게 좋을 거예요."

"주의하겠습니다. 어쨌거나, 부군께선 저를 조사실로 옮기셨습니다. 낮에는 조사실이 아니라 무슨 빗자루 보관함으로 쓰는 것 같은 방이었는데……."

브렌다는 끝내 웃음을 터뜨리고야 말았다.

"……조금 있다가 앤지를 데려오시더군요. 그러고는 저를 똑바로 마주보게 바로 앞자리에 앉히셨습니다. 맙소사, 거의 팔꿈치가 닿을 만큼 딱 붙어 앉았죠. 사람은 거창한 거짓말을 하기 전에 속으로 준비를 하게 마련입니다. 젊은 사람들은 특히 더 그렇고요. 제가 군대에서 깨달은 사실인데, 부군께서도 알고 계시더군요. 앤지한테 법정에 가게 될 거라고 말씀하셨거든요. 위증죄가 어떻게 처벌받는지도 설명하셨고요. 결과부터 얘기하면, 앤지가 말을 뒤집었습니다. 아예 관계조차 없었다고 털어놓은 겁니다. 강간은 말할 것도 없고요."

"'법보다 이성이 먼저다.' 그게 하위의 좌우명이었어요. 일을 처리할 때도 그 좌우명을 따랐고요. 피터 랜돌프는 절대 그런 식으로 일하지 않을 텐데, 그건 그 사람이 멍청해서라기보다는 빅 짐을 통제할 수 없기 때문이죠. 우리 남편은 할 수 있었지만요. 그이 말로는 빅 짐이 당신한테 무슨 조치를 취해야 한다고 우겼대요. 당신이…… 음…… 자기 아들이랑 다퉜다는 소식을 들었을 때요. 화가 아주 단단히 났다더군요. 당신도 알고 있었어요?"

"아뇨." 바비는 그 말을 듣고도 놀라지 않았다.

"하위는 빅 짐한테 이렇게 얘기했대요. 만일 법정까지 갈 생각이라면 하나도 빠짐없이 가져가야 할 거라고요. 주차장에서 벌어진 싸움이 4대 1이었다는 것까지요. 또 실력 있는 변호사라면 프랭크와 주니어가 고등학교 시절에 저지른 탈선행위까지 기록으로 제출할 거라고도 했대요. 몇 건 있었거든요, 당신한테 저지른 짓만큼 심하진 않지만."

브렌다는 치가 떨리는 듯 고개를 저었다.

"주니어는 모범생은 아니어도 그럭저럭 순진한 애였어요. 그런데 지난 몇 년 사이에 변해 버렸더군요. 하위는 그런 주니어를 보고 마음 아파했어요. 알고 보니 하위는 주니어뿐 아니라 그 애 아버지에 대해서도 뭔가 알았던 것 같은데⋯⋯."

브렌다는 말끝을 흐렸다. 이야기를 계속할까 고민하다가 그만
두기로 결심한 눈치였다. 브렌다는 작은 마을 경찰관의 아내로 살
아오며 분별력을 터득한 사람이었다. 그런 습관은 떨치기가 어려
운 법이었다.

"하위는 바버라 씨한테 빅 짐이 다른 꼬투리를 잡아서 괴롭히
기 전에 마을을 떠나라고 충고했을 거예요, 아닌가요? 그런데 미
처 떠나기 전에 그만 이 돔이란 것 때문에 갇혔을 테고요."

"둘 다 정답입니다. 이제 그 다이어트 코크 좀 주시겠습니까,
퍼킨스 부인?"

"브렌다라고 부르세요. 전 바비라고 부를게요, 그 이름이 괜찮
다면요. 콜라는 마음껏 드셔도 돼요."

바비는 브렌다의 말을 따랐다.

"가이거 계수기 때문에 방공호 열쇠가 필요하다고 들었어요.
열쇠는 기꺼이 드릴게요. 그런데 아까 얘기를 들으니 빅 짐도 그
사실을 눈치채야 한다고 하던데, 그 점이 조금 마음에 걸리네요.
슬퍼서 정신이 흐려진 건지도 모르지만 난 왜 당신이 굳이 빅 짐
하고 정면 대결을 벌이려는 건지 이해가 안 가요. 빅 짐은 상대가
누구든 자기 권위에 도전하는 꼴을 보면 아주 돌아 버리거든요.
바비 당신하고는 아예 상대도 안 하려고 할걸요. 물론 마음에 들
어서 그런 건 아니지만요. 그이가 지금도 서장이라면 아마 당신이
랑 나란히 레니한테 따지러 갔을지도 몰라요. 차라리 그랬더라면
난 즐겁게 구경했을 테죠."

브렌다는 몸을 앞으로 숙이고 다크서클이 낀 눈으로 바비를

간절하게 바라보았다.

"하지만 하위는 이미 죽었어요, 당신은 정체 모를 발전기를 찾아 돌아다니는 대신 유치장에 처박힐지도 모르는 신세고요."

"그건 저도 잘 압니다만, 사정이 생겼습니다. 공군이 내일 13시 정각에 돔을 노리고 순항 미사일을 발사할 겁니다."

"하나님 맙소사."

"전에도 미사일을 발사한 적은 있지만 고도를 측정할 목적으로 쏜 거였습니다. 레이더에 잡히질 않거든요. 물론 그땐 공갈 탄두를 달아서 발사했습니다. 하지만 이번에는 진짭니다. 벙커버스터라고 부르는 놈이죠."

브렌다의 낯빛이 눈에 띄게 창백해졌다.

"마을 어느 쪽을 겨누고 쏘는 거죠?"

"착탄 지점은 돔이 화냥년길을 가로막은 곳입니다. 줄리아 씨하고 함께 어젯밤에 가 봤습니다. 미사일은 지상 1.5미터 지점에서 폭발할 겁니다."

브렌다는 숙녀답지 않게 입을 떡 벌렸다.

"그건 말도 안 돼요!"

"유감입니다만, 말이 됩니다. 미사일은 B52 폭격기에서 발사될 테고 사전에 프로그램된 경로를 따라 비행할 겁니다. 그 프로그램은 완벽합니다. 일단 표적 고도까지 내려가면 언덕 하나, 웅덩이 하나까지 모두 표시됩니다. 소름이 끼칠 정도죠. 만일 미사일이 돔을 관통하지 못하고 그대로 폭발하면 마을 사람들은 죄다 겁에 질릴 겁니다. 폭발음이 아마겟돈처럼 굉장할 데니까요. 하지만 관통하면……."

브렌다는 자신도 모르게 손으로 목을 가렸다.

"피해가 얼마나 클 것 같아요? 바비, 지금 이 마을엔 소방차도 없어요!"

"소방 장비는 저쪽에서 확실히 준비할 겁니다. 피해 규모는, 글쎄요." 바비는 자기도 모른다는 듯이 어깨를 으쓱했다. "한 가지는 확실합니다. 그쪽 주민들이 모조리 대피해야 한다는 거죠."

"잘하는 짓인가요? 그 사람들 계획 말이에요."

"그건 아직 모릅니다, 퍼킨…… 아니, 브렌다. 군대는 이미 결정을 내렸어요. 그런데 유감스럽게도 상황은 점점 악화되는 중이죠." 바비는 브렌다의 표정을 보고 말을 덧붙였다. "마을 얘기가 아니라 제 얘기예요. 제가 대령으로 진급했거든요. 그것도 대통령 명으로."

브렌다는 대단하다는 듯이 눈을 또르륵 굴렸다.

"그것 참 잘됐네요."

"전 체스터스밀에 계엄령을 선포하고 사실상 지휘권을 넘겨받아야 합니다. 빅 짐이 참 즐거워 할 소식 아닙니까?"

바비는 그 말에 깔깔 웃는 브렌다를 보고 흠칫 놀랐다. 그리고 덩달아 함께 웃는 자신을 보고 다시금 놀랐다.

"제 고민이 뭔지 이제 아시겠습니까? 전 마을 사람들한테 고물 가이거 계수기를 빌리겠다고 알릴 필요가 없습니다. 하지만 마을을 향해 미사일이 날아올 거라는 건 반드시 알려야 합니다. 제가 못하면 줄리아 씨가 할 일이지만, 그래도 마을 의회 의장단에는 제가 직접 얘기해야 합니다. 왜냐하면……."

"그 이유는 나도 알아요."

어느새 붉어진 노을이 브렌다의 얼굴을 뒤덮었던 창백한 빛을 가려 주었다. 그러나 한기를 느꼈는지, 브렌다는 자신도 모르는 새에 손으로 팔을 비비고 있었다.

"바비 당신이 여기서 권력을 행사할 생각이라면…… 당신 상관이 원하는 게 그거라면……."

"이제 콕스 대령은 제 상관이라기보다 동료인 것 같은데요."

브렌다의 입에서 한숨이 새어 나왔다.

"답은 안드레아 그리넬이에요. 안드레아한테 가서 얘기해야겠어요. 그럼 빅 짐하고 앤디 샌더스를 함께 상대할 수 있을 거예요. 최소한 머릿수는 이쪽이 더 많으니까요. 3대 2로."

"안드레아라면 로즈의 언니 말입니까? 왜요?"

"안드레아는 마을 제2부의장이에요. 몰랐어요?" 브렌다는 고개를 젓는 바비를 보고 말을 이었다. "그렇게 분개할 필요 없어요. 벌써 몇 년이나 그 자리에 있었는데, 마을 주민들 중에도 모르는 사람이 많아요. 평소에는 의장하고 부의장 밑에서 거수기 노릇이나 하는 사람이거든요. 특히 레니 밑에서요. 왜냐면 샌더스도 거수기 신세이긴 마찬가지니까요. 게다가 안드레아한테는…… 문제가 조금…… 그래도 심지는 굳은 사람이에요. 전에는 그랬죠."

"문제라니요?"

브렌다는 그것 역시 숨기려다가 마음을 바꾸었다.

"약물 의존증이 있어요. 진통제예요. 얼마나 심각한지는 나도 잘 몰라요."

"약을 구하는 곳은 물론 샌더스 약국이겠죠."

"그래요. 이게 완벽한 해법이 아니란 건 나도 알아요, 당신도 무척 조심해야 할 테고요. 하지만…… 빅 짐이 당신 요구를 간단히 받아들일지도 몰라요. 실제 지휘권은, 글쎄요."

브렌다는 어림없다는 듯이 고개를 저었다.

"빅 짐은 계엄 통보문도 화장실 휴지로 쓰려고 할걸요. 대통령 아니라 누가 서명했다고 해도 말이죠. 내 생각엔……."

브렌다가 말을 멈추었다. 두 눈은 바비의 어깨 너머를 바라보다가 점점 커졌다.

"퍼킨스 부인…… 아니, 브렌다. 무슨 일입니까?"

"세상에. 하나님, 세상에."

뒤를 돌아본 바비조차도 놀란 나머지 입을 꾹 다물었다. 비 없이 따뜻하고 화창한 날에 으레 그렇듯이, 붉은 노을 속에 해가 지고 있었다. 그러나 바비는 이런 노을을 평생 한 번도 본 적이 없었다. 문득 활화산 근처에 사는 사람들이나 볼 법한 광경이라는 생각이 들었다.

'아니, 그 사람들도 못 봤을걸. 이건 아예 차원이 달라.'

저무는 해는 공처럼 둥글지 않았다. 거대한 빨강색 나비넥타이 같았고, 그 한가운데에는 불타는 동그라미가 달려 있었다. 서쪽 하늘이 온통 엷은 핏빛 막으로 뒤덮인 듯했고, 그 막은 위로 올라갈수록 엷어져 주황색에 가까워졌다. 그 이글거리는 핏빛 광채 속에서 지평선은 거의 보이지도 않았다.

"세상에, 꼭 더러운 앞유리창으로 해를 마주보면서 달려가는 것 같아요."

브렌다의 말은 옳았다. 다만 앞유리창이 아니라 돔이라는 점이 다를 뿐이었다. 돔에 분진과 꽃가루가 끼기 시작한 것이었다. 물론 오염 물질도 빠지지 않았다. 그리고 더욱 심해질 터였다.

'닦아야 할 텐데.' 바비는 걸레와 양동이를 들고 줄지어 늘어선 자원 봉사자들을 머릿속으로 그려 보았다. 터무니없는 상상이었다. 10미터 위는 어떻게 닦을까? 50미터 위는? 300미터 상공은?

"끝내야 해요." 브렌다가 중얼거렸다. "군대에 전화해서 제일 큰 미사일을 쏘라고 하세요. 뒷일은 걱정할 것 없어요. 지금 당장 끝내야 하니까."

바비는 아무 말도 하지 않았다. 할 말이 있어도 입 밖에 낼 수 있을지 자신이 없었다. 그 거대하고 탁한 노을이 할 말을 모두 빼앗아간 탓이었다. 바비는 지옥으로 통하는 구멍을 들여다보는 기분이 들었다.

끝, 끝, 끝

1

빅 짐과 앤디 샌더스는 보위 장의사의 입구 계단에 서서 그 기괴한 석양을 바라보았다. 두 사람은 7시에 마을 회관에서 다시 열릴 비상 대책 회의에 참석할 예정이었고 특히 빅 짐은 회의 준비차 일찍 도착할 생각이었지만, 당장은 둘 다 그 자리에 못 박힌 채 이날 낮이 기이하고 지저분한 죽음을 맞는 광경을 우두커니 바라보았다.

"꼭 세상의 마지막 날 같은데."

앤디는 겁에 질려 나지막한 목소리로 말했다.

"원, 별 소리를!"

빅 짐이 내뱉었다. 만약 그 목소리가 스스로 듣기에도 거칠었다면, 이는 빅 짐 자신의 머릿속에도 똑같은 생각이 스쳤기 때문이리라. 빅 짐은 돔이 생긴 이래 처음으로 상황이 감당할 수 없을 만큼(특히 그 자신이 감당 못 할 만큼) 심각할지도 모른다는 생각이 들었다. 빅 짐은 벌컥 화를 내며 그 생각을 떨쳐 버렸다.

"자네, 하늘에서 내려오시는 주님이 보이나?"

"아니."

앤디가 순순히 대꾸했다. 눈앞에 보이는 것은 마을 큰길에 옹기종기 모여 있는, 앤디가 평생 알고 지낸 체스터스밀 주민들이었다. 사람들은 얘기도 나누지 않고 그저 손으로 햇빛을 가린 채 기괴한 석양을 바라볼 뿐이었다.

"그럼 나는 보이나?" 빅 짐이 끈질기게 물었다.

"당연하지." 앤디는 빅 짐을 돌아보며 대답했다. 쩔쩔매는 목소리였다. "잘 보여, 빅 짐."

"그렇다면 아직 휴거가 안 일어났다는 뜻이야. 난 벌써 오래전에 예수님께 내 마음을 바쳤네. 그러니 오늘이 최후 심판의 날이라면 난 여기 없을 거야, 자네도 마찬가지고. 안 그런가?"

"그렇겠지."

대답은 이렇게 했지만, 앤디는 과연 그럴지 의심스러웠다. 만약 그들이 주님의 보혈로 씻김을 받아 구원을 얻었다면, 방금 막 스튜어트 보위에게 빅 짐이 '우리 조그만 사업'이라고 부르는 것을 정리하자고 얘기한 까닭은 뭐란 말인가? 그리고 애초에 그 사업을 시작한 사연은 또 어떠했던가? 도대체 필로폰 제조 공장을 운영하는 짓이 구원과 무슨 상관이 있단 말인가?

빅 짐에게 물어보면 어떤 대답이 돌아올지 앤디는 이미 알고 있었다. '때로는 목적이 수단을 정당화한다네'였다. 한때는 그 사업의 목적이 그럴싸하게 보이던 시절도 있었다. 구주 그리스도 교회 신축 사업(예전 교회는 지붕에 나무 십자가를 단 판잣집보다 조금 나은 수준이었다.), 또 얼마나 많은 영혼을 구원했을지는 오로지 하나님만이 아실 라디오 방송국 경영, 매출의 10퍼센트를 떼어 카리브 해의 케이맨 제도에 있는 은행에서 발행한 기부용 수표로 조심스레 바꾼 다음 구주 예수 선교협회에 기부한 일 등이 그러했다. 코긴스 목사가 '가엾은 흑인 형제들'이라고 부르는 사람들을 도우려고 한 일이었다.

그러나 모든 인간사가 보잘것없고 부질없다고 말하는 듯한 저 일그러진 석양을 보면서, 앤디는 인정할 수밖에 없었다. 그 목적이란 것들은 변명에 지나지 않았다. 필로폰 사업으로 벌어들인 현금이 없었더라면 앤디의 약국은 이미 6년 전에 문을 닫았어야 했다. 장의사도 같은 형편이었다. 옆에 서 있는 사람은 십중팔구 절대로 인정하지 않을 터였지만 짐 레니의 중고차 천국도 어렵기는 마찬가지였다.

"자네가 무슨 생각 하는지 다 알아, 친구."

앤디는 이렇게 말한 빅 짐을 쭈뼛쭈뼛 쳐다보았다. 빅 짐은 싱긋 웃고 있었는데…… 여느 때의 그 잡아먹을 것 같은 미소가 아니었다. 부드러운, 사려 깊은 미소였다. 앤디도 미소로 화답했다. 아니면 노력만 했거나. 앤디는 빅 짐에게 빚진 것이 많았다. 다만 지금 이 자리에서는, 망해 가는 약국이나 클로뎃의 BMW 같은 것은 하나도 중요하게 생각되지 않았다. 제아무리 자동 주차 기능에 음성 인식 오디오를 갖춘 BMW라 한들 죽은 아내한테 무슨 소용이란 말인가?

'이 위기가 지나가고 도디가 돌아오면 BMW를 개한테 줘야겠다.' 앤디는 속으로 결심했다. '클로뎃도 그러길 원할 거야.'

빅 짐이 뭉뚝한 손가락으로 가리킨 서쪽 하늘은 거대한 썩은 달걀처럼 퍼져 나가는 석양으로 온통 물들어 있었다.

"자넨 어쨌거나 이게 다 우리 잘못이라고 생각할 테지. 마을이 고난에 처했을 때 떠받친 죄로 하나님께서 우리를 벌하시는 거라고. 친구, 그건 사실이 아니야. 이건 주님의 역사가 아니거든. 만약 자네가 베트남에서 미국이 진 것이 하나님의 역사라고 하면 나도 동의할 거야, 미국이 영성을 잃어간다고 하나님께서 경고하려고 그러셨다면 말이야. 만약 우리 아이들이 창조주 하나님께 드리는 아침 기도로 하루를 시작하지 못하도록 결정한 연방대법원을 심판하려고 그분께서 세계무역센터를 무너뜨리셨다고 하면, 나도 자네 의견을 따를 거야. 하지만 우리가 제이 마을이나 밀리노켓 마을 같은 도로변 거지 소굴로 망가지지 않으려고 한 짓 때문에 하나님께서 이 체스터스밀을 심판하신다?"

빅 짐은 고개를 절레절레 흔들었다.

"말도 안 되지. 어림없는 소리야."

"우리 몫도 꽤 챙겼잖아." 앤디가 소심하게 중얼거렸다.

그 말은 사실이었다. 그들이 한 짓은 조그만 사업을 꾸려가며 가엾은 흑인 형제들에게 도움의 손길을 내미는 것 이상이었다. 케이맨 제도의 은행에는 앤디의 개인 계좌가 있었다. 또한 앤디 생각에는 그 자신(그리고 보위 형제)이 1달러를 빌 때마다 빅 짐이 챙기는 돈은 틀림없이 3달러쯤 될 터였다. 어쩌면 4달러일지도.

"일꾼이 자기의 먹을 것 받는 것이 마땅함이라. 마태복음 10장 10절 말씀."

빅 짐의 목소리는 꾸짖는 듯하면서도 상냥했다. 그러나 바로 앞 구절은 인용하지 않고 빼먹었다. '너희 전대에 금화나 은화나 동전을 가지지 말라.'

빅 짐은 손목시계를 흘끔 내려다보았다.

"일 얘기가 나온 김에 말인데, 슬슬 출발해야겠어. 결정할 일이 꽤 많거든."

빅 짐이 계단을 내려가기 시작했다. 앤디는 그 뒤를 따르면서도 석양에서 눈을 떼지 못했다. 아직도 벌겋게 이글거리는 해를 보고 있노라니 세균에 감염된 살이 생각났다. 빅 짐이 다시 걸음을 멈췄다.

"그건 그렇고, 아까 스튜어트가 한 말 들었지? 공장은 닫을 거야. 깨끗이 정리하는 거지. '주방장'한테는 스튜어트가 벌써 얘기해 뒀어."

"그 '주방장' 말이지."

빅 짐은 앤디의 시무룩한 목소리를 듣고 쿡쿡 웃었다.

"필 걱정은 안 해도 돼. 이 위기가 끝날 때까지는 공장을 계속 닫아 둘 거니까. 사실, 어쩌면 이건 공장을 영원히 닫으라는 계시인지도 몰라. 하나님의 계시 말이야."

"그럼 다행이고."

대답은 이렇게 했지만, 앤디는 속으로 불길한 예감을 느꼈다. 만약 돈이 사라진다면 빅 짐이 마음을 바꿔 먹을지도 몰랐고, 그렇게 되면 앤디는 빅 짐을 따를 터였다. 스튜어트 보위와 동생 퍼널드도 마찬가지였다. 상상을 초월하는 거액을 세금 한 푼 안 내고 버는 것도 이유였지만, 동시에 그들이 너무 깊이 관여한 탓도 있었다. 앤디의 머릿속에 오래전 어느 영화배우가 했던 말이 떠올랐다. '연기를 싫어한다는 걸 깨달았을 때 난 이미 그만두기엔 너무 부자가 되어 있었지요.'

"너무 걱정할 것 없어. 프로판가스통은 한 이삼 주 있다가 다 제자리로 돌려놓을 거야, 돔이 저절로 사라지든 안 사라지든 간에. 마을 공용 모래 트럭에 실어서 옮기면 돼. 자네 수동 변속기 달린 차 운전할 줄 알지, 안 그래?"

"알지." 앤디가 시무룩하게 대답했다.

"옳거니." 무슨 좋은 생각이 떠올랐는지 빅 짐의 얼굴이 환해졌다. "스튜어트네 장의차를 쓰면 되겠군! 그럼 가스통을 훨씬 빨리 옮길 수 있어!"

앤디는 아무 대꾸도 하지 않았다. 마을 곳곳에서 프로판가스통을 충당하자는 생각이 싫어서였다(빅 짐은 도둑질을 이렇게 표현했다.). 그래도 그 방법이 가장 안전할 것 같기는 했다. 그들은 많은 양을 생산했고, 이는 곧 제조 과정과 악취 제거 작업에 가스가 많이 필요하다는 뜻이었다. 빅 짐은 프로판가스를 뭉텅이로 사들였다가는 의혹을 살지도 모른다고 지적했다. 망할 놈의 필로폰을 만드는 데 필요한 처방약을 대량으로 구매하면 눈길을 끌어서 문제를 일으키는 것과 같은 이치였다.

약국 주인이라는 직업이 도움이 되기는 했지만, 그래도 로비투신이나 수더페드 같은 감기약을 얼마나 많이 주문해야 하는지 생각해 보면 앤디는 긴장하다 못해 등골이 오싹할 정도였다. 만약 자신들에게 망할 위기가 닥친다면 모두 그 약 때문일 것만 같았다. WCIK 라디오 스튜디오 뒤편에 산더미처럼 쌓아 둔 프로판가스통은 이때껏 생각하지도 못했다.

"그건 그렇고, 오늘 저녁엔 마을 회관에서 전기를 넉넉히 쓸 수 있어." 빅 짐은 무슨 깜짝 선물이라도 준비한 사람처럼 말했다. "랜돌프한테 우리 아들이랑 그 애 친구 프랭크를 병원에 보내서 가스통을 하나 가져다가 회관 발전기 옆에 챙겨 두라고 했거든."

앤디는 흠칫 놀란 표정이었다.

"하지만 병원 가스통은 벌써 한 개 챙겼는데……."

"그래, 그래." 빅 짐은 앤디를 달래듯이 말했다. "나도 다 알아. 병원 걱정은 안 해도 돼. 당분간 쓸 만큼은 있으니까."

"라디오 방송국에서 가져와도 되잖아…… 거긴 산더미처럼 많은데……."

"병원이 더 가까워, 더 안전하고. 피터 랜돌프가 우리 편이긴 해도 그 친구한테 우리 사업까지 알리고 싶진 않거든. 지금은 물론이고 앞으로도 영영."

그 말을 듣고 앤디는 더욱 확신을 굳혔다. 빅 짐은 공장을 닫을 생각이 결코 없었다.

"짐, 만약 가스통을 제자리에 돌려놓을 작정이라면 그게 어디 있었다고 둘러댈 건데? 사람들한테 가스 요정이 훔쳐 갔다가 마음을 고쳐먹고 다시 돌려줬다고 할 거야?"

빅 짐이 눈살을 찌푸렸다.

"지금 농담할 땐가, 친구?"

"아냐! 무서워서 그래!"

"나한테 생각이 있어. 일단 공용 연료 창고를 설치한다고 선포한 다음에 필요하면 거기서 프로판가스를 배급하는 거야. 난방용 기름도 배급으로 돌려야지, 그걸로 발전기를 돌릴 방법을 찾으면 말이야. 나도 배급이란 게 영 마음에 안 들어. 그건 근본적으로 미국답지 않은 짓이잖아? 하지만 지금 상황은 개미와 베짱이 이야기하고 똑같아. 마을엔 얼빠진 인간들이 너무 많아. 그것들은 한 달도 안 돼서 가진 걸 전부 다 써 버리고 찬바람이 살랑 불기만 해도 우리한테 대책을 세우라고 소리를 지를 거야!"

"한 달이나 계속된다는 게 진심은 아니지, 그렇지?"

"물론 아니지. 하지만 이런 옛말도 있잖아, '최선을 바라되 최악에 대비하라.'"

앤디는 자신들이 필로폰을 만드느라 이미 마을의 물자를 꽤 많이 탕진해 버렸다고 일깨워 주고 싶었지만, 그랬다가 빅 짐에게서 무슨 대답을 들을지는 이미 아는 바였다. '우리가 이렇게 될 줄 어떻게 알았겠나?'

그때는 알 길이 없었다. 당연한 얘기였다. 제정신인 사람이라면 이렇게 물자가 뚝 끊긴 상황을 상상이나 할 수 있었을까? 사람들은 원래 '필요보다 더 많이' 계획하는 법이었다. 그것이야말로 미국식 삶이었다. '빠듯하게'라는 말은 정신과 영혼에 대한 모독이었다.

"하지만 빅 짐, 배급을 싫어하는 사람은 자네 말고도 많이 있을 텐데."

"그럴 때 쓰라고 있는 게 경찰 아닌가. 다들 하위 퍼킨스의 죽음을 슬퍼한다는 건 나도 알아, 하지만 그 양반은 예수님 곁으로

가 버렸고 우리한텐 피터 랜돌프가 남았어. 이런 상황에서는 차라리 랜돌프가 더 나은 인재야. 왜냐면 그 친구는 말귀를 알아먹으니까."

빅 짐이 앤디를 손가락으로 가리켰다.

"앤디, 이런 시골 마을에 사는 것들은 자기 이익이 걸린 일이라면 어린애나 다름없어. 그건 사실 어디나 마찬가지야. 내가 몇 번이나 얘기했잖아."

"여러 번 했지." 앤디는 한숨을 푹 쉬었다.

"애들한테 뭘 시킬 땐 어떻게 해야 하지?"

"접시의 채소를 다 안 먹으면 후식을 주지 말아야지."

"바로 그거야! 한 번씩 쥐어 패기도 하면서 말이지."

"짐, 그 얘기를 들으니까 생각나는 게 있어. 딘스모어네 목장에서 사만다 부시하고 얘기를 했는데…… 그 왜, 도디 친구 있잖아. 사만다가 그러는데 경찰들 중에 거칠게 구는 사람이 몇 명 있대. 꽤 거칠었나 봐. 랜돌프 서장한테 일러 둬야겠어."

빅 짐은 그 말을 듣고 눈살을 찌푸렸다.

"자네 뭘 기대한 건가? 정중한 대접이라도 해 줄 것 같던가? 그때 목장에선 폭동이 일어날 뻔했어. 하마터면 이 체스터스밀에서 밥벌레들이 폭동을 일으킬 뻔했다고!"

"그래, 자네 말이 맞아. 난 그냥……."

"난 부시네 딸 사만다가 어떤 앤지 알아. 그 집 식구들 모두 잘 알지. 약쟁이에 차 도둑에 경범죄자, 빚꾸러기, 탈세범도 있어. 가난한 백인 쓰레기로 불리던 종자들이지, 정치적 올바름이 어쩌고저쩌고 따지는 세상이 되기 전에는. 지금 눈여겨봐야 할 것들이 바로 그런 종자들일세. 바로 그것들 말이야. 그것들은 기회만 생기면 이 마을을 쑥대밭으로 만들 거야. 자네 그 꼴이 보고 싶은 건가?"

"아니, 당연히 아니지……."

그러나 빅 짐은 이미 단단히 열이 오른 상태였다.

"어느 마을에나 선한 개미가 있는 법일세. 베짱이도 있지, 그리 마음에는 안 들지만. 허나 우린 그 베짱이들과 함께 살 수 있어. 왜냐면 우린 녀석들을 이해하고 녀석들이 자기 행복을 위해 최선을 다하도록 조종할 수 있으니까. 물론 녀석들을 살짝 쥐어짜기는 하지만 말이야. 헌데 어느 마을에나 있는 게 또 있어. 바로 메뚜기야, 성서에 나오는 그 메뚜기. 부시네 종자 같은 것들이 바로 메뚜기 떼라네. 그런 것들은 망치로 내려쳐야 해. 내키지 않기는 자네나 나나 같은 심정이야. 하지만 이 위기가 끝날 때까지는 개인의 자유 같은 건 소풍이나 다녀오라고 해. 게다가 희생을 치르기는 우리도 마찬가지 아닌가. 우리 조그만 사업을 접게 생겼으니 말이야, 안 그런가?"

앤디는 어차피 물건을 마을 바깥으로 반출할 길이 없으니 접는 수밖에 없다고 지적하고 싶었지만, 그저 간단히 동의하는 선에서 그쳤다. 그 얘기는 더 하고 싶지 않았을뿐더러 눈앞에 닥친 회의가 두려웠기 때문이었다. 어쩌면 회의가 자정까지 이어질지도 몰랐다. 앤디는 그저 텅 빈 집으로 돌아가서 술을 한 잔 들이켜고 침대에 누워 클로뎃을 그리워하며 울다가 그대로 지쳐 잠들고만 싶었다.

"친구, 지금 무엇보다 중요한 건 바로 마을의 안정을 지키는 일일세. 법과 질서와 통찰력이 필요하다는 뜻이지. 바로 우리가 지닌 통찰력 말이야. 왜냐면 우린 베짱이가 아니니까. 우린 개미야. 병정개미."

빅 짐은 입을 다물고 곰곰이 생각했다. 다시 입을 열었을 때 그의 목소리는 철저히 사무적이었다.

"푸드시티가 평소처럼 영업하도록 허가한 결정을 재고해 봐야겠군. 그렇다고 폐쇄하겠다는 말은 아닐세. 적어도 아직은 아니야, 하지만 앞으로 한 이삼 일은 유심히 지켜봐야겠어. 매처럼 매서운 눈으로 말이지. 주유소 편의점도 그래. 또 상하기 쉬운 식료품 같은 건 우리가 알아서 챙겨두는 게 더 나을지도……."

빅 짐은 말을 멈추고 마을 회관 앞 계단 쪽을 흘깃 쳐다보았다. 거기 보이는 것을 믿을 수가 없었던 빅 짐은 일단 손을 들어 햇볕을 가렸다. 방금 본 것이 여전히 거기 있었다. 브렌다 퍼킨스와 저 빌어먹을 말썽꾼 데일 바버라였다. 게다가 단 둘이 나란히 앉아 있지도 않았다. 그 둘 사이에 앉아 퍼킨스 서장의 미망인에게 열심히 떠들어 대는 사람은 안드레아 그리넬, 바로 마을 제2부의장이었다.

빅 짐은 그 광경이 마음에 안 들었다.

몹시 마음에 안 들었다.

2

빅 짐은 앞으로 나아갔다. 그들이 무슨 대화를 나누든 간에 저지할 작정이었다. 다섯 걸음을 옮기기도 전에 웬 아이가 빅 짐 앞으로 달려왔다. 킬리언네 아들들 중 한 명이었다. 킬리언네 식구 여남은 명은 타커스밀스 경계 부근의 다 쓰러져 가는 양계장에 살았다. 아이들 가운데 똘똘한 녀석이라고는 한 명도 없었는데 그 부모를 생각하면 바깥에서 받은 씨는 하나도 없다는 증거이기도 했다. 그러나 식구들 모두 구주 그리스도 교회의 독실한 신도였고, 다른 말로 하면 '구원받은 영혼들'이었다. 눈앞에 있는 이 꼬맹이의 이름은 로니……였던가? 적어도 빅 짐 생각에는 로니였지만, 확신은 서지 않았다. 그 집 아이들은 하나같이 포탄 모양 머리에 툭 불거진 눈썹과 매부리코를 갖고 있었다.

너덜너덜해진 WCIK 라디오 티셔츠를 입은 아이는 손에 종이쪽지를 들고 있었다.

"레니 아저씨! 어휴, 아저씨 찾으려고 온 마을을 헤맸어요!"

"내가 지금 좀 바빠서 얘기할 시간이 없구나, 로니."

빅 짐은 계단에 앉은 세 사람에게서 눈을 떼지 않았다.

"전 리치예요. 로니는 제 동생이고요."

"그래, 리치. 그럼 나중에 보자."

빅 짐은 성큼성큼 걸어갔다. 뒤에 남은 앤디는 아이에게서 쪽지를 받아 읽고 나서 세 사람이 있는 곳에 닿기 전에 빅 짐을 잡아 세웠다.

"이것 좀 읽어 봐."

빅 짐의 눈에 가장 먼저 들어온 것은 전에 없이 난처해하고 걱정스러워하는 앤디의 표정이었다. 뒤이어 빅 짐은 쪽지로 눈을 돌렸다.

제임스에게

오늘밤 꼭 만나세. 하나님께서 내게 말씀을 하셨어. 그러니 마을 사람들한테 말하기 전에 먼저 자네한테 얘기해야겠네. 부디 답장해 주게. 전달은 리치 킬리언한테 맡기면 돼.

레스터 코긴스 목사

레스도, 심지어 레스터도 아니었다. 맙소사. '레스터 코긴스 목사'라니. 조짐이 안 좋았다. 어째서? 도대체 왜 이 모든 일이 한꺼번에 터진단 말인가?

리치는 서점 앞에 서서 빅 짐을 보고 있었다. 해진 셔츠에 질질 끌리는 펑퍼짐한 청바지를 입은 꼬락서니가 꼭 고아 같았다. 빅 짐은 주머니에서 만년필(몸통에 '빅 짐과 거래하면 행복이 가득'이라고 적힌)을 꺼내어 달랑 세 단어를 휘갈겨 썼다. '자정. 우리 집.' 그런 다음 쪽지를 접어서 아이에게 건넸다.

"목사님께 갖다 드려. 읽으면 안 된다."

"예! 절대 안 읽을게요! 안녕히 계세요, 레니 아저씨."

"그래, 너도." 빅 짐은 달려가는 아이를 가만히 지켜보았다.

"도대체 무슨 소리지?" 앤디는 이렇게 묻고 나서 빅 짐이 채 대답하기도 전에 덧붙였다. "공장 얘긴가? 혹시 필로폰 때문에……."

"닥쳐."

앤디는 흠칫 놀라서 한 발짝 물러섰다. 빅 짐이 닥치라고 한 적은 이때껏 한 번도 없었다. 안 좋은 징조였다.

"한 번에 하나씩 하잔 말이야."

빅 짐은 이 말을 남기고 다음 문제를 향해 전진했다.

3

이쪽으로 걸어오는 빅 짐을 보며 바비가 맨 먼저 떠올린 생각
은 이러했다. '걷는 모양새가 꼭 어디 아픈 사람 같은데. 아픈데도
자기가 아픈 줄 모르는 사람 같아.' 한편으로는 일평생 남한테 행
패만 부리면서 살아온 사람처럼 보이기도 했다. 브렌다의 두 손을
잡고 꾹 쥐는 동안 빅 짐의 얼굴에 떠오른 친근한 미소는 그 어
느 때보다도 살벌해 보였다.

"브렌다, 뭐라고 위로를 드려야 할지 모르겠군요. 더 일찍 찾아
뵀어야 하는데…… 물론 장례식에는 참석할 테지만…… 그간 조
금 바빴지 뭡니까. 실은 우리 모두 바빴지요."

"다 이해해요."

"다들 서장님을 그리워하더군요."

"그럼요. 그리워하고말고요."

빅 짐의 뒤에서 다가온 앤디가 끼어들었다. 유람선의 뒤를 따
라온 예인선 같았다.

"정말 고마워요. 두 분 다요."

"무슨 얘기를 나누시는 중인 것 같군요…… 토론에 끼고 싶은
마음은 저도 굴뚝같지만……."

빅 짐의 미소가 한껏 커졌다. 그러나 눈은 전혀 웃지 않았다.

"중요한 회의가 있어서요. 안드레아 부의장, 미리 가서 서류를

좀 준비해 주면 고맙겠습니다만."

비록 쉰 살이 다 된 안드레아였지만, 그 순간만큼은 마치 창가에 올려 둔 뜨거운 타르트를 훔치다가 걸린 어린애처럼 보였다. 계단에서 일어나려던(그러다가 허리가 아파서 엉거주춤 하던) 안드레아의 팔을 브렌다가 붙들었다. 그것도 세게. 안드레아는 다시 자리에 앉았다.

바비는 문득 눈치챘다. 안드레아와 앤디 둘 다 죽도록 겁에 질린 표정이 되어 있었다. 적어도 이 순간만큼은 돔 때문이 아니었다. 빅 짐 때문이었다. 바비는 다시금 생각했다. '최악이 오려면 아직 멀었어.'

"제임스, 우리한테 시간 좀 내 주셨으면 좋겠어요." 브렌다의 목소리는 밝았다. "지금 이게 굉장히 중요한 일이 아니었다면 저도 집에서 남편을 애도하고 있었을 거예요. 당연히 이해하시겠지만요."

빅 짐은 평소답지 않게 말문이 턱 막혔다. 길에 서서 석양을 바라보던 사람들이 이제 마을 회관 계단에서 벌어진 즉석 회의를 구경하는 중이었다. 바버라 녀석은 필시 마을 제2부의장과 죽은 경찰서장의 아내 곁에 앉아 있는 것만으로 분수에 맞지 않게 중요한 인물로 여겨질 듯싶었다. 그들 셋이서 뭔지 모를 종잇장을 무슨 로마 교황한테서 온 친서라도 되는 양 돌려 보는 꼴도 그러했다. 남들 다 보는 곳에서 얘기를 하자는 제안은 도대체 누구의 아이디어였을까? 물론 퍼킨스 부인일 터였다. 안드레아는 그 정도로 똑똑하지 않았다. 남들 앞에서 빅 짐의 뜻을 거스를 만큼 용감하지도 않았다.

"뭐, 잠깐 정도는 괜찮겠지요. 안 그런가, 앤디?"

"아무렴. 얼마든지 괜찮습니다, 퍼킨스 부인. 서장님 일은 정말로 유감입니다."

"클로뎃도 참 안 됐어요." 브렌다의 목소리는 침통했다.

앤디와 브렌다의 눈이 서로 마주쳤다. 둘에게는 실로 따스한 순간이었고, 빅 짐으로서는 자기 머리털을 잡아 뽑고 싶은 순간이었다. 그런 감정에 사로잡히면 안 되는 줄은 빅 짐도 잘 아는 바였다. 혈압에 안 좋은 짓이었고 따라서 심장에도 안 좋은 짓이었지만, 때로는 참기가 힘들었다. 특히 너무 많은 것을 아는 친구가 하나님의 계시를 받았으니 마을 사람들 앞에서 다 털어놓겠다고 적은 쪽지를 막 받은 때에는 더욱 그러했다. 만약 빅 짐이 코긴스의 머릿속을 제대로 꿰뚫어보았다면, 지금 눈앞에서 벌어지는 토론은 비교적 사소한 일에 지나지 않았다.

그러나 어쩌면 사소한 일이 아닐지도 몰랐다. 왜냐하면 브렌다 퍼킨스는 빅 짐을 좋아한 적이 한 번도 없기 때문이었고, 또한 브렌다 퍼킨스는 이제 아무것도 아닌 이유 때문에 온 마을의 영웅이 된 남자의 미망인이기 때문이었다. 그러니 빅 짐이 맨 먼저 해야 할 일은…….

"안으로 들어오시지요. 회의실에서 얘기합시다."

빅 짐의 눈이 바비에게로 향했다.

"바버라 선생도 같이 얘기 중이신가? 그럴 이유가 뭔지 당최 이해를 못하겠어서 물어보는 거야."

"이게 도움이 될지도 모르겠군요."

바비는 자기들끼리 돌려 보던 종이를 빅 짐에게 내밀었다.

"전 예전에 군대에 있었습니다. 대위로 전역했지요. 그런데 이걸 보니 제 복무 기간이 연장된 것 같습니다. 게다가 진급까지 해서요."

빅 짐은 뜨거운 물건이라도 만지는 사람처럼 서류 귀퉁이를 살짝 잡았다. 서류는 리치 킬리언이 전해 주었던 꾀죄죄한 쪽지보다 훨씬 격조 있는 서신이었고, 보낸 사람도 훨씬 더 유명한 사람이었다. 발신자 명의는 간단했다. **백악관**. 보낸 날짜는 이날 당일이었다.

빅 짐은 종이를 만져 보았다. 부숭부숭한 양 눈썹 사이에 수직으로 깊은 골이 패었다.

"이건 백악관에서 쓰는 편지지가 아닌데."

'백악관 편지지 맞아, 이 멍청한 양반아.' 바비는 말하고 싶어서 입이 근질거렸다. '한 시간 전에 페덱스에서 일하는 난쟁이 직원이 배달해 줬어. 그 미친놈은 순간이동으로 돔을 통과하더라고. 아주 거뜬히.'

"예, 아닙니다." 바비는 밝은 목소리를 유지하려고 기를 썼다. "인터넷으로 받은 피디에프 파일이거든요. 셤웨이 씨가 다운받아서 출력해 줬습니다."

줄리아 셤웨이. 또 하나의 골칫거리.

"읽어 봐요, 제임스." 브렌다의 목소리는 침착했다. "중요한 일이에요."

빅 짐은 서신을 읽어 보았다.

4

베니 드레이크와 노리 캘버트, 허수아비 조 매클러치는《체스
터스밀 데모크라트》사무실 앞에 서 있었다. 셋은 저마다 손전등
을 챙겨 왔다. 베니와 조는 손에 들고 있었고 노리 것은 모자 달
린 점퍼의 펑퍼짐한 앞주머니에 들어 있었다. 아이들은 사람들이
모여서 회의를 하는 것처럼 보이는 마을 회관 앞길을 건너다보고
있었다. 그중에는 마을 의회 의장단 세 명과 들장미 식당 요리사
도 끼어 있었다.

"무슨 일인지 궁금한데." 노리가 말했다.

"어른들 사정이란 거겠지."

베니는 조금도 관심 없다는 표정으로 신문사 문을 두드렸다.
대답이 없자 조가 베니 앞으로 성큼 나서서 손잡이를 돌려 보았
다. 문이 열렸다. 셤웨이 아줌마가 문소리를 못 들은 이유를 대번
에 알 수 있었다. 복사기가 굉음을 내면서 전력으로 돌아가고 있
었고, 셤웨이 아줌마는 신문사의 스포츠 기자와 전날 목장에서
사진을 찍던 남자와 함께 얘기를 나누고 있었다.

줄리아는 아이들을 발견하고 안으로 들어오라고 손짓했다. 복
사기 선반에 한 장짜리 신문이 빠른 속도로 쌓여 갔다. 피트 프리
먼과 토니 게이가 번갈아 가며 신문을 꺼내어 차곡차곡 쌓아 두
었다.

"와 줬구나, 혹시 안 오면 어쩌나 걱정했는데. 준비는 거의 끝
났어. 이 망할 놈의 복사기가 푹 퍼져 버리지만 않으면 문제없이."

조와 베니와 노리는 줄리아의 멋진 입담을 들으며 소리 없이

감탄했고, 저마다 조만간 이 표현을 써먹어야겠다고 다짐했다.

"부모님 허락은 받고 왔지? 성난 어른들이 우르르 쳐들어와서 내 멱살을 잡는 건 사양이야."

"예. 저희 다 받았어요."

노리가 대답했다. 옆에 있던 피트 프리먼이 플라스틱 끈으로 신문지 한 뭉치를 막 묶은 참이었다. 매듭 묶는 법을 다섯 가지나 터득한 노리가 보기에는 형편없는 솜씨였다. 노리는 미끼낚시도 할 줄 알았다. 아버지에게서 배운 덕분이었다. 그 답례로 노리는 아버지에게 스케이트보드로 난간 타는 법을 가르쳐 주었고, 첫 번째 시도에서 벌렁 나자빠진 노리 아버지는 눈물이 흐를 때까지 껄껄 웃었다. 노리는 자신이 우주에서 제일 멋진 아빠를 가졌다고 생각했다.

"제가 도와 드릴까요?"

"더 잘할 자신이 있으면 얼마든지."

피트가 한쪽으로 물러섰다. 노리가 앞으로 나서자 조와 베니가 그 뒤를 바짝 따랐다. 뒤이어 한 장짜리 호외에 큼지막하게 찍힌 기사 제목을 본 노리가 우뚝 멈춰 섰다.

"이런 씨발!"

노리는 그 말이 튀어나오기가 무섭게 두 손으로 입을 가렸지만, 줄리아는 그저 고개만 끄덕일 뿐이었다.

"괜찮아, 진짜 씨발스러운 일이니까. 난 너희가 자전거를 타고 왔으면 좋겠어. 그리고 그 자전거엔 바구니가 붙어 있으면 좋겠고. 스케이트보드를 타고 이걸 마을에 뿌릴 수는 없잖아."

"말씀하신 대로 다 타고 왔어요." 조가 대답했다. "제 자전거엔 바구니가 없지만, 대신 짐 받침이 있어요."

"조 몫은 제가 단단히 묶어 줄게요."

피트 프리먼은 노리가 번개 같은 솜씨로 신문을 척척(그것도 변형 나비매듭으로) 묶는 광경을 경이로운 눈으로 보고 있다가 마침내 입을 열었다.

"그래, 그럴 테지. 너 진짜 잘하는구나."

"예, 제가 좀 멋져요." 노리는 아무렇지도 않게 대답했다.

"손전등은 다들 챙겼니?"

"예."

"좋아. 우리 《데모크라트》는 지난 30년 동안 배달원을 안 썼어. 그런데 너희가 마을 큰길이나 프레스틸 가 모퉁이에 처박히는 걸로 배달원 재고용을 축하하고 싶진 않아."

"알아요, 그랬다간 실망하실 테니까요."

"조, 마을 큰길하고 프레스틸 가에 있는 건물은 집이든 사무실이든 빠짐없이 한 부씩 돌려야 해, 알았지? 모린 가하고 세인트앤 로에 있는 건물들도 추가할게. 그다음엔 무조건 뿌리는 거야. 할 수 있는 데까지 하다가 아홉 시가 되면 집으로 돌아가. 남은 신문은 길모퉁이에 던져 놓으면 돼. 날아가지 않게 돌로 눌러 두고."

베니는 다시 한 번 머리기사 제목을 내려다보았다.

체스터스밀에 위기!

장벽에 폭탄 발사!

군대에서 순항 미사일 발사 예정

서쪽 경계 인근 주민 대피해야

"다 소용없는 짓이야, 내가 장담해."

조는 우울한 목소리로 중얼거리며 신문 맨 밑에 그려진 지도를 살펴보았다. 틀림없이 손으로 그린 지도였다. 체스터스밀과 타커스밀스의 경계선이 빨간색으로 강조되어 있었다. 화냥년길이 마을 경계와 만나는 지점에 검은색 X 표시가 보였다. X 밑에 설명이 붙어 있었다. **착탄 지점.**

"쉽게 장담하는 거 아니다, 꼬마야." 토니 게이가 말했다.

5

발신: 백악관

수신: 체스터스밀 의회 의장단

앤드류 샌더스

제임스 P. 레니

안드레아 그리넬 귀하

친애하는 의장단 여러분께

무엇보다 첫째로, 저는 여러분께 인사를 드리는 동시에 온 미국이 여러분께 깊은 관심과 희망을 보내고 있음을 전하고 싶습니다. 저는 내일을 국가 애도일로 선포했습니다. 온 미국의 교회가 문을 활짝 열 것이며 어떤 종교를 믿는 사람이든 교회에 모여 여러분을 위하여, 또 여러분 마을의 경계에서 무슨 일이 벌어졌는지 밝히고자 땀 흘리는 이들을 위하여 기도할 것입니다. 체스터스밀의 주민들이 자유를 얻을 때까지, 그리고 여러분이 고립된 데 책임이 있는 자들을 심판할 때까지 저희는 결코 쉬지 않을 것임을 제가 보증하겠습니다. 또한 저는 이 상황을 조만간에 해결할 것임을 여러분과 체스터스밀 주민들께 약속드립니다. 이는 제가 여러분의 군 통수권자로서 대통령직을 걸고 드리는 약속입니다.

둘째, 이 편지를 통하여 여러분께 미 육군 대령 데일 바버라를 소개하고자 합니다. 바버라 대령은 이라크에서 복무했으며 그곳에서 동성 훈장과 근무 공로 훈장을 각 1회, 상이기장을 2회 수여받았습니다. 임무 복귀 명령과 진급 통보를 함께 받은 바버라 대령은 앞으로 여러분과 저희 사이에서 대화 창구의 역할을 담당할 것입니다. 저는 애국 시민인 여러분께서 바버라 대령을 아낌없이 도와주실 것임을 잘 압니다. 여러분께서 바버라 대령을 도와주시는 만큼 저희 또한 여러분을 도울 것입니다.

원래는 합동 참모 본부와 국방부, 국토 안보부 등의 조언에 따라 체스터스밀에 계엄령을 선포하고 바버라 대령을 임시 사령관으로 임명하는 것이 저의 의도였습니다. 그러나 바버라 대령은 그럴 필요가 없다는 확신을 제게 심어 주었습니다. 마을 의회 의장단과 경찰들이 전폭적으로 협력할 것이라는 말도 했습니다. 대령은 자신의 영향력이 '권고와 합의' 수준에 머물러야 한다고 믿습니다. 저는 추후에 변경할 수 있다는 조건하에 그의 판단에 동의했습니다.

셋째, 저는 여러분께서 친구나 사랑하는 가족에게 연락을 취하지 못해 걱정하시는 것을 잘 압니다. 여러분의 걱정은 이해합니다. 그러나 저희는 체스터스밀 안팎으로 기밀이 전해지는 위험을 막고자 현재의 통신 장애를 부득이하게 유지할 수밖에 없습니다. 허울 좋은 평계로 여기실지도 모릅니다만, 제가 장담하건데 그렇지 않습니다. 체스터스밀에는 마을을 둘러싼 장벽에 관한 정보를 아는 사람이 분명히 있는 것으로 보이기 때문입니다. 그러나 마을 내 통화는 곧 가능해질 것입니다.

넷째, 추후에 변경될 수도 있습니다만, 보도 규제는 당분간 계속될 것입니다. 기자 회견을 여는 것이 마을의 공직자들과 바버라 대령에게 도움이 될 때가 올지도 모릅니다. 그러나 현재 저희는 이 위기를 빨리 끝내야 기자 회견 또한 활기를 띨 것이라고 믿습니다.

다섯째 관심사는 인터넷 통신에 관한 것입니다. 합참 본부에서는 당분간 전자 우편 회선을 차단하자고 강력히 건의했고 제 마음도 그쪽으로 기울었습니다. 그러나 바버라 대령은 체스터스밀 주민들에게 인터넷 접속을 계속 허용하자고 강력히 주장했습니다. 대령이 지적하기를, 전자 우편은 국가 안보국에서 합법적으로 감시할 수 있을뿐더러 휴대전화보다 더 추적하기 쉬운 실행 수단이라고 했습니다. 바버라 대령은 저희 쪽에서 보면 '현장 책임자'이므로 저는 그 점에 동의했습니다. 이는 부분적이나마 인도적 견지에서 내린 결정이기도 합니다. 그러나 이 결정 또한 추후에 변경될 수 있습니다. 후에 나타나는 결과에 따라 통신 정책이 바뀔 수도 있다는 뜻입니다. 그 결과를 검토할 책임은 전적으로 바버라 대령에게 있으며, 따라서 저희는 바버라 대령과 체스터스밀 공직자들 간에 원활한 업무 관계가 조성되기를 기대합니다.

여섯째, 동부표준시로 이르면 내일 오후 1시에, 여러분의 고난에 종지부를 찍을 수 있는 강력한 가능성을 제공하고자 합니다. 예정 시각에 결행할 군사 작전은 바버라 대령이 설명해 드릴 것입니다. 대령은 마을 의회 의장단 여러분과 마을 신문의 소유주이자 편집장인 줄리아 셤웨이 씨가 협력하면 체스터스밀 주민들께 주의 사항을 알려 드릴 수 있으리라고 장담했습니다.

그리고 마지막으로, 저희는 미합중국의 국민인 여러분을 결코 버리지 않을 것입니다. 제가 우리 미국의 가장 숭고한 이상을 토대로 여러분께 무엇보다 굳게 약속드리는 바는 간단합니다. 남자든, 여자든, 아이든, 단 한 명도 버림받지 않을 것입니다. 감금된 여러분을 해방하기 위하여 필요한 자원은 모두 동원할 것입니다. 필요한 비용은 얼마든 치를 것입니다. 그 대가로 저희는 여러분께 신뢰와 협력을 기대합니다. 부디 둘 다 보내주시기를 바랍니다.

모든 이의 기도와 소망을 담아

미합중국 대통령

6

어떤 개뼈다귀한테 시켜서 끼적거렸는지 모를 편지였지만 맨 아래에 서명을 한 인간은 분명히 백악관에 사는 망할 자식 본인이었다. 이름, 성, 게다가 테러리스트한테나 어울릴 가운데이름 '후세인'까지 또박또박 적혀 있었다. 빅 짐은 지난 대선에서 그 자식에게 표를 던지지 않았고, 지금 이 순간 순간이동으로 그 자식 앞에 실체로서 나타날 수만 있다면 기꺼이 목을 졸라 죽여 버리고 싶었다.

바버라 녀석도 함께.

빅 짐은 무엇보다도 피터 랜돌프를 시켜서 저 프라이팬 대령을 유치장에 처넣어 버리고 싶었다. 빌어먹을 계엄 지휘권 따위는 경찰서 지하에 처박혀서 샘 버드로를 부관으로 삼아 마음껏 휘둘러 보라고 퍼부어 주고 싶었다. 어쩌면 몽롱한 정신을 극복한 얼간이 샘이 경례할 때 엄지로 자기 눈을 찌르는 사태는 피할 수 있을지도 모를 일이었다.

그러나 지금은 때가 아니었다. 아직은. 백악관의 깡패 자식이 보낸 편지 가운데 몇몇 구절이 유독 눈에 띄었다.

여러분께서 도와주시는 만큼 저희도 여러분을 도울 것입니다.
원활한 업무 관계가 조성되기를 기대합니다.
이 결정은 추후에 변경될 수 있습니다.
그 대가로 저희는 여러분께 신뢰와 협력을 기대합니다.

마지막 줄이 핵심이었다. 빅 짐이 보기에 낙태에 찬성하는 저 망할 백악관 깡패는 틀림없이 신뢰에 대해 아무것도 모르는 녀석이었다. 놈에게 신뢰는 미사여구에 지나지 않았다. 그러나 협력에 관해 주절거릴 때 놈은 자기가 무슨 말을 하는지 확실히 알았고, 이는 빅 짐 레니도 마찬가지였다. '듣기 좋은 말이지. 하지만 그 속에 감춘 칼날을 잊으면 안 되지.'

대통령 서한에는 위로와 지원에 관한 말들이 적혀 있었지만(약

에 찌든 안드레아 그리넬은 서한을 읽다가 울음을 터뜨릴 정도로),
행간을 보면 그 진의가 드러났다. 서한은 명명백백한 협박장이었
다. 협력을 안 하면 인터넷을 끊어 버리겠다는 내용이었다. 착한
아이와 나쁜 아이로 나누어서 명단을 만들 작정이니 돔을 뚫고
들어왔을 때 나쁜 아이 명단에 올라 있고 싶지 않으면 협력하라
는 내용이었다. 왜냐하면 일일이 기억하고 있을 테니까.

협력해, 친구. 안 하면 알지?

레니는 속으로 생각해 보았다. '이 마을은 내 거야. 우리 아들
을 쥐어 패고 내 권위에 도전한 간이식당 요리사 따위한테 넘길
수는 없어. 그런 일은 절대 없을 거다, 이 원숭이 자식아. 절대로.'

뒤이어 이런 생각도 했다. '부드럽게 가는 거야. 조용히.'

군의 원대한 작전이 뭔지 프라이팬 대령한테서 설명을 듣기로
하자. 작전이 성공하면 그것으로 그만이다. 만일 작전이 실패했다
가는, 미 육군에서 가장 최근에 승진한 대령은 '적진 깊숙이'라는
말의 의미를 뼈저리게 깨달을 것이다.

빅 짐은 씩 웃으며 말했다.

"안으로 들어가실까요? 얘기가 꽤 길어질 것 같은데요."

7

주니어는 애인들과 함께 어둠 속에 앉아 있었다.

스스로 생각해도 이상했지만, 동시에 아늑하기도 했다.

앞서 딘스모어네 목장에서 벌어졌던 뻑적지근한 난장판이 끝

나고 주니어와 특임 경관들이 서로 돌아왔을 때, 스테이시 모건 (아직도 제복 차림이었고, 피곤해 보였다.)은 그들에게 원한다면 네 시간 더 근무해도 좋다고 말했다. 그러면서 적어도 당분간은 초과 근무 요청이 끊이지 않을 테고, 나중에 급료를 받을 때가 되면 틀림없이 보너스가 나올 거라고도 했고…… 십중팔구는 정부에서 후하게 지급할 거라는 말도 했다.

카터와 멜빈, 조지아 루, 프랭크 드레셉스는 모두 초과 근무에 동의했다. 딱히 돈 때문은 아니었다. 그들 모두 경찰 행세를 하는 재미에 푹 빠졌기 때문이었다. 이는 주니어도 마찬가지였지만, 또다시 두통이 슬슬 고개를 쳐드는 중이었다. 온종일 날아오를 것 같은 기분이다가 두통이 찾아오니 더욱 우울했다.

주니어는 빠져도 된다면 자신은 빠지겠노라고 했다. 스테이시는 괜찮다고 안심시키는 한편으로 이튿날 아침 7시 근무조에 들어 있다고 확인시켜 주었다. 그러고는 이렇게 말했다. "할 일이 꽤 많을 거야."

주니어와 나란히 경찰서를 나선 다음, 프랭크는 입구 계단에 서서 벨트를 위로 추어올렸다.

"앤지네 집에 한번 가 봐야겠다. 도디랑 같이 어디 간 걸 테지만, 혹시 샤워하다가 미끄러지기라도 했으면 큰일이잖아. 마비된 채로 쭉 뻗어 있다거나 그런 거면."

불끈거리는 움직임이 주니어의 머릿속을 꿰뚫었다. 왼쪽 눈앞에는 자그맣고 하얀 점이 너울거리기 시작했다. 점은 마치 방금 막 빨라지기 시작한 심장 박동을 따라 춤을 추는 듯했다.

"프랭크, 걱정되면 내가 한번 들여다볼게. 어차피 지나가는 길이니까."

"진짜? 그래도 되겠어?"

주니어는 고개를 끄덕였다. 그러는 동안 눈앞의 하얀 점은 미친 듯이 위아래로 흔들거렸다. 토할 것만 같았다. 그러다가 점이 제자리를 찾았다.

프랭크가 목소리를 깔고 중얼거렸다.

"아까 목장에서 말이야, 사만다 부시가 나한테 지랄을 하더라니까."

"걸레 같은 년."

"내 말이. 그년이 나한테 이러는 거야, 글쎄. '어쩔 건데? 날 체포하기라도 할래?'"

프랭크가 가성으로 흉내 낸 퉁명스러운 여자 목소리는 주니어의 신경을 몹시도 긁어 댔다. 춤추던 하얀 점이 실제로 새빨간 색으로 바뀌었고, 주니어는 한순간 오랜 친구의 목을 두 손으로 꽉 틀어쥐고 졸라서 죽여 버릴까 하는 생각을 품었다. 다시는 그 가성이 들리지 않도록.

그러거나 말거나 프랭크는 계속 이야기했다.

"그래서 말인데, 오늘 근무 끝난 다음에 사만다네 트레일러에 한번 들를까 해. 따끔한 맛을 보여 줘야지. 마을 경찰을 존경하는 법, 뭐 그런 거."

"걸레잖아. 게다가 레즈비언이고."

"그럼 더 신나겠는데."

프랭크는 말을 멈추고 기괴한 모습의 석양을 바라보았다.

"이 돔인가 뭔가 하는 것 말이야, 좋은 구석도 있어. 뭐든 하고 싶은 대로 할 수 있잖아. 당분간이기는 하지만, 어쨌든. 너도 한번 생각해 봐."

프랭크는 말을 끝내고 자기 사타구니를 주물럭거렸다.

"그래. 그치만 난 별로 안 꼴리는데."

그때 주니어는 그렇게 대답했다. 그러나 어둠 속에 앉아 있는 '지금'은, 달랐다. 말하자면 그렇다는 얘기였다. 애인들이랑 같이 뭘 하겠다거나 그런 것은 아니었다. 다만……

"그래도 너흰 내 애인이잖아."

주니어는 어두운 창고 바닥에 앉아 중얼거렸다. 처음에는 손전 등을 켰지만 이내 꺼 버렸다. 어두운 편이 더 좋았다.

"안 그래?"

두 명 다 대답하지 않았다.

'하긴, 너희가 대답하면 난 우리 아빠랑 코긴스 목사한테 기적이 일어났다고 알려야겠지.'

주니어가 기대어 앉은 벽의 선반에는 통조림이 가득했다. 주니어 오른편에는 앤지가, 왼편에는 도디가 나란히 앉아 있었다.《펜트하우스》 같은 잡지의 포럼에서는 '양손의 떡'이라고 부를 법한 광경이었다. 손전등을 비추었을 때 두 애인의 몰골은 그리 아름답지 않았다. 얼굴은 퉁퉁 부었고 튀어나올 것만 같은 두 눈은 머리카락에 간신히 가려져 있었다. 그런데 일단 불을 끄고 보니…… 저런! 살아 있는 아가씨들하고 똑같잖아!

다만 냄새만큼은, 똑같지가 않았다. 오래된 변 냄새와 막 시작한 부패의 냄새였다. 그러나 창고 안에 더 향긋한 다른 냄새들이 있었기에 아주 못 참을 정도는 아니었다. 커피와 초콜릿, 당밀 시럽, 말린 과일…… 그리고 어쩌면, 흑설탕도.

희미하게나마 향수 냄새도 풍겼다. 도디한테서? 아니면 앤지? 주니어는 알 수가 없었다. 두통이 다시 잠잠해진 것, 또 눈에 거슬리던 하얀 점이 사라진 것만 알 뿐이었다. 주니어는 손을 아래로 슥 내려서 앤지의 가슴을 감쌌다.

"내가 이런다고 화내진 않겠지. 그치, 앤지? 네가 프랭크 여자친구인 건 나도 알아. 그치만 너흰 헤어졌고…… 이거야 뭐, 그냥 살짝 만지는 거잖아. 그리고 말이지…… 이런 얘긴 하기 싫었는데, 프랭크가 오늘 저녁에 바람피울 작정인가 봐."

주니어는 왼손으로 어둠 속을 더듬거리다가 도디의 한쪽 손을 쥐었다. 서늘하게 식은 그 손을 자신의 사타구니에 올려놓았다.

"이런, 도디. 이건 너무 대담하잖아. 그래, 하고 싶은 대로 해. 네 음탕한 자아를 해방시키는 거야."

당연한 얘기지만, 둘 다 어디에 묻어야 마땅한 일이었다. 그것도 서둘러서. 돔이 비누거품처럼 사라져 버릴지도 몰랐고, 아니면 과학자들이 돔을 깨부술 방법을 찾을지도 몰랐다. 그렇게 되면 온 마을이 조사관들로 꽉 찰 판이었다. 또 만일 돔이 그 자리에 계속 머무르면 식량 징발 위원회 같은 것이 생겨서 집집마다 먹을 것을 찾아 돌아다닐지도 몰랐다.

서둘러야 했다. 그러나 당장은 아니었다. 아늑하니까.

게다가 조금은 짜릿하기도 했다. 물론 남들은 이해 못할 테지만, 뭐 딱히 이해할 필요도 없었다. 왜냐하면…….

"이건 우리만 아는 비밀이니까. 안 그래, 아가씨들?"

주니어는 어둠 속에서 속삭였다. 아가씨들은 아무 대답도 하지 않았다(시간이 지나면 할 테지만.).

주니어는 자신이 살해한 두 여성을 양 팔에 끼고 앉아 있었다. 그러다가 어느새 잠에 빠져들었다.

8

바비와 브렌다는 밤 11시에 마을 회관을 나섰지만 회의는 그 때까지도 끝나지 않고 계속되었다. 두 사람은 마을 큰길을 내려 와 모린 가로 접어들었고, 처음에는 별 얘기를 나누지 않았다. 큰 길과 메이플 가 교차점에 《데모크라트》 한 뭉치가 아직도 놓여 있었다. 바비는 종이 뭉치를 누른 돌덩이 아래에서 한 장을 뽑아 들었다. 손가방 안에 펜 모양 전등을 갖고 있던 브렌다가 신문 머 리기사에 불빛을 비추어 주었다.

"인쇄된 신문으로 보면 더 믿음이 갈 줄 알았는데, 꼭 그런 것 도 아니네요."

"그러게 말입니다."

"당신이 줄리아 씨랑 힘을 합쳐서 만들었군요. 제임스 레니가 덮어 버리지 못하도록 말이에요. 안 그런가요?"

바비는 고개를 저었다.

"빅 짐은 시도도 안 할 겁니다. 그건 아예 불가능하거든요. 미 사일이 명중하면 엄청난 폭발음이 들리니까요. 줄리아 씨는 그저 빅 짐이 자기 식으로 말을 꾸며내서 퍼뜨리지 못하게 하려고 그 런 겁니다. 어떤 식으로든 간에요."

바비는 손에 든 신문을 톡톡 두드리고 말을 이었다.

"있는 그대로 말씀 드리자면, 전 이걸 보험으로 생각합니다. 레니 의장은 머리를 열심히 굴려야 할 겁니다. '바비 그놈이 이걸 나보다 먼저 알았단 말이지, 그놈은 알고 나는 모르는 게 또 뭐가 있을까?' 이렇게요."

"제임스 레니는 어쩌면 굉장히 위험한 적인지도 몰라요."

두 사람은 다시 걷기 시작했다. 브렌다는 호외를 접어서 겨드랑이 밑에 끼었다.

"실은 우리 남편이 레니를 조사하고 있었어요."

"무슨 일로요?"

"당신한테 어디까지 얘기해야 할지 모르겠네요. 다 털어놓든가 아니면 입을 다물든가 둘 중 하난데……. 내가 확실히 아는 건 이것뿐이에요. 하위는 결정적인 증거를 못 찾았어요. 가까이 다가가기는 했지만."

"지금 증거가 중요한 게 아닙니다. 내일 일이 잘 안 풀리면 제가 유치장에 처박힐 수도 있습니다. 만약 저한테 도움이 될 만할 걸 아신다면……."

"유치장에 안 갇히는 게 바비 씨의 유일한 관심사라니, 참 실망스럽군요."

단지 그것 때문만은 아니었다. 바비는 퍼킨스 부인도 이를 안다고 생각했다. 바비는 회의에 참석하여 유심히 귀를 기울였다. 그러는 동안 레니가 기를 쓰고 꾸며낸 미사여구와 감언이설에도 불구하고 공포에 휩싸였다. 바비가 보기에 레니는 아무리 듣기 좋은 소리로 정체를 감추려 해 봤자 독수리 같은 인간이었다. 권력을 쥐면 빼앗길 때까지 흔들 인간, 누가 멈추지 않으면 내키는 대로 약탈할 인간이었다. 그래서 데일 바버라뿐만 아니라 모두에게 위험한 존재였다.

"퍼킨스 부인……."

"브렌다라니까요. 벌써 깜박했어요?"

"참, 브렌다였죠. 그럼 이렇게 얘기해 볼게요, 브렌다. 만일 돔이 계속 제자리에 머무른다면 이 마을은 과대망상증에 걸린 중고차 장수 말고 다른 사람한테 도움을 받아야 해요. 그런데 전 유치장에 갇힌 채로는 아무도 도울 수가 없단 말입니다."

"우리 남편은 빅 짐이 딴 주머니를 찼다고 믿었어요."

"어떻게요? 뭣 때문에? 또 액수는요?"

"일단 미사일이 어떻게 되는지 보기로 해요. 만일 작전이 수포로 돌아가면 당신한테 전부 얘기해 줄게요. 작전이 성공하면, 상황이 일단락되는 대로 검사를 찾아가야 할 테고…… 그땐 제임스 레니도 입을 안 열고는 못 배길 거예요."

"미사일이 어떻게 될지 기다리는 사람은 브렌다 씨만이 아닙니다. 빅 짐은 오늘 얌전한 척 시치미를 떼고 있었어요. 순항 미사일이 돔을 관통 못하고 튕겨난다면, 우린 아마 그의 다른 면을 보게 될 겁니다."

브렌다는 손전등을 끄고 하늘을 올려다보았다.

"저 별 좀 봐요. 참 밝죠? 저건 북두칠성…… 저건 카시오페이아자리…… 큰곰자리도 있고. 다 전하고 똑같아요. 저걸 보니까 마음이 편해지네요. 당신은요?"

"동감입니다."

둘은 잠시 아무 말도 않고 하늘 가득 가냘프게 반짝이는 은하수만 올려다보았다.

"하지만 별을 볼 때면 늘 그런 생각이 들어요. 난 참 보잘것없고, 참…… 덧없다는 생각이요."

브렌다는 이렇게 말하고 쿡쿡 웃다가…… 소심한 목소리로 말을 꺼냈다.

"당신 팔을 좀 잡아도 될까요, 바비?"

"그럼요."

브렌다는 바비의 팔꿈치를 잡았다. 바비는 그 손 위에 자기 손을 포갰다. 그러고는 브렌다를 집까지 바래다주었다.

9

밤 11시 30분에 빅 짐이 휴회를 선포했다. 피터 랜돌프는 모두에게 잘 자라는 인사를 남기고 자리를 떴다. 랜돌프는 이튿날 아침 7시 정각에 마을 서쪽의 주민들을 모두 대피시키고 정오까지는 화냥년길 주변을 깨끗이 비울 작정이었다. 다음으로 안드레아 그리넬이 허리에 두 손을 얹은 채 느릿느릿 회의실을 나섰다. 모두에게 이미 익숙해진 자세였다.

머릿속은 레스터 코긴스 목사와 만날 생각으로 가득했지만(그리고 잠 생각도. 빅 짐은 다만 한숨만이라도 자고 싶었다.), 빅 짐은 안드레아에게 잠시 남아 줄 수 없겠느냐고 물었다.

안드레아는 의아해하는 표정으로 빅 짐을 바라보았다. 그 뒤편에서는 앤디 샌더스가 나 좀 봐 달라는 듯이 서류를 차곡차곡 쌓아 회색 철제 캐비닛에 넣는 중이었다.

"일단 문부터 닫아요." 빅 짐의 목소리는 상냥했다.

걱정이 드러난 표정으로, 안드레아는 빅 짐의 지시를 따랐다. 여전히 회의 뒷정리에 여념이 없는 샌더스는 축 처진 어깨가 꼭 강풍에 맞서는 사람 같았다. 빅 짐이 하려는 얘기가 무엇이든 간에 샌더스는 이미 아는 듯했다. 그리고 샌더스의 몰골을 보면 좋은 얘기는 결코 아니었다.

"왜 그러는데요, 짐?"

"뭐 심각한 건 아니고." 즉, 심각한 얘기라는 뜻이었다. "그런데 안드레아, 내가 보니까 바버라 그 친구하고 꽤 사이가 좋은 것 같던데. 브렌다하고도 그렇고."

"브렌다요? 그게 무슨……."

안드레아는 '헛소리'라고 말하려다가 너무 센 듯싶어서 마음을 고쳐먹었다.

"……뜬금없는 소리예요. 브렌다하고 난 30년이나 알고 지낸 사인데."

"바버라 씨하고는 석 달밖에 안 됐잖소. 물론 와플하고 베이컨만 먹고도 그걸 만든 사람의 됨됨이를 알 수 있다면 말이지만."

"지금은 바버라 대령일 텐데요."

빅 짐은 이 말을 듣고 씩 웃었다.

"그걸 진지하게 받아들이면 곤란하지. 제복이라고 해 봐야 달랑 청바지에 티셔츠인데."

"대통령 서한을 봤잖아요."

"뭔가 보기야 봤지. 줄리아 셤웨이가 자기 컴퓨터로 지어낸 건지도 모르지만. 안 그래, 앤디?"

"그렇지."

앤디는 뒤도 돌아보지 않고 대답했다. 여전히 서류를 정리하는 중이었다. 가만히 보고 있으니 이미 정리한 서류를 다시 정리하는 듯했다.

"만약 그 편지가 진짜 대통령이 보낸 거라면?"

빅 짐이 말했다. 안드레아는 빅 짐의 넙데데한 턱주가리를 따라 번져가는 미소가 끔찍이도 싫었다. 조금은 환상에 빠진 채로, 어쩌면 생전 처음으로, 안드레아는 빅 짐의 턱에 돋아난 수염을 본 것 같다고 생각했다. 그리고 빅 짐이 늘 세심하게 면도하는 이유도 알 듯싶었다. 수염이 돋은 빅 짐의 얼굴은 닉슨 전 대통령처럼 음흉해 보였다.

"그야……."

불안이 슬슬 공포로 바뀌어 갔다. 안드레아는 자신은 그저 바비에게 공손하게 대했을 뿐이라고 말하고 싶었지만 실제로는 그 이상이었고, 빅 짐도 그 모습을 보았을 것만 같았다. 빅 짐의 시야는 굉장히 넓었다.

"그럼, 바버라 씨가 최고 지휘관이 되는 거죠."

빅 짐은 그 말을 듣고 콧방귀를 뀌었다.

"안드레아, 당신 지휘관이 뭔지나 아시오? 내 가르쳐 드리지. 지휘관이란 필요한 이들한테 자원을 공급할 능력을 갖춘 사람, 그래서 그들의 충성과 복종을 받아 마땅한 사람을 가리키는 말이오. 그래야 공정한 거래거든."

"맞는 말이네요!" 안드레아는 지지 않고 맞받아쳤다. "그 순항 미사일이란 것도 자원이니까요!"

"성공하기만 하면야 그걸로 다 해결되겠지."

"실패할 리가 있어요? 그 사람 말로는 탄두 무게가 500킬로그램이나 된다는데!"

"우리가 돔에 관해 아는 게 얼마나 적은지 생각해 봐요. 당신이나 우리 중에 누가 성공한다고 확신할 수 있겠소? 미사일이 돔을 날려 버리고 체스터스밀이 있던 자리에 깊숙한 구덩이만 남겨 놓지 않을 거라고 누가 확신한단 말이오?"

빅 짐을 바라보는 안드레아의 눈에는 절망이 가득했다. 허리에 짚은 두 손은 통증이 도사린 자리를 문지르고 주물럭거렸다.

"뭐, 그거야 하나님 손에 달린 일이니까. 그리고 당신 말도 옳아요, 안드레아. 미사일 작전이 성공할지도 모르지. 하지만 실패하면 우린 알아서 헤쳐 나가야 할 테고, 그럴 때 시민들한테 도움이 안 되는 최고 지휘관이란 건 얼어붙은 요강에다 갈기는 오줌한 줄기만큼도 쓸모가 없어요. 내 생각엔 그렇다 이거지. 만약 미사일 작전이 실패했는데도 우리가 단체로 요단 강을 안 건너가고 살아남는다? 그럼 누가 이 마을을 이끌어야 할 거 아뇨. 그 자리를 대통령이 요술봉으로 점지한 떠돌이한테 맡겨야겠소, 아니면 이미 활동 중인 선출직 공무원한테 맡겨야겠소? 무슨 의도로 하는 말인지 알아듣겠소?"

"내가 보니까 바버라 대령은 꽤 능력 있는 사람 같던데요." 안드레아는 나지막하게 중얼거렸다.

"그렇게 부르지 말래도!"

빅 짐이 고함을 질렀다. 샌더스는 들고 있던 서류철을 떨어뜨렸고, 안드레아는 겁에 질려 '헉' 소리를 내며 한 걸음 뒤로 물러섰다.

안드레아는 이내 꼿꼿이 서서 잠시나마 용기를 냈다. 애초에 마을 의장에 도전하도록 했던 바로 그 용기를.

"나한테 소리 지르지 마요, 짐 레니. 난 당신이 백화점 카탈로그 사진을 도화지에 붙이고 놀던 초등학교 1학년 때부터 알았어요, 그러니까 나한테 소리 지르지 마요."

"어이쿠 이런, 화가 단단히 나셨구먼."

잡아먹을 것 같은 미소가 귀까지 번져 올라가자 레니의 얼굴 위쪽 절반은 웃는 표정을 새긴 가면처럼 흔들렸다.

"거 참 되게 미안하네. 헌데 시간은 이렇게 늦었고 피곤하기도 하고, 게다가 오늘 하루치 인심은 다 써 버렸지 뭐요. 그러니 내 말 잘 들으시오, 똑같은 말 두 번 안 하게."

빅 짐은 손목시계를 흘끔 내려다보았다.

"지금은 11시 30분인데 난 자정까지 집에 가야 하거든."

"나한테서 바라는 게 뭐냔 말이에요!"

빅 짐은 안드레아가 이 정도로 멍청한 줄은 미처 몰랐다는 듯이 눈을 뒤룩거렸다.

"핵심을 짚어 드릴까? 난 이 무모한 미사일 작전이 실패했을 때 당신이 우리 편에 설지 어떨지 알고 싶소. 나하고 앤디 편 말이오. 접시나 닦는 떠돌이 편이 아니라."

안드레아는 어깨를 쫙 펴고 허리에 얹었던 손을 내렸다. 두 눈은 빅 짐의 눈을 똑바로 마주보았지만, 입술은 바들바들 떨렸다.

"만약 내가 바버라 대령이…… 바버라 씨라고 해 두죠, 당신이 원한다면. 내가 이런 위기 상황에선 그 사람이 더 자격 있는 지도자라고 생각한다면, 어쩔 건데요?"

"그렇다면야 뭐, 주님의 뜻에 맡겨야지. 당신은 양심의 소리에 귀를 기울이도록 하시고."

중얼거림으로 잦아든 빅 짐의 목소리는 오히려 고함소리보다 훨씬 더 선뜩했다.

"헌데 당신한텐 약이 필요하지. 옥시콘틴이라는."

안드레아는 등골이 서늘해졌다.

"그게 무슨 상관이에요?"

"앤디가 당신 몫으로 약을 수북이 챙겨 놓긴 했는데, 지금 엉뚱한 말에다 판돈을 걸면 그 약이 다 사라질지도 모른다, 이 말이지. 안 그런가, 앤디?"

앤디는 이제 커피메이커를 씻는 중이었다. 우울한 표정이었고 눈물이 그렁그렁한 안드레아의 눈은 쳐다보려고도 안 했지만, 대답만은 냉큼 튀어나왔다.

"그럼. 일이 그렇게 되면 약국 화장실 변기에다 몽땅 버릴 거야. 마을이 고립된 상황에서 그런 약을 갖고 있으면 위험하니까."

"말도 안 돼요! 난 처방전도 있어요!"

빅 짐이 친절한 목소리로 말했다.

"안드레아, 당신한테 필요한 처방전은 딱 하나요. 이 마을을 잘 아는 사람들한테 딱 붙어 있을 것. 지금 당장 당신한테 도움이 될 처방전은 그것뿐이지."

"짐, 난 약이 필요해요. 그게 없으면 안 된다고요!"

안드레아는 자기 목소리에서 울먹이는 기색을 느꼈다. 병세가 악화되어 말년에 자리보전을 하고 누워 지내던 어머니의 목소리와 몹시도 비슷했다. 안드레아는 그 목소리가 끔찍이도 싫었다.

"나도 알아요, 하나님께서 당신한테 내리신 고통이 꽤 크다는 거." 빅 짐은 속으로 생각했다. '중증 약물 중독이야 뭐 말할 것도 없지.'

"안드레아, 당신은 그저 옳은 일을 하면 돼요."

다크서클이 잔뜩 낀 앤디의 두 눈은 슬프고도 진지해 보였다.

"마을을 위해 뭐가 최선인지는 짐이 잘 알아요. 늘 그랬듯이. 외부인한테 이래라 저래라 소리 들을 필요 없잖아요."

"그럼 약을 계속 받을 수 있는 건가요?"

앤디의 얼굴에 환한 미소가 피어났다.

"어휴, 그걸 말이라고! 아예 양을 살짝 늘려 줄 수도 있지! 하루 100밀리그램만 추가하면 될까요? 안 될까? 꽤 힘들어 보이는데."

"살짝 늘리는 것도 괜찮을 것 같네요."

안드레아는 느릿느릿 대답했다. 고개가 푹 꺾였다. 안드레아는 고등학교 졸업 무도회에서 술 때문에 곤욕을 치른 후로 와인 한 잔 마신 적이 없었고, 대마초는 입에 댄 적도 없었으며, 코카인은 텔레비전에서 말고는 아예 구경조차 한 적이 없었다. 착한 사람이었던 것이다. 아주 착한 사람. 그런 안드레아가 어쩌다 이런 덫에 갇혔을까? 우편물을 가지러 가다가 자빠지는 바람에? 고작 그것 때문에 사람이 약물 중독자로 전락한다고? 만일 그렇다면, 이 얼마나 불공평한가. 얼마나 끔찍한가.

"딱 40밀리그램만요. 40밀리그램이면 충분할 것 같아요."

"자신 있소?"

빅 짐이 물었다. 안드레아는 조금도 자신할 수 없었다. 중독이 끔찍한 이유가 바로 그것이었다.

"80밀리그램이 낫겠네요."

안드레아는 얼굴에 흐르는 눈물을 손으로 훔쳤다. 그러고는 중얼거렸다.

"당신들 날 협박했어."

나지막하게 중얼거렸지만 빅 짐은 놓치지 않았다. 빅 짐이 손을 뻗었다. 안드레아가 움찔했지만 빅 짐은 그저 손만 잡았다. 부드럽게.

"아니, 협박은 죄악이오. 우린 당신을 도우려고 이러는 거요. 그리고 그 대가로 바라는 건 당신의 도움뿐이지."

10

'쿵' 소리가 났다.

사만다는 그 소리를 듣고 번쩍 눈을 떴다. 10시에 곯아떨어지기 전에 대마초를 반 개비 피우고 필의 맥주를 세 병이나 마셨는데도 그랬다. 사만다는 냉장고에 늘 여섯 병들이 맥주 팩을 두 개씩 쟁여 놓고 '필의 맥주'라고 불렀다. 남편 필이 4월에 집을 나가서 아직까지 안 들어오는데도 그랬다. 사만다는 남편이 아직 마을에 있다는 소문을 들었지만 무시했다. 만약 아직 마을에 있다면 지난 6개월 동안 틀림없이 보았을 터였다. 제임스 맥머트리의 노래에 나오는 것처럼 작은 마을이었으니까.

쿵!

그 소리에 벌떡 일어난 사만다는 리틀 월터가 우는지 보려고 가만히 귀를 기울였다. 울음소리가 들리지 않자 사만다는 속으로 생각했다. '어떡해, 망할 놈의 아기 침대가 부서졌나 봐! 애가 울지도 못할 정도면 도대체 얼마나……'

사만다는 이불을 홱 패대기치고 침실 문을 향해 달렸다. 그러고는 문 대신 왼편 벽에 부딪혔다. 하마터면 자빠질 뻔했다. 왜 이렇게 어둡담! 망할 전력회사 같으니! 망할 놈의 남편, 아내가 이 지경이 되도록 내버려두고 달아난 자식, 프랭크 드레셉스 같은 놈이 야비하게 굴고 겁을 주는데도 편들어 줄 사람 하나 없는 처지가 되도록……

쿵!

사만다는 화장대 위를 더듬거리다가 손전등을 찾았다. 그 손전등을 켜고 허겁지겁 침실을 나섰다. 왼쪽으로 돌아서 리틀 월터가 자는 방으로 가려던 참에, '쿵' 소리가 또 들렸다. 왼쪽이 아니었다, 너저분한 거실 너머 정면에서 들려왔다. 트레일러 입구에 누가 있었다. 뒤이어 소리 죽여 웃는 소리도 들려왔다. 누군지 몰라도 술에 취한 사람 같았다.

사만다는 통통한 허벅지까지 내려오는 티셔츠 바람으로 거실을 가로질러 가서 트레일러 출입문을 벌컥 열었다(필이 떠나고 나서 사만다는 20킬로그램 넘게 살이 쪘다. 그러나 이 돔 사태가 끝나면 식이요법을 써서 고등학교 때 몸매로 돌아갈 작정이었다.).

강력한 손전등 불빛 네 줄기가 사만다의 얼굴에 쏟아졌다. 불빛 뒤에서 또다시 웃음소리가 들려왔다. 그중 한 명은 오래된 흑백영화에 나오는 코미디언처럼 '낄, 낄, 낄' 하고 웃었다. 사만다는 누구의 웃음소리인지 알아차렸다. 고등학교 시절 내내 듣던 소리였다. 멜빈 셜스였다.

"이런! 쫙 빼입었는데 같이 놀 사람이 없어서 어쩌나!"

멜빈이 한 말에 사람들이 또 웃었다. 사만다는 손전등 불빛을 가리려고 팔을 들었지만 소용이 없었다. 불빛 너머의 사람들은 어두컴컴한 형상으로만 보였다. 그러나 웃는 사람들 중 한 명은 여성이었다. 다행인지도 몰랐다.

"불 좀 꺼, 눈이 멀 것 같단 말이야! 그리고 조용히 해, 우리 아기 깨겠어!"

사람들은 앞서보다 훨씬 크게 웃어 댔지만 그래도 손전등 네 개 중에 세 개는 꺼졌다. 손에 들고 있던 손전등으로 문 바깥을 비춘 사만다는 눈앞의 광경에 조금도 마음이 놓이지 않았다. 프랭크 드레셉스와 멜빈 셜스 옆에 카터 티보도와 조지아 루가 나란히 서 있었다. 조지아, 그날 낮에 사만다의 가슴에 발을 올리고 레즈비언이라고 불렀던 계집애. 여자는 여자지만 마음을 놓을 수 없는 여자였다.

모두 가슴에 배지를 달고 있었다. 그리고 실제로 술에 취해 있었다.

"뭐 하러 온 거야? 밤늦게."

"대마초 사러 왔지. 넌 약장수잖아, 그러니까 우리한테도 좀 팔아." 조지아의 목소리였다.

"아주 꼭지가 돌아가게 뿅 가고 싶다, 이 말이야."

멜빈 셜스가 중얼거리다가 웃음을 터뜨렸다. '낄, 낄, 낄.'

"지금은 하나도 없어."

"웃기고 있네, 풀 냄새가 진동을 하는데." 카터 티보도였다. "조금만 팔아. 재수 없게 굴지 말고."

"그래. 우리가 경찰이란 건 신경 쓰지 마."

조지아가 말했다. 사만다가 비춘 손전등 불빛에 조지아의 눈이 뿌옇게 빛났다.

그 말에 다들 박장대소를 했다. 웃음소리가 아기를 깨우고도 남을 만큼 컸다.

"없대도!"

사만다는 트레일러 문을 닫으려고 했다. 카터 티보도가 다시 문을 밀어 열었다. 손바닥으로 슬쩍 밀었을 뿐인데도 사만다는 뒤로 주춤주춤 물러섰다. 그러다가 리틀 월터의 얄미운 장난감 기관차에 걸려 그날 두 번째로 엉덩방아를 찧었다. 티셔츠가 위로 말려 올라갔다.

"오오, 분홍색 속옷. 여자 친구라도 기다리는 중인가 봐?"

조지아 루가 묻자 일행이 또다시 껄껄 웃었다. 꺼졌던 손전등에 다시 불이 들어와 사만다를 비추었다.

사만다는 목둘레가 찢어져라 세게 티셔츠를 끌어내렸다. 엉거주춤 일어선 사만다의 몸을 손전등 불빛들이 위아래로 훑었다.

"집 주인이 말이야, 손님이 왔으면 안으로 모셔야지."

프랭크가 문을 비집고 들어서면서 말했다.

"실례합니다."

프랭크의 손전등 불빛이 거실을 훑었다.

"이거 완전히 돼지우리 아냐."

"돼지한텐 돼지우리가 딱이잖아!"

조지아가 소리치자 또다시 왁자지껄한 웃음이 터져 나왔다.

"내가 네 남편이었으면 숨어 있는 숲에서 잠깐 튀어나왔을 거야, 네 궁둥이를 걷어차 주려고!"

조지아가 주먹을 슥 치켜들었다. 애인인 카터 티보도가 자기 주먹을 갖다댔다.

"필은 아직도 라디오 방송국에 숨어 있냐?" 멜빈이 물었다. "약에 푹 절어 가지고? 사람들을 전부 다 예수쟁이 정신병자로 만들려고?"

"그게 무슨 소리야⋯⋯. 필은 마을을 떠났어!"

사만다는 이제 화가 나지 않았다. 그저 무서울 뿐이었다. 대마초에 분말 헤로인을 섞어서 피우면 이런 식으로 두서없이 대화하는 인간들이 나오는 악몽을 꾸게 마련이었다.

사만다의 손님 넷은 자기들끼리 쳐다보다가 깔깔대며 웃었다. 멍청이 같은 멜빈의 '낄, 낄, 낄' 소리가 유독 두드러졌다.

"떠났어! 토꼈단 말이야!" 프랭크가 사만다 흉내를 냈다.

"까고 있네!" 카터가 대꾸하더니 프랭크와 주먹을 맞부딪쳤다.

조지아는 사만다의 책장 맨 위 칸에 꽂힌 문고본 책을 한 뭉텅이 집어 들고 훑어보았다.

"노라 로버츠, 샌드라 브라운⋯⋯ 뭐야, 스테프니 메이어? 너 이런 거 읽어? 요즘은 해리 포터가 대세란 것도 몰라?"

조지아는 책들을 슥 들어 올리더니 두 손을 확 펼쳐 모조리 떨어지게 내버려두었다.

리틀 월터는 아직 깨지 않았다. 기적이었다.

"약만 주면, 얌전히 돌아갈 거야?"

"당연하지." 프랭크가 대답했다.

"빨리 가져와." 카터였다. "우리 내일 일찍 출근해야 돼. 대피 계획 때문에. 그러니까 그 팍 퍼진 엉덩이로 속도 좀 내 봐."

"여기서 기다려."

사만다는 트레일러의 간이 부엌으로 가서 냉장고 문을 열었다. 안은 미지근했고, 이제 머지않아 전부 다 녹아내린다고 생각하니 무슨 까닭에선지 눈물이 날 것만 같았다. 사만다는 대마초가 든 4리터짜리 비닐봉지를 꺼냈다. 봉지는 세 개가 더 있었다.

뒤로 돌아서려는 사만다를 누가 붙잡았고, 손에 들고 있던 봉 지는 다른 사람이 빼앗았다.

"아까 그 분홍 팬티 좀 확인해 봐야겠어. 요일 팬티에 일요일이 라고 적혀 있는지 보잔 말이야."

멜빈이 사만다의 귀에 대고 중얼거리더니 티셔츠를 허리 위로 걷어 올렸다.

"흠, 일요일이 아닌데."

"그만해! 하지 마!"

멜빈의 웃음소리가 들렸다. '낄, 낄, 낄.'

손전등 불빛이 눈을 찔렀지만 사만다는 그 뒤의 뾰족한 머리 모양을 알아보았다. 프랭크 드레셉스였다.

"너 오늘 낮에 나한테 지랄했지. 또 내 손까지 후려갈기고 말 이야. 난 그냥 이렇게만 했는데."

프랭크는 손을 뻗어 다시금 사만다의 가슴을 쥐었다.

사만다는 벗어나려고 몸부림쳤다. 얼굴에 고정되었던 빛줄기가 잠시 천장으로 치솟았다. 그러다가 쏜살같이 다시 내려왔다. 머리에 번쩍 통증이 일었다. 프랭크가 손전등으로 머리를 갈겼던 것이다.

"악! 아파! 때리지 마!"

"아프기는, 니미. 마약 판매 혐의로 체포 안 하는 것만도 행운인 줄 알아. 한 방 더 맞기 싫으면 얌전히 있어."

"풀 냄새가 영 구린데."

멜빈의 목소리는 무덤덤했다. 사만다 뒤에 서 있던 멜빈은 아직도 사만다의 티셔츠 자락을 치켜든 채였다.

"이 기집애도 구리잖아." 조지아였다.

"대마초는 압수할게, 기집애 씨. 미안." 카터가 말했다.

프랭크가 또다시 사만다의 가슴을 움켜쥐었다.

"가만있어." 그러더니 유두를 꼬집었다.

"가만있으래도." 목소리가 점점 거칠어졌다. 숨도 거칠어졌다. 사만다는 무슨 일이 벌어질지를 눈치챘다. 그러고는 눈을 감고 생각했다. '아기가 깨지만 않으면, 이 새끼들이 더 심한 짓만 안 하면 돼. 더 나쁜 짓만 안 하면.'

"계속해." 조지아의 목소리가 들렸다. "필이 도망가고 나서 외로웠을 거 아냐."

프랭크가 손전등으로 거실을 훑었다.

"소파로 가서 다리 벌려."

"야, 미란다 원칙은 지켜야 되는 거 아냐?"

멜빈이 묻고 나서 예의 그 웃음을 터뜨렸다. 낄, 낄, 낄. 사만다는 그 웃음소리를 한 번만 더 들으면 머리가 쪼개져 버릴 것만 같았다. 그러나 사만다는 고개를 푹 숙이고 어깨를 축 늘어뜨린 채 소파로 향했다.

걸어가던 사만다를 카터가 붙잡고 홱 돌려세우더니 손전등을 자기 턱에 갖다 댔다. 불빛에 비친 얼굴이 꼭 괴물 가면 같았다.

"어디 가서 입만 뻥긋해 봐, 알지?"

"으……응."

괴물 가면이 위아래로 너울거렸다.

"명심해. 어차피 네 말을 믿을 사람은 한 명도 없어, 물론 우리는 예외지만. 허튼소리 하면 다시 찾아와서 진짜 따끔한 맛을 보여 줄 거다."

프랭크가 사만다를 소파에 넘어뜨렸다.

"해 버려!"

조지아가 손전등을 사만다에게 고정한 채 신이 나서 소리쳤다.

"재수 없는 년, 확 따먹어 버려!"

남자 셋 모두 사만다를 겁탈했다. 첫 번째로 덤벼든 프랭크는 덮치면서 이렇게 속삭였다.

"입 꽉 다물고 있어라, 거시기 빨 때만 빼고."

다음은 카터였다. 카터가 씨근덕거리는 사이에 리틀 월터가 잠에서 깨어 울기 시작했다.

"조용히 해, 꼬맹아. 안 그럼 수갑 차는 수가 있어!"

멜빈 셜스가 소리치자 다들 웃음을 터뜨렸다.

낄, 낄, 낄.

11

자정이 가까운 시각.

린다 에버렛은 침대 한편에서 곤히 잠들어 있었다. 자넬이 걱정되기는 했지만 힘든 하루를 보낸 데다 이튿날에도 (대피 계획 때문에) 일찍 일어나야 했기에 잠을 막기에는 역부족이었다. 딱히 코를 골지는 않았지만, 린다가 누워 있는 쪽에서는 '도로롱 도로롱' 소리가 나지막이 들려왔다.

러스티는 똑같이 힘든 하루를 보내고도 잠을 이루지 못했는데, 자넬 걱정 때문은 아니었다. 러스티는 자넬이 괜찮을 거라고 생각했다. 적어도 당분간은. 자넬의 발작은 더 심해지지만 않으면 막을 수 있는 수준이었다. 병원 조제실에 자론틴이 떨어지면 샌더스 약국에서 구하면 그만이었다.

러스티는 그날 밤 내내 해스켈 선생을 생각했다. 물론 로리 딘스모어도 생각했다. 한때 눈이 있던 자리가, 너덜너덜하게 벌어진 그 피투성이 눈구멍이 자꾸만 눈앞에 어른거렸다. 지니에게 이야기하던 해스켈 선생의 목소리가 귀에 선했다. '나 코 안 먹었어. 귀 안 먹었다고, 내 말은. 젠장.'

그러나 해스켈 선생은 죽었다.

러스티는 이리저리 뒤척이며 그 기억들을 지우려고 애썼다. 그리고 기억이 지워진 자리를 채운 것은 로리가 중얼거린 한마디였다. '핼러윈이에요.' 그 위에 딸의 목소리가 겹쳐졌다. '왕호박 잘못이야! 왕호박을 막아야 돼!'

러스티의 딸은 얼마 전부터 발작을 일으켰다. 딘스모어네 아들은 튀어나온 탄환을 눈에 맞고 뇌에 파편이 박혔다. 이게 무슨 뜻일까?

'뜻은 무슨 뜻. 「로스트」에 나왔던 스코틀랜드 출신 항해사가 뭐라 그랬더라? "우연을 운명으로 착각하지 마."였던가?'

어쩌면 옳게 기억하는지도 몰랐다. 어쩌면. 그러나 「로스트」는 오래전 드라마였다. 그 스코틀랜드 사내는 이렇게 말했는지도 모른다. '운명을 우연으로 착각하지 마.'

침대 반대편으로 돌아눕자 《데모크라트》 호외판의 새까만 머리기사 제목이 눈에 들어왔다. **장벽에 폭탄 발사!**

절망적이었다. 지금 잠이 문제가 아니었다. 이런 상황에서 꿈나라로 꾸역꾸역 기어가는 것은 최악의 길이었다.

아래층에 린다가 자랑하는 크랜베리 오렌지 빵이 반 덩이 남아 있었다. 집에 돌아왔을 때 보니 조리대 위에 놓여 있었다. 러스티는 그 빵을 한 조각 잘라 먹으면서 《미국 가정의학》 최신호를 훑어보기로 했다. 백일해 관련 논문을 읽고도 잠이 안 온다면 잠들 가망은 아예 없었다.

듬직한 덩치에 평소 잠옷으로 입는 파란색 수술복을 걸친 러스티는 린다를 깨우지 않으려고 조용히 안방 침실을 나섰다.

계단까지 절반쯤 걸어간 러스티가 고개를 번쩍 쳐들었다.

오드리가 끙끙거리는 소리가 들렸다. 몹시도 나지막했다. 아이들 방 쪽이었다. 러스티는 그리로 걸어가서 방문을 살짝 열었다. 아이들 침대 사이의 어슴푸레한 형체로만 보이는 골든레트리버가 러스티를 돌아보더니, 또다시 나지막이 끙끙거렸다.

주디는 옆으로 누워 한 손으로 뺨을 받친 채 천천히, 길게 쌔

근거리고 있었다. 자넬은 사정이 달랐다. 이쪽에서 저쪽으로 쉬지 않고 구르면서 이불을 걷어차고 중얼거렸다. 러스티는 오드리를 타고 넘어가서 자넬의 침대 곁에 앉았다. 바로 위에 남자 아이돌 밴드 포스터가 붙어 있었다.

자넬은 꿈을 꾸는 중이었다. 괴로워하는 표정으로 보아 좋은 꿈은 아니었다. 중얼거리는 소리는 꼭 항의하는 소리 같았다. 러스티는 무슨 말인지 들어 보려고 귀를 기울였지만 미처 알아듣기도 전에 소리가 멈췄다.

오드리가 다시 끙끙거렸다.

자넬의 잠옷은 엉망으로 말려 올라가 있었다. 러스티는 딸의 잠옷을 내려 주고 이불을 덮어 준 다음, 이마를 가린 머리카락도 걷어 주었다. 감은 눈꺼풀 아래에서 두 눈이 이쪽저쪽으로 정신없이 움직였지만 팔다리를 떠는 기색은 보이지 않았고, 손가락도 움찔거리지 않았으며, 발작의 특징인 입술 달싹거림도 눈에 띄지 않았다. 발작이 아니라 렘수면이었다, 거의 확실했다. 그러자 흥미로운 의문이 떠올랐다. 개들은 악몽의 냄새도 맡을 수 있는 걸까?

러스티는 허리를 굽히고 자넬의 볼에 입을 맞추었다. 그러자 자넬이 눈을 떴지만, 러스티는 아이가 자신을 보고 있다는 확신이 들지 않았다. 가벼운 경기 증상일 수도 있었지만 러스티 생각은 달랐다. 그랬더라면 틀림없이 오드리가 짖었을 테니까.

"우리 예쁜이, 다시 자렴."

"그 아저씨가 황금 야구공을 들었어요, 아빠."

"그래, 아빠도 알아. 다시 자."

"나쁜 야구공이에요."

"아냐, 좋아. 야구공은 좋은 거야, 금으로 만든 건 더 좋아."

"아아."

"다시 코 자자."

"네, 아빠."

자넬은 옆으로 돌아누운 다음 눈을 감았다. 그러고는 이불 밑에서 잠시 뒤척거리다가 잠잠해졌다. 바닥에 엎드린 채 고개를 쳐들고 두 사람을 지켜보던 오드리도 앞발에 주둥이를 올리고 잠들었다.

러스티는 잠시 가만히 앉아서 딸의 숨소리를 들으며 아무것도 겁낼 필요 없다고, 사람들은 원래 꿈을 들락거리며 말을 하는 법이라고 자신에게 타일렀다. 마음속에서 의심이 꿈틀거리면 바닥에 엎드린 개를 보며 다 괜찮다고 자신을 설득했다. 그러나 한밤중에 낙천주의자가 되기란 힘든 일이었다. 동틀 때까지 한참 남은 밤이면 불길한 생각은 살이 붙어서 걷기 시작한다. 한밤중에 떠오른 생각은 좀비가 되게 마련이었다.

러스티는 결국 크랜베리 오렌지 빵을 안 먹기로 마음을 굳혔다. 이불 속에서 따뜻하게 데워진 아내에게 냉큼 달라붙고 싶었다. 그러나 아이들 방을 나서기 전에, 러스티는 오드리의 보드라운 머리를 토닥이며 소곤거렸다.

"애들 잘 봐라."

오드리는 살짝 눈을 뜨고 주인을 올려다보았다.

러스티는 속으로 생각했다. '금색 골든레트리버.' 뒤이어 완벽하게 연결된 생각이 떠올랐다. '황금 야구공. 나쁜 야구공.'

그날 밤, 딸들이 여자로서 사생활을 챙길 나이가 된 것을 새삼 깨달았으면서도, 러스티는 아이들 방의 문을 열어 두었다.

12

집에 돌아온 빅 짐은 현관 앞의 자기 의자에 앉아 있는 레스터 코긴스 목사를 발견했다. 목사는 손전등 불빛에 의지해 성서를 읽는 중이었다. 그 광경은 빅 짐에게 목사의 신앙심을 확인시키기는커녕 이미 안 좋은 기분을 더욱 엉망으로 만들 뿐이었다.

"주님 안에서 축복 받으시게, 짐."

코긴스 목사가 자리에서 일어서며 말했다. 목사는 빅 짐이 내민 손을 꽉 붙잡고 격하게 흔들었다.

"자네도." 빅 짐의 목소리에 힘이 잔뜩 들어가 있었다.

코긴스는 손을 한 번 더 힘차게 흔들고 악수를 끝냈다.

"짐, 내가 여기 온 건 계시를 받았기 때문이야. 어젯밤에 계시를 내려 주십사 하고 기도를 했네. 그래, 너무나 괴로워서 그랬어. 그런데 오늘 낮에 계시가 내려온 거야. 하나님께서 내게 말씀을 하셨어. 성서를 통해서, 또 그 아이를 통해서."

"딘스모어네 아들 말인가?"

코긴스 목사는 맞잡은 손에 '쪽' 소리가 나도록 힘껏 입을 맞추고 머리 위로 치켜들었다.

"바로 그 아이야. 로리 딘스모어. 부디 하나님께서 영원토록 지켜주시길."

"바로 지금 예수님 곁에서 만찬을 들고 있을 걸세."

그 말이 빅 짐의 입에서 자동으로 튀어나왔다. 손전등 불빛으로 가만히 살펴본 코긴스 목사의 상태는 그리 좋지 않았다. 밤이 되자 기온이 급속히 내려갔는데도 목사의 피부에는 땀이 배어 있었다. 두 눈은 화등잔 같았고, 흰자위가 너무 많이 보였다. 구불구불한 머리카락은 우산살처럼 뻗쳐 있었다. 한마디로 나사가 풀린 사람, 머잖아 그 나사가 완전히 빠져 버릴 사람처럼 보였다.

빅 짐은 속으로 생각했다. '이거 영 안 좋은데.'

"그럼, 당연하지. 성대한 만찬을 즐길 거야…… 주님의 팔에 안겨서……."

빅 짐은 목사의 말을 들으며 두 가지를 한꺼번에 하기는 힘들 거라고 생각했지만 그 생각을 입 밖에 내지는 않았다.

"하지만 그 아이는 대의를 위해 죽은 거야, 짐. 난 자네한테 그 얘기를 하러 왔어."

"안에 들어가서 얘기하지." 빅 짐은 이렇게 말하고 나서 목사가 미처 대꾸하기도 전에 잇달아 물었다. "자네 혹시 우리 아들 못 봤나?"

"주니어? 못 봤는데."

"자네 언제부터 여기 있었던 건가?"

빅 짐은 현관등 스위치를 올리면서 발전기가 돌아가게 해 달라고 하나님께 빌었다.

"한 한 시간 전부터. 한 시간은 좀 안 됐을지도. 현관 앞에 앉아서…… 성서를 읽고…… 기도를 드리고…… 명상도 하고."

레니는 그러는 동안 누구 본 사람이 있는지 궁금했지만 목사에게 물어보지는 않았다. 목사는 이미 흥분한 상태였고, 그런 질문은 흥분을 더욱 부채질할 뿐이었다.

"내 서재로 가세."

빅 짐은 고개를 푹 숙이고 앞장서서 큰 보폭으로 어슬렁어슬렁 걸어갔다. 뒤에서 보면 사람 옷을 걸친 곰과 살짝 비슷해 보였다. 늙고 굼뜨지만 그래도 위험한 곰이었다.

13

빅 짐의 서재에 있는 네 벽에는 금고를 가린 산상수훈 그림 액자 말고도 갖가지 기념품이 잔뜩 걸려 있었는데, 이는 곧 지역 사회를 위하여 여러 모로 봉사하는 마을 부의장을 기리고자 만든 것들이었다. 그중 한 액자에는 빅 짐이 세라 페일린과 악수하는 장면을 찍은 사진이 들어 있었고, 전설적인 자동차 경주 선수 데일 언하르트와 찍은 사진도 있었다. 언하르트가 옥스퍼드플레인스 자동차 경주장에서 열린 아동 자선기금 모금 행사에 참가했을 때 찍은 사진이었다. 타이거 우즈와 악수하는 사진도 있었는데 빅 짐이 보기에 그때는 그래도 꽤 점잖은 깜둥이 같았다.

책상 위에 올려둔 기념품은 금으로 도금한 야구공과 투명 플라스틱으로 된 공 받침대뿐이었다. (역시 플라스틱으로 된) 받침대 밑단에는 인사말과 사인이 적혀 있었다. '짐 레니 씨께. 2007년도 메인 주 자선 소프트볼 대회를 지원해 주신 귀하의 노고에 감사드립니다.' 사인을 한 사람은 한때 보스턴 레드삭스의 명투수였던 '우주인' 빌 리였다.

빅 짐은 등받이가 높다란 의자에 앉으면서 받침대에 놓인 황금 야구공을 집어 든 다음, 이 손에서 저 손으로 공을 주고받았다. 던지고 놀기에 좋은 물건이었다. 살짝 짜증이 날 때면 더욱 그러했다. 적당히 무겁기도 했거니와 손바닥에 와 닿는 금 실밥의 느낌이 마음을 편하게 해 주었다. 빅 짐은 순금 야구공을 가지면 어떤 기분일지 이따금씩 상상하곤 했다. 이 돔 사태가 끝나면 한번 알아볼 작정인지도 몰랐다.

코긴스 목사는 책상 맞은편의 손님용 의자에 앉았다. 그 의자는 부탁하러 온 사람이 앉는 자리였다. 빅 짐은 목사가 그 자리에 앉기를 원했다. 목사는 테니스 시합을 구경하는 사람처럼 황금 야구공을 따라 눈을 이쪽저쪽으로 움직였다. 최면술사의 수정 구슬을 응시하는 사람 같기도 했다.

"그래, 이게 다 웬 소동인가, 레스터? 얘기해 보게. 그런데 좀 짧게 해 줬으면 좋겠어, 괜찮겠나? 난 가서 잠을 좀 자야겠어. 내일 할 일이 아주 많거든."

"그 전에 짐, 나랑 같이 기도하지 않겠나?"

빅 짐의 얼굴에 미소가 번졌다. 잡아먹을 것 같은 미소였지만, 살기를 완전히 드러낸 것은 아니었다. 적어도 아직은.

"먼저 얘기부터 하는 게 어떨까? 난 무릎 꿇기 전에 뭘 위해 기도하는지 정도는 알고 싶은데."

코긴스 목사의 이야기는 결코 짧지 않았으나 빅 짐은 짧은지 긴지조차 눈치채지 못했다. 이야기를 듣는 동안 빅 짐의 불안은 점점 커져서 공포에 가까워졌다. 목사가 하는 얘기는 두서도 없고 군데군데 성서 구절까지 등장했지만, 요지는 분명했다. 목사는 주님께서 자신들의 조그만 사업 때문에 언짢아하시다가 마침내 거대한 유리 대접을 온 마을에 덮어 씌우셨다고 결론지었다. 그래서 이 사태를 어떻게 하면 좋을지 몰라 기도를 드렸고, 기도하는 동안 스스로를 채찍질했으며(채찍질은 그저 비유인지도 몰랐다. 빅 짐은 제발 비유였으면 하고 바랐다.), 그러자 주님께서 그를 미치고 눈멀고 정신을 잃는 내용이 나오는 성서 구절로 인도하셨다고 했다.

"주님께서 계시를 보여 주겠다고 하셨어, 그런데……."

"계시?" 부숭부숭한 빅 짐의 눈썹이 쫑긋 올라갔다.

코긴스 목사는 빅 짐의 말을 무시하고 계속 얘기했다. 그러는 동안 말라리아 환자처럼 땀을 뻘뻘 흘렸고, 두 눈은 쉬지 않고 황금 야구공을 따라 움직였다. 이쪽으로…… 다시 저쪽으로.

"꼭 나 어렸을 때 몽정하던 기분이랑 똑같더군."

"레스터, 그건 좀…… 그렇게 자세히 얘기 안 해도 돼."

이렇게 말하는 동안에도 공은 이 손에서 저 손으로 오고갔다.

"하나님께서 나한테 눈이 머는 꼴을 보여 주겠다고 하셨어, 하지만 눈이 머는 건 내가 아니라고 하셨지. 그런데 오늘 낮에, 목장에서, 보여 주셨잖아! 안 그래?"

"흠, 그것도 한 가지 해석일 수 있겠지만……."

"아니래도!"

코긴스 목사가 벌떡 일어섰다. 그러더니 한 손에 성서를 들고 바닥 깔개 위에서 원을 그리며 걷기 시작했다. 다른 손으로는 머리를 쥐어뜯었다.

"하나님께서 내게 말씀하시길, 그 계시를 보면 신도들에게 자네가 무슨 짓을 해 왔는지 낱낱이⋯⋯."

"그게 나 혼자 한 짓인가?"

빅 짐이 물었다. 사색에 잠긴 목소리였다. 이 손에서 저 손으로 움직이는 공의 속도가 조금 빨라졌다. 턱. 턱. 턱. 공을 던지고 받는 손바닥은 살집이 통통하면서도 단단했다.

"아니."

대답하는 코긴스의 목소리는 차라리 신음에 가까웠다. 목사는 이제 야구공으로부터 눈을 돌리고 더욱 빨리 걸었다. 한 손은 머리카락을 뿌리째 뽑느라 여념이 없었고, 다른 손은 성서를 흔들어 댔다. 목사는 일단 무아지경에 빠지면 설교 중에도 그런 모습을 보이곤 했다. 교회에서라면 문제될 것 없는 행동이었지만, 이 자리에서는 빅 짐의 화를 부추길 뿐이었다.

"자네하고 나하고 로저 킬리언하고 보위 형제하고⋯⋯."

코긴스 목사의 목소리가 나지막하게 잦아들었다.

"그리고 또 한 명. 주방장. 내가 보기에 그 친군 미쳤어. 지난봄에 일을 시작할 땐 안 그랬는지도 모르지만, 지금은 틀림없이 미쳤어."

'사돈 남 나무라나, 친구.' 빅 짐은 속으로 생각했다.

"우리 모두 한패야, 하지만 짐, 고백은 자네하고 내가 해야 돼. 주님께서 그렇게 말씀하셨어. 그 아이가 눈이 먼 이유도 그것 때문이야. 그 앤 그걸 위해서 죽은 거라고. 우린 고백해야 해, 그리고 교회 뒤편에 있는 사탄의 곳간을 불태워야 해. 그럼 주님께서 우릴 풀어 주실 거야."

"자넨 풀려날 걸세, 레스터. 풀려난 다음엔 쇼생크 주립 교도

소로 직행이지."

"하느님께서 내리시는 벌이라면 받겠네. 달게 받을 거야."

"그럼 나는? 앤디 샌더스는? 보위 형제는? 로저 킬리언은 또 어떻고! 내가 알기로 로저는 딸린 자식만 아홉이야! 우리가 달게 못 받겠다면 어쩔 텐가, 레스터?"

"어쩔 수 없지."

코긴스 목사는 들고 있던 성서로 자기 어깨를 철썩철썩 후려치기 시작했다. 이쪽저쪽을. 처음에는 한쪽을, 그다음에는 다른 쪽을. 빅 짐은 어느새 목사의 손짓에 맞추어 황금 야구공을 주고받는 중이었다. 철썩…… 턱. 철썩…… 턱. 철썩…… 턱.

"킬리언네 애들한테는 미안한 일이지, 왜 아니겠어. 하지만…… 출애굽기 20장 5절을 봐. '나 네 하나님 여호와는 질투하는 하나님인즉, 나를 미워하는 자의 죄를 갚되 아버지로부터 아들에게로 삼사 대까지 이르게 하거니와.' 우리는 이 말씀을 따라야 해. 매독 같은 우리 죄를 씻어야 한단 말이야, 아무리 고통스러울지언정. 우리가 잘못한 것들을 바로잡아야 해. 고백하고 죄를 씻김받는 거야. 불로 씻김받는 거지."

빅 짐은 공을 안 쥔 빈손을 높이 치켜들었다.

"좋아, 좋다고, 좋다 이거야. 자네가 무슨 말을 했는지 생각해 봐. 이 마을은 나한테 의지하고 있어. 물론 자네한테도. 하지만 그것도 평화로울 때 얘기야. 위기가 닥치면 이 마을에는 우리가 간절히 필요해."

빅 짐은 의자를 뒤로 물리고 일어섰다. 길고 끔찍한 하루를 보내며 파김치가 됐는데 이제 이런 꼴까지 봐야 했다. 그러고도 화가 안 나면 사람도 아니었다.

"우린 죄를 지었어."

코긴스가 고집스레 중얼거렸다. 성서로 자기 어깨를 후려치면서. 하나님의 성스러운 책을 그런 식으로 다루어도 아무렇지 않다는 듯이.

"레스터, 우리가 한 짓이라곤 아프리카 어린이 수천 명을 기아로부터 구한 것뿐이야. 돈을 보내서 그 아이들의 끔찍한 병까지 치료해 줬지. 자네한텐 새 교회를 지어주고 동북부에서 최고로 출력이 센 라디오 방송국까지 마련해 줬잖아."

"우리 몫도 챙겼잖아, 그걸 빼먹으면 안 되지!"

코긴스 목사가 소리치더니 이번에는 성서로 자기 얼굴을 힘껏 갈겼다. 한쪽 콧구멍에서 가느다란 핏줄기가 흘러내렸다.

"약을 팔아서 만든 더러운 돈을 챙겼잖아!"

목사는 또다시 자기 얼굴을 갈겼다.

"라디오 방송국을 차지한 미친놈은 애들이 팔뚝에 꽂는 독약을 만들잖아!"

"실은 태워서 연기를 마시는 애들이 대부분인데."

"짐, 지금 나랑 농담하는 건가?"

빅 짐은 책상 옆을 돌아 걸어갔다. 관자놀이에서는 핏줄이 불룩거렸고, 뺨은 벽돌처럼 발그레했다. 그럼에도 한 번 더, 부드러운 목소리로, 짜증내는 아이를 타이르듯이 목사를 타일렀다.

"레스터, 이 마을에는 내 지도력이 필요해. 자네가 입을 열면 난 그 지도력을 제공할 수가 없게 돼. 물론 자네 말을 믿을 사람은 없겠지만……."

"전부 다 믿을 거야! 자네가 내 교회 뒤에서 굴리는 공장을 보면, 전부 다 믿을 거야! 짐, 자네 진짜 모르겠나? 우리가 일단 고백하면…… 죄 씻김을 받으면…… 하나님께서 장벽을 거둬 주실 거야! 위기가 끝난단 말이야! 자네 지도력 같은 건 필요 없어!"

제임스 P. 레니는 바로 이 대목에서 폭발했다.

"이 마을은 내가 없으면 안 돼!"

고함소리와 함께, 야구공을 움켜쥔 손이 포물선을 그렸다.

빅 짐 쪽으로 돌아서던 코긴스 목사의 왼쪽 관자놀이가 공에 맞아 찢어졌다. 뺨에 핏줄기가 흘러내렸다. 흘러내리는 선혈 사이로 왼쪽 눈이 번쩍거렸다. 목사는 두 손을 뻗은 채 앞으로 비틀비틀 걸어갔다. 성서가 빅 짐을 향해 수다쟁이의 입처럼 펄럭거렸다. 바닥 깔개에 핏자국이 점점이 새겨졌다. 목사의 스웨터 왼쪽 어깨는 이미 피 칠갑이었다.

"안 돼, 짐, 이건 주님의 뜻이 아니야……."

"내 뜻이다, 이 귀찮은 파리 새끼야."

빅 짐은 또다시 팔을 휘둘렀고, 이번에는 목사의 이마 한가운데를 정통으로 때렸다. 찌르르한 충격이 팔을 타고 어깨까지 전해졌다. 그런데도 목사는 성서를 흔들며 빅 짐을 향해 비틀비틀 다가왔다. 뭔가 이야기하고 싶은 눈치였다.

빅 짐은 황금 야구공을 발 옆에 툭 떨어뜨렸다. 어깨가 욱신거렸다. 이제 피가 바닥에 철철 흘러내리는데도 저 망할 자식은 쓰러질 기미가 보이지 않았다. 여전히 비틀비틀 다가오면서 입으로는 핏방울을 분무처럼 날렸다.

목사는 다가오다가 책상에 부딪혔고, 거기서부터는 테두리를 따라 옆걸음으로 걸어왔다. 티끌 하나 없던 책상 깔개에 온통 핏방울이 흩날렸다. 빅 짐은 다시 황금 야구공을 휘두르려고 했으나 그럴 수가 없었다.

'언젠가 어깨가 부서질 날이 올 줄 알았지, 고등학교 때 투포환을 그렇게 열심히 했으니.' 빅 짐은 속으로 생각했다.

빅 짐은 공을 왼손으로 옮겨 쥐고 아래에서 위로 비스듬히 휘둘렀다. 코긴스 목사는 턱에 공을 맞고 얼굴 아래쪽이 짓뭉개졌다. 전등이 깜박거리는 천장으로 피가 튀어 올랐다. 우윳빛 전등갓에 핏방울이 점점이 내려앉았다.

"흐어어!"

목사가 울부짖었다. 그러면서도 책상을 따라 옆걸음질 쳤다. 빅 짐은 책상 아래로 몸을 피했다.

"아빠."

문간에 주니어가 서 있었다. 눈을 휘둥그렇게 뜨고 입을 헤 벌린 채로.

"흐어어!"

코긴스 목사는 울부짖으며 낯선 목소리가 들린 쪽으로 허우적허우적 몸을 돌렸다. 손에 쥔 성서를 앞으로 뻗으면서.

"흐어…… 흐어어…… 흐어어너어니이임……!"

"멍청하게 서 있지만 말고 와서 거들어!"

빅 짐이 아들에게 외쳤다. 코긴스 목사는 주니어 쪽으로 비틀거리며 걸어갔다. 성서를 정신없이 위아래로 흔들면서. 스웨터는 흠뻑 젖어 있었고, 바지는 거무튀튀한 붉은색으로 바뀌어 있었다. 짓뭉개진 얼굴은 피에 가려 알아볼 수도 없었다.

주니어는 황급히 코긴스 목사에게 다가갔다. 목사가 쓰러지려 하자 주니어가 붙잡고 일으켜 세웠다.

"괜찮아요, 코긴스 목사님. 제가 있잖아요. 걱정 마세요."

그러고는 피가 끈적거리는 코긴스 목사의 목을 두 손으로 틀어쥐고 조르기 시작했다.

14

하염없이 길었던 5분이 지난 후.

빅 짐은 회의를 위해 특별히 맸던 넥타이를 느슨하게 풀고 셔츠 단추도 풀어헤친 채 서재 의자에 앉아 있었다. 아예 푹 퍼져 있었다. 그렇게 퍼진 채로 퉁퉁한 가슴 왼쪽을 마사지했다. 그 아래 있는 심장은 아직도 불규칙하게 쿵쾅거렸지만 심장마비가 일어날 낌새는 보이지 않았다.

주니어는 자리를 뜨고 없었다. 빅 짐은 아들이 랜돌프를 부르러 갔으리라고, 어쩌면 실수하는 건지도 모른다고 생각했지만 아들을 불러 세우기에는 너무나 숨이 가빴다. 그런데 주니어는 혼자 돌아왔다. 캠핑카에 있던 비닐 시트를 들고서. 빅 짐은 아들이 서재 바닥에 비닐 시트를 펼치는 광경을 가만히 지켜보았다. 움직임이 이상하게도 사무적이었다. 마치 전에도 이런 일을 수천 번은 해 본 적이 있는 사람 같았다. '이게 다 요즘 쏟아져 나오는 19금 영화 탓이지.' 빅 짐은 속으로 생각했다. 한때는 돌처럼 단단한 근육이었던 살덩이를 주물럭거리면서.

"내가…… 도와주마."

빅 짐이 숨을 쌔근거리며 말했다. 못할 줄 알면서도 해 본 말이었다.

"아빠는 얌전히 앉아서 숨이나 고르고 있어."

바닥에 무릎을 대고 앉은 채로 이쪽을 돌아본 아들의 표정은 어두웠고, 감정을 읽을 수 없었다. 어쩌면 애정이 깃들어 있는지도 몰랐다. 빅 짐은 그러기를 간절히 바랐다. 그러나 그 표정에는 다른 감정들도 섞여 있었다.

'걸렸다, 이거냐?' 약점을 잡았다는 통쾌함도 섞여 있을까?

주니어는 코긴스 목사를 비닐 시트 위로 굴렸다. 시트가 버석거렸다. 주니어는 시체를 가만히 살핀 다음 조금 더 멀리 굴리고 시트 한쪽 끝을 그 위에 덮었다. 시트는 녹색이었다. 빅 짐이 버피네 만물상에서 산 물건이었다. 세일 가격으로 싸게. 만물상 점원 토비 매닝이 했던 말이 떠올랐다. '그거 엄청 싸게 가져가시는 거예요. 레니 씨.'

"성서도."

빅 짐이 말했다. 아직도 숨을 쌔근거리기는 했지만 기분은 한결 나았다. 다행히 맥박도 느려지는 중이었다. 쉰이 넘으면 심박수가 그토록 치솟을 줄 누가 알았을까? 빅 짐은 가만히 생각해 보았다. '운동을 시작해야지 안 되겠어. 살을 빼야 해. 하나님께서 주신 육신은 하나뿐이니까.'

"그래, 맞아. 아빠 말 한번 잘했어."

주니어는 이렇게 중얼거리며 피투성이가 된 성서를 코긴스 목사의 허벅지 사이에 꽂아 넣고 시체를 굴리기 시작했다.

"아들아, 목사가 쳐들어온 거다. 아예 정신이 나갔더구나."

"그랬겠지."

주니어는 아버지 말에 흥미가 없는 듯했다. 오로지 시체를 비닐 시트로 둘둘 마는 데에만 정신이 팔린 듯했고…… 그게 다였다.

"둘 중 하나는 죽을 판이었어. 그러니 네가……."

심장이 또 한 번 장난질을 쳤다. 빅 짐은 숨이 막혀 컥컥거리다 가 가슴을 쳤다. 심장이 다시 잠잠해졌다.

"주니어 네가 목사를 구주 그리스도 교회에 갖다 놔라. 나중에 시체가 발견되면, 거기 있는 남자가…… 혹시 어쩌면……."

빅 짐이 떠올린 남자는 바로 주방장이었지만, 주방장에게 이런 짐을 떠맡기는 것은 좋은 생각이 아닌지도 몰랐다. 주방장 필 부 시는 그들의 조그만 사업에 관해 아는 인물이었다. 당연히 체포하 러 온 경찰한테 저항할 터였다. 그랬다가는 산 채로 잡히지 않을 가능성도 있었다.

"더 적당한 데가 있어. 게다가 누구한테 덮어씌울 작정이라면, 더 적당한 사람도 있고."

주니어의 목소리는 태평스러웠다.

"누구 말이냐?"

"씨발 데일 바버라 새끼."

"그런 상스러운 말 쓰지 말라고 얘기했을 텐데……."

"씨발…… 데일…… 바버라 새끼."

둘둘 말린 비닐 시트 너머로 아버지를 바라보며, 두 눈을 반짝 이며, 주니어는 다시 한 번 또박또박 말했다.

"어쩔 작정이냐?"

"아직은 몰라. 근데 그 황금 야구공 계속 갖고 있으려면 깨끗이 씻는 게 좋을 거야. 책상 깔개는 버려."

빅 짐은 의자에서 일어섰다. 이제 기분이 한결 나았다.

"주니어, 늙은 아빠를 이렇게 도와주다니 참 기특하구나."

"별 말씀을."

이제 서재 바닥 깔개 위에 거대한 녹색 부리토 한 개가 놓여 있었다. 끄트머리에 두 발이 튀어나온 채로. 주니어가 그 발 위에 비닐 시트를 덮었지만 다시 말려 올라갔다.

"포장용 테이프가 좀 필요하겠는데."

"교회로 옮기는 게 아니면 어디로……."

"신경 쓰지 마, 안전한 데니까. 목사는 우리가 바버라한테 덮어 씌울 방법을 찾는 동안 얌전히 찌그러져 있을 거야."

"손을 쓰기 전에 내일 일이 어떻게 되는지부터 봐야 해."

주니어의 얼굴에 희미하게 떠오른 깔보는 표정을, 빅 짐은 이때 껏 한 번도 본 적이 없었다. 빅 짐은 이제 아들의 힘이 자신보다 훨씬 세다는 생각이 들었다. 그래도 아들은 아들인데…….

"바닥 깔개는 어디다 묻어야겠어. 전에는 온 바닥에 융단이 깔려 있었는데, 작은 깔개라서 그나마 다행이야. 또 피도 거의 다 빨아들였고."

주니어는 초대형 부리토를 짊어지고 복도로 향했다. 몇 분 후에 캠핑카 시동 거는 소리가 들려왔다.

빅 짐은 황금 야구공을 가만히 뜯어보았다. '이것도 같이 버려야겠어.' 생각은 그렇게 했지만, 치우지 않을 줄은 그 자신도 아는 바였다. 그것은 사실상 대대로 물려줄 가보였다.

게다가, 뭐가 위험하단 말인가? 깨끗이 씻기만 하면?

한 시간 후에 주니어가 돌아왔을 때, 황금 야구공은 다시금 투명 플라스틱 받침대 위에서 반짝이고 있었다.

미사일 공격이 임박했습니다

1

"알립니다! 저희는 체스터스밀 경찰입니다! 이 지역에 대피 경고를 발령합니다! 경고 방송을 들으신 분은 제 목소리가 들리는 쪽으로 오십시오! 이 지역에 대피 경고를 발령합니다!"

침대에 앉아 있던 서스턴 마셜과 캐럴린 스터지스는 이 기묘한 확성기 소리를 듣고 휘둥그레진 눈으로 서로를 마주보았다. 둘은 보스턴에 있는 에머슨 대학교의 교원이었다. 서스턴은 영문학과의 정교수(이자 대학 문예지 《플라우셰어스》 최신호의 객원 편집위원)였고, 캐럴린은 같은 학과의 연구 조교였다. 또한 반 년 전부터 연인 사이였으며 눈꺼풀에서 콩깍지가 벗겨지는 것은 먼 미래의 일이었다. 그들이 머무는 곳은 체스터 연못가에 있는 서스턴의 통나무집, 즉 화냥년길과 프레스틸 개울 사이였다. '단풍철'을 맞아 긴 주말휴가를 보내러 왔다고는 하지만 두 사람이 감상한 숲이라고 는 서로의 무성한 음모뿐이었다. 통나무집에는 텔레비전이 없었 다. 서스턴 마셜은 텔레비전이라면 아주 질색이었다. 라디오는 있 었지만 꺼진 채였다. 시각은 월요일 아침 8시 30분, 날짜는 10월 23일이었다. 시끄러운 확성기 소리에 깨기 전까지 두 사람은 무슨 일이 일어났는지 도무지 짐작도 할 수 없었다.

"알립니다! 저희는 체스터스밀 경찰입니다! 이 지역에……."

소리가 가까워졌다. 확성기가 이쪽으로 다가온다는 뜻이었다.

"서스턴! 대마초! 대마초 어디다 뒀어요?"

"걱정 마."

말은 이렇게 했지만 목소리가 떨리는 것을 보니 정작 서스턴 본인도 자신이 없는 눈치였다. 껑충한 키에 깡마른 서스턴은 점점 세어 가는 머리카락을 길게 길러 평소에는 꽁지머리로 묶고 다녔 다. 지금은 그 머리가 풀어져서 거의 어깨까지 내려왔다. 서스턴 은 예순 살, 캐럴린은 스물세 살이었다.

"이맘때면 근처 집들은 다 비어 있어. 순찰차가 이 집도 그냥 지나치고 화냥년길로……."

캐럴린이 서스턴의 어깨를 두들겼다. 처음 있는 일이었다.

"진입로에 우리 차가 있잖아요! 경찰이 차를 볼 거예요!"

서스턴의 얼굴에 '망했구나' 하는 표정이 드리워졌다.

"……경고를 발령합니다! 경고 방송을 들으신 분은 제 목소리 가 들리는 쪽으로 오십시오! 알립니다! 알립니다!"

이제 소리가 지척에서 들려왔다. 서스턴의 귀에는 다른 이들의 목소리도 들렸다. 민간인과 경찰이 함께 확성기에 대고 소리를 질러 대는 중이었지만, 그중 경고 방송 소리가 가장 컸다.

"이 지역에 대피 경고를……" 잠시 침묵이 흘렀다. 그러다가.

"이봐요, 거기 통나무집! 이리 나오세요! 빨리요!"

아, 이런 악몽이.

"대마초 어디 뒀냐니까요?" 캐럴린이 또 서스턴을 때렸다.

약은 다른 방에 있었다. 전날 밤에 먹은 치즈와 크래커 옆에, 반쯤 남은 대마초 봉지가 놓여 있었다. 누가 들어오기라도 하면 맨 먼저 눈에 띨 자리였다.

"저흰 경찰입니다! 실제 상황입니다! 이 지역에 대피 경고가 내려졌습니다! 만약 그 안에 계시면 저희가 들어가서 끌어내기 전에 나오세요!"

'돼지 같은 경찰놈들.' 서스턴은 속으로 생각했다. '소갈딱지라곤 밴댕이만 한 촌구석 경찰놈들.'

서스턴은 침대에서 일어나 방을 가로질러 달려갔다. 털이 휘날리고 앙상한 엉덩이가 털렁거렸다.

서스턴의 할아버지가 제2차 세계대전이 끝나고 나서 지은 이 통나무집에는 방이 두 칸뿐이었다. 한 칸은 연못이 보이는 커다란 침실이었고 다른 한 칸은 거실 겸 주방이었다. 전기를 공급해 주는 오래된 헨스케 발전기는 전날 밤 잠자리에 들기 전에 꺼 둔 상태였다. 요란하게 털털거리는 발전기 소리가 낭만하고는 거리가 멀기 때문이었다. 딱히 추워서가 아니라 분위기를 잡으려고 간밤에 피워 둔 난롯불에는 아직도 희미한 불씨가 남아 있었다.

'혹시 알아, 서류가방에 넣어 뒀을지……'

불행히도, 아니었다. 대마초는 제자리에, 그러니까 두 사람이 지난밤 마라톤 섹스를 개시하기 전에 먹었던 브리 치즈 바로 옆자리에 그대로 남아 있었다.

서스턴이 대마초 봉지를 향해 달려가는 사이에 문 두드리는 소리가 들려왔다. 아니, 문을 때려 부수는 소리였다.

"잠깐만요!"

소리치는 서스턴의 목소리는 정신이 나간 사람처럼 환했다. 시트로 몸을 가린 캐럴린이 침실 문간에 서 있었지만 서스턴은 알아차리지도 못했다. 간밤에 즐긴 약의 후유증이 채 가시지 않은 머릿속에 두서없는 생각들이 불쑥불쑥 떠올랐다. 종신 교수직 박탈, 『1984』에 나오는 사상경찰, 종신 교수직 박탈, (전처 둘에게서 얻은) 세 아이한테서 받을 경멸, 그리고 물론, 종신 교수직 박탈.

"잠깐만요, 잠깐만, 옷 좀 입고 금방……."

그러나 문은 활짝 열렸고, 젊은 사내 둘이 성큼성큼 걸어 들어왔다. 헌법에 보장된 권리를 최소한 아홉 가지는 무시하는 짓이었다. 한 명은 확성기를 들고 있었다. 둘 다 청바지에 파란 셔츠 차림이었다. 청바지는 일상복이었지만 셔츠에는 견장과 배지가 붙어 있었다.

'뭐 배지 같은 거야 없어도 되는데.' 서스턴은 멍한 정신으로 생각했다.

캐럴린이 꽥 소리를 질렀다.

"당장 나가요!"

"저것 좀 봐, 주니어. 이거 완전히 『해리가 샐리를 만났을 때』 포르노판이야."

프랭크 드레셉스가 말하는 사이에 서스턴은 대마초 봉지를 슬쩍 집어 등 뒤로 감춘 다음, 설거지대 안에 떨어뜨렸다.

그러는 동안 주니어는 스르륵 드러난 서스턴의 물건을 내내 보고 있었다.

"야, 저렇게 가늘고 긴 좆은 진짜 처음 본다."

이렇게 말하는 주니어는 피곤해 보였고, 실제로도 피곤했다. 겨우 두 시간밖에 못 잤기 때문이었다. 그러나 기분만은 날아갈 것처럼 가뿐하고 뿌듯했다. 두통은 일어날 기미조차 보이지 않았다.

주니어는 이 일이 적성에 맞았다.

"나가라니까요!"

캐럴린이 외치자 프랭크가 대꾸했다.

"입 다무는 게 좋아, 아가씨. 그리고 뭐라도 좀 걸쳐. 마을 이쪽 주민들은 다 대피하는 중이니까."

"여긴 우리 집이에요! 그러니까 당장 나가요!"

프랭크는 내내 싱글싱글 웃고 있었다. 그런데 이제 그 미소가 사라졌다. 프랭크는 설거지대 앞에 나체로 서 있는(설거지대를 '짚고' 서 있다고 해야 더 어울릴 법한) 말라깽이 노인을 지나 성큼성큼 걸어가서 캐럴린의 어깨를 붙들었다. 그러고는 홱 흔들었다.

"멋대로 나불거리지 마, 아가씨. 난 아가씨 궁둥이가 홀라당 안 타게 구해주려고 이러는 거야. 아가씨랑 아가씨 남자 친구랑……"

"내 몸에 손대지 마! 너 감방에 처넣어 버릴 거야! 우리 아빠 변호사야!"

캐럴린이 프랭크의 뺨을 치려고 버둥거렸다. 프랭크는 아침형 인간이었던 적이 한 번도 없었지만 용케 정신을 차리고 캐럴린의 손을 잡아 뒤로 꺾었다. 그리 세게 꺾지 않았는데도 캐럴린은 비명을 질렀다. 침대 시트가 바닥으로 스르륵 떨어졌다.

"오오! 몸매 아주 죽이는데."

주니어는 입을 헤 벌린 채 서 있는 서스턴에게 다가갔다.

"어이 영감, 저렇게 젊은 애가 감당이 돼?"

"어서 옷 입어, 둘 다. 맥들이 얼마나 멍청한진 모르겠는데 아직까지 여기서 삐대고 있는 걸 보니까 상당히 덜떨어진 것 같아. 도대체가 말이야 아직도……."

프랭크가 말을 하다 말고 입을 다물었다. 뒤이어 여자의 얼굴과 남자의 얼굴을 번갈아 쳐다보았다. 둘 다 겁에 질린 표정이었다. 똑같이 어안이 벙벙한 표정이었다.

"주니어!"

"왜?"

"이 왕가슴 언니랑 주름 대장은 아무것도 모르나 봐."

"그딴 식으로 부르지 마, 이 성차별주의자야!"

주니어는 두 손을 들어 캐럴린의 말을 막았다.

"부인, 옷 입으세요. 여기서 나가야 돼요. 공군이 마을 이쪽 방면에 순항 미사일을 발사할 예정인데, 앞으로 한……." 주니어는 시계를 내려다보았다. "……다섯 시간 조금 안 남았네요."

"지금 제정신이에요?" 캐럴린이 소리쳤다.

주니어는 한숨을 내쉬고 캐럴린 앞으로 다가섰다. 이제 경찰의 업무를 전반적으로 더 잘 이해할 수 있을 것만 같았다. 멋진 일이었지만, 이렇게 덜 떨어진 것들을 상대할 때도 있었다.

"미사일이 관통을 못하고 터지면 엄청 시끄러울 거야. 그럼 넌 놀라서 바지에 똥을 지릴 거다, 물론 바지를 입고 있을 때 얘기지만. 그래도 다치진 않겠지. 하지만 미사일이 관통하면 넌 잘해 봐야 숯불구이 신세라고. 왜냐면 미사일은 엄청 큰데 이 집에서 탄착 지점인가 뭔가까지는 3킬로미터도 안 되거든."

"뭘 관통 못한다는 거냐, 얼간아?"

서스턴이 물었다. 대마초 봉지는 설거지대 안에 있었고, 서스턴은 이제 한 손으로 자기 물건을 가리……려고 노력했다. 그 물건은 주니어 말마따나 참으로 길고 가느다랬다.

"뭐긴 뭐야, 돔이지. 그리고 당신 입조심해."

대답을 마친 프랭크가 앞으로 한 걸음 획 내딛더니 《플라우셰어스》 최신호 객원 편집위원의 배에 주먹을 날렸다. 서스턴은 거친 숨소리를 토하며 푹 고꾸라졌고, 휘청거리다가, 간신히 버티는가 싶더니, 바닥에 무릎을 꿇었다. 서스턴이 토해 놓은 찻잔 한 개 분량의 하얀 반죽에서는 전날 밤에 먹은 브리 치즈 냄새가 풍겼다.

캐럴린은 부어오른 손목을 높이 쳐들었다.

"너희들 감옥에 처박아 버릴 거야."

주니어에게 다짐하는 캐럴린의 목소리는 나지막했고, 덜덜 떨렸다.

"부시랑 체니 시대는 옛날에 끝났어. 여긴 이제 북한 합중국이 아니야."

"알아."

주니어의 목소리는 사람 목 조르는 것쯤 대수롭잖게 여기는 괴물치고는 감탄스러울 만큼 차분했다. 주니어의 뇌 속에는 독니를 지닌 도마뱀이 살고 있었고, 그 도마뱀이 생각하기에 사람 목 조르기는 하루를 상쾌하게 시작하는 방법 가운데 하나일 뿐이었다.

하지만 그럴 수는 없었다. 안 될 말이었다. 주니어는 자신이 맡은 대피 작업을 완수해야만 했다. 임무를 다하겠다고 선서인지 뭔지를 했기 때문이었다.

"나도 안다고." 주니어가 같은 말을 되풀이했다. "근데 너희 두 건방진 매사추세츠 연놈들이 모르는 게 있어. 너희가 있는 여기가 미합중국이 아니라는 거지. 여긴 이제 체스터스 왕국이야. 내가 장담하는데 고분고분 굴지 않으면 체스터스 지하 감옥에 처박히게 될 거다. 전화, 변호사, 정당한 법 절차, 다 엿이나 먹으라고 해. 우린 지금 너희 목숨을 구하려는 거야. 그것도 못 알아먹을 만큼 돌대가리냐?"

캐럴린은 주니어를 쏘아보다가 흠칫 놀랐다. 서스턴은 일어서려고 기를 쓰다가 힘에 부친 나머지 캐럴린 쪽으로 엉금엉금 기어갔다. 프랭크가 엉덩이를 걷어차는 방식으로 서스턴을 도와주었다. 서스턴은 놀라고 또 아파서 울부짖었다.

"시간 낭비하게 만든 벌이야, 영감. 여자 고르는 취향은 나도 인정해 주겠어. 근데 우린 갈 길이 멀어."

주니어는 젊은 여자를 가만히 응시했다. 입술이 멋졌다. 앤젤리나 졸리만큼이나 멋졌다. 흔히 말하는 '쇠말뚝도 빨아 녹여 버릴' 입술이었다.

"영감 혼자서 옷을 못 입으면 네가 도와줘. 우리가 점검할 집

이 네 군데 더 있어. 다 확인하고 돌아오기 전에 너흰 저 볼보를
타고 마을로 가는 게 좋을 거야."

"뭐가 어떻게 된 건지 하나도 모르겠단 말이에요!" 캐럴린이
울부짖듯이 외쳤다.

"하긴, 그럴 만도 하지."

프랭크가 설거지대 안에 있던 대마초 봉지를 집어 들었다.

"이런 거 피우면 머리 나빠지는 거 몰랐어?"

캐럴린은 울음을 터뜨렸다.

"걱정 마, 이건 내가 압수할게. 넌 한 이삼 일만 지나면 '뿅' 하
고 다시 똑똑해질 거야."

"미란다 원칙도 안 지켰으면서." 캐럴린이 훌쩍거렸다.

주니어는 흠칫 놀란 듯했지만 이내 껄껄 웃었다.

"넌 아가리를 꽉 다물고 이 집에서 당장 나갈 권리가 있어, 됐
어? 지금 너한테 있는 권리는 그게 다야. 알아 처먹었어?"

프랭크는 압수한 대마초를 이리저리 살펴보았다.

"주니어, 이거 씨가 거의 안 섞였는데. 진짜 최고급이야."

서스턴은 엉금엉금 기어서 캐럴린 앞에 도착했다. 똑바로 일어
서는 와중에 요란한 방귀 소리가 울려 퍼졌다. 주니어와 프랭크는
서로를 마주보았다. 어찌되었든 둘 다 법 집행관 신분이었으니 꾹
참으려고 했지만, 참을 수가 없었다. 둘은 동시에 자지러지게 웃
음을 터뜨렸다.

"이 영감 트롬본 부는 실력이 아주 죽이는데!"

프랭크가 외쳤다. 두 친구는 손바닥을 마주쳤다.

서스턴과 캐럴린은 침실 문간에 우두커니 서서, 서로 꼭 끌어

안고 상대의 치부를 가려주면서, 박장대소하는 침입자들을 멍하니 바라보았다. 집 뒤에서는 악몽 속의 목소리 같은 확성기 소리가 이 지역에 대피 경고를 발령한다고 소리쳤다. 이제 그 확성기 소리도 대부분 화냥년길 쪽으로 멀어져 가는 중이었다.

"다시 들렀는데 차가 그대로 있으면 둘 다 죽을 줄 알아."

주니어의 말을 끝으로 두 경관은 자리를 떴다. 캐럴린은 자기 옷을 걸친 다음 서스턴을 도와주었다. 아까 얻어맞은 배가 허리를 굽혀 신발도 못 신을 만큼 아팠기 때문이었다. 옷을 다 챙겨 입고 보니 두 사람 다 울고 있었다. 차를 타고 야영장 길을 내려와 화냥년길로 향하는 동안 캐럴린은 휴대전화로 아버지에게 연락을 취했다. 전화기에서는 아무 소리도 들리지 않았다.

화냥년길과 119번 국도 교차점에 도착해 보니 마을 경찰차가 도로를 가로막고 서 있었다. 빨강머리에 몸집이 통통한 여성 경관이 비포장 갓길을 가리키며 그쪽으로 돌아서 가라고 손짓했다. 캐럴린은 돌아서 지나가는 대신 차를 세우고 내렸다. 캐럴린이 통통 부은 손목을 경관에게 내보였다.

"경관님, 저 폭행당했어요! 두 명이었는데 자기들이 경찰이래요! 한 명은 이름이 주니어고 다른 한 명은 프랭크예요! 그놈들이……."

"당장 안 꺼지면 나한테 폭행당하는 수가 있어. 농담 아니야, 아가씨."

조지아 루가 말했다. 캐럴린은 조지아를 멍하니 바라보다가 더럭 겁이 났다. 잠든 사이에 온 세상이 뒤집혀서 「환상특급」의 무대로 바뀌고 말았다. 틀림없이 그래야만 했다. 그렇지 않고서는 손톱만큼도 설명할 수 없었다. 「환상특급」의 시작을 알리는 로드 설링의 목소리가 금방이라도 들릴 것만 같았다.

캐럴린은 볼보의 운전석에 다시 올라탄 다음 경찰차 옆을 돌아 지나갔다(볼보 범퍼에 붙은 스티커는 빛이 바랬지만 뭐라고 적혔는지 알아볼 수는 있었다. '2012년에도 오바마를! 우리는 할 수 있습니다 한 번 더!'). 나이가 더 많은 경관 한 명이 차 안에 앉아 클립보드의 명단에 표시를 했다. 캐럴린은 그 경관에게 이야기를 해볼까 하다가 마음을 돌렸다.

"라디오 켜 봐요. 진짜로 무슨 일이 터진 건지 봐야겠어요."

서스턴이 라디오를 틀었지만 나오는 것은 엘비스 프레슬리의 노래와 성가대가 부르는 「주 하나님 지으신 모든 세계」뿐이었다.

캐럴린은 라디오를 끄고 '이건 완전히 악몽이잖아.'라고 말하려다가 생각을 바꿨다. 그저 이 괴상한 마을에서 벗어나고 싶은 마음뿐이었다.

2

지도에서 본 체스터 연못 야영장 길은 고리 모양으로 휘어져 있었고, 실처럼 가느다래서 거의 알아보기도 힘들었다. 서스턴의 통나무집을 나선 주니어와 프랭크는 도요타 트럭에 나란히 앉아 잠시 지도를 들여다보았다.

"저 아래쪽엔 아무도 안 가. 특히 이맘때는. 어떡할래, 모른 척하고 마을로 돌아가?"

프랭크는 서스턴의 통나무집을 엄지손가락으로 가리켰다.

"저것들은 알아서 갈 거야. 제깟 것들이 안 가면 또 어쩔 거야, 누가 알기나 해?"

주니어는 그 말을 잠시 곱씹어보다가 이내 고개를 저었다. 그들은 경찰 선서를 한 몸이었다. 게다가 마을로 돌아가서 코긴스 목사의 시체를 어떻게 했느냐고 캐물을 아버지한테 들볶이고 싶은 마음도 없었다. 코긴스는 지금 매케인네 식료품 창고에서 주니어의 여자 친구들과 사이좋게 쉬고 있었지만, 아버지한테 그것까지 털어놓을 필요는 없었다. 적어도 아버지가 바버라한테 죄를 뒤집어씌울 방법을 찾기 전까지는, 안 될 말이었다. 주니어는 아버지가 방법을 찾으리라고 믿었다. 빅 짐 레니한테 특기가 있다면 오로지 하나뿐, 남한테 뒤집어씌우기였다.

'이제 내가 학교를 그만둔 걸 아버지가 안대도 상관없어.' 주니어는 속으로 생각했다. '난 그보다 더한 비밀도 아니까. 훨씬 더 지독한 비밀.'

퇴학은 이제 대수로운 일도 아니었다. 체스터스밀에서 일어나는 일에 비하면 사소한 변화에 지나지 않았다. 그러나 어찌되었든 간에, 주니어는 조심해야만 했다. 아버지가 아들인 '자신'에게 뒤집어씌우지 않도록 조심해야 했다. 아버지는 상황이 여의치 않으면 그러고도 남을 사람이었다.

"주니어? 주니어 나와라, 오버."

"말해." 주니어는 살짝 언짢은 눈치였다.

"마을로 돌아가?"

"다른 집도 돌아보자. 어차피 500미터도 안 되잖아. 또 마을에 돌아가면 랜돌프가 다른 일을 시킬지도 모르고."

"가서 배 좀 채우는 것도 나쁠 것 없잖아."

"어디서? 들장미 식당에서? 데일 바버라가 스크램블드에그에 쥐약이라도 타 주면 좋겠냐?"

"그 정도로 배짱 있는 자식은 아닐걸."

"확실해?"

"알았어, 알았다고."

프랭크는 차에 시동을 걸고 후진하여 짤막한 진입로를 빠져나갔다. 나무에 매달린 색색의 단풍잎은 미동도 하지 않았고, 공기는 후텁지근했다. 10월이 아니라 7월 같았다.

"어쨌든, 저 매사추세츠 연놈들은 우리가 돌아오기 전에 썩 꺼지는 게 좋을걸. 안 그랬다가는 왕가슴 언니한테 내 철모 쓴 소시지 맛을 보여 주는 수가 있어."

"언니 팔은 내가 기꺼이 붙잡아 주지." 주니어가 대꾸했다. "뻑적지근하게 해 봐, 자식아."

3

처음 세 집은 한눈에 봐도 비어 있었다. 둘은 굳이 차에서 내리려고도 하지 않았다. 야영장 길은 어느덧 바퀴 자국 두 줄로 바뀌었고 그 사이의 둔덕에는 풀이 돋아 있었다. 양편에 늘어선 나무들이 길 위에 가지를 드리웠고, 나지막한 가지는 차 지붕을 훑을 정도로 축 늘어졌다.

"주니어, 저 모퉁이를 돌면 마지막 집이야. 조각배 선착장이 있는 데서 길이 끝날……."

"조심해!" 주니어가 외쳤다.

막다른 모퉁이를 돌고 보니 아이 둘이 길 위에 서 있었다. 사내아이 한 명과 여자아이 한 명이었다. 아이들은 차를 보고도 꼼짝도 하지 않았다. 놀라서 멍해진 표정이었다. 프랭크가 길 한복판의 둔덕에 차 머플러가 쓸릴까 봐 거북이걸음으로 운전하지 않았다면 아이들을 치었을지도 모를 일이었다. 브레이크를 밟자 아이들 반 미터 앞에서 차가 멈추었다.

"으아, 간신히 멈췄네. 주니어, 나 심장마비 온 것 같은데."

"우리 아버지도 멀쩡한데 네가 그러겠냐."

"응?"

"아무것도 아냐."

주니어는 차에서 내렸다. 아이들은 아직도 그 자리에 우두커니 서 있었다. 여자아이 쪽이 키도 크고 나이도 더 들어 보였다. 한 아홉 살 정도. 사내아이는 다섯 살쯤으로 보였다. 둘의 얼굴은 창백하고 지저분했다. 여자아이가 사내아이의 손을 쥐고 있었다. 여자아이는 주니어를 올려다보았지만 사내아이는 도요타 트럭의 운전석 앞 전조등에 흥미로운 것이라도 있는 양 앞만 똑바로 보고 있었다.

주니어는 여자아이의 표정에 깃든 두려움을 보고 아이 앞에 한쪽 무릎을 굽히고 앉았다.

"얘, 너 괜찮니?"

대답은 사내아이한테서 돌아왔다. 아이는 전조등을 가만히 쳐다보면서 말했다.

"나 엄마 보고 싶어요. 아침밥 먹고 싶어요."

"그래? 꿈에서 본 건 아니고?"

프랭크가 아이를 떠 보았다. '농담이야, 별 거 아냐' 하는 식의 목소리였다. 프랭크는 손을 뻗어 여자아이의 팔을 건드렸다.

아이는 흠칫 놀라더니 프랭크를 쳐다보았다.

"엄마가 안 돌아와요." 기어 들어가는 목소리였다.

"너 이름이 뭐니? 엄마 이름은?" 주니어가 물었다.

"전 앨리스 레이철 애플턴이에요. 앤 에이든 패트릭 애플턴이고요. 우리 엄만 베라 애플턴이에요. 아빤 에드워드 애플턴인데, 엄마랑 이혼하고 지금은 텍사스 주 플라노에 살아요. 우리 집은 매사추세츠 주 웨스턴 시 오크웨이 16번지예요. 집 전화번호는······."

번호를 외는 앨리스의 목소리는 녹음된 안내 음성처럼 기계적이고 정확했다.

'젠장. 매사추세츠 출신들이 왜 이렇게 많아.' 주니어는 속으로 생각했다. 하지만 그럴 만도 했다. 나무에서 떨어지는 나뭇잎을 구경하려고 기름값을 날리며 여기까지 기어올 인간이 매사추세츠 것들 말고 또 있을까?

이제 프랭크도 무릎을 굽히고 앉았다.

"앨리스, 내 말 잘 들어. 엄마 어디 가셨니?"

"몰라요."

유리 방울만 한 눈물이 앨리스의 볼을 타고 흘러내렸다.

"우린 단풍 구경하러 왔어요. 카약도 타고요. 우리 둘 다 카약 좋아하거든요. 그치, 에이든?"

"나 배고파."

에이든이 애처롭게 대답하고는 덩달아 울기 시작했다.

아이들의 이런 모습을 보고 있노라니 주니어도 울고 싶은 심정이었다. 그러다가 자신이 경찰이라는 생각이 떠올랐다. 경찰은 눈물을 보이지 않는 법이었다. 적어도 근무 중에는. 주니어는 여자아이에게 엄마가 어디 있느냐고 한 번 더 물었지만, 대답은 사내아이 쪽에서 돌아왔다.

"엄마는 우왕 파이 사러 갔어요."

"우피 파이 말하는 거예요, 초코 케이크 사이에 마시멜로 들어 있는 거요. 다른 것도 같이 사 올 거예요. 킬리언 아저씨가 별장 관리하겠다고 약속해 놓고 안 했거든요. 엄마가 요더스 슈퍼마켓에 금방 갔다 온다고, 난 이제 다 컸으니까 에이든 잘 보고 있으랬어요. 에이든이 연못가에 못 가게 잘 보라고 했어요."

주니어는 어찌된 사연인지 추측해 보았다. 아이들 엄마는 분명히 통나무집에 식료품이 가득할 것이라고, 최소한 양념 정도는 있으리라고 추측했으리라. 그러나 만약 로저 킬리언이 어떤 사람인지 잘 알았다면 그를 믿을 생각 따위는 안 했을 것이다. 로저는 바보 중에서도 초특급 바보였고, 자신의 덜 떨어진 지능을 아이들한테까지 빠짐없이 물려준 위인이었다. 요더스 슈퍼마켓은 타커 스밀스 경계 바로 건너편에 자리 잡은 지저분한 구멍가게였고 전문 품목은 맥주와 커피맛 브랜디, 깡통에 든 스파게티 소스였다. 평소 같으면 40분 만에 충분히 다녀올 거리였다. 그러나 아이들 엄마는 돌아오지 않았고, 주니어는 그 이유를 알았다.

"엄마가 토요일 아침에 가셨니? 그랬구나. 맞지?"

"엄마 보고 싶어요!" 에이든이 빽 소리를 질렀다. "아침밥 먹고 싶어요! 배고파요!"

"예." 앨리스가 대답했다. "토요일 아침에 가셨어요. 우린 텔레비전에서 하는 만화영화를 보고 있었는데, 지금은 아무것도 안 나와요. 전기가 나갔거든요."

주니어와 프랭크는 서로를 마주보았다. 어둠 속에서 이틀이나 버려져 있었다니. 여자아이는 아홉 살, 남자아이는 다섯 살쯤으로 보였다. 주니어는 더 이상 상상하고 싶지 않았다.

"뭐 좀 먹었니? 혹시 아무것도 못 먹었어?"

주니어가 앨리스에게 물었다. 앨리스는 기어 들어가는 목소리로 대답했다.

"냉장고 채소 칸에 양파가 한 개 있었어요. 에이든이랑 같이 반쪽씩 나눠 먹었어요. 설탕을 뿌려서요."

"저런, 씨발." 프랭크가 불쑥 내뱉었다. "아냐, 나 아무 말도 안 했다. 너도 아무 말 못 들은 거야. 잠깐만 있어 봐."

프랭크는 차로 돌아가서 조수석 문을 열고 사물함을 뒤지기 시작했다.

"앨리스, 너 어디 가는 길이었니?" 주니어가 물었다.

"마을에요. 엄마도 찾고, 또 먹을 게 있나 보려고요. 요 다음 야영장 지나서 숲 속 지름길로 가려고 했어요. 저쪽으로 가면 빠를 것 같아서요."

앨리스는 북쪽을 막연히 가리켰다. 주니어는 앨리스를 보며 싱 긋 웃었지만 속으로는 가슴이 철렁했다. 앨리스가 가리킨 방향은 체스터스밀이 아니라 TR90 행정 미편입 지대 쪽이었다. 그곳에는 수 킬로미터나 이어진 이차림과 푹 꺼진 늪지대뿐이었다. 물론, 돔 은 말할 것도 없었다. 거기로 갔더라면 앨리스와 에이든은 십중팔 구 굶어죽고 말았으리라. 행복한 결말만 빼면 완전히 핸젤과 그레 텔 이야기였다.

'우리가 한발만 늦었어도 끝장이었단 거잖아. 맙소사.'

프랭크가 돌아왔다. 손에 초코바를 한 개 들고 있었다. 오래되 어 짓뭉개졌지만 그래도 포장지를 안 뜯은 새것이었다. 초코바를 뚫어지게 바라보는 아이들의 눈을 보며 주니어는 언젠가 뉴스에 서 본 외국 아이들의 표정이 떠올랐다. 그런 표정을 미국 아이들 의 얼굴에서 보다니, 현실 같지가 않았다. 소름이 끼쳤다.

"찾아 봤는데 이거밖에 없더라." 프랭크가 초코바 포장지를 벗 기며 말했다. "마을에 가서 더 맛있는 거 먹자."

프랭크는 초코바를 둘로 잘라서 아이들에게 한 쪽씩 나누어 주었다. 초코바는 5초 만에 사라졌다. 에이든은 자기 몫을 해치우 고 나서 손가락을 뿌리까지 쪽쪽 빨아 댔다. 손가락을 빨 때마다 양 볼이 홀쭉하게 들어갔다.

'뼈다귀를 빠는 강아지 같구나.'

주니어는 속으로 생각하다가 프랭크 쪽을 돌아보았다.

"마을까지 갈 것도 없어. 아까 그 영감하고 계집애가 있던 집에 들르자. 뭐가 있든 간에 일단 얘들한테 먹이고 봐야겠어."

프랭크는 고개를 끄덕이고 에이든을 들어서 팔에 안았다. 주니 어는 앨리스를 들어 안았다. 아이의 땀 냄새가, 두려움의 냄새가 풍겼다. 주니어는 그 끈끈한 냄새를 떨쳐 버리려는 듯이 아이의 머리를 쓰다듬어 주었다.

"괜찮아, 너랑 동생이랑 둘 다. 걱정 마. 이제 안전해."

"약속하는 거죠?"

"그럼."

아이는 두 팔로 주니어의 목을 끌어안았다. 주니어의 삶에서 가장 뿌듯한 순간들 가운데 하나였다.

4

체스터스밀 서쪽 방면은 원래부터 마을에서 인구 밀도가 가장 낮은 곳이었고, 이날 아침 9시 15분경에는 아예 텅 비다시피 했다. 화냥년길에 남은 순찰차는 2호차 한 대뿐이었다. 운전자는 재키 웨팅턴이었고 조수석에는 린다 에버렛이 앉아 있었다. 구식 시골 경찰이었던 퍼킨스 서장이라면 여성 경관 둘을 한 차에 태워 보내지 않았을 테지만, 퍼킨스 서장은 이미 자리를 떠났고 두 경관은 이 기회를 즐기는 중이었다. 남성 경관, 특히 쉬지도 않고 음담패설을 지껄이는 남성 경관은 짜증스러울 뿐이었다.

"그만 갈까? 들장미 식당은 문을 닫았을 테지만, 사정하면 커피 한 잔쯤은 마실 수 있을 거야."

재키가 물었지만 린다는 대답하지 않았다. 린다는 돔이 화냥년 길을 가로지른 지점에 대해 생각하는 중이었다. 앞서 그곳에 갔을 때 린다는 영 마음이 불편했다. 보초들이 여전히 등을 돌린 채 서 있기 때문만은 아니었다. 이쪽에서 확성기로 아침 인사를 했건만 꿈쩍도 안 했기 때문도 아니었다. 돔 표면에 빨간 스프레이 페인트로 거대한 X 표시가 그려져 있었기 때문이었다. 허공에 떠 있는 그 표시는 꼭 에스에프 영화에 나오는 홀로그램 같았다. 다름 아닌 예상 탄착 지점이었다. 삼사백 킬로미터나 떨어진 곳에서 발사한 미사일이 그토록 작은 표시에 명중할 수 있다니 불가능한 이야기 같았지만, 러스티는 가능하다고 확신시켜 주었다.

"린다?"

린다는 재키가 부르는 소리를 듣고 정신을 차렸다.

"그래, 가고 싶으면 가자."

무전기에서 지지직거리는 소리가 들렸다.

"2호차, 2호차 나와라, 오버."

린다는 무전기에 걸린 마이크를 집어 들었다.

"본부, 2호차다. 자기 목소리 들려, 스테이시. 근데 이 근방은 감도가 좀 안 좋은 것 같아, 오버."

"다들 똑같이 얘기하던데. 돔 가까이 가면 더 안 들린대요, 마을 쪽으로 오는 게 낫겠어요. 근데 아직 화냥년길 맞죠, 오버?"

"그래. 방금 킬리언네 집이랑 부셔네 집에 들렀어. 두 집 다 대피했고. 미사일이 뚫고 들어오면 로저 킬리언네 닭들은 죄다 통닭 신세야, 오버."

"다 같이 통닭 파티나 하러 가죠. 피터가 할 말이 있대요. 아니, 랜돌프 서장님 말이에요. 오버."

재키가 순찰차를 길가에 세웠다. 잠시 치직거리는 잡음이 이어지다가 랜돌프의 목소리가 나왔다. 랜돌프는 교신 중에 '오버'라는 말을 한 적이 없었다. 한 번도.

"2호차, 교회도 확인해 봤나?"

"구주 그리스도 교회 말씀인가요, 오버?"

"내가 아는 한 그 부근에 교회는 거기뿐이야, 에버렛 경관. 간밤에 힌두교 모스크가 뚝딱 세워졌다면 모를까."

린다가 생각하기에 힌두교도가 예배를 드리는 곳은 모스크가 아니었지만, 지금은 그런 것을 바로잡아 주기에 적당한 때가 아닌 듯싶었다. 랜돌프의 목소리는 피곤에 절어 퉁명스러웠다.

"교회는 저희 구역이 아닌데요. 그쪽은 신임 경관 둘이 맡았어요. 아마 티보도하고 셜스일 거예요, 오버."

"다시 확인해 봐." 랜돌프의 목소리는 전에 없이 짜증스러웠다. "코긴스를 본 사람이 아무도 없어. 교구민인가 뭔가 하는 인간들 두어 명이 지금 그 양반을 못 만나서 안달이야."

재키는 관자놀이에 손가락을 대고 소리 없이 총 쏘는 시늉을 했다. 어서 마르타 에드먼즈의 집에 가서 아이들을 챙기고 싶었던 린다는 고개만 끄덕였다.

"알겠습니다, 서장님. 그렇게 할게요. 오버."

"목사관도 한번 들여다봐." 잠시 침묵. "그리고 라디오 방송국도. 망할 놈의 방송이 계속 시끄럽게 구는 걸 보면 틀림없이 거기 누가 있을 거야."

"그럴게요."

린다는 '이상, 오버.'라고 말하려다가 다른 생각이 떠올랐다.

"서장님, 텔레비전에 새로 나온 뉴스 없나요? 대통령이 아무 얘기 안 하던가요? 오버?"

"그 멍청한 양반 주둥이에서 무슨 소리가 나오는지 일일이 신경 쓸 시간 없어. 당장 교회에 가서 목사한테 이리 기어오라고 해. 자네들도 같이. 이상."

린다는 마이크를 무전기에 걸어두고 재키를 돌아보았다.

"기어오라고 한 거야, 방금? 우리도 같이?" 재키가 물었다.

"벌벌 기는 게 랜돌프 특기잖아." 린다가 대답했다.

웃자고 한 얘기였지만 분위기는 싸늘하기만 했다. 두 사람은 시동을 켜 둔 차 안에 우두커니 앉아 잠시 동안 아무 말도 하지 않았다. 그러다가 재키가 거의 들리지도 않을 만큼 작은 소리로 중얼거렸다.

"아주 개판이야, 진짜."

"퍼킨스 서장님 대신 랜돌프가 나대는 거 말이야?"

"그래, 그리고 신참 경관들도." 재키는 '경관'을 힘주어 발음했다. "경관이 아니라 애들이지. 그거 알아? 아까 출근하는데 헨리 모리슨이 나한테 그러는 거야. 랜돌프가 오늘 아침에 신참 둘을 더 뽑았다고. 카터 티보도가 길에서 데려온 애들인데, 랜돌프가 묻지도 따지지도 않고 그냥 채용했대."

린다는 티보도가 술집이나 주유소에서 함께 노는 부류가 어떤 인간들인지 잘 알았다. 사채를 빌려서 오토바이를 사고 주유소 차고에 모여 개조하는 인간들이었다.

"둘이나 더 뽑았어? 왜?"

"랜돌프 말이, 미사일이 불발로 끝나면 사람이 더 필요할 거래. '통제 불능 상태가 일어나지 않게' 말이야. 누가 그딴 생각을 랜돌프 머리에 집어넣었는지는 얘기 안 해도 알지?"

물론, 린다는 잘 알았다.

"그래도 총만 안 차면 괜찮겠지, 뭐."

"두어 명은 갖고 다녀. 서에서 지급한 게 아니라 자기들 총이야. 만약 오늘 다 해결이 안 나면, 내일부턴 전원이 총을 휴대할 거야. 게다가 랜돌프는 오늘 아침부로 진짜 경찰이랑 짝을 안 이루고 신참들끼리 순찰을 돌아도 된다고 허가해 줬어. 훈련 기간 참 길기도 해, 그치? 스물네 시간은 간신히 채웠나 몰라. 이제 신참 숫자가 우리보다 더 많은 거 알아?"

린다는 말없이 그 사실을 곱씹어 보았다.

"린다, 난 자꾸 게네가 히틀러 유겐트 같단 생각이 들어. 내가 너무 예민하게 반응하는 건지도 모르지만, 정말이지 오늘 다 끝장을 보고 더 신경 안 썼으면 좋겠어."

"내가 보기엔 피터 랜돌프가 딱히 히틀러 같진 않은데."

"나도 그래. 비슷하기는 헤르만 괴링이랑 더 비슷하지. 히틀러를 닮은 건 짐 레니고."

재키는 순찰차의 변속 레버를 주행으로 옮기고 차를 반대편으로 돌린 다음, 구주 그리스도 교회를 향하여 출발했다.

5

교회는 텅 빈 채로 잠겨 있었고, 발전기도 돌아가지 않았다. 목사관 쪽도 조용했지만 작은 차고에는 코긴스 목사의 시보레 트럭이 주차되어 있었다. 린다가 차고 안을 들여다보니 범퍼에 붙은 스티커 두 개가 눈에 띄었다. 오른쪽 스티커의 문구는 이러했다.

오늘 휴거가 일어나면 누가 이 차 운전대를 좀 잡아 주시길! 왼쪽 스티커에는 뽐내듯이 이렇게 적혀 있었다. 내 10단 변속 자전거는 수리 중.

린다는 두 번째 스티커를 가리키며 재키에게 말했다.

"코긴스 목사한테 자전거가 있긴 해, 전에 타는 걸 내가 봤거든. 근네 차고에 없는 걸로 봐선 아마 자전거를 타고 마을에 갔나 봐. 기름을 아끼려고 그랬겠지."

"어쩌면. 그래도 목사관을 한번 들여다보는 게 좋겠어. 샤워하다가 미끄러져서 목이 부러졌을지도 모르니까."

"설마 코긴스 목사의 나체를 봐야 할지도 모른다는 말?"

"경찰이 폼 나는 일만 한다고 누가 그래? 얼른 따라와."

목사관은 문이 잠겨 있었지만, 계절에 따라 들고나는 사람이 많은 마을의 경찰들은 문 따기에 능한 법이었다. 두 경관은 비상 열쇠 보관 장소를 확인해 보았다. 주방 창가리개 뒤의 고리에 걸린 열쇠를 찾은 사람은 재키였다. 열쇠는 뒷문 자물쇠에 들어맞았다.

"코긴스 목사님?" 린다가 고개를 들이밀고 목사를 불렀다. "경찰이에요. 코긴스 목사님, 안에 계세요?"

대답이 없었다. 두 경관은 집 안으로 들어섰다. 깔끔하게 정리된 1층을 보고도 린다는 왠지 마음 한구석이 불편했다. 린다는 단지 남의 집에 들어와서 그런 것뿐이라고 자신을 타일렀다. 종교인의 집에, 게다가 허락 없이 들어와서 그런 것이라고.

재키는 2층으로 올라갔다.

"코긴스 목사님? 경찰이에요. 댁에 계시면 말씀 좀 해 주세요."

린다는 계단 입구에 서서 위층을 올려다보았다. 어째서인지 집 안에 잘못된 느낌이 감돌았다. 그 느낌이 발작에 사로잡혔던 자넬을 떠올리게 했다. 자넬의 발작 역시 잘못된 것이기는 마찬가지였다. 기이한 확신이 린다의 마음을 파고들었다. 만일 자넬이 지금 여기에 있다면 다시금 발작을 일으킬 것만 같았다. 거기다 이상한 말까지 중얼거리기 시작할지도. 핼러윈이 어쩌고 왕호박이 어쩌고 하는.

평범하기 그지없는 계단이었지만 린다는 올라가고 싶지 않았다. 그저 재키가 2층이 비었다고 얘기해 주기만을, 그래서 라디오 방송국으로 갈 수 있기만을 바랐다. 그러나 동료가 올라와 보라고 불렀을 때, 린다는 그 말을 따랐다.

6

재키는 코긴스 목사의 침실 한복판에 서 있었다. 한쪽 벽에는 소박한 나무 십자가가, 다른 벽에는 조각판이 걸려 있었다. 조각판에 새겨진 문구는 이러했다. **주님은 늘 우리를 지켜 보시네.** 침대는 이불이 뒤집힌 채였다. 그 아래의 시트에 핏자국이 보였다.

"이건 또 뭐람. 이리 와 봐, 린다."

미적거리며, 린다는 재키가 가리킨 쪽으로 향했다. 침대와 벽 사이의 반질거리는 나무 바닥에 매듭을 묶은 밧줄이 떨어져 있었다. 밧줄은 피투성이였다.

"누가 목사를 때렸나 봐." 재키의 목소리는 으스스했다. "아마

기절할 정도로 세게 때렸을 거야. 그런 다음에 목사를 눕혀 놓고……."

재키가 말을 멈추고 린다를 돌아보았다. "그런 거 아닐까?"

"자긴 안 믿는 집에서 자랐나 보네."

"안 믿기는. 우리 집에서도 성삼위 정도는 믿었어. 산타클로스, 부활절 토끼, 이빨 요정. 그러는 자기는?"

"우리 집은 골수 침례교 집안이었어. 근데 이 비슷한 얘기는 들은 적이 있는 것 같아. 목사는 아마 자기 몸을 채찍질했을 거야."

"우웩! 자기 죄를 참회하려고 그러는 거지, 맞지?"

"맞아. 요즘도 그러는 사람들이 분명히 있을 거야."

"그럼 이것도 말이 되네. 어느 정도는. 린다, 화장실에 가서 변기 물통을 확인해 보자."

린다는 차마 발이 떨어지지 않았다. 매듭지은 밧줄만으로도 불길한 느낌이 들기에 충분했건만, 어쩐지 지나치게 텅 비었다 싶은 집 안의 느낌은 더더욱 끔찍했다.

"빨리 와. 뭐가 있든 간에 잡아먹히진 않을 거야. 아무려면 저 채찍보다 끔찍하겠어?"

재키의 말에 린다는 화장실로 들어섰다. 변기 물통 위에 놓인 잡지 두 권이 보였다. 한 권은 종교 관련 잡지인 《다락방》이었다. 다른 한 권의 제목은 《월간 동양인 영계들》이었다. 린다는 저런 잡지를 파는 기독교 전문 서점이 얼마나 될지 궁금했다.

"흠, 상황을 한번 재구성해 볼까? 그러니까 목사는 변기에 앉아서, 알버섯을 캐다가……."

"알버섯을 캐?"

린다는 긴장한 와중에도 킥킥 웃었다. 어쩌면 긴장했기 때문에 나온 웃음인지도 몰랐다.

"우리 엄마가 즐겨 쓰던 표현이야. 어쨌든, 목사는 알버섯을 다 캐고 나서 자기 죄를 정화하려고 적당히 채찍질 고행을 했고, 그 다음에는 잠자리에 들어서 동양인 영계가 나오는 행복한 꿈을 꿨을 거야. 오늘 아침에 눈을 떴을 땐 죄를 벗은 상쾌한 기분으로 아침 기도를 드렸을 테고, 그러고 나선 자전거를 타고 마을로 간 거지. 말이 돼?"

말이 되는 설명이었다. 다만 그 집이 그토록 잘못된 느낌이 드는 까닭을 설명하지는 못했다.

"재키, 방송국을 한번 들여다보는 게 좋겠어. 그다음에 마을로 돌아가서 커피를 마시는 거야. 내가 살게."

"좋아, 난 블랙으로 마실래. 기분 같아선 아예 카페인을 주사기로 맞고 싶지만."

7

나지막한 높이에 외벽이 대부분 유리로 된 WCIK 방송국 스튜디오는 목사관과 마찬가지로 잠긴 채였지만, 처마 아래에 달린 스피커에서는 유명한 소울 음악 가수 페리 코모가 부르는 「잘 자요 우리 예수님」이 흘러 나왔다. 스튜디오 건물 너머로 송신탑이 보였고 탑 꼭대기에서 깜박거리는 붉은 등은 강렬한 아침 햇살에 가려 간신히 알아볼 정도였다. 송신탑에서 지척에 있는 외양간 비슷한 건물을 보고 린다는 스튜디오를 돌리는 데 필요한 발전기와 기타 잡다한 물건들이 틀림없이 그 안에 있으리라고 짐작했다. 하나님의 사랑이 베푸는 기적을 메인 주 서부와 뉴햄프셔 주 동부, 어쩌면 더 나아가 수성과 화성에까지 알리기 위하여.

재키는 스튜디오 문을 콩콩 두드리다가 이내 쾅쾅 두들겼다.

"재키, 여긴 아무도 없는 것 같아."

말은 이렇게 했지만…… 린다가 보기에는 스튜디오 역시 왠지 수상한 구석이 있었다. 공기에서도 퀴퀴하고 텁텁한, 희한한 냄새가 났다. 그 냄새를 맡자 린다는 한참 환기를 해도 악취가 가시지 않던 부모님 댁 부엌이 떠올랐다. 골초인 데다 돼지기름을 듬뿍 두른 프라이팬에 바싹 구운 것이 아니면 입에 대지도 않던 어머니 때문이었다.

재키는 린다의 말에 고개를 저었다.

"인기척이 났잖아. 못 들었어?"

린다는 대답을 못하고 말문이 막혔다. 사실이기 때문이었다. 두 사람은 목사관에서 스튜디오까지 차를 타고 오는 동안 라디오 방송에 귀를 기울였고, '노래에 담긴 하나님의 사랑이 계속 이어집니다'라며 다음 노래를 소개하는 진행자의 부드러운 목소리도 들었다.

이번에는 열쇠를 찾는 데 시간이 좀 걸렸다. 그러나 재키는 우편함 바닥에 테이프로 붙여진 봉투 안에서 스튜디오 열쇠를 찾아냈다. 봉투 안에는 숫자 1693이 적힌 쪽지가 열쇠와 함께 들어 있었다.

열쇠는 복제한 것이었고 살짝 끈적거리기까지 했지만, 몇 번 덜

그럭거린 끝에 마침내 돌아갔다. 스튜디오에 들어서자마자 삑삑거리는 보안 장치 경고음이 들려왔다. 벽에 달린 숫자판이 보였다. 재키가 쪽지에 적힌 숫자를 누르자 경고음이 멈추었다. 이제 들리는 소리는 음악뿐이었다. 페리 코모의 노래는 끝나고 뭔지 모를 연주곡이 나오는 중이었다. 린다가 듣기에 그 연주곡은 아이언 버터플라이가 노래한 「인 어 가다 다 비다」의 오르간 독주 부분과 수상쩍을 정도로 비슷했다. 스튜디오 안의 스피커는 바깥에 걸린 것과 비교도 안 될 만큼 훌륭했고 음악 소리도 훨씬 컸다. 흡사 살아 있는 어떤 것 같았다.

'이렇게 답답해 터진 데서 일을 해?' 린다는 문득 궁금해졌다. '전화나 받을 수 있어? 일이 돼? 어떻게?'

이곳 역시 어쩐지 잘못된 느낌이 들었다. 린다는 확신했다. 그저 으스스한 정도가 아니었다. 스튜디오는 위험한 기운을 적나라하게 내뿜었다. 린다는 권총집의 단추를 이미 끌러 놓은 재키를 보고 똑같이 따라했다. 손에 쥔 총손잡이의 묵직한 느낌이 마음에 들었다. '곤봉하고 권총. 그것만 쥐면 마음이 놓여.' 린다는 속으로 생각했다.

"계세요?" 재키가 소리 높여 불렀다. "코긴스 목사님? 아무도 안 계세요?"

대답은 돌아오지 않았다. 안내 데스크는 텅 빈 채였다. 그 옆으로 닫힌 문 두 개가 보였다. 맞은편 앞은 응접실을 가로질러 죽이어진 유리창이었다. 창 너머에서 반짝이는 불빛이 린다의 눈에 띄었다. 린다가 보기에 그 안은 녹음실 같았다.

재키는 문간으로부터 멀찍이 서서 닫힌 문을 발로 밀어 열었다. 첫 번째 문 안쪽은 사무실이었다. 그다음은 거대한 평면 텔레비전을 필두로 놀랍도록 호화스럽게 꾸민 회의실이었다. 텔레비전은 켜진 채였지만 소리가 들리지 않았다. 화면에서는 거의 등신대로 보일 만큼 커다란 CNN 기자 앤더슨 쿠퍼가 캐슬록의 큰길에 서서 단독 보도를 하는 중이었다. 길가의 건물에 성조기와 노란 리본이 줄줄이 걸려 있었다. 철물점에 걸린 팻말 한 개가 린다의 눈에 띄었다. **그들에게 자유를.** 그 팻말을 보니 기분이 한층 더 으스스해졌다. 화면 아래로 자막이 흘러갔다. **국방부 소식통 '미사일 발사 임박' 발언.**

"린다, 왜 텔레비전이 켜져 있을까?"

"여길 지키던 사람이 켜 놓은 채로 나간 거……."

덜그럭거리는 소리가 린다의 말을 끊었다.

"방금 들으신 노래는 레이먼드 하월이 편곡한 「주 하나님 나를 이끄시네」였습니다."

두 여인은 놀라서 펄쩍 뛰었다.

"이어서 진행자인 저 노먼 드레이크가 여러분께 중요한 사실 세 가지를 알려 드리겠습니다. 여러분은 지금 WCIK 라디오에서 보내 드리는 「부활의 시간」을 듣고 계시고요, 하나님은 여러분을 사랑하시며, 또 당신의 아들을 보내시어 골고다 언덕의 십자가에서 죽게 하셨습니다. 지금 시각은 9시 25분이네요. 저희가 항상 일깨워 드리듯이, 시간은 짧습니다. 여러분은 주님께 마음을 바치셨습니까? 잠시 전하는 말씀 듣기로 하죠."

노먼 드레이크에 이어 등장한 장사꾼은 번드르르한 말솜씨로 신구약성서 전편이 담긴 디브이디를 사라고 꼬드겼다. 이 상품의 가장 큰 장점은 구매자가 일단 할부로 사서 본 다음에도 똥밭에 뒹구는 돼지처럼 행복해지지 않으면 전부 환불할 수 있다는 점이었다. 린다와 재키는 녹음실 창문 앞으로 다가가서 안을 들여다보았다. 노먼 드레이크도 말주변 좋은 장사꾼도 보이지 않았지만 광고가 끝나고 진행자가 다음 찬송가를 소개하자 녹색 등은 빨간색으로, 빨간색 등은 녹색으로 바뀌었다. 음악이 시작되자 또 다른 빨간색 등 한 개가 녹색으로 바뀌었다.

"자동이야! 린다, 전부 다 자동으로 돌아가!"

"근데 왜 누가 있는 것 같은 느낌이 들지? 자기도 느꼈잖아, 아니란 말은 꺼내지도 마."

재키는 린다의 말을 부정하지 않았다.

"왜냐면, 이상하잖아. 디제이가 시간까지 확인해 주니까. 린다, 이런 장비를 갖추려면 한두 푼 갖고는 어림도 없어! 저 귀신 들린 기계는…… 저게 언제까지 돌아갈 것 같아?"

"아마 프로판가스가 다 떨어져서 발전기가 멈출 때까진 돌아갈걸."

린다는 닫힌 문을 한 개 더 발견하고 재키가 그랬듯이 발로 밀어 보았는데…… 다만 재키와 달리 총을 뽑아 들고 문을 밀었다. 린다의 다리 옆에 안전장치를 채우고 총구를 아래로 향한 권총이 보였다.

문 안쪽은 화장실이었고, 텅 빈 채였다. 그래도 벽에는 전형적인 백인의 얼굴을 한 예수 그림이 걸려 있었다.

"내가 종교를 잘 몰라서 그러는데 설명 좀 해 줘. 예수님이 자기 볼일 보는 모습을 지켜봐 주길 원하는 사람들은 도대체 무슨 심리래?"

재키의 말에 린다는 난들 아냐는 듯이 고개를 저었다.

"나까지 종교를 저버리기 전에 나가자. 여긴 방송국이 아니라 무슨 표류하는 유령선 같아."

재키는 불안한 표정으로 주위를 둘러보았다.

"하긴, 내가 봐도 을씨년스럽긴 하네."

그러다가 느닷없이 소리를 질렀고, 린다는 놀라서 펄쩍 뛰었다. 린다는 재키에게 그러지 말라고 쏘아붙이고 싶었다. 누가 그 소리를 듣고 이리로 올지도 모르기 때문이었다. 아니면 사람이 아닌 무엇일지도.

"이봐요! 거기! 누구 있어요? 당장 나와요!"

아무것도 나오지 않았다. 아무도.

건물 바깥으로 나온 다음, 린다는 한숨을 쉬었다.

"나 있지, 고등학교 다닐 때 친구들이랑 바하버에 놀러갔다가 경치가 끝내주는 데서 소풍하려고 잠깐 멈춘 적이 있어. 한 대여섯 명 됐을 거야. 어찌나 맑던지, 바다 건너 아일랜드까지 보일 것 같은 날이었어. 싸 간 걸 다 먹고 나서 내가 사진을 찍자고 했어. 친구들은 깔깔거리고 까부는데 난 계속 뒷걸음질을 했지. 사진에 한 명도 안 빠지고 다 담으려고 말이야. 그러다가 한 친구가…… 이름이 아라벨라였어, 그때 나랑 제일 친한 친구였는데. 어쨌든 아라벨라가 옆에 있던 애 팬티를 바지 위로 끌어당기다 말고 갑자기 소리를 지르는 거야. '린다, 멈춰! 거기 서!' 그래서 난 그 자리에 멈춰 서서 뒤를 돌아봤어. 뭐가 보였을 것 같아?"

재키는 알 길이 없다는 듯이 고개를 저었다.

"대서양이었어. 소풍 장소 끄트머리에 있는 절벽까지 계속 뒷걸음질 친 거야. 경고판이 있긴 했지만 울타리나 가드레일 같은 건 아예 없었어. 한 발짝만 더 갔어도 떨어졌을걸. 그런데 지금 내 기분이 그때 기분하고 똑같아."

"린다, 아무도 없었잖아."

"내 생각은 달라. 또 내가 보기엔 자기도 마찬가지야."

"그래, 으스스하긴 했어. 그치만 방도 다 뒤져 봤고……."

"녹음실은 건너뛰었잖아. 또 텔레비전도 켜져 있고 음악 소리도 너무 컸어. 보통 때도 그 정도로 시끄럽게 틀어 놓을 것 같아? 그래?"

"교회 중독자들이 어떻게 사는지 내가 어떻게 알아? 혹시 드디어 휴가가 왔다고 생각한 건지도 모르잖아."

"휴'거'야."

"아무튼. 그럼 창고도 확인해 볼까?"

"꿈도 꾸지 마."

재키는 린다의 말에 피식 웃고 말았다.

"알았어. 목사는 못 봤다고 보고할게, 됐지?"

"그래."

"그만 마을로 돌아가자. 커피 잊으면 안 돼."

2호 순찰차 조수석에 오르기 전에, 린다는 지루한 음악 속에 웅크리고 있는 방송국 건물을 한 번 더 돌아보았다. 다른 소리는 전혀 들리지 않았다. 린다는 문득 깨달았다. 새소리가 한 번도 들리지 않았다. 다들 돔에 머리를 부딪쳐 자살했나 싶은 생각이 들었다. 물론 당치도 않은 생각이었지만…… 과연 그럴까?

재키가 무전기 마이크를 가리키며 농을 걸었다.

"무전기로 소리라도 한 번 질러볼까? 안에 숨어 있는 사람은 빨리 마을로 튀어 가는 게 좋을 거라고 말이야, 어때? 이건 그냥 내 생각인데, 저 안에 있는 사람이 우릴 겁내서 숨은 건지도 모르잖아."

"쓸데없는 소리 그만하고 어서 출발이나 하셔."

재키는 린다의 말에 토를 달지 않았다. 그저 화냥년길로 이어진 진입로를 후진으로 빠져나온 다음, 체스터스밀 쪽으로 차를 돌렸다.

8

시간이 흘렀다. 찬송가가 연주되었다. 노먼 드레이크가 다시 등장하여 지금은 동부 표준시로 9시 34분, 하나님이 당신을 사랑하시는 시각이라고 알려주었다. 다음으로 마을 부의장 빅 짐이 직접 소개하는 짐 레니의 중고차 천국 광고가 이어졌다. '해마다 돌아오는 중고차 천국의 가을 파격 세일! 우와, 좋은 차 진짜 많네!' 빅 짐은 밑지고 판다고 우기는 장사꾼 특유의 애처로운 목소리로 지껄였다. '포드, 시보레, 플리머스, 다 있습니다! 다른 데선 구경도 못할 닷지 램 트럭도, 아예 본 적도 없는 머스탱도 있습니다! 신차나 다름없는 머스탱 세 대, 한 대는 6기통 컨버터블! 전 차종에 믿는 사람 짐 레니의 소문난 보증 기간 적용! 서비스도 할부도 최저 가격에 제공합니다. 바로 지금……' 이 대목에서 빅 짐은 더욱 애처롭게 킬킬거렸다. '······*전 매장 파격 대방출! 오세요! 커피는 언제나 공짜입니다. 이웃사촌들, 빅 짐과 함께하면 행복이 가득해요!'*

녹음실 뒤편에서, 두 경관 모두 발견하지 못한 문이 스르륵 열렸다. 문 안쪽에는 바깥보다도 더 많은 전등이 은하수처럼 깜박거렸다. 벽장보다 조금 더 큰 그 방은 전선과 배전기, 신호 전환 장치, 전자기기 등으로 가득했다. 누가 봐도 사람이 들어가기에는 너무 좁은 방이었다. 그러나 '주방장' 필 부시는 날씬한 정도를 넘어 뼈밖에 안 남은 사람이었다. 퀭한 눈은 두개골에 깊숙이 박혀 반짝이는 점일 뿐이었다. 피부는 창백한 데다 부스럼투성이였다. 입술은 안으로 움푹 꺼져 이가 거의 빠진 잇몸을 덮고 있었다. 셔츠와 바지는 꾀죄죄했고, 엉덩이에는 속옷 자국이 보이지 않았다. 주방장이 속옷을 챙겨 입던 시절은 이미 기억 저편으로 사라졌다. 사만다 부시가 집 나간 남편을 찾는다 해도 과연 알아볼 수 있을지 의문스러울 정도였다. 주방장은 한 손에 땅콩버터 젤리 샌드위치를(이제 부드러운 것밖에 씹지 못하는 신세였기에), 다른 손에는 글록9 권총을 들고 있었다.

주방장은 주차장이 보이는 창문으로 다가갔다. 침입자들이 아직도 바깥에 있으면 달려 나가서 쏴 죽일 작정이었다. 그들이 건물 안에 있을 때에도 하마터면 뛰쳐나갈 뻔했다. 그러나 무서웠다. 악마를 진짜로 죽일 방법은 없기 때문이었다. 악마는 자신이 깃들어 있는 인간의 몸이 죽으면 다른 숙주를 찾아 날아가는 법이었다. 이 몸에서 저 몸으로 날아갈 때, 악마는 흡사 찌르레기처럼 보였다. 주방장은 자는 시간이 점점 줄었으면서도 생생한 꿈을

470

꿀 때면 그 새 떼를 보곤 했다.

그러나 놈들은 이제 물러갔다. 주방장의 강력한 영혼을 이기지 못하고 물러갔다.

주방장은 빅 짐이 시킨 대로 방송국 뒤편의 공장을 폐쇄했지만, 전기 솥 몇 개는 다시 가동해야 할지도 모를 판이었다. 일주일 전에 꽤 많은 양을 보스턴으로 보내기로 했는데 물량이 거의 동났기 때문이었다. 주방장은 약을 피워야 했다. 요즘 들어 그의 영혼은 그것밖에 먹지 않았다.

그러나 당장은 괜찮았다. 주방장은 필 부시로 불리던 시절에 그토록 즐겨 듣던 블루스 음악을 끊었다. 비비 킹, 코코 앤드 하운드독 테일러, 머디 앤드 하울링 울프, 불멸의 명가수 리틀 월터까지 모조리. 또한 여자도 끊었다. 화장실도 끊다시피 했기에 변비가 한 달 넘게 계속되었다. 그래도 괜찮았다. 육신의 괴로움은 곧 영혼의 즐거움이었다.

주방장은 주차장과 그 너머의 길에 악마들이 어슬렁거리는지 한 번 더 확인한 다음, 권총을 허리춤에 꽂고 창고로 향했다. 요즘은 창고가 아니라 사실상 공장으로 쓰이는 곳이었다. 공장은 이미 정리된 상태였지만 주방장에게는 다시 가동할 능력도, 용기도 있었다. 필요하기만 하면.

주방장은 필로폰 흡입 파이프를 찾으러 갔다.

9

러스티 에버렛은 병원 뒤편의 비품 창고 앞에 우두커니 서서 안을 들여다보았다. 손에는 손전등을 들고 있었는데 이는 러스티와 지니 톰린슨이 건물 전체에서 꼭 필요한 곳이 아니면 모조리 전원을 끄기로 결정했기 때문이었다(지니는 이제 병원의 행정 총책임자였다. 어이없게도.). 비품 창고 왼편의 가스 저장고에서 대형 발전기가 기다란 통에 든 프로판가스를 힘차게 빨아 마시는 소리가 요란하게 들려왔다.

'가스통이 죄다 사라졌어.' 트위첼은 앞서 그렇게 말했다. 하느님 맙소사, 그 말은 사실이었다. '문에 붙은 점검표를 보면 원래는 일곱 통이 있어야 되는데, 안에는 두 통뿐이야.' 그 말은 사실이 아니었다. 저장고 안에는 달랑 한 통뿐이었다. 가스통 아래쪽의 데드리버 가스 회사 상표 아래에 파란색 스텐실로 찍힌 **캐서린 러셀 병원**이 손전등 불빛 속에 드러났다.

"내 말 맞지?"

등 뒤에서 들려온 트위첼의 목소리에 러스티는 흠칫 놀랐다.

"틀렸어. 한 통밖에 안 남았잖아."

"웃기시네!"

트위첼은 창고 문간으로 들어섰다. 러스티가 손전등으로 텅 빈(몹시도 횅한) 가운데 공간을 둘러싼 비품 상자들을 비추는 동안 트위첼은 창고 안을 둘러보았다.

"진짜네."

"내가 뭐랬어."

"불굴의 영도자님, 누가 우리 가스를 자꾸 훔쳐 가는데요."

러스티는 그 말을 믿고 싶지 않았지만 다른 가능성은 하나도 보이지 않았다.

트위첼이 창고 문간에 쭈그려 앉았다.

"선생, 여기 좀 봐."

러스티도 한쪽 무릎을 굽히고 앉았다. 약 1000제곱미터쯤 되는 병원 뒷마당은 지난여름에 아스팔트 포장 공사를 한 상태였고, 적어도 아직까지는 한파에 갈라지거나 붕괴된 흔적 없이 새까맣고 평평했다. 덕분에 창고의 미닫이문 앞까지 이어진 타이어 자국이 쉽게 눈에 띄었다.

"타이어 자국을 보면 마을 공무수행 트럭 같은데."

"아니면 그냥 다른 대형 트럭인지도 모르지."

"그래도 마을 회관 뒤편 창고를 한번 확인해 봐야겠어. 난 빅 짐 레니를 못 믿거든. 그 양반 아주 악질이라."

"빅 짐이 뭐 하러 우리 프로판가스를 훔쳐가? 마을 회관에 썩어날 만큼 많이 있을 텐데."

두 사람은 당분간 폐쇄하기로 한 병원 세탁실 문 쪽으로 걸어갔다. 문 옆에 장의자가 놓여 있었다. 벽돌 벽에 붙은 팻말에는 이렇게 적혀 있었다. **1월 1일부터 금연 구역입니다. 중독되기 전에 당장 끊으시길!**

트위첼은 말보로 갑을 꺼내어 러스티에게 권했다. 러스티는 손사래를 치다가 마음을 바꾸고 한 개비를 뽑아 들었다. 트위첼이 불을 붙여 주었다.

"선생, 그걸 어떻게 알아?"

"알긴 뭘 알아?"

"마을 회관에 가스통이 많다면서. 확인해 봤어?"

"아니. 하지만 그 양반들이 가스를 훔칠 작정이라고 해도, 왜 하필 병원 걸 가져가겠어? 제정신 가진 사람이라면 마을 병원에서 도둑질을 하는 게 나쁜 짓이란 건 다들 알잖아. 게다가 우체국이 바로 옆인데. 거기도 가스통은 있을 거 아냐."

"우체국 가스통은 벌써 애저녁에 슬쩍했는지도 모르지. 어쨌든, 그치들이 챙긴 게 몇 통이나 될까? 한 통? 두 통? 뭐 그렇게 많진 않을 것 같은데."

"그딴 짓을 도대체 왜 하냐고. 말이 되는 소리를 해야지."

"지금 상황 자체가 말이 안 되는데, 뭐."

트위첼은 말을 마치고 하품을 했다. 입을 어찌나 크게 벌렸던지 턱에서 뚜두둑 소리가 날 정도였다.

"트위첼, 회진은 다 돌았어?"

러스티는 이 질문이 얼마나 터무니없는 것인지 잠시 생각해 보았다. 해스켈 선생이 죽는 바람에 러스티는 병원의 선임 의사가 되었고, 사흘 전까지만 해도 간호사였던 트위첼은 러스티의 자리를 차지하여 보조의가 되었다.

"그래." 트위첼이 한숨을 쉬며 대답했다. "카티 씨가 오늘밤을 못 넘길 것 같던데."

에드 카티에 대해서는 러스티도 동감이었다. 카티는 일주일 전에 위암 말기 판정을 받고 여태껏 버티는 중이었다.

"혼수상태야?"

"옙, 선생님."

그밖에 남은 환자는 트위첼이 한 손으로 꼽을 수 있을 만큼 적었고, 러스티가 생각하기에 이는 극히 드문 행운이었다. 피로와 근심만 아니었더라면 그 행운을 실감할 수도 있을 것만 같았다.

"조지 워너는 잘 버틸 것 같아."

이스트체스터에 사는 워너는 올해 예순 살인 고도 비만 환자로 돔 데이 당일에 심근경색으로 쓰러졌다. 러스티가 보기에도 워너는 버텨낼 듯싶었다. 적어도 이번 한 번은.

"에밀리 화이트하우스는……." 트위첼이 어쩔 수 없다는 듯이 어깨를 으쓱했다. "상태가 별로 안 좋습니다, 선생님."

마흔 살인 에밀리 화이트하우스는 평균 체중을 1그램도 초과하지 않을 만큼 날씬했지만, 로리 딘스모어가 사고를 당하고 1시간 후에 워너와 마찬가지로 심근경색을 일으켰다. 상태는 조지 워너보다 훨씬 심각했다. 평소에도 운동 중독증 환자였던 탓에 해스켈 선생이 '헬스클럽 심장마비'로 부르던 상태에 빠졌기 때문이었다.

"프리먼네 딸은 점점 나아지는 중이고, 지미 시로이스는 그대로고, 노라 코블랜드는 멀쩡해. 점심 먹고 퇴원해도 되겠어. 뭐, 전반적으로 보면 그렇게 나쁘진 않네."

"그래. 하지만 점점 나빠질 거야, 내가 장담해. 거기다…… 만약에 말이야, 자네 머리가 완전히 박살이 났다고 쳐. 그럼 날 믿고 수술을 맡기겠어?"

"솔직히 그건 아니지. 차라리 하우스 박사가 텔레비전에서 튀어나오길 바라는 게 낫지."

러스티는 쓰레기통에 꽁초를 버리고 거의 비다시피 한 비품 창고를 바라보았다. 어쩌면 마을 회관 뒤편의 창고를 한번 들여다봐야 할지도 몰랐다. 나쁠 것도 없지 않은가?

이번에는 러스티가 늘어지게 하품을 했다.

"그렇게 안 자고 버틸 수 있을 것 같아?"

트위첼이 물었다. 장난기가 싹 가신 목소리였다.

"그냥, 마을에 의사라곤 선생밖에 없어서 그래."

"버텨야 하는 한은 버텨야지. 그보다 하도 피곤해서 무슨 실수라도 하는 거 아닌가 걱정이 돼. 내 깜냥보다 훨씬 심각한 환자가 들이닥치는 것도 그렇고."

러스티의 머릿속에 로리 딘스모어가 떠올랐고…… 뒤이어 지미 시로이스도 떠올랐다. 지미를 떠올리기가 더 괴로웠다. 로리는 이미 의료사고의 영역 저 너머에 있기 때문이었다. 그러나 지미는……

러스티는 문득 수술실에 서서 삑삑거리는 모니터 신호음에 귀를 기울이는 자신을 상상했다. 러스티는 지미의 창백한 맨 다리를 내려다보았다. 다리를 절단해야 할 곳에 검은 선이 그어져 있었다. 생각해 보면 두기 트위첼이 자신의 마취 기술을 동원해야 할 판이었다. 장갑 낀 손에 수술칼을 건네는 지니 톰린슨의 손길이 느껴졌다. 마스크 너머로 이쪽을 응시하는 지니의 서늘하도록 파란 눈도.

'제발 그런 일은 없어야 할 텐데.'

트위첼이 러스티의 어깨에 손을 얹었다.

"긴장 풀어. 고민을 해도 하루 단위로 하자고."

"웃기고 있네, 하루가 아니라 한 시간 단위로 해야 돼." 러스티는 자리에서 일어서며 말했다. "보건소에 가서 어떤지 좀 보고 올게. 지금이 여름이 아니라 그나마 다행이지. 여름이었으면 관광객 3000명에 여름캠프 온 애들 700명이 다 우리 몫이잖아."

"나도 같이 가?"

러스티는 고개를 저었다.

"가서 에드 카티나 한 번 더 들여다봐. 아직 요단 강 안 건넜는지 확인도 할 겸."

러스티는 비품 창고를 다시 한 번 돌아보고 건물 모퉁이를 돈 다음, 캐서린 러셀 도로 맞은편에 있는 보건소를 향하여 대각선 방향으로 터벅터벅 걸어갔다.

10

당연한 얘기지만, 간호사 지니는 병원에 있었다. 지니는 노라 코블랜드에게 새 진통제를 주기 전에 마지막으로 무게를 달아보는 중이었다. 보건소에서 접수를 맡은 당직은 올해 나이 열일곱 살에 의료 경력이라고는 6주짜리 실습이 전부인 지나 버펄리노였다. 그나마도 자원 봉사 간호조무사 실습이었다. 러스티가 보건소 입구에 들어섰을 때 이쪽을 돌아본 지나의 표정은 한밤중에 자동차 전조등과 맞닥뜨린 사슴 같았다. 러스티는 가슴이 철렁 내려앉았지만, 대기실에는 다행히도 기다리는 사람이 한 명도 없었다. 천만다행이었다.

"혹시 전화한 사람 없었어?"

"한 명 있었어요. 검은능선길에 사는 벤지아노 아주머니요. 그 집 아기가 요람에서 놀다가 나무창살에 머리가 끼었대요. 그래서 구급차를 보내달랬는데, 저기…… 제가 그냥, 아기 머리에 올리브 기름을 바르고 빠지는지 한번 보라고 했는데요. 그렇게 했더니 빠졌대요."

러스티의 입가에 웃음이 번졌다. 어쩌면 이 풋내기 간호사는 믿을 만한지도 몰랐다. 지나도 마음이 푹 놓였는지 러스티를 보며 생긋 웃었다.

"그래도 입원한 사람은 없으니 다행이군."

"아뇨. 그리넬 씨가 계세요. 이름이…… 안드레아죠, 아마? 3번 진료실에 계신데…… 상당히 언짢으신 것 같아요."

밝아지려던 러스티의 마음에 다시 먹구름이 끼었다. 안드레아 그리넬이라니. 게다가 언짢아 보인다니. 옥시콘틴 처방전을 내놓으라고 쳐들어왔다는 뜻이었다. 러스티는 양심상 도저히 내줄 수 없는 처방이었다. 앤디 샌더스의 약국에 재고가 넉넉하다고 해도 그러했다.

"알았어."

러스티는 3번 진료실을 향해 복도를 내려가다가 우뚝 멈춰 서서 지나를 돌아보았다.

"근데 왜 호출 안 했어."

지나의 뺨이 발개졌다.

"그리넬 씨가 하지 말라고 하셔서."

러스티는 미심쩍은 생각이 들었지만 잠시뿐이었다. 약물에 중독됐을지언정 안드레아 그리넬은 바보가 아니었다. 러스티가 병원에 있다면 십중팔구 트위첼도 함께 있다는 것쯤은 아는 사람이었다. 그리고 두기 트위첼은 하필이면 안드레아의 막냇동생이었다. 서른아홉 살이나 먹기는 했지만, 그래도 안드레아에게는 삶의 추악한 진실로부터 보호해야 할 동생이었다.

러스티는 검은색 숫자 3이 찍힌 진료실 문 앞에 서서 마음을 가다듬었다. 이제 곧 힘든 일에 뛰어들 참이었다. 안드레아는 자신의 문제가 술과 아무 상관도 없다고 우겨대는 거만한 주정뱅이들과 달랐다. 한두 해 전부터 슬슬 눈에 띄기 시작한 필로폰 중독자들과도 달랐다. 안드레아가 약물에 의존하는 이유는 딱 꼬집어 말하기가 힘들었고, 그래서 치료하기도 더욱 힘들었다. 빙판길 골절 사고 이후로 극심한 고통을 겪은 것만은 틀림없는 사실이었다. 옥시콘틴은 안드레아가 잠을 자고 재활치료를 시작할 수 있도록 통증을 이기게 도와주는 최선의 처방이었다. 그런 도움을 준 약이 하필이면 의사들 사이에서 '촌구석 헤로인'으로 불렸던 것은 안드레아의 잘못이 아니었다.

러스티는 진료실 문을 열고 들어서며 거절하는 말을 연습했다. '상냥하면서도 단호하게.' 러스티는 속으로 생각했다. '상냥하면서도 단호하게.'

안드레아는 진료석 구석에 붙은 콜레스테롤 경고 포스터 아래의 의자에 앉아 있었다. 양 무릎을 붙이고 고개는 무릎 위의 손가방 위로 푹 숙인 채였다. 그렇게 크던 안드레아의 덩치가 지금은 작게만 보였다. 어찌된 영문인지, 쪼그라든 듯했다. 안드레아가 고개를 들고 이쪽을 보았을 때, 러스티는 이 여인의 얼굴이 얼마나 초췌해졌는지 깨달았다. 입가의 주름은 움푹 들어갔고 눈 밑의 도톰한 살은 숫제 시커멨다. 러스티는 결국 해스켈 선생의 분홍색 처방전 용지에 옥시콘틴을 적어서 건네주기로 마음을 고쳐먹었다. 돔 위기가 끝나면 안드레아를 중독 치료 프로그램에 넣을 작정이었다. 필요하면 동생에게 알리겠다고 협박해야 할지도 모르지만, 그러나 당장은 필요한 약을 줄 생각이었다. 그토록 간절히 약을 바라는 사람은 본 적이 없기 때문이었다.

"에릭…… 러스티…… 나 너무 힘들어요."

"알아요. 보니까 딱 알겠네요. 제가 처방전을……."

"안 돼요!"

러스티를 보는 안드레아의 눈에는 두려움 같은 것이 가득했다.

"내가 아무리 사정해도 주면 안 돼요! 난 약물 중독자예요, 이젠 끊어야 돼요! 이대로는 그냥 바보 같은 약쟁이예요!"

표정이 저절로 무너지는 듯했다. 안드레아는 무너져 내린 표정을 똑바로 세우려고 했지만, 소용이 없었다. 그래서 대신 손으로 얼굴을 가렸다. 차마 듣기조차 힘들 만큼 서러운 울음소리가 손가락 사이로 새어 나왔다.

러스티는 안드레아에게 다가가서 한쪽 무릎을 꿇고 한 팔로 감싸 안았다.

"안드레아, 약을 끊기로 한 건 참 잘한 결정이에요. 최고예요. 하지만 지금은 적당한 때가 아닐지도……."

안드레아는 발간 눈으로 눈물을 흘리며 러스티를 마주보았다.

"맞아요, 지금은 약을 끊기엔 최악이에요. 그래도 난 당장 끊어야 해요! 러스티, 로즈하고 두기한텐 절대 말하면 안 돼요. 날 좀 도와줄래요? 끊을 수는 있을까요? 여태까진 못했으니까 그러는 거예요, 나 혼자서는요. 아, 그 죽일 놈의 분홍 알약! 약장에 넣어 놓고 '오늘은 그만 먹어야지.' 하면서도 한 시간만 있으면 또 삼키고 있어요! 내가 이렇게 엉망진창이었던 적은 한 번도 없어요. 내 평생."

안드레아는 무슨 엄청난 비밀이라도 털어놓는 사람처럼 목소리를 낮추었다.

"이제 문제는 내 허리가 아닌 것 같아요. 꼭 내 뇌가 허리한테 아프라고 명령하는 것 같아요, 그래야 그 죽일 놈의 약을 먹을 수 있으니까."

"안드레아, 왜 하필 지금이에요?"

안드레아는 대답하는 대신 고개만 저었다.

"도와줄 수 있어요? 없어요?"

"할 수야 있죠. 하지만 금단 증상에 시달릴 것 같으면 아예 시작도 하지 마요. 자칫하면······."

한순간 러스티의 머릿속에 자넬이 떠올랐다. 침대에 누워 부들부들 떠는 자넬, 왕호박이 어쩌니 저쩌니 중얼거리는 자넬.

"자칫하면 발작을 일으킬지도 몰라요."

안드레아는 그 말을 못 들은 듯했다. 또는 듣고도 무시했거나.

"끊으려면 얼마나 걸려요?"

"일단 육체적으로 극복하는 데 걸리는 시간은 한······ 2주요. 어쩌면 3주."

'그것도 빠른 사람일 때 얘기죠.' 러스티는 그 말을 속으로 생각만 할 뿐 입 밖에 내지는 않았다.

안드레아가 러스티의 팔을 붙잡았다. 손이 몹시도 차가웠다.

"그럼 너무 늦어요."

러스티의 머릿속에 심히 불쾌한 생각이 떠올랐다. 필시 긴장한 탓에 잠깐 떠오른 편집증일 터였지만, 그래도 설득력은 있었다.

"안드레아, 혹시 누구한테 협박당하는 건가요?"

"지금 농담해요? 내가 옥시콘틴에 중독된 건 온 마을이 다 알아요. 조그만 마을이잖아요."

러스티 생각에는 질문과 거리가 먼 대답이었다.

"러스티, 제일 확실하고 빠른 방법이 뭐죠?"

"티아민하고 비타민 몇 가지를 섞은 비타민 B12 주사를 같이 맞으면 열흘 만에 끊을 수도 있어요. 하지만 지옥을 거쳐야 해요. 잠도 잘 안 올 테고, 하지 불안 증후군도 찾아올 거예요. 보통 심한 게 아니죠, 약을 '끊는다'라는 말이 괜히 나온 게 아니거든요. 또 약을 점점 줄이는 과정을 맡아 줄 사람이 필요해요. 당신이 약을 달라고 사정해도 안 줄 만한 사람. 왜냐면 틀림없이 달라고 할 테니까."

"열흘이오? 그때쯤이면 다 끝나겠죠? 이 똥이란 거 말이에요."

안드레아의 표정이 밝아졌다.

"오늘 오후에 끝날지도 모르죠. 우리도 그러길 바라고요."

"열흘이란 말이죠."

"열흘입니다."

'그 열흘이 지나면.' 러스티는 속으로 생각했다. '당신은 남은 평생 동안 그 죽일 놈의 약을 먹고 싶어 하겠죠.' 그러나 그 생각도 입 밖에 내지는 않았다.

11

이날 들장미 식당은 월요일 아침치고는 드물게 붐볐는데……
물론, 체스터스밀 역사상 이날 같은 월요일 아침은 한 번도 없었
다. 그럼에도 로즈 트위첼이 주방의 가스 불을 끄고 오후 5시에
다시 연다고 말했을 때, 손님들은 군말 없이 순순히 자리를 떴다.

"저녁때가 되면 다들 캐슬록에 있는 목시 식당에 가서 먹을 수
있을 거예요!"

로즈는 축객령을 이렇게 마무리 지었다. 목시 식당은 지저분하
기로 악명 높은 싸구려 식당이었는데도 손님들은 그 말에 진심
으로 박수를 쳤다.

"점심 장사는 안 해?"

어니 캘버트가 묻자 로즈는 바비를 돌아보았고, 바비는 쫙 편
두 손을 어깨 높이로 들어올렸다. 그 몸짓은 자기한테 묻지 말라
는 뜻이었다.

"샌드위치는 팔아요. 다 떨어질 때까지."

로즈의 말에 손님들이 다시금 박수를 쳤다. 이날 아침 마을 사
람들은 놀랄 만큼 즐거워 보였다. 웃음소리와 농담하는 소리까지
들릴 정도였다. 마을 사람들이 마음의 안정을 찾았다는 가장 확
실한 증거는 식당 깊숙한 곳에 다시 모인 농담 따먹기 테이블 회
원들이었다.

그렇게 된 이유 가운데 큰 몫을 차지한 것은, 바로 지금은
CNN 채널에 고정된 카운터 위의 텔레비전이었다. 뉴스 해설자들
이 쏟아내는 말은 소문에 지나지 않았지만 대개는 희망적인 소식

들이었다. 인터뷰에 등장한 과학자들 몇몇은 순항 미사일이 돔을 관통하여 이 위기를 끝낼 가능성이 높다고 말했다. 한 과학자는 성공 확률을 자그마치 '80퍼센트 이상'으로 추정했다. '하지만 저 인간은 지금 매사추세츠 공대에 있잖아.' 바비는 속으로 생각했다. '그러니까 저렇게 낙관적이지.'

그러고 나서 한창 불판을 닦고 있는데 문 두드리는 소리가 났다. 고개를 돌려보니 줄리아 셤웨이와 주위에 둘러선 아이들 셋이 보였다. 아이들과 함께 있는 줄리아는 꼭 야외 실습을 나온 중학교 선생님 같았다. 바비는 앞치마에 손을 닦으며 문 쪽으로 걸어갔다.

"주문하는 대로 다 주면 음식이 금방 동날 텐데."

테이블을 닦던 앤슨이 짜증스러운 목소리로 중얼거렸다. 로즈는 고기를 더 사러 푸드시티에 가고 없었다.

"식사하러 오신 손님은 아닌 것 같은데."

바비의 말은 옳았다.

"좋은 아침이에요, 바버라 대령님." 줄리아는 특유의 알쏭달쏭한 미소를 띠고 말했다. "저도 모르게 자꾸 바버라 소령님이라고 부르고 싶어지지 뭐예요. 그 유명한……"

"조지 버나드 쇼가 쓴 희곡 말이죠. 나도 알아요."

바비는 그 얘기를 전에도 들은 적이 있었다. 한 1만 번쯤.

"애들이 그 특공댄가요?"

아이들 중 한 명은 덥수룩한 다갈색 머리에 키가 껑충하고 바짝 마른 소년이었다. 또 한 명은 펑퍼짐한 바지에 랩 가수 50센트가 그려진 티셔츠를 입은 땅딸막한 소년이었다. 마지막은 귀엽고 자그마한 소녀였는데 볼에 번개가 그려져 있었다. 새겨 넣은 것이 아니라 스티커처럼 붙인 문신이었지만, 그래도 아이를 날카로워 보이게 하는 효과는 있었다. 바비는 문득 그 아이에게 록 가수 조앤 제트의 중학생 시절 모습을 보는 것 같다고 하면 도대체 누구 얘기를 하는지도 모를 거라는 생각이 들었다.

"얘는 노리 캘버트예요." 줄리아가 거칠어 보이는 소녀의 어깨를 짚으며 말했다. "이쪽은 베니 드레이크. 그리고 이 키다리는 조 매클러치예요. 어제 봤던 항의 시위가 바로 이 친구 작품이죠."

"전 사람을 다치게 할 생각은 요만큼도 없었어요."

"다친 사람은 있었지만 네 잘못은 아니야." 바비는 조를 타일렀다. "그러니까 걱정 마."

"아저씨 진짜로 사령관이에요?" 베니가 바비를 찬찬히 뜯어보다가 말했다.

바비는 피식 웃음을 터뜨렸다.

"아니, 아예 되고 싶은 마음도 없단다. 피치 못할 상황만 아니라면."

"그치만 저 바깥에 군대가 와 있잖아요."

"나 때문에 온 건 아니야, 노리. 게다가 저 친구들은 해병대야. 난 육군이었어."

"콕스 대령님 말씀으로는 지금도 육군이신 것 같던데요."

줄리아가 말했다. 입가에는 냉소 비슷한 웃음이 희미하게 걸려 있었지만, 반짝이는 눈에는 장난기가 가득했다.

"잠깐 얘기 좀 하실래요? 우리 매클러치 군한테 좋은 생각이 있대요. 제가 봐도 끝내주는 계획이에요. 성공만 하면요."

"성공할 거예요. 컴퓨터는 제가 짱이거든요."

"제 사무실로 들어오시죠."

바비는 네 사람을 식당 카운터로 안내했다.

12

조의 계획은 실제로 눈부시게 훌륭했지만, 이미 10시 30분이 지난 때였으니 실행할 작정이라면 서둘러야만 했다. 바비는 줄리아를 돌아보았다.

"혹시 휴대전화……."

줄리아는 바비가 말을 끝맺기도 전에 손바닥에 전화기를 철썩 내려놓았다.

"콕스 대령 번호는 저장해 놨어요."

"잘했어요. 그럼 이제 저장한 번호를 어떻게 끄집어내는지 가르쳐 줘요."

조가 전화기를 집어 들었다.

"아저씨 중세에 살다 오셨어요?"

"맞았어! 기사들은 무용을 떨치고 귀부인들은 노팬티 바람으로 돌아다니던 시절에 살다가 왔지."

노리는 그 말에 깔깔거리며 웃다가 주먹을 쳐들었고, 바비는 그 조그마한 주먹에 큼지막한 자기 주먹을 맞부딪혔다.

조는 휴대전화의 조그마한 숫자 단추 몇 개를 눌렀다. 그런 다음 귀에 대고 신호음을 듣다가 바비에게 건넸다.

콕스는 분명 지금도 전화기에 한 손을 올려놓고 대기하는 중인 듯했다. 바비가 줄리아의 휴대전화를 귀에 댔을 때 이미 전화를 받은 상태였기 때문이었다.

"어떻게 돼 가나, 대령?"

"기본적으로는 잘돼 갑니다."

"시작이 좋군그래."

'말 참 쉽게 하시는군요.' 바비는 속으로만 생각했다.

"미사일이 튕겨나갈지 아니면 관통해서 숲이고 목장이고 홀랑 태워 버릴지, 그게 결판날 때까지는 기본적으로 잘돼 갈 것 같습니다. 후자의 경우에는 체스터스밀 주민들이 아주 환영하겠죠. 그쪽 친구들은 뭐라던가요?"

"별 얘기 없었네. 나서서 예언하는 사람 한 명 없어."

"텔레비전으로 들은 얘기랑 다른데요."

"난 뉴스 볼 시간 따위 없네."

바비는 자기 알 바 아니라는 듯이 어깨를 으쓱하는 콕스의 모습이 눈에 선했다.

"그래도 희망은 갖고 있어. 우리한텐 한 방이 있잖나. 시쳇말로 하면 말이야."

줄리아가 '계획 얘기는 안 해요?' 하고 말하듯이 손을 쥐었다 폈다 했다.

"콕스 대령님, 지금 제 친구 네 명이 곁에 있습니다. 그중 한 명은 조 매클러치라는 젊은 친군데, 이 친구가 꽤 멋진 계획이 있답니다. 제가 지금 바꿔 드릴 테니까……."

조는 머리카락이 찰랑거릴 만큼 세게 고개를 저었지만 바비는 아랑곳하지 않았다.

"……설명을 들어 보십시오."

그러고는 조에게 전화기를 넘겼다.

"자, 얘기해."

"그, 그치만……."

"어이 친구, 사령관 말에 토 달지 마. 얘기해."

조는 바비가 시키는 대로 했다. 처음에는 '저기'와 '어……'와 '그러니까'를 섞어 가며 자신 없는 말투로 떠듬거렸지만, 일단 머릿속에 계획이 다시 떠오르자 유창하고 또렷하게 설명했다. 그다음은 저쪽 이야기를 들을 차례였다. 얼마 후, 조는 씩 웃으며 '예, 대령님! 감사합니다!'라고 말하고 나서 전화기를 다시 바비에게 넘겼다.

"두고 보세요, 미사일 쏘기 전에 무선 랜 속도가 확 올라갈 거예요! 좆나 좋군!"

줄리아가 조의 팔을 붙들었다. 조는 계면쩍은 표정을 지었다.

"죄송해요, 셤웨이 아줌마. 잘됐다는 뜻으로 한 말이에요."

"지금 중요한 건 그게 아니야. 너 진짜 할 수 있는 거지?"

"말이라고 하세요? 문제없다니까요."

"콕스 대령님, 무선 랜 얘기가 사실입니까?"

"바비, 자네들이 뭘 하든 간에 우린 막을 방법이 없네. 원래는 자네가 나한테 지적했던 것 아닌가. 그러니 차라리 도와주는 게 낫겠어. 적어도 오늘 하루는 체스터스밀의 인터넷 속도가 전 세계에서 가장 빠를 걸세. 그건 그렇고, 방금 그 꼬마는 정말로 똑똑하더군."

"예, 저도 그렇게 생각합니다."

바비는 조를 보며 엄지손가락을 불쑥 치켜들었다. 조는 어찌나 기뻤던지 볼까지 발그레해졌다.

"꼬마의 계획이 성공해서 제대로 녹화가 되면 잊지 말고 우리한테 파일을 복사해 주게. 물론 우리도 나름대로 녹화를 할 테지만, 조사를 총괄하는 과학자들은 돔 안쪽에서 촬영한 탄착 순간을 보고 싶어 할 거야."

"그 정도는 가뿐할 것 같은데요. 여기 있는 조가 실력 발휘만 제대로 하면 온 마을에 생중계를 할 수도 있을 겁니다."

이번에는 줄리아가 주먹을 높이 들었다. 바비는 씩 웃으며 주먹을 맞부딪혔다.

13

"뭐야, 저게."

겁에 질린 표정으로 중얼거리는 조는 열세 살이 아니라 여덟 살배기처럼 보였다. 목소리에 가득하던 자신감도 사라지고 없었다. 조와 바비는 돔이 화냥년길을 차단한 지점으로부터 30미터쯤 떨어진 곳에 서 있었다. 등을 돌렸던 군인들이 이제 돌아서서 이쪽을 보고 있었지만, 조가 바라보는 것은 그들이 아니었다. 조의 눈길을 잡아끈 것은 경고문이 적힌 띠와 허공에 스프레이 페인트로 그린 커다란 붉은색 X 표시였다.

"군인들이 야영지를 옮기나 봐요. 맞는 표현인진 모르겠지만,

어쨌든 천막이 다 사라졌어요."

줄리아의 말에 바비가 손목의 시계를 내려다보았다.

"당연하죠. 90분 후에도 저 자리에 있으면 궁둥이가 홀라당 익어 버릴 테니까요. 조, 슬슬 시작해야겠다."

그러나 막상 인적 없는 도로에 나오고 보니, 바비는 조가 약속을 지킬 수 있을지 궁금해졌다.

"그래야죠, 근데…… 저 나무들 좀 보세요."

바비는 그 말의 뜻을 대번에 알아차리지 못했다. 줄리아를 돌아보니 마찬가지로 어깨를 으쓱할 뿐이었다. 그러다가 조가 손가락으로 가리킨 곳을 보고 나서야 깨달았다. 돔 바깥에 있는 타커스밀스 쪽의 나무들은 부드러운 가을바람에 살랑거리며 색색의 낙엽을 흩뿌렸고, 그 잎들은 팔랑팔랑 흩날리다가 이쪽을 지켜보는 해병대 초병들 주위로 떨어져 내렸다. 한편 체스터스밀 쪽의 나뭇가지는 거의 움직이지 않았고 나뭇잎도 그대로 달려 있었다. 바비가 아는 한 공기는 분명히 장벽을 통과할 수 있었지만, 운동 에너지는 그러지 못했다. 돔이 바람을 가로막고 있었다. 바비는 시독스 모자를 눌러쓴 폴 젠드런과 함께 시냇가에 도착했던 때를, 그리고 그 시냇물이 갈라지던 광경을 떠올렸다.

"바비, 이쪽 나뭇잎들은…… 뭐랄까…… 왠지 맥이 빠진 것 같아요. 축 늘어져서."

"간단해요. 저쪽엔 가을바람이 부는데 이쪽엔 콧바람밖에 안 불잖아요."

이렇게 대답하고 나서, 바비는 정말로 그 이유 때문인지가 의심스러웠다. 또 이유가 그것'뿐'인지도 궁금했다. 그러나 지금 체스터스밀의 공기가 얼마나 신선한지 따져 봐야 무슨 소용이 있을까? 그들이 할 수 있는 일이라고는 아무것도 없는데?

"시작하자, 조. 여기서부턴 네 무대야."

일행은 앞서 줄리아의 프리우스를 타고 매클러치네에 들러 조의 매킨토시 노트북 컴퓨터를 챙겼다(매클러치 부인은 바비에게 자기 아들을 무사히 지킬 것을 맹세하라고 했고, 바비는 시키는 대로 맹세를 했다.). 이제 조가 도로 쪽을 가리켰다.

"여기 어때요?"

바비는 두 손을 쭉 펴서 얼굴 양 옆에 대고 붉은 X 표시의 위치를 가늠했다.

"조금 왼쪽. 거기서 한번 해볼래? 어떻게 나오는지 보게."

"알았어요."

조는 컴퓨터의 스크린을 펴고 전원을 넣었다. 매킨토시 컴퓨터 특유의 시동음은 여느 때와 마찬가지로 깜찍했지만, 바비는 화냥년길의 너덜너덜 갈라진 아스팔트 위에 스크린을 편 채로 놓여 있는 은색 노트북 컴퓨터보다 초현실적인 것은 이때껏 본 적도 없었던 것만 같았다. 그야말로 지난 사흘간을 완벽하게 요약해 놓은 광경처럼 보였다.

"배터리가 쌩쌩하니까 적어도 여섯 시간은 버틸 거예요."

"중간에 대기 모드로 바뀌는 거 아니니?"

중간에 끼어든 줄리아를 쳐다보는 조의 표정은 이렇게 말하는 듯했다. '엄마, 제발 좀.' 뒤이어 조는 바비 쪽으로 고개를 돌렸다.

"미사일이 제 맥북 프로를 홀라당 태워 먹으면 새 걸로 사 주시는 거죠?"

"미국 정부에서 사 줄 거다. 내가 직접 청구할게."

"좋아요."

조는 노트북 컴퓨터 위로 몸을 숙였다. 스크린 위에 은색 원통이 달려 있었다. 조가 일행에게 설명한 바에 따르면 이것은 아이사이트라는 이름의 기적 같은 최신 컴퓨터 장치였다. 조가 손가락으로 터치패드를 이리저리 조종하다가 엔터키를 누르자 느닷없이 스크린 가득 화냥년길의 영상이 환하게 떠올랐다. 지면 높이에서 찍은 영상인 탓에 우둘투둘한 아스팔트가 마치 산맥 같았다. 바비는 저만치 서서 무릎 높이까지 찍힌 해병대 초병들을 알아보았다.

"대령님, 쟤 지금 사진 찍는 겁니까?"

바비는 초병 중 한 명이 묻는 소리를 듣고 고개를 들었다.

"그럼 이건 어떤가, 해병. 만약 지금이 복장 검열 중이라면 자넨 내 발밑에 깔린 채로 팔굽혀펴기를 해야 할 거야. 왼쪽 전투화에 흠집, 안 보이나? 비전투 임무 중에는 징계감이야."

해병이 전투화를 내려다보니 과연 흠집이 나 있었다. 줄리아는 그 모습에 피식 웃음을 흘렸다. 그러나 조는 웃지 않았다. 자기 일에 몰입한 탓이었다.

"높이가 너무 낮아요. 아줌마, 혹시 차에 이만 한 높이로 받칠 만한 거……."

조는 땅에서 약 1미터 높이를 손으로 가리켰다.

"있어."

"제 운동 가방도 같이 갖다 주세요."

조는 노트북 컴퓨터를 조금 더 만지작거리다가 바비에게 손을 내밀었다.

"전화기요."

바비가 휴대전화를 건넸다. 조는 깨알 같은 숫자판을 손가락이 안 보일 정도로 빠르게 눌러 전화를 걸었다.

"베니? 아, 노리구나. 도착했어? ……좋아. 너야 보나 마나 술집은 처음이겠지. 준비됐어? ……잘했어. 그대로 대기해."

조는 노리의 말을 가만히 듣고 있다가 씩 웃었다.

"장난해? 야, 내 컴퓨터에 잡히는 걸 보면 전송 상태는 완벽해. 무선 랜 속도가 아주 끝장이야. 끊을게."

그러고는 전화기를 접어서 바비에게 건넸다.

줄리아는 조의 운동 가방과 함께 미처 다 못 돌린 일요일자 《데모크라트》 호외 한 묶음을 들고 돌아왔다. 조는 노트북 컴퓨터를 신문 묶음 위에 올려놓고(스크린에 비친 주위 영상이 지면 높이에서 갑자기 위로 솟은 탓에 바비는 살짝 어지럼증을 느꼈다.) 이제 완벽하다고 선언했다. 그런 다음 가방을 뒤져 안테나가 달린 검은 상자를 꺼내더니 컴퓨터에 연결했다. 돔 저편의 군인들은 한 곳에 둘러서서 흥미로운 듯이 이쪽을 구경하는 중이었다. '수족관의 물고기가 어떤 기분인지 이제야 알겠군.' 바비는 문득 생각했다.

"됐다." 조가 중얼거렸다. "이쪽은 준비됐어요."

"네 친구들한테 전화해야……."

"성공하면 게네가 이쪽으로 전화할 거예요. ……어라, 이거 좀 불길한데."

바비는 컴퓨터에 이상이 생겼으리라고 추측했지만, 조는 컴퓨터 쪽은 아예 보고 있지도 않았다. 조를 따라 시선을 옮기자 초록색 서장 전용 순찰차가 보였다. 부리나케 달려오지는 않았지만 그래도 경광등은 번쩍거렸다. 피터 랜돌프가 운전석에서 내렸다. 조수석에서 내린 사람은 빅 짐 레니였다(순찰차는 레니의 거구를 내려놓으며 살짝 출렁거렸다.).

"도대체 지금 뭔 짓을 벌이는 거요?"

빅 짐이 물었고, 뒤이어 바비가 들고 있던 휴대전화의 벨이 울렸다. 바비는 이쪽으로 다가오는 마을 부의장과 경찰서장에게서 눈을 떼지 않은 채로 조에게 전화기를 건넸다.

14

디퍼스의 출입문에는 다음과 같은 간판이 붙어 있었다. **어서 오십시오, 메인 주에서 제일 큰 댄스홀입니다!** 그 댄스홀에 오전 11시 45분부터 손님이 꽉 차기는 이 선술집이 문을 연 이래 처음이었다. 토미 앤더슨과 윌로 앤더슨 형제는 입구에 서서 가게로 들어서는 손님들을 맞았다. 교회에 모여드는 신도들을 환영하는 목사와 조금은 비슷해 보였다. 이 경우에는 '보스턴에서 막 날아온 인기 밴드 교회'라고나 할까.

처음에는 커다란 텔레비전에 파란색으로 달랑 **대기 화면**이라고만 나왔기 때문에 손님들 모두 조용했다. 베니와 노리가 장비의 전원을 연결한 다음 텔레비전 채널을 4번 입력장치로 바꾸었다. 그러자 느닷없이 화냥년길의 영상이 컬러로 나오기 시작했다. 해병대 초병들 주위로 흩날리는 낙엽 색깔까지 완벽하게 재현된 영상이었다.

손님들이 박수를 치며 환호했다.

베니는 노리와 손바닥을 마주쳤지만, 노리는 손바닥만으로는 부족했다. 그래서 베니의 입술에 입을, 그것도 진하게 맞추었다. 베니의 삶에서 이보다 더 행복한 순간은 없었다. 스케이트보드로 파이프를 통과하면서 거꾸로 서 있던 순간보다 훨씬 더 행복했다.

"베니, 조한테 전화해!"

"당장 할게."

얼굴은 실제로 불이 붙은 것처럼 화끈거렸지만, 베니는 입이 귀에 걸려서 싱글벙글했다. 베니는 재발신 버튼을 누르고 전화기를 귀에 댔다.

"야, 됐어! 영상이 진짜 끝내줘, 이거 진짜……."

조가 베니의 말을 잘랐다.

"이쪽엔 문제가 좀 있다, 오버."

15

"도대체 무슨 생각으로 벌인 짓인지 알 수가 없구먼. 누가 설명 좀 해 보시오. 그리고 설명 끝날 때까지는 저 물건 당장 치워요."

랜돌프 서장이 조의 노트북 컴퓨터를 가리켰다.

"실례합니다만."

해병대원 한 명이 앞으로 나섰다. 계급장을 보니 소위였다.

"이번 작전의 공식 지휘권은 전적으로 저기 계신 바버라 대령님께 있습니다."

소위가 한 이 말에 빅 짐은 어느 때보다도 냉소적인 미소로 화답했다. 목에는 핏줄이 툭 불거져 나와 있었다.

"이 사람은 대령도 뭣도 아니오, 그냥 사고뭉치지. 동네 식당에서 불판이나 맡는 주제에 무슨."

"선생님, 제가 받은 명령에 따르면……"

빅 짐은 소위에게 삿대질을 했다.

"군인 양반, 체스터스밀의 공식 지휘권은 마을 의회에 있소. 난 그 의회의 대표요. 랜돌프 서장, 애가 말을 안 들으면 가서 전선을 뽑아 버려요."

"전선은 보이지도 않는데요."

랜돌프는 바비를 쳐다보았다가, 다시 해병대 소위를 쳐다보았다가, 다시 빅 짐에게로 눈을 돌렸다. 그러는 사이에 땀이 삐질삐질 흐르기 시작했다.

"그럼 모니터를 걸어차든가! 빨리 끄란 말이오!"

랜돌프가 앞으로 걸어나왔다. 조는 겁먹었으면서도 결연한 표정으로 노트북 컴퓨터가 놓인 신문 더미 앞에 버티고 섰다. 손에는 아직도 휴대전화가 쥐어져 있었다.

"꿈도 꾸지 마세요! 이건 제 컴퓨터고, 전 어떤 법도 어기지 않았어요!"

"물러나십시오, 서장님." 바비가 말했다. "이건 명령입니다. 만약 서장님이 이 나라 정부를 인정하는 사람이라면, 명령에 따르십시오."

랜돌프가 고개를 돌렸다.

"짐, 아무래도……."

"아무래도 같은 소리, 지금 당신이 사는 나라는 바로 **체스터스 밀**이야. 저 밥버러지 같은 컴퓨터 당장 꺼."

줄리아가 나서서 노트북 컴퓨터의 방향을 돌리자 아이사이트 카메라에 새로 도착한 사람들이 비쳤다. 회사원처럼 묶어 올린 뒷머리에서 머리카락이 빠져나와 줄리아의 분홍빛 뺨을 가렸다. 바비는 그 모습이 어느 때보다도 아름답다고 생각했다.

"조, 노리한테 그쪽에서도 보이냐고 물어봐!"

줄리아의 말에 빅 짐의 미소가 일그러졌다.

"어이 아줌마, 그거 당장 내려놔!"

"조, 보이냐고 물어보라니까!"

조는 전화기에 대고 얘기한 다음 가만히 듣고 있다가 말했다.

"보인대요. 레니 씨랑 랜돌프 씨 다 보인대요. 노리 말로는 사람들이 무슨 일인지 알고 싶어 한다는데요."

랜돌프의 표정은 절망으로, 빅 짐의 표정은 분노로 물들었다.

"누가 뭘 알고 싶다는 거요?"

랜돌프의 물음에 줄리아가 대답했다.

"이쪽 상황은 생중계되고 있어요. 디퍼스 술집에 사람들이……."

"그 죄악의 구덩이!"

빅 짐이 소리쳤다. 두 주먹은 꽉 움켜쥔 채였다. 바비가 보기에 빅 짐은 평균 체중을 40킬로그램은 너끈히 초과한 듯했고, 주먹이라도 날릴 것처럼 오른팔을 움찔거릴 때에는 인상까지 찌푸리곤 했다. 그러나 주먹질을 못할 것처럼 보이지는 않았다. 그리고 눈앞의 빅 짐은 당장이라도 주먹을 날릴 것처럼 흥분해 있었는데…… 그 대상이 바비 자신일지, 아니면 줄리아일지, 또는 조일지는 알 수가 없었다. 어쩌면 레니 본인도 모르는 듯싶었다.

"사람들이 11시 45분부터 모여들기 시작했어요. 소문은 빨리도 도는 법이니까요."

줄리아는 고개를 삐딱하게 기울인 채 싱긋 웃었다.

"유권자들한테 인사라도 하시겠어요, 빅 짐?"

"이건 다 허풍이야."

"금방 들킬 허풍을 제가 왜 치겠어요? 랜돌프 서장님, 아무 경관한테나 전화해서 오늘 오전에 사람들이 잔뜩 모인 데가 어딘지 확인해 보세요. 그리고 부의장님, 만약 저흴 방해하신다면 수백 명이 알게 될 거예요. 지금 자기들한테 가장 중요한 문제가 어떻게 풀리는지 부의장님이 못 보게 한 걸 말이에요. 실은 생사가 걸린 문제죠."

"당신이 무슨 권한으로!"

평소에는 화를 곧잘 억누르던 바비조차도 부아가 치밀었다. 빅 짐이 멍청하기 때문은 아니었다. 빅 짐은 오히려 영리한 사람이었다. 바비의 분노를 부채질하는 원인이 바로 그것이었다.

"도대체 뭐가 문젭니까? 여기 뭐 위험한 거라도 보입니까? 제 눈에는 안 보입니다만. 저흰 그저 컴퓨터 카메라를 설치하고 방송 준비를 한 다음에 떠날 겁니다."

"폭격이 실패하면 혼란이 일어날 거요. 실패했다는 소식을 듣는 것하고 실패하는 광경을 눈으로 보는 건 천지차이지. 사람들이 무슨 짓을 할지 모른단 말이오."

"부의장님께선 유권자들을 너무 무시하시는군요."

빅 짐은 그 말을 맞받아치려고 입을 열었다가(바비 생각에는 '그 인간들이 여태껏 수도 없이 증명한 바요.'라고 말하려는 듯했다.), 문득 수많은 주민들이 이 광경을 대형 텔레비전으로 보는 중임을 깨달았다. 게다가 십중팔구는 HD 영상으로 보는 중일 터였다.

"그 비웃는 것 같은 웃음은 집어치우시오, 바버라 씨."

"이젠 표정까지 단속하시나요?" 줄리아가 물었다.

허수아비 조는 급히 손으로 입을 가렸지만, 랜돌프와 빅 짐은 아이의 웃는 표정을 놓치지 않았다. 손가락 사이로 흘러나온 웃음소리도 마찬가지였다.

"여러분." 해병대 소위의 목소리였다. "그곳에서 물러나시는 게 좋을 겁니다. 이제 시간이 얼마 없습니다."

"줄리아, 카메라를 나 있는 쪽으로 돌려요."

줄리아는 바비가 시키는 대로 했다.

16

디퍼스가 이날처럼 꽉 들어찬 적은 한 번도 없었다. 심지어 공연이 야하기로 유명한 바티칸 섹스 키튼스가 출연했던 역사적인 2009년 송년의 밤 파티 때보다도 바글거렸다. 동시에 이날처럼 조용했던 적도 없었다. 500명이 훌쩍 넘는 손님들이 오밀조밀 모여서서 지켜보는 가운데, 조의 맥북 프로에 달린 카메라가 어지럽게 반 바퀴 빙 돌자 화면 가득 데일 바버라의 모습이 나타났다.

"우리 식당 귀염둥이잖아."

로즈 트위첼은 이렇게 중얼거리고 싱긋 웃었다.

"안녕하십니까, 주민 여러분."

바비가 말했다. 영상이 어찌나 선명하던지 손님들 중 몇은 '안녕하세요' 하고 인사까지 했다.

"저 데일 바버라입니다. 얼마 전 미합중국 육군 대령으로 재임관했습니다."

이 말에 사람들이 놀라서 웅성거렸다.

"이곳 화냥년길의 촬영 작업은 전적으로 제 책임 하에 진행되고 있습니다. 또한 이미 아실 테지만, 중계를 계속할지 그만둘지를 놓고 레니 부의장님과 저 사이에 의견 충돌이 있었습니다."

웅성거리는 소리가 더욱 커졌다. 짜증이 밴 소리였다.

"지금은 지휘권이 누구한테 있는지 따질 시간이 없습니다. 저희는 이 카메라를 미사일의 예정 탄착 지점에 고정시킬 것입니다. 방송이 계속될지 어떨지는 부의장님께 달렸습니다. 부의장님께서 중계를 끊으시면 전적으로 그분 책임입니다. 감사합니다."

바비는 화면 바깥으로 걸어 나갔다. 댄스홀에 모인 사람들의 눈앞에 잠시 아무도 없는 숲의 모습이 펼쳐지다가 이내 영상이 다시 회전하더니, 아래로 가라앉아 허공의 X 표시가 화면에 비쳤다. 표시 아래에서는 초병들이 마지막 짐을 꾸려 커다란 트럭 두 대에 나누어 싣는 중이었다.

이 지역 도요타 자동차 대리점의 소유주이자 운영자인(따라서 빅 짐 레니하고는 앙숙인) 윌 프리먼이 텔레비전 화면에 대고 소리쳤다.

"그대로 뒤, 짐. 안 그랬다가는 이번 주 안에 마을 부의장이 갈릴 줄 알아."

여기저기서 맞장구치는 소리가 들렸다. 마을 주민들은 말없이 서서 지켜보았고, 또 기다렸다. 지루하면서도 참을 수 없을 만큼 흥미진진한 이 프로그램이 계속될지, 아니면 중간에 끊길지를.

17

"빅 짐, 제가 뭘 어떻게 하면 좋겠습니까?"

랜돌프는 손수건을 꺼내어 목덜미의 땀을 닦았다.

"자넨 어떻게 하고 싶은데?" 빅 짐이 되물었다.

초록색 서장 전용차의 열쇠를 차지한 이후 처음으로, 랜돌프는 그 열쇠를 다른 사람한테 기꺼이 넘기고 싶어졌다. 랜돌프의 입에서 한숨이 터져 나왔다.

"그냥 두는 게 좋겠는데요."

빅 짐은 '그거야 네 생각이지.' 하는 표정으로 고개를 끄덕였다. 그러고는 씩 웃었다. 입술 사이로 앙다문 이를 내보이는 것도 웃음이라고 할 수 있다면 말이지만.

"뭐, 서장은 자네니까."

빅 짐은 바비와 줄리아, 허수아비 조가 있는 쪽으로 돌아섰다.

"우리가 그쪽 작전에 넘어갔구먼. 안 그렇소, 바버라 씨?"

"작전 같은 건 없으니 안심하셔도 됩니다."

"개…… 허튼소리 하지 마시오. 이건 더도 덜도 아닌 권력 찬탈이오. 내가 이때껏 살면서 수도 없이 겪어 본 일이지. 성공한 사람도 있지만…… 실패한 사람들도 있소."

빅 짐은 욱신거리는 오른팔을 휘저으며 바비에게 다가섰다. 향수 냄새와 땀 냄새가 바비의 코에 확 끼쳐 왔다. 빅 짐은 거친 숨을 몰아쉬고 있었다. 그러다가 나지막한 목소리로 중얼거렸다. 줄리아는 못 들었을지도 모를 만큼 나지막했다. 그러나 바비는 틀림없이 들었다.

"넌 네 손으로 무덤을 판 거다, 애송아. 그것도 아주 깊이. 미사일이 돔을 뚫으면 네가 이길 테지. 하지만 튕겨 나가면…… 몸조심하는 게 좋아."

한순간 빅 짐의 두 눈이 바비의 눈을 사로잡았다. 그 눈은 통통한 살덩이 속에 깊이 파묻혀 있었지만 동시에 냉철한 지성으로 반짝였다. 이내 빅 짐이 돌아섰다.

"랜돌프 서장, 그만 갑시다. 이쪽 상황은 바버라 씨하고 친구들 덕분에 이미 충분히 복잡해졌으니 말이오. 마을로 돌아가는 거요. 가서 경관들을 배치해 놓고 폭동에 대비해야겠소."

"살다 살다 그런 터무니없는 소린 처음 듣네요!"

줄리아가 내뱉었다. 빅 짐은 쳐다보지도 않고 손사래만 쳤다.

"디퍼스에 들르실 겁니까? 시간이 좀 남았는데요."

"서장, 난 그 매음굴에는 발도 들여놓기 싫소."

빅 짐은 순찰차 조수석 쪽 문을 열었다.

"난 가서 낮잠이나 잘 거요. 헌데 할 일이 태산 같으니 잠이 올 것 같진 않군. 내 책임이 워낙 막중하니까. 내가 부탁해서 얻은 건 아니지만 어쨌든 내 책임이니 말이지."

"'어떤 이들은 위대함을 타고나고, 어떤 이들은 위대함을 자신한테 강요한다.' 셰익스피어의 『십이야』에 나오는 말이죠, 아마?"

줄리아가 빅 짐에게 물었다. 입가에는 예의 그 서늘한 미소가 떠올라 있었다.

빅 짐이 줄리아 쪽으로 돌아섰다. 그 표정에 드러난 증오심이 어찌나 적나라했던지, 줄리아는 저도 모르게 흠칫 뒤로 물러섰다. 빅 짐은 그 모습을 보고 줄리아에게서 눈을 돌렸다.

"갑시다, 서장."

순찰차는 기이할 정도로 후텁지근한 햇살 속에서 여전히 경광등을 번쩍이며 체스터스밀 쪽으로 돌아갔다.

"어휴, 저 아저씨 되게 무섭네요."

"그러게 말이다." 바비가 조의 말에 맞장구쳤다.

줄리아는 웃음기가 싹 가신 표정으로 바비를 응시했다.

"전에는 그냥 적이었는데, 이젠 철천지원수가 됐군요."

"남의 말 할 때가 아닌 것 같은데요."

바비의 말에 줄리아는 고개를 끄덕였다.

"폭격이 성공했으면 좋겠어요. 우리 둘 다를 위해서."

해병대 소위가 이쪽을 보며 말했다.

"바버라 대령님, 저흰 이만 가 보겠습니다. 건강한 모습으로 다시 뵐 수 있으면 좋겠습니다."

바비는 소위에게 고개를 끄덕이고 몇 년 만에 처음으로 경례를 받았다.

18

버몬트 주 벌링턴 시 상공. 월요일 아침 일찍 카즈웰 공군 기지에서 이륙한 B52 폭격기 한 대가 오전 10시 40분부터 이곳에서 대기 중이었다('잔칫집에는 가능한 한 일찍 도착하자'가 공군의 모토였다.). 작전명은 '작은 섬'이었다. 조종사는 걸프전과 이라크전쟁에 모두 참전한 진 레이 소령이었다(소령은 사석에서 이라크전쟁을 '조지 부시의 원숭이 재롱 쇼'라고 부르곤 했다.). 폭탄창에는 패스트호크 순항 미사일 2기가 장착되어 있었다. 패스트호크는 구형 토마호크보다 적중률이 높고 파괴력도 강한 훌륭한 미사일이었지만, 미국 땅에 있는 표적에 실탄을 발사하라니 몹시도 이상한 작전이었다.

12시 53분, B52 계기판의 빨간 등이 노란색으로 바뀌었다. 레이 소령에게서 폭격기 조종 권한을 넘겨받은 지휘 통제 센터가 목표 지점으로 기체를 인도했다. 폭격기 날개 아래로 벌링턴 시의 풍경이 멀어져 갔다.

"대령님, 이제 곧 쇼가 시작됩니다."

레이 소령이 헬멧 마이크에 대고 말하자 워싱턴에 있던 콕스 대령이 대꾸했다.

"알았다, 소령. 행운을 빈다. 망할 놈의 돔을 날려 버리도록."

"그럴 겁니다."

12시 54분, 노란색 등이 깜박거리기 시작했다. 12시 54분 55초에 노란색이 초록색으로 바뀌었다. 레이 소령은 1번 스위치를 아래로 젖혔다. 기체 아래에서는 희미한 '쉬잇' 소리를 제외하면 아무 기척도 나지 않았지만 소령의 눈에는 표적을 향해 날아가기 시작한 패스트호크 미사일이 보였다. 미사일은 재빨리 최고 속도에 도달했고, 하늘에는 손톱으로 긁은 듯한 비행운이 남았다.

진 레이 소령은 성호를 긋고 마지막으로 엄지손가락 밑동에 입을 맞추었다.

"하느님이 보우하시길."

패스트호크 미사일의 최고 시속은 마하 4였다. 표적에 80킬로미터까지 접근한 순간, 즉 뉴햄프셔 주 콘웨이에서 서쪽으로 약 50킬로미터 떨어진 화이트마운틴스에 이르렀을 때, 미사일의 컴퓨터가 계측을 시작하여 마침내 최종 경로를 지정했다. 미사일이 고도를 낮추는 사이에 속도는 마하 4에서 마하 2.5로 줄었다. 경로는 노스콘웨이의 큰길인 302번 국도를 따라 고정되었다. 큰길을 지나던 행인들은 머리 위로 날아간 패스트호크 미사일을 불안한 눈으로 올려다보았다.

"저 비행기 너무 낮게 나는 거 아냐?"

세틀러스그린 할인 매장에 들른 여성이 손으로 햇빛을 가리고 하늘을 올려다보며 함께 쇼핑 온 친구에게 물었다. 패스트호크 미사일의 유도장치가 말을 할 수 있다면 이렇게 말했을지도 모를 일이었다. '쇼는 아직 시작도 안 했어요, 아가씨.'

미사일은 상공 900미터 고도를 유지하며 메인 주와 뉴햄프셔 주 경계를 지났다. 뒤에 남은 사람들은 이가 덜덜 떨렸고, 유리창은 박살이 났다. 유도장치가 119번 국도를 포착하자 미사일은 일단 300미터 상공으로 고도를 낮춘 다음, 다시 150미터까지 내려왔다. 이제 연산 속도가 최고조에 달한 컴퓨터는 유도장치에서 넘겨받은 자료를 분석하여 진로를 분당 1000회씩 수정했다.

"제군, 이제 최종 진로에 접어들었네. 틀니 낀 사람은 어금니를 꽉 물도록."

워싱턴에 있던 제임스 O. 콕스 대령이 말했다.

패스트호크 미사일은 화냥년길을 발견하고 거의 지면 높이로 하강한 후에도 마하 2에 가까운 속도를 유지했고, 언덕과 굽잇길을 빠짐없이 읽어 나갔다. 꼬리날개의 불꽃은 쳐다보기도 힘들 만큼 눈부셨으며, 지나간 자리에는 추진 연료의 독한 탄내가 맴돌았다. 가지에 붙은 나뭇잎은 산산이 흩날렸고 어떤 것은 불타기도 했다. 타커스할로에 펼쳐놓은 노점상 한 곳이 홀라당 날아가는 바람에 간판과 박살난 호박이 하늘로 솟아올랐다. 뒤이은 소닉붐에 놀란 사람들은 바닥에 엎드려 손으로 머리를 가렸다.

'작전은 성공할 거야.' 콕스 대령은 속으로 생각했다. '안 하고 배기겠어?'

19

디퍼스에는 이제 마을 주민 800명이 모여 있었다. 도서관 사서 리사 제이미슨만 입을 달싹거리며 최근에 믿게 된 뉴에이지 귀신한테 기도를 올릴 뿐, 입을 연 사람은 아무도 없었다. 리사는 한 손에 수정 구슬을 쥐고 있었다. 파이퍼 리비 목사는 어머니의 십자가를 입술에 대고 있었다.

"온다." 어니 캘버트가 말했다.

"어디요?" 마티 아스노가 물었다. "아무것도 안 보이는……."

"소리가 들려요, 들어 봐요!" 브렌다 퍼킨스였다.

미사일이 날아오는 소리가 들렸다. 마을 서쪽 경계로부터, 이 세상의 것이 아닌 듯한 소리가 점점 크게 들려왔다. '우우웅' 소리가 몇 초 만에 **'우우웅'**으로 커졌다. 그러나 대형 텔레비전의 화면에는 거의 아무것도 보이지 않았고, 이는 폭격이 실패한 지 한참 후인 30분 후까지도 마찬가지였다. 베니 드레이크는 술집에 남은 사람들을 위하여 영상 재생 속도를 한 프레임 단위로 늦추어 보여주었다. 화냥년길 모퉁이를 따라 돌아가는 미사일이 보였다. 미사일 고도는 약 1미터, 일그러진 그림자에 닿을 만큼 낮았다. 프레임이 바뀌자 해병대 야영지가 있던 곳에 도착한 패스트호크 미사일이 보였다. 미사일 앞에는 표적에 명중했을 때 파편 폭풍을 일으키도록 설계된 탄두가 장착되어 있었다.

이어서 상영된 몇 프레임은 관객들이 손으로 눈을 가릴 만큼 강렬한 하얀 섬광으로 가득했다. 잠시 후 섬광이 가시고 폭발이 잦아들면서 새까만 점 같은 파편들이 보였고, 빨간 X 표시가 있던 자리에 남은 거대한 그을음도 보였다. 미사일이 표적에 정확히 명중했던 것이다.

그다음은 돔 저편 타커스밀스의 숲이 불타는 광경을 지켜볼 차례였다. 사람들은 타커스밀스 쪽의 아스팔트가 갈라지다가 녹아내리는 광경을 말없이 구경했다.

20

"남은 것도 발사하게."

콕스는 무덤덤한 목소리로 명령했다. 진 레이 소령은 그 명령을 따랐다. 미사일은 또다시 지상의 창문을 박살 내고 뉴햄프셔 주 동부와 메인 주 서부의 주민들을 겁에 질리게 했다.

그러나 결과는 똑같았다.

〈2권에서 계속〉

언더 더 돔 1

1판 1쇄 펴냄 2010년 12월 10일
1판 8쇄 펴냄 2017년 12월 14일

지은이 | 스티븐 킹
옮긴이 | 장성주
발행인 | 박근섭
편집인 | 김준혁
펴낸곳 | 황금가지

출판등록 | 2009. 10. 8 (제2009-000273호)
주소 | 135-887 서울 강남구 신사동 506 강남출판문화센터 5층
전화 | 영업부 515-2000 편집부 3446-8774 팩시밀리 515-2007
홈페이지 | www.goldenbough.co.kr

도서 파본 등의 이유로 반송이 필요할 경우에는 구매처에서 교환하시고
출판사 교환이 필요할 경우에는 아래 주소로 반송 사유를 적어 도서와 함께 보내주세요.
135-887 서울 강남구 신사동 506 강남출판문화센터 6층 민음인 마케팅부

한국어판 © ㈜민음인, 2010. Printed in Seoul, Korea
ISBN 978-89-94210-67-4 04840
ISBN 978-89-94210-66-7 04840(세트)

㈜민음인은 민음사 출판 그룹의 자회사입니다.
황금가지는 ㈜민음인의 픽션 전문 출간 브랜드입니다.